Martha Grimes · Die Trauer trägt Schwarz

MARTHA GRIMES

DIE TRAUER TRÄGT SCHWARZ

Roman

Deutsch von Cornelia C. Walter

GOLDMANN VERLAG

Die Originalausgabe erschien 2001
unter dem Titel »The Blue Last«
bei Viking, a member of Penguin Putnam Inc., New York.

1. Auflage
Copyright © der Originalausgabe 2001 by Martha Grimes
By arrangements with Peter Lampack Agency, Inc.
551 Fifth Avenue, Suite 1613
New York, NY 10176-0187 USA
Copyright © der deutschsprachigen Ausgabe 2003 by
Wilhelm Goldmann Verlag, München, in der Verlagsgruppe
Random House GmbH
Satz: Uhl + Massopust, Aalen
Druck: GGP Media, Pößneck
Printed in Germany
ISBN 3-442-30975-1
www.goldmann-verlag.de

Good-bye, Blue

Dark hills at evening, in the west
Where sunset hovers like a sound
Of golden horns that sang to rest
Old bones of warriors underground,

Far now from all the bannered ways
Where flash the legions of the sun,
You fade – as if the last of days
Were fading, and all wars were done.

E. A. ROBINSON, »*The Dark Hills*«

INHALT

TEIL I

Die Spur der Erinnerung

1

»›Dichter‹, steht da, ›gestorben am Stich einer Rose.‹ War wohl ein Dorn, der ihn gestochen hat. Um wen, glauben Sie, handelt es sich?«

Richard Jury hob den Kopf und sah zu Sergeant Wiggins hinüber. »Rilke. Was ist das, ein Kreuzworträtsel? Rilke, wenn ich mich nicht irre.« Das tat er sowieso so gut wie nie. Jury las gerade einen gerichtsmedizinischen Bericht durch, als Detective Sergeant Wiggins ihn unterbrach. Wiggins kam tatsächlich auf immer abstrusere Arten, aus dem Leben zu scheiden. Irgendwie hatte er es mit dem Tod, fiel Jury nicht zum ersten Mal auf. Oder zumindest mit den Leiden, die das Fleisch befallen. Denen war Wiggins, wenn man ihn so reden hörte, auf Gedeih und Verderb ausgeliefert.

»Rilke?«, sagte Wiggins. Er zählte die Kästchen. »Das würde sogar passen. Sie könnten sicher im Handumdrehen jedes Kreuzworträtsel lösen, wenn Sie solche Sachen wissen.« Er schenkte Tee ein.

»Das ist das Einzige, was ich in der Richtung weiß.«

Wiggins löffelte vier Teelöffel Zucker in seine eigene Tasse und wollte sich schon an Jurys Tee machen.

»Einen«, wies Jury ihn zurecht, ohne von seinem Aktenhefter aufzublicken. Die Teezubereitung hatte in diesem Büro inzwischen den Status eines Rituals, das sie schon so lange vollzogen, dass Jury immer wusste, bei welchem Schritt Sergeant Wiggins gerade war. Vielleicht lag es am Löffel, der jedes Mal, wenn er gegen die Tasse klickte, ein leises Signal aussandte.

»Der war also Bluter, dieser Rilke?«

13

»Was weiß ich.« Selbstverständlich würde Wiggins es wieder einer Blut- oder Knochenkrankheit zuschreiben. Es entstand eine ziemlich lange Pause, während der Jury dann doch den Blick hob und Wiggins musterte. Der hatte die Hände um beide Henkelbecher geschmiegt und starrte aus dem Fenster. »Kriegt mein Henkelbecher jetzt vielleicht kleine Becherbeinchen und marschiert von selbst hier herüber?«

Wiggins fuhr hoch. »O Verzeihung, Sir.« Er stand auf und brachte Jury den Tee. Dann kehrte er wieder zu seinem Schreibtisch am anderen Ende des Raums zurück und meinte: »Ich kann mir einfach keine andere Blutkrankheit vorstellen, die zum Tod durch den Stich eines Rosendorns führen würde.«

Unwillkürlich kamen Jury ein paar Gedichtzeilen in den Sinn:

O Rose, so betrübt!
Der verborgene Wurm…

William Blake. Das würde er Wiggins gegenüber aber nicht erwähnen. Ein Rosentod pro Vormittag genügte.

Wiggins ließ nicht locker. »Ein kleiner Pieks führt dazu, dass so viel Blut fließt? Ich meine, daran konnte der Kerl doch wohl kaum verbluten.« Er runzelte die Stirn, trank nachdenklich seinen Tee. »Die Antwort müsste ich eigentlich wissen.«

»Wieso? Dafür gibt es doch Polizeiärzte. Rufen Sie in der Gerichtsmedizin an, wenn Sie es unbedingt wissen wollen.«

Der die Nacht durchpflügt
Im heulenden Sturm.

Jury klappte den Ordner über der Aufnahme mit den Skelettresten zu und blickte zum Fenster hinaus. Draußen fiel leichter Schnee. Es reichte kaum, um den Gehweg zu überziehen, geschweige denn für einen Skihang. Ach, hatte er vielleicht vor, in Islington Ski zu laufen? Er könnte ja nach High Wycombe fahren, dort lag das ganze Jahr über genug Schnee. Wie deprimierend! In zwei Wochen war Weihnachten. Noch deprimierender!

»Fahren Sie über Weihnachten nach Manchester, Wiggins?«

»Ja, zu meiner Schwester und ihrer Brut. Und Sie, Sir?«

»Ob ich nach Newcastle fahre? Nein.« Dass er seine Cousine (und *ihre* Brut) in diesem Jahr nicht besuchen würde, erfüllte ihn mit einem derart köstlichen Gefühl der Genugtuung, dass er sich fragte, ob das Glück denn nicht einfach darin lag, etwas *nicht* zu tun, statt es zu tun.

Wiggins wartete offenbar darauf, dass Jury ihn über seine Weihnachtspläne informierte. Wenn Newcastle nicht zur Debatte stand, was dann? Als Jury mit nichts Besserem aufwartete, bohrte Wiggins auch nicht weiter nach. Er kehrte einfach zum Tod und den Gegenmittelchen zurück, wovon einige Fläschchen auf seinem Schreibtisch aufgereiht standen. Wiggins begutachtete seine Sammlung in aller Ruhe, entschied sich für eine zähe, rosafarbene Flüssigkeit und drückte ein paar Tröpfchen davon in ein halbes Glas Wasser, was er sodann mit leicht kreisenden Bewegungen vermengte.

»Wir haben Weihnachten doch Dienst, zumindest am Weihnachtsmorgen«, sagte er. »Ich bin wahrscheinlich erst zum Abendessen in Manchester.«

»Mann, fahren Sie doch einfach los. Ich kann doch für Sie einspringen.«

Wiggins schüttelte den Kopf. »Nein, Sir, das wäre nicht fair. Nein, ich bleibe schon hier. Weihnachten ist vielleicht der Teufel los, wenn die Leute beschließen, sich gegenseitig die Nase einzuschlagen. Manche Kerle wissen nichts Besseres mit einem Feiertag anzufangen, als sich eine Knarre zu schnappen.«

Jury lachte. »Stimmt. Vielleicht haben wir ja am Weihnachtstag Zeit für ein tolles Mittagessen bei Danny Wu. Der hat feiertags nie geschlossen.« Ruiyi war das beste Restaurant in Soho.

Es wurde still, lautlos fiel der Schnee. Jury überlegte, was er Wiggins schenken sollte. Irgendein medizinisches Fachbuch, in

15

dem womöglich sogar Rilkes »Blutkrankheit« beschrieben war, sofern dieser überhaupt daran erkrankt war. Ein Dornenstich. *O Rose, so betrübt!* Er versuchte, sich an die letzten vier Zeilen dieses kurzen Gedichts zu erinnern, doch sie wollten ihm einfach nicht mehr einfallen.

Wiggins hatte sich wieder der Zeitung zugewandt. »Jetzt wollen sie die alten Gaswerke in Greenwich abreißen. Um dieses Riesending hochzuziehen, den Millennium Dome, von dem jetzt andauernd die Rede ist.«

Jury wollte nichts davon hören und auch nicht darüber reden. Wiggins war ganz versessen auf das Thema. »Das dauert noch, Wiggins. Warten wir's ab und lassen wir uns überraschen.«

Wiggins musterte ihn skeptisch, nicht wissend, was er von diesem rätselhaften Kommentar halten sollte.

Jury stand auf, zog seinen Mantel an und nahm den Ordner mit Haggertys Bericht vom Schreibtisch. »Ich fahre in die City. Falls Sie mich brauchen, ich bin bei Mickey Haggerty auf der Polizeistation Snow Hill.«

»Ist gut.« Wiggins trank sein rosa Zeug und wandte sich zum Fenster. Als Jury schon fast draußen war, sagte Wiggins vor sich hin: »Klingt fast wie aus einem Märchen.«

»Was denn? Der Millennium Dome?«

»Nein, nein, nein. Diesen Rilke meine ich. Wie die Prinzessin, die sich beim Spinnen in den Finger gestochen hat und in einen tiefen, tiefen Schlaf fällt. Am Stich eines Rosendorns zu sterben.« Er sah Jury an. »Irgendwie ein atemberaubender Tod, nicht?«

»Darauf könnte ich gut und gerne verzichten, Wiggins. Bis dann.«

2

In der City von London hatte an Wochenenden noch nie geschäftiges Treiben geherrscht. Hier, im Herzen der Londoner Finanzwelt, war alles wie ausgestorben.

Jury verließ die Untergrundstation Tower Hill, blieb stehen und sah zur Lower Thames Street hinüber. Er konnte sich nicht erinnern, wann er das letzte Mal vor dem Tower von London gestanden hatte. Die Touristen knipsten Fotos, ein paar hatten Wegwerfkameras, andere etwas anspruchsvollere Apparate. Vor Weihnachten waren immer besonders viele Touristen in der Stadt. In der Fenchurch Street kam er an einem indischen Restaurant vorbei, und wenn das geschlossen war, konnte er eigentlich wetten, dass alles andere ebenfalls zu war.

Bis auf die Polizeistation Snow Hill natürlich. Ein unglücklich dreinblickender Constable hatte hinter dem Auskunftsschalter Dienst und schien beinahe dankbar, dass Jury nichts weiter wollte als die Wegbeschreibung zu Haggertys Büro. Detective Chief Inspector Haggerty? Hier durch, da entlang, dort ist seine Tür. Jury dankte ihm.

Haggerty saß an seinem Schreibtisch und betrachtete Polizeifotos, als Jury hereinkam. Mickey Haggerty stand auf und kam um den Schreibtisch herum, um Jury die Hand zu schütteln und ihn ein paarmal freundschaftlich an die Schulter zu knuffen. Es war mehr als ein Handschlag und weniger als eine Umarmung. Jury hatte Mickey Haggerty und dessen Frau Liza seit Jahren nicht mehr gesehen. Er hatte ein schlechtes Gewissen, weil er sich schon so lange nicht mehr bei seinem alten Kollegen gemeldet hatte. Aber das lag ja wohl nicht nur an ihm, oder? Mickey hatte es sich zum Teil selbst zuzuschreiben.

Kein Polizist (dachte Jury) war bei der Arbeit so in seinem Element wie Mickey Haggerty. Er passte so kantengenau hinein wie ein Pflasterstein auf einem frisch verlegten Gehweg. »Hallo, Mickey. Lange nicht gesehen.«

»Verdammt viel zu lang«, bekräftigte Mickey und deutete auf einen Stuhl für Jury, bevor er sich selbst wieder hinsetzte. »Wie läuft's denn so, Rich?«

»Gut.« Diese Art von Wortwechsel hätte zwischen den meisten Leuten recht banal geklungen, doch bei Mickey steckte aufrichtiges Interesse dahinter. Sie unterhielten sich eine Weile über Liza und die Kinder, dann schob Jury ihm die mitgebrachte Akte über den Tisch. »Sieht nach einer Ausgrabung aus. Ist das ein Fall, an dem Sie gerade arbeiten? Erwarten Sie jetzt eine aufschlussreiche Antwort von mir? Mit forensischer Anthropologie kenne ich mich nicht so gut –«

Mickey schüttelte den Kopf. »Ich wollte bloß, dass Sie sich die Akte mal ansehen, damit Sie sich besser vorstellen können, wovon ich rede. Ja, es ist ein Fall, an dem ich gerade arbeite. Ich ganz persönlich. Sagen wir mal, es handelt sich um eine inoffizielle Angelegenheit. Oder sagen wir, ich will eigentlich gar nicht, dass sonst noch jemand davon erfährt. Es ist was Privates.« Er drehte ein Foto herum. Inmitten der Trümmer lagen zwei Skelette.

Wenigstens meinte Jury, zwei erkennen zu können. »Was ist das, Mickey?«

»Skelette, die man aus einem Ruinengrundstück geborgen hat.«

»Ruinengrundstück? Wo?«

»Hier. In der City. In der Nähe von Ludgate Circus. Wenn Sie es sich anschauen wollen, es ist nicht weit von St. Paul's Cathedral, die Straße heißt Blackfriars Lane.« Mickey skizzierte einen kleinen Plan und reichte ihn ihm herüber. »Die letzte Kriegsruine in London.«

Fragend wanderten Jurys Augenbrauen ein Stückchen höher.

»Sie wissen schon, vom Zweiten Weltkrieg?«

Jurys Lächeln reichte nicht bis zu seinen Augen. »Ja, habe ich schon davon gehört.«

Mickey nahm die Zigarre, die in einem großen blauen Aschen-

becher zu seiner Rechten vor sich hin geglommen hatte. Als er
den Rauch ausstieß, sah Jury sehnsüchtig hinterher. Obwohl er
seit fast zwei Jahren keine Zigarette angerührt hatte, war sein
Verlangen danach nicht geschwunden. Das machte ihn ganz wütend. Er lächelte. »Also, weiter.«

Aus einem anderen Ordner nahm Mickey einen weiteren Bericht. »Zwei Skelette hat man dort gefunden.«

»Was ist das?«

»Das stammt von den Anthropologen an der University of
London. Die haben die Skelette zu Studienzwecken mitgenom-
men. Sie interessierten sich natürlich dafür. Dachten wohl, die
Überreste seien Funde aus grauer Urzeit.«

»Waren sie aber nicht?«

Mickey schüttelte den Kopf. »Es sind die Skelette einer weiblichen Person, Anfang zwanzig, und eines Babys, erst ein paar
Monate alt, vermutlich zwei oder drei.«

»So genau können die das bestimmen? Bei einem Baby? Da
werden die Knochen aber doch erst noch gebildet.«

»Die Zähne. Sie können sogar die Entwicklung eines Fötus an
den Zähnen bestimmen. Die Zähne entwickeln sich im Kiefer. Das
hier waren die einzigen Skelette, die man geborgen hat. Auf dem
Ruinengrundstück stand früher mal ein Pub, das dann im Blitzkrieg zerstört wurde. 1940 war das, am 29. Dezember 1940, um
ganz genau zu sein. Das Grundstück wurde jetzt von einem Bauunternehmer aufgekauft, der es erschließen will. Jetzt ist dort
eine Baustelle.«

Jury lehnte sich wortlos zurück. Jedes Mal, wenn er über den
Krieg nachdachte, überkam ihn ein gewaltiger Schmerz. Doch die
intensiven Gefühle, die er mit dieser Zeit verband, verliehen ihr
auch etwas seltsam und unangenehm Anziehendes.

Mickey nahm die Zigarre vom Aschenbecher und rauchte. Er
dachte nach.

Das gehörte mit zu den Dingen, die Jury an ihm mochte: Er war
ein Mensch, der gerne seinen eigenen Gedanken nachhing. Wie

Jury selbst zog er keine voreiligen Schlussfolgerungen, handelte gleichzeitig aber auch nach Instinkt. Jury wusste, dass es schwer war, beides zu verbinden. Er erinnerte sich, wie er mit Mickey einmal in einem Pub gesessen hatte, als sie vor neun oder zehn Jahren zusammen an einem Fall gearbeitet hatten, und zehn Minuten lang kein einziges Wort zwischen ihnen gefallen war. Mickey erinnerte Jury an Brian Macalvie – alle beide brachten die Leute von der Spurensicherung mit ihrem ausgedehnten Schweigen zur Weißglut.

Im Polizeirevier war es merkwürdig ruhig. Es mutete fast wie Grabesruhe an. »Wer hat die Überreste gefunden?«

»Die Bauarbeiter. Sie haben sie nicht berührt.« Mickey drehte das Foto mit den beiden Skeletten herum, damit Jury es sehen konnte. »Was sagen Sie dazu?«

»Sieht aus, als läge das Skelett des Babys dicht neben dem der Erwachsenen – der Mutter?«

»Ich will Ihnen eine kleine Geschichte erzählen.« Mickey hatte seine Schreibtischschublade aufgezogen und eine Hand voll Schnappschüsse herausgenommen, lauter alte Schwarzweißaufnahmen. Er griff nach der obersten und schob sie Jury hin. »Das wurde in Dagenham aufgenommen. Gleich zu Beginn der Evakuierung 1939. Die Kinder wurden mit dem Boot zu einem der Züge gebracht, die sie aufs Land bringen sollten.« Mickey schob ihm noch zwei Schnappschüsse hinüber. »Das ist in Stepney. Wieder während der Evakuierung. Mein Dad hat immer von dieser unheimlichen Stille erzählt. Lauter Kinder – und kaum ein Mucks zu hören.«

Jury betrachtete das Grüppchen, die grauen Gesichter der Mütter, auf denen sich kein Lächeln zeigte.

»Das war der Exodus 1940, während des so genannten ›Sitzkriegs‹, als London sich auf einen Krieg vorbereitete und dann eigentlich gar nichts passierte.«

Jury hasste Gespräche über den Krieg. Was wollte Mickey mit all diesen Bildern? Worauf wollte er hinaus?

Er schob ihm noch einen Schnappschuss hin. »Das hier sind vermutlich die Frau und das Kind, die in den Trümmern damals umgekommen sind. Alexandra Tynedale, ein- oder zweiundzwanzig Jahre alt, und ein etwa vier Monate altes Baby. Allerdings nicht ihr *eigenes*. Das Kindermädchen war mit Alexandras Baby an die frische Luft gegangen.« Mickey wirbelte wieder ein Foto auf Jurys Schreibtischseite hinüber. »Und so sieht das Baby heute aus: Maisie Tynedale.«

Jury betrachtete das Foto. Die Frau war attraktiv, Anfang fünfzig, schätzte er, allerdings mehr durch Errechnen der seither vergangenen Jahre als durch ihr Aussehen. Dem Foto nach hätte sie auch vierzig sein können. Die Aufnahme war besser als die anderen, aufgenommen mit einer anspruchsvolleren Kamera als der, aus der die Schnappschüsse stammten. Jury legte es hin. Inzwischen hatte er fünf Bilder aufgereiht vor sich liegen. »Die zwei von der Evakuierung – was ist mit denen? Was hat es damit auf sich?«

Statt einer Antwort schob Mickey ein weiteres Foto herüber. Auf ihm war eine junge Frau zu sehen, die der Kamera den Rücken zuwandte und zu einem Baby hinunterlächelte, dessen kleines rundes Kinn auf die Schulter der Frau gestützt war. Arm und Händchen lagen flach auf dem Rücken der Frau. Jury legte das Foto als Nummer sechs in die Reihe und sah Mickey fragend an.

»Kitty, das Kindermädchen. Katherine Riordin und die kleine Erin.«

Als ob er Spielkarten austeilte, schnippte Mickey ihm noch ein Foto hinüber. Zerbombte Gebäude waren darauf zu sehen, zerborstene rote Backsteine. Ein paar Leute bahnten sich mühsam einen Weg durch die Trümmer. Jury sagte: »Solche Szenen haben sich doch überall in London tausendfach abgespielt. Furchtbar, Mickey. Meine beiden Eltern sind im Krieg umgekommen.«

»Tut mir Leid, Rich. Es gibt da etwas –«

Jury sah ihn beunruhigt an. »Stimmt was nicht, Mickey?« Er

glaubte in den Augen des anderen tatsächlich Tränen zu erkennen. Oder auch nicht. »Hören Sie, ich habe es nicht eilig. Wo ist das?« Er hielt die Aufnahme von dem zertrümmerten Gebäude hoch, von der ganzen, dem Erdboden gleichgemachten Straße.

»Das habe ich doch schon gesagt. Hier ist das Pub – *war* das Pub –, das Francis Croft gehörte. Hier – da stand es noch. The Blue Last, hieß es. Die beiden, die davor stehen, sind Alexandra Tynedale Herrick und Francis Croft. Sehen Sie die Lichterkette am Türrahmen. Das Foto muss also entweder kurz vor oder nach Weihnachten aufgenommen worden sein. Francis Croft war der Geschäftspartner und beste Freund eines Mannes namens Oliver Tynedale, Alexandras Vater. Sie waren seit ihrer Kindheit miteinander befreundet. Francis ist tot, aber Oliver lebt noch. Erstaunlich, er muss nämlich inzwischen schon neunzig sein. Sie waren wie Brüder, er und Croft.«

»Das Baby des Kindermädchens wurde ebenfalls getötet; Erin hieß es. Kitty war Irin, kam wie Tausende von armen irischen Mädchen hierher, auf der Suche nach Arbeit *und* – nach ihrem Ehemann. Der hatte sie offenbar schlicht sitzen lassen. Alexandra stellte sie als Kinderfrau für Maisie ein. Kittys Tochter Erin war genauso alt wie Alexandras Baby.« Er fuhr sich seufzend mit der Hand durchs Haar.

Jury lehnte sich zurück. »Tynedale. Von der Tynedale Brauerei? Eine der größten des Landes?«

»Die gehörte eigentlich allen beiden. Tynedale und Croft.«

»Francis Croft muss ja ein ziemlich handfester Typ gewesen sein, wenn er als Teilhaber des Tynedale-Imperiums sein Pub selbst weitergeführt hat.«

Mickey lehnte sich lächelnd in seinem Schreibtischsessel zurück und verschränkte die Hände vor der Brust. »War er auch. Er war großartig, ein großartiger Mensch. Mein Dad war mit Francis eng befreundet. Als ich aufwuchs, erzählte Dad oft von ihm.« Mickey reichte ihm noch eine Aufnahme herüber.

Jury sah ein Flugfeld vor sich und ein Jagdflugzeug, vermutlich eine Spitfire oder vielleicht eine Hawker Hurricane. Der Pilot, der gerade ins Cockpit stieg oder ausstieg, blinzelte in die Sonne. »Ralph Herrick, Alexandras Ehemann. Sie waren gerade mal ein Jahr verheiratet gewesen, als er starb.«

Jury wollte schon den Blick abwenden, wäre sich dann aber schwach vorgekommen. Es kostete viel Kraft, fand er, gegen die eigene Schwäche anzukämpfen. »Im Dienst? Wurde sein Flugzeug abgeschossen?«

»Nein, er ist ertrunken. Er war gar nicht mehr in der Royal Air Force, arbeitete irgendwie auf den Orkneyinseln, als es passierte. Er war übrigens Träger des Victoriakreuzes. Ein echter Held, wie mir mein Vater sagte.«

Jury beugte sich über die Bilder – sieben waren es inzwischen, die einen etwas sprunghaften Fortgang der Ereignisse zeigten. Er betrachtete sie nacheinander eingehend. Irgendwie hatte er das Gefühl, das Haus seiner Mutter in Fulham hätte auch dabei sein sollen. Als Mickey ihn etwas fragte, hatte er nur halb zugehört.

»Entschuldigen Sie, Mickey. Ich war –« Jury zuckte die Achseln. »Wie kommt es, dass Sie sich an das alles noch erinnern?«, wollte er dann wissen.

»An manches erinnere ich mich, weil mein Dad es mir so überzeugend und detailliert geschildert hat. Dad sprach oft von Francis Croft. Simon, Francis' Sohn, kannte ich nur flüchtig. Auch Oliver Tynedale habe ich seit meiner Kinderzeit nicht mehr gesehen. Diese Fotos entdeckte ich zusammen mit anderen Sachen in einem seiner Schreibtische. Als ich kürzlich einige Papiere durchsah, stieß ich auf die Bilder.« Er war wieder bei den Schnappschüssen und zog aus Jurys Aufreihung die von Alexandra und der kleinen Maisie heraus sowie das mit dem Kindermädchen Kitty Riordin und ihrem Baby Erin. Die Posen waren sich so ähnlich, dass man meinen konnte, es handelte sich um dieselbe Erwachsene und dasselbe Kind. Er meinte, Jury solle sich bei jedem Kind doch einmal den Arm und die Hand genau ansehen.

»Sehen Sie sich auch die Gesichter an. Beides sind Mädchen, oder habe ich Ihnen das schon gesagt?«

Jury hielt in jeder Hand eine Aufnahme und ließ den Blick hin und her wandern. »In dem Alter ist der Unterschied schwer auszumachen, nicht? Wollen Sie mir jetzt erzählen, sie hätten denselben Vater? Oder so etwas in der Art?«

»Nein, nein. Sehen Sie sich die Hände an, die Finger.« Mickey reichte ihm eine Lupe.

Jury tat es vorsichtig. »Die Hand der kleinen Herrick scheint verstümmelt zu sein. Ein paar Finger sehen verrenkt oder gebrochen aus. Die Hand der kleinen Riordin ist normal, soweit ich sehen kann.«

»Richtig. Hier ist ein Bild, das *nach* der Bombardierung aufgenommen wurde.« Er schob es ihm hin. »Kitty Riordin, auf dem Arm die kleine Maisie.«

»Die Hand ist verbunden. Warum?«

Mickey verschränkte die Hände hinter dem Kopf und schaukelte in seinem Drehstuhl sanft vor und zurück.

Er genießt es, dachte Jury mit einem Lächeln. *Gleich lässt er seinen Knaller los.* Mickey liebte Geheimnisse.

»Laut Kitty hatten sie an dem Abend einen Unfall. Eine bombengeschädigte Mauer war teilweise eingestürzt, und sie waren von ein paar Ziegelsteinen getroffen worden. Kitty ist nichts passiert, aber die Hand der kleinen Maisie hatte etwas abgekriegt. War an mehreren Stellen gebrochen. Worauf ich hinaus will: Maisie Tynedale ist gar nicht Maisie Tynedale. Sondern Erin Riordin. Sie brauchen gar nicht erst zu fragen, wieso das Kindermädchen ihre eigene Tochter für das Tynedale-Baby ausgeben wollte: Maisie ist Erbin der Tynedale-Millionen. Sie nennt sich übrigens Tynedale, nicht Herrick. Und bevor Sie wieder fragen, warum – wenn ich Millionenerbe wäre, würde ich mich Mickey Mouse nennen, wenn ich glaubte, das würde was nützen.«

Jury lehnte sich zurück, ziemlich schockiert, dass damit die Geschichte zu Ende war, oder zumindest Mickeys Geschichte. »Es *hätte* aber doch auch anders sein können, Mickey. Und selbst wenn die Mutter des Babys dabei getötet wurde, hätten doch auch andere gemerkt, dass das Baby nicht Maisie war. Ich meine, für unsereinen sehen sie alle so ziemlich gleich aus, aber für eine Mutter – hm, nun ist die Mutter allerdings tot, aber für den Großvater, für Oliver Tynedale?«

Mickey schüttelte den Kopf. »Versetzen Sie sich mal in seine Lage. *Wollen* Sie wirklich in Frage stellen, dass dies Ihre Enkelin ist? Oder fällt es nicht leichter, es einfach zu glauben? Ganz zu schweigen davon, dass Kitty Riordin bestritten hätte, dass ihr eigenes Baby noch am Leben ist?«

»Aber andere –«

Mickey zuckte die Schultern. »Welche anderen? Auf Kitty Riordins Seite gab es niemanden. Francis Croft? Der ist tot. Brüder und Schwestern? Alles kleine Kinder. Es gab aber eine junge Croft in Alexandras Alter, Emily Croft. Sie *hätte* merken können, dass das Baby nicht Maisie war, aber weil sie nichts sagte, nehme ich an, dass sie sich auch nicht sicher war.« Er zuckte erneut die Schultern.

»Kitty Riordin machte sich die Bombardierung zunutze und erzählte allen, die sich danach erkundigten, ihr eigenes Baby sei in dem Bombenhagel umgekommen und sie hätte damals die kleine Tynedale bei sich gehabt.«

Mickey nickte und fuhr sich mit der Hand durchs Haar. »Das sage ich ja.«

»Dafür haben Sie aber nicht genügend Anhaltspunkte. Was ist mit Ihrem gerichtsmedizinischen Bericht?«

»Der konnte es nicht bestätigen, weil die Knochen einfach zu klein waren. Ich brauche einen forensischen Anthropologen. Ich bin mir ganz sicher, dass ich Recht habe.«

Kopfschüttelnd lehnte Jury sich zurück und schwieg. Alle beide schwiegen, während die Standuhr tickte und der graue Tag noch düsterer wurde. Jury sagte: »Die Sache ist faszinierend, Mickey, aber wie kommen Sie auf mich? Warum wollten Sie es ausgerechnet mir erzählen? Wollten Sie etwas von uns, ich meine, von Scotland Yard?«

»Ja. Ich will, dass Sie es beweisen.«

Jurys Lachen klang abrupt, es hörte sich eher nach einem Ausruf ungläubigen Erstaunens an. »Ich? Soll das ein Witz sein? Selbst wenn es sich beweisen ließe – Sie sind ein genauso guter Bulle wie ich, wahrscheinlich sogar besser.«

Mickey lächelte dünn. »Kann sein, aber ich bin ein toter Bulle. Werde ich jedenfalls in ein paar Monaten sein.«

Jury war plötzlich, als hätte ihm jemand mit voller Wucht einen Schlag in die Magengrube versetzt. »Was? Menschenskind, was ist los?«

»Leukämie. Genauer gesagt, chronisch-myeloische Leukämie oder etwas gefälliger abgekürzt: CML. Ist nicht sehr verbreitet, kommt aber bei Leuten in meinem Alter vor – vielleicht eine andere Form von Midlife-Crisis? Leider gibt es keine frühzeitig erkennbaren Symptome. Ich habe es erfahren, als es schon zu spät war. Diese Krankheit ist sehr, sehr aggressiv.«

Jurys Mund war so trocken, dass er nichts sagen konnte, als wären Worte flüssiger, lindernder Balsam, der ihm just in diesem Moment verweigert wurde.

»Die ganze Chemo-Scheiße habe ich hinter mir, aber nicht die Knochenmarktransplantation, vorausgesetzt, ich finde überhaupt einen Spender. Die Beweismittellage, sagen wir mal so, hält eingehender Begutachtung nicht stand. Die Überlebensquote liegt fast bei null. Noch zwei bis drei Monate geben mir die Ärzte, also im Klartext etwa ein bis zwei, weil die ja immer lügen. Es ist so, Richie – selbst wenn ich den Fall in ein paar Wochen lösen könnte, bin ich einfach viel zu scheißmüde, dafür und für meine andere Arbeit auch noch.«

Völlig irrational, so wie man aus einem Gefühl der Hoffnungslosigkeit heraus auf jemanden wütend wird, der einem dieses Gefühl vermittelt, brauste Jury auf. »Warum zum Teufel nehmen

Sie sich dann nicht frei? Verbringen die Zeit mit Liza und den Kindern?«

Mickey schien von Jurys Reaktion enttäuscht. »Weil ich nicht so viel freie Zeit haben will, um darüber nachzudenken, deswegen.« Mit ernstem Blick beugte er sich über seinen Schreibtisch. »Also, was ist, machen Sie es? Versuchen Sie, es herauszukriegen? Mir liegt sehr daran, und für meinen Dad wäre es auch wichtig, wenn er noch am Leben wäre.«

Jury schob die Fotos zusammen. »Ja. Sie wollen schließlich nicht, dass die Crofts und Tynedales betrogen werden. Kann ich die ein Weilchen behalten?« Jury hielt die Bilder hoch. Als Mickey nickte, meinte Jury: »Andererseits...« Er machte eine Pause, während er überlegte, ob er jetzt, wenn er einen moralisierenden Ton anschlug, ebenso selbstgefällig klingen würde wie zuvor, »andererseits gehört diese Maisie, beziehungsweise Erin, schon so lange zur Familie und wird für die Enkelin des Mannes gehalten –«

»Sie meinen, ob es dann nicht besser wäre, man würde die alten Geschichten ruhen lassen?«

»So ähnlich. Überlegen Sie mal, nach einem halben Jahrhundert stellt sich heraus, dass Maisie gar nicht Maisie ist.« Jury hielt inne. »Na gut, ich will sehen, was ich tun kann.« Er steckte die Bilder in eine Innentasche seines Mantels und stand auf. Mickey erhob sich ebenfalls. Jury ging um den Schreibtisch herum und umarmte ihn. »Alles, was Sie wollen, Mickey, jederzeit, Tag oder Nacht. Das meine ich ganz ernst.«

»Danke, Rich.« Tränen standen in Mickeys Augen. »Es bedeutet mir sehr viel.«

Mickey im Sterben. Mickey tot.

Jury betrachtete die Pflastersteine zu seinen Füßen, während er Ludgate Hill hinaufging. Er schritt langsam voran, fast zögernd, bestimmt sah es aus wie der unsichere Gang eines Greises, dachte er. Liebe Güte, dafür, dass er sich schon alt fühlte, war er doch noch zu jung.

Abgesehen von den Polizisten, Feuerwehrleuten und dem Krankenhauspersonal, die in der City ihren Dienst versahen, schien alles wie entvölkert zu sein, und Jurys Stimmung war teilweise dieser Leere zuzuschreiben.

Plötzlich wusste er, woran es ihn erinnerte: an ein Niemandsland. Allerdings kannte er es nicht aus erster Hand, dieses neutrale Territorium im Schlachtgebiet, das weder Vormarsch noch Rückzug markierte und von keiner Seite beansprucht wurde. Sein Vater hatte es allerdings gekannt, er hatte davon erzählt. Nein, seine Mutter war es gewesen. So anschaulich hatte sie es geschildert, dass es ihm vorgekommen war, als stammte der Bericht von seinem Vater.

Ich dachte, es sei das Werk der Erinnerung. Das hatte Mickey gesagt.

In der Nähe von St. Paul's Churchyard hielt er Ausschau nach Blackfriars Lane und der Baustelle. Wegen der vielfach gewundenen, schmalen Straßen stieß er beinahe zufällig darauf. Man hatte die Stelle noch nicht mit Planen abgedeckt, und Kräne, Planierraupen und andere Maschinen standen wie prähistorische Spielzeugmaschinen im ausgehöhlten Erdreich herum.

Irgendwie verspürte er den Drang, seine wenigen Erinnerungen wie einen Mantel oder eine Decke um sich zu raffen. Er fragte sich, wie verlässlich sein Gedächtnis, oder überhaupt irgendein Gedächtnis, eigentlich war.

Wie Sterben war, konnte man einem anderen nie vermitteln, ganz egal, wie nahe man dem Menschen stand. Ganz egal, wie fähig, wie bereitwillig, wie mitteilsam der Kranke war. Allein er kann es wissen, kann es einschätzen, es ausmalen, die Grenzen erkennen.

Es fühlte sich vielleicht an, wie wenn man um zwei Uhr morgens im menschenleeren Finanzdistrikt auf Streife geht. Vielleicht – oder vielleicht auch nicht. Woher sollte er es wissen? Der Einzige, der es wusste, war Mickey selbst. Kein Wunder, dass der Mann so krank aussah.

Und was verschaffte einem Zutritt zu diesem Museum der verwüsteten Porträtfotografie? Nichts. Bis man selbst der Sterbende war, kam man nicht hinein. Nichts, nada, nil.

Er blickte hinunter auf die Stelle, an der einmal das Blue Last gestanden hatte. Wie immer, wenn er zu dem Schauplatz eines Verbrechens kam, versuchte er sich vorzustellen, was sich hier abgespielt hatte. Die Gäste im Pub, die paar Extrabiere, mit denen sie sich Mut antranken, die Kameradschaftlichkeit.

Jury konnte sich mühelos vorstellen, wie ein Gebäude um ihn herum einstürzte. Nicht vorstellen konnte er sich, weshalb es ihn verfehlt und dafür seine Mutter begraben hatte. Dabei war das damals nichts Ungewöhnliches.

Und die junge Kitty, die an den wie Streichhölzer aufragenden Gebäuderesten vorbeihastete. Hier ein halbes Haus weggrasiert, dort eins, so dass man in der gelegentlich stehen gebliebenen anderen Hälfte wie in einem Puppenhaus türlose Räume oder ein frei einsehbares Treppenhaus erkennen konnte. Und doch gab es hier und da ein intakt gebliebenes Gebäude, wie zum Trotz unzerstört. Daraus schöpfte das Mädchen die Hoffnung, dass das Pub noch einmal Glück gehabt hatte und auch davongekommen war.

War es aber nicht, und so machte Kitty sich nun daran, ihr eigenes Glück zu schmieden.

3

Auf der Ludgate Hill blieb Jury vor einem Restaurant stehen, das für seine Cappuccino-Bar Reklame machte. Unschlüssig sah er von draußen hinein und dachte dabei an Mickey. Wenn er herausfand, was passiert war und ob Tynedales Enkelin tatsächlich die war, für die sie sich ausgab, würde Mickey dann wieder Bodenhaftung fühlen?

Er ging in das Lokal. Es war leer bis auf die Bedienung und eine dunkelhaarige Frau mit kalten Augen, die an einem Tisch am Fenster saß. Jury nahm am Tresen Platz. Vor dem riesigen Spiegel waren Glasregale angebracht, auf denen sich ein Sortiment an Spirituosen befand, das jedem Pub Ehre gemacht hätte.

Eine hübsche Kellnerin mit großen, dunklen, gefühlvollen Augen kam zu ihm herüber und nahm seine Bestellung auf: Kaffee, einfach schwarz. An wen erinnerte sie ihn? An irgendeine Schauspielerin? Sie brachte den Kaffee, und er nahm einen kleinen Schluck, ein starkes Gebräu, schwarz wie die Sünde, und ließ die Ereignisse des Vormittags noch einmal Revue passieren. Wäre es ein anderer als Mickey gewesen – nein. Hätte Mickey oder sonst jemand ihn unter anderen Umständen darum gebeten, er hätte abgelehnt. Er wollte nicht mehr über den Krieg nachdenken.

»Zu stark, der Kaffee?«, erkundigte sich die Kellnerin mitfühlend, als wäre es allein ihre Schuld.

»Ein bisschen schon, ja.« Er ersetzte seinen vermutlich kaffeeschwarzen Gesichtsausdruck durch ein Lächeln.

»Der steht noch gar nich lang. Ich mein, der is ganz frisch, grade erst gebrüht.« Sie zuckte unmerklich die Achseln. »Unser Kaffee, der is eben so.« Sie starrte die schlimme Tasse an. »Ich könnte 'n bisschen heißes Wasser reintun.« In ihrem Gesicht regte sich leise Hoffnung.

»Nein, aber wissen Sie, was? Geben Sie mir einen Schuss von dem Zeug da.« Er deutete auf das Regal mit den Spirituosen. »Von dem Glen Grant.«

Sie nahm die Flasche herunter, holte ein Whiskyglas unter der Theke hervor und schenkte ein. »Das peppt ihn auf«, sagte sie, während sie ihm das Whiskyglas hinschob.

Jury kippte den Inhalt in die Tasse, nahm einen Schluck und erklärte es für viel besser. Dann fragte er: »Ist es an den Wochenenden immer so leer hier?« Der einzige andere Gast war die Brünette mit dem eisigen Blick. Für Jury sah es so aus, als rauchte sie die letzte Zigarette auf der Welt.

»Ja, das liegt daran, dass hier in der Gegend niemand wohnt, wissen Sie. Ich mein, außer in den Docklands, aber die gehören ja nich richtig zur City.«

»Noch nicht, aber bald. All die neuen Eigentumswohnungen.« Die Brünette am Fenster machte ihr ein Zeichen, und die Kellnerin ging an ihren Tisch hinüber.

Jury nahm den Umschlag aus der Tasche und legte die Fotos nacheinander auf dem Tresen aus. Er ordnete sie möglichst chronologisch an: das Pub, Kitty Riordin, die junge Alex. Er lächelte. An *sie* erinnerte ihn die Kellnerin! Er betrachtete Alexandra Herrick mit ihrem Baby Maisie, dann das Jagdflugzeug und den in die Sonne blinzelnden jungen Piloten. Er hielt inne und dachte an seinen Vater. Der war auch bei der Royal Air Force gewesen, hätte diese Spitfire fliegen, sogar ein Freund von Ralph Herrick sein können. Die Gesichter selbst sagten ihm nichts. An das Gesicht seines Vaters konnte Jury sich nicht erinnern – wie alt war er damals gewesen? Aber das Flugzeug, das in Richtung Erde trudelte, hatte er immer vor sich. In Wirklichkeit hatte er es natürlich nicht gesehen, doch im Kopf hatte er es so vor sich, und nichts und niemand hätte an diesem Bild etwas verändern können.

Nachdem seine Mutter gestorben war, kam das Jugendamt, allzeit bereit, wie ein Raubvogel herabzustoßen und wieder ein Kind unter seine Fittiche zu nehmen. Dann kam die Zeit im Waisenhaus – Good Hope, hieß es, Gute Hoffnung. Komisch, dass er sich an dieses Detail erinnerte, so viel anderes aber vergessen hatte. Zuerst hatte ihn ein gütiger Onkel aufgenommen. Nachdem der gestorben war, kam Good Hope. Irgendwie erinnerte er sich, fünf oder sechs Jahre dort gewesen zu sein. Doch als er jetzt versuchte, sich diesen Zeitabschnitt wieder in Erinnerung zu rufen, war er sich absolut nicht mehr sicher – es hätten auch fünf oder sechs Monate gewesen sein können. Er sah eine Reihe schmaler Betten vor sich, deren Laken so straff gespannt waren, dass ein Kind darauf herumhopsen konnte. Er hopste jedoch nicht, sondern saß bloß still in einer Ecke auf seinem eigenen Bett. Er versuchte sich zu entsinnen, ob er mit den Füßen bis zum Boden gereicht hatte, denn das hätte ihm verraten, wie alt er damals war. Wie lang war er dort gewesen?

Er dachte an seine Cousine in Newcastle, die Tochter des freundlichen Paars, der es damals nicht so recht gepasst hatte, dass er zu ihnen kam. Ob seine Cousine, heute wie früher ein verbitterter Mensch, ihm das mit den sechs Jahren eingeredet hatte? Er könnte sie anrufen und fragen. Er könnte auch nach Newcastle fahren und versuchen, Auskunft von ihr zu bekommen. Ihr Mann war der enormen Arbeitslosigkeit in jener Gegend zum Opfer gefallen (»Nietenbude« nannten sie dort das Arbeitsamt), und seine Cousine hatte aus irgendeinem rätselhaften Grund Jury mit dafür verantwortlich gemacht, denn er war ja Superintendent bei New Scotland Yard. Wieso sollte Richard erfolgreich sein und ihr Bert nicht?

Er machte der Kellnerin ein Zeichen, wozu er mit dem Finger erst über dem Whiskyglas, dann über der Kaffeetasse einen Kreis beschrieb. Mit einem Schuss Whisky schmeckte der Kaffee erstaunlich gut, aber was schmeckte damit nicht gut?

Seine Cousine hatte vier Kinder. Er wusste nicht mehr, wie alt sie waren, denn er hatte sie seit Jahren nicht mehr gesehen. Das letzte Mal war auch an Weihnachten gewesen. Er hatte sie gar nicht besuchen wollen. Nicht weil sie ihn mit ihren Sorgen belasten würde, sondern weil er nur höchst ungern daran erinnert werden wollte, dass ausgerechnet sie seine einzige Verwandte auf der ganzen weiten Welt war. Er beneidete Wiggins um seine Schwester in Manchester.

Die Kellnerin kam mit frischem Kaffee und Whisky. Sie schien sich zu freuen, dass Jury hier eingekehrt war und ihre Zuvorkommenheit ein wenig geschätzt wurde. Jury lächelte sie bestätigend an, obwohl ihn der Whisky eigentlich, was bei Whisky üblicherweise der Fall ist, noch niedergeschlagener und grüblerischer machte und an unschöne kleine Kindheitsszenen denken ließ.

Er sah sich mit acht bis zehn weiteren Kindern an einem großen Esstisch sitzen, an dessen Kopfseite die alte Dame aus Oxfordshire (oder war es Devon?) thronte und alle dazu ermahnte, sich beim Essen wie feine kleine Damen und Herren zu benehmen. Sie hatte soeben das Tischgebet gesprochen, und Jury hatte beim Zuhören den Teller voll bleicher Wurst und Sauerkraut angestarrt, bei dem ihm wie immer schlecht wurde. Er würde sich übergeben müssen, wenn er es aß.

»*Richard isst nicht, Richard isst nicht, Miss* –«

Wer verspottete ihn da?

»*Isst nicht, isst nicht*«, tönte die Stimme weiter, und der gesamte Tisch stimmte ein – »*Richard isst nicht, isst nicht.*« Gewaltiges Löffelklappern schwoll zu voller Lautstärke an, bis die alte Dame schließlich mit der Hand auf den Tisch hieb, um sie zum Schweigen zu bringen (wozu sie ziemlich lange gebraucht hatte) und ihn höchstselbst zum Essen aufforderte. Wer war sie eigentlich? Seine Tante war es nicht, die ihn bei sich und dem Onkel aufgenommen hatte, nachdem seine Mutter bei der Bombardierung ihres Wohnblocks umgekommen war.... Nein... Damals hatte Jury mit Kopf und Schultern kaum über den Tisch gereicht. Er musste also noch sehr klein gewesen sein.

Sein Blick fiel auf die mittlere Aufnahme, die von der Evakuierung. So viele Kinder! Er meinte sein Kindergesicht zu sehen. Das Kind blickte über die Schulter einer unbekannten Frau, während sie es davontrug.

Zwei oder drei andere Jungen waren auch noch dabei gewesen und ein Mädchen – er erinnerte sich noch lebhaft an ihr leuchtendes Haar. Sie war älter als die anderen, vielleicht neun oder zehn, und schien die Anführerin zu sein. Sie marschierten gerade über ein Feld. Die überall aufgestellten Schilder konnte er zwar nicht lesen, doch erkannte er an dem Totenschädel und den gekreuzten Knochen auf einem davon, dass es ein gefährlicher Ort war. Das Mädchen hatte ihnen gesagt, es seien lauter Warnschilder, GEFAHR stünde darauf. Das Feld sei voller Bomben, die noch nicht hochgegangen waren, sagte sie.

»*Gehen wir ans Meer!*«, schlug sie vor.

Dort lagen sie in der Ferne, das unerbittliche graue Meer und die niedrigen Klippen. Oxfordshire hatte es nicht sein können, sie mussten also im West Country sein – in Devon oder Dorset oder vielleicht in Cornwall. Er fiel zurück, blieb vor einem schiefen Zaun aus Drahtgeflecht und Holz stehen, der in einem langen Stück heruntergebrochen war. Der sollte einen eigentlich von der Gefahrenzone fernhalten, doch sie marschierten einfach darüber. Dort stand er, klein und stämmig, während die anderen zurückschrien: »*Richard ist ein Angsthase!*«

Er überlegte, wieso seine Mutter ihn bloß dort zurückgelassen hatte. Überall lauerten Gefahren – die Stoppelfelder, das Meer, der lange Esstisch, die grauen Würste, die Spiele. Das rothaarige Mädchen.

Insgeheim hatte er sie wohl beneidet. Sie schien vor nichts Angst zu haben, nicht vor dem Bombenfeld, nicht vor der alten Dame, der das Haus gehörte. »*Altes Hutzelweib!*«, hatte sie die alte Dame genannt. Das rothaarige Mädchen versetzte ihn in Angst und Schrecken. In Angst und Schrecken.

Auch der Salon der alten Dame – denn dort standen überall Fotos von toten Soldaten. Er wusste, dass einige tot waren, denn um zwei Rahmen hatte sie schwarze Samtbänder drapiert und vor anderen kleine Kerzen aufgestellt. Er verbrachte viel Zeit damit, die Gesichter dieser Männer eingehend zu betrachten, die alle in Uniform und alle jung waren. Ob von den anderen, denen, die noch am Leben sein mussten, wohl einer sein Vater war, fragte er sich. Zumindest einer hätte es sein können, denn er trug die Uniform eines Piloten der Royal Air Force. Vielleicht hatte seine Mutter es hier aufstellen lassen, wo Richard es betrachten konnte, wann immer er wollte.

Der Wildfang, das rothaarige Mädchen, hatte ihnen von den Fotos erzählt, hatte sie sich hinsetzen lassen, während sie sie nacheinander hochhob und ihnen erzählte, wer der Abgebildete war. Als sie zu dem kam, der sein Vater hätte sein können, rutschte er vom Stuhl und erzählte allen, wer dieser Jagdflieger war. Sie lachten und lachten.

»*Dann ist er tot! Piloten sterben viel öfter, weil es gefährlicher ist!*«

Nicht wahr, schrie Richard. Er steuerte immer noch sein Flugzeug.

»*Es ist abgestürzt –*« Ihre Hand beschrieb eine Spiralbewegung in Richtung Boden.

Richard war außer sich. Er hätte die Wut, die nun in ihm hochstieg, genauso wenig beherrschen können, wie er die Hurricane hätte fliegen können – er ging auf sie los. Das laute Geschrei alarmierte die alte Dame. Das Mädchen kreischte, und die alte Dame stürzte sich auf die beiden ineinander verkeilten Gestalten, riss Richard weg und hätte ihn um ein Haar in den kalten Kamin geschleudert.

»*Was geht hier vor? Was ist los?*«

»*Nichts*«, hatte das rothaarige Mädchen gesagt. »*Wir spielen bloß.*«

Immerhin, dachte er jetzt, hatte es damals einen gewissen Ehrenkodex gegeben. Untereinander mochten sie streiten, gegen die alte Dame standen sie jedoch zusammen. Von Schluchzern und Wut geschüttelt, hatte er im Bett gelegen. Später hatte er sich in den Salon geschlichen, das Foto des Fliegers geschnappt, der vielleicht sein Vater war, und es mit hinauf in sein Zimmerchen genommen. Er hatte an seinem Dachgaubenfenster gestanden und in den schwarzen, mit Sternen übersäten Himmel geschaut. Dabei hatte er sich ausgemalt, wie sie explodierten und sich in silberne Trümmerstücke verwandelten, und sich gefragt, ob das Flugzeug seines Vaters jetzt wohl dort oben war. Die Spiralbewegung fiel ihm wieder ein, die die Hand des rothaarigen Mädchens gemacht hatte, bis auf den Fußboden hinunter. Seinem Vater würde das nicht passieren. Manche Menschen werden von Gott wie an Strippen hochgehalten, und sein Vater war sicher einer davon.

An das alles hatte Jury schon lange nicht mehr gedacht. Mickey hatte es ihm mit seinen Fotos wieder ins Gedächtnis gerufen – und mit dem Rätsel um Maisie Tynedale. Er nahm die Aufnahme mit dem Jagdgeschwader und erinnerte sich an die Abwärtsspirale ihrer Hand. Was wohl aus ihr geworden war, fragte er sich, aus dem Mädchen mit dem flammend roten Haar.

Er spürte eine hauchzarte Berührung an der Wange und blickte auf. Die Kellnerin hatte sein Gesicht mit einer Serviette oder vielleicht ihrem eigenen Taschentuch berührt.

»Es is bloß die eine Träne.« Mit einem unsicheren Lächeln streckte sie ihm das Taschentuch hin.

Er erwiderte ihr Lächeln. »Ich weine doch nicht etwa, oder?«

Sie hob die Flasche Glen Grant in die Höhe, die sie zusammen mit der Kaffeekanne gebracht hatte, und er nickte und hielt ihr sein Whiskyglas hin, dann schob er die Tasse hinüber. »Danke.«

Mit einer leichten Kopfbewegung zu den Fotos vor ihm auf dem Tresen sagte sie: »Es sind wahrscheinlich die traurigen Bilder. Sehen aus, wie wenn sie alt wären, die Fotos.«

»Sind sie auch.« Er drehte das von Alexandra Tynedale und ihrem Baby herum, damit die Kellnerin es sehen konnte. »Ich überlege schon die ganze Zeit, an wen Sie mich erinnern.« Er tippte mit dem Finger auf den Schnappschuss. »An sie.«

Die Kellnerin lächelte. »Man sagt mir immer, ich seh aus wie Vivien Leigh. Das war so eine Schauspielerin, is schon lang her. Ich kenn bloß Fotos von ihr, ihre Filme hab ich nie gesehen. Erinnern Sie sich an sie? War sie wirklich so schön?« Sie errötete, weil sie damit nicht hatte sagen wollen, sie selbst sei schön.

»O ja, ich erinnere mich gut an sie. Ja, sie war so schön. Wie Sie.«

Das Mädchen errötete noch mehr. »O…« Mit einer lässigen Handbewegung wischte sie das Kompliment beiseite. Dann fragte sie: »War es eine Freundin von Ihnen?« Sie deutete mit dem Kopf auf die Aufnahmen.

»Nein. Das sind nicht meine Bilder.«

Oho, und ob.

Jury leerte die Kaffeetasse in einem Schluck, legte mehr als genug Geld auf den Tresen und wandte sich zum Gehen. Die Brünette mit dem eisigen Blick saß immer noch da und steckte sich gerade wieder eine Zigarette zwischen die Lippen. Die von vorhin war also erst die vorletzte Zigarette auf der ganzen Welt gewesen.

Und diese war nun die letzte.

4

Der Hund Stone war noch vor Carol-Anne Palutski in Jurys Wohnzimmer, legte sich vor Jurys Ohrensessel nieder und schlief ein. Jury fand Hunde schon erstaunlich.

Allerdings nicht so sehr, wie Carol-Anne Palutski ihn erstaunte. Sie stand in der Tür, angetan mit einem kurzen Kleidchen in knalligem Blau. Wortlos hielt er die Tür ein Stückchen weiter auf. Sie trat ein.

Er wusste nicht, wieso sie auf seiner Schwelle gezögert hatte, denn sie ließ sich umgehend auf sein Sofa plumpsen. Unsichtbare Fäden schienen Carol-Anne von Ort zu Ort zu ziehen, als wollte jeder Raum ein Kostpröbchen von ihr haben.

»Es ist Samstagabend, und ich glaub kaum, dass Sie ins Neun-Eins-Neun runter wollen?«

Dort hatte Stan Keeler immer seinen Gig, wenn er zu Hause war. Zu Hause hieß, in der Wohnung direkt über Jury. »Warum denn so defätistisch? Seit wann ist Stan wieder da?«

»Seit gestern Abend. Sie waren aber nicht hier«, fügte sie vorwurfsvoll hinzu.

Die Wohnung im zweiten Stock hatte aufgrund von Carol-Annes hausmeisterlichen Fähigkeiten jahrelang leer gestanden. Sie hatte den Eigentümer überredet, sie mit der Vermietung zu betrauen, um Gesindel fernzuhalten, wobei sie unter Gesindel weibliche Wesen verstand, verheiratete Paare und sämtliche Männer, die ihren Maßstäben nicht entsprachen. So war es im Oberstock also still gewesen, bis Stan Keeler mit seiner Gitarre und seinem Hund Stone eingezogen war, einem karamellfarbenen Labrador, der sich nun über Jurys Füße drapierte und von endlos weiten Feldern träumte.

Carol-Anne erinnerte ihn ein wenig an das rothaarige Mädchen, obwohl das Rot von Carol-Annes Haar mehr mit Gold durchmischt war. Außerdem saß das Herz in ihrem herrlichen Körper genau am rechten Fleck.

Sie legte die Füße auf den mit Zeitungen und Zeitschriften übersäten Beistelltisch, nahm sich ein Exemplar von *Time Out* und begann es durchzublättern. Dann meinte sie gähnend: »Soll ich das ›nicht so defätistisch‹ als Ja auffassen?«

Er fand ihre zur Schau gestellte Gleichgültigkeit einfach köstlich. »Ja.«

»Gut. Also etwa um elf?« Das Neun-Eins-Neun kam immer erst kurz vor Mitternacht richtig in Fahrt. Sie schaute wieder stirnrunzelnd in das Veranstaltungsmagazin. »Ich weiß gar nicht, warum Sie es kaufen. Sie gehen ja sowieso nirgendwo hin.«

»Tu ich doch. Ich gehe sogar viel weg. Sie sind eben nicht dabei, wenn ich was unternehme.« Den Kopf an die Rückenlehne seines Sessels gestützt, war er sich wohl bewusst, dass sie ihn eingehend musterte. *Ein geheimes Leben?*, dachte sie wohl. Das machte ihr nämlich zu schaffen.

»Wohin denn?«

»In die City, zum Beispiel, wo ich übrigens heute war. Um einen alten Freund zu besuchen, in den Pubs vorbeizuschauen, den Coffeeshops. Überall. Habe eine nette Kellnerin getroffen, wirklich hübsch.« Sie musterte ihn neugierig. Jury lächelte. Carol-Anne schien sich manchmal nicht sicher zu sein, ob dieser Jury vor ihren türkisblauen Augen vielleicht einmal einfach verschwinden würde. »Sie würden staunen, was ich manchmal alles anstelle. Auch wenn Sie jenseits dieser vier Wände kein Leben für mich sehen« – im Starrdust in Covent Garden hatte Carol-Anne einen Job als Wahrsagerin – »führe ich doch ein recht ereignisreiches.« Daraufhin tischte er ihr eine wilde Geschichte von einem Fall auf, den er gerade aufgeklärt hatte, wobei er seine eigene Rolle heftig überzeichnete. Ihrem erschrockenen Blick nach hätte es ihn nicht gewundert, wenn er für sie allmählich mehr Mythos als Mensch war.

»Was für eine Kellnerin?«, sagte sie.

5

Es war Sonntag, und Jury wurde seine tiefe Niedergeschlagenheit über Mickey Haggertys Schicksal einfach nicht los. Schicksal, Verhängnis. Unheilbare Krankheit. Unendliches Leid. Er versuchte sich vorzustellen, wie es ihm an Mickeys Stelle erginge. Doch es gelang ihm nicht. Ihm fehlte die Fantasie.

Über ihm bellte Stone einmal kurz auf. Allzu verschwenderisch war er nicht gerade mit seinem Gebell. Es bedeutete, Stan war aufgestanden und würde in ein paar Minuten die Gitarre warm spielen. Keine unangenehme Aussicht, denn Stan passte seine Melodien immer sorgfältig der Tageszeit an. Nichts Unbotmäßiges an einem späten Sonntagmorgen.

Musik. Carol-Anne würde auf dem Fuße folgen.

Rat-a-tat-tat, machte es an seiner Tür. Er machte auf. Carol-Anne sagte Guten Morgen und trat ein, angetan mit einem grell leuchtenden korallenroten Kleid, das zusammen mit dem Sonnenlicht ihr rotes Haar und den ganzen Raum in Brand setzte. Sie ließ sich aufs Sofa fallen, von dem er soeben aufgestanden war, und zog eine Sandale aus.

Jury überlegte, ob in dieser Handlung wohl eine versteckte, symbolische Botschaft lag. Nein. Carol-Anne hatte eine Pediküre im Sinn. Sie schraubte ein Fläschchen mit grell pinkfarbenem Nagellack auf.

»Sie sehen aus wie das vom Aussterben bedrohte Korallenriff vor Key West.«

»Ist das ein Kompliment? Oder soll das heißen, ich seh aus wie zerkrümelte Felsbrocken?«

Jury hatte sich in seinen Ohrensessel gesetzt und sagte: »Ich glaube, unsere Umweltschützer würden weder Sie noch ein Korallenriff als zerkrümelte Felsbrocken bezeichnen.«

Die Zehen fest gegen die Kante seines Beistelltischchens gestützt, trug sie mit kleinen Tupfern den Nagellack auf und sah zu, wie sich Jury die Schuhe zuband. »Sie gehen aus? Heute ist doch Sonntag.«

»Sonntag ist Ausgehtag. Vielleicht am ehesten von der ganzen Woche. Die Leute sind tatsächlich von Mittag bis in die Nacht in den Pubs.«

Das Kinn auf das hoch gestellte Knie gestützt, fragte sie: »Sie gehen also in den Angel?«

»Nein.«

»Wohin dann?«

Jury unterbrach sein Schuhbinden, um der sanften Musik zu lauschen, die durch die Zimmerdecke drang. Er seufzte. »Er ist großartig.«

»Stan? Wir gehen nämlich in den Angel.« Sie hatte einen Fuß heruntergenommen und den anderen hochgestellt. »Wo gehen Sie denn hin?«

»Ach, ich weiß noch nicht.«

»Hm, gestern haben Sie ja ziemlich katermäßig ausgesehen, als Sie nach Hause kamen.«

»Was Sie nicht sagen!« Jury überlegte, ob er irgendwas zum Frühstück im Kühlschrank hatte und sehnte sich zum zigsten Mal nach einer Zigarette.

»Also, wo waren Sie? Ich meine, außer da, wo die Kellnerin war?«

Er lächelte. »Hmm, hier und da.«

Sie unterbrach ihre Lackiererei. »Dann brauchen Sie ein bisschen Nachkaterstoff.«

Er stieß ein kurzes Lachen aus. »Ich habe keinen Kater, obwohl ich zugebe, dass ich mich gestern Abend sehr bemüht habe, mir einen zuzulegen.«

»Ich rede nicht von Alkohol.« Sie hatte den Kopf wieder gesenkt und bearbeitete ihren kleinen Zehennagel. »Ich meine, Sie sollten da wieder hingehen.«

»Wieder hingehen?«

»In die City, dahin, wo Sie gestern waren.« Sie begutachtete ihren nackten Fuß, die frisch bemalten Nägel. »Aber nicht in den Coffeeshop«, fügte sie hinzu. »Zu viel Koffein tut einem nicht gut.«

Einige andere Dinge auch nicht, dachte Jury und lächelte.

6

Vielleicht hatte sie Recht, obwohl dieser Ratschlag aus Carol-Annes Mund ein wenig seltsam klang, die sich ihre Prophezeiungen, und mithin alles, was auf Jurys Zukunft hindeutete, normalerweise für das Starrdust aufhob, wo sie mittels einer Kristallkugel wahrsagte. Oder vielmehr mittels ihrer blaugrünen Augen. Der Besitzer Andrew Starr war begeistert: Es kam sonst nicht oft vor, dass Männer das Starrdust frequentierten, das sich vornehmlich mit der Erstellung astrologischer Himmelskarten befasste, und Männer wollten ja nicht zugeben, dass sie an Astrologie glaubten. Inzwischen kamen sie jedoch in Scharen.

Sonntag war ein guter Tag für einen ungestörten Spaziergang im Finanzdistrikt. Jury fragte sich, ob Mickey vielleicht in seinem Büro war, ob er die Wochenenden dort verbrachte statt zu Hause, wo er seine Todgeweihtheit ständig in den Gesichtern seiner Familie reflektiert sah. Selbst wenn Mickey seine Krankheit einmal fünf Minuten vergessen konnte – sie schafften es nicht, jedenfalls nicht in denselben fünf Minuten.

Dies war wohl auch der Preis, dachte Jury, den – Ironie des Schicksals! – unheilbar Kranke zu zahlen hatten: Ihre Mitmenschen wollten sie nicht um sich haben und zwar aus genau dem Grund, weshalb sie es eigentlich sollten. Sie hatten Angst vor dem eigenen Sterben, wollten nicht daran erinnert werden. Neben dieser offensichtlichen Feigheit gab es unterschwellig aber noch andere, etwas kompliziertere Gründe. Jedenfalls würden er und Mickey sich oft sehen, denn es gäbe Fragen, Probleme, Dinge zu berichten.

Jury war an der U-Bahnstation Holborn ausgestiegen, die High Holborn entlanggegangen und vor den Lincoln's Inn Fields in Betrachtung versunken stehen geblieben. Er musste an den Dichter Chidiock Tichbourne denken, der in die verschwörerischen Kreise um die Ermordung von Königin Elizabeth der Ersten verstrickt war. Wenngleich in jeder Hinsicht unschuldig, wurde er hingerichtet. Jury hatte schon immer gefunden, dass jenes von ihm verfasste Gedicht eine der traurigsten Schlusszeilen hatte, die ihm je untergekommen waren. »*Da lebe ich in einem Augenblick, im nächsten ist mein Leben schon verwirkt.*« Als er es geschrieben hatte, war Chidiock Tichbourne siebzehn Jahre alt gewesen. Kurz darauf war er hingerichtet worden. Mit siebzehn.

Er hatte Mickeys Schnappschüsse dabei, weshalb, wusste er eigentlich auch nicht. Ab und zu zog er den einen oder anderen hervor, betrachtete ihn ein paar Augenblicke eingehend und überlegte, ob Mickey doch Recht gehabt hatte. Er fragte sich, weshalb ihm so sehr daran lag, dieses Rätsel zu lösen. »*Mir bleibt nicht genug Zeit.*« Bleibt einem nie, dachte Jury. Natürlich wusste er, wieso er die Bilder mitgebracht hatte: in ihnen war das Rätsel verschlossen.

Er schlenderte die Holborn Viaduct entlang in die Newgate Street, vorbei an St. Paul's und nach Cheapside hinunter, wo es ihm immer gefallen hatte und er gern damals im siebzehnten Jahrhundert durchgeschlendert wäre, als dort noch ein riesiger, lebhafter Markt gewesen war. Es gefiel ihm wegen seines Londoner Flairs und weil jede Zunft dort ihr eigenes Revier hatte: die Bäcker in der Bread Street, die Fischhändler in der Friday Street, die Melker in der Milk Street, in der er jetzt stehen geblieben war. Er überlegte, ob er sich in dem vor ihm liegenden Pub namens Hole in the Wall einen Drink genehmigen sollte. Auf diesem Grundstück hatte sich einst eine von diesen Anstalten befunden, »Schuldgefängnis« hießen sie damals, wo sich arme Teufel je nach Zahlungskraft ein »Obdach« verschaffen konnten. Wer nicht arm war, bekam das Beste geboten. Die Ärmsten hausten jedoch im finstersten Verließ, wo die übel riechende Luft sich nur dann in frische verwandelte, wenn man durch ein Loch in der Wand etwas frische Luft hereinließ. Hier wurden die Passanten auch von den Gefangenen um Essen angebettelt. Hatte es jemals ein korrupteres System als das Gefängnissystem gegeben? Jury fiel keines ein. Er beschloss, sich nun doch keinen Drink zu genehmigen, sondern in die Bread Street einzubiegen.

Nicht weit von der Ecke Cheapside blieb er erneut stehen. Hier war, falls ihn seine lückenhaften Ortskenntnisse nicht im Stich ließen, fast geheiligte Erde, denn hier hatte bis zur großen Feuersbrunst von 1666 die Mermaid Tavern gestanden. Er betrachtete das Gebäude, das heute dort stand, und stellte sich vor, was dort einst gewesen war, wie die Mermaid Tavern wohl ausgesehen hatte. In seiner Vorstellung trat er ein und fand eine noch verrauchtere, ungebärdigere und mit mehr wildem Gelächter und lautem Geschrei nach Bier erfüllte Lokalität vor als das Angel, sein Pub in Islington. Frauen waren nicht zu sehen, keine einzige, abgesehen von der Schankwirtin, der die Brüste aus dem locker geschnürten Leibchen quollen.

Und da seine Fantasie ihn im ersten Teil des siebzehnten Jahrhunderts abgesetzt hatte, saßen sie dort nun alle um den Tisch versammelt. Männer, die scharfsinniger und klüger, weniger verwirrt und vernebelt waren als der Rest der Gäste: Ben Jonson, Shakespeare, Donne, Beaumont und Fletcher, John Webster, Walter Raleigh (der diesen »Klub« gegründet hatte) und in einer düsteren Ecke auch Dr. Johnson, der als Einziger aufrecht dastand für den Fall, dass er einen schnellen Abgang machen musste, und der auch der Einzige war, der damals noch nicht geboren war.

Jury fand es bemerkenswert, dass sich alle diese Ikonen der Literatur in einem Raum versammelt hatten und um einen Tisch herum saßen. Er wollte wissen, was sie dachten. Also erzählte er ihnen die Geschichte mit den Fotos. Keiner beachtete ihn jedoch im Geringsten, sie lachten und spöttelten nur die ganze Zeit *So weit ist's mit den Bobbys also gekommen! Und wenn man sämtliche Straßenlaternen Londons anzündete, wäre diesem Kerl nicht heimzuleuchten, was?«*, fragte Webster. *»Wissen Sie, wonach das klingt?«*

»Weiß ich in der Tat, Mr. Webster«, meinte Beaumont. *»Klingt, als hätte jemand die Handlung meines Stücks* Der Wechselbalg *abgekupfert.«*

»Machen Sie sich doch nicht lächerlich«, ließ sich Shakespeare vernehmen. *»Ein Märchen ist's, erzählt von einem Dummkopf, et cetera, et cetera.«* Er knallte seinen Krug auf den Tisch und rief durch die qualm- und kohlegeschwängerte Luft nach Ale.

Ben Jonson verlangte: *»Einen Becher Canary-Wein, und zwar hopp-hopp, Megs!«*

Die vollbusige Schankkellnerin winkte beschwichtigend.

»Ich will bloß wissen «, sagte Jury, »soll ich es glauben?«

Ob der Trottelhaftigkeit dieser Frage schienen alle sieben kurz verdattert zu sein. Dann fanden sie sie jedoch im höchsten Maße lachhaft.

Megs war mit hüpfenden Brustbändern dazugekommen und lieferte ihm die Antwort: *»Wenn's wegen dem Glauben is, gehen Sie doch gleich rüber zu St. Mary-le-Bow.«*

»Ach, dort verbrennen sie ihn womöglich wegen Hochverrats«, schrie Fletcher.

Jury ließ sich nicht beirren, denn auf so viel Weisheit und Geist, wie sich hier eingefunden hatte, würde er in seinem ganzen Leben nicht mehr stoßen. »Ist das wahr?«

Ob schon geboren oder nicht, Samuel Johnson konnte einfach nicht mehr an sich halten. »*Der Mann liegt im Sterben, Sie Trottel. Wieso sollte er sich lang und breit über diesen Schwindel mit der falschen Identität auslassen, wenn er nicht tatsächlich stattgefunden hätte oder sonst etwas Ähnliches passiert wäre, mit dem sich die Geschichte ausschmücken ließe, damit Ihr Beistand gesichert ist. Er braucht Ihre Hilfe, Mann, obschon ich sagen muss, Hilfe von Ihnen ist etwa so nützlich wie weiland die von Chesterton.*«

Jury hatte keine Ahnung, was er damit meinte. Dr. Johnson klärte ihn nicht auf, sondern verzog sich wieder in die Ecke.

Und doch, überlegte Jury, liegt in dem Ratschlag etwas, das er beachten sollte, die verschlüsselten Anhaltspunkte betreffend. Er wusste aber nicht, was.

»Sie sind doch alle Intuitionisten.«

Sie musterten einander mit hoch gezogenen Augenbrauen und fragendem Blick und deuteten mit dem Finger in Jurys Richtung.

Jury wollte noch nicht aufgeben. »Wohlan, was sagt Ihnen Ihre Intuition dazu?«

Donne, der sich kaum an den Sticheleien derer um den Tisch beteiligt hatte, räusperte sich und sagte: »*Sie wollen diesem Mann helfen, weil Sie das Gefühl haben, seine Geschichte ist auch Ihre.*«

»Ja. Nein. Ich habe mich nicht fälschlich für eine andere Person ausgegeben. Der Teil der Geschichte gehört nicht dazu.«

Das tat Donne mit folgenden Worten ab: »*Das ist lediglich der Lockvogel, mit dem Ihr Interesse geweckt werden soll. Es ist bloß eine Etappe in dem eigentlichen Rätsel und völlig unwesentlich.*«

»Es ist aber das *ganze* Rätsel. Es geht nur um diese eine Frage. Auf sie allein gilt es eine Antwort zu finden.«

»*Sie ist nur wichtig, wenn Sie sich nicht weiter umsehen.*«

»Umsehen? *Wonach* denn umsehen? Verzeihen Sie, aber Sie sprechen in Rätseln.«

»*In Rätseln!*«, sagte Beaumont. »*Nur weil Sie es nicht verstehen, spricht er noch lange nicht in Rätseln.*«

»*Sie beharren einfach zu sehr, Mr. Jury*«, sagte Webster, »*auf Ihrer Auffassung von einem Kriminalfall. Weil Sie vermutlich zu den Typen von Detektiven gehören, über die unsere so genannten Schriftsteller in der Grubb Street schreiben, jene Verfasser kurzlebiger Gedichte und mieser Detektivromane.*«

»*Es ist doch so, Mr. Jury, einen Teil kennen Sie ja schon. Nämlich das, was Sie die Lösung nennen würden, die Antwort, die Schlussfolgerung, nennen Sie's wie Sie wollen. Aber das ist nur die wertlose Spreu, die im Staub übrig bleibt. A bringt B um. Sie bemühen sich, die Identität von A herauszubekommen. Es gelingt Ihnen, und Sie setzen den Kerl fest*«, sagte Fletcher.

»So einfach ist das nicht –«

»*Aber selbstverständlich ist es das*«, sagte Webster. »*Hundert Schreiberlinge sitzen in der Grubb Street genau in diesem Moment an ihren Detektivgeschichten –*«

»*Falsches Jahrhundert! Falsches Jahrhundert!*«, brüllte Dr. Johnson. »*Detektivgeschichten gibt's erst seit Edgar Allan Poe!*«

»*Sie sind völlig hinterm Mond, Kumpel*«, sagte Fletcher zu Jury.

»*Sieht den Wald vor lauter Bäumen nicht*«, meinte Beaumont und fügte hinzu, »*wer hat das eigentlich gesagt?*«

Ihr beide könnt mich mal, dachte Jury. Blöde Säcke! »Danke, Mr. Donne und Dr. Johnson. Ich weiß, Sie wollten ja nur helfen. Im Gegensatz zu gewissen anderen Leuten.« Er warf Beaumont und Fletcher einen bösen Blick zu und fragte dann: »Was habt ihr *Burschen* denn überhaupt geschrieben?« Jury freute sich, als er sah, wie ihre Gesichter rot anliefen.

»*Giovanni und Arabella oder Schade, dass sie eine Hure ist*«, rief Ben Jonson aus. »*Megs, Megs! Wir reden grade von dir! Her mit dem Wein! Ein ausgezeichnetes Stück! Lief ein halbes Jahr im Duchess.*«

Dr. Johnson drehte sich um und schlug mit dem Kopf gegen einen der kräftigen Stützbalken der Taverne. »*Falsches Jahrhundert, Sie Idiot! Das Theater wurde erst ein paar Jahrhunderte später erbaut!*«

Ben Jonson, schwer damit beschäftigt, die gute Megs in den Hintern zu kneifen, sagte: »*Ja, Sie haben Recht.*«

»*Man wundert sich natürlich*«, meinte Shakespeare, »*über unseren Sam da hinten. Sie haben nichts zu sagen, Sam, was wollen Sie also hier?*«

Nur Schweigen drang für einen Augenblick aus der dunklen Ecke dort hinten. Dann sagte Samuel Johnson: »*Patrouillieren. Man muss doch patrouillieren. Man muss die Literaturszene beobachten. Dagegen hätte ich nichts, wenn mir bloß dieser Trottel Pepys nicht dauernd folgen würde.*«

Dann sah Jury zu, wie sich die Szene auflöste, und wandte den Schritt in Richtung Ludgate Hill. Konnte man gleichzeitig in Hochstimmung sein und sich ernüchtert fühlen? Offensichtlich ja, sagte er sich trübselig. Es war nur ein paar Minuten bis Ludgate und zu den engen kleinen Straßen, die die Baustelle säumten. Er starrte eine Weile auf die leere Fläche, bevor er Mickeys Foto vom Blue Last herauszog.

Ein dreigeschossiges Gebäude war darauf zu sehen, das den umliegenden Häusern ähnelte, mit Giebel, Dachgaubenfenster und einer Tür, die in einem dunkleren Farbton gestrichen war als das übrige Bauwerk. Es war Weihnachten, vier oder fünf Tage, bevor die Bomben fielen. Die Weihnachtdekoration – die Lichterkette, die am Dach entlang und um die Fenster im Erdgeschoss verlief – wirkte auf Jury furchtbar traurig. Ein Mann, Francis Croft, und Oliver Tynedales Tochter Alexandra standen vor dem Pub und lächelten, leicht geblendet von der Wintersonne. Wenige Tage später wäre ihr Leben und das der Familien all jener, die unglücklicherweise im Pub gewesen waren, auf furchtbare und unwiderrufliche Weise verändert.

Alexandra Herrick war sogar auf dieser verwackelten, ungeschickten Abbildung als Schönheit zu erkennen, wenngleich man sich ihre Haut- und Haarfarbe dazudenken musste, was Jury nicht schwer fiel. Das Baby war vermutlich ebenfalls sehr ansehnlich. Hier war die Kleine, in eine Decke gehüllt. Dann betrachtete er das Foto, auf dem das Baby über Alexandras Schulter schaute.

Jury besah sich jenes Bild eingehend, auf dem Kitty Riordin ihr eigenes Baby auf dem Arm hatte. Auch Erin, die ein Mützchen trug, schaute ihrer Mutter über die Schulter. Wie war das, was Mickey glaubte, überhaupt möglich? Wie konnte man ein Kind durch ein anderes ersetzen, ohne dass jemand etwas merkte? Wenn er beide Kinder gesehen hätte und dann das eine oder das andere hätte identifizieren sollen...? Er bezweifelte, dass er dazu fähig gewesen wäre. Aber die Mütter wüssten doch Bescheid. Darauf wollte Mickey ja hinaus. Wenn Kitty behauptete, das Baby, das sie im Kinderwagen spazieren gefahren hatte, sei Maisie Tynedale Herrick gewesen, wer würde ihr da widersprechen? Wer wollte ihr widersprechen? Im Fall von Maisie gab es einen Großvater, Onkel und Tanten – eine ganze Latte von Leuten, die mehr Wert darauf legten, dass Maisie am Leben war, als dass sie sich darum scherten, ob Erin lebte. Nur ein völlig verhärteter Zyniker – immerhin herrschte Krieg – konnte Kitty Riordin eine so entsetzliche Frage stellen, einer Frau, deren eigenes Kind höchstwahrscheinlich im Blue Last umgekommen war, unter Trümmern begraben. Nein, Mickey hatte schon Recht mit seinem Argwohn: die Mädchen hätten sehr wohl vertauscht sein können.

Die andere Variante war aber genauso möglich: Alexandras Baby Maisie war tatsächlich Maisie, und Mickey irrte sich. Jury starrte vor sich auf die leere Fassade eines Bürogebäudes, die ihm als eine Art Leinwand diente, auf die er seine Gedanken projizieren konnte.

London in jenen entsetzlichen letzten Monaten des Jahres 1940. Leute, die es miterlebt hatten, hatte er sagen hören, wenn man damals das durchdringende Pfeifen hören konnte, hatte die

Bombe einen schon verfehlt und war woanders hingeflogen. Im Frühjahr jenes Jahres nannten die Leute es den Sitzkrieg. Männer und Frauen, die heute in den Siebzigern waren, erzählten von der Verdunkelung und dass man nach Einbruch der Dunkelheit nirgends mehr hingehen konnte, weil man schlicht nichts sah. »Dauernd stolperte man über die verdammten Sandsäcke, tastete sich zwischen den Reihenhausblocks vorsichtig durch die Dunkelheit, ging einen Gartenweg hoch und versuchte, die falsche Tür aufzuschließen.« Ein Mann sagte, er habe sich über ein Gewitter fast gefreut, denn dann konnten sich die Leute im Schein der Blitze orientieren. Kein Licht, keine Taschenlampen, keine Scheinwerfer – es herrschte Finsternis wie in einer Höhle. »Wie wenn man in einer *Scheißhöhle* herumirrt, so war das.« Jury war, als hörte er die Stimme seines Onkels dies sagen. Er selbst musste es in jenen Monaten so wahrgenommen haben, nachdem ihre eigene Wohnung in der Fulham Road direkt getroffen worden war. Als er seine Mutter unter einem Trümmerhaufen hatte liegen sehen.

Aber war es denn so geschehen? War er überhaupt dort gewesen? War dies der Grund, weshalb er nicht in jene Zeit zurückgezwungen werden wollte? Hatte er begonnen, sein eigenes Erinnerungsvermögen in Frage zu stellen?

Er musste unbedingt seine Cousine in Newcastle anrufen, um zu erfahren, woran sie sich noch erinnerte. Besser noch – er würde hinfahren. Nur, warnte er sich selbst, würde sie mit der Erinnerung nicht so sorgsam umgehen. Wahrscheinlich würde sie sich eher an das erinnern, was ihn unglücklich, was ihn traurig machte, und dann die traurigen Aspekte noch ausschmücken.

Denn wenn er eines wusste, dann dies: Traurig war es gewesen und traurig würde es sein.

7

Benny Keegan und sein Hund Sparky stiegen die Betonstufen hinauf, um die Straße am Themseufer zu überqueren und auf der anderen Seite in den Bus zu steigen, der sie über die Waterloo Bridge zur South Bank bringen sollte.

Benny machte für mehrere kleine Händler in Southwark Botengänge. Er wusste, dass er mit den flinken, behelmten Fahrradboten nicht mithalten konnte, aber Geschwindigkeit war schließlich nicht alles (hatte er seinen zukünftigen Arbeitgebern gesagt). »Sparky bringt ein wenig gute Laune in den Alltag Ihrer Kunden.« Benny (und Sparky) waren von den fünf Läden, denen er seine Dienste angeboten hatte, angeheuert worden und bei dreien davon gerade deswegen, weil Sparky tatsächlich ein wenig gute Laune in den Alltag brachte. Die beiden anderen, der Zeitschriftenhändler und der Fleischer, hatten sich zu einer Probezeit bereit erklärt, denn Benny (und Sparky) waren billige Arbeiter. Das war vor einem Jahr gewesen.

Es handelte sich hierbei also um: Mr. Siptick, den Zeitschriftenhändler; den Fleischer Mr. Gyp; die beiden jungen Männer bei Delphinium, dem Blumenladen, die Benny selbst wie hohe, dünne, pastellfarbene Blumen vorkamen; den Gemüsehändler Mr. Smith, und schließlich Miss Penforwarden, die Besitzerin der Buchhandlung Moonraker.

Diese fünf Läden lagen praktischerweise alle im Umkreis von ein paar Straßen, so dass Benny von einem zum anderen gehen und sich nacheinander einen Zeitplan für die Lieferungen ausarbeiten konnte. Das machte er einmal morgens und dann wieder am Nachmittag, um zu sehen, ob weitere Lieferungen dazugekommen waren. Er war sehr effizient, und die Art, wie er seine Geschäfte führte, funktionierte ziemlich reibungslos.

Er hätte seinen abwechslungsreichen Arbeitstag um nichts auf der Welt gegen einen regulären Job eingetauscht (wozu auch gar keine Gelegenheit bestand, da er erst zwölf war). In der Zeit zwischen den Botengängen, und es gab immer Zeit, konnte er eine Pause machen und sich ein wenig in den Läden umsehen, die er belieferte. Sein Lieblingsladen war der Moonraker. Während er darauf wartete, dass Miss Penforwarden die Bestellungen für ihn zusammenpackte, konnte er sich ein Buch herausnehmen und lesen. Sparky saß still da und störte keinen, nicht einmal die Katze des Moonraker, die sich redlich bemühte, Sparky dazu zu bewegen, dass er sie jagte. Das tat Sparky aber nicht. Benny hatte keine Ahnung, wo Sparky diese Disziplin gelernt hatte, aber vielleicht war er früher einmal in einer Zirkus- oder Zaubernummer aufgetreten, bevor Benny ihn damals in einer Mülltonne herumschnüffelnd gefunden hatte. Das Einzige, was Benny ihm beigebracht hatte, war, Sachen im Maul zu tragen. Zeitungen und Zeitschriften waren einfach. Aber von den Besitzern des Delphinium wurde Sparky sogar damit betraut, Blumen zu tragen. Dazu befestigten sie an dem eistütenförmig um die Blumen gewickelten rosa Papier einen Griff aus Bindfaden, an dem Sparky den Strauß erstaunlich geschickt tragen konnte. Sparky liebte Blumen über alles. Sooft sie beim Delphinium vorbeikamen, machte Sparky einen Rundgang durch den großen, kühlen Raum, um die verschiedenen Blumen in den hohen Metallhaltern zu beschnüffeln. Glockenblumen mochte er am liebsten, obwohl die ihn manchmal zum Niesen brachten. Die Besitzer des Delphinium schenkten Benny vor Geschäftsschluss oft all die Blumen, von denen sie glaubten, dass sie die Nacht nicht gut überstehen würden, und meinten, er solle sie doch für seine Mum mitnehmen. Das würde er tun, sagte Benny, bedankte sich und zog seines Weges.

Wenn er sich nur nicht immer so viele Geschichten ausdenken müsste über seine Mum und über das, was sie den lieben langen Tag machte. Dass sie in Wirklichkeit Schauspielerin sei, sich ihr Geld aber als Kellnerin verdienen müsste, bis sie den großen Durchbruch hätte. Das Problem beim Erfinden einer Geschichte war, dass man nicht vergessen durfte, sich daran zu halten und sie mit allen möglichen Details anzureichern, etwa, wo seine Mum als Bedienung arbeitete. *Lyon's Corner House, ach so, das hat geschlossen? Äh, ich wollte sagen, als es das noch gab. Im Moment bedient sie in der Lebensmittelabteilung bei Harrods; nein, weiß ich doch, dass die keine Tische haben, ich meine, an der Theke. Es war so anstrengend!*

Wenn im Moonraker Zeit war, setzte Benny sich auf die Bibliotheksleiter und las *David Copperfield*, sein Lieblingsbuch. Es gefiel ihm deswegen, weil David noch schlimmer dran war als er selbst. Benny schätzte sich glücklich, dass es bei ihm keinen Mr. Murdstone gab, der ihm das Leben schwer machte. Andererseits gab es natürlich auch keinen Peggotty, der Benny über ein Missgeschick hinweghelfen konnte, und so glich sich das Leben insgesamt so ziemlich aus, und für ihn und David war es gleichermaßen schwer.

Trotzdem saß er oft lange da und grübelte, das Kinn in die hohle Hand gestützt. War es besser, keine Feinde zu haben, selbst wenn es bedeutete, dass man keine Freunde hatte, oder sollte man beides haben? Die Frage war gar nicht so einfach. Jedenfalls konnte er eigentlich nicht behaupten, er habe keine Freunde, denn es gab ja die Leute, mit denen er zusammenlebte, und die, bei denen er auslieferte, die zu ihm und Sparky sehr freundlich waren. Was seine Arbeitgeber betraf, konnten nur Mr. Siptick und Mr. Gyp die Rolle von Mr. Murdstone einnehmen. Mr. Siptick motzte andauernd, was er alles falsch machte, und Mr. Gyp fragte Benny immer ganz genau über seine Mum aus (sein Dad war ja tot, was auch stimmte). Es endete stets damit, dass er mit seinem keuchenden Lachen zu Benny meinte: »*Bist du dir überhaupt sicher, dass du eine Mum hast, Benny Keegan? Oder sollte ich besser das Jugendamt verständigen?*«

Das ließ Benny erstarren. Er bekam Schiss, nicht nur wegen sich, sondern auch wegen Sparky. Und Sparky machte sogar jedes Mal ein paar Schritte rückwärts, wenn Mr. Gyp das Jugendamt erwähnte. Doch trotz der eisigen Angst, die dann statt Blut durch seine Adern lief, war Benny so schlau, ein ganz unverbindliches Gesicht zu machen, wenn er antwortete: »Hm, *könnten Sie schon, bloß wenn die dann zu uns nach Hause kämen, um mich mitzunehmen, dann wäre Mum… also, die wäre dann ganz schön wütend und ich könnte hier nimmer arbeiten. Nicht mehr*«, korrigierte er sich dann. Durch die ausgedehnte Lektüre im Moonraker hatte sich seine Ausdrucksweise beträchtlich verbessert. Es war allerdings so, dass weder Mr. Siptick noch Mr. Gyp Benny verlieren wollten, denn Benny arbeitete für weniger Geld – und machte seine Sache besser –, als jeder andere, den sie hätten finden können.

Heute Morgen rollte Mr. Siptick, im immer gleichen uralten, grünen Jackett mit dem Namen SIPTICK auf der Tasche, ein Exemplar von *Welt des Gärtners* zusammen und reichte es Benny. »Dass die Promenadenmischung aber nicht draufsabbert.« Das sagte Mr. Siptick jeden Tag.

»Er heißt Sparky, und hat sich etwa schon mal jemand über sein Sabbern beschwert?«, lautete jeden Tag Bennys Antwort. Sparky konnte zwei Zeitungen gleichzeitig tragen, weil Benny sie in eine dünne, braune Papiertüte steckte, damit er sie besser zusammenbehalten konnte.

Mr. Siptick machte eine abfällige Handbewegung und ließ sich auf seinem Hocker nieder, um Benny den Tageslohn abzuzählen. »Na, los, nun *geh* schon!«

»Sie haben die Toblerone für die alte Mrs. Ely vergessen.«

»Ach, du meine Güte, Junge, nimm doch einfach eine weg, die Süßigkeiten stehen direkt vor deiner Nase!«

Benny nahm eine Toblerone aus einer der Kistchen mit den Süßigkeiten, die auf einem Ständer aufgereiht waren. »Also, ich geh dann.«

Mr. Siptick gab keine Antwort.

Montagmorgens, also heute, sahen seine Botengänge gewöhnlich so aus: erstens, *Daily Telegraph* für den Fleischer Mr. Gyp; zweitens, Würstchen und Wettliste für Brian Ely; drittens, *Tele-*

53

graph, Times und *Guardian* für die Jungs bei Delphinium (Benny glaubte, sie brauchten all diese Zeitungen nur, um darüber die Blumen abzuschneiden); viertens, *Times* für den Moonraker; und fünftens, falls Miss Penforwarden Bücher mitschickte, Bennys Lieblingsstation, das große Herrenhaus namens Tynedale Lodge.

Als Nächstes bot sich der Gang zum Fleischer an, denn wenn er Mr. Gyp seine Zeitung vorbeibrachte, konnte er auch gleich die Würstchen für Brian Ely abholen. Sparky merkte es immer, wenn sie zu Mr. Gyp gingen, denn dann wurde er ganz schlapp und ließ den Kopf hängen. Sparky war eine Art Terrier, ein Sealyham vielleicht, und sah mit seinem länglichen, weißbüscheligen Gesicht genauso aus wie Snowy, der weiße Hund in *Tin-Tin*. Mr. Gyp konnten sie alle beide nicht leiden. Der fing in seiner üblichen scharfzüngigen Art schon an, sich über die Verspätung zu beschweren, wenn Benny und Sparky noch nicht einmal recht im Laden waren.

»Ich kann doch nichts dafür, wenn Mr. Siptick mich so lang aufhält.«

»Hüte deine Zunge, Freundchen. Und der Hund da auch. Dass der mir ja nicht die Würstchen für die Elys frisst.«

Als ob Sparky es nicht besser wüsste! Benny übergab Sparky zwei weitere Zeitungen, die er unter den Arm geklemmt hatte, und trug die Würstchen selbst. Er sagte wieder das Gleiche und bekam die gleiche Antwort.

»Also, ich geh dann.«

Nichts.

Brian Ely war ein untersetzter Mann mit einem Kugelkopf, der ihm so dicht auf den Schultern saß, dass es aussah, als würde er permanent die Achseln zucken. Er trug grellfarbige Anzüge mit breiten Aufschlägen.

»Ah! Die Würstchen! Die gibt's bei uns zum Abendbrot. Zeitung ist da, Mum!«, rief er über die Schulter nach hinten. Die mit zitternder Stimme erfolgte Antwort konnte Benny nicht entschlüsseln. Er fragte sich, warum die alte Mrs. Ely nicht starb. Sie schien immer kurz davor zu sein, mit ihrer Atemnot und weil sie sich immer überall festhalten musste – an Stuhllehnen, Treppengeländern, Garderobenständern, Leuten. Inzwischen war sie bloß noch ein Knochengestell. Es war ein wahres Wunder.

Brian Ely jubelte über die Wettliste, als bekäme er die nicht beinahe jeden Morgen. »Die Liste! Bist ein braver Junge.« Er nahm Sparky die braune Tüte aus dem Maul, holte die Wettliste heraus und entfaltete sie hastig. »Wer geht in Doncaster wohl als Neunter durchs Ziel?« Er blickte auf Sparky hinunter, der anscheinend darüber nachdachte.

»Also, dann bis bald, Mr. Ely. Oh, und hier ist die Toblerone für Ihre Mum.« Er überreichte sie ihm und rief dann etwas lauter: »Bye, bye, Mrs. Ely!« Wäre er nur gleich gegangen, denn nun sah er, wie sich Mrs. Ely völlig außer Atem aus dem hinteren Wohnzimmer auf sie zu bewegte.

»Nicht doch, Ma, du musst dich doch nicht so anstrengen.«

An der Wand im Hausflur entlang verlief eine hölzerne Stange, die nur deshalb dort angebracht worden war, damit Mrs. Ely sich aufrecht halten konnte. »Will… bloß… Zei…«, sagte sie, oder versuchte es zumindest. Sie blieb stehen, hielt sich mit beiden Händen am Geländer fest und schnaufte asthmatisch. Ihr Gesicht war blutleer, was jedoch offenbar die natürliche Farbe war. Benny überlegte, ob sie wohl jetzt gleich an Ort und Stelle tot umfallen würde, glaubte es jedoch eher nicht, denn er hatte sie schon oft so gesehen. Außerdem fiel sie ständig hin.

Brian Ely schüttelte bloß den Kopf und stieß einen Seufzer aus, während er die Wettliste wieder zusammenfaltete. Er ging in den Flur, wo seine Mutter nach Luft schnappte, und reichte ihr die Liste, woraufhin sie sich umdrehte und atemlos den Rückweg antrat.

»Keine Geduld hat sie, meine Mum. Nein, sie muss als Erstes die Liste haben und will nicht mal, dass ich sie vorher zu lesen kriege.«

»Ich kann ja auch zwei bringen«, meinte Benny. »Dann hätten Sie beide jeder sein eigenes Exemplar.«

Brian Ely lachte. »Oh, daran habe ich schon gedacht. Aber dann würde sie bloß glauben, ich verstecke was vor ihr. Ganz schön argwöhnisch ist sie. Na ja, ist aber doch eine gute alte Mum. Eins muss ich ihr lassen – sie hat wirklich ein Händchen dafür. Hätte 'ne gute Tipperin abgegeben.«

Nachdem die Tür hinter ihnen zugemacht worden war, blieb Benny reglos stehen, bis Sparky ihn anstupste. Beide trotteten weiter zum Moonraker.

Dort ging es vier Treppenstufen hinunter, und jede Stufe zeigte einen in Gold gemalten Mond in unterschiedlichen Phasen. Dafür hatte Sybil Penforwarden extra einen Kunstmaler kommen lassen. Drinnen waren die Wände aus braunrotem Backstein. Der Raum hatte auf zwei Seiten bogenförmige Türöffnungen, die zu weiteren mit Büchern vollgestopften Kammern führten.

Beim Öffnen der Tür ertönte eine kratzige Glocke, die Miss Penforwarden aus dem Dunkel der hinteren Regale ins Dunkel der vorderen eilen ließ. Benny blickte suchend um sich und rief dann: »Morgen, Miss Penforwarden.« Der kleine Laden war spärlich beleuchtet, doch das war einer der Gründe, weshalb es Benny hier so gut gefiel. Düstere Wandleuchter waren vor die Backsteinwände gesetzt, und von der Decke hing eine alte Lampe mit Metallschirm, die die Bücher in fahles gelbes Licht tauchte. Davon wurden einem die Augenlider ganz schwer. Er fand immer, der Laden hätte so etwas Verlassenes, Verlorenes an sich, etwas Fremdes, nicht von dieser Welt. Vielleicht lag es bloß an dem Namen.

Miss Penforwarden trat aus dem rückwärtigen Teil des Ladens hervor, fröhlich wie immer. »Benny, bin ich froh, dass du heute Morgen vorbeikommst. Ich mache gerade ein Paket mit Büchern fertig, die ins Lodge hinüber müssen. Kannst du sie hinbringen?«

Natürlich konnte er, wie sie sehr wohl wusste. Trotzdem gebärdete sie sich immer so, als wäre Bennys Auftauchen hier ein glücklicher Zufall, etwas, das nur unregelmäßig stattfand, obwohl er seit einem Jahr immer pünktlich wie die Uhr kam. Sie machte gern Anspielungen auf sein »richtiges« Leben, als gingen darin wichtige Dinge vor und der Moonraker wäre bloß ein belangloses Intermezzo.

»Such dir einfach ein Plätzchen, ich bin in ein paar Momentchen wieder da.«

»Okay«, sagte er. Es würde viel länger als nur ein paar Momentchen dauern, bis sie wieder da wäre. Mit Sparky dicht auf den Fersen, steuerte er auf das Bücherregal zu, das gleich neben dem Fenster stand. Er mochte diesen Raum mit den Nischen, in denen Stehlampen neben Lehnsesseln standen, falls ein Kunde mehr Licht für ein stilles Lesestündchen brauchte. Die Chintzbezüge waren verschossen und fadenscheinig, was sie nur noch gemütlicher machte. Auch um klebrige Kinderhände und schmutzige Schuhe musste Miss Penforwarden sich diesbezüglich nicht allzu große Sorgen machen. Weiter hinten befand sich die Kinderecke mit einem Tisch und kleinen Stühlen, Kuscheltieren, Bauklötzen und Puzzles. Allerdings hatte Benny dort noch nie ein Kind gesehen, denn die paar, die hier auftauchten, strebten immer in den vorderen Raum.

Miss Penforwarden hatte Benny erzählt, dass der Raum früher der Weinkeller des Hauses gewesen sein musste (das inzwischen in kleine Wohnungen unterteilt war). Der einzige Zweck, dem es sonst hätte dienen können, sei als Verlies, meinte Benny. Ihm gefiel die Vorstellung von einem Verlies. Er war noch nie im Tower von London oder in einem der hochherrschaftlichen Häuser und Schlösser gewesen, die ein Verlies hätten beherbergen können. Über das Leben im Verlies war also trefflich zu spekulieren. Doch der Gedanke, in ein Verlies geworfen zu werden, jagte ihm weniger Angst ein als die Tatsache, dass er sich immer neue Erklärungen ausdenken musste, wieso er nicht in der Schule war. Zuerst wollte er eine Krankheit vorschieben, einen Herzfehler seit frühester Kindheit etwa. Doch dann hatte jemand gesagt, wenn einer so schuftete wie er, würde das das Herz viel mehr anstrengen, als wenn er bloß im Klassenzimmer säße. Dann hatte er behauptet, es sei sein Asthma, und zum Beweis ein paarmal absichtlich keuchend gehustet. Es war vor allem Mr. Gyp, der ihm damit ständig auf die Nerven ging, und er versuchte, möglichst darüber hinwegzugehen.

Benny holte sich *David Copperfield* aus dem Regal und suchte die Stelle, die er mit einem Zahnstocher markiert hatte. Miss Penforwarden hatte bestimmt nichts dagegen.

Seine Gedanken schweiften jedoch von der Seite ab und er dachte an jenes »richtige« Leben, auf das Miss Penforwarden so gern anspielte, das Leben, das er gar nicht hatte. Er war sich nicht einmal sicher, ob er es überhaupt wollte. Denn ihm gefielen die Dinge, die für ihn inzwischen zur Routine geworden waren: die blaue Morgendämmerung über der Waterloo Bridge, seine morgendliche Stärkung bestehend aus Tee und einer dicken Scheibe Brot, die Botengänge. Als »richtiges« Leben stellte er sich die Art von Leben vor, das die Bewohner von Tynedale Lodge wohl führten. Allerdings konnte er dem keine spezielle Aktivität zuordnen. Tennis vielleicht? Tanzen? Säbelfechten mit Maske? Ein geheimnisvolles Leben. Er war neugierig darauf, aber weil er außer in den Garten und die Küche nirgends hinkam, wenn er Sachen austrug, würde er es wohl nie erfahren. Bestimmt gehörten dazu unzählige Verwandte und Freunde. Er hatte keine Verwandten, und das, was man am ehesten seine Freunde nennen konnte, waren die Leute auf seiner Lieferroute und seine Kumpel dort, wo er wohnte.

David Copperfield aufgeschlagen in den Händen, lehnte er den Kopf an die anderen Dickens-Bücher und dachte an seine Mum. Ihr hatte die Routine auch gefallen. Donnerstags war es Selfridges gewesen, montags Harrods und dienstags Harvey Nick's. Er hatte immer behauptet, die Leute würden sofort erkennen, dass sie Iren waren, denn viele Irinnen taten das Gleiche und hatten ein Baby dabei oder ein kleines Kind. Und die Leute mochten keine

Iren. Benny fand Betteln demütigend. Wenn ein Passant ihm ein paar Münzen in die umgedrehte Mütze warf, wandte Benny den Blick ab. Aber wenigstens ging seine Mutter nicht wie so viele mit ihm an der Hand auf dem Bürgersteig auf und ab und sprach immer wieder eine Frau an. Wenn er danach fragte, erzählte ihm seine Mum, warum sie momentan so schlimm dran waren, und meinte, es täte ihr so Leid, dass sich die Dinge für sie beide zum Schlechten gewendet hätten.

Dad ist gestorben, sagte er dann, als müsste er es ihr erklären. Doch sie wollte wohl nicht über seinen Vater sprechen, weil es sie so schmerzte.

Dann erzählte sie von ihrem alten Zuhause in County Clare. *Ach, war das schön! Aber, was soll's, wir gehen wieder hin, wenn alles besser wird, und dann …*

Benny sah auf die Seiten von *David Copperfield* hinunter. Es ging gerade um Steerforth. Benny dachte an Davids Mum und wie hübsch sie war. War seine eigene auch gewesen. Hübscher noch, mochte er wetten. Bilder von County Clare zogen vor seinem inneren Auge vorbei: die raue Küste und das Meer, die hohen, glatten Felsen, abgetragen von den heranbrandenden Wellen, wilde Stürme, wie Steerforth und David sie erlebt hatten, als sie Peggotty besuchen gingen.

Gute Bücher, hatte seine Mum gesagt, werden dir immer zugute kommen. *Gute Bücher sind wichtig, Bernie. Lies so viel, wie du kannst.*

Sein richtiger Name war Bernard, doch als er klein war, hatte er Mühe gehabt, dieses *r* auszusprechen, und es hatte wie »Benny« geklungen. Und weil Namen an einem hängen bleiben, hatte er seinen behalten.

»Da wären wir, mein Lieber«, sagte Miss Penforwarden, die mit dem zusammengeschnürten Päckchen hergekommen war. Es war auch ein kleines Buch dabei, das sie mit Bindfaden verschnürt hatte, damit Sparky es tragen konnte. »Das ist für die kleine Gemma«, sagte Miss Penforwarden.

Da es nicht eingepackt war, konnte Benny den Titel erkennen: *Namen für Ihre Katze.* »Dabei hat sie gar keine Katze.«

Benny und Sparky machten sich mit den Büchern auf den Weg.

8

Gemma stand schon am hinteren Gartentor, als Benny und Sparky ankamen, in der Hand wie üblich ihre Puppe in »Taufgarnitur« (wie Gemma es nannte) – in Häubchen und biskuitfarbenem, schmuddligem Kleid, das ihr bis auf die Füße reichte und noch darüber hing. Die Puppe war immer noch namenlos. Gemma konnte sich einfach nicht entscheiden. Da sie letztes Mal die Vornahmen, die mit *Q* begannen, durchgemacht hatte, waren jetzt wohl die mit *R* dran.

Das Tor ging knarrend auf, und Benny betrat den hinteren Garten des Lodge. Die Oberkante des Tores war höher als Gemmas Kopf. Sie war neun, und Barkins, der Butler, wollte ihr immer weismachen, sie sei doch zu alt für Puppen. Lächerlich, hatte Benny gemeint, denn für etwas, was man wirklich gern hatte, kann man nie zu alt sein.

»Wieso wolltest du denn dieses Katzenbuch?«, fragte er. Sparky hatte es zu ihren Füßen fallen lassen und war zum Teich hinübergetrottet, für den er eine gewisse Schwäche zu haben schien. Wahrscheinlich wollte er die großen Goldfische beobachten.

»Ich meine«, fuhr Benny fort, während sie es durchblätterte, »die einzige Katze hier ist doch Snowball, und die hat schon einen Namen. Außerdem gehört sie sowieso Mrs. Riordin.«

»Es ist das einzige über Namen, das es im Moonraker gab. Ich bin jetzt bei *R*. Es gibt Ruth, Renée, Rita, Regula –«

»Regula? Das ist doch kein Name.«

»Doch. Hab ich auf einem Buchumschlag gesehen. So heißt

die, die das Buch geschrieben hat. Dann gibt's noch Roberta, was mir aber überhaupt nicht gefällt –«

»Dir hat doch noch keiner gefallen. Als nächstes kommt S. Du könntest sie Sparky nennen.«

Gemma sah ihn kopfschüttelnd an. »Ich werd sie doch nicht nach einem *Hund* nennen.«

Benny war praktisch veranlagt, Gemma nicht. Sie lebte im Wolkenkuckucksheim, oder begab sich jedenfalls schnurstracks dahin, sobald sie Benny sah.

»Komm, wir gehen zu meinem Lieblingsbaum.«

Sie standen immer noch am Gartentor. Benny sagte: »Mr. Barkins hat was dagegen, wenn ich mich hier herumtreibe.«

Gemma seufzte. Immer kam ihr Benny in die Quere. »Also, diese Puppe«, sie schob ihm die Puppe in ihrem schmuddligen, langen Kleid mit Schleppe hin, »hat was dagegen, dass sie ungetauft ist. Dabei stimmt das ja gar nicht.«

Benny versuchte, zwischen diesen beiden Dingen einen Zusammenhang herzustellen, was ihm aber nicht gelang. »Miss Penforwarden hat noch andere Bücher geschickt.«

»Ich weiß. Komm, wir packen sie aus.«

»Nein.« Er folgte ihr zur Buche, ihrem Lieblingssitzplätzchen. Die war riesig und streckte Wurzeln aus, die richtig prähistorisch aussahen. Zwischen den Stamm und einen dicken Ast hatte Gemma ein Brett geklemmt, das für beide Platz bot und dicht am Boden war. Wenn man mit gespreizten Beinen dasaß, konnte man sich gegen den Stamm oder den Ast lehnen.

Sie platzierte die Puppe zwischen ihnen und griff nach dem Bücherpaket. »Lass mal sehen.«

»Gemma!« Er schwenkte das Paket in die Luft.

»Ich muss doch sehen, ob es welche über Vergiften sind.«

Er ließ überrascht das Paket sinken, das sie sich umgehend schnappte.

»Von was redest du eigentlich?«

»Ich hab dir doch gesagt, jemand wollte mich vergiften.« Einen

Liedfetzen summend, knotete sie behutsam den Bindfaden auf. Sie betrachtete ihn aus Augen wie Achat, in denen es grün aufblitzte.

Benny ließ sich nach hinten gegen den Baumstamm sinken. »Ach, nicht schon *wieder*! Wieso sollte jemand das wollen?«

Ganz nüchtern und sachlich meinte sie: »Wegen meines Geldes.« Sie hatte das Packpapier entfernt und griff nach einem der Bücher.

»Was denn für Geld? Du hast doch gar kein Geld! Vor ein paar Wochen wollte ich mir fünfzig Pence von dir leihen, und du hast gesagt, du hättest nicht mal das.«

»Jedenfalls nicht zum Ausleihen.« Sie blätterte herum.

Benny gab auf und schaute über den Rasen zum »Taufbecken« hinüber, wo Sparky immer noch über den Rand spähte.

Gemma sagte: »Hier drin ist nichts Besonderes, bloß lauter doofe Gärten.«

Benny beugte sich vor, und sie drehte das Buch so hin, dass er es sehen konnte. Sein Blick fiel auf merkwürdiges, kunstvoll zurechtgeschnittenes Baum- und Buschwerk. »Das ist irgendwo in Italien.«

»Ach, Italien.« Sie blickte umher und überlegte. »Gab's da nicht diese Familie, in der sie sich andauernd gegenseitig vergiftet haben?«

Benny überlegte. »Keine Ahnung. Medi- und noch irgendwas? Klingt wie ›Medizin‹. Gemma, wieso meinst du eigentlich, jemand will dich ermorden? Erst war es Erschießen. Du dachtest, jemand hätte auf dich geschossen.«

»Stimmt ja auch. Aber nicht getroffen.« Sie blätterte die Seite um. Noch ein Garten.

»Und danach wollte dich jemand ersticken.«

»Ja.« Sie schlug das zweite Buch auf. »Schau mal.« Sie hielt sich das aufgeschlagene Buch so vors Gesicht, dass nur ihre Augen über den braunen Kalbsledereinband spähten, und tippte mit dem Finger auf die Seite.

Benny beugte sich näher zu ihr hin. Auf der Abbildung war der Umriss einer menschlichen Gestalt mit einem Gewirr aus Arterien und Venen zu sehen. Die Richtung, in der das Blut floss, war mit Pfeilen bezeichnet. Er runzelte die Stirn. »Und?«

»Es könnte einem doch zeigen, wie das Gift ins Blut kommt und herumwandert und wohin es wandert.«

Benny nahm das Buch und besah sich den Rücken. »Das ist einfach ein medizinisches Fachbuch.«

Sie hob den Blick zum Himmel, als läge die Antwort in den Wolkenformationen verborgen. »Da sind aber Gifte drin. Eine ganze Liste. Schau doch mal.«

»Nein, Gemma, sei doch vernünftig. Du bist zu jung, dass dich jemand umbringen wollte. Und hör bloß auf zu behaupten, es ist wegen deinem Geld.«

Sie geriet in Rage. »Ich bin *nicht* zu jung. Sogar Babys werden ermordet.«

»Das ist doch was anderes. Das ist, weil –« Ihm fiel einfach keine Antwort ein. Dann kam er darauf. »Die machen zu viel Krach oder schreien andauernd und machen die Eltern verrückt damit. Das ist – äh – ein *Impuls*, genau. Hat nichts zu tun mit –« Wie war noch gleich das Wort? Sie sah ihn an, als würde ihm nun vielleicht endlich der rettende Einfall kommen. Benny fühlte sich schrecklich: Sie glaubte tatsächlich, was sie ihm da sagte. Wenn sie auch durch gutes Zureden nicht von dieser Idee abgebracht werden konnte, dachte Benny, würde er es aus einer anderen Richtung versuchen. »Wir müssen den Kreis derer einengen, die so was tun. Wir suchen bloß eine Person, oder? Oder glaubst du, es handelt sich um mehrere?«

Sie kratzte sich am Ohr und sagte: »Glaub ich nicht. Bloß –« Sie hielt der Puppe mit den Daumen die Augen zu, als wollte sie sie vor einem schrecklichen Anblick bewahren.

»Bloß – was?«

»Ich weiß nicht. Es könnten doch zwei Leute sein, die zusammenarbeiten.«

»Aber wie kommst du drauf, dass es nicht bloß einer ist?«

Sie zuckte die Achseln. »Keine Ahnung. Ich sage bloß, man soll sich alle Türen offen halten.«

Er hielt die Türen so offen, dass die ganze Titanic durchgepasst hätte. »Also gut, nehmen wir sie uns einfach nacheinander vor. Fangen wir vorn an.«

»Hmmm, also, ich weiß bloß, es ist jemand von hier.« Sie blickte zum Lodge hinüber und streckte die Zunge heraus.

Benny wusste, dass es Gemma dort drin nicht sehr gefiel und ihr auch manche von den dortigen Bewohnern nicht behagten. Sie war meistens draußen – in der Gartenanlage und im Treibhaus, oder bei Mr. Murphy, dem Gärtner, während der die Blumenbeete und Hecken pflegte. Der Kerl war ein ziemliches Schlitzohr, fand Benny.

»Fangen wir mit denen an, die du nicht magst.«

»Außer Mr. Tynedale mag ich keinen, aber der ist krank. Der liegt im Bett.«

»Aber Rachael magst du.«

»Ach, das Personal meine ich doch gar nicht, Mrs. MacLeish und Rachael. Die sind eigentlich ganz in *Ordnung.*«

Benny fragte sich, was davon zu dieser ganzen Mordgeschichte gehörte. Die Bewohner des Lodge schienen sich, mit Ausnahme von Mr. Tynedale, alle nichts aus Gemma zu machen.

»Was ist mit Mrs. Riordin?«

Bei der bloßen Erwähnung des Namens schlang Gemma die Arme um ihren Körper und tat so, als würde sie würgen. Dann wischte sie am Rock der Puppe herum, als wäre der mit Erbrochenem beschmutzt. »Nein, tot will sie mich nicht direkt. Die braucht mich lebend, damit sie mich quälen kann.« Katherine Riordin bewohnte das ehemalige Torhaus, Keeper's Cottage genannt.

Oliver Tynedale war der Einzige, den Gemma wirklich mochte. Jeden Tag war sie bei ihm, brachte ihm Tee hinauf und las ihm vor. Sie erzählten einander Geschichten, seine waren wahr, ihre erfunden. Gemma hatte viel Fantasie (die Mordkomplotte waren der Beweis) und konnte sich gut Geschichten ausdenken. Die merkte sie sich und erzählte sie dann manchmal auch Benny. Sie hatte ein erstaunliches Gedächtnis, die Art von Gedächtnis, das manche Leute, die lieber vergessen würden, vielleicht als »ungünstig« erachteten.

Diesen Begriff hatte Benny von Mr. Siptick aufgeschnappt. Der hatte einen Kunden, der behauptet hatte, er hätte seine Rechnung bezahlt, obwohl es (laut Mr. Siptick) nicht stimmte, einen Mann mit »günstigem« Gedächtnis genannt.

Sparky ging vom Teich hinüber zu der Stelle, wo Angus Murphy, der Gärtner, gerade ums Haus kam, wo er die Weißdornhecke stutzte. Mr. Murphy war (was Sparky betraf) zwar selbst keine Blume, hatte jedoch an deren Düften und womöglich sogar Farben und Konturen teil, als wären sie quasi in seiner körperlichen Gestalt eingebettet.

Jedenfalls konnte Sparky das erschnuppern.

Blumendüfte entwichen Mr. Murphy und umwaberten ihn, und an seinen Fesseln, wo Sparky stehen blieb, roch es nach Torf und Moos, Schnecken, Würmern und Raupen.

»Hallo, Mr. Murphy!«, rief Gemma quer durch den Garten. Mr. Murphy drehte sich um und schwenkte grüßend die erhobene Heckenschere. Auf keinen passte die Bezeichnung spätes Mittelalter so gut wie auf Mr. Murphy, mit dem ausgebleichten, gelblich braunen, rasch ergrauenden Haar, den ebenfalls ausgebleichten blauen Augen und dem leicht von Arthritis gekrümmten Rücken, der ihn daran hinderte, höher als bis zur Oberkante der Weißdornhecke zu reichen, was dazu führte, dass eine Viertelmeile Liguster- und Eibenhecken ungestutzt blieben. Zumindest bis Mr. Tynedale einen Gehilfen eingestellt hatte, der derartige Stutzarbeiten erledigte, für die ein kräftiger Rücken und die nötige Körpergröße vonnöten waren. Außerdem waren da noch die zwei kunstvoll in Schwanengestalt geschnittenen Büsche zu beiden Seiten des großen Eingangstors. Mr. Murphy konnte seinen neuen Gehilfen nicht ausstehen, der es dann auch nicht lange ausgehalten hatte. Mr. Murphy hatte sich ständig über dessen »neumodische« Methoden beklagt.

Ha, da schwafelt dieser Kerl jetzt dauernd von »Design« und will meine Dahlien und Phlox rausreißen und dafür rotes und bisschen stahlblaues Fingerkraut pflanzen. Meine Rosen will er rausreißen und was »Struppigeres« reintun. Ist das denn zu fassen! Struppig, das sei der letzte Schrei, und ich sag zu ihm, lass du bloß meine Rosen in Ruhe, Jungchen. Und er meint, na, dann tun wir doch wenigstens bisschen Treibholz dazu. Treibholz? Du hast sie wohl nicht alle?, sag ich zu ihm. Eine mickrige Schwuchtel ist das, sag ich euch, so wie der hier rumschwebt mit seiner Hermès-Baumschere. Hat ihn über zweihundert Mäuse gekostet, sagt er. Der hat sie doch nicht alle. Und von Hermès auch noch!

Dieser Gärtnergehilfe war dann durch ein Mädchen ersetzt worden, das Mr. Murphy eher gepasst hatte, wenn auch nur ein klein wenig, denn er fand sie zu jung und »ein bisschen dämlich«. Sie war ebenfalls wieder gegangen, aber aus eigenem Entschluss. Hatte sich einfach nicht mehr blicken lassen. Also war Mr. Murphy wieder auf sich gestellt, und es war ihm vielleicht lieber so.

»Vielleicht«, sagte Benny, während er Sparky zusah, der mit Mr. Murphy an der Hecke entlangging, »vielleicht war es die junge Gärtnerin. Die ist urplötzlich verschwunden.«

Gemma ließ sich gegen den Baumstamm plumpsen. »Jenny? Wieso soll die mich ermorden wollen?«

Benny seufzte. Sie war so unlogisch! »Ich glaube, dich will *überhaupt* niemand ermorden –«

»Was ist mit Maisie Tynedale? Die hasst mich.«

Maisie war Mr. Tynedales Enkelin. Sie hatte nie geheiratet, hatte immer in Tynedale Lodge gewohnt. »Was für einen Grund sollte die denn haben?«

»›Geld‹ trifft in dem Fall ja nicht zu, also weiß ich es auch nicht. Sie hat als Baby einen Luftangriff erlebt, sagte Mrs. MacLeish. Eine Bombe hat das Gebäude getroffen und es völlig zertrümmert.

Mrs. Riordins Baby ist in die Luft geflogen.« Gemma schmückte es noch weiter aus. »Alles ist in die Luft geflogen. Überall lauter Staub und ganze Körperteile. Leichen waren in Stücke gerissen. Hände, die durch die Trümmer ragten, und wenn man dran zog, war kein Körper dran.«

»Ich glaube nicht, dass Mrs. MacLeish dir das alles erzählt hat.«

»Doch, hat sie. Es geht mir immer noch im Kopf rum. Da gab's ein Pub, wo in den Biergläsern Augäpfel schwammen.«

»Das ist doch lachhaft. Wie soll ein Augapfel aus dem Gesicht fliegen und ganz von allein in einem Bierglas landen?«

Sie legte ihre Puppe wieder hin, lehnte sich an ihren Ast zurück und baumelte mit den Füßen. »Ich sag bloß das, was sie mir erzählt hat.«

»Das hat sie dir aber nicht erzählt. Ach, reden wir nicht mehr drüber. Es hat nichts damit zu tun, dass die Familie dir den Tod wünscht.« Er sah zu, wie Gemma der Puppe das Gesicht mit einem weißen Papiertaschentuch abwischte. »Mr. Tynedale, der hinterlässt dir ja wahrscheinlich ein Treuhandkonto.« Bennys Kenntnisse über Treuhandkonten waren etwas spärlich, wie über die meisten komplizierten Finanzangelegenheiten. »Freust du dich denn nicht drüber? Das ist doch vielleicht ein Ausgleich dafür, dass du dich mit so jemand wie Mrs. Riordin rumschlagen musst.«

»Ich wüsste schon, was ich mit dem Geld machen würde, wenn ich es jetzt hätte.«

»Was?«

»Einen Detektiv anheuern.« Einen Augenblick betrachtete sie ihre nach einem Namen lechzende Puppe und hielt sie hoch, damit Benny sie sehen konnte. »Rhonda?«

9

»Ich weiß gar nicht, was Sie jetzt von mir erwarten«, sagte Fiona Clingmore, während sie erfolglos versuchte, ihren schwarzen Rock herunterzuziehen, der sich aber nicht so weit dehnte, dass er ihre Knie bedeckte.

»Ich erwarte, dass Sie ihn *in der Luft zerreißen*, Miss Clingmore.« Racer stand da und suchte immer noch ziemlich dumm in seinem Büro herum nach dem Kater Cyril, der aus dem kleinen Samtkästchen auf dem Schreibtisch ein Saphirmanschettenknöpfchen stibitzt und sich damit aus dem Staub gemacht hatte.

Jury war nur Zaungast, in der Hand die Akte, die er auf Geheiß von Racer hatte bringen sollen: Es ging einmal wieder um Danny Wu, von dem Chief Superintendent Racer, wie Jury meinte, besessen war. Diese Besessenheit hatte sich für Jury und Wiggins inzwischen schon prächtig ausgezahlt. Denn sie bot ihnen immer eine gute Ausrede, in seinem Restaurant in Soho zu speisen.

»Sie hätten das Samtkästchen eben nicht da stehen lassen und zum Mittagessen gehen dürfen«, sagte Fiona wie so manche, die hinterher immer schlauer sind.

Racer musste an einer offiziellen Veranstaltung teilnehmen und brauchte seine Manschettenknöpfe (»und zwar alle«, hatte er gesagt).

»Saphire? Finden Sie das nicht ein bisschen, äh, dick aufgetragen?« Diese unerwünschte Meinung wurde (eben *weil* sie unerwünscht war) vom (laut Racer) menschlichen Pendant des Katers Cyril geäußert, nämlich von Police Detective Jury. »Sie wollen doch nicht etwa dem Chief Constable die Schau stehlen, oder?«

Chief Superintendent Racers Gesicht rötete sich in einem erschreckenden Ausmaß. Vor lauter wütender Verzweiflung schien sein Kopf wie ein Ballon anzuschwellen – als befürchtete er, dass die Portion Wut zur Verteilung zwischen den dreien (Cyril, Fiona, Jury) sonst nicht reichte.

Die Leiter, die Racer nun erklomm, war von einem der Haushandwerker herbeigeschafft worden, der gefragt hatte, ob der Chief Superintendent vielleicht ein Bild aufgehängt haben wolle.

»Nein!«, sagte Racer in einem Ton, als wolle er die gesamte sichtbare Welt für null und nichtig erklären. Ziemlich betreten war der Haushandwerker von dannen gezogen, wie Fiona Jury haarklein berichtet hatte.

Jetzt hatte Racer die Leiter an die Wand gelehnt, sie erklommen und in die kleine Vertiefung gespäht, in die die Lichtquelle eingelassen war, eine Vertiefung, in der auch Gegenstände in Katzengröße untergebracht werden konnten. An sämtlichen Wänden entlang waren in einer Reihe direkt unter der Decke lauter winzige Lämpchen angebracht und von einer Stuckblende kaschiert (in Katzenkörperhöhe, falls die Katze sich im liegenden Zustand befand).

Während Racer oben links und rechts guckte, sparte sich Jury den Hinweis, Cyril könnte doch mühelos um die Ecke schlüpfen und in der Vertiefung an der anderen Wand verborgen sein, für die Racer bereits Entwarnung gegeben hatte. Genüsslich in diesem Montagmorgengefühl schwelgend und seiner sonntäglichen Depression ein Weilchen enthoben, sah Jury hinauf – nicht zu der Deckenbeleuchtung, sondern zu einer anderen Lampe, einer Eisenstange, die in zwei Glühlampen endete. Diese waren ihrerseits von einem schicken, wie eine große Schüssel aussehenden Kupferschirm bedeckt. Ein wahrhaft perfektes Plätzchen für eine Katzensiesta, wie Jury just mit eigenen Augen bezeugen konnte, falls das Stückchen Pfote, das dort über den Rand hing, ihn nicht täuschte.

Entnervt kam Racer die Leiter herunter, den Rücken zur Pfote. »Dann stelle ich jetzt wieder die Falle.« Er rieb sich schon die Hände. »Das nächste Mal, wenn dieser räudige Pelzball sich blicken lässt, ist aber wirklich das *letzte Mal, verstanden, Miss Clingmore?*«

Die karamellfarbene Pfote wurde eingezogen. Siesta gestört. Jury seufzte voller Neid auf so viel Kaltblütigkeit.

Die Leiter hinter sich herziehend, ging Racer ins Vorzimmer, nahm den Hörer ab, als das Telefon auf Fionas Schreibtisch klingelte, und brüllte etwas hinein. Cyril setzte sich im Kupferschirm auf und schätzte die Entfernung ab. Er war so schnell und so gelenkig, dass die Polizei ihn, wäre er ein Gauner gewesen, niemals geschnappt hätte. Wie beim Vortanzen fürs Royal Ballet machte Cyril einen Satz, vollführte eine anmutige Kurve in der Luft, um dann auf allen vieren auf Racers Schreibtisch zu landen. Während Racer draußen blaffte, machte Cyril Katzenwäsche. Als er hörte, wie der Hörer aufgeknallt wurde und sich durch andere mikroskopische Bewegungen und Geräusche die Rückkehr des Chief Superintendent ankündigte, flitzte Cyril vom Schreibtisch und verdünnisierte sich darunter.

»Zum Teufel damit«, sagte Racer. »Da. Machen Sie das auf und stellen Sie die Falle.« Im hohen Bogen ließ Racer eine Büchse Sardinen auf seinen Schreibtisch niedersausen. Mit der Geste eines Matadors, die Cyrils Bewunderung gefunden hätte, wirbelte er sodann seinen Mantel vom Garderobenständer und schwang ihn sich um die Schultern. »Ach, übrigens, Wiggins will Sie sprechen«, sagte er zu Jury, mit dem Kopf in Richtung Telefon weisend. »Das war er. Mahlzeit!«, rief er im Hinausgehen über die Schulter.

Cyril schälte sich unter dem Schreibtisch hervor und landete aus der Sitzhaltung erneut auf allen vieren auf dem Schreibtisch. Von dort bewegte er sich in Richtung Sardinenbüchse.

Mahlzeit?

Jury ging lachend in sein eigenes Büro hinüber.

»Sir –«, begann Wiggins.

»Da haben Sie was verpasst, Wiggins, schade.«

»Sir, gerade kam ein Anruf für Sie herein –«

Jury wischte sich ein paar Freudentränen weg. »Um was geht's denn?«

»Jemand wurde erschossen. Der Anruf war von diesem Detective Chief Inspector Haggerty, bei dem Sie letzthin waren.« Wiggins konsultierte seinen Notizblock. »Der Name wird Ihnen vertraut sein, meinte er. Ein gewisser Simon Croft. Jemand hat auf ihn geschossen, er ist tot.«

Ein frostiger Windhauch kämpfte sich an den vor Kälte klirrenden Fensterscheiben vorbei und streifte Jurys Gesicht. Er fühlte sich unsanft mitten in Geschehnisse gestoßen, die er nicht kontrollieren konnte. Woher dieses Gefühl kam, konnte er sich nicht erklären.

»Kennen Sie ihn, Sir? Ich meine, diesen Croft, das Tatopfer?«

Jury nickte. Es war leichter, als die ganze Sache zu erklären. »Von wo hat er angerufen?«

»Von Crofts Haus. Es liegt in der City, ein großes Haus an der Themse. Hier.« Wiggins riss die Seite von seinem Notizblock. »Er sagte, wenn es irgendwie möglich ist, sollen Sie kommen.«

Jury betrachtete die Aufzeichnungen. »Ich helfe ihm da nämlich bei einem Problem. Also, ich gehe gleich hin. Sie haben die Nummer, unter der Sie mich erreichen können, ja?«

Wiggins nickte. Jury ging.

10

Ein paar Leute standen am Schauplatz des Verbrechens immer noch erschrocken und ganz aufgeregt auf der anderen Seite des gelben Absperrbandes herum und sahen zu, wie der Polizeiwagen lautlos vom Vorplatz des Croftschen Hauses glitt und mit blinkenden Warnleuchten die Straße am Themseufer entlangfuhr.

Simon Croft musste ziemlich viel Geld gehabt haben, dachte Jury, wenn er in so einem großen Haus wohnen konnte, dessen rückwärtiger Teil an die Themse angrenzte. Dort ragte ein kurzer Bootssteg in den Fluss, etwa fünfzehn Meter dahinter lag ein Boot vor Anker. Wie hatte der Besitzer es angestellt, dass ihm die Londoner Hafenbehörde dort das Ankern eines Privatboots gestattete? Schließlich war die Themse immer noch ein Handelsfluss. Das Boot wirkte im grauen Dunst wie schwebend.

Mickey Haggerty wartete in dem Raum, von dem Jury beim Anblick der Bücher und der dunklen Holztäfelung annahm, es handelte sich um die Bibliothek. An sämtlichen Wänden waren Bücherregale angebracht, außer an der Wand hinter dem Tisch, in der ein Erkerfenster auf den Fluss hinausging. Durch dieses Fenster konnte Jury das Boot erkennen. Dort stand ein großer, mit dunkelgrünem Leder eingelassener Schreibtisch aus Walnussholz. Simon Crofts Körper war quer über diesen grünen Ledereinsatz gefallen, Blut hatte sich in einer Lache auf dem Schreibtisch gesammelt und tropfte neben seinem Stuhl auf den Fußboden. Sein linker Arm war ausgestreckt, neben seiner Hand lag eine 9-mm-Automatik.

»Die Köchin hat Croft gefunden, als sie heute Morgen hereinkam –« Mickey hatte sich neben ihn gestellt und blätterte eine Seite in seinem Notizblock um – »und zwar um zehn. Ich kann Ihnen sagen…«

Der Rest blieb jedoch ungesagt. Mickey schüttelte bloß den Kopf. Jury meinte: »Sie sehen abgespannt aus, Mickey.«

»Das sind bloß die blöden Medikamente.«

Jury legte ihm die Hand auf die Schulter. Mickey sah bleich und erschöpft aus.

Mickey schob das Taschentuch, mit dem er sich die Stirn abgewischt hatte, wieder in die Hosentasche. »Ich bin vor einer Stunde angerufen worden. Seine Köchin hat das Revier verständigt. Eine Mrs. MacLeish.«

»Wo ist sie jetzt?«

»Auf dem Revier, beantwortet ein paar Fragen. Sie wollte unbedingt weg von hier. Sie ist eigentlich Köchin bei Tynedale, kommt aber ein paar Tage pro Woche her, um für Croft zu kochen.«

»Hat Croft allein hier gelebt?«

Mickey nickte. »Er war Börsenmakler, sehr erfolgreich. Hatte eine eigene kleine Firma – ein exklusives Etablissement, sozusagen. Eins der wenigen, die in den Achtzigern nicht von den Banken geschluckt wurden. Croft hatte sich seine Unabhängigkeit bewahrt. Kluger Kopf. Er hat gerade an einem Buch über den Zweiten Weltkrieg geschrieben. Ich glaube, er sah im Blue Last ein Symbol für den Verlust des wahren, unverfälschten Britanniens, wobei er ›unverfälscht‹ wohl im Sinn von Ale und Bier meinte. Er sah die langsame Zersetzung des britischen Geistes.«

Jury lächelte. »Die altbekannte, sentimentale Sichtweise.«

»Sie sind aber zynisch! Moment mal, ich muss kurz mit dem Arzt sprechen.«

Der unterhielt sich gerade mit einem der Spezialisten von der Spurensicherung. Mickey fragte ihn, wann er den Autopsiebericht haben könne.

»Heute am späten Nachmittag noch oder gleich morgen früh.«

»Morgen früh? Prima!«

Der Arzt lächelte unmerklich. Mickey, erinnerte sich Jury, arbeitete nie so, dass er Leute, die sowieso schon am Rande der Erschöpfung waren, dazu zwang, ihm einen Gefallen zu tun. Dementsprechend taten sie ihm oft von selbst einen Gefallen.

»Die Sache ist ziemlich eindeutig«, sagte der Arzt. »Er starb irgendwann zwischen Mitternacht und vier oder fünf Uhr morgens. Die Leichenstarre ist ziemlich vollständig eingetreten. Körper- und Raumtemperatur lassen keine Anzeichen dafür erkennen, dass die Zersetzung durch irgendetwas verzögert oder beschleunigt wurde. Trotzdem, Sie wissen ja, wie schwer es ist, den exakten Todeszeitpunkt festzusetzen. Wenn ich die Autopsie gemacht habe, weiß ich mehr. Ihnen ist natürlich klar, dass es kein Selbstmord war. Wer auch immer wollte, dass es danach aussah, hatte keinen blassen Dunst von Ballistik.«

»Dachte ich mir schon. Danke.« Mickey nickte dem Arzt zu. An Jury gewandt, meinte er dann: »Laut Mrs. MacLeish hat Croft an einem Buch gearbeitet. Er hatte einen Laptop, ein Manuskript und einen Schlagwortkatalog mit Aufzeichnungen für das Buch, der immer auf dem Schreibtisch stand, behauptet sie. Das Manuskript lag neben dem Drucker auf dem Tisch.« Er überlegte. »Hat ein Drucker eigentlich einen Speicher? Na, egal, jedenfalls hat jemand das ganze Zeug geklaut, vermutlich der Schütze. Soweit ich im Moment informiert bin, ist das alles, was fehlt.«

»Sie haben neulich gesagt, Sie hätten ihn flüchtig gekannt.«

»Stimmt – ich muss mich kurz hinsetzen.« Sie gingen zu dem Lehnsessel hinüber, der vor einer aufwändigen Stereoanlage stand. »Aber nicht gut.« Mickey holte wieder sein Taschentuch heraus und wischte sich den offensichtlich kalten Schweiß von der Stirn. »Croft kannte mich, weil – Sie erinnern sich? Ich hatte Ihnen doch erzählt, dass sein Vater, Francis, und mein Dad eng befreundet waren. Weil Simon«, Mickey deutete mit dem Kopf zu Simon Crofts Leiche hinüber, »wusste, dass ich bei der Kripo war, bat er mich, ab und zu mal vorbeizuschauen. Er glaubte nämlich, jemand wollte ihm was anhaben. Das waren sogar seine eigenen Worte. Er konnte oder wollte aber nicht sagen, wer oder warum. Ehrlich gesagt, er kam mir ganz schön paranoid vor. Na gut, ich habe es gemacht. Fünf oder sechs Mal habe ich hier bei ihm vorbeigeschaut.« Mickey schüttelte den Kopf. »Offensichtlich habe ich mich geirrt. Jemand hatte es *tatsächlich* auf ihn abgesehen. Und auch Erfolg gehabt. Und jetzt fühle ich mich mies, Rich, wirklich mies. Ich hätte es ernster nehmen sollen.« Er schüttelte den Kopf. »Sehen Sie mal hier.«

Mickey stand auf, und Jury folgte ihm an das hoch geschobene Fenster hinter dem Schreibtisch, wo Mickey ihn auf die abgeblätterte Farbe am Fensterbrett und die deutlichen Kerben an der Außenseite aufmerksam machte, die aussahen, als stammten sie von einem Messer. »Wer das gemacht hat, ist ein echter Amateur. Damit wir denken, es war ein Einbruch. Aber sehen Sie sich mal an, wie die Markierungen verlaufen. Es wurde von innen ausgeführt, nicht von außen. Wie gesagt, ein echter Amateur.« Mickey ging zu dem Polizeifotografen hinüber, um ein paar Worte mit ihm zu wechseln, und Jury sah sich die CDs durch, die auf dem Tisch verstreut lagen, wo die Anlage stand. Er ließ den Blick darüber schweifen, ohne sie anzufassen. Auf ihre Anordnung hatte Simon Croft nicht so viel Sorgfalt verwandt wie bei seinen Büchern. Ein gutes Dutzend CDs steckten gar nicht in ihren Hüllen. Jury lächelte. Vera Lynn, Jo Stafford, die Tommy-Dorset-Band. Alles Musik, die im Zweiten Weltkrieg beliebt gewesen war. »We'll Meet Again«, »A Nightingale Sang in Berkeley Square«. Als die Sachen damals herausgekommen waren, war er noch zu klein dafür gewesen, aber später, ja, da erinnerte er sich. »Yesterday«, o ja, daran erinnerte er sich genau. Aber war dieser Song denn nicht viel später aufgekommen? Im Geiste sah er Elicia Deauville wieder vor sich, wie sie in ihrem weißen Nachthemd tanzte. Sie war acht Jahre alt. Acht oder neun? Bei dem regen Treiben, das hinter ihm im Raum herrschte, war er überrascht, wie gut er die undeutliche Redekulisse ausblenden und dafür »Yesterday« hören konnte. Und wie er im Haus seiner Eltern durch das Loch in der Wand Elicia Deauville sehen konnte. Was so außergewöhnlich an ihr war, war ihr Haar. Es war gelbbraun, lohfarben, aber mehrfach abgestuft – von Toffeefarben über Gold bis Kupfer, wirklich außergewöhnlich. Er dachte, sie hätte neben ihnen in der Fulham Road gewohnt, aber jetzt war er sich nicht mehr so sicher.

Hatte es sich überhaupt zugetragen? War er überhaupt dort gewesen?

Mickey stand neben ihm. »Es sollte nach einem Raubüberfall aussehen«, Mickey schob mit der Fußspitze Glassplitter umher, »dabei fehlt als einziger Wertgegenstand bloß ein Sony-Laptop. Allein die Armbanduhr, die er trug, war mehr wert als das Ding. Keine Rolex, sondern die andere, die so viel kostet wie ein Kleinwagen. Sie wissen schon!«

»Piaget?«

»Genau die. Sehen Sie mal die Bilder!« Mickey deutete auf ein kleines Gemälde, das in einem Regal gegen die Bücher gelehnt stand. »Ein Bonnard. Und das da –« Er zeigte auf ein anderes ganz oben im Regal: ultramarinblaues Wasser und ein Gelb, so schwer wie die ganze Sonne. »Hopper, nein, nicht Hopper – der andere – Hockney, ja genau. David Hockney. Beide Gemälde sind leicht zu transportieren. Wer zum Teufel würde die dalassen?«

»Hat man außer dem Computer *überhaupt* was mitgenommen? Computerzubehör? Disketten?«

Mickey rief zu einem Kollegen von der Spurensicherung hinüber. »Johnny? Haben Sie Computerdisketten gefunden?«

»Nein«, sagte Johnny. »Jedenfalls keine benutzten, es gab bloß ein paar neue, noch versiegelte.«

Jury ließ den Blick über den Schreibtisch und die Regale schweifen. »Kein Manuskript? Keine Aufzeichnungen? Sagten Sie nicht, er schrieb gerade ein Buch über den Zweiten Weltkrieg?«

»Glauben Sie, er hatte etwas aufgedeckt, was einem anderen überhaupt nicht behagte?«

»Sie nicht? Alles, was mit dem Manuskript zu tun hatte, scheint verschwunden zu sein. Und sonst fehlt nichts. Der Mann muss doch wenigstens Teile davon als Papierkopie gehabt haben. Ein historisches Thema kommt ohne Recherche nicht aus, und bei der Recherche macht man Aufzeichnungen. Sie waren doch bei ihm – wann war das? Vor ein paar Wochen?«

»Der Computer war eingeschaltet. Ich habe nicht so darauf geachtet, ob er von Aufzeichnungen abschrieb.« Der Blick, mit dem Mickey sich im Raum umsah, war entschlossen oder eher verzweifelt. »Vielleicht wenn sie das Haus durchsuchen –«

»Das hätte der Mörder doch leicht auch tun können, in aller Gemütsruhe. Vorausgesetzt, es war jemand, der wusste, dass Simon Croft allein lebte, ohne Dienstboten außer der Köchin von Tynedale, die ja nicht hier wohnte. Sie sagten, als Sie ihn das letzte Mal sahen – stimmt was nicht, Mickey?«

Haggerty war kreidebleich geworden. Er schwankte leicht. »Lassen Sie mich bloß ein Weilchen hinsetzen.« Während er sich in einen der Ohrensessel setzte, nahm er sein inzwischen feuch-

tes Taschentuch heraus und wischte sich die mit kalten Schweiß-
perlen bedeckte Stirn. »Ich muss rüber, mit der Familie sprechen.« Er faltete das Taschentuch zusammen.

»Nichts da«, bestimmte Jury. »Ab nach Hause mit Ihnen. Die
Familie überlassen Sie mal mir.«

»Ich kann doch nicht –«

»Und ob Sie können. Lassen Sie mich schon mal die Vorarbeit
erledigen. Sie können ja dann später mit ihnen sprechen.«

Halblaut meinte Mickey: »Das behalten Sie aber für sich, Rich,
okay? Ich meine, dass ich krank bin.«

Jury sagte: »Aber natürlich. Das wissen Sie doch. Hat man die
Tynedales schon benachrichtigt?«

Mickey nickte. »Zwei von meinen Leuten waren drüben, ein
Sergeant und eine Constable. Sie haben ihnen bereits ausgerich-
tet, dass ich sie sprechen wollte.« Mickey sah auf seine Uhr, schüttelte das Handgelenk. »Verdammtes Ding.«

»Besorgen Sie sich eine Piaget. Sagen Sie mir alles Wichtige,
dann gehe ich gleich rüber.«

Mickey tat es.

11

Ian Tynedale war ein intelligenter, gut aussehender Mann von
Ende fünfzig oder Anfang sechzig. Wenigstens schätzte Jury ihn
auf dieses Alter, denn er war noch ein kleines Kind gewesen, als
seine Schwester Alexandra umgekommen war. Er saß etwas
vornüber gebeugt auf dem Stuhl im Speisezimmer, die Ellbogen
auf die Knie gestützt. Seine Augen waren rot gerändert.

»Es war kein Selbstmord, obwohl die Waffe auf dem Tisch wohl
darauf hindeuten soll«, sagte Ian. Nachdem er sich wieder etwas
gefasst hatte, lehnte er sich zurück, holte ein Zigarrenetui hervor
und zog den Zinnaschenbecher näher her.

»Sind Sie sich sicher?«, fragte Jury.

»Absolut. Nicht bei Simon.« Er dachte einen Augenblick nach.
»War es ein Raubüberfall? Haben von den Gemälden welche gefehlt?«

»Ich glaube nicht, aber ganz sicher konnten wir uns natürlich nicht sein. Sind Ihnen die Gemälde vertraut?«

»Ja, ein paar davon habe ich ihm selbst auf Auktionen besorgt. Kunst ist mein Leben. Italienische Renaissancekunst, um es genau zu sagen. Das ist eine große Leidenschaft von mir. Hinter seinem Schreibtisch hing ein Gemälde im Wert von einer Viertelmillion Pfund.«

»Ich glaube, an das kann ich mich erinnern.« Jury hielt inne. »Mr. Croft war aber kein Verwandter von Ihnen, oder?«

»Nein. Die beiden Familien standen sich emotional immer außergewöhnlich nahe. Simons Vater Francis und meiner kannten einander schon von ganz früh an. Sie waren schon als Knaben befreundet, wurden später Geschäftspartner. Wirklich bemerkenswert, die beiden. Sie standen sich so nah wie leibliche Brüder. Das könnte für mich und Simon vielleicht auch gelten. Es ist eine einzige eng miteinander verbundene Familie. Man greift sich gegenseitig unter die Arme, könnte man sagen.«

»Francis Croft besaß in den vierziger Jahren ein Pub namens The Blue Last?«

Ian war überrascht. »Ja. Woher wussten Sie das?«

Jury lächelte. »Ich bin Polizist.«

»Komisch, dass Sie das alte Ding zur Sprache bringen. Das Pub existiert seit mehr als einem halben Jahrhundert nicht mehr. Wurde im Krieg zerbombt. Maisie – das ist Alexandras Tochter – war damals noch ein Baby. Sie waren im Blue Last, als es passierte. Beziehungsweise Alexandra war dort. Maisie war zu ihrem Glück mit dem Kindermädchen unterwegs, mit Katherine Riordin. Wir nennen sie Kitty. Sie überlebte, weil Kitty sie im Kinderwagen spazieren fuhr. Vielleicht nicht gerade die beste Zeit für eine Spazierfahrt, aber zwischen den Bombenangriffen lagen ja lange

Pausen, und da war es größtenteils ziemlich sicher. Die Angriffe kamen natürlich meistens nachts. Und man kann ja nicht die ganze Zeit eingesperrt bleiben, oder? Ein Jammer und vielleicht die Ironie des Schicksals, dass Kittys eigenes Baby bei der Explosion getötet wurde, die das Blue Last zerstörte.«

»Ich habe gehört, sie lebt hier bei der Familie.«

Ian wies mit dem Kopf in die Richtung. »Richtig. Im Torhaus. Wir nennen es Keeper's Cottage. Sie sind in der Auffahrt daran vorbeigefahren. ›Torhaus‹ klingt ein bisschen hochtrabend.«

»Und seit damals wohnt sie hier bei der Familie?« Falls Ian sich über Jurys Interesse an Kitty Riordin wunderte, ließ er sich nichts anmerken.

Ian nickte. »Sie können sich vorstellen, wie dankbar mein Vater war, dass dem Baby nichts passiert war. Ihr eigenes Baby – Kittys – war damals im Pub dabei. Zur falschen Zeit. Wie Alex.« Er drehte seine Zigarre hin und her, als könnte ihm das beim Denken helfen, und sagte: »Es war ein furchtbarer Verlust, wissen Sie.«

»Ihre Schwester, meinen Sie?«

Er nickte. »Alex war… sie hatte etwas…« Er machte eine Pause, als suchte er nach dem passenden Wort, und seufzte, als käme er nicht darauf. »Sie war ganz jung, als sie einen Burschen in der Royal Air Force namens Ralph Herrick heiratete. Sie war erst zwanzig oder einundzwanzig, glaube ich, als Maisie geboren wurde.«

Jury wechselte das Thema. »War Simon Croft wohlhabend? Er war Banker, nicht?«

»Börsenmakler. Das ist ein Unterschied. Er war sehr betucht. Er hat eine Menge Geld geerbt, als sein Vater starb.«

»Hat er es selbst auch zu etwas gebracht?«

»Absolut. Er war ein exzellenter Börsenmakler. Allerdings hatte sich in den achtziger Jahren das Bank- und Börsengewerbe grundlegend verändert. Bis vor fünfzehn Jahren wurde die City noch – sagen wir – im Gentlemen-Stil geführt. Ich meine damit nicht ehrlicher, rücksichtsvoller oder freundlicher, eher wie ein Klub – wissen Sie, wie ein vornehmer Herrenklub. Von amerikanischen und internationalen Managementmethoden hielt man einfach nichts. Es war, als würde die City von alten Eton-Absolventen geführt. Als sich die Dinge dann änderten, blieben die meisten dieser Leute auf der Strecke. Simon allerdings nicht. Er war einer von denen, die eine kleines, exklusives Unternehmen führten, und hatte es schon kommen sehen. Er bewahrte sich seine Unabhängigkeit und wurde danach von den großen Banken heftig umworben – Gott, was rede ich eigentlich von Geld? Er ist tot. Ich kann es einfach nicht fassen.«

»Wer wird dieses Geld erben?«

»Erben? Ach, vermutlich wir alle. Vor allem natürlich Emily und Marie-France. Das sind Simons Schwestern. Emily lebt in Brighton in einem von diesen ›betreuten Wohnheimen‹. Sie hat es mit dem Herzen, glaube ich. Simon war vor Jahren einmal verheiratet, aber das hielt bloß ein paar Jahre. Kinder gab es leider keine. Sie habe ich seit zwanzig Jahren nicht mehr gesehen. Ich glaube, sie ist mit ihrem neuen Mann nach Australien oder Afrika gegangen.« Er klopfte die Asche von seiner Zigarre in den Aschenbecher und hob mit einem Anflug von Lächeln den Blick zu Jury. »Sie glauben, es war einer von uns, stimmt's? Wegen des Zasters?«

»Der Gedanke kam mir schon in den Sinn. So läuft es ja oft. Nur zu Information – wo waren Sie heute in den frühen Morgenstunden?«

»Im Bett und habe geschlafen. Allein, es kann also niemand für mich bürgen.« Ian lächelte, als wäre der Gedanke, er hätte Simon Croft erschossen, so unvorstellbar, dass er kaum erörtert zu werden brauchte.

»Hatte Mr. Croft Ihres Wissens irgendwelche Feinde? Andere Börsenmakler? Banker? Geschäftsleute? Gab es vielleicht jemanden, der einen Groll gegen ihn hegte?«

Ian schüttelte den Kopf. »Keinen Einzigen, Superintendent,

nicht dass ich wüsste. Ach, Gott…« Er drehte sich auf seinem Speisezimmerstuhl um und wandte den Blick ab.

»Ja?«, half Jury ihm nach.

Ian schüttelte den Kopf. »Nichts, nichts. Es wird mir erst allmählich bewusst.« Er drückte die Handballen gegen die Augen.

Eine Weile sagte Jury nichts, dann beschloss er, ein anderes, weniger verfängliches Thema zur Sprache zu bringen. »Offenbar schrieb Mr. Croft gerade an einem Buch. Was wissen Sie darüber?«

Ian musterte Jury etwas überrascht. »Ist das denn wichtig?«

»In Anbetracht der Tatsache, dass sämtliche relevanten Spuren offenbar verschwunden sind, denke ich schon, dass es wichtig ist. Sein Computer wurde entwendet, zusammen mit dem Manuskript und allen Aufzeichnungen, die er möglicherweise gemacht hatte. Deshalb stellt sich uns ja diese Frage.«

Ian runzelte die Stirn und betrachtete die zu Asche verglommene Zigarre, die er im Aschenbecher hatte liegen lassen. »Er hat nicht viel davon erzählt. Hat aber vielleicht mit Dad darüber gesprochen. Dad musste in letzter Zeit das Bett hüten. Es hat ihn schwer mitgenommen, Superintendent. Simon war für ihn wie ein Sohn. Klingt abgedroschen, ist aber so. Ich hoffe, Sie müssen ihn heute nicht befragen.«

»Nicht, wenn Sie meinen, ich soll es bleiben lassen. Ich kann ja wiederkommen.«

»Das wäre mir sehr recht. Es ist so schlimm für ihn –« Er klopfte den Aschenwurm in den Behälter.

Marie-France Muir, Simons Schwester, saß am oberen Tischende auf demselben Stuhl, von dem Ian Tynedale soeben aufgestanden war, Jury zu ihrer Rechten. Der romantische Klang ihres Namens wurde von ihrer melancholischen Aura, dem blassen, fast durchscheinenden Teint und dem verzweifelten Blick aus den fein gezeichneten grauen Augen noch betont.

Im Falle von Marie-France – da war er sich ziemlich sicher –

entsprach die Erscheinung der Realität. Mit dem, was man vor sich sah, hatte man es zu tun. So gesehen mochte sie mit ihrem ungeschminkten Gesicht und den unverblümten Antworten vielleicht die Ehrlichkeit in ihrer banalsten Gestalt sein, nichtsdestotrotz aber die Ehrlichkeit. Er sollte in seinen Fragen mindestens ebenso direkt sein.

»Haben Sie irgendeine Ahnung, weshalb dies Ihrem Bruder zugestoßen ist?«

Sie schwieg, als versuchte sie, eine komplizierte Antwort zu formulieren. »Nein.«

Jury wartete einen Augenblick ab, bis er merkte, dass sie dieses Nein nicht weiter auszuschmücken gedachte. »Hatte er Feinde, war er in einer finanziellen Notlage? Irgendetwas in der Art?«

»In einer finanziellen Notlage? Das glaube ich nicht.« Ihr Lächeln war traurig, ihre Stimme klang wie blank gerieben, rau und unsicher. »Feinde? Ich kenne zwar nicht alle Bekannten meines Bruders, aber ich kann mir nicht denken, wieso er Feinde gehabt haben sollte. Er war ein wirklich anständiger Mensch.«

»Ihr Vater führte während des Krieges ein Pub namens The Blue Last –«

Seine Bemerkung entlockte ihr ein echtes Lächeln. »Ach ja, daran kann ich mich noch gut erinnern. The Blue Last. Dort spielten Simon und ich immer furchtbar gern. Du lieber Himmel…« Sie stützte die Stirn in die Hand, als wollte sie gleich anfangen zu weinen, tat es dann aber nicht. »Das ist über fünfzig Jahre her.« Wie sie, die Wange leicht gerötet und einen verschämten Ausdruck im Gesicht, eine Haarsträhne in den nachlässig geschlungenen Knoten zurückschob, war es, als kokettierte sie mit der Erinnerung. »Ach, was hatten wir damals für einen Spaß! Simon war etwa zehn, ich zwei Jahre älter und Em – meine Schwester Emily – muss etwa vierzehn, fünfzehn gewesen sein.« Verwirrt zog sie die Augenbrauen zusammen. »Nein, eigentlich war Emily altersmäßig viel näher an Alex als an mir. Ja, sie muss siebzehn oder achtzehn gewesen sein, als Alex starb.« Dann fuhr sie lächelnd fort: »Für uns steckte das Pub immer voller Abenteuer. Auch Alexandra war immer schrecklich gern dort. Das war aber in der Zeit, bevor der Krieg kam und alles zerstörte. Ja, mein Vater Francis hatte das Blue Last – ach, fünfzehn Jahre müssen es gewesen sein. Er brauchte es natürlich nicht zu bewirtschaften. Ich meine, er war finanziell nicht darauf angewiesen. Tynedale Brewery besaß mehrere Pubs.«

»Und Ihr Vater kam bei dem Bombenangriff ebenfalls ums Leben?«

»Ja. Unsere Mutter war zwei Jahre davor gestorben. Wenn Oliver nicht gewesen wäre, dann wären wir – hm, Waisen geworden.« Sie lächelte unmerklich, als fände sie den Gedanken, Waisen zu sein, fast amüsant. »The Blue Last. Was waren wir für Spaßvögel, damals vor dem Krieg!« Bei diesen Worten klang ihre Stimme zusehends entspannter. Sie blickte aus dem Fenster, als könnte sie jenseits davon Spaßvögel auffliegen sehen. Sie wirkte plötzlich tieftraurig.

Jury schämte sich ein wenig dafür, dass er sie für oberflächlich gehalten hatte.

»Ich mochte dieses Pub wirklich sehr«, fuhr sie fort. »Es war unendlich aufregend. Die Leute, die Gespräche, die ›lockere Stimmung‹, wie man so sagt. Dass es uns gehörte, war Teil davon, es war ein bisschen wie bei der Küchenmagd, die herausfindet, dass das Schloss ihr gehört.«

Die Metapher überraschte Jury, sowohl dass sie sie gebraucht hatte, wie dass sie überhaupt zur Sprache gekommen war. Er lächelte. »Küchenmagd. Haben Sie sich zu Hause in dieser Rolle gefühlt?«

Sie ging nicht direkt darauf ein. »Das Blue Last war doch unser Zuhause. Ich meine, natürlich hatten wir noch ein anderes Haus. Das, in dem Simon wohnt – ich meine, wohnte –« Sie wandte sich ab.

Jury schwieg.

Sie sah auf ihre Hände hinunter. »Es hört sich furchtbar an, aber –« Die Röte stieg ihr ins Gesicht. Wieder flüchtete ihr Blick in das Licht vor dem Fenster.

Er wartete ab, doch sie blieb still, als gäbe es nach den Erinnerungen an das Blue Last nichts mehr zu reden, nicht einmal über den Mord an ihrem Bruder. Es war, als hätte der Verlust des Blue Last ihr alle Kräfte geraubt.

Wieso war das schwer zu verstehen? Jeder von uns hat doch so ein Gefühl für einen ganz besonderen Ort, das ihn verfolgt, oder nicht? Einen Ort, dem man die Kraft zuschreibt, einen glücklich zu machen. Ein tief ins Gedächtnis eingeprägtes Bild, das entschwunden war und ein Stück von uns mitgenommen hat. Seltsam, dass wir der Kindheit so viel Wert beimessen, einer Zeit, in der wir verletzlich und schutzlos der Gnade jener ausgeliefert waren, von denen wir hofften, dass sie uns gnädig wären. Und doch schien diese Zeit, diese Kindheit sich über die lauernde Gefahr zu erheben. Sie bleibt uns als das Verführerischste, Ersehnteste, Unanfechtbarste in unserem Leben in Erinnerung.

»Sie sagten, Sie hätten sich damals alle so gut verstanden.«

»Was?« Marie-France wandte ihm ihre ausdruckslosen, grauen Augen zu.

»Sie sagten, Sie und Ihre Geschwister hätten sich damals so gut verstanden.«

»Ja, das stimmt. Manchmal durften wir auch im Pub übernachten. Im Obergeschoss gab es nämlich eine Wohnung. Alexandra und Ian waren auch mit von der Partie. Alexandra übrigens auch noch, als sie schon verheiratet war. Es schien ihr dort viel besser zu gefallen als im Tynedale Lodge. Ich glaube, ich war eifersüchtig auf sie, weil sie so schön war. Und dann heiratete sie diesen tollen Piloten – kennen Sie den Film *Waterloo Bridge*?«

»Ja.« Jury lächelte. »Eine der großartigsten Liebesgeschichten der Filmgeschichte.« (*Die* war's, dachte er, Vivien Leigh – *so* hat Alexandra ausgesehen und die Bedienung in dem Lokal auch.) Jury lächelte.

»Kitty sagte immer, genau so seien sie gewesen, Alexandra und

Ralph – wie Myra und Roy. Kitty – das war das Kindermädchen. Ich weiß noch, wie ich mich ärgerte, dass Alex Vivien Leigh tatsächlich ähnlich sah, mit ihrem glatten dunklen Haar und dem elfenbeinfarbenen Teint und den dunklen Augen. Und diesen Wangenknochen.« Sie schüttelte den Kopf. »›Was für ein dummer Vergleich‹, hörte ich Alex einmal zu Kitty sagen. ›Vivien trieb es mit jedem und hat Robert Taylor *deswegen nicht* geheiratet. Deswegen ist sie auch von der Brücke gesprungen. Das muss ich ja wohl nicht‹, sagte Alex.«

»Alexandra klingt ja nicht gerade nach einer unverbesserlichen Romantikerin.« Jury lächelte. »Eher nach dem praktischen Typ.« Aus der Innentasche seines Jacketts zog er den Umschlag mit Mickeys Schnappschüssen. Er suchte das von Alexandra und Francis Croft heraus und legte es vor Marie-France auf den Tisch.

Überrascht griff sie danach. »Woher haben Sie denn… das ist ja das Blue Last. Das ist mein Vater mit Alexandra. Wo haben Sie das her?«

Jury fiel auf, dass sie erst das Pub und dann die Personen erkannte. »Von einem Kripobeamten in der City.« Er suchte das Foto von Katherine Riordin und ihrem Baby heraus.

»Das sind Kitty und Erin… warten Sie, nein, es ist Maisie.« Sie hielt sich das Foto etwas näher vor die Augen. »Nein, es ist Erin. Babys sehen irgendwie alle gleich aus, finden Sie nicht?«

Jury lächelte erneut. »Da würden die Mütter Ihnen aber bestimmt widersprechen. Kitty Riordin blieb dann also bei den Tynedales.«

»Oliver behielt sie im Haus, nachdem Alex umgekommen war. Und Erin, das arme kleine Ding. Gott, war das furchtbar. *Furchtbar.* Oliver und Kitty hatten beide ihr Kind verloren. Ich weiß nicht, wer verzweifelter war.«

»Und Alexandras Mann?«

Marie-France schien sich nur undeutlich an ihn zu erinnern. »Ach, Ralph war natürlich am Boden zerstört.«

War er das wirklich gewesen, oder benutzte sie bloß eine abgedroschene Redewendung? Ralph Herrick war offenbar jemand, der einem nur wegen seines Aussehens und der Zugehörigkeit zur Royal Air Force in Erinnerung blieb. Allerdings waren sie ja nur so kurz verheiratet gewesen.

»Ralph starb kurz danach«, fuhr sie fort. Sie suchte in ihrer Erinnerung. »Ja, genau. Noch während des Krieges. Er war aus der Royal Air Force ausgetreten. Ach, und er bekam das Viktoriakreuz verliehen. Ja. Wie konnte ich das bloß vergessen? Er hatte etwas mit diesen Codeknackern zu tun ... Nun, jedenfalls ist er ertrunken. Irgendwo in Schottland.«

»Wo genau wohnen Sie, Mrs. Muir?«

»In Belgravia, in der Chapel Street.«

»Und dort hielten Sie sich auch heute am frühen Morgen auf?«

»Hm?« Sie schien von der Vergangenheit abgelenkt. »Ja, natürlich, dort bin ich morgens immer. Ich lebe allein.«

»Keine Haushilfe oder Köchin?«

»Nein, keine. Es ist ein ziemlich kleines Haus, und mir ist es lieber, ich begegne nicht ständig anderen Leuten.«

Jury schob seinen Stuhl zurück, und Marie-France erhob sich gleichzeitig mit ihm. »Haben Sie vielen Dank, Mrs. Muir. Wenn Sie mir nur noch die Adresse Ihrer Schwester geben könnten –?«

Sie standen an der Tür, und sie nickte traurig. Muss früher einmal eine Schönheit gewesen sein, dachte er. Wieder eine, die ich vollkommen falsch eingeschätzt habe. Von wegen polizeiliche Intuition.

Als Maisie Tynedale, elegant ganz in Schwarz, den Raum betrat und sich setzte, verspürte Jury eine gewisse Unruhe und hatte das Gefühl, dass es nicht sehr klug gewesen war, zuerst mit den anderen gesprochen zu haben. Allerdings hatte sich bei ihm durch Mickey bereits eine Vorstellung festgesetzt, die von den anderen weder bestärkt noch entkräftet worden war.

Während sein Blick zu dem Porträt an der Wand und wieder zu ihr zurückwanderte, versuchte er, Maisies Gesicht die Züge von

Alexandra Tynedale einzuzeichnen. Maisie folgte seinem Blick. »Ja, ich weiß«, sagte sie. »Auf enttäuschende Weise unattraktiv.« Sie lächelte.

Jury lächelte ebenfalls. »Ganz und gar nicht. Ich frage mich nur gerade, ob Sie Ihrer Mutter ähnlich sehen.«

Maisie betrachtete erneut das Gemälde. »In Haut- und Haarfarbe, ja, vielleicht auch ihr Mund, aber ganz bestimmt nicht die Augen. Ausschlaggebend sind die Augen.«

In diesem Fall waren es Haut- und Haarfarbe. Schwarzes Haar, das ihr glatt bis knapp unter die Ohren fiel, die elfenbeinfarbene Haut, stärker getönt auf Lippen und Wangenknochen. Wer keinen Grund hatte, anzunehmen, sie sei nicht Alexandra Herricks Tochter, würde nicht sofort stutzig werden.

Nun ließen Haar- und Hautfarbe sich immer verändern, was auch bei ihr der Fall war. Schwarz war nicht ihre natürliche Haarfarbe, das Rouge war geschickt aufgetragen. Dennoch könnte sie Alexandras Tochter sein, die es bloß darauf anlegte, noch mehr wie sie auszusehen.

»Was ist mit Ihrem Vater? Gibt es von ihm auch ein Bild?«

»Er muss irgendwo sein.« Ihr Blick fiel auf das Serviertischchen und die darauf stehenden Fotos. »Vielleicht hat ihn mein Großvater. Er stellt die Fotos immer wieder anders – haben Sie schon mit ihm gesprochen?«

Jury schüttelte den Kopf. »Nein. Er ist sehr krank, wie ich hörte.«

»Simons Tod wird ihm den Rest geben. Wissen Sie, wir sind untereinander eigentlich alle wie Brüder, Schwestern, Söhne und Töchter. Die beiden Familien stehen einander so nahe. Simon hätte genau so gut Olivers Sohn sein können. Ich weiß, dass Ian ihn immer als Bruder betrachtet hat.«

»Ich habe den Eindruck, Sie sind hier alle miteinander ziemlich erstaunt über die Freundschaft zwischen Francis Croft und Oliver Tynedale.«

»Wir finden sie zumindest ungewöhnlich. Dass sie so weitergehen konnte, wie sie sich seit ihrer Jugendzeit gehalten hat. Ja, vielleicht ist ›erstaunt‹ doch der richtige Ausdruck.«

»Und diese Frau –« Jury konsultierte seinen Notizblock, als suchte er den Namen, den er ganz genau im Kopf hatte – »Katherine Riordin, die kennen Sie ja auch schon sehr lange.«

»Kitty. Ja, ich nehme an, Sie wissen Bescheid über den Abend, an dem das Blue Last bombardiert wurde.«

Jury nickte.

»Nun, Kitty blieb einfach da.«

Und blieb und blieb. Allerdings blieben oftmals viele Kindermädchen, blieb ein altes Familienfaktotum lange bei den ehemaligen Arbeitgebern. Und nachdem er der Frau noch nicht begegnet war, beschloss Jury, Maisie in dieser Richtung nicht weiter zu befragen.

Maisie ging jedoch selbst näher darauf ein. »Großvater überließ ihr das Cottage, damit sie sich unabhängiger fühlte –«

»Was sie aber nicht ist. Sie ist von Ihrer Familie vollkommen abhängig.«

Maisie ging in Abwehrstellung. »Das klingt etwas aggressiv.«

Jury zog erstaunt die Augenbrauen hoch. »Soll es aber gar nicht sein. Ich stelle bloß Tatsachen fest, wenigstens so weit sie mir bekannt sind. Die Quelle von Mrs. Riordins Einkommen könnte ja wichtig sein.«

»Worauf spielen Sie an –?«

»Nicht –«

»– dass sie Simon wegen einer Erbschaft ermordet hat?«

»Das ist mir gar nicht in den Sinn gekommen. Wieso sollte Simon Croft Ihrem alten Kindermädchen Geld hinterlassen?«

Verärgert wollte sie aufstehen.

»Nein –« Jury hob besänftigend die Hand. »Bitte, bleiben Sie doch sitzen. Ich habe noch ein paar Fragen.«

Widerstrebend und mit zusammengekniffenem Mund lehnte sie sich zurück, die Arme fast streitlustig verschränkt. Er bemerkte die verunstaltete Hand, die leichte Schrägstellung von

Zeige- und Mittelfinger, den etwas verschobenen Daumen. Die Aufnahme von der kleinen Maisie fiel ihm wieder ein, ihr Händchen am Hals ihrer Mutter.

»Sie scheinen Katherine Riordin in Schutz nehmen zu wollen.«

»Ist doch verständlich. Sie hat mir schließlich das *Leben* gerettet.«

Jury kritzelte etwas auf eine neue Seite seines kleinen Notizbuchs. Außer ein paar Telefonnummern und Adressen standen nur Krakel darin. Für Notizen war Wiggins zuständig. Er war der sorgfältigste Notizenschreiber weit und breit. Jury selbst fürchtete, dadurch den Redefluss zu behindern oder zu dämpfen. Tonbandaufnahmen mochte er auch nicht.

»Wie kommt es«, fragte er, den Blick in sein Notizbuch geheftet, »dass es bei allen, mit denen ich bisher geredet habe, so klingt, als habe Mrs. Riordin Sie aus den Trümmern herausgezogen? Der Zufall hat Ihnen das Leben gerettet, nicht Katherine Riordin. Sie hatte Sie zufällig im Kinderwagen spazieren gefahren. Was sie wohl kaum zu einer Heldin macht. Es war auch Zufall – für sie wohl der allerschlimmste, kann ich mir vorstellen –, dass sie *Sie* und nicht ihr eigenes Kind dabeigehabt hatte.«

Maisie lehnte sich zurück, entgeistert, fast verzweifelt, dass jemand in Kitty Riordin keine Heldin sah. Wieso, fragte er sich, war ihr das so wichtig? Er könnte es verstehen, wenn Maisie in Wirklichkeit Erin Riordin und Kitty tatsächlich Erins echte Mutter war. Oder hatte die Geschichte von jenem Abend, an dem das Blue Last zerstört worden war, womöglich gar mythische Dimensionen von Errettung, Selbstopferung und Heroismus angenommen? Maisie hat jener Abschnitt ihres Lebens tief geprägt; das Baby, das Mutter und Vater verloren hatte und ohne Kitty Riordins beherztes Eingreifen beinahe selbst ums Leben gekommen wäre. Jury fragte sich, ob Oliver Tynedale wohl ebenfalls seinen Anteil an diesem Mythos hatte.

»Wo waren Sie zwischen Mitternacht und acht Uhr morgens?«

»Vielleicht auf der anderen Seite des Flusses, um Simon zu erschießen?«

Er lächelte. »Wir müssen diese Frage allen stellen.«

»Werden wir denn alle verdächtigt? Werde ich verdächtigt?
Was um alles in der Welt hätte ich denn für einen Grund? Ich pro-
fitiere doch nicht von seinem Tod. Ich habe schon jetzt so viel
Geld, dass es für ein Dutzend Leute reichen würde.«

Jury klappte sein Notizbuch zu und steckte es in die Tasche.
»Ich bezweifle, dass das Motiv etwas mit Geld zu tun hat. Ich
nehme an, hier hat jeder so viel, dass es für ein Dutzend Leute reichen würde.«

»Warum dann? Warum hat jemand Simon erschossen?«

Jury starrte sie bloß an und wiederholte die Frage: »Wo waren
Sie heute früh?«

12

Nach dem langen Stillsitzen und Reden wollte er sich etwas Bewegung verschaffen und teilte Barkins, dem Butler, mit, er würde
ein wenig im Garten spazieren gehen und wäre dort zu finden,
falls Detective Chief Inspector Haggerty anrufen sollte.

Es war früher Nachmittag, als er durch die Verandatür des
Speisezimmers auf eine Terrasse trat und von dort auf einen
Gehweg. Dieser verlief seitlich am Haus entlang, das viel tiefer gelegen war, als es von vorn den Anschein hatte. Auf einer
Seite zog sich eine Säulenreihe entlang. Genau genommen handelte es sich um eine überdachte Kolonnade, über deren gesamte
Länge hin diese weißen Säulen das weiche Sonnenlicht einfin-
gen. Jury hatte nie der Schule der Peripatetiker angehört – er
konnte beim Spazierengehen überhaupt nicht gut denken. Sehr
gut gelang es ihm dagegen beim Rauchen, und nun hätte er gern
eine Zigarette gehabt. *Ein Jahr und neun Monate und zwei Wo-*

chen – Du liebe Zeit, und da gierst du immer noch nach einem
Glimmstängel.

In etwa sieben Metern Entfernung befand sich auf der anderen
Seite des Rasens eine Reihe Zypressen, die den Gartenpfad innerhalb der hohen Steinmauer säumten. Dieser baumbestandene
Pfad verlief parallel zu den weißen Säulen, und dazwischen stand
die Statue eines Kindes, das die Hand zu einer Ente hinunterstreckte. Als er Stimmen hörte, sah er zwischen den Säulen und
Bäumen hindurch dort jemanden, der ebenfalls spazieren ging.
Nein, was er hörte, war nur *eine* Stimme. Er konnte die Worte
nicht ausmachen. Die Zypressen, die wie graue Pfeiler wirkten,
standen etwas versetzt zu den weißen Säulen so, dass es ihm beim
Gehen vorkam, als stünden sie in den Lücken dazwischen. Zwischen Zypressen und Säulen hindurch konnte er auf diese Weise
einen flüchtigen Blick auf die andere Person erhaschen, bei der es
sich, wie er sodann feststellte, um ein kleines Mädchen handelte.

Vielleicht war es das Gespräch über *Waterloo Bridge,* das Jury
dazu veranlasste, weiterzugehen und zwischen den Bäumen zu
dem Kind hinüberzuschauen und dabei den kinematographischen
Effekt des Ganzen zu genießen. Es war, als beobachtete er ein We-
berschiffchen, das einen Wandteppich mit dem Bild eines Gartens
webte. Sämtliche angedeuteten Elemente – die weißen Säulen, die
Zypressen, das Mädchen, die Statue, er selbst – flossen zu einem
großen Gesamtbild zusammen. Es gefiel Jury – es war ein wenig
wie das Gefühl, das ihn manchmal überkam, wenn er einen Fall
gelöst hatte, der ihm zuvor wie ein undurchdringliches Rätsel erschienen war.

Er hatte das Ende des überdachten Gangs erreicht, von dem
zwei breite, flache Stufen zu einem Wasserbecken oder Teich hin-
unterführten. In dessen Mitte goss ein Mägdlein Wasser aus
einem Krug. Als Jury das kleine Mädchen (warum hatte niemand
von ihr gesprochen? War es eine Enkelin? Eine Urenkelin?) zwischen den Bäumen hervortreten sah, ließ er sich in die Hocke nieder und tat so, als wollte er seinen Schnürsenkel binden. Er wollte

verhindern, dass sie von einem knapp einen Meter neunzig großen Polizisten eingeschüchtert wurde. Den Kopf gesenkt, begutachtete er den Schuh, als wäre dieser ebenso faszinierend wie der Wandteppich, den er soeben im Geiste gewoben hatte.

Sie blieb stehen und beobachtete ihn.

Er hob den Kopf und rief in überraschtem Ton zu ihr hinüber: »Ach, hallo. Ich versuche gerade, diesen Schnürsenkel hier – reißen dir deine auch manchmal?«

Als Antwort kam sie ein paar Schritte näher, hob ihr Schuhwerk, eine Sandale mit Schnalle, in die Höhe und schüttelte den Kopf. Ihre Sandalen waren nicht winterfest, sie trug sie jedoch mit weißen Socken. Der Rest von ihr steckte in einem (zu langen) Baumwollmusselinkleid mit Zweigmuster und einem dicken Sackpullover im gleichen Grün wie ihre Augen.

Indem er so tat, als hätte er den Schnürsenkel endlich in Ordnung gebracht, sagte er: »Schlau von dir, Schuhe ohne Schnürsenkel zu tragen.« Nun sah er es: Das, womit sie auf ihrem Spaziergang die ganze Zeit geredet hatte, war eine Puppe, seltsam gewandet in ein spitzenbesetztes Häubchen und ein ebenfalls zu langes Kleid, das der Puppe über die Füße hing. Als sie noch näher trat (wenn auch nicht in Händeschüttelnähe), fiel ihm ihr glattes, glänzendes schwarzes Haar auf, die wie Perlen schimmernde Haut, die dunkelgrünen Augen. Er wusste nicht, ob Vivien Leigh grüne Augen hatte. Wenn nicht, dann Pech, arme Vivien.

»Der Garten ist wunderschön, sogar im Winter. Ich kann mir schon denken, dass du oft hier bist.«

Sie nickte. Sehr feierlich und sehr schön. Zu welcher der beiden Familien gehörte sie? Mit ihrem schwarzen Haar und der durchscheinenden Haut ähnelte sie natürlich Alexandra Tynedale. »Ich heiße übrigens Richard Jury.« Ihren Namen sagte sie daraufhin nicht. Er sagte: »Deine Puppe ist ja dick eingepackt. Friert sie denn?«

Das kleine Mädchen schüttelte den Kopf. »Das hat sie immer

an, es ist nämlich ihr Taufkleid. Ich hab mal eine gesehen.« Bei diesen Worten bedachte sie Jury mit einem leicht herausfordernden Blick, als könnte er womöglich in Zweifel ziehen, was für Kleider man zu einer Taufe anzog.

Er vermutete, dass sie damit meinte, sie habe schon mal eine Taufe gesehen. »Ich noch nie.«

Ein Trost, denn so konnte er die Details, mit denen sie nun aufwartete, nicht bestreiten. »Da schütten sie einem Wasser über den Kopf. So wie im Kosmetiksalon, außer dass es bei Taufen keine Seife gibt und sie einem nicht die Haare waschen. Die werden bloß gespült.«

Dies war zweifellos ein Ereignis, das man mit diversen Metaphern beschreiben konnte. Jury lächelte. »Dann ist deine Puppe also getauft?«

»Erst wenn ich einen Namen gefunden hab. Ich suche schon lange. Ich bin jetzt bei *R* angelangt und kann mich einfach nicht entscheiden. Ich dachte vielleicht Rebecca.« Sie warf ihm einen prüfenden Blick zu, um zu sehen, wie er darauf reagierte.

Jury sagte: »Könnten wir uns da rübersetzen?« Er deutete auf eine weiße Bank, die zu beiden Seiten von einem Spalier mit Weinranken gesäumt war.

»Okay.«

Sie ließen sich auf der Bank nieder – alle drei, die Puppe dazwischen –, und Jury fragte: »Bist du sicher, dass deine Puppe ein Mädchen ist?«

Gemma sah ihn verblüfft an. »Was?« Die Puppe hatte das Kleid schon angehabt, als sie sie gefunden hatte. Egal, was sie anderen erzählt hatte – sie war überzeugt, das Kleid deutete darauf hin, dass es ein Mädchen war.

Jury zuckte die Achseln. »Ich überlege bloß, wieso es so schwer für dich ist, einen Mädchennamen zu finden. Vielleicht ist es in Wirklichkeit ein Junge und will nicht mit einem Mädchennamen rumlaufen. Würde ich auch nicht.«

Sie hatte sich über dieses Thema oft Gedanken gemacht, aber

nicht gewusst, wen sie fragen sollte. Etwas abgewandt, hob sie das Taufkleid der Puppe an und sah nach. Dann drehte sie sie so hin, dass Jury es sehen konnte. Sagte aber nichts.

Jury sagte: »Ach, du hast Glück. Es könnte ein Junge oder ein Mädchen sein, du kannst es dir aussuchen. Das können nicht viele. Hier ist der Beweis, falls jemand Zweifel dran hat.«

Gemma war hingerissen.

»Apropos Namen, du hast mir deinen noch gar nicht gesagt.«

»Gemma Trimm.«

»Wohnst du hier, Gemma?«

»Ich bin Mr. Tynedales Mündel. Ein Mündel, das ist was anderes, als wenn man adoptiert ist. Ich bin mit niemand verwandt, ich bin irgendwie so übriggeblieben. Mr. Tynedale, der ist krank und hat es gern, wenn ich ihm vorlese. Das mach ich jeden Tag, fast jeden. Ich lese ihm aus Dickens *Raritätenladen* vor, und er findet, dass ich so ähnlich bin wie die kleine Nell. Das find ich aber gar nicht. Die ist nämlich irgendwie doof.«

»Du bist noch so jung und liest schon so komplizierte Bücher. Charles Dickens finden sogar Erwachsene manchmal schwer.«

»Ich bin neun.« Sie schien zufrieden mit sich, dass sie etwas lesen konnte, was Erwachsene nicht konnten. »Die schweren Stellen überspring ich, aber das macht nichts, er hat ja so viel Seiten über alles geschrieben.«

»Stimmt, das hat er.« Nachdem er eine Weile über Gemma und Dickens nachgedacht hatte, sagte Jury: »Ich bin wegen Simon Croft hier. Hast du gehört, was mit ihm passiert ist?«

»Ja. Er ist tot. Er wurde erschossen.« Sie zog der Puppe das Häubchen über den Kopf, um die Augen zu verdecken. »Was hat er denn getan? Muss was Schlimmes gewesen sein, wenn ihn dafür jemand erschossen hat.«

»Das wissen wir noch nicht. Ich bin übrigens so etwas wie ein Detektiv und habe die Absicht, es herauszufinden.«

Sie musterte ihn voller Staunen. »Ach *ja*? Hat Benny Sie geschickt?«

»Benny? Nein, hat er nicht. Ist das ein Freund von dir?«

»Mein bester. Er streitet aber viel. Wenn Sie Detektiv sind, sollten Sie mal rauskriegen, wer *mich* umbringen will.«

»Dich *umbringen*? Wie kommst du denn darauf?«

»Weil sie's schon ein paarmal probiert haben. Einmal im Treibhaus.« Sie wies mit dem Kopf hinüber. »Sie wollten mich erschießen, als ich was in einen Topf einpflanzen wollte. Mr. Murphy kümmert sich um den Garten. Und das nächste Mal in meinem Zimmer, da hab ich geschlafen, und jemand wollte mich erdrosseln und mich ersticken. Und das *nächste* Mal wollte mich jemand vergiften, und Mrs. MacLeish hätte schon fast gekündigt, weil sie Angst hatte, dass sie sagen, ihr Essen sei schuld.«

Jury war nicht leicht zu schockieren. Doch dieses Kompendium an Straftaten, noch dazu dargeboten von einem so kleinen Persönchen und in so nüchternem Ton, schockierte ihn nun doch, obwohl er bezweifelte, dass es sich alles so zugetragen hatte. Das Melodramatische an der Sache leuchtete ihm ein. Ein Kind, offensichtlich ohne Familie, mitten hineinversetzt in eine, die nicht ihre war und ihr vielleicht (mit Ausnahme des alten, gebrechlichen Oliver) voller Gleichgültigkeit begegnete – da konnte es doch kaum verwundern, dass sie sich so eine Geschichte zusammenreimte. Und doch… »Erzähl mir mehr über diese Zwischenfälle, Gemma. Ich meine, gib mir weitere Anhaltspunkte.«

»Also, ich war im Treibhaus, hab ich ja schon gesagt, und schaute mir die Stecklinge an, die Mr. Murphy dort hatte. Ich hab überlegt, wann er wohl die Schneeglöckchenzwiebeln setzt. Die da drüben.« Sie deutete auf das schmale Beet mit Schneeglöckchen, das ihm vorhin schon aufgefallen war, die weißen Blütenblätter mit dem kleinen grünen Fleck, der regelmäßig an jedem Blütenblatt saß, so dass sie wie gemalt aussahen. »Die heißen Tryms. Wie mein Name, bloß anders buchstabiert. Sie sind was ganz Besonderes. Ich hab eins in einen Topf gepflanzt und nach dem Dünger gesucht. Ich hatte die Puppe in der anderen Hand, und da hörte ich das Glas zerschmettern und spürte, wie was an mir vorbeizischte. Vielleicht hat jemand einen Stein geschmissen, dachte ich. Das war *damals*, beim ersten Mal.

Das zweite Mal war ich im Bett und hab geschlafen, also kann ich Ihnen nicht mehr sagen als vorhin. Wegen irgendwas bin ich aufgewacht, ich glaub, weil ich nicht atmen konnte. Ich hab ein Fenster aufgerissen und den Kopf rausgestreckt. Sie haben den Doktor geholt und wieder die Polizei gerufen. Ich hab mal einen Film gesehen, in dem kam ein Mörder vor, der seinen Opfern immer ein Kissen aufs Gesicht gedrückt hat.« Gemma hielt inne, um ihre Puppe wieder ordentlich hinzusetzen, und fuhr dann für den fasziniert lauschenden Jury fort.

»Ich hatte grade die *dritte* Portion Früchteauflauf gegessen – den macht Mrs. MacLeish immer mit Vanillesauce –, als mir richtig schlecht wurde, und der Doktor musste wieder kommen und sagte, zum Glück hätte ich erbrochen und es rausgespuckt. Ich sagte, es war vergiftet, aber das glaubte er nicht. Das ist alles.« Sie lehnte sich zurück und nahm die Puppe in die Hand.

Jury war so erschöpft, als hätte er selbst die ganze Zeit geredet. »Du musst ja furchtbare Angst gehabt haben.«

Sie musterte ihn schweigend, als wollte sie damit andeuten, dass das ja wohl jeder Trottel kapieren könnte.

»Dann kam die Polizei, ja?«

Sie nickte nachdrücklich.

»Hat man Patronenhülsen gefunden?«

»So heißen die ja wohl. Eine war draußen auf der Erde. Oder vielleicht steckte sie auch in einem Baum.«

»Bist du dir denn sicher, dass der Schütze auf *dich* gezielt hat?«

»Sie meinen, die wollten vielleicht auf die Trym-Zwiebeln schießen?« Die beißende Schärfe, mit der dies gesagt wurde, war mehr, als eine gewöhnliche Neunjährige aufbringen konnte.

»Nein. Ich meine, was ist mit dem Gärtner?«

»Der war gar nicht da. Und überhaupt – wieso sollte *den* jemand umbringen wollen?«

»Wieso sollte *dich* jemand umbringen wollen?«

13

»Ich weiß einfach nicht, Mickey«, sagte Jury. »Ich halte es durchaus für möglich.«

Sie waren in Mickeys Büro, und Mickey wollte an die frische Luft. Er war aufgestanden und zog schon seinen Mantel an. »Was trinken?«

»Ins Liberty Bounds?«

»Nein. Zu weit. Gehen wir ein Stück und trinken dann irgendwo einen Kaffee.«

Jury sagte: »Ich weiß auch das perfekte Lokal. Ich habe mich ein bisschen in die Bedienung dort verguckt.« Dann hätte er auch mehr Material, um Carol-Anne zu ärgern.

Mickey lächelte. »Also, dann nichts wie los.«

Das besagte Lokal lag kaum drei Straßen vom Hauptquartier entfernt. Obwohl an diesem Vormittag mehr los war als am Wochenende, waren doch noch zwei Drittel des großen Raumes unbesetzt.

Die hübsche Kellnerin hatte ihre Bestellung aufgenommen, Latte Macchiato für Jury, Hauskaffee und ein Stückchen Obstplunder für Mickey. Sie hatte sich richtig gefreut, Jury wiederzusehen, fast als wäre sie besorgt gewesen, ob er am Samstag auch gut nach Hause gekommen war.

Mickey sah ihr nach und lächelte. »Guten Geschmack haben Sie, Richie. Wenn ich nicht glücklich verheiratet wäre…« Er machte eine Geste der Schicksalsergebenheit. »Als es mir gestern Nachmittag wieder besser ging, schickte ich Johnny und eine Uniformierte los, um Kitty Riordin abzuholen. Nur auf ein paar freundliche Fragen. Ich wollte nicht zum Tynedale Lodge hinüber. Ich dachte, wir alle beide wären womöglich zu viel ›Polizeipräsenz‹, Sie wissen schon.«

»Sie haben aber doch schon mal mit ihr gesprochen, nicht wahr?«

»O ja. Jedenfalls hat sie sich, was Simon Croft betrifft, nicht gerade vor Schmerz und Trauer überschlagen. Sie fand es ›bedauerlich‹. Sie habe ihn seit langem gekannt, seit seiner Kindheit, gleichzeitig aber das Gefühl gehabt, ihn nicht wirklich zu kennen. ›Er war nie sonderlich mitteilsam. Er hatte so seine Geheimnisse.‹«

Jury erzählte Mickey, was er gestern bei seinen Gesprächen mit den diversen Mitgliedern der Familie erfahren hatte. »Marie-France Muir und ihre Erinnerungen an das Blue Last – sie schien sich dort sehr heimisch gefühlt zu haben. Sie mochte das Lokal wirklich sehr. Ich hatte den Eindruck, für sie war das Pub eine eigene kleine Welt. Allerdings darf man so einen Ort nie zu viel mit Bedeutung beladen. Er erfüllt einen, wenn man ihn hat, und hinterlässt eine Leere, wenn es ihn nicht mehr gibt. In der Beziehung sind wir alle Waisen.« Er dachte an Gemma. *Übriggeblieben.*

»Waisen sind wir sowieso alle. Sie sind eine, ich auch, und Liza auch.« Mickey überlegte. »In Bezug auf Pflegeeltern hatte ich Glück. Meistens vergesse ich ganz, dass sie ja gar nicht mit mir verwandt sind. Liza hatte auch Glück.« Er musterte Jury. »Sie nicht.« Er seufzte. »Wir hatten doch immer so viel Spaß miteinander, wir drei, nicht?«

»Doch, hatten wir.« Jury hatte es vergessen – dass sie alle drei Waisen waren. Er fragte sich, ob das wohl alles war, was sie gemeinsam hatten.

Mickey erhob die Kaffeetasse, halb salutierend, halb, um die Kellnerin herbeizuholen.

»Hat irgendjemand Gemma Trimm erwähnt?«

»An jemanden mit dem Namen Trimm kann ich mich nicht erinnern«, sagte Mickey verblüfft.

»Das ist es ja gerade, Mickey. Keiner hat ein Wort über sie verloren. Sie ist das Mündel des alten Oliver Tynedale. Neun Jahre alt. Ich bin ihr beim Spaziergang im Garten begegnet.« Jury erzählte ihm Gemmas Geschichte.

»Das hat sie doch hoffentlich erfunden.«

»Nicht alles. Die Polizei fand eine Patronenhülse, die durchs Treibhaus geflogen war.«

»Danke«, sagte Mickey zu der Kellnerin, die ihm die Tasse auffüllte und das süße Teilchen hinstellte. Sie fragte Jury, ob er noch einen Latte wollte.

»Schenken Sie mir doch davon ein, bitte.«

Sie tat es, lächelte ihn an und ging.

»Ich würde sagen, sie ist diejenige, die sich verknallt hat«, sagte Mickey etwas zerstreut und beugte sich, die Arme verschränkt, über den Tisch. »Wir können diesen Fall nicht auch noch mit Drohungen verkomplizieren, die gar nicht existieren, Rich.«

»Jeder Fall ist kompliziert, bis man alles auseinander dividiert hat. Und die Sache mit diesem Mädchen muss einfach unter die Lupe genommen werden. Ein derart gewissenhafter Polizist wie Sie kann Gemmas Geschichte gar nicht ignorieren.«

Mickey biss in das süße Teilchen und sagte, den Mund voller Krümel: »Okay, okay. Ich habe es eben ziemlich eilig. Was für ein Motiv könnte einer haben, dieses kleine Mädchen umzubringen? Wer ist sie? Ein Mündel, da sitzt einem ja das Jugendamt im Nacken. Wissen Sie etwas über ihre Herkunft?«

»Nein, weil ich noch nicht mit Oliver Tynedale gesprochen habe. Ich nehme an, er weiß als Einziger Bescheid.«

Mickey hockte vor seiner Tasse und sinnierte stirnrunzelnd. »Sie glauben doch nicht, dass sie mit Oliver Tynedale direkt verwandt ist, oder?«

»Es ging mir schon durch den Kopf. Könnte ja sein. Ihre Ähnlichkeit mit Alexandra Tynedale ist frappierend.«

»Aber nicht mit Maisie. Kann gar nicht sein.«

Jury lachte. »Da stimme ich Ihnen allerdings zu. Maisie hat so was an sich —«

»Na, und ob sie was an sich hat. Zum Beispiel, dass sie nicht Alexandra und Ralph Herricks Tochter ist. Das ist doch was.«

»Merkwürdig. Sie hat das schwarze Haar, die dunklen Augen …

99

und doch. Sie sieht nicht aus wie Vivien Leigh. Gemma schon, in Miniaturausgabe.«

»Wie Liza.«

»Was?«

»Das sagten Sie ihr doch immer, wissen Sie nicht mehr? Manche finden, sie sieht aus wie Vivien Leigh oder Claire Bloom.«

Jury musterte ihn skeptisch. »Vivien Leigh und Claire Bloom sehen sich doch *überhaupt* nicht ähnlich. Unsere Kellnerin sieht aus wie Vivien Leigh, falls Ihnen das noch nicht aufgefallen ist.«

Mickey drehte sich um und sah sie an. Sie lächelte quer durch den Raum zu ihm herüber. Zu ihnen beiden. »Sie sieht aus wie Claire Bloom.«

»Nein, tut sie nicht.«

Dieses Hin und Her ging eine Weile so weiter.

Schließlich fragte Mickey: »Wann wollen Sie denn mit der guten alten Kinderfrau Kitty sprechen? Alias Maisies echter Mutter?«

»Heute. Sie haben ja bereits mit ihr gesprochen. Was für einen Eindruck machte sie?«

»Den der Mutter einer Betrügerin.«

»Ist das Ihr objektives Urteil?«

Mickey kniff Jury leicht in die Schulter. »Dafür sind Sie zuständig – für die Objektivität.« Er nahm die Hand weg und meinte achselzuckend: »Sie werden ja sehen.«

Das Lachen blieb Jury im Hals stecken. »Ich werde *sehen*? Soll das heißen, ich werde Ihnen zustimmen, dass Maisie in Wirklichkeit Erin Riordin ist und Kitty Riordin ihre Mutter? Mickey, Sie haben nichts in der Hand außer diesen alten Fotos –«

»Und meinem Instinkt. Sie haben selbst gesagt, ich habe immer einen guten Riecher.«

»Habe ich das? Ich möchte wetten, Ihr Instinkt ist von diesen Bildern ziemlich beeindruckt. Mickey, was ist, wenn ich Ihnen nicht zustimme? Was ist, wenn ich herausfinde, dass Maisie Tynedale wirklich die ist, die sie zu sein vorgibt?«

»Dann lasse ich die Sache fallen.«

Jury wich überrascht zurück. Er wollte, dass Mickey sich diese Möglichkeit offen hielt, war sich aber nicht sicher, ob er wollte, dass Mickey so viel Vertrauen in seine, Jurys, Fähigkeiten setzte.

»Hören Sie, Rich, Sie sind der beste Bulle, den ich kenne. Und wenn's um Zeugenvernehmungen geht, sind Sie auf jeden Fall der beste. Sehen Sie bloß, wie viel *Sie* aus diesen Leuten herausgekriegt haben und ich nicht. Mann, ich wusste ja nicht mal, dass diese kleine Gemma Trimm existiert.«

»Ich bin bloß zufällig auf sie gestoßen, durch einen glücklichen Zufall. Ich war draußen spazieren.«

»Trotzdem…« Mickey seufzte.

»Wie geht es Liza denn?« Sie war schon mit Mickey verheiratet gewesen, als Jury sie kennen gelernt hatte. Liza hatte früher selbst bei der Metropolitan Police gearbeitet, als Sergeant, und hatte ihre Sache sehr gut gemacht. Dann war sie schwanger geworden und hatte ihren Job aufgegeben.

»Wunderbar. Liza weiß, was ist und wie es ist. Sie *weiß* es einfach. Es ist fast so, als könnte sie meine Gedanken lesen, sie hat eine fast magische Intuition. Sie weiß auch, wie das hier ist.« Mickey ballte eine Faust und trommelte sich sanft gegen die Brust. »Sie meckert auch nicht wegen meiner Raucherei. Andere schon, meine Kollegen auch, als ob der Abschied vom Glimmstängel mir das Leben retten würde. Man hat mir ein neues Schmerzmittel verpasst, viel besser als das alte.«

Jury hätte gedacht, zumindest die Schmerzen könnten die Ärzte ihm ersparen, wenn auch sonst nichts. »Haben Sie starke Schmerzen?«

»Schon bisschen.« Mickey schwenkte den Kaffeesatz in der Tasse.

Schon bisschen bedeutete natürlich sehr. Als ob dagegen etwas zu machen wäre.

»Nichts kann ihn aufhalten. Er sitzt überall, im Blut, in den Knochen.«

»Es tut mir Leid, Mickey. Es tut mir wirklich Leid.« Es ging Jury wirklich an die Nieren. Was für eine Lücke Mickey hinterlassen würde! Was um alles in der Welt würden Liza und die Kinder bloß ohne ihn machen? »Wie kommen die Kinder mit dem allem zurecht?«

»Sie sind großartig. Ich bin auch sehr stolz auf sie.«

Eins von Mickeys Kindern war erwachsen, verheiratet und ins Ausland gegangen. Dann waren da noch die Zwillinge, ein Junge und ein Mädchen, die den Autounfall überlebt hatten, bei dem ihre Eltern, Mickeys und Lizas Tochter und Schwiegersohn, damals vor zwei Jahren ums Leben gekommen waren. Die Zwillinge waren jetzt nicht älter als sechs oder sieben, überlegte Jury. Dann gab es noch eine Vierzehn- oder Fünfzehnjährige und einen Jungen, der bald auf die Uni kam. Mickey hatte einfach zu viele Verpflichtungen.

»Peter geht nächstes Jahr nach Oxford. Darüber bin ich wirklich sehr glücklich.«

Man merkte es ihm zwar nicht gleich an, aber Mickey hatte selbst dort Literatur studiert. Er liebte Lyrik, hatte immer eine Gedichtzeile auf Lager.

»Beth, also, die redet schon von der Londoner Universität. Und Clara und Toby – die Zwillinge – sind im Internat.« Er ließ den Blick von einem unbestimmten Punkt vorm Fenster zu Jury hinüberwandern. »Liza wird vermutlich wieder zur Met gehen. Tja, irgendwas muss sie tun, meine Scheißpension wird ja bestimmt nicht reichen. Jedenfalls nicht für Oxford, das ist schon mal sicher. Ich würde diese Gedanken am liebsten ganz weit von mir weg schieben, wissen Sie. Natürlich komme ich sowieso nicht umhin dran zu denken, aber ich würde es ohne dieses Gefühl tun, dass alles zu Ende geht.« Er schob seine Tasse weg. »Eigentlich brauche ich jetzt einen Drink.« Er lachte kurz auf. »Na, wenigstens muss ich mir jetzt keine Sorgen mehr machen, ob ich vielleicht ein Problem mit dem Trinken habe. ›Ein Problem mit dem Trinken.‹ Ein herrlicher

Euphemismus. Bei meiner letzten Runde mit der Chemo dachten sie, sie hätten es gestoppt. Die Krankheit war vorübergehend abgeklungen. Ich dachte sogar, ich hätte sie besiegt. Hatte ich aber nicht.

Dieser Krebs hat einen beängstigenden Nebeneffekt: Keiner will was damit zu tun haben. Alle haben das Gefühl, sie müssten was tun, wissen aber nicht, was. Halten Abstand, wechseln auf die andere Straßenseite, im übertragenen Sinn, aber vielleicht auch sogar ganz konkret. Es wundert mich schon, dass meine Kumpels, meine Kollegen, die doch jeden Tag mit Mord und Todschlag zu tun haben – dass die das nicht packen.«

»Weil es so viel näher an einem dran ist, Mickey. Weil es Ihre Kumpels sind, Ihre Freunde.«

Mickey sah ihn an und lächelte. »Sie sind auch mein Freund, Rich, aber Sie sind hier. Ich finde diesen Spruch einfach wunderbar:

Gehn schlimme Sorgen ihr durch Mark und Bein,
legt die ganze Welt ein wildes Tänzchen ein.

Stand in einem irischen Pub an der Wand. Das wäre was für uns drei gewesen!«

Aus Mickeys Blick strömte so tiefes Vertrauen in Jurys Freundschaft, als er das sagte, dass dieser wusste, er würde alles, aber auch alles tun, um ihm zu helfen.

14

Keeper's Cottage war klein, aber behaglich. Jury stand im Wohnzimmer, von dem aus er in eine Küche hinübersehen konnte. Oben (vermutete er) befanden sich ein großes Schlafzimmer und ein davon abgetrenntes Bad.

Kitty Riordin bat ihn, sich zu setzen und bot ihm Tee an. Er lehnte dankend ab.

Auf einem Beistelltischchen neben Jury standen mehrere silbergerahmte Fotos, dazu ein paar Nippesstücke aus blauem Milchglas. Die Bilder zeigten die Familie Tynedale, auf dem größten war Maisie abgebildet.

»Sie sind wegen Simon Croft hier.« Es war keine Frage. Ihr weicher Gesichtsausdruck wurde nüchtern. »Ich war… ich konnte es nicht recht begreifen.« Ihre Hand krampfte sich zusammen und presste sich gegen ihre Brust, eine Geste, die ihn sehr an Mickey erinnerte. Sie war schwarz gekleidet, als wäre sie in Trauer. Eine kleine, ockergelbe Rüsche am Kragen ihres Kleides lockerte den Eindruck etwas auf. Das Kleid war altmodisch, und auch sie selbst erinnerte an eine Kamee.

Sie sagte: »Unfassbar, dass ihn jemand ermordet haben soll.«

»Sie können sich also nicht denken, dass er mit jemandem eine Auseinandersetzung gehabt haben könnte?«

Sie tat es mit einer ungeduldigen Geste ab. »Ich bin jetzt seit über fünfzig Jahren bei der Familie, Superintendent. Ich weiß nicht alles über ihr Privatleben – nun, das kann man sich ja wohl denken.«

»Wie oft sind Sie Simon Croft begegnet?«

»Nicht oft. Manchmal, wenn er hierher kam.«

»Kam er denn regelmäßig?«

»Hm. Er ist Oliver Tynedale sehr zugetan.«

»Wer würde Mr. Crofts Geld erben?«

Die Worte waren kaum gefallen, als sie schon lachte. »Ach, lieber Gott, Superintendent. Ich hoffe, Sie suchen nicht in der Richtung nach dem Mörder?«

Jury lächelte. »Das tue ich oft. So laut wie Geld redet nichts, jedenfalls nicht das Gewissen.«

»In dem Fall verschwenden Sie Ihre Zeit. In der Familie hat jeder Geld.«

»Und was ist mit Maisie?«

Irgendwie hatte sie damit nicht gerechnet, dachte Jury. Sie zuckte zusammen. »Maisie hat Geld von ihrer Mutter. Sie hat auch von Francis Croft geerbt.«

»Spielt es sich zwischen den beiden Familien so ab? Dass die Tynedales und die Crofts ihr Geld nicht nur ihren direkten Angehörigen vermachen, sondern auch der jeweils anderen Familie?«

»Ja. Schließlich betrachten sie sich gegenseitig nicht als etwas ›anderes‹.«

»Demnach hätte Simon Croft also auch Maisie und Ian Geld hinterlassen?«

Sie schüttelte den Kopf, genervt von seiner scheinbaren Begriffsstutzigkeit. »Francis Croft hinterließ Alexandra ein kleines Vermögen, das beim Tod ihrer Mutter natürlich an Maisie überging. Er war Alexandra ebenso zärtlich zugetan wie ihr eigener Vater. Damit möchte ich nur noch einmal sagen: Wenn Simon Croft wegen Geld getötet worden wäre, dann bestimmt nicht von einem Mitglied der Familie.«

»Nach Oliver Tynedales Tod wird Maisie aber eine wohlhabende Frau sein –«

»Sie *ist* bereits eine wohlhabende Frau, Superintendent. Das sage ich doch gerade.«

»Ach ja, Sie wiesen darauf hin. Und was ist mit Ihnen, Mrs. Riordin?«

Kitty Riordin hob herausfordernd den Kopf. »Ob ich ihn ermordet habe, meinen Sie?«

Jury zuckte die Achseln. »Um es so unverblümt zu sagen, ja. Hätte Simon Croft Ihnen denn Geld hinterlassen?«

»Das bezweifle ich doch sehr. Wir werden es aber so oder so erfahren, wenn sein Testament eröffnet wird, und dann können Sie ja kommen und mich verhaften.«

Jury lächelte. »Abgemacht. Eigentlich meinte ich – was ist mit Ihrer eigenen Geschichte? Und mit Ihrem Mann?«

»Mein Mann Aiden war ein großer Dummkopf. Er hat mich –

uns – sitzen lassen, damit er mit den Schwarzhemden losziehen kann. Mit den Anhängern von Oswald Mosley. Völlig absurd.«

»Viele Leute sind da anderer Meinung. Wenn Hitler hier in Großbritannien einmarschiert wäre, hätte er doch einen Statthalter gebraucht. Wer wäre als Marionettendiktator besser geeignet gewesen als Mosley?«

»Vielleicht haben Sie Recht. Na, jedenfalls kam ich hierher, um Aiden zu suchen, fand ihn auch, knöpfte ihm ohne große Gewissensbisse das bisschen Geld ab, das er hatte, und hörte nie wieder von ihm.«

»Sie mögen keine Dummköpfe, stimmt's?«

»Sie etwa?«

Jury lachte. »Ich denke nicht. Ich versuche nur, mir ein Bild von Ihnen zu machen, Mrs. Riordin. Sie sind eine sehr patente Frau. Als Sie nach dem Bombenangriff mit Maisie zurückkamen und feststellten, dass das Blue Last nur noch ein rauchender Trümmerhaufen war, haben Sie sie da gesucht? Erin und Alexandra? Und Francis Croft?«

»Aber natürlich, so gut ich eben konnte, so weit man mich hereinließ. Aber die Wachposten haben mich zurückgehalten. Ich bin später aber wieder hin, ich war noch einmal dort.«

Jury musterte sie, ihren entschlossenen Gesichtsausdruck. Dann schweifte sein Blick zu den Fotos auf dem Tischchen, zu einem kleinen Bild, vermutlich von der kleinen Erin und von Kitty. Dann zu einem größeren von Alexandra und der kleinen Maisie. Wie schön Alexandra gewesen war! Wie hübsch aber auch Kitty Riordin gewesen war. Es überraschte ihn, dass kein anderer Mann sie sich geschnappt hatte. Doch damals herrschte Krieg, und auch sonst war vieles von dem, was hätte geschehen sollen, nicht geschehen.

Über eine Ecke von Maisies Silberrahmen hing ein silbernes Armbändchen. Jury nahm es in die Hand.

»Namensbändchen«, sagte Kitty und lächelte. »Das war so eine spaßige Idee. Die beiden waren knapp zwei Wochen auseinander –

das kann man auf den Fotos natürlich nicht sehen. Alexandra hat die Armbändchen machen lassen. Das andere ist oben.« Sie nahm das kleinere Foto von Erin, wischte mit dem Ärmel über das Glas, betrachtete es lächelnd und stellte es wieder auf den Tisch.

Jury fand das Lächeln im höchsten Maße beunruhigend. Ein etwas freundlicher gesinnter Mensch als er selbst hätte dieses Lächeln vielleicht einfach als »bittersüß« bezeichnet. Problematisch fand er die Tatsache, dass sie überhaupt dazu fähig gewesen war zu lächeln. Dann nahm sie das Foto von Maisie und Alexandra in die Hand und legte das Armbändchen auf den Tisch. »Sie war schön ... Maisie sieht aus wie sie, finden Sie nicht?«

Die Frage war eigentlich gar nicht an Jury gerichtet. Er sagte nichts. Doch, ja, Alexandra war schön. Das würde niemand bestreiten. Jury überlegte.

»Sie war völlig hingerissen von ihrem Flieger – gut sah der aus und war ein Held. Tragische Geschichte. Sie waren erst gut ein Jahr verheiratet gewesen, als zuerst sie starb und kurz darauf er.«

»Wie ist er gestorben?« Jury kannte die Antwort bereits. Er fragte sich, ob sie sie bestätigen würde.

»Ertrunken, glaube ich. Damals war er schon eine Weile nicht mehr in der Royal Air Force. Hat das Viktoriakreuz bekommen. Er war irgendwo in Schottland, warum, weiß ich nicht.«

»Kannten Sie ihn?«

»Ich habe ihn mal kennen gelernt. Das eine Mal, als er im Lodge war.«

»Sind Sie immer mit Alexandra hin und her gezogen? Sie scheint ja in beiden Häusern gewohnt zu haben.«

»Ja, das stimmt. Manchmal ging ich mit ihr ins Pub. Ich hatte hier natürlich meine eigene Wohnung. Mr. Tynedale ist sehr großzügig.« Sie schüttelte den Kopf, fast ehrfürchtig vor so viel Großzügigkeit. Dann nahm sie das kleine Foto von Erin zur Hand. »Unsere Töchter waren beide so süß.«

Aber nur eine, dachte Jury, war stinkreich.

15

Marshall Trueblood versetzte der auf dem Gemälde dargestellten Heiligenfigur einen zärtlichen Klaps. Das Gemälde war auf dem vierten Stuhl am Tisch in der Fensternische des Jack and Hammer aufgestellt, die beiden anderen Stühle hatten Melrose Plant und Diane Demorney eingenommen. Im Pub sowie in ganz Long Piddleton herrschte in dieser vorweihnachtlichen Woche festliche Stimmung. Überall auf der High Street waren Geschäfte und Häuser mit Kränzen und Bändern geschmückt. Das Gipsschwein vor Jurvis' Fleischerladen hatte eine rote Zipfelmütze auf und ein Stechpalmenzweiglein im Maul. Die Glockenspielfigur über dem Eingang zum Pub trug eine Kutte aus rotem Samt und hatte Glöckchen um das Gelenk der Hand mit dem Hammer, der die Schläge auf die große Uhr andeutete. Neben dem Kamin stand eine struppige Tanne, an deren Zweigen weiße Lichtlein blinkten.

»Wo haben Sie das denn aufgetrieben?«, wollte Melrose wissen.

»In dem Antiquitätengeschäft in Swinton Barrow, bei Jasperson's. Sie wissen schon, die Stadt, in der es vor Antiquitäten und Kunst nur so wimmelt.«

Diane Demorney fuhr mit dem lackierten Fingernagel über den Rand ihres Martiniglases und sah Trueblood an, als hätte er soeben das letzte Restchen Gin aus der Flasche verschüttet – in anderen Worten, mit fassungslosem Entsetzen. »Marshall, wollen Sie uns etwa erzählen, Sie hätten zweitausend Pfund für dieses Gemälde bezahlt, das nur ein *Teil* ist von – wie haben Sie es genannt?«

»Ein Polyptychon.«

»Und es stammt aus einer Kirche in Pizza, sagten Sie?«

»Pisa«, erwiderte Melrose, der das Kinn auf die Fäuste gestützt hatte und die Gestalt im roten Umhang auf dem Gemälde eingehend betrachtete. Das Tafelbild war recht hoch, aber auch recht schmal, was vermuten ließ, dass sich neben dieser Figur ursprünglich vielleicht noch eine andere befunden hatte. Offenbar hatte der Kunsthändler auch etwas in diesem Sinn zu Trueblood gesagt. »Das ist also der Heilige – Wer?«

Trueblood schürzte die Lippen und musterte das Bild aus zusammengekniffenen Augen, als wäre eine derartig angestrengte Grimasse nötig, den Namen des Heiligen auszumachen. »Julian. Oder Nikolaus? Hieronymus? Vielleicht Johannes der Täufer. *Ich* glaube, Nikolaus. Nikolaus ist eines der fehlenden Teile. Oder Tafelbilder, sollte ich vielleicht sagen.«

»Marshall«, sagte Melrose geduldig, »wie groß ist die Wahrscheinlichkeit, dass dieses Tafelbild tatsächlich von Masaccio gemalt wurde? Eins zu einer Million vielleicht? Und wenn es von ihm wäre, dann würde es doch bloß einer, der nicht alle Tassen im Schrank hat, für zweitausend Pfund verkaufen.«

»Mir gefällt der rote Umhang«, sagte Diane. »Genau so einen habe ich in der Sloane Street gesehen. Von Givenchy, glaube ich. Ich verstehe es aber trotzdem noch nicht. Sie erzählen uns hier, dass dieses Stück bloß ein *Teil* von einem Poly-Dingsbums ist. Was wollen Sie denn damit bloß anfangen? Das ist doch, wie wenn man sich das Ohr der Mona Lisa – oder so.«

»Überhaupt nicht. Triptychen und Polyptychen waren damals weit verbreitet. Nicht zu vergessen, wir reden hier von der italienischen Renaissance –«

Diane sah aus, als könnte sie genauso gut darüber reden, wie viele Hamster in eine Wodkaflasche passen.

»– Sie dienten als Altarrückwände, das aus Pisa ist jedenfalls sicher so eines. Manchmal wurden sie aus irgendwelchen Gründen zerlegt und herumgekarrt, und dabei gingen die verschiedenen Teile eben verloren«, erläuterte er ziemlich lahm. »Jedenfalls gab es für mich eine Fülle von Informationen zu verarbeiten, verstehen Sie. Ich muss mich über Masaccio schlau machen.«

»Wenn Sie alle Tafelbilder hätten oder wie die heißen, gäbe es doch einen hübschen Kaminschirm ab, nicht?«, meinte Diane und bestellte bei Dick Scroggs per Handzeichen noch einen Martini.

»Woher weiß dieser Händler, dass Teile fehlen, wenn er das komplette Polyptychon gar nicht gesehen hat?«

»Steht bei Vasari.«

»Bei wem?«, fragte Diane.

»Vasari, Vasari. Der hat Biografien von den Malern und Bildhauern im fünfzehnten Jahrhundert hinterlassen.«

Diane drehte eine neue Zigarette in ihre Zigarettenspitze aus Ebenholz und sagte: »Und Sie geben Zweitausend für ein Gemälde aus, das noch nicht einmal ganz ist, auf die bloße Behauptung irgendeines Italieners hin, den wir nicht einmal *kennen*? Für Zweitausend bekäme man ein absolut brauchbares Stück von Lacroix.« Sie tippte auf die Vorderseite ihrer schwarzen Kostümjacke, als Hinweis auf eines dieser absolut brauchbaren Stücke von Lacroix.

»Das Leben besteht nicht nur aus Lacroix, Lacroix, Lacroix, Diane.«

»Nein, auch aus Armani, Armani, Armani.« Bei diesen Worten tippte sie mit dem Finger auf Truebloods Jackett aus einem Wolle-Seide-Gemisch. »Was denken Sie, Melrose? Haben Sie schon mal von einem dieser Leute und ihren Gemälden gehört?«

»Hm … von Vasari und Masaccio habe ich gehört. Ehrlich gesagt, ich weiß nicht sehr viel über italienische Renaissancekunst.« Er lehnte sich zurück. Heute hatte er den Fenstersitz, saß also auf Kissen. Bei diesem Sitz wechselten sie sich immer ab, weil er so bequem war und man sehen konnte, wer draußen auf der Straße vorbeikam. Manchen Leuten wollte man einfach aus dem Weg gehen, seiner Tante etwa, Lady Ardry. »Was mir nicht ganz einleuchtet – wenn es wirklich ein Masaccio ist, wieso will ihn dann die Galerie in Swinton verkaufen? Man sollte doch meinen, die würden ihn bei der Tate oder der National Gallery losschlagen wollen. Es wäre doch ein Museumsstück.«

Diane blies ein Rauchband aus. »Gibt es da nicht diese Tests, mit denen man feststellen kann, ob die Farbe damals tatsächlich schon benutzt wurde – welches Jahrhundert, sagten Sie, war es?«

»Um exakt zu sein, etwa 1420.«

Melrose sagte: »Ich nehme doch an, das hat der Galerist bereits getan.«

»Hat er. Es gibt aber noch kompliziertere Tests, sagte sie –«

»Wer ist ›sie‹?«

»Eine gewisse Mrs. Eccleston. Sie führt das Geschäft, wenn Jasperson nicht da ist. Sie kennt sich sehr gut aus.«

Melrose runzelte die Stirn. »Jasperson. Ich glaube, mit dem hatte ich auch mal zu tun. Scheint eine ehrliche Haut zu sein. Allerdings ist der gute Mann auch schon lang im Geschäft. Der würde keine Fälschungen verhökern.« Melrose hatte die ganze Zeit das Gemälde in die Höhe gehalten. »Sagen Sie Jury, er soll das Betrugsdezernat drauf hetzen.«

»Machen Sie sich nicht lächerlich! Hier liegt doch kein Betrug vor. Die Galerie garantiert ja nicht, dass es ein Masaccio ist.«

»Können Sie es sonst noch jemandem zeigen? Ich meine, einem Experten für diese Periode?«

»Natürlich. In London sitzt einer, wir können gleich morgen hin.«

Melrose zog eine Augenbraue hoch. »Wir?«

»Sie und ich.«

»Wie kommen Sie drauf, dass ich nach London fahre?«

»Na, los, Melrose. Sie werden doch sicher noch nach London wollen, bevor wir nach Florenz fahren.«

»Nach Florenz?« Beide Augenbrauen schossen hoch.

16

Benny Keegan war gerade dabei, im Moonraker-Buchladen auszufegen. Diesen Gefallen tat er Miss Penforwarden manchmal, wenn ihr die Arthritis in den Händen zu schaffen machte und jede Bewegung mit den immer steiferen Fingern weh tat.

Benny pfiff ein Liedchen vor sich hin, als es auf einmal an der Ladentür klingelte und ein hoch gewachsener Fremder eintrat. Er musste sich tief bücken, um unter dem Türsturz durchzukommen. Er lächelte Benny mit einem wirklich netten, freundlichen Lächeln an, das nicht aufgesetzt wirkte, bloß weil Benny noch ein Kind war. Benny erwiderte das Lächeln und wollte gerade den Mund aufmachen und sagen, er würde Miss Penforwarden holen, als der große Mann sich erkundigte, ob er vielleicht Benny Keegan sei.

Benny guckte skeptisch. Was sollte jemand von ihm, Benny, wollen? Heilige Mutter Gottes, das Jugendamt! Er drehte sich um und rief ins Hinterzimmer: »He, Ben, da is jemand für dich.«

Ebenfalls interessiert an dem Fremden, sprang der Hund Sparky von seiner Polsterbank in der Fensternische und stellte sich eilends neben Benny bei Fuß. Dann drehte Benny sich wieder her und hoffte, den Eindruck zu vermitteln, als wäre ihm die Gegenwart dieses Mannes völlig schnuppe. »Ach, der is vielleicht grade kurz was besorgen gegangen«, sagte er, nahm ein Staubtuch aus der Hüfttasche und bearbeitete damit Miss Penforwardens Schreibtisch. Dort lagen ein paar Bücher aufgestapelt, ganz zuoberst *Die Traumdeutung*, von dem Benny nicht glaubte, dass es ihm gefallen würde, aber Gemma vielleicht.

»Okay«, sagte der Mann, »dann fangen wir doch mal mit deinem Namen an.«

»Mit meinem … äh …«, ein kurzer Blick auf die Bücher, »… ich, äh, Sigmund – oder einfach Sid.« Noch ein Blick auf die Bücher. »… Austen.«

»Sid Austen. Freut mich, dich kennen zu lernen. Sag mal, der Hund – ist das deiner oder Bennys?«

Sparky schaute von dem Mann zu seinem Herrchen, als versuchte er sich einen Reim auf das Gesagte zu machen, und ließ sein leises, kaum wahrnehmbares Bellen vernehmen.

»Ach, der. Der gehört hier zum Laden. Gibt's immer in Buchläden, Hunde oder Katzen, is Ihnen vielleicht schon aufgefallen.«

Miss Penforwardens Stimme eilte ihr voraus in den Hauptraum. »Benny, könntest du kurz – oh!«

Benny schloss die Augen. *Deckung versiebt, Scheiße.* Er ging ihr mit dem Stapel Bücher helfen, den sie vor sich hertrug.

»Danke dir, mein Lieber.« Dann sagte sie zu dem großen Mann: »Kann ich Ihnen helfen?«

»Nein, danke. Ich habe mich gerade mit unserem jungen Freund Sid unterhalten.«

Miss Penforwarden schmunzelte. »Benny?«

Jury hielt ihr seinen Dienstausweis hin. »Ich heiße Richard Jury. Detective Superintendent, New Scotland Yard.«

»He, lassen Sie mich mal sehen«, sagte Benny eifrig bemüht, seine Verlegenheit zu überspielen. »Hab ja nich gewusst, dass Sie 'n Bulle sind, äh, ein Polizist. Den hätten Sie mir mal zeigen sollen.« Er gab ihn Jury zurück.

Jury wusste längst, dass er Benny vor sich hatte. Die Besitzer des Delphinium-Blumenladens hatten ihm den Jungen – und den Hund – beschrieben. Beim Anblick der beiden jungen Männer, beide schwul und gertenschlank, der eine in einem blassgelben Hemd, der andere in blassem Pink, musste Jury an Callalilien denken.

»Benny? Wieso um alles in der Welt...« Der eine, Tommy Peake, hielt die langen Finger gegen den Mund gepresst wie auf dem alten Kriegsplakat, mit dem man ermahnt wurde, über die Aktivitäten der Truppen Stillschweigen zu bewahren.

Basil Rice (im gelben Hemd) hatte gesagt: »Na, Benny wird wohl bei Smith sein, oder?«

»Nein. Um diese Zeit geht Benny in den Moonraker. Das ist der Buchladen hier etwas weiter oben«, teilte er Jury mit.

»Der junge Keegan macht wohl viele Gelegenheitsarbeiten?«

Basil nickte. »Und macht sie sehr gut. Das sagen alle.«

»Wo wohnt er denn?«, fragte Jury.

Diese Frage schien Basil und Tommy in Verlegenheit zu bringen. Tommy meinte: »Jetzt, wo Sie fragen – ich glaube, das wissen wir gar nicht, oder?«

Basil schüttelte stirnrunzelnd den Kopf, als müssten sie es eigentlich wissen.

»Der Zeitungsverkäufer konnte es mir auch nicht sagen. Niemand scheint zu wissen, wo er wohnt oder kennt seine Telefonnummer, falls er überhaupt eine hat.«

»Nein, Telefon hat Benny nicht. Huch, jetzt hoffe ich bloß, dass unser Benny nicht in Schwierigkeiten ist.«

Jury schüttelte den Kopf. »Nein. Vielen Dank.« Er wandte sich zur Tür.

Erleichtert meinte Tommy: »Bloß damit Sie's wissen – Benny ist clever. Ganz schön schlau ist der.«

»Ich bin schlauer. Guten Tag, meine Herren.«

Als Benny noch einmal Jurys Ausweis sehen wollte, sagte Miss Penforwarden: »Benny, das ist ein *Superintendent* von Scotland Yard.«

»Heutzutage kann man nicht vorsichtig genug sein, Miss Penforwarden. Es ist bloß – wieso will denn ein Detektiv mit mir reden?« Seine Augen weiteten sich, aber nicht aus Ehrfurcht, sondern vor Schreck. *Sie haben es entdeckt, das ist es. Sie haben unser Plätzchen gefunden, meins und Sparkys.* Benny sah zu Sparky hinunter, der zu ihm aufsah, als nähme er diese schlechte Nachricht gerade zur Kenntnis und wolle ihm seine Unterstützung bekunden. Er klopfte ein paarmal mit dem Schwanz auf den Boden.

»Vielleicht können wir uns irgendwo in Ruhe unterhalten, Benny.«

Miss Penforwarden, die den Blick auf Jury geheftet hatte, als sei er ein Rockstar, machte keinerlei Anstalten, sich zu entfernen.

Um die Situation irgendwie unter Kontrolle zu bekommen, meinte Benny: »Miss Penforwarden, ich glaube, er muss sich mit mir vielleicht unter vier Augen unterhalten.«

»O ja. Oh, Verzeihung. Ja, machen Sie nur. Ich bin hinten in meinem Zimmer, wenn Sie etwas brauchen… hätten Sie gern einen Tee, Superintendent?«

Jury sagte: »Das ist nett von Ihnen, aber ich habe mein Quantum schon gehabt.«

»Dann gehe ich jetzt ein paar Bücher einpacken.« Sie verschwand nach hinten.

»Da hinten sind ein paar Stühle.« Benny ging mit Jury zu dem Lehnsessel am Fenster und zog sich einen Holzstuhl her. »Ist doch in Ordnung, wenn Sparky dableibt, oder?«

Jury nickte sachlich. »Der sieht vertrauenswürdig aus.«

»Hast du das gehört, Sparky?«

Sparky muckste sich nicht. Er konzentrierte sich auf Jury.

»Ich habe mit einigen Leuten gesprochen, für die du arbeitest – die vom Blumenladen, der Zeitungshändler –, als ich vorhin versuchte, dich zu finden. Die kennen alle deinen Zeitplan, du bist also anscheinend sehr zuverlässig.«

»Stimmt. Muss man doch sein, oder? Sie sind bestimmt auch zuverlässig, sonst würden Sie ja nie einen schnappen.«

Jury merkte, dass Benny die Sache genoss und bemüht war, es sich nicht anmerken zu lassen. Als er selbst in dem Alter gewesen war, erinnerte sich Jury, hatte er Wert darauf gelegt, cool und abgeklärt zu wirken. Wenn man auf sich gestellt war, musste man den Eindruck erwecken, man habe alles unter Kontrolle, denn sonst gerieten die Dinge sehr schnell aus dem Lot. Der Klebstoff, mit dem sie aneinander hafteten, konnte sich leicht auflösen. Jury war sich ziemlich sicher, dass dieser Junge auf sich gestellt war und nicht wollte, dass die Leute davon Wind bekamen. Also vermied er die Frage nach Bennys Wohnort. Jury verspürte plötzlich einen Anflug von Melancholie. Er erinnerte sich, wie es war, allein zu sein. Er hatte nie den Mut gehabt, seine eigenen Wege zu gehen, erst als er älter war – vielleicht sechzehn. Allerdings hatte er auch keine Wahl gehabt, oder? Die einzige noch lebende Verwandte war seine Cousine gewesen, die heute in Newcastle wohnte. Sie hatte ihm widerwillig angeboten, er könne bei ihr wohnen, als er noch jung war, und er hatte abgelehnt, mit Dank, den sie seiner Meinung nach nicht verdient hatte.

Unter dem gelassen wirkenden Äußeren lag Einsamkeit, Verlassenheit. Es war ein Gefühl, das einem Kind eigentlich erspart werden sollte – Benny, Gemma, ihm selbst damals. Und doch fragte er sich, ob es nicht unausweichlich zur Kindheit gehörte. An einem gewissen Punkt überkam einen dieses Gefühl immer ganz egal, wie man aufgewachsen war, ganz egal, ob man eine große Familie um sich gehabt hatte – Einsamkeit und Verlassenheit waren unterschwellig immer da, ein stets verfügbares Gefühl, für das man eigentlich noch viel zu klein war und das einem wie klatschnasse Kleider am Leib haftete.

Ein Vorhang bewegte sich, wirbelte Licht über die Fensterscheibe und das verschossene Blau auf den runden Armlehnen des Sessels, auf dem Benny saß. Der hatte die hellblauen Augen in unkindlicher Geduld auf Jury geheftet.

»Benny, machst du für Miss Penforwarden auch manchmal Botengänge zum Tynedale Lodge?«

»Ja, – he, Moment mal. *Deswegen* sind Sie also hier! Es geht um diesen Mr. Croft, der ermordet wurde!« Wie dumm von ihm, dachte Benny, anzunehmen, dass dieser Superintendent *seinetwegen* gekommen war. »Der wurde doch in dem Haus an der Themse erschossen. Ich war ein paar Mal dort, ich und Sparky haben ihm Bücher gebracht. Und Sparky schaut sich nachts gern dort um…« Benny unterbrach sich und schaute weg.

»Ach ja? Du wohnst also in der Nähe des Flusses, stimmt's?«

»Äh, nicht weit davon. Sparky, äh, der stromert nachts gern ein bisschen rum.«

Sparky blickte zwischen den beiden hin und her, offenbar bereit, etwaiger ungünstiger Berichterstattung unverzüglich Einhalt zu gebieten.

Jury drängte ihn nicht weiter wegen der Adresse. Es war offenkundig, dass Benny sie nicht nennen wollte.

»Warst du in letzter Zeit bei Simon Croft? Sagen wir, so in den letzten ein, zwei Monaten?«

Benny schüttelte den Kopf. »Das letzte Mal war, glaub ich, im September.«

»War er, hm, freundlich?«

»Er? Klar. Wieso?«

»Schon gut. Hör mal: Erzähl mir mal was über Gemma Trimm. Ich habe sie gestern kennen gelernt, und sie hat dich erwähnt.«

»Ach so.« Benny setzte sich aufrechter hin. »Sie hat also von mir gesprochen, ja?«

Jury lächelte. »Ja, hat sie. Sie dachte, du hättest mich geschickt.«

Benny fiel die Kinnlade herunter. Es hatte ihm offenbar die Sprache verschlagen. »*Ich* hätte Sie geschickt?«

»Sie bräuchte einen Polizisten, meinte sie. Sie sagte, jemand hätte versucht, sie zu töten.«

Etwas übertrieben schlug sich Benny an die Stirn. »Gem quatscht Sie doch nicht etwa damit voll, oder?«

»Ich dachte, du weißt vielleicht etwas darüber. Na…?«

»Ja, tu ich. Ich weiß, dass sie es sich einbildet. Das weiß ich.«

»Was weißt du sonst noch über sie?«

Aus der Art, wie der Junge ihm in die Augen sah, schloss Jury, dass Benny sich ein wenig schämte, nicht mehr über Gemma zu wissen.

»Über Gemma weiß ich bloß, dass sie das so genannte Mündel vom alten Mr. Tynedale ist. Das ist ähnlich wie adoptiert, aber nicht ganz. Mr. Tynedale mag Gemma wirklich gern.«

»Und die anderen nicht?«

»Es ist eher so, dass sie sie gar nicht beachten. Als wäre sie unsichtbar.«

»Du glaubst also nicht, dass sie sich das ebenfalls einbildet?«

Benny schüttelte den Kopf. »Nein, das sagt ja sogar Mr. Murphy. Das ist der Obergärtner. ›Wie wenn's unsichtbar wär, das arme Mädelchen.‹ Das hat er gesagt. Die Köchin mag sie, das Hausmädchen auch. Und natürlich Mr. Murphy. Gem geht zu Mr. Tynedale hinauf – der ist nämlich krank, wissen Sie, und hütet eigentlich meistens das Bett. Gem liest ihm immer ganz viel vor. Sie ist zwar erst neun, kann aber gut vorlesen. Sie könnte die Sachen hier –«, er machte eine ausladende Armbewegung über die Bücherregale, »– genau so gut lesen wie ich, und dabei bin ich ja schon ziemlich gut.«

»Spricht sie eigentlich nie von ihren Eltern?«

Benny schüttelte den Kopf. »Nein, nie. Ist schon traurig.«

Benny, dachte sich Jury, wusste über Traurigkeit vermutlich bestens Bescheid. »Mir gegenüber hat keiner von denen sie auch nur erwähnt.« Jury ließ den Blick über die düsteren Wände, das trübe Gelb der Wandleuchter gleiten. Es war ein sehr friedliches Plätzchen.

Benny spreizte die Hände. »Sag ich ja, weil sie unsichtbar ist.«

»Hoffentlich nicht.« Jury lehnte sich zurück. Sein nachdenklicher Blick ruhte auf dem Hund Sparky, der die ganze Zeit reglos neben Bennys Stuhl gelegen hatte. Sparky spürte den Blick und sah zu Jury hoch. Der musste an den Kater Cyril denken und fragte sich nicht zum ersten Mal, ob Tiere dem Menschen nicht doch überlegen waren.

Auch Bennys Blick ruhte auf Sparky und wanderte dann zu Jury hinüber. »Keine Ahnung, woher sie diese Schnapsidee hat.«

»Dein Hund?«

»*Nein*, natürlich nicht. Er ist auch keine Sie.«

»Entschuldige.«

»Ich meine Gem. Von wegen, jemand hätte versucht, sie umzubringen. Sogar auf verschiedene Arten, behauptet sie.«

»Ich weiß: Erschießen, Ersticken und Vergiften.«

»Ach, ist doch hirnrissig. Ich mein, *könnte ja sein*, dass sie ein bisschen daneben ist. Dann frag ich mich aber wieder, ob sie es vielleicht nicht doch irgendwo gesehen hat. Ob sie also so etwas *wirklich* beobachtet und sich alles stückchenweise zusammengereimt hat.«

Vielleicht wäre »Sigmund« doch gar kein so schlechter Name für Benny gewesen, fand Jury.

»Oder aber«, fuhr Benny fort, »wenn man ignoriert wird oder *unsichtbar* ist, äh, dann ist erschossen oder vergiftet werden doch genau das Gegenteil. Etwas, das am meisten Aufmerksamkeit erregt.«

»Eine sehr kluge Diagnose, Benny, bei der du allerdings eine andere Möglichkeit vergisst.«

»Welche denn?«

»Dass es womöglich wahr ist.«

17

Er wollte mit Mickey sprechen und stellte fest, dass dieser offenbar Gedanken lesen konnte. Denn Mickey rief an und schlug vor, sich auf einen Drink zu treffen und vielleicht abendessen zu gehen.

»Liza und ich dachten uns, wir könnten uns im Liberty Bounds treffen? Sie kennen es ja, es ist nicht weit von der U-Bahnstation Tower Hill. Dort isst man gut.«

Liza. Damals, vor Jahren, hatte er für Liza gewisse Gefühle gehegt, die über die Grenzen von Freundschaft hinausgingen. Weil sie aber mit Mickey verheiratet war … Jury sagte: »Ich habe sie seit Jahren nicht mehr gesehen, Mickey. Ich kann mich erinnern, dass sie immer sehr verständnisvoll war, wenn es um Polizeithemen ging.«

»Ist doch klar. Oder haben Sie vergessen, dass sie auch mal dabei war? Wir treffen uns also um sieben, Viertel nach sieben, okay?«

»Bestens.«

Jury verließ die Station Tower Hill und kam um zwanzig vor sieben im Liberty Bounds an. Er genehmigte sich ein Pint an der Theke, kippte es rasch hinunter, bestellte sich noch eins und trug es an einen Fenstertisch hinüber. Beim Anblick des Tischs in der Fensternische musste er an den Jack and Hammer denken, obwohl dieses Pub hier zehnmal so groß war. Er stellte sich die anderen in Long Pidd vor: Melrose, Trueblood, Diane, Vivian –

Beim Gedanken an Vivian hob er den Blick zur Tür und sah sie eintreten – Mickey und Liza Haggerty.

Er hatte ganz vergessen, wie Liza Haggerty aussah. Er winkte die beiden herüber. Sein Gesichtsausdruck hatte wohl ziemlich dümmlich gewirkt, denn Mickey musste lachen.

»Was ist, Richie? Sind Sie betrunken? Oder können Sie sich nicht mehr an Liza erinnern?«

»Wie könnte ich Liza nur vergessen.« Jury lächelte. Und errötete.

Liza ebenfalls.

»*Waterloo Bridge*«, sagte Jury.

Liza lachte. »Was?«

»Seit jemand von diesem Film geredet hat, sehe ich überall diese Schauspielerin.«

»Richard.« Sie lachte und entledigte sich ihres Mantels.

Jury schüttelte den Kopf. »Ich hatte ganz vergessen, wie hübsch Sie sind, Liza.«

»Ach, machen Sie sich nichts draus. *Der da* vergisst es andauernd.« Sie wies mit dem Kopf in Mickeys Richtung. »Ich nehme einen Martini pur, mit einem Twist. Sag aber, ich will keinen verwässerten Gin.« Letzteres rief sie dem davoneilenden Mickey hinterher.

»Gott, ist das schön, Sie beide wiederzusehen«, sagte Jury.

»Ja.« Mehr sagte sie nicht, doch es klang sehr überzeugend. »Freunde sollten den Kontakt zueinander nicht verlieren, stimmt's?« Liza lächelte ihn geradezu überschwänglich an. Dieses Lächeln musste sie eine Menge Mut gekostet haben. Ernst sagte sie dann: »Hat Mickey es Ihnen schon gesagt?«

Er nickte. »Es tut mir –« Er sah sie an und konnte einfach nicht weitersprechen.

Liza warf ihm den betrübtesten Blick zu, den er je gesehen hatte. »Ich versuche, nicht daran zu denken. Dass ich früher bei der Met war, macht es ein bisschen leichter. Ich meine, wir waren ja so oft mit dem Tod konfrontiert. Wir mussten damit zu Rande kommen –« Sie wusste, dass sie nur so daherredete.

Mickey kam mit einer Runde Getränke wieder.

Liza erhob ihr Glas, wie um ihnen zuzuprosten. »Haben die eigentlich keine Ahnung, was ein Martiniglas ist?« Sie schüttelte das gedrungene Whiskyglas. »Da ist ja auch noch Eis drin. *Mickey*! Wieso hast du das denn zugelassen?«

Mickey warf ergeben die Hände in die Luft. »Ich hab's ihm gesagt, Schatz, wirklich. Sei froh, dass er nicht das süße Zeug genommen hat.«

Sie nahm einen Schluck. »Ich würde sagen, drei Teile Wermut auf einen Teil Wermut.«

Jury lachte. »Sie sollten mal mit einer Freundin von mir in Northamptonshire einen trinken. Die ist schon mit einer Wodkaflasche in der einen und zwei aufgespießten Oliven in der anderen Hand auf die Welt gekommen.«

Mickey sagte: »Um jetzt nicht das Thema zu wechseln –«

»Tun Sie aber doch –«

Mickey sah Jury an und lächelte. »Sie haben mit Kitty Riordin gesprochen. Was denken Sie? Habe ich Recht?«

»Ich bin auch der Meinung, sie hätte es gewesen sein können.« Jury hatte es immer noch nicht verwunden, wie diese Frau beim Anblick des Fotos von ihrem Baby gelächelt hatte.

»Dabei frage ich mich allerdings, ob Erin über das alles Bescheid weiß?«

»Sie meinen Maisie. Keine Ahnung.« Plötzlich sah er Mickey an und lachte. »He, Mickey, das klingt ja so, als interessierten Sie sich mehr für diesen mutmaßlichen Schwindel als für den Mord selbst.«

»Vergessen Sie ›mutmaßlich‹. Sehen Sie keine Verbindung?«

»Zum Mord an Simon Croft? Momentan nicht.«

»Dann war Geld vielleicht überhaupt nicht das Tatmotiv.«

»Diese Art Geld? Superreiches Geld. Ich würde sagen, es ist immer ein Motiv. Dem andere Motive schwer das Wasser reichen können. Das Tynedale-Erbe wäre doch ein Wahnsinnsmotiv.«

Lisa meldete sich zu Wort. »Mickey hat mir von diesem Fall erzählt. Sie hätte schon eine wahre Medea unter allen Müttern sein müssen, um diese Sache ein halbes Jahrhundert lang durchzuziehen. Holt mir jetzt vielleicht einer einen *richtigen* Martini?« Sie schob ihnen ihr Glas hin.

Jury nahm es lächelnd und ging damit zur Theke, wo er gleich dablieb und zusah, wie der Barkeeper ein spärliches Quantum Gin einschenkte. Sein sonntäglicher Spaziergang ging ihm wieder durch den Kopf. Der hatte ihn am Standort des alten Bridewell-Gefängnisses vorbeigeführt, jener so genannten »Besserungsanstalt« für Bettler, Diebe und Huren. Er versuchte sich das schreckliche, hoffnungslose Leben dort vorzustellen. Bridewell war ein Skandal. Die Waisen von Bridewell – was für ein Eintritt ins Leben. Waisen. Er sah zu ihrem Tisch hinüber. Dann kamen die Getränke.

»Bitte sehr.« Jury stellte die Getränke ab. »Ist das jetzt mein viertes oder mein fünftes?«

»Na, bei mir ist es erst das zweite, also her damit.« Sie nahm einen Schluck, stand auf.

»Was ist los?«

»Bin gleich wieder da.«

»Croft hat es herausbekommen«, sagte Mickey.

Jury lachte. »Sie wollen nicht einmal spekulieren, was?«

»Selbstverständlich spekuliere ich. Gelegentlich.«

Liza war wieder da, ein Stielglas in der Hand. »Es brauchte bloß ein wenig Überzeugungsarbeit. Das ist ein Trick, den ich in meinem früheren Metier gelernt habe. Ich habe dem Kerl vorgeschlagen, ich erschieße ihn.« Schwungvoll warf sie ein paar Päckchen Kartoffelchips auf den Tisch.

Mickey hatte sich da in etwas verrannt, fand Jury und versuchte, ihn von dem Thema abzubringen, doch Mickey kam irgendwie immer wieder darauf zu sprechen. Jury fragte sich, ob diese Besessenheit, mit der er die Sache mit Kitty Riordin verfolgte, ihn vielleicht von seinem eigenen Zustand ablenkte.

Liza dagegen wusste, wie sie ihn vom Thema abbringen konnte: Sie fing an, von ein paar alten Fällen zu erzählen, die er oder sie oder sie beide bearbeitet hatten, und schon bald lachten die drei und bestellten sich weitere Drinks. »Wisst ihr noch«, begann Liza, »diese Geschichte damals in der Bank?«

»Mit Banken hatte ich gar nicht zu tun, Baby.«

»Nein, nein, nein. Diese Sache in der Bank. Wo der Täter mit einem Beutel voller Geld rausgerannt ist, den Bullen direkt in die Arme, und sich ergeben hat, und wie sich dann rausstellte, dass es Schauspieler von dieser Polizeiserie waren?« Die drei mussten so lachen, dass sie sich verschluckten.

Wisst ihr noch? Wisst ihr noch? Fast eine Stunde lang tauschten sie Geschichten aus, tranken und aßen saure Chips. Mickey musste dermaßen lachen, dass ihm ein Stück davon in die Nase geriet. Liza saß zwischen ihnen, eine Hand bei jedem auf dem Arm, und hielt beim Lachen den Kopf einmal so tief, dass eine schwarze Haarsträhne durch ihren Martini streifte.

Wie ähnlich sich Liza und Mickey waren, dachte Jury, und doch herrschte zwischen ihnen überhaupt keine Rivalität.

Dann erzählte Liza ausführlich, wie Mickey sie bei einem Diebstahl einmal für den Täter gehalten und im Polizeiwagen eingesperrt hatte.

»Liza«, lachte Jury, »Liza, wenn Sie mal zu haben sind, denken Sie dran –« Als ihm klar wurde, was er da eben gesagt hatte, konnte er es nicht mehr ungeschehen machen. Die beiden anderen lächelten, doch ihr Lächeln wirkte wie erstarrt. Daraufhin

stand Jury so unvermittelt auf, dass er fast seinen Stuhl umge-
kippt hätte. Er lief zwischen den Tischen hindurch auf die Herren-
toilette zu, ging aber nicht hinein. Stattdessen lehnte er sich an
die Wand gegenüber und verpasste sich innerlich ein paar Ohr-
feigen. Armer Mickey, arme Liza. Ihm war, als hätte er schwarze
Nacht wie Tinte über ihren Tisch gegossen. In dieser Haltung
blieb er eine halbe Ewigkeit stehen und spürte dann eine Hand,
die sich leicht auf seinem Arm legte.

»Richard«, sagte Liza. »Schon gut. Kommen Sie wieder rüber.«
Er sah sie an und merkte, dass ihr Lächeln echt und freundlich
war. Sie zupfte ihn aufmunternd am Ärmel. »Na, los!«

Jury folgte ihr zum Tisch zurück, wo sie wieder über früher redeten und lachten – und sich genüsslich, hintersinnig und höchst
sympathisch betranken.

18

»Sie müssen unbedingt mitkommen, Superintendent.«
Marshall Truebloods Stimme war es, die Jury über den Äther
erreichte. Dieser saß in seinem Büro bei Scotland Yard, schmiss
gerade ein Memo von Detective Chief Superintendent Racer
schwungvoll in seine Ablage und zog die Akte über Danny Wu
hervor. Solange Marshall Trueblood redete, konnte man solche
Dinge tun, denn nur jedes zweite Wort von Truebloods Gerede zu
hören, ergab bisweilen mehr Sinn, als wenn man ihm volle Aufmerksamkeit schenkte.

»Warum«, fragte Jury, »muss ich ›unbedingt mitkommen‹? Ich
kann mich noch recht gut an die Reise erinnern, die Sie und Plant
nach Venedig unternahmen und wo Sie auch meinten, ich müsse
›unbedingt mitkommen‹. Wieso allerdings meine Anwesenheit
dort nötig war, ist mir bis heute ein völliges Rätsel, da Sie offenbar keinerlei Schwierigkeiten haben, aus mir eine Fantasiefigur

zu machen. Zum Beispiel, ich hätte mich einmal mit dem Gedanken getragen, eine Alkoholikerin zu ehelichen, die vier durchgedrehte Kinder hatte, von denen zwei in der Jugendstrafanstalt einsaßen.«

Es entstand eine Pause, dann meinte Trueblood: »Es war keine Jugendstrafanstalt –«

Genervt ließ Jury die Füße mit einem dumpfen Knall vom Schreibtisch fallen. »Trueblood, diese Leute gab es doch gar nicht. Und die Jammergeschichte haben Sie doch nur erfunden, um Vivian davon abzuhalten, dass sie Franco Gioppino heiratet. Nun, unsere Vivian hat den Grafen Dracula auch *tatsächlich* verlassen, oder er hat sie verlassen und ist mit irgendeiner fadenscheinigen Geschichte über seine angeblich sieche Mutter aus Long Pidd abgedampft.«

»Ja, ja, ja, aber offiziell mit ihm gebrochen hat sie immer noch nicht.«

»Was zum Teufel soll das jetzt heißen? Das erklärt aber nicht diese Sache mit Florenz.«

Jury nahm ein Papier aus der Danny-Wu-Akte. Danny Wu war für die verschiedenen Dinger, die man ihm anhängte, noch nie angeklagt, geschweige denn verurteilt worden. Jury hielt die Seite gegen das Licht, als suchte er nach einem Wasserzeichen. Kaum zu fassen: Gegen Danny Wu wurde in einem Fall ermittelt, bei dem es um irgendwelche gestohlenen Kunstwerke ging. Das war ebenso schwer zu glauben wie dieser Telefonanruf. »Macht Melrose Plant bei dieser Schnapsidee mit? Von wo aus rufen Sie an?«

»Aus dem Jack and Hammer. Wir benutzen Dianes neues Mobiltelefon.«

»Der wahre Grund ist folgender«, sagte Melrose Plant, der sich nun des Handys bemächtigt hatte, »er fährt nach Florenz, um sich die Authentizität eines Gemäldes bestätigen zu lassen. Ich glaube, er will Sie zur Sicherheit dabeihaben. Sozusagen als Gorilla.«

»Da schätzt er mich richtig ein, aber wieso zum Teufel muss er dazu nach Italien fahren? Gibt es in England denn keinen, der so was macht? Sotheby's? Christie's?«

»Doch, er hat ja jemanden in London. Ich hatte vorgeschlagen, er soll das Betrugsdezernat einschalten. Ha ha.«

»Sie meinen, das Kunst- und Antiquitätendezernat.« Am anderen Ende der Leitung in Long Pidd war ein Schlurfen zu hören oder jedenfalls undeutliche Stimmen. Dann war Trueblood wieder dran: »Ich sehe nicht ein, wieso dieses Bild an die große Glocke gehängt werden soll. Es könnte ja gestohlen sein.«

Jury überflog soeben die Einzelheiten des mutmaßlichen Kunstdiebstahls. »Ich weiß den richtigen Mann für den Job.«

»Was?«

»Schon gut. Also, was ist es denn für ein Gemälde?«

»Ein Masaccio.«

»Nie gehört.«

»Das war ein berühmter Florentiner Maler, Schüler von Masolino.«

»Das wären zwei mir unbekannte Größen, wie wär's mit einem dritten Versuch?« Jury legte die Wu-Akte auf seinen Schreibtisch und beugte sich darüber.

»Renaissance.«

»Ja, davon habe ich schon gehört.«

»Wir müssen –« Wieder Geschlurfe um das Telefon in Long Piddleton, dann sagte eine weibliche Stimme: »Superintendent, bin ich froh, dass ich Sie erreiche, bevor Sie sich auf irgendeinen idiotischen Plan einlassen, bei dem eine *Auslandsreise* im Spiel ist.« Diane Demorney warnte ihn vor. »Ihre Sterne stehen in direkter Opposition zueinander. Wenn das der Fall ist, müssen Skorpione sich vorsehen.«

»Ich bin kein Skorpion.« So genau wusste Jury es eigentlich gar nicht. Diane aber auch nicht. In direkter Opposition?

Ein Takt Pause bei Diane. »Ja, *ich weiß.* Was ich damit sagen wollte, ein Skorpion wird in Ihrem Horoskop eine herausragende Rolle spielen.«

Von allen Leuten, die Jury kannte, war Diane Demorney diejenige, die sich immer am flinksten wieder aufrappelte. »Werde ich mir merken. Und jetzt lassen Sie Plant wieder dran, meine Liebe.«

Tat sie nicht, sondern sagte: »Sie wissen ja, wie es so schön heißt – ›Florenz sehen und sterben.‹«

»Eigentlich heißt es – ›Rom sehen und sterben.‹«

»Ach, das bleibt sich doch gleich, weil Sie dann sowieso tot wären.«

Jury hörte das Reiben eines Feuerzeugs. »Stimmt.«

Plant war wieder dran. Jury fragte: »Was zum Teufel soll dieser Anruf? Das ist ja wie damals im Internat. Wenn man einen Anruf von zu Hause bekam, wanderte der Hörer auch immer von einem Familienmitglied zum nächsten.«

In Melrose Plants Stimme klang Schulterzucken durch. »Kenne ich nicht. Das mag allerdings daran liegen, dass ich nie im –«

Jury kniff die Augen zu und schlug sich den Hörer mehrmals leicht gegen den Kopf. »Ist bei Ihnen eigentlich das Wortwörtlichkeitsvirus ausgebrochen?«

»Hä?«

Jury klappte wieder unsanft eine Seite der Wu-Akte um. »Ich kann nicht nach Florenz fahren.«

»Wann haben Sie das letzte Mal Urlaub gemacht?«

Jurys Blick schweifte zu einer Reihe von Reiseprospekten hinüber, die Wiggins auf seinem Tisch liegen gelassen hatte. »Letzte Woche. Ich bin nach Vegas hinübergejettet und im Cirque du Soleil aufgetreten. Ich tauchte vom Dachgebälk auf eine unter Wasser gesetzte Bühne ab.«

Diesmal folgte echte Stille. Offenbar reichten sie wieder das Telefon herum. Als Melrose sich wieder meldete, fragte Jury: »Können Sie sich erinnern, ob Sie während des Krieges evakuiert wurden?«

»Gütiger Himmel, das ist aber ein abrupter Themenwechsel. Wohin denn evakuiert? Wir befinden uns hier an einem Ort, *in den* Leute evakuiert wurden. Die Antwort ist jedenfalls nein. Ich war damals noch gar nicht geboren«, sagte Melrose.

»Sie erinnern sich also nicht?«

»So verhält es sich im Allgemeinen bei Ungeborenen. Wieso?« Jury betrachtete das Foto von Kitty Riordin mit der kleinen Maisie auf dem Arm (falls es Maisie war). »Ich versuche nur gerade die Identität einer Person herauszufinden, die damals bereits geboren war. Und wer von zwei Frauen die Mutter dieses Babys ist.«

»Schlagen Sie doch vor, es in zwei Hälften zu teilen. Hat bei Salomo nämlich funktioniert.«

»Ich wusste ja, auf Sie kann ich mich immer verlassen.« Mittlerweile betrachtete Jury den Schnappschuss von Alexandra und Francis Croft. »Wissen Sie, was eine Deckerinnerung ist?«

»Ja, die Erinnerung an Agatha, die durch die Tür kommt, wie soeben geschehen. Das ist eine Dreckerinnerung, aber eine veritable.«

»Nicht ›Dreck‹, ›Deck‹.«

»Deck? Ach so. Ist das nicht ein Freudsches Konzept? Die Vorstellung, dass man ein Bild heraufbeschwört, um zu verhindern, dass ein anderes, zu schmerzliches Bild ins Bewusstsein gelangt. Hat es mit den Frauen und dem bedauernswerten Kleinkind zu tun?«

»Nein, eigentlich nicht.« *Eher mit mir.* »Hören Sie, ich muss jetzt gehen —«

»Sie haben den Zeitpunkt genau abgepasst. Agatha steuert soeben aufs Telefon zu.«

»Gut. Fahren Sie tatsächlich nach Florenz?«

»Ja, natürlich. Wie Diane schon sagt, Florenz sehen und sterben.«

»Genau. Bye, bye.«

»Richard! Richard! Geh weg da, Liebling, es ist zu gefährlich!«
Die Straße war kaum wiederzuerkennen, fast dem Erdboden

gleichgemacht, plattgewalzt, kein einziges Gebäude stand mehr. Überall auf der weiten Fläche aus Beton und Trümmern brannten kleine Feuer, als wären Sterne vom Himmel gestürzt und in Brand geraten.

»Richard!«

Die Stimme seiner Mutter. Er hätte weglaufen sollen. Doch es gab zu viele faszinierende Dinge hier draußen, die Dämmerung war mit winzigen blinkenden Lichtern besteckt. Sie rief immer noch. Er blieb draußen, wühlte im aufgeborstenen Beton herum, durch die Trümmer…

Seine Mutter rief wieder…

War jene Straße, jenes Gebäude, jene Stimme eine Deckerinnerung gewesen? Doch wofür? Wie er unter all den Trümmern seine Mutter gefunden hatte – *die* Erinnerung hätte doch verdeckt werden müssen, oder nicht?

»Sir?«

Jury hob den Blick von den Schnappschüssen und der Akte und sah Wiggins an, der gerade ein paar Zeitungen auf seinem Schreibtisch ablegte.

»Stimmt etwas nicht? Sie sehen irgendwie angesäuselt aus?«

»Angesäuselt? Was soll denn das heißen? Wo haben Sie überhaupt den ganzen Vormittag gesteckt?«

»Ich habe diese alten Zeitungen hier gesammelt, um die Sie gebeten hatten.« Wiggins Stirnrunzeln deutete darauf hin, dass er seinen Vorgesetzten nun für vollends weggetreten hielt.

»Ach, Verzeihung. Das hatte ich ganz vergessen.« Er blätterte wieder in Danny Wus Akte herum, klappte sie zu und tippte sich nachdenklich ans Kinn. »Wie wär's mit Mittagessen? Ich meine damit aber etwas anderes als haufenweise schwarze Kekse, Haferplätzchen, Roggenchips und alle möglichen flüssigen Erfrischungen mit Wassermolcheinlage!« Bei diesen Worten deutete Jury auf ein Glas mit dunkelgrünem Zeug hinüber.

Wiggins machte ein beleidigtes Gesicht.

Jury lächelte. »Ich dachte an ein Mittagessen bei Ruiyi.«

Das Stirnrunzeln verschwand, und Wiggins Gesicht hellte sich auf. Es gab wenig Lokale, denen er lieber einen Besuch abstattete als Danny Wus Restaurant, eine Vorliebe, die er mit zahlreichen Londonern teilte. Ruiyi war das beste chinesische Restaurant in Soho und überhaupt eines der besten in London. Dort gab es immer eine Warteschlange. All seinem Gesundheitsfanatismus zum Trotz wurde Wiggins in Gegenwart von Natriumglutamat richtig munter, zumindest in Gegenwart von Dannys Natriumglutamat.

Während Jury schon aufgestanden war und den Mantel anzog, krümelte Wiggins sich noch schnell einen halben schwarzen Keks in sein dickflüssiges, grünes Heilsäftchen.

Jury nahm sich fest vor, nicht danach zu fragen – und tat es trotzdem: »Was ist das?«

»Kava Kava, sehr gut zur Entspannung, wirkt beruhigend. Ich sollte ein bisschen davon mit zu Ruiyi nehmen.« Er fuhr schwungvoll in die Mantelärmel. »Vielleicht mag es Danny Wu. Sie wissen doch, diese asiatischen Gentlemen haben es mit Ruhe und Frieden, mit lauter solchen Sachen.«

»Und mit Tigerknochen. Dieser ganz spezielle asiatische Gentleman würde Ruhe, Seelenfrieden und das freie Schweben im Raum aber jederzeit für zwei Michelinsterne und ein schnelles Auto in den Wind schießen.«

»Ach, das würde ich nicht behaupten, Sir.« Wiggins lachte und folgte Jury hinaus.

»Brauchen Sie auch nicht. Habe ich ja gerade.«

Das Wortwörtlichkeitsvirus hatte zugeschlagen.

Glatt und weich wie die Schaumkrone auf einem Guinness fuhr Wiggins dahin und bog von der Victoria Street in Grosvenor Place ein und weiter in Richtung Piccadilly. Er erkundigte sich bei Jury nach Mickey Haggerty, den er ebenfalls kennen gelernt hatte. Jury setzte ihn ins Bild.

»Mein Gott, chronisch-myeloisch, das ist die schlimmste Art von Leukämie. Die ist sehr aggressiv, befällt die Knochen. Da *muss* aber doch was zu machen sein.«

»Mickey behauptet, nein...«

»Aber – seine Frau, seine Kinder. Er hat fünf, nicht wahr? Wie werden die wohl zurechtkommen? Er ist hoffentlich versichert. Mit fünf Kindern –«

»Vier. Seine älteste Tochter ist damals bei dem Autounfall ums Leben gekommen, wenn Sie sich erinnern. Und ich kann mir denken, dass er nicht groß abgesichert ist. Er musste vermutlich alles ausgeben, was er hatte. Ein Sohn soll anscheinend mal in Oxford studieren, dann gibt es eine Tochter im Teenageralter *und* ja auch die zwei Enkelkinder, um die sie sich kümmern, seit ihre Eltern bei dem Unfall ums Leben kamen.«

»Damit hat einer ja auch unter normalen Umständen eine Menge an der Backe, aber so...« Wiggins schüttelte stumm den Kopf und fügte dann hinzu: »War nicht seine Frau auch bei der Polizei?«

»Ja, als Detective Sergeant, glaube ich.«

»*Rühr dich!*«, schrie Wiggins. Auto fahren übte auf Wiggins eine wenig zuträgliche Wirkung aus. Der betagte Pensionär vor ihnen, dessen grauer Kopf kaum über den Fahrersitz ragte (so dass der Volvo unbemannt schien), konnte sich nicht so recht entscheiden, in welche Straße er am Piccadilly Circus abbiegen sollte. Der für gewöhnlich eher heiter gestimmte Sergeant Wiggins legte hinterm Steuer plötzlich verborgene Anwandlungen von Aggressivität und Feindseligkeit an den Tag.

Schließlich fuhr der Volvo in Richtung Leicester Square, um ein Stück weiter erneut Wirrwarr zu stiften, wobei er um ein Haar einen Schwung Fußgänger umgenietet hätte, die (was gerechtigkeitshalber gesagt werden musste) sich keinen Deut scherten um das rot blinkende Signal, das ihnen Einhalt zu gebieten versuchte. Wiggins bog in die Shaftesbury Avenue ein.

Ruiyi befand sich an einer verkehrsreichen Ecke von Soho.

Wiggins fuhr auf einen Parkplatz für Behinderte, machte den Motor aus und wühlte im Handschuhfach. Er zog eine Behindertenplakette heraus und pappte sie an den Rückspiegel.

»Wo haben Sie denn die her?«, fragte Jury beim Aussteigen.

Wiggins kicherte. »Ich bin schließlich *Polizist*.«

»Ja, und als solcher können Sie sowieso parken, wo Sie wollen.«

Die Warteschlange war lang und reichte bis vors Restaurant. »So ein Mist«, brummte Wiggins.

Jury schob sich, gefolgt von Wiggins, zwischen den Gästen des Ruiyi voran, was ihm ein paar finstere Blicke aus grimmigen Gesichtern und den Wutanfall eines Mannes eintrug, der (nachdem er sich vor dem Mittagessen bereits einige Pints genehmigt hatte), »gute Lust hätte, den Bullen da drüben zu verständigen«. Woraufhin Jury seinen Dienstausweis herauszog, ihn dem Kerl unsanft unter die Nase hielt und sagte: »Ich *bin* der Bulle von da drüben, Freundchen.«

Als sie durch die Tür waren, meinte Wiggins: »Das sollten wir aber nicht, Sir, uns so vordrängen –«

Jury bedachte den Sergeanten seinerseits mit einem finsteren Blick und die beiden rückten unerschrocken weiter auf.

Der ältliche Kellner, der sie sonst immer an einen Tisch führte, wollte gerade einem Pärchen, das als Nächstes an der Reihe gewesen wäre, einen Platz zuweisen. Doch beim Anblick von Jury und Wiggins hinderte er das Pärchen mit dem ausgestreckten Arm am Vortreten und dirigierte Jury und Wiggins mit dem anderen eilends zu dem einzigen freien Tisch.

Jury kicherte (wie kurz zuvor Wiggins), als er hörte, dass das Pärchen den Geschäftsführer verlangte. Da Danny Wu der Geschäftsführer war, würden sie nicht sonderlich weit kommen, wenn sie sich darüber beschwerten, dass »diese beiden da« den für sie gedachten Tisch bekommen hatten.

Wiggins schlug seufzend die Speisekarte auf. Es war dieselbe üppige Spezialitätenliste wie immer – hochkant und schmal und acht Seiten lang. Wiggins las sie jedes Mal mit derselben Ehrfurcht, mit der ein chassidischer Jude den Talmud lesen mochte. Er hörte zu, wie der ältliche Kellner die Spezialgerichte aufzählte, und konnte sich nicht entscheiden. Der Kellner schlurfte davon, um den Tee zu holen.

»Sind wir geschäftlich hier oder zum Vergnügen, Sir? Steckt Danny Wu etwa in größeren Schwierigkeiten?«

Jury schüttelte seine rote Serviette aus und sagte: »Danny steckt immer im gleichen Quantum an Schwierigkeiten: bis zur Brust, aber nicht bis ans Kinn, wodurch ihm noch reichlich Spielraum bleibt. Haben Sie sich seine Akte nicht angesehen?«

»Nicht, seit er bei der Mordsache in Limehouse unter Verdacht geriet. Glauben Sie, er hat vielleicht Verbindungen zur Mafia?«

»Der hat Verbindungen zu den Triaden, zu Whitehall, zur Downing Street und *sicherlich* zur Victoria Street. Ich will damit nicht unterstellen, dass er zur Mafia *gehört* oder freiberuflich für sie tätig ist.«

»Sie sagten Victoria Street – aber das sind ja wir.«

»›Wir‹ ist richtig. Nicht speziell Sie und ich, aber irgendjemand.«

»Wie kommen Sie denn –?«

Eine kleine, verhutzelte alte Kellnerin stellte ihnen den Tee in einem sienaroten Tonkännchen hin und dazu zwei kleine Tassen, in die sie das bernsteinfarbene Getränk goss.

»Wie kommen Sie denn darauf, Sir?« Wiggins gab zwei gut gehäufte Teelöffel Zucker in sein Tässchen.

»Haben Sie dieses Restaurant schon einmal geschlossen erlebt? Ich meine dichtgemacht?«

Wiggins furchte die Stirn, während er an seinem Tee nippte. »Meines Wissens, nie.«

»Da braucht bloß mal eine zu kreischen, weil ihr eine Maus über den Schuh gehüpft ist, und schon steht das staatliche Gesundheitsamt auf der Matte und pappt ein GESCHLOSSEN-Schild an die Tür. Die nahe liegendste Art, Danny zur ›Mithilfe bei unseren Ermittlungen‹ zu bewegen, wäre seinen Laden dichtzumachen. Dazu bräuchte man nicht einmal die Maus, da genügt schon ein korrupter Gutachter der Gesundheitsbehörde. Cheers!« Jury trank seinen Tee.

Wie herbeigezaubert stand plötzlich Danny Wu an ihrem Tisch, gekleidet mit der üblichen Eleganz.

»Stegna?«, fragte Wiggins.

»Stimmt«, erwiderte Danny. »Wie kommt es, dass Sie sich mit italienischer Designermode so gut auskennen?«

»Er schaut sich meine an«, sagte Jury. »Marke Oxfam.«

Danny lachte. »Superintendent, Sie sind ein Mann, der den Spruch, Kleider machen Leute, nicht nötig hat.«

»Ist das ein Kompliment?« Jury lächelte bei dem Gedanken, dass es wie eine Frage von Carol-Anne klang: *Ist das wieder eins von Ihren Komplimenten, Super?*

Wiggins sagte: »Ich gehe gelegentlich gern die Upper Sloane Street entlang und schaue bei Harvey Nick's vorbei.«

Mit skeptisch hoch gezogener Augenbraue meinte Jury: »Aha, bei Harvey Nick's? Na, den richtigen Upper Sloane Street Slang haben Sie sich ja schon zugelegt, wenn auch keinen Hugo Boss oder Ferragamo.«

Danny gab ihnen seine Empfehlungen von der Tageskarte – Fisch kross gebraten mit brauner Sauce und Juwelengeschmückte Ente. Wiggins nahm das eine, Jury das andere. Danny gab die Bestellung in Schnellfeuer-Kantonesisch an das Weiblein weiter, das den Tee gebracht hatte. Für Jury hörten sich die Wortwechsel in dieser Sprache immer wie ein Showdown an, als hätten die Beteiligten ihre Uzis herausgerissen und ballerten los. Danny wandte sich wieder an die beiden: »Ist dieser Besuch geschäftlich oder zum Vergnügen?«

»Eigentlich beides. Ich interessiere mich für den mutmaßlichen Diebstahl von Gemälden aus der Sammlung Duncan. Der ehemaligen Sammlung, sollte ich sagen. Und für den daraufhin erfolgten Mord an dem Fahrer der Limousine, in der die Gemälde weggeschafft wurden. Zugetragen hat sich das Ganze in Wapping in der Nähe des Town of Ramsgate. An den Wapping Old Stairs wurde der Fahrer von der Themse-Polizei gefunden.«

»Woher wissen Sie, dass die Limousine angehalten wurde, weil man es auf die Gemälde abgesehen hatte?«

»Aus dem einfachen Grund, dass sie verschwunden waren.«

Als Danny die Achseln zuckte, bewegten sich seine von Stegna verhüllten Schultern unmerklich. »Es hätte auch bloß eine Finte sein können. Vielleicht hatten sie es auf den Fahrer abgesehen.«

In diesem Moment wurden dampfende, mit silbernen Hauben abgedeckte Schüsseln an den Tisch gebracht. Danny hob jede Haube kurz an, um den Inhalt zu überprüfen, und ließ unter einem weiteren Dialektbombardement die Ente zurückgehen.

»Ist es an der Zeit, dass ich mich über polizeiliche Belästigung beschwere?«, fragte Danny, der die Landessprache tadellos beherrschte.

»Zeit ist es schon seit langer Zeit. Das Problem ist nur, mein Chef will Sie wegen des Mordes an dem Zuhälter in Limehouse letztes Jahr hops nehmen.«

»Aha! Er hat das alles also ausgeheckt.«

»Nicht alles. Aber manches. Wieso haben Sie die juwelengeschmückte Ente zurückgehen lassen?«

»Die Diamanten waren unecht. Sie entschuldigen mich?«

Er ging quer durch den Saal zu dem Pärchen hinüber, das sich beschwert hatte, als Jury und Wiggins ihnen den Tisch weggeschnappt hatten. Obwohl die beiden mittlerweile einen Tisch bekommen und sich über verschiedene Gerichte hergemacht hatten, waren sie immer noch sauer. Nachdem Danny ein paar Worte gesagt hatte, lächelten sie und wandten sich wieder ihrem Essen zu. Bestimmt hatte Danny sie wissen lassen, sie speisten auf Rechnung des Hauses.

19

Jurys letzter Besuch in Newcastle war schon einige Jahre her (er wollte gar nicht daran denken, wie viele). Damals hatte er an einem Fall in Durham gearbeitet. Old Washington. Jerusalem Inn. *Hör auf, solange du obenauf bist.* Jeder Name hieb wie mit einem kleinen Hammerschlag auf ihn ein, als er aus dem Zug auf den Bahnsteig trat. Heute war nicht viel los. Er beschloss, das Bahnhofslokal aufzusuchen und sich einen Drink zu genehmigen. Die Vorstellung, er wolle sich vermutlich nur Mut antrinken, war ihm zuwider. Doch er tat es trotzdem.

Seit Jahren schickte er seiner Cousine regelmäßig Geld, machte sich allerdings bei ihr nicht sonderlich beliebt dadurch. Sie hasste es, auf welche Art auch immer von ihm abhängig zu sein. Schließlich war er damals der Eindringling gewesen, der Almosenempfänger.

Brendan, ihr Mann, bemühte sich wirklich redlich, einen Job zu ergattern. Es war nicht seine Schuld, dass er seit über einem Jahr keine Arbeit hatte. Das wusste Jury. Einmal hatte er Brendan in die »Nietenbude« begleitet, um sich die spärlichen Angebote durchzusehen. Brendan sagte, er würde andauernd bei den Vermittlungsstellen nachfragen, keine auslassen, wo im Fenster die Kärtchen mit den »Jobangeboten« klebten. Doch sobald man den Fuß über die Schwelle setzte, stellte sich alles als Luftnummer heraus. In den letzten fünf Jahren hatte Brendan vielleicht ein Jahr gearbeitet. Er war ein netter Kerl, dieser Brendan, der sich einen gewissen Sinn für Humor hatte bewahren können. Ihm gefiel es, wenn Jury auf Besuch kam, denn dann hatte er einen, der mit ihm ins Pub ging, einen mit Geld. Jury gab gern ein paar Drinks aus. Er wusste, dass Brendan ihn wirklich mochte. Immerhin war Jury »Verwandtschaft«, also jemand, mit dem Brendan offen und ehrlich sein konnte.

Im Bahnhofslokal ließ sich Jury sein Pint nachschenken.

Auch wenn man einmal außer Acht ließ, was für einen hohen Rang er bei der Polizei einnahm – die hier im Lokal versammelten Männer würden allesamt mit ihm tauschen. Der Kerl, der da an der Theke saß und sein Wurstbrötchen aß – der hätte doch bestimmt gern eine sturmfreie Bude in London, ohne eine Ehefrau, die ihm dauernd unter die Nase rieb, was für ein Versager er doch war, ohne kreischende Gören. Die Vorstellung, dass man seine Tür abschließen oder ins Pub runter gehen konnte, jede Menge Geld in der Tasche, und später zurückkam, allein oder in Begleitung …

Jury lächelte (*na, von wegen*), trank sein Pint aus und ging.

Die Wohnung seiner Cousine befand sich in einem großen roten Backsteingebäude. Über dem Treppenabsatz draußen vor der Haustür waren sechs Briefkästen angebracht, einer für jede Wohnung. Im Zuge der Renovierung hatte man die ehemals großzügigen Innenräume in sechs Wohneinheiten unterteilt. Brendan und Sarah bewohnten eine der beiden Wohnungen im obersten Stockwerk, drei Treppen hoch. Einen Aufzug gab es nicht. Das Treppenhaus war finster bis auf den Treppenabsatz zwischen dem ersten und zweiten Geschoss. Jedes Mal, wenn Jury hier gewesen war, hatte er eine oder mehrere ausgebrannte Glühbirnen ausgetauscht, die eigentlich die Treppenabsätze beleuchten sollten. Es sei gefährlich, hatte er zu seiner Cousine gesagt, sie könnte doch leicht einen Fehltritt machen, stürzen und sich etwas brechen.

»In meinem Leben gibt es nur Fehltritte«, hatte sie erwidert. Über den Ausdruck hatte Jury lächeln müssen.

Er hatte gehofft, Brendan würde ihm aufmachen, doch der war unterwegs. »Der sucht wieder«, sagte Sarah. »Komm rein.«

»Sei froh, dass er wenigstens sucht. Das tun die meisten nämlich nicht.« Jury zog seinen Mantel aus und ließ ihn auf einen Sessel mit dunkelgrünem Noppenpolster fallen.

Sarah hatte ein blassblaues Kissen von einem blauen Lehnsessel genommen. Das Kissen war mit Schwertlilien bestickt, und sie hielt es sich so vor die Brust gepresst, als stünde ein unmittelbarer Angriff bevor. So benahm sie sich ihm gegenüber aber immer. Sarah hatte lauter solche defensiven Gesten. Die etwas verkrampfte Frau musste inzwischen Anfang sechzig sein, wirkte aber bei allem Druck und Stress, den das Leben ihr bereitet hatte, gar nicht so alt. Obwohl ihr die Zeit wie mit Säure tiefe Kerben um Nase und Mund geätzt hatte, war sie immer noch mit diesem unglaublich seidigen Haar gesegnet, das selbst ergrauend die weiche Farbe von herbstlichem Rauch hatte.

»Willst du ein Bier?«

Sie selbst hatte sich eins genommen, aber Jury hatte schon genug getrunken. Das saure Gefühl im Magen rührte wohl eher vom Stress als vom Bier her, doch er wollte trotzdem keines. »Ich hätte eigentlich gern einen Tee.«

Beim Aufstehen meinte sie (in ihrem typischen Jammerton): »Oje, oje. Du schlägst ein Bier aus?« Als ob er ohne Alkohol nicht leben konnte. Dann wandte sie sich in Richtung Küche, in die er von seinem Platz aus einen verstohlenen Blick werfen konnte: die weiße Arbeitsfläche, der Aga-Kochherd – ihr ganzer Stolz.

So fing es immer an, mit irgendeiner abfälligen Bemerkung, durch die sie ihn nervte. Er fragte sich allerdings, ob sie damit nicht in Wirklichkeit Brendan treffen wollte, dessen Trunksucht das eigentliche Problem war. Jury setzte sich in den einen von zwei blauen Sesseln, die alle beide ziemlich abgewetzt waren. Er hob das blaue Kissen auf, das sie hingepfeffert hatte, ließ den Daumen über die feine Stickerei gleiten und überlegte, ob es wohl eine Handarbeit von ihr war.

Als er sich zurücklehnte, fühlte er sich plötzlich merkwürdig erschöpft und wusste, es lag daran, dass er hierher gekommen war. Aber nicht an Sarah selbst, nein, sondern an der Art, wie sie eine ganze Reihe von komplexen Emotionen über seine Vergangenheit in ihm aufwühlte. Angetrieben wurde sein Unbehagen von der Angst. Als sie Kinder gewesen waren, hatte Sarah die Oberhand gehabt – in jeder Hinsicht: Sie war älter, und sie wusste, wo sie hingehörte. Dass er Angst vor ihr hatte, kam ihm lächerlich vor: Er schämte sich dieses Gefühls. Doch die Angst war sehr alt, so alt wie die Kindheit.

Er bekam eine Henkeltasse Tee in die Hand und setzte sich aufrecht hin (und kam sich ziemlich gebrechlich vor). »Danke.«

Sie zuckte bloß lässig mit den Schultern, als wollte sie sagen, *Na und? Würde ich für die Müllmänner auch tun.* Dann setzte sie sich mit ihrer Flasche Adnams und einer Zigarette in den anderen blauen Sessel. Als Jury seine Schachtel nicht herausholte, bot sie ihm von ihren Silk Cut an. Als er den Kopf schüttelte, sagte sie: »Sag bloß, du hast aufgehört!«

»Stimmt.«

Den Kopf zurückwerfend, meinte sie: »Du lieber Gott, auch das noch. Hoffentlich tust du jetzt nicht auch noch selbstgerecht und hältst mir eine Gardinenpredigt.«

Jury deutete ein Lächeln an. »Wohl kaum. Dazu bin ich in einer viel zu schwachen Position. Ich wäre jederzeit imstande wieder anzufangen.«

Einen Moment war alles still, während sie genüsslich rauchte, tief inhalierte, kleine Rauchkringel ausstieß und einfach schweigend rauchte. Jury hätte gewettet, dass Newcastle eine der höchsten Raucherquoten im ganzen Land hatte.

»Also, Richard. Was verschafft mir die Ehre deines Besuchs?«

Sarah war anscheinend unfähig, anders als in diesem bissigen, missgünstigen Ton mit ihm zu reden.

»Ich bin wegen einer Ermittlung hier«, log er, »und wollte dich eben mal besuchen. Tut mir Leid, dass es schon so lang her ist, dass ich das letzte Mal hier war. Meine Ausrede ist immer die gleiche: viel zu tun bei der Kripo.« Er hielt inne, überlegte, wie er anfangen sollte. Was es so schmerzlich machte, war die Tatsache, dass er sich um Auskünfte bemühte, die man ihm nicht würde geben wollen. Dass sie in der Lage war, Jurys Gedächtnislücken zu füllen, würde sie in eine Machtposition versetzen: Sie konnte geben oder zurückhalten. Es war schwer begreiflich, dass sie immer noch diesen Groll aus Kindertagen hegte. Doch der, rief er sich ins Bewusstsein, richtete sich jetzt auch gegen ihn, gegen sein jetziges Leben, über das er im Bahnhofslokal seine Beobachtungen angestellt hatte.

»Weißt du noch, als wir Kinder waren?«

Sie zog fragend die Augenbrauen hoch. »Ob ich was noch weiß?«

»Ach, ich meine nur ... du weißt schon. Nichts Spezielles.« Als sie nicht darauf einging, sondern bloß rauchend und trinkend dasaß, wusste er nicht, wie er weitermachen sollte. Das Fenster, vor dem sein Sessel stand, ging nach Westen hinaus, und die untergehende Sonne verlieh den Wolken einen weißgoldenen Rand. »Ich dachte gerade an meine Mutter. Und an den Krieg. Du erinnerst dich doch, dass das Haus in der Fulham Road zerstört wurde. Ich kann die Bomben immer noch hören. Ich höre immer noch die eine, die das Haus getroffen hat.«

Sie musterte ihn verständnislos. »Das Haus hat schon eine Bombe getroffen, aber da warst du doch gar nicht da. Das war bei einem dieser ›Pseudoangriffe‹ – 1944, glaub ich. Ja, ja, so ist das Leben, da überlebt man den Blitzkrieg, übersteht das Schlimmste, und wird dann beim letzten Angriff getötet, als es schon gar nicht mehr drauf ankommt.« Sie schüttelte den Kopf ob dieser Ironie.

Jury war wie vor den Kopf gestoßen. »Aber ich dachte immer, ich wäre dort gewesen. Ich meine, ich *erinnere mich* ... dass ich, hm, dort gewesen bin.« Die Verdunkelung, seine Mutter, unter den Trümmern begraben. Er konnte diese neue Information gar nicht verarbeiten.

»Du bist doch total verkorkst, Richard. Vielleicht brauchst du 'nen Seelenklempner.« Sie deutete ein Lächeln an, als bereitete es ihr diebisches Vergnügen, in Jurys Gedanken einzudringen, an einen Ort, wo sie vielleicht herumspielen, mit Tatsachen und Erinnerungen spielen konnte.

»Das Haus in Fulham. Ich sehe immer Mum vor mir ... unter lauter Mörtel und Brettern.« Und er konnte nichts dagegen tun.

Sie fing unvermittelt an zu lachen.

Er war außer sich. »Was zum Teufel ist daran so komisch, Sarah?«

Ihr Lachen klang ziemlich gekünstelt. »Es ist bloß so… dramatisch, wie du es wiedergibst. Wie im Film.« Der Vergleich gefiel ihr. »Genau, wie in einem Kriegsfilm. *Mrs. Miniver* oder so was.«

Er konnte es kaum glauben. Wie hatte er sein Leben lang herumlaufen können, diese wenigen Erinnerungen unauslöschlich in seinem Kopf verhaftet, nur um dann zu entdecken, dass sie falsch waren, Schwindel, alles seine eigene Erfindung? Wie? Doch es hatte ihm ja frei gestanden, sie zu erfinden, niemand hatte je etwas Gegenteiliges behauptet. Wenn er seinen Onkel gefragt hätte, einen herzensguten Menschen, der hätte es ihm gesagt. Doch die meisten Erwachsenen würden so ein Thema natürlich von sich aus nicht zur Sprache bringen.

Sie drückte ihre Zigarette aus, trank ihr Adnams leer und stand auf. »Warte mal kurz.« Sie ging aus dem Zimmer, und er konnte sie im anderen Zimmer herumgehen und fluchen hören, als wäre noch jemand bei ihr.

Als er gerade aufstehen wollte, um sich zu vergewissern, dass alles in Ordnung war, kam sie mit einem weißen Schuhkarton zurück. Zwischen dem dunkelbraunen Sofa und den blauen Sesseln stand ein runder Tisch, den sie nun zu ihnen herüberzog. Ihren Sessel drehte sie so hin, dass sie ihm am Tisch gegenüber saß.

Fotos, dachte Jury. *Noch mehr Fotos.* Als sie den Deckel von der Schachtel schob, spürte er plötzlich, wie ihn ein Adrenalinschub in den Sessel drückte. Wenn sie anders waren, diese Bilder, anders als das, was er in Erinnerung hatte, dann wollte er gar nichts davon wissen. Ganz einfach. Zu viele Jahre hatte er mit diesen Bildern vom Leben und Tod in der Fulham Road gelebt. »Sie trug Schwarz.«

Sarah ging die Schnappschüsse durch, zog hier und dort einen heraus. Entweder hatte er es nicht laut gesagt oder sie hatte ihn nicht gehört: *Sie trug Schwarz.*

Während sie die Fotos wie Karten beim Pokerspiel fächerförmig ausgebreitet hinlegte, deutete sie auf eines, eine schlecht ausgeleuchtete Momentaufnahme, vielleicht mit einer von diesen einfachen, kastenförmigen Brownie-Kameras aufgenommen. »Da sind wir alle drauf, außer deinem Dad. Der war in Deutschland.«

Jury erblickte eine Gruppe von vier Erwachsenen, dazu ein Kleinkind und ein Mädchen von etwa sieben oder acht Jahren. »Das bist du, nicht? Bin ich auch drauf?«

»Quatsch doch nicht, klar bist du drauf – du bist der Kleine. Hier ist dein Dad.« Sie reichte ihm eine Aufnahme von einem Mann in Fliegeruniform. »Weißt du, dass er in der Royal Air Force war?«

»Ja, natürlich.« Er war sauer, weil sie mehr wusste als er. Wie war sie eigentlich mit der Zeit dazu gekommen, diese Erinnerungen zu verwahren? »Wurde sein Flugzeug – eine Spitfire – nicht abgeschossen?«

»Na, wenigstens *das* hast du dir richtig gemerkt.«

Als wäre er der Einzige mit einem fehlbaren Gedächtnis. »Ich weiß noch, dass ich evakuiert wurde. Ich erinnere mich, dass ich als Kind mit vielen anderen Kindern in Devon oder Dorset war.«

»Aber doch nicht im Krieg. Du wurdest gar nicht evakuiert. Du warst mit ein paar anderen in Pflege.«

Jury sah sie stirnrunzelnd an. »In Pflege?«

»Erinnerst du dich nicht mehr an diese Frau, diese entsetzliche Mrs. Simkin? Die hieß doch so, oder? Mensch, die hat bestimmt für ein halbes Dutzend Geld von der Regierung eingestrichen. Zwei haben sie ihr dann weggenommen, und einer davon warst du.« Ihre Finger wühlten wieder im Schuhkarton herum. »Schau mal.« Sie zog noch einen Schnappschuss aus dem Karton und gab ihn Jury.

Er betrachtete die merkwürdige Aufstellung der Kinder. Er war erleichtert, sie hier zu sehen, denn an sie erinnerte er sich, auch wenn er sich geirrt hatte, *weshalb* er bei ihnen gewesen war. Da stand er – neben dem größten Mädchen. Obwohl es ein Schwarz-weißfoto war, wusste er noch, dass es das große Mädchen mit dem flammend roten Haar war. Es wirkte ungebärdig, als könnte nicht einmal die Bewegungslosigkeit eines Fotos es zum Stillstehen bringen. Jury lächelte sie an, die Marter seines Kinderlebens. Sie war gewissermaßen zum Fixpunkt geworden, dieses schreckliche Kind, das ihn ärgerte und foppte und immer noch Macht über ihn hatte. Das gefiel Jury irgendwie.

»Also, das hier ist das beste. Das bist du und deine Mum.«

Es war keine Momentaufnahme, sondern sah eher aus wie vom Fotografen. Außerdem war es größer. Sie hatte den Arm über die auf einer Seite leicht erhöhte Rückenlehne eines kleinen Sofas gelegt. Er war etwa drei oder vier und saß zu ihrer Linken, den linken Arm hatte sie um ihn geschlungen. Er lachte über beide Backen.

Sarah redete immer noch, doch ihre Stimme schien von weit her zu kommen, wie ein Geräusch, das sich mühsam um ein Hindernis bewegt. Zu dem Foto sagte er nichts. Es war eigentlich sehr schön, fand er. »Kann ich das mit den Pflegekindern haben? Und das von Mum und mir?«

Sie zuckte die Achseln und verfiel wieder in ihre gleichgültige Haltung. »Du kannst alle haben, wenn du willst.« Nachdem sie ihm eine komplett andere Version seiner Kindheit aufgetischt hatte, interessierten sie deren Beweisstücke nicht mehr.

Jury war müde und wollte gehen. Was für eine Erleichterung, von hier wegzukommen. Er sagte, er müsse einen Zug erwischen.

»Bleibst du denn nicht zum Abendbrot? Brendan müsste eigentlich bald –«

Als könnte ihre Stimme Geister heraufbeschwören, ging in diesem Moment die Tür auf und Brendan trat ein.

»Wenn man vom Teufel spricht«, sagte Sarah.

Brendan bot den Anblick eines durch und durch jovialen,

kreuzfidelen Typs. Als er Jury sah, strahlte er übers ganze Gesicht. »Richard! Wo zum Teufel kommst du denn her?« Er versetzte Jury einen freundschaftlichen Klaps auf die Schulter.

»Den Scheck hast du bestimmt schon bei Noonan's auf den Kopf gehauen.«

»Ach, Weib, halt die Klappe.« Brendan zog ein zusammengefaltetes, fleckiges Stückchen Papier aus der Brusttasche und überreichte es ihr. »Ist noch nicht mal eingelöst, Schätzchen. Apropos Noonan's – was hältst du davon, Rich?«

Jury hatte eigentlich keine große Lust, doch es wäre vermutlich die unkomplizierteste Art, hier den Abgang zu machen. »Danke, ich hätte nichts gegen ein Bier.«

Brendan vollführte ein schwungvolles Tänzchen – er war der waschechteste Ire, der Jury je begegnet war – und rieb sich genüsslich die Hände. »Na, dann los.«

Jury warf Sarah einen auffordernden Blick zu, obwohl er wusste, dass sie die Einladung nicht annehmen würde.

»Wieso kann sie mich eigentlich nicht leiden?«, wollte Jury von Brendan wissen, als sie im Noonan's, einem furchtbar lauten Pub, an der Theke standen. Hier gab es natürlich auch einige Männer, die Jobs hatten, denen das Jobcenter tatsächlich eine Anstellung verschafft hatte. Ihnen bot das Pub die Möglichkeit, der Langeweile ihrer Arbeit zu entfliehen, so wie es für die anderen eine Möglichkeit bot, der Langeweile ihres Nichtarbeitens zu entfliehen.

Brendan hob sein Glas. »Teufel aber auch, Mann, die kann dich eigentlich schon ganz gut leiden, jedenfalls wenn du nicht da bist.« Er wischte sich mit dem Taschentuch über die Nase. »Vor Freunden gibt sie immer an mit dir.« In säuselndem Tonfall fuhr er fort: »Ein Detective *Superintendent* ist er, o ja, und noch dazu bei Scotland Yard.«

Jury lächelte. »Wir haben über unsere Kindheit gesprochen. Anscheinend waren meine Erinnerungen alle falsch.«

Brendan machte eine wegwerfende Handbewegung. »Mann, sie wollte dich nerven, sie hat dich verarscht. Macht sie bei mir auch und bei den Kindern. Nimm's dir nicht zu Herzen.«

Jury trank sein Bier und ließ den Nachmittag noch einmal Revue passieren. Er grübelte. Und klopfte auf die Manteltasche, in der die beiden Aufnahmen steckten.

Als Jury die Treppe des Reihenhauses in Islington hinaufging, kam Mrs. Wasserman, die die so genannte Gartenwohnung bewohnte, so schnell sie konnte die Steintreppe vor ihrer Tür herauf. Jury war Mrs. Wasserman im Lauf der Jahre bei der »Sicherheit« behilflich gewesen und hatte Schlösser eingebaut, Fenster und andere Einstiegsmöglichkeiten inspiziert und auch sonst einiges unternommen, damit sie sich sicherer fühlte. Sie war als junges Mädchen im Konzentrationslager gewesen, wo sie mit eigenen Augen hatte zusehen müssen, wie ihre Familie umgekommen war, einer nach dem anderen. Und noch Schlimmeres.

»Mrs. Wasserman«, sagte Jury und ging die Treppe wieder hinunter, »stimmt etwas nicht? So spät sind Sie doch sonst nicht auf.«

Sie raffte ihren Bademantel am Hals fester zusammen. »Nein, nein, ich bin oft bis in den Morgen auf. Kann doch so schwer einschlafen. Könnten Sie vielleicht einen Augenblick hereinkommen, Mr. Jury? Nur eine Minute, ich halte Sie bestimmt nicht auf.«

Jury lächelte. »Ich kann auch mehr als eine Minute bleiben.« Er ging hinter ihr her die Treppe hinunter in ihre Wohnung. Die war behaglich eingerichtet mit bequemen alten Lehnsesseln und einem chintzbezogenen Sofa. Dazu ein Kommodensekretär und einige Hocker und Beistelltischchen.

»Kann ich Ihnen etwas anbieten? Whisky? Kaffee? Yogi-Tee?«

»Was?«

»Carol-Anne hat mir welchen mitgebracht. Sie behauptet, er

ist viel gesünder als andere Getränke. Es ist eine Art Mischung aus Tee und Gewürzen.«

»In Gesundheitsfragen würde ich mich nicht auf Carol-Anne verlassen, die Königin der fetten Frühstückswürstchen, die sie in die Pfanne haut.«

»Nun, sie hat mir gesagt, den soll ich eine Woche lang trinken und ihr sagen, ob ich mich besser fühle. Er soll anscheinend Wunder wirken, aber der Geschmack, Mr. Jury – entsetzlich!«

»Da haben Sie Schwester Carol-Annes Motiv! Sie will, dass Sie ihn ausprobieren, damit sie es nicht selber tun muss. Eine Tasse schlichter, schwarzer englischer Tee wäre mir sehr recht.«

Sie ging aus dem Wohnzimmer. Jury sah ein paar alte Fotoalben auf dem Beistelltischchen liegen, eines davon war aufgeschlagen. Mit einem Seufzen ließ er sich auf dem Sofa nieder. Fotos, wieder alte Fotos.

Mrs. Wasserman kehrte mit dem Tee in zwei Henkelbechern zurück, und Jury konnte sich schon denken, dass er süßer war, als er ihn gern hatte; er würde ihn aber trotzdem trinken. Als sie sah, wie Jury die Seiten des Fotoalbums umblätterte, sagte sie: »Wenn ich die anschaue, fühle ich mich so … hm …«

Jury wartete ab, dass sie weitersprach. Als sie es nicht tat, fragte er: »Ist das Ihre Familie, Mrs. Wasserman?« Er konnte sich schon denken, dass sie es war, und stellte etwas überrascht fest, dass er sie noch nie gesehen hatte. Doch sie blieb neben dem Sofa stehen, in der Hand ihre Tasse Tee, und betrachtete die Fotos mit ängstlichem Blick. »Mrs. Wasserman?«, sagte er behutsam.

Sie zögerte. »Ja, und doch –«

Sie wirkte sehr aufgewühlt. Das Foto von einem etwa dreizehn- oder vierzehnjährigen Mädchen sah er sich etwas genauer an. Links und rechts von ihr standen ein Mann und eine Frau, beide im mittleren Alter, bei denen es sich bestimmt um ihren Vater und ihre Mutter handelte. Nicht, dass er in dem Kind Mrs. Wasserman erkannte, es war eher so, dass die ältere Frau seiner Mrs. Wasserman ungeheuer ähnlich sah. Ihre Züge hatten sich damals nur noch nicht im Gesicht des halbwüchsigen Mädchens abgezeichnet.

»Das sind Sie als junges Mädchen, nicht wahr?« Er tippte auf das Foto.

Mrs. Wasserman stieß ein freudloses, leises Lachen aus. Es klang nervös, argwöhnisch. »Ja. Die Frau wird wohl meine Mutter sein. Der Mann ist mein Vater?«

Es hörte sich an, als wollte sie von Jury eine Bestätigung erbitten. »Sie sehen wirklich aus wie Ihre Mutter.« Er musterte das Bild genau, den Hintergrund, das Gebäude, vor dem sie standen. Am rechten Bildrand sah er den Hacken eines Schuhs und ein winziges Stückchen Bein. Es war eine öffentliche Straße, auf der gerade jemand vorbeigegangen war. Er stellte sich vor, dass andere Passanten dem Fotografen nicht den Blick versperren wollten und zweifellos seitlich abwarteten, bis sie weitergehen konnten. Hinter der kleinen Familie befand sich ein Schild, dessen eine Hälfte von ihren Körpern fast verdeckt war. HÄNDLER, stand dort, und Jury überlegte, ob es vielleicht der zweite Teil des Wortes »Tabakhändler« war. Rechts standen ein paar Drehsäulen mit Postkarten neben einem Zeitungsständer. Jury kniff die Augen zusammen.

»Mrs. Wasserman, haben Sie vielleicht eine Lupe?«

Jetzt, wo sich jemand um ihr Problem kümmerte (was immer es sein mochte, Jury war sich noch nicht ganz sicher), tat sie eilfertig alles, was sie konnte. »Ja, ja.« Sie eilte zum Sekretär hinüber, zog eine Schublade auf und entnahm ihr eine große Lupe, die sie Jury reichte.

Jury hielt die Lupe dicht über das Foto. Er versuchte, das Datum auf dem Titelblatt der Zeitung zu erkennen. »*Berlin*« stand dort offenbar und dann noch irgendetwas. Er konnte sogar das Datum erkennen: 9. November 1938. Es kam ihm irgendwie bekannt vor. Leider war die Schlagzeile auf der Zeitung etwas zu dunkel.

Ganz in Gedanken setzte sich Mrs. Wasserman auf die Kante eines Stuhles mit Rosenholzrahmen.

»Sie haben in Berlin gelebt, nicht wahr? Ihr Vater –« Plötzlich wusste er es wieder: Ihr Vater war nach einer dieser entsetzlichen SS-Razzien ums Leben gekommen.

Mit umwölkter Stirn wandte sie sich ab. »Eine Zeitlang, ja. Das muss damals gewesen sein.« Sie wies mit dem Kopf auf das Foto. Doch half der Schnappschuss ihrem Gedächtnis nicht auf die Sprünge, und das war es vielleicht, was ihr Sorgen machte.

Er nahm das Foto mit den Kindern in der Obhut der schrecklichen Mrs. Simkin aus der Tasche und reichte es ihr.

Sie setzte sich wieder die Brille auf und betrachtete es lächelnd. »Aber sind Sie das, Mr. Jury? Mit Ihren Freunden?«

»Ich glaube schon, Mrs. Wasserman.« Er wollte ihr das Gefühl geben, dass sie mit ihrem mangelhaften Erinnerungsvermögen nicht allein war. »Bei manchen Dingen sind wir uns wohl nie ganz sicher.« Jury stand auf und wünschte ihr Gute Nacht.

Während er die Treppe hochstieg, fiel es ihm ein: 9. November 1938. *Kristallnacht.* Das war's. Damals hatten sie ihren Vater weggebracht, auf Nimmerwiedersehen.

Gedächtnisverlust, dachte er, kann manchmal auch eine glückliche Fügung sein.

Später im Bett, die Hände hinter dem Kopf verschränkt, die Fotos von seiner Mutter und den Pflegekindern gegen die Nachttischlampe gelehnt, dachte Jury: *Es hört nie auf.* Es mag sich um eine Ecke erstrecken oder quer durchs ganze Land oder bis in den Tod, aber es endet nie, dieses Band zwischen Eltern und Kindern.

20

Die ganze Strecke von Northampton zur M1 und an der Ausfahrt Newport Pagnel, wo sie kurz für ein Käsesandwich und ein Bier von der Autobahn herunterfuhren, dann wieder weiter auf der

M1, an Baustellen vorbei, an denen sie nur im Schneckentempo vorankamen, nach Toddington zur erneuten Rast in einem Trusthouse Forte, wieder auf die M1, an den Ausfahrten nach Luton und dem (rasch abgeschmetterten) Vorschlag vorbei, in Haysendon herauszufahren, um den Wildvögelpark zu besichtigen, weiter nach St. Alban's, wo sie schließlich auf die North Circular Road und die A41 stießen, über die sie ins Zentrum von London gelangen würden oder jedenfalls gelangt wären, wenn sie nicht auf die A-Dingsbums abgefahren, in Hornsley falsch abgebogen und in ganz Finchley und Hornsley und Crouch End herumgeirrt wären – diese ganze Strecke über hatte Melrose also Truebloods Vortrag über die italienische Renaissance und deren Kunst gelauscht. Dabei ging es nicht nur um Masaccio, sondern auch um seine sämtlichen Freunde, Lehrmeister und Ausbilder – Masolino, Donatello, Brunelleschi, mit Abstechern (wie vorhin nach Toddington) nach Siena, Pisa und Lucca und von dort wieder zurück nach Florenz zu Michelangelo und dem Manierismus, zu Brunelleschis Domkuppel (war das eigentlich bevor oder nachdem er den Wettbewerb für die Bronzetür des Baptisteriums verloren hatte?) und zu den Südportalen des Baptisteriums, zu denen Pisano die Täfelungen gefertigt hatte, auf denen die acht Kardinaltugenden abgebildet waren (von denen auf dieser Fahrt keine zum Zuge kam), quer durch die lächerlichen Konflikte zwischen Guelfen und Ghibellinen hin zum Palazzo Vecchio und zu den Uffizien und Leonardo und wieder retour durch Giotto und die Entdeckung des perspektivischen Raumes bis zu jenem witzigen kleinen Restaurant direkt am Ponte Vecchio, dessen Namen er vergessen hatte (wobei er leider sonst nichts vergessen hatte).

So kam es also, dass Melrose, als Trueblood vor Boring's schließlich mit quietschenden Bremsen zum Stehen kam, sich fühlte, als hätte ihn jemand mit dem Elektroschockgerät bearbeitet.

»Also, ich fahre dann los zu Ellie Ickley. Wir dinieren im Fiesole. Sie liebt Florenz *abgöttisch,* hat zehn Jahre dort gelebt und es quasi mit allen Fasern aufgesogen! Sie sind allerherzlichst eingeladen, uns Gesellschaft zu leisten.«

»Danke, aber ich bin schon mit Jury verabredet.«

Trueblood jagte den Motor hoch, winkte ihm zu und schoss davon.

Als Melrose bei Boring's eintrat, fühlte sich sein Hirn wie gestoßene Butter an, obwohl ihm, wie er annahm, nur ein grober Abriss verpasst worden war, sozusagen Pinselstrich für schweren Pinselstrich. Man stelle sich *die beiden* vor, Trueblood und die Ickley, wie sie sich gegenseitig Kachel für Kachel, Backstein für Backstein mit den *Details* von Brunelleschis an manchen Stellen fischgrätverstärkt selbsttragender Kuppelkonstruktion überhäuften. Melrose fühlte sich alles andere als selbsttragend. Ein Abendessen, eingekeilt zwischen Florenz-Enthusiasten, Firenze-Fanatikern! Er würde glatt zu Pestosauce zerquetscht, in Tortellini gestopft, wie Pecorino zerrieben werden. Solange Trueblood allein in Florenz herumrannte, bliebe Melrose wenigstens die ein- bis zweistündige Erörterung über Giorgio Vasaris Beitrag zur Kunst erspart (Giorgio Armani war eine ganz andere Geschichte).

Boring's hatte sich, wie Melrose erfreut feststellte, vom Schock über den Mord an einem seiner Mitglieder vor einem Jahr wieder ganz erholt und war in seinen üblichen verschlafenen Zustand zurückgesunken. Selbst die Fliege auf dem Pergamentlampenschirm, durch den sich gedämpftes goldenes Licht im blank polierten Mahagoniholz der Wendeltreppe widerspiegelte, die sich bis zum oberen, für Melrose nicht einsehbaren Treppenabsatz hinaufwand, und seines Wissens durch die Decke bis in die himmlischen Gefilde einer Boringschen Spielart von Brunelleschis Kuppel führte, – selbst diese Fliege auf dem Schirm der Schreibtischlampe also schien unfähig zur Bewegung und würde einen eventuellen Schlag mit der Fliegenpatsche vermutlich einfach verschlafen.

150

Es war unwiderstehlich, dieses Gefühl, wie durch ein Beet von Zuckersirup zu waten, und er spürte, wie seine Augenlider schwer wurden. Er schüttelte den Kopf, um es loszuwerden. Ihm war, als würde er schon seit Stunden so dastehen. Bei Boring's gingen die Uhren anders, Greenwicher Zeit war hier überhaupt nicht maßgeblich. Wahrscheinlich, dachte Melrose, saß Boring's mitten im Herzen der verrückten modernen Wissenschaft von der Chaostheorie.

Als immer noch keiner gekommen war und sich um ihn kümmerte, überlegte er, ob seine im Zuckersirup feststeckenden Füße ihn vielleicht in den Klubraum katapultieren und dort Whisky und einen Kellner für ihn auftreiben könnten. Wenn schon einschlafen, dann doch wenigstens vor einem prasselnden Feuer, einen Drink in der Hand und in einem bequemen, abgenutzten Ledersessel.

Trueblood hatte ihn zu derart grässlicher, grauer Morgenstunde abgeholt, dass Melrose noch nicht einmal Zeit gehabt hatte, die Zeitung zu lesen. Dieses Ritual vollführte er nur deshalb, weil er sehen wollte, ob die Welt noch existierte, und nicht, um zu sehen, was gerade los war. Doch obwohl hier sämtliche Tageszeitungen versammelt waren, verspürte Melrose kein Verlangen, sich auch nur eine einzige zu Gemüte zu führen. Als er hinter sich jemanden mehr spürte als hörte, drehte er sich um und gewahrte den Portier des Etablissements, den jungen Higgins. Da der junge Higgins jedoch gar nicht jung war, lehnte Melrose seine Hilfe mit der Reisetasche ab. In seiner ehrlich gemeinten, wenn auch leicht atonalen Begrüßung äußerte der junge Higgins seine Freude darüber, Melrose wieder einmal bei Boring's begrüßen zu dürfen, und erkundigte sich, ob er vielleicht irgendetwas brauche. Melrose sagte, er würde später auf einen Drink herunterkommen, dankte dem jungen Higgins und trug seine Reisetasche selbst die breite, mit weichem Teppichboden belegte Treppe hinauf.

Die Geschäftigkeit im Klubraum hatte bis um sieben Uhr mit Vor-Abendessen-Gesprächen beträchtlich zugenommen, wobei die gute Stimmung sowohl dem Whisky zuzuschreiben war wie auch der Gewissheit, dass alsbald das Abendessen serviert werden würde. Ein halbes Dutzend Klubmitglieder saß bereits hier, trank oder hielt ein Nickerchen, und Melrose winkte Oberst Neame zu, der immer im selben Sessel am Feuer saß, normalerweise in Gesellschaft seines Freundes Major Champs.

Richard Jury und Melrose Plant tranken einen sehr feinen Malt Whisky und befanden sich mit ihrer Unterhaltung im Sturzflug in die Belanglosigkeit: Sie schlossen wieder Wetten ab, was es zu essen geben würde. Melrose knallte einen Fünfpfundschein auf den Tisch und sagte: »Vorspeise: Windsorsuppe.«

Jury runzelte die Stirn. »Fünf *Pfund*? Sind Sie wahnsinnig? Ich bin Staatsdiener, ich kann es mir nicht leisten, für drei Gänge womöglich fünfzehn Pfund zu verlieren. Na gut, Windsorsuppe hatte ich auch sagen wollen.« Er kramte in seiner Hosentasche nach Kleingeld, bewegte dabei die Lippen und rechnete leise. »Ein Pfund siebzig, kommt wohl eher hin.«

Melrose stöhnte und tat so, als würde er sich die Haare raufen, als ihm ein junger Diener mitteilte, er hätte einen Anruf und ob er ihn am Empfang entgegennehmen könnte? Melrose entschuldigte sich, und als er den Raum verließ, stand Jury auf und ging zu Oberst Neame ans Kaminfeuer hinüber.

Trueblood war am Apparat und wollte die Abfahrtszeit nach Heathrow festmachen. »Um Himmels willen, doch nicht so früh.«

»Sie wissen, wie es heutzutage mit der Sicherheit ist.«

Sie stritten herum und einigten sich schließlich auf eine Uhrzeit. »Wie geht's Miss Ickley? Was hält sie von dem mutmaßlichen Masaccio?«

»Sie ist noch etwas unschlüssig.«

Melrose legte auf und kehrte in den Klubraum zurück, wo Jury ihnen noch eine Runde Whisky bestellt hatte.

Jury sagte: »Okay, wir sind immer noch bei der Vorspeise. Ich lasse Ihnen die Suppe und nehme Crevettencocktail … nein, nein, ich würde sagen – Avocado, gefüllt mit Stilton.«

»Gefüllt mit Stilton? Ziemlich ausgefallen für Boring's.«

»Tja, Avocado auf die Art zubereitet ist in London der letzte Schrei.«

»Hauptgang: Dover-Seezunge.«

»Na, hoffentlich«, sagte Jury. »Ich liebe Dover-Seezunge. Ich würde aber sagen … Milchlamm. Nein, es ist ja noch nicht Frühling, also sagen wir einfach, Lamm.«

Melrose runzelte die Stirn. »Ein Lamm ist immer ein Milchlamm, oder? Also gilt trotzdem Milchlamm. Dann ändere ich meins aber und sage Hasenpfeffer.«

»Hasenpfeffer? Haben die das denn hier? Der Geschmack ist gewöhnungsbedürftig, nicht?«

Melrose machte eine ausladende Geste durch den Raum. »Was tun wir hier denn anderes als uns an Geschmäcker gewöhnen?«

Jury knurrte unwirsch. »Man darf aber doch gar nicht von dem abgehen, was man zuerst genannt hat.«

»Gütiger Himmel! Sie sind vielleicht ein Kümmelspalter. Und überhaupt, seit wann haben wir eigentlich Regeln aufgestellt?«

»Hasenpfeffer würde mir vermutlich gar nicht schmecken. Wenn ich einen Haufen militanter Tierschützer sehe, werde ich depressiv und muss an Carrie Fleet denken. Erinnern Sie sich?«

»Wie könnte ich es je vergessen?«

Sie tranken eine Weile schweigend vor sich hin und erinnerten sich beide an Carrie Fleet, beide überwältigt von immenser Traurigkeit. Melrose fuhr herum, als der junge Diener (er war tatsächlich jung, ein Dickens'scher Jüngling mit rötlich gelbem Haar) hereinkam und verkündete, das Abendessen werde serviert und ob er ihnen noch einen Whisky bringen könne? Beide lehnten ab, und Melrose sagte, zum Essen tränken sie dann Wein.

Es war ein wunderschöner Raum – hohe Fenster, Stuckdecken und dunkles Holz, das so blank und glatt poliert war, dass man sich fast darin spiegeln konnte. Deckenventilatoren drehten sich zierlich über allem, und ein Kronleuchter in der Mitte der Decke warf perlendes Licht über Tische und Stühle.

Der Mundschenk drehte schon nervös an seinem Schlüssel und geriet in leichte Ekstase, als Melrose einen Pinot Noir aufregenden (und teuren) Jahrgangs auswählte. Dann zog er von dannen, und kurz darauf trug ihnen der junge Higgins den ersten Gang auf: Avocado gefüllt mit Stilton, überbacken.

Erstaunt wollte Melrose von Jury wissen, ob es sich vielleicht um eine neue Mode handelte.

»Ich sagte Ihnen doch, es ist momentan sehr beliebt. Nicht vergessen, ich stehe mit einem Pfund siebzig gegen Ihren Fünfer. Wir haben den Nachtisch vergessen. Ich möchte wetten, es ist Zuckersiruppudding. Nein, Torte.«

»Stachelbeer … nein, ich sage, eine Art Biskuitrolle.«

Indem er den Blick durch den Raum schweifen ließ, meinte Jury: »Ich kann mir was Schlimmeres vorstellen, als seinen Lebensabend hier bei Boring's zu verbringen.«

»Den Kopf auf einem Pfahl an der Tower Bridge aufgespießt, vielleicht. Sie würden es hier nicht aushalten, Sie nicht. Ich dagegen könnte glatt in Pension gehen.«

Jury prustete geringschätzig und tat Plants Bemerkung mit einer lässigen Handbewegung ab.

»Stimmt aber. Schauen Sie mich an, mein Leben. Ich bin doch *jetzt* schon in Pension. Ich kann nach Firenze abzwitschern, wann es mir eben passt. Das vorhin war übrigens Trueblood.« Als Jury ihn verständnislos anblickte, sagte Melrose: »Der Anruf für mich. Leiden Sie etwa unter dem Verlust des Kurzzeitgedächtnisses?«

»Langzeit wohl eher.« Jury sah zu den schwarzen Fensterscheiben hinüber.

»Wie das?«

Der Mundschenk hatte den Wein gebracht, den er Melrose zur Begutachtung hinhielt. Melrose genehmigte ihn, der Korken wurde herausgezogen und Melrose lehnte ab, zu probieren und wies den Mundschenk an, gleich einzuschenken. Der wirkte leicht schockiert, schenkte ein und ging.

»Wieso machen die das eigentlich? Ich meine, dass sie einem das Etikett zeigen? Weil man sonst womöglich Verdacht schöpft, dass sie ihren Gästen in Wirklichkeit eine Flasche von irgendeinem billigen Gesöff andrehen?«

»Alles Show. Gehört zum Ritual.« Eine Zeitlang aßen sie schweigend.

Der junge Higgins war wieder da, trug ihre Avocado ab und verkündete, das Lamm würde in ein paar Minuten kommen.

Während Melrose ihn fassungslos anstarrte, hob Jury achselzuckend die Hände und lächelte. Er rechnete. »Sie schulden mir demnach drei Pfund vierzig.«

»Auf nach Las Vegas, solange Sie diese Glückssträhne haben. Also, worüber sprachen wir gerade?«

»Über Gedächtnisverlust. Wissen Sie noch, wie wir im November vor einem Jahr hier saßen?«

»Aber sicher weiß ich das noch.«

»Wir sprachen über den Krieg. Ich meine, über den Zweiten Weltkrieg.«

Melrose nickte, ohne dem Teller mit dem Lamm und den silbernen Platten mit Erbsen und Kartoffeln, die der junge Higgins ihm jetzt hinstellte, die geringste Aufmerksamkeit zu widmen. »Ich erinnere mich. Sie sagten, Sie seien evakuiert worden, Ihre – Cousine? – droben in Newcastle hätte Ihnen davon erzählt.«

Jury nickte. »Sie behauptete aber, ich sei überhaupt nicht in dem Haus in der Fulham Road gewesen, als meine Mutter starb. Und ich sei damals auch jünger gewesen. Vielleicht erst zwei oder drei. Mir wäre lieber, ich wäre dort gewesen, als sie gestorben ist.«

»Also, mir nicht, alter Knabe. Wären Sie nämlich dort gewesen, würden Sie jetzt vermutlich nicht hier sitzen. Ich kann Ihre Gefühle allerdings nachvollziehen.«

Sie setzten ihre Mahlzeit in vertrautem Schweigen fort, reichten die silberne Gemüseschüssel hin und her und tranken noch mehr Wein.

Dann sagte Melrose: »Und das Erinnerungsvermögen Ihrer *Cousine*, was ist mit dem?«

Jury blickte von seinem Teller hoch, den er kaum berührt hatte. »Sie meinen, es könnte fehlerhaft sein?«

»Natürlich.«

»Sie ist einige Jahre älter als ich. Sie kann sich bestimmt genauer erinnern.« Jury lächelte. »Brendan, ihr Mann, dachte, sie wollte mich bloß ärgern. Sie kann mich nicht besonders leiden.«

»Ist sie fies?«

»Fies ... ist vielleicht ein zu starker Ausdruck.«

»Okay, nennen Sie mir einen schwächeren.«

Als der junge Higgins kam, um ihre Teller abzutragen, sagte Jury: »Voller Groll vielleicht, weil sich mein Onkel so viel mit mir abgegeben hat. Er war es auch gewesen, der mich damals aufgenommen hatte. Meine Tante war zwar freundlich zu mir, aber nicht besonders begeistert. Und nachdem er gestorben war, war sie der Ansicht, sie könnte mich nicht mehr dabehalten, weil sie ja drei eigene Kinder hatte. Die zwei anderen sind schon tot.«

Der junge Higgins räusperte sich und sagte: »Ihre Zuckersiruptorte wird sofort serviert. Wünschen Sie den Kaffee im Klubraum einzunehmen?«

Melrose bejahte und starrte Jury entgeistert an, während der junge Higgins abzog. »Sie haben ja alles gewonnen.«

Jury zuckte nur lächelnd mit den Schultern.

Als sie wieder im Klubraum saßen, in denselben Sesseln wie vorher, sagte Jury: »Die Sache ist die, sie hatte Bilder – Schnappschüsse – von mir und diesen anderen Kindern. An die Kinder konnte ich mich auch erinnern. Das war allerdings Jahre später, in Devon. Es waren Pflegekinder, für die diese Frau Pflegegeld bekam –«

»Es waren also gar nicht die evakuierten Kinder, bei denen Sie glaubten, Sie wären dabeigewesen?«

»Nein.«

»Bilder erzählen vielleicht einen Teil der Wahrheit, aber nicht unbedingt die ganze.«

Ein Holzscheit zerbarst und zerfiel funkensprühend. Die Flammen zischten, wurden zu glühenden Kohlen und loderten wieder flammend auf. Er sagte: »Damit scheine ich es in letzter Zeit hauptsächlich zu tun zu haben – mit Bildern. Mit Erinnerungen. Weder das eine noch das andere taugt so recht zur Rekonstruktion der Vergangenheit. Ich habe einen Freund, Chief Inspector bei der City Police, der mir einige Bilder zeigte.« Er erzählte Melrose von Mickeys Verdacht.

»Wieso ermittelt er in der Sache dann nicht selber? Ich weiß, Sie sind furchtbar gut, aber es ist doch seltsam, Scotland Yard da hineinzuziehen.«

»Stimmt. Wir sind alte Freunde, wir kennen uns schon sehr lange.«

»Trotzdem –«

»Er wird bald sterben.«

»Oh, das tut mir Leid.«

»Sein Vater war Stammgast im Blue Last. Er kannte Francis Croft, den Besitzer, ziemlich gut. Oliver Tynedale und Francis Croft waren wie Brüder. Beeindruckend, dass sie so eng und so lange miteinander befreundet blieben und auch geschäftlich verbunden waren.«

»Ich kann mir nichts vorstellen, was eine Freundschaft schneller kaputt machen könnte als eine geschäftliche Beziehung. Wer hatte das Heft in der Hand?«

»Tynedale, nehme ich an. Das Geschäft teilte sich in Öffentlichkeitsarbeit und Finanzberatung auf. Ich kann mir vorstellen, dass die Übergänge fließend waren.«

»Als Francis Croft starb, wurde sein persönliches Vermögen also unter seinen Kindern aufgeteilt?«

157

»Eigentlich nicht. Das ist auch ungewöhnlich. Ein Teil davon ging an Tynedales Kinder über, so wie ein Teil von Tynedales einmal an Crofts Kinder übergehen wird. Sie sind tatsächlich eine einzige große Familie.«

»Hört sich an, als würden die Dinge dadurch komplizierter.«

»Ja.« Versonnen blickte Jury über den Rand seines Cognacschwenkers ins Feuer.

»Nehmen wir einmal an, im Gegensatz zu seinem Vater war Simon Croft ein krummer Hund. Nehmen wir an, er veruntreute Gelder, ein Großaktionär kam ihm auf die Schliche und –« Melrose deutete mit Daumen und Zeigefinger eine Pistole an. »Was Sie allerdings nicht glauben, stimmt's?«

»Es ist eher so, dass Mickey es nicht glaubt.«

»Er ist davon überzeugt, es war ein Mitglied der Familie.«

Jury antwortete ausweichend. »Es ist so, Tynedale ist sehr krank. Ihn umzubringen wäre für einen seiner Erben... nun, überflüssig. Seine Enkelin Maisie wird höchstwahrscheinlich den Löwenanteil bekommen. Danach würde das Vermögen – nicht unbedingt gleichmäßig – unter den restlichen Tynedale- und Croft-Kindern Ian, Simon und Marie-France aufgeteilt – ach, und nicht zu vergessen Simons Schwester Emily. Sie lebt in einem von diesen Heimen für betreutes Wohnen in Brighton.«

»Hmm. Wenn das Motiv ein größerer Anteil am Erbe wäre, wieso sollte der Killer dann Simon Croft auswählen und nicht die Enkelin? Sie sagten doch gerade, sie bekommt sicher einmal mehr als die anderen.«

»Kommt darauf an, wie viel mehr«, erwiderte Jury.

»Könnte es denn nicht genauso gut noch ein anderes Motiv für den Mord an Simon Croft geben? Was ist, wenn er von diesem Schwindel mit der falschen Identität wusste?«

»Was auf die Riordin hindeutet, oder natürlich auf Maisie. Vielleicht weiß sie es, vielleicht auch nicht. Jedenfalls wollen genau *die beiden* verhindern, dass Oliver herausfindet, dass Maisie nicht Maisie ist. Fünfzig Jahre auf die Belohnung zu warten, das muss sich doch für Kitty Riordin irgendwie auszahlen. Und wenn ihr jetzt alles weggeschnappt wird –« Jury zuckte die Achseln.

»Vielleicht gibt es zwischen der Ermordung von Simon Croft und der Identität von Maisie Tynedale gar keine Verbindung. Chief Inspector Haggerty könnte sich auch gänzlich irren.«

Ein Diener näherte sich auf Samtpfoten, um ihnen zwei weitere Cognacs hinzustellen. Jury bestand darauf, diese Runde zu zahlen und knallte Melroses Fünfpfundschein auf den Tisch.

»Oh, danke«, sagte Melrose. »Sie sind einfach zu großzügig.«

»Ich weiß.« Jury schwenkte den Cognac im Glas, schnupperte daran und trank. »Und noch etwas macht mir Sorgen: dieses kleine Mädchen, Tynedales Mündel. Gemma Trimm heißt sie. Sie behauptet, man hätte dreimal versucht sie umzubringen.«

Melrose fuhr erschrocken auf. »Mein Gott. Glauben Sie ihr denn?«

»Man hat eine Patronenhülse gefunden. Die Polizei von Southwark weiß mit Sicherheit, dass geschossen wurde. Man bringt es offenbar mit einer Einbruchsserie in Verbindung, oder mit irgendeinem jungen Punk, der beweisen wollte, wie cool er ist. Was das Ersticken und Vergiften betrifft, weiß ich auch nicht so recht.«

»Was wäre in diesem Fall das Motiv?«

»Keine Ahnung. Ihre Rolle im Hause ist etwas mysteriös. Anscheinend beachtet sie keiner, außer dem Personal und Oliver Tynedale, der offensichtlich völlig vernarrt in sie ist.«

»Ist sie denn ein vernarrenswürdiges kleines Ding?«

Jury lächelte. »O ja, das ist sie. Außerordentlich vernarrenswürdig – ein sehr ernstes Kind. Kein Mensch hat sie erwähnt. Ich bin ihr eigentlich nur zufällig begegnet, beim Spazierengehen.«

»In den Gesprächen taucht das Mädchen nicht auf?«

»Bis auf Oliver Tynedale habe ich alle befragt, und keiner hat Gemma auch nur mit einer Silbe erwähnt.«

»Verdammt merkwürdig. Wenn der Alte so an ihr hängt, könnte man doch meinen, die anderen reden die ganze Zeit nur abfällig über sie. Sie ist sein Mündel, sagten Sie?«

Jury nickte. »Sagt ihr Freund Benny.«

»Ach, Gott, jetzt aber nicht noch jemand Neues. Ich bin immer noch bei der Köchin und dem Gärtner.«

»Benny ist ein höchst findiges Bürschchen. Hat vier oder fünf Läden an der Main Street, für die er Besorgungen erledigt. Er ist der örtliche Botendienst. Sie wissen schon – wenn der Buchladen etwas liefern lassen will, macht es Benny. Ebenso beim Blumenladen, Fleischer und Zeitungshändler. Er hat die bewundernswerte Fähigkeit, jedweden Fragen nach seinem Zuhause und seiner Familie elegant auszuweichen. Kann ich ihm nicht verdenken. Ich würde vielen Leuten auch nicht meinen Ausweis zeigen.«

Lachend rutschte Melrose tiefer in seinen Sessel. »Sie klingen, als wären Sie im gleichen Alter wie dieser Knabe.« Er lachte vor sich hin, hörte dann aber auf und sagte: »Vielleicht ist *das* das Geheimnis.«

»Was für ein Geheimnis?«

»Dass Sie's mit Kindern so gut können. Die spüren offenbar sofort einen Gleichgesinnten in Ihnen.« Er seufzte. »Mir gelingt dies nie.«

»Das ist nicht wahr –« In düsterem Klageton schlug die Standuhr die halbe Stunde an. »Herrje, schon halb elf. Ich muss gehen.« Jury trank seinen Cognac aus und erhob sich.

Als sie zur Tür gingen, rief Oberst Neame zu Jury hinüber: »Hat Ihnen die Avocado mit Stilton gemundet, mein Bester?«

Jury nickte und winkte ihm zu.

»Ich hätte Sie ja ungern auf die falsche Fährte geführt«, fügte der Oberst hinzu.

Bereits an der Tür, blieb Melrose wie angewurzelt stehen. »Ist doch nicht zu *fassen*! Also, dass Sie so tief sinken würden …«

Jury grinste. »Darum nennt man uns ja auch Bullenschweine.«

21

Mr. Gyp reichte Benny die frisch eingeschlagenen Päckchen über die Ladentheke und sagte: »Hier sind die Koteletts und das Kammstück. Dass du's aber gleich heute früh zum Lodge raufbringst, Mrs. MacLeish will es nämlich füllen und gleich in die Pfanne hauen.«

Benny hasste Fleischlieferungen und besonders die von Mr. Gyp. Andauernd wollte er, dass Benny mit nach hinten zu den Schlachträumen kam, und wenn Benny dankend ablehnte, meinte Gyp, er hätte ja keinen Mumm in den Knochen, wenn er es nicht über sich brächte, dem wahren Leben ins Gesicht zu sehen.

»Das Leben besteht aber nicht bloß aus Abschlachten, Mr. Gyp. Nicht nur.«

»Du wirst es schon noch lernen, Bernard, Freundchen. Und dein Hund auch.« Der Ton, in dem Mr. Gyp das sagte, gefiel Benny ganz und gar nicht, es klang unheimlich, ja bedrohlich. Und dabei musterte er Sparky immer, als würde er im Geiste schon Maß nehmen. Vermutlich eher, um Benny in Verlegenheit zu bringen als aus Menschenfreundlichkeit, schenkte Gyp ihm gelegentlich ein paar übrig gebliebene Koteletts oder ein bisschen Hackfleisch und oft auch einen Knochen für Sparky. Dann händigte Gyp ihm mit verschlagener Miene ein feuchtes, blutverschmiertes Päckchen mit Sachen aus, die er seiner »Familie« mitbringen sollte. War sie denn groß? Musste sie wohl sein, meinte Gyp, bei den Fleischmengen, die sie verdrückte. Er wollte Benny immer dazu bringen, dass er ihm verriet, wo er wohnte.

Von hinten hervor hatte Benny Geräusche gehört und war gleich aus dem Laden gestürzt, hinaus an den Straßenrand, wo er, den Kopf auf die Knie gestützt, wie benommen dasaß. Vor lauter Entsetzen wäre er fast ohnmächtig geworden, wenn er nicht hinausgerannt wäre. Er schwor sich immer wieder, nicht mehr für Mr. Gyp zu arbeiten, hielt sich aber nicht daran. Nicht, weil er das Geld brauchte, sondern weil Gyp ihn immer nach seiner Familie ausfragte und wissen wollte, wieso er eigentlich nicht zur Schule ging. Benny sagte, er bekäme Hausunterricht. Mr. Gyp meinte, er müsse aber in eine richtige Schule gehen, und vielleicht sollte er, Gyp, mal seine Pflicht tun und »das Jugendamt einschalten«. Benny wusste nicht, ob er es tun würde oder nicht, hatte aber Angst, es darauf ankommen zu lassen. Komisch, aber von den anderen, für die er arbeitete, redete keiner so daher wie Gyp. Nicht einmal Mr. Siptick, der an sich schon schlimm genug war. Die anderen hatten bloß ein paar freundliche Fragen gestellt, die er beantwortet hatte, und dann war die Sache vergessen.

Benny hatte keine große Familie, aber die, die er hatte – Nancy und die anderen – hauste gemeinsam unter der Waterloo Bridge.

Bevor Bennys Mutter gestorben war, hatte sie zu ihm gesagt, falls ihr einmal etwas zustoßen sollte, dürfte er nicht in ihrer Nähe bleiben. Denn wenn das Jugendamt davon Wind bekam, dass er allein war, würde er in ein Waisenheim gesteckt. Um sie solle er sich nicht weiter kümmern, sagte sie, einfach Sparky schnappen und wegrennen.

Aber das brachte Benny natürlich nicht übers Herz. Als seine Mum auf dem Bürgersteig vor Selfridges starb, war er dort stehen geblieben und hatte gewartet, dass sie wieder zu sich kam. Eine Menschenmenge versammelte sich, jemand verständigte einen Constable, der dort herumschlenderte und den seltenen sonnigen Junitag genoss. Dieser Beamte las Benny dann auch auf und nahm ihn mit aufs Revier. *Lass niemals zu, mein Junge, dass dich das Jugendamt in die Fänge kriegt.*

Das Jugendamt hatte ihn aber gekriegt, und zwar in Gestalt einer gewissen Miss Magenta, die Benny dort auf dem Revier in Augenschein genommen und von Kopf bis Fuß gemustert hatte (so wie Gyp später). Man konnte sehen, dass sie ihre Arbeit liebte, wenn sie auch die Kinder nicht liebte, die ihr diese erst ermög-

162

lichten. Denn Benny selbst war für sie völlig nebensächlich. Das spürte er, nahm es allerdings nicht persönlich. Sie hätte sich jedem Kind gegenüber so verhalten, mit ihrem billigen, glatten Lächeln und den kalten Kieselsteinaugen.

Während der Constable irgendeinen Bericht erstellte, machte Miss Magenta sich an Benny zu schaffen. Sie war am Wasserspender im Korridor gewesen und wischte ihm nun mit einem feuchten Taschentuch das Gesicht ab.

Untröstlich, Sparkys dünnes Seil, das er als Leine benutzte, jedoch fest in der Hand, blickte Benny um sich und bemerkte eine ältere Dame, ziemlich dünn und grauhaarig, aber immer noch hübsch und so kostspielig gekleidet, dass ihn der Anblick überwältigte. Sie saß auf einer Bank an der Wand und wartete auf irgendjemanden oder etwas und beobachtete, wie die Sozialarbeiterin Benny mit dem nassen Taschentuch bearbeitete. Ihm war klar, was seine Mum damit gemeint hatte, jemand würde ihn in die »Fänge« bekommen, denn er befand sich definitiv in denen von Miss Magenta. Deren kleine Hand auf seiner Schulter fühlte sich an wie ein gepanzerter Fausthandschuh.

Mit der anderen Hand wusch sie ihm immer noch das Gesicht und sagte: »*Sauberkeit kommt gleich nach –*«

»Hundehaufen«, unterbrach sie Benny.

Sie kippelte auf den Hacken nach hinten, fing sich aber gleich wieder und bearbeitete erneut sein Kinn mit dem feuchten Taschentuch.

Als Benny jedoch merkte, dass die alte Dame lachte, fühlte er sich gleich besser, als säße in diesem frostigen Raum noch jemand, mit dem er seine Gefühle teilen konnte. Er sah, wie sie ihre Geldbörse aufmachte, offenbar um ein paar Geldscheine herauszunehmen, und abwartend sitzen blieb.

Als Miss Magenta wieder zum Wasserspender ging, um so richtig in Sauberkeit einzutauchen, stellte sich die Dame überraschend behände zwischen den Wasserspender und Benny. Sie stopfte ihm ein paar Scheine in die Jackentasche und flüsterte:

»Ich sorge für Ablenkung, und sobald sich die anderen um mich kümmern, rennst du los wie der Teufel.«

»Wer ist diese Frau?«, fragte Miss Magenta in etwas bedrohlichem Ton, als dürfte man, wenn das Jugendamt einen erst einmal geschnappt hatte, keine zufälligen Begegnungen mehr haben. Von jetzt an würde nichts mehr dem Zufall überlassen bleiben.

Die teuer gekleidete Dame rief zu ihr hinüber: »Er erinnert mich so an meinen Enkel. Ich heiße Irene Albright.«

Als Miss Magenta das feuchte Taschentuch endlich wegsteckte, ertönte plötzlich lautes Stöhnen, und Irene Albright brach auf dem Fußboden zusammen. Der Constable, der Sergeant am Dienstschreibtisch, Miss Magenta und noch ein paar andere eilten ihr zu Hilfe. Benny war allein, die Tür hinter ihm nur ein paar Schritte entfernt. Ganz vorsichtig ging er mit Sparky rückwärts hinaus, und schon waren sie auf dem Bürgersteig, wo sie sich beide umdrehten und wie der Teufel losrannten.

Als Benny und Sparky mit dem Kotelett- und Kammstückpaket zum Lodge kamen, saß Gemma mit ihrer Puppe schon auf der Bank und wartete. Mrs. MacLeish, die Köchin, hatte etwas von einer morgendlichen Lieferung erwähnt, und wie immer war Gemma herausgekommen, um neben dem Tor zu warten. Sie nahm das Fleisch in Empfang und ging in die Küche. Sie sei gleich wieder da, rief sie ihm über die Schulter zu.

Benny kletterte auf das Brett, das zwischen den Ästen einer Silberbuche festklemmte, und wartete. Kaum war eine Minute verstrichen, war Gemma wie versprochen wieder da. Atemlos fragte sie: »Was ist ein Kammstück? Ich esse doch keinen Kamm.« Sie kletterte hinauf und setzte sich Benny gegenüber in den Baumsitz.

»Das isses nich – äh, es ist kein ›Kamm‹, sondern irgend so ein Teil vom Schwein, das zwischen den Schulterblättern sitzt… Ich glaube, ich esse von jetzt an kein Fleisch mehr. Ich finde es schrecklich, dass das Schwein geschlachtet wird, bloß damit wir

Koteletts und Kammstücke haben. Und Mr. Gyp finde ich inzwischen eigentlich auch ziemlich ätzend.«

»Den hasse ich. Der trieft von Blut. Manchmal frag ich mich, ob Fleischer eigentlich Tiere hassen, und ob sie deswegen Fleischer werden.«

Snowball, Katherine Riordins Katze, war aufgetaucht und wollte Sparky ärgern. Snowball fauchte.

»Gyp kann Sparky nicht leiden. Das merke ich.«

Gem schüttelte ihr schwarzes Haar, so dass sich das blitzende Sonnenlicht darin fing. »Ich werd kein Fleisch mehr essen.« Das sagte sie so, als ob Benny es nicht gerade schon gesagt hätte. »Gestern war ein Polizist hier.«

»Das ist der Gleiche, der auch im Buchladen war.«

»Er hatte aber keine Uniform an. War wahrscheinlich sein freier Tag.«

»Das ist doch ein Detektiv. Die tragen keine Uniform.«

»Hmm, eine Waffe hatte er auch nicht.«

»Die tragen doch keine Waffen.« Benny war sich nicht sicher, ob es stimmte, sagte es aber so, als sei er sich sicher. So hielt er es mit den meisten Dingen, die er behauptete, denn mit Unsicherheit kam man nicht weit.

Gem zog der Puppe das Häubchen ab und inspizierte den Kopf. »Aber wenn es einen Kampf gibt, dann könnten sie doch getötet werden, wenn sie keine Waffe haben.«

»Die Polizei meint, eine Waffe zu tragen, macht es nur noch schlimmer, weil dann die Verbrecher eher schießen.« Das, fand er, war wirklich eine clevere Idee. Vielleicht hatte er es irgendwo gelesen.

»Wenn er keine Waffe hat, was kann er dann tun, falls wieder jemand versucht, *mich* zu erschießen?

Benny schaute hinauf durch die Blätter des großen Baumes, die in der Brise leicht zitterten, und spann den Gedanken weiter: Dieser Detektiv von Scotland Yard hatte die Gefahr, in der Gem sich befand, also nicht einfach abgetan. Benny runzelte die Stirn, konzentrierte sich auf den Gedanken. Aber Gemma – wieso Gemma? Wieso sollte jemand sie loswerden wollen? Weil der alte Mr. Tynedale sie so gern hatte? Weil jemand fürchtete, er würde das meiste von seinem Geld Gemma schenken?

»Denkst du gerade nach?« Gemma kletterte hinunter. »Ich hol ein bisschen Weihwasser und ein Handtuch. Bin gleich wieder da.«

Benny knurrte, hörte bloß mit halbem Ohr zu. Sparky rannte Gem hinterher, offenbar um sie zu beschützen.

Wusste Gemma etwas, von dem ihr nicht klar war, dass es wichtig war, und musste jemand dafür sorgen, dass sie es nicht weitererzählte? Oder besaß sie vielleicht etwas Wichtiges... Benny fuhr ruckartig hoch – ein Film fiel ihm ein, den er mal gesehen hatte (viele hatte er nicht gesehen) – und starrte die namenlose Puppe an. Er riss erschreckt die Augen auf. Vielleicht war die Puppe innen gar nicht hohl. Vielleicht hatte jemand sie aufgemacht, um Juwelen oder Drogen oder sonst etwas darin zu verstauen, und sie dann wieder zugenäht. Der Oberkörper bestand aus einer fest ausgestopften Stoffhülle, Kopf und Glieder waren dagegen aus hartem Kunststoff. Er nahm die häubchenlose, kahlköpfige Puppe in die Hand und stupste heftig mit dem Finger dagegen, hielt sie sich ans Ohr und schüttelte sie.

»*Was machst du denn da mit Richard?* Setz ihn hin!« Gem ließ das mitgebrachte Handtuch fallen, kletterte auf den Sitz und nahm die Puppe.

Benny starrte erst sie und dann die Puppe an. »Richard? *Richard?*«

»Bin ich draufgekommen, als ich bei *R* war.« Sie hielt die Puppe gegen ihre Schulter und klopfte ihr tröstend auf den Rücken, weil man so ungeheuerlich mit ihr umgegangen war.

Benny beugte sich zu ihr hinüber. »Bei *R* waren aber doch Namen wie Ruth, Rachel oder Rebecca dabei. Richard ist ein *Jungen*name!«

»*Weiß* ich doch. Es *ist* ja auch ein Junge. Ein Mädchen würd ich doch nie Richard nennen. Wir haben uns eben alle geirrt.« Gem hatte nicht die Absicht, den Irrtum auf die eigene Kappe zu nehmen.

»Sie kann aber kein Junge sein. Nicht nach der ganzen Zeit!« Benny rutschte vom Baum herunter und ging unruhig hin und her. Sparky machte *wuff*. Es war zum Aus-der-Haut-Fahren! Wollte sie ihn etwa veräppeln? Er sagte: »Guck doch mal, wie sie angezogen ist, schon die ganze Zeit, in diesem langen Frauenkleid!«

Gemma meinte ganz nüchtern: »Das ist ein Taufkleid. Das geht für beide. Schau mal –« Sie lüpfte das Kleid der Puppe und deutete seelenruhig auf die leere Stelle zwischen den Beinen. »Siehst du? Nichts.«

Benny lief rot an vor Wut. Und was die für ein *selbstgefälliges* Gesicht machte!

22

Aus dem Nebel, der über der Themse lag, erhob sich die Waterloo Bridge, eine schlankere, stromlinienförmigere, etwas reduzierte Version jener Brücke, die während des Krieges dort gestanden hatte. Die alte Waterloo Bridge hatte Benny nie gesehen, aber Mags hatte ihm in alten Zeitschriften Abbildungen davon gezeigt. Es war immer noch ein beeindruckender Anblick, wie sie da emporragte, hinter ihr die South Bank, über ihr zahllose Sterne und ein schillernder Mond. Benny träumte so vor sich hin, während er die von Sternen bekrönte Brücke betrachtete, bis ihn Sparky am Schuh stupste, damit er endlich den Inhalt des Päckchens von Mr. Gyp verteilte.

So sah Benny die Waterloo Bridge jedes Mal, wenn er nach Einbruch der Dunkelheit in sein behelfsmäßiges Quartier am Themseufer zurückkehrte. Im Dezember war es jetzt immer schon dunkel, wenn er mit der Arbeit fertig war. Oft blieb er noch im Moonraker und half aus, denn Miss Penforwarden war mit ihrer Arbeit oft im Verzug: Beispielsweise mussten Benachrichtigungen über die neuen Bücher, die sie besorgt hatte, an die Kunden auf ihrer Versandliste geschickt werden. Und es galt viele Bücher an Leute zu liefern, deren Namen in einer von diesen runden Rolodex-Karteien verzeichnet waren.

Benny war immer wieder überrascht, wie viel Arbeit sie hatte und wie wenig sie sich darüber beklagte. Abgesehen von ein paar aufgeregt suchenden Blicken hier und da nach etwas, das sie verlegt hatte. Und einem gelegentlichen *Na, wo steckt der denn? Ihr Bleistift, Miss Penforwarden? Hinter Ihrem Ohr. Die Brille? Sitzt auf Ihrem Kopf.* Das fand sie schrecklich amüsant, und Benny glaubte, es hatte damit zu tun, dass sie sich nie über sich selbst ärgerte und sich nicht vor sich selber schlecht machte, wozu die meisten Leute (Benny übrigens inbegriffen) nämlich neigten. Benny beschloss, auch so zu werden, denn er fand es eine echte Tugend.

Miss Penforwarden wollte Benny für die geleisteten Überstunden bezahlen, was er aber rundweg ablehnte, denn er tat es ja gern. Statt Bezahlung lud sie ihn und Sparky deshalb an den Abenden immer zum Essen ein. Das nahm Benny gern an. Dinner bei Miss Penforwarden fand also mehrmals wöchentlich statt und war inzwischen zu einer regelmäßigen Einrichtung geworden.

Miss Penforwarden redete viel über die Vergangenheit, über ihren Ehemann, der inzwischen tot war, über ihren ebenfalls toten Sohn und über ihren geliebten Hund Raven, der auch schon tot war. Benny gingen Miss Penforwardens Schicksalsschläge sehr nahe. Es war mehr, als ein Mensch eigentlich durchmachen müsste. Trotzdem stellte sich ihr Leben nicht als eine einzige Abfolge von Kummer und Leid dar und war gerade deshalb so leidvoll. Sie war ganz nüchtern, ja sogar humorvoll, wie seine eigene Mutter gewesen war, die immer das in den Vordergrund gestellt hatte, worauf es eigentlich ankam. Im buchstäblich letzten Atemzug hatte sie Benny vor dem Sozialamt gewarnt und dabei sogar ein Lachen zustande gebracht.

Sparky und er hatten wirklich großes Glück, fand Benny, aber schließlich, fand er, taten sie ja auch etwas dafür. Soweit er wusste, waren sie von denen, die hier unter der Brücke kampierten, die Einzigen, die sich ihren Lebensunterhalt durch Arbeit verdienten. Ein paar von den anderen täten es wohl ebenfalls, wenn sie auch nur die geringste Chance dazu hätten, aber viele nahmen Drogen und tranken sich in den Schlaf, den sie dem Wachzustand vorzogen, was er verstehen konnte. Wach fühlten sie sich auch nicht wohler.

Diejenigen, die im Kopf klar genug waren, bettelten. Benny schaute aber nicht verächtlich auf sie herunter, denn seine eigene Mutter war dazu ja auch gezwungen gewesen. Davor hatten sie ein schönes Leben gehabt. Benny konnte sich an ein richtiges Haus mit vielen Zimmern erinnern, in dem er mit seiner Mutter gewohnt hatte. Sie hatte eine Anstellung als Köchin bei einer wohlhabenden Familie gehabt. Nur waren die dann eines Tages plötzlich nicht mehr so wohlhabend gewesen. Der Hausherr war bankrott gegangen, und man hatte das Personal entlassen müssen. *Sie trifft keine Schuld, Mary, aber wir müssen uns eben einschränken.* Bankrott! Dieses Wort fand der kleine Junge seltsam. War die Bank verrottet? Er malte sich aus, wie die Banknoten vor sich hin schimmelten und wie Papierschnippselchen miteinander verklebten.

Sparky, der sich immer als Erster aus dem Päckchen bedienen durfte, suchte sich immer den Rinderknochen aus, schnüffelte aber an allem herum: Koteletts, Knochen. Er nahm seinen Knochen und trottete davon, um ihn irgendwo zu zernagen, einzugraben oder vielleicht für schlechte Zeiten aufzusparen.

Hier unter der Brücke war er eigentlich nur, wenn es regnete. Die Leute waren größtenteils nicht besonders freundlich, was Benny ihnen aber kaum verdenken konnte. Nachdem er hier zweimal beraubt worden war, beschloss er, seinen Verdienst auf die Bank zu tragen. Bei der NatWest hatte er ein Sparkonto eröffnet und inzwischen ein hübsches Sümmchen angespart. Sie hätten ihn unter der Brücke nie aufgenommen, wenn er mit seiner Mutter nicht während der letzten Monate ihres Lebens hier gehaust hätte. So hatten sie sich an ihn gewöhnt, und als seine Mutter gestorben war, waren manche sehr nett zu ihm gewesen und hatten ihm Essen und Gin angeboten. Die in bauschige, verknotete Umhänge gehüllte Mags hatte ihn im Arm gewiegt und gesagt: »Armes Jungchen, armes Jungchen.« Für Benny war es der schlimmste Tag seines Lebens gewesen und würde es für immer bleiben.

Natürlich war er auch wegen der gelegentlichen Fleischpakete wohl gelitten. Die Koteletts brieten sie über einem Feuerchen, die Knochen machten sich gut in einer wässrigen Suppe. Es reichte natürlich nie für alle, doch es half.

Zum Schlafen hatte er einen Strohsack. Decken hatte er vom Lodge bekommen, als er einmal hörte, dass Mrs. MacLeish sie in die Altkleidersammlung geben wollte. Er hatte ihr erzählt, der Tierschutzbund sei immer an Decken und solchen Sachen interessiert, und er sei dort als freiwilliger Helfer tätig. Sie war völlig einverstanden, dass die Decken dorthin kamen (und meinte, er sei ja ein guter Junge, dass er sich so um die armen Tiere kümmere).

Benny fand den alten Feldwebel beim Schein der Taschenlampe in ein Buch vertieft. Er hatte einen alten Terrier, der sich jedes Mal aufsetzte und Sparky – wenn auch freundlich – anbellte. Sparky knurrte ebenso freundlich zurück, und Benny stellte sich vor, dass es eben ihre Art war, eine Unterhaltung zu führen.

»Ah! Unser junger Freund Bernard. Was haben wir denn heute?«

Benny übergab ihm die eingewickelten Koteletts, die der alte Soldat dann immer »ranggemäß« (sein Ausdruck) verteilte, was einfach hieß, dass die, die letztes Mal leer ausgegangen waren, etwas bekamen. Benny war es lieber, wenn nicht er die Verteilung übernehmen musste. Die anderen wussten, dass er es mitgebracht hatte, schätzten es (und dankten ihm). Doch es war besser, der Feldwebel teilte selber aus.

»Ist es denn Mr. Gyp, dem wir für das alles zu danken haben?« Der war es immer, aber das sagte der Feldwebel jedes Mal und machte aus der Übergabe der Fressalien ein Ritual.

»Der großzügige Mr. Gyp.« Er zwinkerte Benny schelmisch zu.

Denn beide wussten, dass Gyp kein großzügiger Mensch war.

Heute Abend schaute Benny dem Feldwebel hinterher, wie er zu der Einfriedung unterhalb der Brücke hinüberging, und hielt seine Mütze fest umklammert. In einem rostigen Ölfass hatten sie mit Zeitungen, Pappkartons, Zweigen und ein paar dürren Ästen, die sie im Hyde Park oder Green Park aufgelesen hatten, ein Feuer entfacht. Manchmal roch die Luft nach Tannenduft, und Benny stellte sich vor, er wäre irgendwo in der Freiheit der hohen Wälder, in den Alpen vielleicht oder gar im Norden der Vereinigten Staaten.

Hier trug offenbar keiner den Namen, mit dem er geboren war, sondern hatte ihn gegen einen passenderen Namen eingetauscht. »Mags« war nicht etwa die Abkürzung für Margaret oder Megan, sondern für »Magazine«, also die Zeitschriften, die Mags im Laufe der Zeit zusammengetragen hatte und in ihrem gestohlenen Safeway-Einkaufswagen umherschob. Über den Wagen sagte sie: »Die Dinger werdet ihr in Zukunft nich mehr oft sehen. Die schließen sie jetzt nämlich immer an. So'n Quatsch! Tja, meiner hier«, dabei legte sie die Hand auf den Metallwagen, »der wird noch mal ein Sammlerstück! Wie ich letzthin bei Safeway war, hatten plötzlich alle so'n schickes Dingsbums dran, wo man 'ne Pfundmünze reinschmeißt – ein ganzes Scheißpfund, stellt euch das mal vor? – und am Ende kriegt man sein Pfund dann beim Kundenschalter wieder zurück. Ha, da hab ich mir den Geschäftsführer gekrallt und ihm was gepfiffen, das könnt ihr mir glauben. Von wegen, was is eigentlich, wenn man keine Pfundmünze dabei hat, soll ich mich da vielleicht in der Schlange anstellen, bloß damit ich 'nen Fünfer gewechselt kriege? Ich hatte auch einen dabei. Hab ich immer, damit die mich nich für 'ne Obdachlose halten. Eine Schande is das!, sag ich. ›Eine elende Schande nenn ich das, einem die Wägen wegsperren! Ich weiß ja, dass geklaut wird, aber dass Sie Ihren Kunden diesen Blödsinn aufdrücken, bloß weil mal paar von den Wägen gemopst werden!‹ Ich war nich zu bremsen und 'n paar Frauen, die da rumstanden, waren voll auf meiner Seite, klar, und haben auch gleich mit rumgemotzt und ihm Saures gegeben. Der wollte mich rausschmeißen, aber wegen all den Frauen konnte er's nich. Was macht der Kerl also? Grinst wie'n Schleimer, steckt 'n Pfund in den Schlitz und schwuppdiwupp! – hatte ich meinen Wagen. Ich bin zu Obst und Gemüse rüber und wie ich ihn dann nich mehr gesehen hab, bin ich einfach damit abgedampft.«

»Benny«, hatte Mags hinzugefügt, »eins musst du dir merken: immer in der Offensive bleiben. Das ist die beste Lehre fürs Leben, die's gibt. Denn sobald du in die *Defensive* gehst, kreisen sie über dir wie die Geier, weil sie wissen, du bist tot! Verhalt dich immer so, wie wenn du wüsstest, du bist im Recht. Wenn zum Beispiel die Polente kommt und rumschnüffelt, wo du grade dabei bist, 'ne Garage aufzubrechen – nich beirren lassen, *nich beirren lassen!* Sag einfach, du hättest deinen Schlüssel verloren, und wenn sie wissen wollen, wer zum Teufel du bist, gib ihnen eine Karte, irgendeine Karte, die du dabei hast – du solltest immer paar Visitenkarten dabei haben, egal, von wem. Schreib 'ne Telefonnummer hinten drauf. ›Verzeihung, Herr Wachtmeister (du Idiot), ich hab kürzlich die Nummer ändern lassen.‹ So was bringt die Bullen immer aus dem Konzept. Das sind zwar nich bloß lauter Idioten, und vielleicht kommst du damit auch nich durch, aber bei mir hat's schon 'n paar Mal geklappt. Es bringt sie schlicht und einfach aus dem Konzept. Ben, mein Jungchen, ich könnte dir da Sachen erzählen –«

So war Mags. Benny hatte keine Ahnung, wie der alte Feldwebel mit richtigem Namen hieß. Es war einfach der Feldwebel, der den Platz unter der Brücke bewachte und dafür sorgte, dass jeden Morgen alles ordentlich weggeräumt wurde, weil sonst die Bullen was zu beanstanden hätten. (Das Revier der Themse-Polizei befand sich nämlich direkt neben der Waterloo Bridge.) Benny wusste nicht, wo der Feldwebel die Decken und Strohsäcke verstaute. Aber er hatte gemeint, weil Benny ja schließlich den ganzen Tag arbeitete und ihnen Essen mitbrachte, wäre es das Mindeste, was sie für ihn und Sparky tun könnten, dass sie sich um seine Sachen kümmerten. Benny hätte es sich auch leisten können, irgendwo näher bei seiner Arbeit in Southwark ein möbliertes Zimmer zu mieten. An Mr. Sipticks Scheibe steckten immer kleine Kärtchen, auf denen möblierte Zimmer angeboten wurden. Das Problem war nicht das Geld, sondern sein Alter. Welche Vermieterin würde schon einen zwölfjährigen Jungen (und seinen Hund) aufnehmen? Was passieren würde, war ihm klar – das Jugendamt würde antanzen. Seine Mum hatte ihn davor gewarnt und Mags auch. Für Benny hatte das Jugendamt Hörner und Pferdefüße wie der Leibhaftige persönlich.

Benny mochte das Victoria Embankment, die Waterloo Bridge und die Westminster Bridge dahinter, und in der anderen Richtung Blackfriars und die Themse, über der der frühmorgendliche Dunst lag. Er sah gern auf den Fluss hinaus und dachte über die Geschichten nach, die ihm der Feldwebel immer von den alten Docks und Lagerhallen erzählte, von Wapping und Stepney, Whitechapel und Limehouse. Wie viele Schiffe, vielleicht fünfhundert an der Zahl, damals von Gravesend die Themse heraufgefahren waren, als die Themse noch eine wichtige Verkehrsader gewesen war. War sie immer noch, aber heute ohne rechte Muskelkraft und Energie – es gab einfach zu viele Boote, die bloß Touristen hin und her schipperten.

Gelegentlich war die untergehende Sonne so intensiv, dass es aussah, als würde ganz London brennen. Ein riesiger, orangegelber und roter Feuerschein, von dem man sich kaum vorstellen konnte, dass er sich über einer Stadt entzündet haben konnte, die in weiten Teilen grau und oft trostlos war, dachte Benny, jedenfalls auf den ersten Blick.

Dahinter war nämlich immer etwas. Man konnte die Dinge nicht nur nach dem ersten Anschein beurteilen. Er musste an seine Mutter Mary denken, die unter ihrem Kopftuch und dem wollenen Umhang nie eine Bettlerin gewesen war. Sie hatte auf einen Schlag alles verloren – Bennys Vater und sein Einkommen, und weil sie ungelernt war, hatten sie ihr Häuschen in County Clare verloren. Dann waren jene glücklichen Jahre gekommen, in denen sie als Köchin für die bankrotte Familie gearbeitet hatte, aber dann war das auch vorbei. Es war schlimm, am Ende auf der Straße zu landen, ein langer Abstieg, von dem man glaubte, man habe ihn ein-, zwei- oder dreimal aufgehalten, in den Griff bekommen, nur um dann zu erkennen, dass man noch weiter abgerutscht war, bis man schließlich mit dem Hintern hart auf dem Asphalt landete.

Jetzt sah er sie, jeden mit seinem Kotelett, das an einem Stock über dem Feuer brutzelte. Der Feldwebel kam wieder herüber, in seinem schweren, braunen Mantel, an dem noch sämtliche Knöpfe dran waren. Er war sehr stolz darauf, dass der noch nicht schäbig aussah. Der Mantel sei das Einzige, hatte er Benny einmal erzählt, was ihm von seinem alten Leben beim Militär noch übrig geblieben sei. »Hab mich im Krieg bei der Militärpolizei rumgetrieben. Du würdest staunen, was man dabei alles lernt. 'nen richtigen Job hatte ich dort, musste rauskriegen, wer wem was getan hat. Aber ich hab ja scheint's ein Händchen für so was.«

Sie hatten sich hingesetzt und ließen den Blick über den Fluss schweifen. Benny sagte: »Vor ein paar Tagen hab ich einen Polizisten kennen gelernt. Einen Detektiv von Scotland Yard.«

»Scotland Yard? Potzblitz. Was wollte der denn?«

Benny erzählte ihm von dem Mord. »Der wollte auch was über Gem wissen.«

»Die arme Kleine, die alle aus dem Weg haben wollen? Hat man so was schon gehört. Schrecklich!«

»Also, ich dachte immer, das hätte Gem sich bloß ausgedacht. Sie wissen schon, damit man sie beachtet. Sie hat ja keine richtige Familie, äh, also, ich meine, keine Mum und keinen Dad, keine Geschwister – sie hat überhaupt niemand.«

»Ist mir ein Rätsel, mein junger Freund, wirklich ein Rätsel.« Er schwieg eine Weile. »Ich frag mich bloß … also, bei der Militärpolizei hatte ich mal einen jungen Soldaten, der, äh, der hat sich mit der Frau vom Hauptmann vergnügt. Mit der Zeit hab ich's spitz gekriegt, aber was der gemacht hat, war Folgendes: Nach außen hin rumgemacht hat er mit 'ner flotten deutschen Mieze – äh, mit einer Frau –, aber bloß um uns auf eine falsche Fährte zu locken. Mit 'nem Mädel, das so aussieht, wieso sollte er sich da mit der Ehefrau abgeben? Was ich damit sagen will – könnte die Geschichte mit Gemma vielleicht bloß Ablenkung sein?«

Benny runzelte die Stirn. »Ablenkung? Aber wovon?«

Der alte Feldwebel zuckte die Schultern, während er mit der Zungenspitze ein Zigarettenpapierchen anfeuchtete. »Was ist mit dem Mord?«

»Schon, aber … dass jemand Gem umbringen wollte, das ist doch alles schon vor dem Mord passiert.«

»Trotzdem …«

Eine Zeitlang schwiegen sie. Der Feldwebel rauchte seine Zigarette, Benny sah durch die Finsternis über den Fluss auf die entfernten Lichter. »Trotzdem, wenn doch der Detektiv wieder kommen würde …«

Der Feldwebel nahm einen tiefen Zug und meinte dann: »Kannst dich drauf verlassen, mein Freund. Die Bullen kommen immer wieder zurück.«

TEIL II

FLORENTINER FIASKO

23

Der Teil des Ponte Vecchio, den er vom Obergeschoss ihres winzigen Hotels aus sehen konnte, war in helles Licht getaucht. Diese Klarheit hatte Melrose noch nie gesehen, diese reine Konzentration von Licht. Es warf eine goldene Schicht über den Arno und saß wie Perlen auf der anmutig geschwungenen Brücke, wo die Goldschmiede handelten. Es war, als wollte es noch mehr Gold hinzufügen, als könnte es nie genug davon geben, als könnte sich die Stadt in schieren Lichterglanz auflösen.

Florenz hatte ihm bereits gestern Abend mit seinen überreichen Reizen zu Füßen gelegen, als die beiden sich, nachdem sie ihre Sachen in den hohen, kühlen Zimmern ihres kleinen Hotels verstaut hatten, auf die Suche nach einem Abendessen gemacht hatten. Das Hotel hatte Trueblood ausgesucht, weil ihm die abgeschiedene Lage gefiel; es lag in einer Gasse, die so eng war, dass sie kaum zu zweit nebeneinander hergehen konnten, und nahm lediglich eine Etage eines ansonsten offenbar unbewohnten Gebäudes ein. Melrose war begeistert: von der Eingangshalle mit der Rezeption, der antiken Möblierung seines kleinen Zimmers und davon, dass allüberall behausschuhte Stille herrschte.

Außer bei Trueblood, der schon ungeduldig in seiner Tür stand. »Los, los, los, los«, brabbelte er mit der Geschwindigkeit eines Auktionators.

Ein unpassendes Tempo, dachte Melrose, für diesen ansonsten recht gemächlichen Morgen. »Gütiger Gott, lassen Sie mich doch noch diesen Ausblick auf Florenz genießen.«

»Wir wollen doch in die Brancacci-Kapelle. Das kommt als Erstes dran.«

Trueblood trug das in braunes Packpapier eingeschlagene Tafelbild von Masaccio, das etwa so handlich herumzuschleifen war wie ein Bootsruder. Über die Verstauung dieses länglichen Pakets hatte es eine kleine Auseinandersetzung mit dem Flugbegleiter gegeben, der einiges gewöhnt war: Trueblood wollte es auf den Sitzplatz neben sich stellen (als wäre der Hl. Wer-immer-er-sein-mochte etwas wackelig auf den Beinen), was der Flugbegleiter ihm jedoch abgeschlagen hatte. Es musste für die Reise irgendwo hin, wo es nicht im Weg war. Nein, einen extra Flugschein könne er dafür auch nicht lösen. Am Ende hatte Trueblood nachgegeben und es über sich im Gepäckfach verstaut, war aber nicht recht froh dabei gewesen. Weil er ständig nach oben schauen musste, bekam er allmählich einen steifen Hals.

Während Melrose Kleingeld und Kreditkarten vom Nacht-tischchen in die Hosentasche steckte, sagte er: »Haben Sie keine Angst, Sie könnten es unterwegs verlieren?«

»Nein.«

Beim Hinausgehen rief Melrose seufzend aus, in dem Tempo würde er doch wohl nicht während des ganzen Aufenthalts he-rumgescheucht werden. Trueblood gab keine Antwort, sondern ging ihm voraus durch die kleine Eingangshalle. Melrose war hingerissen von diesem kühlen Raum mit dem leicht rötlich ge-tönten Steinfußboden, den üppigen dunklen Stuckarbeiten und den weißen Büsten, die in kleinen Nischen standen. Die Rezep-tion bestand aus einem Empire-Schreibtisch und einem dahinter sitzenden Menschen. Der Frühstücksraum – auf den Melrose, je-doch nicht Trueblood, nun zusteuerte – bot lediglich Platz für vier Tische und vermittelte einem den Eindruck, da die anderen drei nicht besetzt waren, dass man das Esszimmer ganz für sich hatte.

Weil es ihm nicht gelang, Melrose von seinem Vorhaben ab-zubringen, ließ Trueblood sich resigniert am Tisch nieder. Das Faktotum vom Rezeptionstisch und ein weiterer junger Mann be-dienten sie. Die Bedienung war flink und angenehm, das Essen höchst lecker. Es hätte eine vollkommen entspannte Angelegenheit sein können, wenn Trueblood nicht alle paar Minuten seufzend auf die Uhr geschaut hätte. Melrose achtete gar nicht darauf und machte sich über das hausgemachte Müsli her. »Schmeckt recht gut. Nehmen Sie sich auch!«

»Habe ich. Ich habe vor einer Stunde gegessen.«

»Sie haben schon gegessen und würden mich hier verhungern lassen? Nein, packen Sie den Masaccio nicht schon wieder aus.«

Trueblood fuhr vorsichtig mit dem Daumennagel unter dem Klebeband entlang und klappte das Packpapier so behutsam um, als wäre es der Bezug eines Stubenwägelchens. Er hatte sich ein kleines Vergrößerungsglas zugelegt, das er nun mit einem Klicken aus dem schwarzen Etui beförderte und über die gesamte frei gelegte Fläche des Tafelbildes führte.

»Du meine Güte, Marshall, inzwischen kennen Sie doch jeden Quadratzentimeter dieses Gemäldes in- und auswendig. Wer ist eigentlich dieser Kerl, zu dem Sie mich schleppen wollen?«

»Ein gewisser Luzi. Aldo Luzi. Ein Experte, vielleicht in ganz Italien der größte Experte für die Kunst der Frührenaissance.«

»Tatsächlich? Und was ist mit der Ickley? Sie sagten doch, sie sei *die* Autorität auf diesem Gebiet.«

»War sie *damals, damals* war sie das.«

»Wovon zum Teufel reden Sie überhaupt? ›Damals‹? Das war doch erst gestern. Soll wegen diesem mutmaßlichen Masaccio hier etwa die Reputation einer Sachverständigen in Zweifel gezogen werden?«

Trueblood beäugte ein kleines Croissant und nahm dann einen Bissen. »In Großbritannien *ist* sie ja auch *die* Autorität. Ich will damit nur sagen, ich dachte, sie *sei* der größte Experte auf diesem Gebiet, bis sie mir von diesem Luzi erzählte.«

»Ah!« Melrose legte mit dem Löffel eine kleine Schleife aus Pflaumenmarmelade auf seinen Toast und sagte: »Dann ist ›größter‹ Experte also nicht grenzüberschreitend.«

»Jetzt reden Sie daher wie ein Schwachkopf!«

»Okay. Jedenfalls konnte die Ickley nicht sagen, ob das Bild echt ist, oder?«

»Sie konnte es nicht so oder so beschwören. Sie konnte nicht sagen, ob die Tafel, die Farbe, die Fixierung und so weiter aus dieser Periode stammten.«

»Und die Periode wäre –«

»Frühes 15. Jahrhundert. Sie kennen sich mit der Renaissance doch viel besser aus als ich.«

»Aber nur mit ihrer britischen Spielart.« Melrose machte dem Kellner ein Zeichen, noch Kaffee zu bringen, und Trueblood rutschte mit geschlossenen Augen in seinem Stuhl tiefer. »Im Grunde gab es eigentlich sonst nirgendwo eine Renaissance. Italien hatte die ganze Sache doch mit Beschlag belegt.«

Trueblood warf ihm einen schneidenden Blick zu, während der Kellner Kaffee nachschenkte. »Jetzt hören Sie aber auf mit dem Gequassel, ja?«

»Sie klingen genau wie Agatha.«

Trueblood packte den Masaccio wieder ein und wippte ein paarmal frustriert und ungeduldig wie ein Kind auf seinem Stuhl auf und ab.

Melrose lachte. »So kenne ich Sie ja gar nicht. Sie sind ja verbiestert wie ein Vierjähriger, der will, dass seine Eltern aufhören zu essen, damit es endlich los geht. Dann kann er auch los und *absolut nichts* machen.«

»Also, ich gehe nicht los und mache *absolut nichts*.«

Melrose seufzte. »Gut, ich bin bereit. Auf zu Brancacci!«

»Bran-kah-tschi, Bran-*kah*-tschi.« Trueblood sprach jede Silbe getrennt aus, als ob Schludrigkeit in der Aussprache einen Mangel an Respekt offenbarte, der ganz Florenz dazu brächte, die Türen zu verriegeln und ihnen den Rücken zuzukehren. Er erhob sich unvermittelt und steuerte auf die Tür zu.

»Fertig!«, sagte Melrose und warf die Hände hoch. Sorgfältig faltete er seine Serviette zusammen, während Trueblood unruhig in der Tür lauerte.

Sie schritten die Marmortreppe hinunter in die düsteren Tiefen des Hauseingangs. Durch die Tür traten sie auf das mit weißem Licht gesprenkelte Steinpflaster hinaus, während auf der anderen Seite des schmalen Gässchens violette Schatten über den gedrungenen Hauseingängen lagen, argwöhnisch beobachtet von steinernen Tier- und Engelsskulpturen.

Sie schritten voran, Trueblood vorneweg, der sich ab und zu umdrehte und Melrose per Handzeichen antrieb.

Schließlich überquerten sie den Ponte Vecchio, ohne dass Trueblood sich erbarmte, vor den Schaufenstern voller goldener Ketten, Armbänder und Ohrringe eine Pause einzulegen. Die Sachen hätten genauso gut aus der goldenen Wasseroberfläche des Arno gegossen sein können – eine morgendliche Traumszenerie, dachte sich Melrose und wurde alsbald von Truebloods eisernem Griff unsanft in die Wirklichkeit zurückgerissen. Das Einzige, vor dem er bewundernd stehen durfte, befände sich in der Brancacci-Kapelle.

Melrose bestand darauf, einen Blick ins Schaufenster des kleinen Handschuhgeschäfts gleich am anderen Ende der Brücke zu werfen. Nichts als Handschuhe, die in kleinen farbigen Wellen von Türkis, Zitronengelb, Lapislazuli, Kobaltblau und Karmesinrot übereinander lagen! Doch wieder wurde er weggerissen und dachte sich, Trueblood musste tatsächlich völlig überwältigt sein, wenn er eine derartige Gelegenheit zur Ergänzung seiner Garderobe verschmähte.

Die Verlockungen des Ponte Vecchio hinter sich lassend, lief Trueblood wieder voraus und deutete dabei in eine ungefähre Richtung, die sich nach einer Weile als eine Piazza mit Kirche entpuppte. »Ich habe ganz vergessen, dass die ja auf dem Weg liegt. Es handelt sich um Santa Felicità; sie beherbergt ein Fresko, das wir uns unbedingt ansehen müssen.«

Das Gemälde war eine Verkündigung, und Melrose gefiel der Ausdruck auf Marias Gesicht, mit dem sie sich dem Engel zuwandte, der angeblich wirklich gute Nachrichten überbringen sollte. Es war, als ob sie sagen wollte: *Nicht zu fassen, was du da grade gesagt hast.*

»Wunderbar«, sagte Trueblood.

»Haben Sie schon mal eine Verkündigung gesehen, auf der Maria aussieht, als wollte sie sagen: ›Ey, cool‹? Überlegen Sie mal. So ein Gesicht würde ich wahrscheinlich machen, wenn Agatha mir eröffnet, sie zieht nach Ardry End. Die arme Maria!« Melrose hätte der Jungfrau Maria gern gesagt, sie solle doch froh sein, dass es bloß der Erzengel Gabriel war, der da vor ihr stand und nicht Marshall Trueblood, der nun am unteren Ende des schattigen Kirchenschiffs entschwand.

Als Melrose ihn auf der Piazza wiederfand, sagte Trueblood: »Den Palazzo Pitti können wir uns schenken, wenn Sie nichts dagegen haben.«

Wenn *er* nichts dagegen hatte? Er hatte absolut nichts dagegen. Er wollte bloß unbedingt wieder in dieses Handschuhgeschäft. »Okay. Später.«

»Also, dann los«, sagte Trueblood gereizt und übernahm wieder die Führung. Über die Schulter gewandt, sagte er: »Nächster Halt, Santa Maria del Carmine. Wo die Fresken sind. Die Kirche liegt auf dem Weg zu Luzi.«

Nichts lag auf dem Weg, dachte Melrose, verloren in einem kleinen Labyrinth aus Sträßchen, die wie Durchgänge anmuteten. Als sie von der Via Sant' Agostino in die Via Dei Serragli einbogen, kam plötzlich die Kirche ins Blickfeld – jedenfalls in das von Trueblood, der gleich lostrompetete: »Da ist sie! Sie werden staunen!« Er straffte die Schultern und hielt sein Bild wie einen Schild vor sich, als wollte er sich gegen allzu viel Staunen wappnen.

Mit gleichgültigem Achselzucken meinte Melrose: »Okay, aber hören Sie, wenn wir hier fertig sind, will ich noch mal in den kleinen Handschuhladen …«

»*Handschuh*laden? Ich verliere wohl den Verstand?«

Wieder zuckte Melrose die Achseln. »Keine Ahnung.« Er beschloss, dumme rhetorische Fragen von nun an wörtlich zu nehmen. »Ich will Handschuhe, auch wenn Sie keine wollen.«

Während dieses Wortwechsels waren sie in die Kapelle getreten und das Kirchenschiff entlang zu Truebloods ersehnten Fresken gegangen, vor denen sie nun standen. »Melrose, wir stehen hier vor den vielleicht großartigsten Fresken, die je gemalt wurden.«

»Ich weiß, das mit dem Handschuhladen meine ich aber ernst.«

Behutsam löste Trueblood das Packpapier, das an den Faltstellen schon etwas abgegriffen aussah, so dass wie bei einem oft gelesenen Liebesbrief oder dem Strumpfwerk einer Hure Licht durch die ausgefransten Knitterfalten drang. Trueblood hielt das Gemälde hoch und blickte unablässig nickend vom Hl. Wer-immer-er-sein-mochte zum Hl. Petrus empor.

»Sieht aus wie vom selben Maler«, meinte Melrose, »sieht auch nach demselben Stil aus, und trotzdem stellt man sich die Frage –«

»Ich habe mir bereits sämtliche erdenklichen Fragen gestellt.« Trueblood hielt den Blick auf das Fresko geheftet. Melrose musste zugeben, dass der Anblick erstaunlich war. Er hatte schon viele Darstellungen von Adams und Evas Vertreibung aus dem Paradies gesehen, aber nie derart ausdrucksvoll. Evas Ausdruck war besonders gequält: der Mund schmerzverzerrt, die Augenlider geschlossen und nach unten gezogen, als wäre sie soeben geblendet worden. Es waren zahlreiche Szenen aus dem Leben des Hl. Petrus dargestellt: der Zinsgroschen, die Heilung der Kranken durch seinen Schatten. »Ist das nicht zum Teil von Masolino gemalt? Sagten Sie nicht, die beiden hätten zusammen gearbeitet?« Melrose sah hinüber auf die andere Seite des Hl. Petrus, der da einen von den Toten auferweckte, er war sich nicht sicher, wen, und auf eine weitere Vertreibung aus dem Paradies. »In der Tat. Offenbar wurde *diese* Darstellung von einem anderen Maler gemalt; alles ist ganz anders.« Die beiden Gestalten wirkten vollkommen ruhig und gesetzt. »Das ist eine traditionelle Darstellung.«

Trueblood nickte. »Das ist der Unterschied zwischen ihnen.« Er stand gute zwanzig Minuten da und starrte wie gebannt auf die Fresken, ging dann weitere zehn Minuten davor auf und ab, während Melrose umherschlenderte, oben am Kirchenschiff stehen blieb und überlegte, was wohl passieren würde, wenn er sich ein bisschen Weihwasser ins Gesicht spritzte. Womöglich würde ihn ein Blitzstrahl treffen.

»Los, es ist Zeit!«, rief Trueblood und packte sein Gemälde wieder ein – schön warm, als würden sie gleich in einen russischen Winter hinausgetrieben.

Aldo Luzi wohnte im Stadtteil Oltrarno in einem abblätternden Steinbau in einer Sackgasse, die parallel zum Fluss verlief. Die Wohnung nahm die gesamte obere Etage ein und war exquisit renoviert und luxuriös eingerichtet. Sofas, Sessel und Schemelchen waren mit einer Vielfalt von Stoffen wie Damast, Samt, Seide und Brokat bezogen.

Da Signore Luzi Gelehrter war, hatte Melrose ein kleines, heruntergekommenes Zimmerchen erwartet, überquellend mit Büchern, mehr als die Bücherregale halten konnten. Büchern, zu Stapeln aufgetürmt und über den abgewetzten Teppich ausgebreitet, mit verschieden hohen Türmen aus Zeitungen und Zeitschriften. Das Zimmer müsste eigentlich so vollgestopft aussehen wie der Intellekt des Mannes, haufenweise Vierteljahresschriften und Journale müssten haufenweise Intelligenz widerspiegeln. Dazu vielleicht noch eine Eule auf einem verstaubten Kaminsims. So etwas in der Art.

Auch Signore Luzi passte nicht zu Melrose' vorgefasster Vorstellung von einer Koryphäe in seinem Fach. Erstens war er zu jung (Ende dreißig? Anfang vierzig?); zweitens sah er zu gut aus (wo waren der krumme Rücken, der verhangene Blick, die Brille, das wirre graue Haar?); drittens war er, auch für einen informellen Anlass, zu gut gekleidet. Das blaue Hemd stammte zweifellos vom Designer, der Schal war von Hermès. Mochte sein Geist vielleicht nicht in diese prächtige Umgebung passen, sein Körper tat es jedenfalls.

Sie wurden gebeten, in dem geräumigen Wohnzimmer Platz zu nehmen, Melrose auf einer Wolke aus dunkelgrünem Damast, Trueblood auf der dazu passenden dunkelblauen Zwillingswolke. Den üblichen Smalltalk hatten sie sich zu *Melrose'* großer Freude geschenkt, um gleich zur Sache zu kommen. Das einzige Zugeständnis an übliche Formalitäten war der Espresso, den Luzi kredenzt hatte. Jetzt stellte er seine Tasse auf dem blank polierten Beistelltischchen ab, um sich Truebloods Gemälde zuzuwenden.

Während Trueblood erzählte, wie er dieses Tafelbild erworben hatte, hielt Luzi den Blick auf das Bild geheftet und nickte. Er hatte einen schwarzen Schnurrbart, an dem er gelegentlich nachdenklich zupfte.

Eine Weile sagte Luzi gar nichts, sondern ließ den Blick durch den Raum schweifen, als sei er sich nicht ganz schlüssig, ob er die Wohnung kaufen sollte. Melrose betrachtete die mit Gemälden bedeckten Wände seines Gastgebers. Es handelte sich vornehmlich um Werke aus der Renaissance, doch seine Überraschung war groß, als er darunter eine von Stanley Spencers alptraumhaften Dorfszenen entdeckte. Etwas höher hing das Bild eines Mannes, der den Kopf geneigt hielt, splitternackt war und aussah, als würde er zu Tode gesteinigt. Möglicherweise ein Lucian Freud. Dann das verträumte Gemälde eines Präraffeliten, vielleicht William Holman Hunt, denn es ähnelte seiner *Ophelia*. Es stellte eine junge Frau inmitten von Wildblumen dar, die von einem Windstoß gepeitscht hin und her wogten.

Trueblood stellte sein Tässchen auf die Untertasse, und das klickende Geräusch holte Melrose unsanft aus seinen Träumen zurück.

Signore Luzi erzählte schon eine ganze Weile: »…die waren so miteinander verbandelt – Masaccio, Donatello, Filippo Brunelleschi, Masolino. Ständig fanden irgendwelche *concorsi* statt – äh,

Wettbewerbe –, und es kam auch vor, dass mehrere verschiedene Künstler zu unterschiedlichen Zeiten und in verschiedenen Jahren an einem Gemälde oder einer Skulptur arbeiteten. Masolino und Filippino Lippi arbeiteten an Masaccios *Hl. Petrus*.« Luzi nahm wieder Truebloods Bild zur Hand. »Das Pisa-Polyptychon…« Er unterbrach sich, um zu fragen, ob sie vorhätten, dorthin zu fahren.

»Nach Pisa?«, sagte Trueblood. »Selbstverständlich, das ist unsere nächste Station.«

Ach ja?, dachte Melrose. Keiner hatte sich die Mühe gemacht, ihn zu informieren.

»Oh, tut mir Leid, dass ich Sie enttäuschen muss, aber diesen Teil des Polyptychons hat man zugehängt oder wegen kleiner Restaurierungsarbeiten zeitweilig entfernt.«

Trueblood rutschte in seinem Sessel nach unten und sah verzweifelt aus. »Ach je, nun ja.«

Signore Luzi fuhr fort: »Es stimmt, man hat *tatsächlich* einige Stücke in Kirchen entdeckt. Nur, dass Sie es in Ihrem Fall in einem Antiquitätengeschäft gefunden haben, würde ich, äh, nicht für möglich halten.« Das Gemälde immer noch in der Hand haltend, fuhr er fort: »Masaccio. Schwer vorstellbar, solches Talent und ein solcher Ruf bei einem derart jungen Mann. Gibt es so etwas heute überhaupt noch?«

Trueblood unterbrach ihn. »Doch, es ist möglich. Eleanor Ickley – kennen Sie sie?«

»Natürlich. Ich habe eben einen Artikel von ihr gelesen.« Luzi zupfte wieder an seinen Schnurrbartenden. »Also«, sagte er dann, »ein echter Masaccio-Kenner sitzt in Siena. Ein gewisser Signor Di Bada –«

Melrose fuhr ruckartig hoch. In Siena? Würden sie jetzt etwa, wo aus Pisa nichts wurde, einen weiteren Abstecher machen? O nein, auf gar keinen Fall!

O, doch, auf jeden Fall, lautete Truebloods Antwort. »Di Bada. Siena, das ist ja nicht weit. Es sind nur –«

»Fünfundsechzig, siebzig Kilometer. Eine Autostunde.« Luzi tat die Entfernung mit einem Schulterzucken ab.

Trueblood musterte Melrose, nicht etwa, um seine Zustimmung zu dieser kleinen Reise zu erheischen – es wurde angenommen, dass jeder, selbst Melrose, begeistert hinter Masaccio herzuschnüffeln bereit war –, sondern um zu sehen, ob Melrose vielleicht allmählich aufbrechen wollte.

Melrose sagte nichts.

»Dann könnten wir ja gehen«, sagte Trueblood.

»Könnten wir«, sagte Melrose, »tun wir aber nicht. Ich will in den Handschuhladen.«

Aldo Luzi lachte. »Selbstverständlich! Was für wunderbare Lederwaren! Und diese Farben!«

So nutzte man das Handschuhgeschäft gewissermaßen als Zeichen zum Aufbruch, erhob sich und ging zur Tür. Als man sich zum Abschied die Hände schüttelte, lehnte Aldo Luzi im Türrahmen und sagte: »Er war erst siebenundzwanzig, als er gestorben ist.« Es klang so traurig, wie er es sagte. »Masaccio.«

Melrose fragte: »Woran ist er denn gestorben?«

Luzi überlegte einen Augenblick. »Am Mangel. Er starb am Mangel.«

Melrose errötete und dachte, dass dies etwas war, woran keiner von ihnen sterben würde, keiner von diesen drei untalentierten Burschen, und fühlte sich plötzlich ganz klein.

Als sie draußen waren und die schwere Tür mit dem Löwenkopfklopfer hinter ihnen verriegelt worden war, sagte Melrose, wobei er versuchte, nicht allzu genervt zu klingen: »Das ist doch wohl nicht Ihr Ernst, dass wir zu noch einem von diesen führenden Experten nach Siena fahren?«

»Aber sicher. Soll ich etwa den ganzen Plan über den Haufen werfen, wenn ich nun schon so nah dran bin? Na los, Siena ist kaum eine Autostunde entfernt. Wir können einen richtig teuren Wagen mieten.«

»*So nah dran*? Marshall, Sie sind nicht einen Zoll oder ein Quäntchen näher dran. Sie wissen doch immer noch nicht, ob das hier…«‍ – dabei klopfte er auf das (inzwischen wieder eingepackte, zugeklebte und verschnürte) Paket – »…echt ist oder nicht.«

Trueblood tat so, als würde er darüber nachdenken, was Melrose ihm aber nicht abnahm. »Am Flughafen gibt es Autovermietungen.«

Melrose trat ein paar Schritte auf den Randstein zu und schien sich gerade vor eine Vespa schmeißen zu wollen, die plötzlich aus dem Nichts aufgetaucht war, aus der benzingetränkten Florentiner Luft, bevor sie sich wieder in eine dunkle Gasse verflüchtigte, diesmal ohne das Leben eines weiteren Florentiners gefordert zu haben. So einen Motorroller wollte Melrose unbedingt haben.

Den Wink mit dem Selbstmordversuch zu Herzen nehmend, warf Trueblood die Hände in die Höhe (die eine ging bloß bis etwa auf Brusthöhe, da ihm das Paket unter dem Arm steckte), und meinte: »Okay, okay. Wir können ja morgen fahren. Gehen wir einen trinken.«

»Aber zuerst, *zuerst* in den Handschuhladen. Hier herum.« Melrose deutete in die ungefähre Richtung des Ponte Vecchio.

»Ich wusste gar nicht, dass Sie so handschuhsüchtig sind«, sagte Trueblood, während sie dahinschlenderten. »Vielleicht gibt es ein Handschuhentzugsprogramm in zwölf Schritten, das Sie mal ausprobieren sollten.«

»Was soll das?« Melrose übernahm das Kommando.

Ein Duft von Leder, der einen in den Arno hätte schmeißen können, umwaberte ihn, kaum dass sie den kleinen Laden betreten hatten. Die Handschuhe befanden sich in Glasvitrinen oder waren zu Hunderten – Tausenden? – in ihren kleinen Plastikhüllen in Holzregalfächer gestapelt.

Mit den neun oder zehn anderen Kunden, die vor ihnen an der

Reihe waren, war der winzige Laden gerappelt voll. Melrose drängelte sich hinein (»*Mi scusi, mi scusi*«), um sich die Handschuhe in der Auslage zu besehen.

Jetzt war es an Trueblood, herumzunörgeln und zu versuchen, Melrose wieder hinauszulotsen und in eine Trattoria zu schleppen. Melrose hörte einfach nicht mehr hin. Er wusste, dass es nicht lange dauern würde, bis Trueblood an diesem Gaumenschmaus der Mode Geschmack finden würde, und so kam es. Nachdem er einen alten Mann, der so gebückt daherkam, dass er mit dem Kinn kaum über die Ladentheke reichte, mit dem Ellbogen beiseite gestoßen hatte, probierte Trueblood gleich an beiden Händen verschiedene Handschuhe an, was sich wegen des unter den Arm geklemmten Gemäldes allerdings schwierig gestaltete.

Melrose machte einen Diener vor dem alten Mann und winkte ihn mit herablassendem Lächeln zu seinem Platz an der Ladentheke herüber.

Der feine alte Herr musterte ihn mit beträchtlicher Verachtung. »*Lasciami in pace!*«, spuckte er förmlich aus.

Melrose zwinkerte. »*Prego*«, versetzte er, glaubte aber irgendwie nicht recht, dass der andere ihm gedankt hatte. Also, zurück zu den Handschuhen! Was hätten wir denn da? Die in schwarzem Ziegenleder mit der schmalen weißen Biese am Handgelenk wären perfekt für Diane; passend zu ihren Kleidern, ihrem Haus, ihrer Katze. Man musste doch immer kleine Geschenke für die Daheimgebliebenen mitbringen. Eine gute Ausrede, um sich (leicht) hundert Handschuhpaare zu begucken. Die wildledernen in kräftigem Gold – perfekt für Vivian. Ekliges Apfelgrün für Agatha. Zwei Paare in Lila für Miss Broadstairs und Miss Vine. (Sie würden sie womöglich als Gartenhandschuhe tragen.) Noch einige Paare für andere. Und für ihn selbst – er warf einen Blick ans andere Ende der Ladentheke.

Wieso packte Trueblood eigentlich das Gemälde aus? Wieso hielt er es jetzt der Verkäuferin zur genauen Begutachtung hin? Wieso hob sie ihren an einer silbernen Kette baumelnden Zwicker an die Augen? Hatte Trueblood etwa vor, dem Hl. Wer-immer-er-sein-mochte Handschuhe anpassen zu lassen? Wenn er gereizt reagierte, würde die Szene dann in einer *Vertreibung aus dem Handschuhladen* enden?

Melrose machte sich wieder an seinen eigenen Handschuhkauf und versuchte, die Kommentare und das betont genervte Schnaufen der Leute hinter ihm zu ignorieren, die alle darauf warteten, bedient zu werden. Die höfliche Tour würde er nicht mehr riskieren. Er nahm ein Paar weiche Lederhandschuhe, die ihm in einer Mitternachtsasche genannten Farbe wie Sahne über die Hand strömten. Ihr Grau war so dunkel, dass es fast an Schwarz grenzte. Die musste er unbedingt haben. Das nächste Paar war aus Ziegenleder in einem hübschen Hellbraunton. Während er hin und her überlegte, ob er diese ebenfalls kaufen sollte, schob sich Trueblood neben ihn, um ihm ein Paar in einem an Meergrün gemahnenden Ton zu zeigen.

»Hübsch, nicht?«

»Wunderschön.« Das Bild war zum Glück wieder eingepackt. »Gefallen Ihnen diese –« Melrose hielt die fast schwarzen Handschuhe in die Höhe, »– oder diese?« Er deutete auf die hellbraunen Handschuhe.

»Beide. Nehmen Sie beide. Hier, ich habe zwei Paar gekauft.« Trueblood hielt die Tüte mit seinen Neuerwerbungen hoch.

»Ja, aber Sie brauchten ja auch ein Paar für den Hl. Wer-immer-er-sein-mochte. Ich behandschuhe nur mich selbst. Es käme mir auch etwas übertrieben schwelgerisch vor, zwei Paare zu kaufen, ich meine, bei diesen Preisen. Mir ist natürlich klar, dass sie zu Hause das Doppelte kosten würden, aber das macht sie ja nicht billiger. Nein, ich glaube, ich entscheide mich für die dunkelgrauen.« Eigentlich veranstaltete Melrose das ganze Theater nur, um Trueblood Gelegenheit zu geben, ihm ein Weihnachtsgeschenk zu erstehen. Er wusste, dass Trueblood gern Sachen auf die heimliche Tour kaufte, nachdem er erfahren hatte, dass man von einem bestimmten Artikel besonders angetan war. »Ich sehe mich hinten noch ein bisschen um, wenn es Ihnen nichts ausmacht, einen Moment zu warten.«

»Nein, nein, gehen Sie nur«, sagte Trueblood, »dort hinten sind ein paar besonders hübsche.«

Als Melrose sich umdrehte, war Trueblood bereits ins Gespräch mit der Verkäuferin vertieft, die nickte und lächelte, Sì, sì. Melrose ließ genügend Zeit für die vorn stattfindende Transaktion verstreichen. Sie kamen aus dem Geschäft und er musste schmunzeln, als er sah, wie Trueblood das letzte flache Päckchen unter die Schnur um sein Gemälde klemmte.

Eigentlich schämte sich Melrose ein wenig und beschloss, künftig seinem Freund wegen herausragender Experten oder Autoritäten nicht mehr so die Hölle heiß zu machen.

24

Fest entschlossen, in Rekordzeit zu Pietro Di Bada zu gelangen, wies Trueblood Melrose an, die Autobahn zu nehmen, ein Ansinnen, das von Melrose im Keim erstickt wurde, der meinte, wenn er überhaupt hinfuhr, dann wollte er auch die toskanische Landschaft sehen, und zwar nicht vom Gehetze einer Autobahn aus.

»Ach, dann werden Sie bestimmt anhalten wollen«, moserte Trueblood.

»Nein, werde ich nicht.«

Würde er natürlich, weshalb er auch darauf bestanden hatte, am Steuer zu sitzen. Und tat er, als er in der Ferne das auf einem Hügel gelegene San Gimignano erblickte. Melrose fand den Namen einfach herrlich und übte immer wieder, um den Akzent richtig hinzukriegen (»San Tschi-min-jano, San Tschi-min-jano«). Die spitz wie Nadeln aufragenden, in Sonnenlicht getauchten Türme, von denen einige fast vollständig von Kletterpflanzen und Blumen eingehüllt waren, die feudalen Gemäuer und schmalen Fenster, der mittelalterliche Stein – das alles war unwiderstehlich.

Trueblood las aus seinem Reiseführer vor. »Früher gab es hier etwa vierhundert Türme. Jetzt sind es nur noch etwa siebzig. Was ist aus den anderen geworden?«

»Geht es denn darum überhaupt? Ich meine, was aus ihnen geworden ist, darum geht's in dieser Stadt doch *überhaupt* nicht.« Melrose brachte den Wagen auf dem Parkplatz zum Stehen, und schwer atmend mühten sie sich die Stufen zu der kopfsteingepflasterten Straße hoch und gingen weiter bergan. Sie fanden eine kleine Trattoria, wo sie sich zu Mittag an Bruschetta, Crostini und Wein gütlich taten. Melrose stieß an die Grenzen seiner Italienischkenntnisse, als er nach der *lista dei vini* und nach *acqua minerale* verlangte und wie immer passen musste, als der Ober (beeindruckt von der Sprachbeherrschung der beiden) selbst etwas beitrug: »*Gassata o naturale?*« Melrose reagierte mit gleichgültigem Schulterzucken. In Florenz nahm Trueblood immer nur Gin und Tonic, weil man da bei der Bestellung nichts falsch machen konnte. Schließlich hatten sie sich ja nie für Linguisten ausgegeben, oder?, meinte Trueblood nur dazu und bestellte sich wieder *gin tonic*.

Das Mittagessen war einfach und gut – was war hier eigentlich nicht gut? –, und danach schlenderten sie weiter den Hügel hinauf, bis sie an eine Piazza mit einer bezaubernden Kirche kamen. Sie überquerten den Platz und standen plötzlich vor dem Foltermuseum. Das war nun etwas ganz nach Melrose' Geschmack! Als sie sich per Eintrittskarte hineinbegeben hatten, waren sie offenbar die einzigen Folterenthusiasten, denn im ersten Raum war sonst niemand. Sie blieben vor einem Schauobjekt stehen, einer Art Eisenhelm, der, über den Kopf gestülpt, den Mund verschloss. Frauen, die sich die Zeit mit besonderer Schwatzhaftigkeit vertrieben, mussten dafür teuer bezahlen.

Im nächsten Raum, wo es erst richtig losging, lief ein zehn- oder elfjähriger Junge mit einem *gelato* herum, und Melrose fragte sich, wie er die tropfende Eistüte wohl hereingeschmuggelt hatte. Der Junge stand, inbrünstig sein Eis schleckend, vor der eisernen Jungfrau.

Während Trueblood sich verkrümelte und wie in Trance in den verschiedenen Räumen umherwanderte, folgte Melrose dem Jungen. Es gefiel ihm, wie der Bursche die Funktionsweise jeder Gerätschaft nachahmte. Bei der eisernen Jungfrau drückte er sich die Finger gegen den Brustkorb, machte ein schmerzverzerrtes Gesicht und stieß dumpfe Schreie aus, während die Stacheln vermeintlich in sein Fleisch eindrangen. Vor dem Schraubstock (noch so ein originelles Heilmittel für Frauen mit losem Mundwerk) drehte der Junge die Hände nach hinten (inzwischen hatte er sein Eis aufgegessen), packte sich an der Gurgel und streckte die Zunge heraus. Ein paar Ausstellungsstücke später blieb er plötzlich wie erstarrt vor einem Ding stehen, das aussah wie ein elektrischer Stuhl, streckte die Arme aus und ließ seinen Körper ein paarmal krampfartig erzittern. Um als Nächstes vorzuführen, wie der Oberkörper im Metallkasten eingesperrt wird, während einem die Gliedmaßen abgetrennt werden, beugte er sich vornüber und setzte eine imaginäre Säge an seinen Arm, die er kratzend vor und zurück bewegte. Messer, Keulen, Schwerter, Ketten und Spitzhacken – alles wurde von ihm schauspielerisch interpretiert.

Der Kerl hatte eine Schwäche für Schmerz und Pein, dachte Melrose. Wo waren eigentlich seine Eltern? Im Keller, gefesselt und geknebelt? Das Museum war wirklich sehr unterhaltsam, und Melrose wunderte sich, wieso der Besitzer nicht mehr Eintritt verlangte. Auf einem Schild am Eingang wurde erklärt, dass es sich um eine Privatsammlung handelte. Kindern war der Zutritt nicht gestattet, da sie durch die ausgestellten Stücke vielleicht seelisch belastet werden könnten. Seelisch belastet war dieser Junge allerdings nicht. Als der Rundgang zu Ende war, fanden sich Melrose und der Junge am Ausgang wieder.

Trueblood war schon hinausspaziert, und nun sah Melrose

auch zwei Erwachsene und ein Mädchen, die offensichtlich sehr besorgt und aufgeregt waren. Anscheinend Vater und Mutter des Jungen und seine Schwester.

Nachdem der Junge herausgekommen war, ging die Mutter gleich wie eine Furie auf ihn los: »Gerald! Ich habe doch gesagt, du sollst da nicht rein! Was hast du denn angestellt?«

Amerikaner. Na, das erklärte wohl alles.

»Nichts. Es war langweilig.«

Die Familie wandte sich um und ging davon. Doch für einen köstlichen, herrlichen Moment schaute der Junge über die Schulter zurück zu Melrose und zwinkerte ihm zu.

»Wissen Sie was«, sagte Trueblood, als sie wieder auf der Landstraße waren, »wir sollten Long Pidd in *contrade* aufteilen.« Er hatte einen kleinen Stadtführer von Siena erstanden und las daraus vor.

»Mir soll's recht sein, solange Theo Wrenn Browne und Agatha nicht in meinem sind.«

Trueblood warf ihm einen schneidenden Blick zu. »Haben Sie denn eigentlich überhaupt keine Ahnung von der Gegend hier?«

»Ich weiß das mittelalterliche Heilmittel gegen Klatschsucht.«

Trueblood knurrte unwirsch. »Also, *contrade* sind so etwas wie Stammeszuordnungen. In Siena gibt es deren siebzehn. Diese Aufteilung der Wohngebiete ist offenbar so alt wie die toskanische Hügellandschaft.«

»Was soll daran so toll sein? In London gibt es mindestens genau so viele: Chelsea, Battersea, Knightsbridge –«

»Nein, nein, *nein*. Das ist doch etwas ganz anderes. Das sind bloß geographische Aufteilungen, Postbezirke. Diese Wohngebiete sind sehr eng miteinander verbunden«, sagte er und umschlang dabei krampfhaft seinen Oberkörper, so dass Melrose fand, er hätte viel Ähnlichkeit mit dem Jungen von vorhin. »Die Menschen stehen sehr loyal dazu, jede *contrada* hat ihre eigene

Flagge, ihr besonderes Emblem – die Gans etwa oder den Elefanten –, und es herrscht extreme gegenseitige Konkurrenz.«

Siena blickte in der Abenddämmerung von seinem Hügel zu ihnen hinunter, voller kleiner, in Dunst gehüllter Lichter, ein kleines, erdverbundenes, schönes Städtchen.

Rasch wurde die Dämmerung von der Dunkelheit eingeholt, nachdem sie den Wagen wieder auf einem Parkplatz abgestellt hatten und mehrmals treppauf und treppab gestiegen waren. Sanfter Regen fiel, eigentlich mehr Dunst als Regen, während sie die Via Di Stalloreggi entlang in Richtung Duomo gingen. Ab und an blieb Trueblood stehen, um einen prüfenden Blick in den Stadtplan zu werfen, nickte dann und ging weiter.

»Wir suchen die Via Del Poggio«, sagte er und deutete auf eine kleine Tafel an einem Haus. »Sehen Sie?«

Melrose konnte etwas erkennen, das nach einer Schildkröte aussah. »Das hier ist also die Schildkröten-*contrada*?«

»Ich glaube nicht, dass sie es so bezeichnen.«

Sie fanden die Via Del Poggio. Über einer Tür befand sich ein kleiner Wimpel. »Daran«, sagte Trueblood, »kann man es auch erkennen. Und hier ist die Tafel, sehen Sie?« Die Tür öffnete sich und wurde gleich wieder geschlossen. Im plötzlich aufscheinenden Licht konnte Melrose wieder eine Schildkröte erkennen.

»Hier ist Di Badas Haus!«

»Gut. Es wird nämlich allmählich kühl. Wenn der eine Ihrer herausragenden Autoritäten oder führenden Experten ist, wird er vermutlich nicht mit Drinks aufwarten.«

»Was faseln Sie da eigentlich?«, fragte Trueblood und hob den kleinen Messingtürklopfer an.

Melrose zuckte die Achseln. »Keine Ahnung.«

Er wusste jedoch schlagartig, woran er war, als der feine Herr, den er für den hielt, dem ihr Besuch galt, die Tür öffnete. Er spähte über den oberen Rand seiner Brille (die ihm auf die Nasenspitze gerutscht war) und kniff die Augen zu, als müsste er in ungewohntes Licht blinzeln und als ob das Licht hier draußen schiene statt dort drinnen. War Aldo Luzi die Antithese zur Gelehrsamkeit gewesen, so stellte Pietro Di Bada deren ruhmreiche Krönung dar, das wahre Inbild eines Gelehrten. Wenn Symbole Beine hätten! Hier war ein Cherub von einem Mann, ziemlich alt und mit runden Schultern, die von einer Art Stola umhüllt waren.

Trueblood deutete eine Verbeugung an und sagte: »Signore Di Bada? Professore Di Bada? Ich bin Marshall Trueblood, und das ist Mr. Plant –«

»*Non capisco, non capisco.*« Der alte Mann wischte Truebloods Worte beiseite und schaute irritiert, weil er von einem Trottel, der nicht einmal die Landessprache beherrschte, an die Tür geholt worden war.

Trueblood versuchte es noch einmal. Indem er auf ihn deutete, fragte er: »Signore Pietro Di Bada?«

»*Sì, sì.*«

Ach, allmählich kamen sie weiter! »Signore Aldo Luzi wollte Sie anrufen und erklären, dass wir –«

»*Parli lentamente!*«, rief Signor Di Bada aus, verärgert, dass man ihn im kalten Hauseingang stehen ließ.

Trueblood sah Melrose an, und beide zuckten die Schultern.

»Den Sprachführer«, sagte Melrose, auf Truebloods Tasche deutend. »Es ist eine Aufforderung, in einer anderen Sprache zu sprechen. Auf Inuit? Auf Senegalesisch? Wer zum Teufel soll das wissen?«

»Ich hab's, ich hab's! ›Langsam.‹ Wir sollen *langsam* sprechen.« Trueblood räusperte sich und sagte mit verzerrtem Mund: »Aldo Luzi. Er… sagte… Sie… wären… die… führende… Autorität in Sachen Mas-ac-ci-o.«

»Da hat er zur Abwechslung mal Recht. Kommen Sie herein.« Sein ausgestreckter Arm wies ihnen den Weg.

Melrose meinte etwas dümmlich (wie ihm später klar wurde): »*Parla inglese?*« Es war eine seiner überstrapazierten Redewendungen, und er hoffte bloß, dass es nicht Spanisch war.

»Ob ich Englisch spreche? Na, das ist doch offensichtlich, oder? Wieso sprechen Sie beide Italienisch?« Di Bada lachte plötzlich aus vollem Halse, als hätte er den ganzen Tag bloß auf die Gelegenheit gewartet, die beiden aufs Kreuz zu legen. Immer noch lachend, winkte er sie herein. Es war eine Art keuchendes Lachen, ein leicht schnaubendes Lachen, irgendetwas zwischen Keuchen und Schluckauf.

Diese kleine Scharade passte überhaupt nicht zum Bild einer »herausragenden Autorität«. Bei so jemandem hätte man eher einen trockenen, nachdenklichen, ironischen Humor erwartet. Scharfen, schneidenden Witz. Trotzdem fand Melrose seinen ersten Eindruck von der Umgebung bestätigt: überall Zeitungen und Bücher, dazu das Licht einer Schreibtischlampe mit grünem Schirm, das auf die abgestoßene Holzfläche des Schreibtischs und den abgetretenen Perserteppich fiel.

Mühsam befreite Signor Di Bada ein paar Stühle von ihrer Last, so dass sich ein Stapel Zeitschriften und verschiedene Zeitungen auf den Fußboden ergossen. »Setzen Sie sich, setzen Sie sich«, bedeutete er ihnen, wobei ihnen nichts anderes übrig blieb, als die Füße auf Zeitungen und Zeitschriften zu stellen. Melrose schob ein paar Zeitungen zusammen und hielt sie Di Bada hin. »*Grazie*«, sagte der.

»*Prego*«, erwiderte Melrose.

Di Bada lachte wieder. Er freute sich offensichtlich immer noch wie ein Schneekönig über den kleinen Streich, den er ihnen gespielt hatte. »*Mi scusi.*« Er wischte sich die Tränen aus den Augen und schnäuzte sich in ein Taschentuch, das ungefähr die Größe von Northamptonshire hatte, knüllte es dann zusammen und stopfte es sich in die Tasche. »Also! Luzi sagte, Sie brauchen Hilfe bei einem Gemälde, von dem Sie meinen, es sei von Masaccio? Ist es nicht, aber zeigen Sie mal her.« Während Trueblood das Bild vorsichtig auswickelte, wollte Di Bada von Melrose wissen: »Waren Sie schon einmal in Siena? Nein«, beantwortete er sich die Frage selbst. »Mögen Sie Firenze? *Sì, sì*, Firenze, wer würde es nicht lieben? Ich will Ihnen sagen, wer. Wir, die Sienesen! Ich erzähle ihnen eine kleine Geschichte über den Schwarzen Tod, ist sehr witzig.«

Melrose lachte bereits.

»Im vierzehnten Jahrhundert war einer unserer Hauptbrunnen die Fonte Gais. Eine Gruppe von Sienesen fand eine Venusstatue, grub sie aus und stellte sie in die Mitte von dem Brunnen. Dann kam der Schwarze Tod, und die Priester und Wahrsager behaupteten, die heidnische Statue dort sei schuld dran. Eines Nachts also kam ein Grüppchen Leute, als Bauern verkleidet, stahl sie, schlug sie in Stücke und vergrub die Reste in Florentiner Boden, damit der Schwarze Tod weiter nach Firenze zog.« Hier ertönte wieder dieses schluckaufartige, schnaubende Lachen, das den alten Mann wie eine Schüssel Götterspeise erzittern ließ. Signor Di Bada schien immer kurz davor, in Lachen auszubrechen. Für ihn war jeder Witz oder Streich, ob nun gut oder schlecht, besser als überhaupt kein Witz.

»Ach, das Tafelbild, das Sie mitgebracht haben –« Er stellte es auf den Boden, hielt es mit ausgestrecktem Arm vor sich hin. »Hmpf! Sieht aus, als wäre es Teil eines Triptychons –«

»Polyptychons«, sagte Trueblood, eifrig bemüht, die Identifizierung zügig voranzutreiben.

Dichte Augenbrauen schwebten über schwarzgeränderten Brillengläsern, während Di Bada Trueblood durchdringend musterte. »Wenn Sie so viel wissen, mein Freund, warum kommen Sie dann zu mir?«

Trueblood rieb sich die Hände in der Luft und sagte: »Nein, nein, nein. Verzeihung. Ich meinte nur, diese Antiquitätenhändlerin deutete mir gegenüber an, es könnte sich vielleicht um einen Teil des Pisa-Polyptychons handeln… möglicherweise?«

Di Bada lehnte das Tafelbild gegen die Schreibtischkante und legte seine Patschhändchen verschränkt darauf. Er schüttelte langsam den Kopf hin und her, offenbar verwundert über Truebloods Torheit. »Signor Trueblood, ist Ihnen eigentlich klar, dass

Sie ein Idiot sind? Oh, es stimmt, es ist wahr, dass fast ein Dutzend verschiedene Teile dieses Polyptychons aufgetaucht sind, aber nur in alten Kirchen –«

»Ich glaube, sie sagte, dort hätte sie es auch gefunden. In der Kirche von San Giovanni Valdarno.«

Di Bada streckte ihm die Handfläche entgegen, als wollte er diese Absurdität weit von sich weisen, und sagte: »Das ist Masaccios Geburtsort. Dass ein so bedeutendes Gemälde in *der* Kirche übersehen werden könnte? Jahrhundertelang?« Di Bada klappte mit den Händen, als wollte er sie alle beide vertreiben. »Signor Trueblood, das ist absurd.«

»Aber kommt es denn nicht vor, dass Sachen manchmal so gefunden werden?«, wandte Trueblood ein. »Dass die richtige Person zur richtigen Zeit am richtigen Ort war? Mehrere Stücke aus dem Pisa-Polyptychon wurden auf diese Weise gefunden, nicht wahr?«

Di Bada wischte die Worte beiseite, noch bevor Trueblood recht geendet hatte. »Ja, vielleicht, aber ich will Ihnen sagen, nicht von jemandem in einer Kunstgalerie. Fahren Sie nach Pisa? Nein. Schade, dass der *Hl. Paulus* im Museo Nazionale hängt. Man war wohl besorgt um seine Sicherheit. Sie haben in Ihrem Land, in London, das Mittelstück des Altarbilds: *Madonna mit dem Kinde.* Und in Berlin müssen noch vier oder fünf Tafelbilder sein und die Predella von St. Julian, dann eins in Neapel und noch ein Teil in dieser Stadt in Kalifornien, deren Namen sich keiner merken kann. Nein, Signor Trueblood, ich fürchte, man hat Sie –« er tippte sich mit dem Finger an die Schläfe »– wie sagt man? angeschmiert, ah ja. Angeschmiert.«

Melrose, der nie gedacht hätte, dass er sich einmal für Masaccio einsetzen würde, nach all dem Ärger, den dieser ihm bereitet hatte, war nun doch etwas irritiert über Di Bada, der sich viel mehr mit sich selbst befasste als mit dem Tafelbild.

Als könnte er Melrose' Hirnströmungen deuten, schob Di Bada seine Brille hoch und hielt sich das Bild so dicht vors Gesicht, dass er es fast mit der Nasenspitze berührte. »Masaccio. Hmpf!«

Melrose deutete das »Hmpf!« nicht als Zeichen dafür, dass sie entlassen waren, sondern als Ausdruck der Neugier. Er sah, wie Di Bada aufstand, an eines der vielen Bücherregale hinüberging, einen verstaubt aussehenden Band herunterholte und ihn durchblätterte. »Masaccio war ein Besessener«, sagte er, als er die Seiten umblätterte. »Ihn interessierte nur eins – die Kunst. Alles andere vernachlässigte er, alles, alle, sich selbst inbegriffen. Es gab Zeiten, in denen er überhaupt keine Menschenseele sah. Er gehörte einer Gilde an – den *Speziali* –, zu deren Mitgliedern auch Lebensmittelhändler, Krämer, zählten. Ich fand das immer höchst amüsant. Nun, mit Masaccio wurde es dann ganz schlimm, aus lauter Angst, andere könnten seine Werke stehlen, wurde er – wie sagt man dazu?« Er schnalzte ein paarmal mit den Fingern.

»Paranoid?«, schlug Melrose vor.

»Paranoid, *sì*. Er wurde paranoid. So paranoid, dass er nur noch seinem Krämer Zutritt zu seiner Behausung gestattete, als Einzigem. Als er eine Zeitlang vergaß zu essen, bat er den Krämer um Beistand und ließ sich Brot und Käse bringen. Der Krämer hatte mit Kunst nichts zu tun, außer dass er eben in derselben Gilde Mitglied war wie die Maler. Er war vertrauenswürdig. Er war vollkommen desinteressiert. Wieso also nicht dem Menschen vertrauen, der nicht davon profitiert, he? Wieso nicht dem Lebensmittelhändler vertrauen?« Di Bada kehrte zu seinem Stuhl hinter dem Schreibtisch zurück und seufzte. »Sie wissen, dass er sehr jung starb –«

»Mit siebenundzwanzig«, ließ sich Trueblood vernehmen.

Melrose meinte, da einen Frosch im Hals gehört zu haben.

»Stellen Sie sich vor, was er alles bewerkstelligt haben könnte, wenn er auch nur zehn Jahre länger gelebt hätte.« Der alte Italiener ließ seinen Gedanken freien Lauf. »Der große Brunelleschi; Donatello, vielleicht der größte Bildhauer seit den Griechen; und unser Masaccio, der erste große Naturalist.« An Trueblood gewandt, sagte er: »Waren Sie in der Brancacci-Kapelle? Aber natürlich. Dann haben Sie ja eins der stärksten Beispiele für den Gebrauch der Perspektive gesehen – *Petrus, Kranke durch seinen Schatten heilend*. Das erste Gemälde der Renaissance, heißt es. Der Blick fällt herunter auf die Straße, und gleichzeitig kommt Petrus auf einen zu. Die Dinge *bewegen* sich auf dem Bild, der Schatten von Petrus *bewegt* sich. Masaccio hat das Chiaroscuro entwickelt, er war der Erste, der den Schattenwurf als Stilmittel eingesetzt hat. In Santa Maria Novella waren Sie natürlich, nicht?«

»Nein. Ich meine, noch nicht.«

Di Bada musterte sie, als hätte er zwei Häretiker vor sich. »Sie wohnen in Firenze und haben die *Heilige Trinität* nicht gesehen? Also, wenn Sie dorthin gehen, betrachten Sie die *Heilige Trinität* vom westlichen Seitenchor aus. Sie werden sehen, wie das großartige Deckengewölbe sich von Ihrem Standpunkt aus zu öffnen scheint. Es war Masaccios Ziel, seine Figuren in die Erdensphäre zu versetzen, um die Realität des Übernatürlichen anzudeuten. Ihr Blick begegnet dem Blick von Maria, verstehen Sie? Dieser Blick lässt die Überzeugung entstehen, dass sie präsent ist. Revolutionär.«

Die nun entstehende Stille war (wie Melrose hoffte) von gebührendem Respekt durchdrungen. Trueblood durchbrach sie schließlich, indem er sagte: »Ich hätte doch gern, dass Sie sich das Tafelbild noch mal ansehen, Signore Di Bada.«

»Wenn Sie möchten.« Di Bada ließ den Blick über die Heiligengestalt gleiten und ging sogar so weit, ein Vergrößerungsglas zur Hand zu nehmen, ein großes mit Horngriff. Dies ließ er über das Gemälde gleiten, wobei seine Augen wie kleine Pfeile flink hin und her huschten. Dann legte er das Vergrößerungsglas zurück an seinen angestammten Platz auf einem kleinen Bücherstapel und dachte eine Weile nach. »Vielleicht sollten Sie Ihren Fall nicht auf die Meinung von einem wie mich stützen. Zugegeben, ich bin Experte. Aber es gibt jemanden, der vielleicht noch mehr weiß –«

Melrose versuchte, in seinem Sessel nicht noch tiefer hinunterzurutschen, was ihm jedoch nicht ganz gelang. Trueblood war natürlich ganz Ohr.

»– es handelt sich um Tomas Prada. Er lebt in Lucca. Es lohnt sich für Sie, ihm einen Besuch abzustatten. Tut mir Leid, dass ich Ihnen nicht weiterhelfen kann. Ich kann nur sagen, was ich vorhin schon gesagt habe – es ist so unwahrscheinlich, dass es von Masaccio ist…« Di Bada zuckte die Schultern.

Kopfschüttelnd fuhr er fort: »Masaccio hatte nichts. Er schuldete anderen Geld, er besaß nichts, hatte seine Kleider im Pfandhaus versetzt. Und doch – war er nicht einer der Erwählten? Ich bin manchmal neidisch auf diesen Geisteszustand, der die materielle Welt einfach vergisst. Nicht ›leugnet‹, denn das heißt ja, sie anzuerkennen, bevor man sie von sich weist. Nein, Masaccio vergaß, dass sie *existierte*. Er gehörte zu den Erwählten.«

Während des gesamten Abendessens – einer fantastischen Fischsuppe, gefolgt von *tagliatelle alle noci*, gefolgt von Rebhuhn, bis hin zum *dolce*, einer warmen *zabaione* – stritten sie sich. Nicht auf feindselige Art und Weise, dafür war das Restaurant zu fein und das Essen zu gut, auch nicht einmal besonders streitsüchtig oder ununterbrochen. Sie brachten das Thema zur Sprache, ließen es auf sich beruhen, brachten es wieder zur Sprache.

Melrose sagte: »Ich weigere mich schlichtweg, zu einem ›Dernochmehrweiß‹ zu fahren.«

»Es ist nicht so weit. Lucca liegt fast auf dem Weg.«

»Das entscheidende Wort hier ist ›fast‹. Jetzt hören Sie mir mal zu: Wir haben bereits mit der herausragenden Autorität und mit dem führenden Experten gesprochen. Ich weigere mich, mich wohin zu schleppen –«

»›Schleppen‹? Es ist ein Maserati.«

»Auf diesen sanft geschwungenen Hügeln bringt ein Maserati

gar nichts. Ich weigere mich, nach einem ›Dernochmehrweiß‹ herumzusuchen.« Allerdings war Melrose mittlerweile doch neugierig geworden auf dieses Wesen, das er selbst mit Di Badas Redewendung heraufbeschworen hatte, und wollte diese Nachforschungen bis zu ihrem bitteren Ende durchstehen. Nur war er nicht bereit, ohne einen gewissen Widerstand in diesen dritten Reiseabstecher einzuwilligen. Es machte nämlich Spaß, Trueblood jammern und flehen zu hören. Er erhob sein Glas mit Chianti (der ganz anders schmeckte als alles, was man in England bekam) und sagte: »Na, von mir aus.« Er tauchte seinen Löffel wieder in die mit Marsala getränkte Schaumkrem. Wie konnte etwas so Einfaches nur so köstlich schmecken?

Trueblood strahlte über beide Backen. Melrose sagte: »Sie wissen ja, je länger wir uns damit befassen, desto näher kommen wir der Frage, nicht der Antwort.«

Aus Augen, die wie bei einem Cartoon mit Kreuzchen statt mit Pupillen versehen waren, schaute Trueblood etwas verdattert drein. »Wie meinen Sie das?«

»Weiß ich eigentlich auch nicht. Es war nur so ein Gefühl. Marshall, was tun Sie da eigentlich?«

»Hä?«

»Wieso kauen Sie Ihre Zabaione? Das ist doch Eierkrem.«

»Ich kaue doch gar nicht. Aber ich dachte gerade – sollten wir nicht doch nach Pisa fahren? Selbst wenn wir uns das Altarbild nicht ansehen können, könnten wie doch in der Carmine herumschlendern, sozusagen, um den Kontext zu erspüren.«

Melrose wusste, dass Trueblood wusste, dass *diese* inständige Bitte auf taube Ohren treffen würde.

Trueblood warf Melrose einen kurzen Blick zu und sagte: »Nein, wohl eher nicht.« Er sah völlig konsterniert aus.

Melrose nahm noch einen kräftigen Schluck Chianti und überlegte, ob Trueblood – der mit seinem fragwürdigen Gemälde in der ganzen Toskana herumrannte – ob Trueblood nicht vielleicht auch, wie Masaccio, zu den Erwählten gehörte.

25

Am nächsten Morgen wurde Melrose zu unsäglicher Stunde von Truebloods wildem Hämmern an seiner Zimmertür geweckt.

»Verzeihung«, sagte er, als Melrose herbeistolperte, um ihm aufzumachen. »Aber Klopfen allein reichte nicht.«

»Das tut es in aller Herrgottsfrühe gewöhnlich nicht.«

»Herrgottsfrühe? Herrgott, es ist acht Uhr vorbei.«

»Für mich Herrgottsfrühe genug.« Melrose gähnte.

Obwohl die Sonne schon aufgegangen war, waberte immer noch schwerer Tau zu ihren Füßen, und Melrose hatte wie am Vorabend das Gefühl, am Bug eines Schiffes zu stehen und über das weite Wasser zu blicken. Nach Kaffee und Brötchen verstauten sie ihre kleinen Taschen im Kofferraum und lenkten den Wagen in Richtung Lucca.

Diesmal braucht Melrose nicht dazu überredet zu werden, die *autostrada* zu nehmen. Der Maserati auch nicht. Sie brausten dahin.

Ein vollbusiges Mädchen in Dirndl und Bauernbluse öffnete die in einem auffallenden Blau gestrichene Tür und sagte: »*Posso aiutarle?*«

Melrose glaubte nicht, dass sie gefragt hatte: »Was für Possen reißt ihr da?« Folglich nahm er an, dass es etwas damit zu tun hatte, dass sie ihnen Hilfe anbot. Er fragte, ob sie Englisch spreche. »Wir sind Engländer – *inglese?*«

»Ah, *sì, sì!*«

»Wir würden gern Signore Prada sprechen. Ich habe angerufen…«

»*Non capisco…*«

Sie wirkte ehrlich bestürzt. Melrose hielt sich einen imaginären Hörer ans Ohr und tat so, als würde er wählen. »Mr. Plant? Mr. Trueblood? Haben angerufen.«

»Ah, sì! *Per favore.*« Ihr ausgestreckter Arm wies ihnen den Weg in eine Eingangshalle, die mit mehr Fotos, als Melrose je an einer Wand versammelt gesehen hatte, hübsch verziert war, dazu einem zierlichen Tisch mit einer sanft leuchtenden Lampe darauf und dem Duft einer undefinierbaren Blume. Sie folgten ihr den Korridor entlang bis zu einer Tür, wo sie leise anklopfte.

»*Avanti!*«

Das Mädchen öffnete die Tür und ließ die beiden vortreten. »*Grazie*«, sagte Trueblood.

»*Prego.*« Sie nickte und ging.

Bei dem Herrn, der am Fenster gestanden hatte, nahm Melrose an, dass es sich um Tomas Prada handelte. »Signore Prada?«, erkundigte sich Melrose. Er stellte sich und Trueblood vor. »Wir haben angerufen wegen des Gemäldes.«

Melrose schätzte Tomas Prada auf etwa Ende fünfzig. Er hatte sehr dunkles Haar und einen dichten Schnurrbart; in beidem zeichneten sich graue Strähnen ab. Seine Gesichtszüge waren fein gemeißelt, Wangenknochen und Nase scharf geschnitten.

»Ah, ja. Der Masaccio. Bitte, setzen Sie sich.« Prada deutete auf zwei bequem aussehende Lehnsessel. Er selbst blieb weiter am Fenster stehen.

Er war offenbar auch Maler, denn Melrose sah eine Staffelei und glaubte auf der Leinwand, der Studie eines Olivenhains, frische Farbe erkennen zu können. »Sie sind selbst ebenfalls Maler?«

Prada zuckte wie zur Entschuldigung mit den Schultern. »*Sì*. Ich unterrichte an der Accademia in Florenz. Nur drei Tage in der Woche, also habe ich beschlossen, in Lucca wohnen zu bleiben.« Prada kam vom Fenster quer durch den Raum herüber. »Also, zeigen Sie mal diesen Masaccio, den Sie da gefunden zu haben glauben.«

Melrose (der heute aus irgendeinem Grund das Heft in die Hand genommen hatte) fand diese Bemerkung ziemlich herablassend und korrigierte ihn: »Es ist eigentlich nicht so, dass wir das glauben. Mr. Trueblood hat es hier und in England einigen Leuten gezeigt, alles Experten im Bereich der Renaissancekunst, Ihren Freund Pietro Di Bada inbegriffen. Weder er noch die anderen glauben definitiv sagen zu können, es sei *nicht* Masaccios Werk.« Obwohl Di Bada verdammt nah dran gewesen war.

Prada lächelte ziemlich tintenschwarz. Sein Schnurrbart triefte sozusagen. »Schwankelmütige Gesellen!« Er wischte die anderen Experten kurzerhand beiseite, seinen Freund Pietro inbegriffen.

Melrose runzelte verständnislos die Stirn. »›Schwankelmü…‹? Ach, Sie meinen, *wankel*mütig.«

»Na, Leute, die sich nicht entscheiden können. Lassen Sie mal sehen.« Er nahm das Bild mit beiden Händen und stellte es aufrecht auf den Boden vor die Staffelei. Er musterte es flüchtig. Dann nahm er es mit ans Fenster, um es sich ausführlicher zu besehen. »Also, als Erstes, haben Sie das Material prüfen lassen?«

»Ja«, sagte Trueblood.

»Und die Farben, die Oberfläche sind zweifelsfrei fünfzehntes Jahrhundert?«

Trueblood nickte.

Prada lehnte das Tafelbild wieder gegen die Staffelei und korrigierte die Stellung, so dass mehr Licht darauf fiel. Er betrachtete es eine ganze Weile, den einen Arm quer übers Zwerchfell gelegt, den anderen darauf gestützt, während er sich ausgiebig seiner nervösen Angewohnheit widmete, an seinem Schnurrbart zu zupfen. Prada starrte den Hl. Wer-immer-er-sein-mochte eine Zeitlang schweigend an. Dann meinte er: »Diese Altarbilder wurden gewöhnlich auseinander genommen und in Einzelteilen wieder zu der Familie gebracht, die die Arbeit ursprünglich in Auftrag gegeben hatte. Vielleicht verkauft, vielleicht durch viele Hände weitergereicht. Von dem Pisa-Polyptychon befindet sich nichts mehr in der Carmine-Kirche und nur ein Stück überhaupt in Pisa, in einem Museum. Sehr interessant.«

Prada trat wieder ans Fenster, um sich das Bild noch einmal anzusehen. »Sie wissen ja, dass Donatello an seiner Werkstatt ein Schloss anbringen ließ, weil er Angst hatte, andere würden seine Werke stehlen oder nachahmen. Was zumindest einer auch tat. Es gab so viel Konkurrenz um Aufträge, denn die bedeuteten nicht nur Geld, sondern weitere Aufträge.« Das alles sagte er zu dem Gemälde. Er hob den Blick von seiner eingehenden Überprüfung, stieß einen Seufzer aus und gab Trueblood das Bild zurück. »Ich habe einen Vorschlag. Sie haben am Ende Ihrer Suche begonnen. Gehen Sie doch an den Anfang zurück.«

»*Wie bitte?*«

»An den Anfang. Statt ans Ende. Also, wo sind Sie auf dieses Bild gestoßen?«

»In einem Antiquitätengeschäft. Ich bin selbst Kunsthändler.«

»Und das Geschäft, das es Ihnen verkauft hat? Ist es zuverlässig?«

Trueblood nickte.

»Was ist mit der Provenienz? Wo hat er es gefunden?«

»Sie. Die Frau, die es mir verkauft hat, behauptete, sie habe es in San Giovanni Valdarno entdeckt.«

»Das spräche schon mal dagegen. Wie kommt jemand überhaupt auf den Gedanken, es könnte sich um einen Teil des Pisa-Polyptychons handeln, und bietet es zum Verkauf an? Ausgeschlossen. Wie viel haben Sie dafür bezahlt, wenn ich fragen darf?«

»Zweitausend Pfund.«

Prada nickte. »Unter anderen Umständen ziemlich viel Geld, aber nur ein Bruchteil dessen, was es wert wäre, wenn es komplett wäre und echt. Sie sagten, es wurde auf seine Materialeigenschaften überprüft?«

»Ja«, sagte Trueblood, »so gut es eben ging in der kurzen Zeit.«

Prada ging wieder zur Staffelei hinüber. »Ist es vielleicht Johannes der Täufer? Er besitzt die gewichtige Gestalt, die man in Masaccios Werken findet. Das Chiaroscuro – dieser Schatten hier –«, er deutete auf etwas an der Seite, das Melrose nicht ein-

mal erkennen konnte, so subtil war es, »– ist Masaccio, ja? Und
die räumlichen Effekte. Sì... Sie wissen natürlich, dass Masaccio
der Erste war, der sich Brunelleschis architektonisches Konzept
der Perspektive zunutze machte, ja? Die sich verjüngenden Diagonalen, die eine Illusion von Realität vermitteln. Mittelpunkt,
Fluchtpunkt. Die *Heilige Trinität* haben Sie gesehen?«

Beide brummten etwas, das sich hoffentlich nach »Selbstverständlich!« anhörte.

Tomas Prada lächelte durchgeistigt. Er hätte mühelos einen
Platz auf einem von diesen Tafelbildern einnehmen können.
»Glaube ich nicht. Ich glaube, Sie waren noch nicht in Santa Ma-
ria Novella.«

Was zum Teufel wurde hier eigentlich gespielt? Hatte Prada
vor, sie einem Lügendetektortest zu unterziehen? Reichte es diesen Italienern denn nicht, dass sie *den ganzen Weg von London*
hierher gekommen waren? Und auf der Suche nach einer Antwort quer durch die halbe Toskana gefahren waren?

»Da müssen Sie natürlich hin. Masaccio hat nämlich zwischen dem Stil des Triptychons in San Giovanni und der *Heiligen Trinität* einen bemerkenswerten Sprung vollzogen. Kein
anderer Maler, nicht einmal Leonardo da Vinci, hat sich so rasch
und mit so erstaunlichen Resultaten gewandelt. Dieses Deckengewölbe müssen Sie sehen. Die Perspektive, die Schattierung,
den Fluchtpunkt. Interessant ist dabei, dass bei der Lehre von
der Erlösung die Grenzen von Raum und Zeit aufgehoben sind,
dass sie sich wie bei einer *sfumatura* verwischen. Christus gibt
sich einmal hin, aber dann haben wir das Abendmahl, wo er
sich immer wieder hingibt, niemals endend, in vollkommenem
Widerspruch zu Raum und Zeit. Verstehen Sie? Die sich ver-
flüchtigenden Diagonalen vermitteln die Illusion von Realität,
so dass man, wenn man die Gestalten auf dem Gemälde als real
sieht, an den Gegenstand glaubt. Masaccios Theologie war die
Perspektive.« Während er dies sagte, betrachtete er Truebloods
Gemälde.

»Um zu sehen, welche Teile des Carmine-Polyptychons wieder aufgefunden wurden, müssten Sie nach Wien, Berlin und natürlich London gehen. Die National Gallery beherbergt –«, Prada dachte nach , »– das mittlere Tafelbild, glaube ich. Die *Madonna mit dem Kinde.* Das vollständige Predella-Ensemble befindet sich in Berlin. Das hier«, – er tippte auf Truebloods Bild –, »wäre dann wohl einer der Flügel gewesen, eine der Seitentafeln neben der Madonna. Vermutlich der Hl. Johannes oder der Hl. Nikolaus. Ich meine, vorausgesetzt, das Bild ist echt.«

Melrose' Blick fuhr blitzschnell zu Trueblood hinüber, um zu sehen, ob nun, nachdem es zweimal erwähnt worden war, auch eine Reise nach Berlin anstand, doch Trueblood war völlig gefesselt von Tomas Pradas Worten.

Im Augenblick lächelte Prada. »Vielleicht muss ich mich zu meinem Freund Di Bada gesellen, zu den Schwankelmütigen –«

»*Wankel!*«, sagte Melrose, sein Lächeln erwidernd.

»*Sì.* Nur – da ist doch noch etwas, was mich sehr verwundert, Mr. Trueblood.«

»Was denn?«

»Nun, verstehen Sie, was wir über das Pisa-Polyptychon in seiner Gesamtheit wissen, das wissen wir nur aus Vasaris Beschreibung. Wir sind nicht in der glücklichen Lage, diese Teile in einem Katalog oder als Druck zu sehen, habe ich Recht? Wenn es also eine Fälschung ist, wovon wurde es dann kopiert?«

Trueblood wirkte verdattert. »Eine gute Frage, eine gute Frage, Signore Prada.«

Prada seufzte. »Eine gute Frage – mag sein. Ich glaube aber, eine bessere Frage wäre vielleicht: ›Können Sie ohne die Antwort leben?‹«

Trueblood überlegte. »Könnte ich, würde ich aber lieber nicht.«

Er schlug mit dem Kopf aufs Armaturenbrett, lange und ausgiebig.

»Tun Sie nicht so dramatisch«, sagte Melrose, während sie die kurvenreiche Landstraße von Pradas Haus wieder hinunter fuhren.

»Wieso haben wir bloß nicht dran gedacht, wovon das Bild kopiert war? Es ist so offensichtlich.«

Melrose genoss das Gefühl, mit diesem Wagen durch die toskanische Landschaft zu rollen, die selbst im Dezember grünte und blühte. Obwohl sie erst seit drei Tagen hier waren, kam es ihm wie Wochen, ja Monate vor. Reisen vermittelte einem diese Art von Intensität. Ansichten und Erlebnisse ballten sich zusammen, so dass man am Ende dachte, nein, ich habe doch bestimmt eine Woche gebraucht, um das zu sehen, nicht bloß eine Stunde.

Die Finger seiner behandschuhten Hand auf dem Lenkrad (er trug seine neuen Handschuhe) klopften den Takt zu einer kleinen Melodie. Er war gut gelaunt. Trueblood kauerte, in nichts weiter als in seine eigenen Gedanken versunken, auf dem Beifahrersitz und drehte sich nur ab und zu dem Gemälde um, das auf dem Rücksitz lag, inzwischen unverhüllt, da es nichts mehr zu verbergen hatte.

Zum Abendessen verspeisten sie dann in der Villa San Michele einen köstlichen, mit dem Netz aus einem himmlischen Strom gefangenen Fisch. Zum Dessert gab es Soufflé Grand Marnier. Als sie fertig waren, bat Trueblood den Ober, ihnen Kaffee und Cognac draußen auf der Terrasse zu servieren. »*Fa caldo, Signore.*«

»*Sì*«, versetzte Trueblood, ohne sich Gedanken zu machen, ob es so war oder nicht. Der Ober brachte die Getränke und zog sich zurück.

»Ach, sind die immer feierlich«, meinte Melrose und lachte. In der Dunkelheit blickten sie hinunter auf Florenz, dessen Lichter sich wie Sternschnuppengestöber über die ganze Stadt breiteten.

Trueblood stieß einen tiefen Seufzer aus. »Morgen reisen wir ab.«

Sie nippten ihren Cognac, steckten sich Zigaretten an. Während er in der zart duftenden Luft stand, überkam Melrose plötzlich ein Gefühl tödlicher Stille. Da war er nun also an einem Ort, an den er erst gar nicht hatte kommen wollen und den er nun nicht mehr verlassen wollte. Er verspürte eine schreckliche Sehnsucht hier draußen, ihm war direkt zum Heulen zumute. Bilder flackerten im Bewusstsein auf und ab: die mit Weinranken überwucherten Türme von San Gimignano und seine stufigen, steilen Sträßchen; das verschwörerische Zwinkern des Jungen, der aus dem Foltermuseum gescheucht worden war; Siena, in warme Erdtöne getaucht mit seinen violett überschatteten Straßen; die blaue Tür des Hauses in Lucca; das Echo im Treppenhaus ihres kleinen Hotels.

»Vielleicht«, sagte Melrose, »hatte Diane am Ende doch Recht.«

»Inwiefern?«

»Florenz sehen und sterben.«

TEIL III

MONDSCHEINSONATE

26

Am Ende war es dann nicht Oliver Tynedale, der aus gesundheitlichen Gründen bei Simon Crofts Beerdigung vor zwei Tagen fehlte, sondern Simons Schwester Emily. Ihrem Herzen waren die beschwerliche Reise und die psychische Belastung einfach nicht zuzumuten. »Er sah erstaunlich munter aus«, hatte Mickey über Oliver Tynedale bemerkt. »Überhaupt nicht wie einer, der schon in den Neunzigern ist.« Mickey war auf der Beerdigung gewesen, hatte sich aber etwas abseits unter die regennassen Bäume gestellt.

Jury hatte gehofft, im Anschluss an die Beerdigung mit Emily Croft sprechen zu können, aber weil das nun nicht ging, musste er eben nach Brighton fahren.

Brighton im Dezember war zwar immer noch eine recht lebhafte Stadt, hatte jedoch wenig Ähnlichkeit mit dem Brighton im Juni oder August. Jury hatte oft das Gefühl, dass es kaum etwas Trostloseres gab als ein Seebad im Winter. Er lief über einen Strand, der weniger aus Sand denn aus feinem Kies und zerbrochenen Muschelschalen bestand, und lauschte dem Rauschen der Wellen, dem Zischen und Wispern der schäumend ans Ufer rollenden Flut. Als Kind war er öfter hier gewesen. Es war eine Erinnerung, die sich nun wie die Flut zurückzog. Er war sich nicht mehr sicher, ob er sich auf sein Gedächtnis verlassen konnte.

Emily Croft war ein Fädchen, das sich aus den engmaschig miteinander verknüpften Croft- und Tynedale-Klans herausgetrennt hatte. Er war nicht in der Erwartung oder gar mit dem Wunsch hierhergekommen, dass sie alle möglichen Geheimnisse über die anderen herausrücken würde. Allerdings verwunderte es ihn schon, dass sie hier in Brighton in so einer »betreuten Einrichtung« untergebracht war, in der man eigentlich nur deprimiert werden konnte.

Dieser Gedanke ging Jury durch den Kopf, als er vor dem hohen Fenster stand, das direkt aufs Meer hinausging; zinn- bis dunkelgrau war es weiter draußen und ziemlich ruhig heute. Man hatte ihn in diesen Aufenthaltsraum mit dem kalten und gleißenden marmornen Kamin geführt und ihn gebeten zu warten. Die Möbel waren solide, aber recht unscheinbar, dunkelblau und braun, mit wulstig aufgepolsterten Lehnsesseln.

Die Tür ging auf, und Emily Croft trat ein. Sie trug Gelb. Er musste lächeln, denn diese Farbe sah man eher selten. Es war kein blasses Gelb, sondern ein sonnengelbes Kleid mit passender Strickjacke. Emily Croft war dünn, ein wenig eckig, mit ihren Dreiundsiebzig aber immer noch mit glatter Haut und Wangen gesegnet, für die ein Fotomodell zur Mörderin werden würde. Sie wirkte überhaupt nicht gebrechlich und bewegte sich auch nicht, als ob sie krank wäre. Er fragte sich, ob dieses eiserne Durchhaltevermögen, über das sowohl Emily Croft als auch Oliver Tynedale verfügten, vielleicht charakteristisch für diese beiden Familien war.

»Miss Croft.« Er streckte ihr die Hand hin. Aus London hatte er angerufen und das Treffen mit ihr vereinbart. »Zuerst möchte ich Ihnen sagen, wie Leid es mir tut mit Ihrem Bruder.«

Man konnte sehen, dass sie geweint hatte, doch die Tynedales und Crofts hatten sich im Griff. Er wusste, sie würde sich keinen Zusammenbruch leisten.

»Superintendent Jury«, sagte sie und nahm lächelnd seine Hand.

»Ihr Kleid gefällt mir wirklich sehr«, brach es aus ihm hervor, und erst nachdem er es gesagt hatte, wurde ihm klar, wie unpassend es war.

Sie lachte, als hätte sie das Kompliment nicht erwartet. »Danke. Gehen wir doch hinaus in den Wintergarten.« Mit dem ausgestreckten Arm deutete sie auf eine verglaste Veranda und ging voran. »Bitte nehmen Sie Platz.«

Die Möbel waren aus weißem Rattan, der Teppichboden aus Sisal. Hier draußen war die Atmosphäre etwas entspannter und mit der schräg einfallenden Sonne auch viel heiterer. Ein besserer Hintergrund für ein gelbes Kleid.

»Sie wollten mich wegen Simons Tod sprechen.«

»Es tut mir sehr Leid mit Ihrem Bruder, das können Sie mir glauben.«

»Mir auch, mir auch.« Ihre Stimmer zitterte und sie sah aufs Meer hinaus, auf das gerade die helle Sonne fiel. Sie räusperte sich. »Simon war ein eher nüchterner, aber ein guter Mensch. Und sehr, sehr klug. Die Vorstellung, dass jemand seinen Tod wollte, ist mir so fremd –« Sie hielt erneut inne und blickte hinaus. »Seit es passiert ist, habe ich kaum an etwas anderes gedacht. Ich habe mich immer wieder nach dem Grund gefragt. Und keinen gefunden.«

»Wann haben Sie ihn das letzte Mal gesehen?«

»Vor etwa drei Wochen. Simon hat versucht, regelmäßig jede Woche hierher zu kommen. Manchmal hat er es nicht geschafft, meistens aber schon. Zusammen mit Marie-France, obwohl sie nicht so oft dabei war. Ian besucht mich auch ab und zu, und ich weiß, Oliver würde auch kommen, wenn der Arzt nicht gedroht hätte, ihm die Füße abzuhacken.« Sie lachte, doch dann brach das Lachen abrupt ab. »Ich will Ihnen erzählen, was geschehen ist, da Sie sich wahrscheinlich wundern, wieso ich hier bin und nicht in London. Vor etwa fünf Jahren wohnte ich noch allein in Knightsbridge. Als ich dann dieses Herzproblem bekam, riet mir mein Arzt, mir eine Hilfe ins Haus zu nehmen. Das raten sie einem so, als wäre es die leichteste Sache von der Welt, dabei gehört es zu den schwersten. In einer Dreizimmerwohnung mit einer fremden Person wohnen? Ich bitte Sie. Oliver meinte dann, ich sollte ins Lodge ziehen, dort seien Leute um mich und ich hätte aber auch meine Ruhe. Ich hätte zu Simon oder Marie-France gehen können, aber dann wäre es für uns alle aus mit der Ruhe. Das Lodge war ideal, es war perfekt. Wenn man wollte, konnte man dort tagelang herumlaufen, ohne einem anderen zu begegnen.« Sie hielt inne und griff in die Tasche ihres Kleides nach Zigaretten. Das Hinweisschild mit der Aufschrift BITTE NICHT RAUCHEN drehte sie herum. »Wenn ich das Ding sehe, bekomme ich immer gleich Lust, mir eine anzustecken.«

Jury lachte, nahm ihr Feuerzeug und gab ihr Feuer. Feuerzeuge hatten immer so ein angenehmes leises Ratschen und Klicken.

»Sie waren bestimmt früher Raucher, Superintendent, so sehnsüchtig, wie Sie gucken.«

»Sie haben Recht.«

»Tja, seien Sie stolz auf sich, obwohl ich bezweifle, dass Sie es um der Tugend Lohn tun. Ich habe ein paarmal versucht aufzuhören und es nie geschafft.«

»Und haben Sie sich dagegen entschieden?«

Sie war verwirrt. »Wogegen… ach, Sie meinen, im Lodge unverhofft anderen Leuten in die Arme zu laufen?« Sie lachte wieder. »Wenn Sie damit Kitty Riordin meinen, ja. Maisie mag ich übrigens auch nicht besonders.« Sie musterte Jury, als hätte seine Frage sie etwas verwirrt. »Wahrscheinlich bin ich deshalb hier und nicht dort.«

»Sie haben sich mit Mrs. Riordin nicht verstanden.«

»Ich fand sie schon immer kalt wie eine Hundeschnauze. Es überrascht mich eigentlich, dass Oliver nicht allmählich genug von ihr hat.« Sie zuckte die Achseln. »Na ja, er hat sich wohl daran gewöhnt, dass sie da ist. Oliver ist ein sehr guter Menschenkenner. War mein Vater auch. Er hatte Format, das hat Oliver auch. Ich glaube aber nicht, dass es etwas mit Reichtum und Macht zu tun hat – und glauben Sie mir, beides hat Oliver im Überfluss. Ich glaube, es hat eher mit Ehrlichkeit zu tun. Die beiden waren – sind – grundehrliche Menschen. Und vielleicht haben wir alle etwas davon geerbt. Hoffe ich jedenfalls.«

»Sie schon.«

Emily saß in ihrem Schaukelstuhl und rauchte. Ganz entspannt, fand Jury. Wenn ihr etwas im Leben gegen den Strich ging, würde sie das nicht einfach so hinnehmen; sie würde etwas dagegen tun. »Wenn er jedoch zwischen Ihnen und Kitty Riordin wählen müsste, würde er sich nicht für sie entscheiden, oder?«

»Nein. Mit dem allem wollte ich ihn aber nicht belasten. Er ist schließlich sechs- oder siebenundneunzig. Ein außergewöhnlicher Mensch! Und obwohl ich das Lodge mag und schon immer gemocht habe, beschloss ich, es hier einmal zu probieren.« Sie betrachtete Wände und Decke, als sähe sie ihre Umgebung zum ersten Mal. »Sie möchten etwas über Simon erfahren, kann ich mir denken.«

»Ich will über alle etwas erfahren.«

»Ja, natürlich. Wissen Sie, ich habe mich mit Simon immer gut verstanden. Sie dürfen nicht vergessen, ich war einige Jahre älter als Simon und Marie-France, ich war achtzehn, also eher in Alexandras Alter. Wir standen uns ziemlich nahe, Alex und ich. Deshalb hat sie sich mir wohl anvertraut. Wussten Sie, dass sie noch ein Kind hatte? Ich weiß nicht, ob sie es sonst noch jemandem erzählt hat. Vielleicht Kitty, denn mit Kitty war sie sehr verbunden, weil die sich um Maisie kümmerte. Ich weiß aber sicher, dass sie Oliver von ihrem Entschluss erzählte, eine Reise über den Ärmelkanal zu machen.« Emily lachte. »Ich frage mich, wie viele solche Reisen wegen unehelicher Babys gemacht werden.«

»War es nicht von Ralph Herrick?«

»O nein. Das war kurz bevor Ralph auf der Bildfläche erschien. Am darauf folgenden Weihnachten heirateten sie, und gleich danach wurde Alexandra schwanger. Ich war immer der Meinung, aus Trauer darüber, dass sie das erste Kind hergeben musste, wollte sie sofort wieder eins haben.«

»Hat sie Ihnen nicht gesagt, wer der Vater des ersten Babys war?«

Emily schüttelte den Kopf.

»Erzählen Sie mir von Ralph Herrick.«

Sie warf den Kopf in den Nacken und lachte. »Ach, Ralph. Ja, ich fragte mich schon, wann ihn jemand aufs Tapet bringen würde. Simon und Ian vergötterten ihn geradezu, kein Wunder. Ein gut aussehender Flieger, ein Held. Wie geschaffen zur Heldenverehrung. Na ja, Simon war damals – wie alt? Zehn oder elf? – Da ist so was doch verständlich.«

»Sie bewunderten Ralph Herrick aber nicht so sehr wie die anderen?«

»Nicht einmal wegen des Viktoriakreuzes, Superintendent. Ich gebe zu, er *war* kühn, ›verwegen‹ ist vielleicht der bessere Ausdruck. Ich war schon immer ein ziemlich nüchterner Mensch, nicht sehr fantasievoll. Wie gesagt, ich bewunderte Oliver Tynedale und meinen Vater, weil sie Ehrlichkeit schätzten. Bei Ralph war das anders.« Sie drückte ihre Zigarette in einem Aschenbecher aus dünnem Aluminium aus und fuhr fort: »Ich habe wirklich versucht, Alex zu warnen, aber sie wollte nicht hören. Hätte ich umgekehrt wohl auch nicht.« Sie seufzte. »Arme Alexandra! Ich glaube, in dem einen Jahr, das sie verheiratet waren, hat er sich kaum ein halbes Dutzend Mal blicken lassen. Wenn er öfter da gewesen wäre, hätte sie sicher gemerkt, dass an ihm nichts dran ist. Er war so leicht durchschaubar. Bei allzu glatten Menschen bin ich immer misstrauisch. Was mir allerdings nicht in den Kopf will, ist, dass Oliver und Dad sich so leicht überrumpeln ließen. Sie waren sonst so nüchtern, da hätte ich gedacht, sie würden aufpassen bei so einem, der einen an die alten Gangster aus dem Chicago der zwanziger Jahre erinnert, einer von diesen glatten Gaunertypen, die man aus alten amerikanischen Filmen kennt.« Sie zuckte mit den Schultern. »Ralph hätte einen erbärmlichen Vater abgegeben. Er hatte nun einmal kein Talent dazu.«

»Und was ist mit Maisie?«

»Gut, ich mag sie nicht besonders, schließlich hatte sie es so eingefädelt, dass ich schließlich wegging. Hatte jedenfalls daran mitgewirkt. Ich glaube, wenn es um Kitty Riordin geht, macht sie sich etwas vor.«

Jury wollte ihr keine Worte in den Mund legen. Er lehnte sich zurück. »Verzeihen Sie meine Neugier – es gibt auch einen Grund dafür –, aber wurde Kitty Riordin von Mr. Croft in irgendeiner Weise testamentarisch bedacht?«

»Nein. Sein Testament enthielt keinerlei Überraschungen, Superintendent. Der größte Teil seines Geldes und sein Besitz gehen an meine Schwester und mich. Ian und Maisie bekamen etwas zugesprochen und – das fand ich übrigens sehr lieb – auch Mrs. MacLeish. Ich habe gehört, dass sie Simons Leichnam gefunden hat, die Ärmste. Sie wissen natürlich, dass sie ab und zu für ihn gekocht hat. Ach ja, und für Gemma Trimm hat Simon auf einem Treuhandkonto auch etwas Geld hinterlassen. Das fand ich nett von ihm, vor allem, wenn man bedenkt, was Gemma voraussichtlich einmal von Oliver erben wird. Simon war eben ein sehr großzügiger Mensch. Das war mein Vater allerdings auch, und Oliver. Aber was das Testament betrifft, nein, wie ich schon sagte, da gab es keine Überraschungen.«

Eigentlich wusste er es schon, weil Mickey es herausbekommen hatte. Jury wollte einfach hören, was Emily Croft über das Testament zu sagen hatte. Er wartete. Als nichts weiter kam, sagte er: »Wie ich höre, fahren Sie öfter einmal nach London.«

»Ja. Das gehört zu den angenehmen Dingen, wenn man Geld hat, Mr. Jury. Man braucht sein Leben nicht ständig völlig umzukrempeln. Ich musste meine Wohnung nicht verkaufen, um hier wohnen zu können. Ach so – zielt Ihre Frage darauf ab, ob ich an dem Tag, als Simon erschossen wurde, in London war?« Ihr Lächeln wirkte traurig.

»Waren Sie dort?«

»Ja, das war ich in der Tat. Ich kam am frühen Nachmittag an, ich wollte Weihnachtseinkäufe erledigen. Ich blieb zwar über Nacht, erhielt die Nachricht von Simons Tod aber erst am nächsten Abend, nachdem ich wieder hier war. Ich war einfach zu erschöpft, um gleich wieder umzukehren. Mein Arzt hatte mich sowieso nicht nach London fahren lassen wollen.«

Jury nickte. Das war kein Alibi, jedenfalls vorab nicht. »Was ist mit dem Haus Ihres Bruders, Miss Croft? Sie und Ihre Schwester haben es geerbt, nehme ich an.«

Sie wandte den Kopf zum Fenster und starrte reglos hinaus. Dann sagte sie kummervoll: »Ja. Aber darin wohnen wird wohl keine von uns. Wissen Sie, Superintendent, wenn man alt wird, dann hat man keine Lust mehr auf Veränderungen.«

»Werden Sie es verkaufen?«

Sie sah ihn lange an, musterte ihn von Kopf bis Fuß. »Tragen Sie sich etwa mit dem Gedanken, als Nebenberuf ins Immobiliengeschäft einzusteigen?«

Jury brach in Lachen aus. Es war das erste Mal seit Beginn dieses Falls, dass er so richtig gelacht hatte, stellte er fest. »Wäre ich denn ein guter Makler?«

»Ach, wahrscheinlich nicht. Sie scheinen sich nur sehr darum zu sorgen, was aus Wohnungen und Häusern wird, als ob das ein Nebenberuf von Ihnen wäre.« Nun musste sie selbst lachen. »Nein, wir werden es nicht verkaufen. Ich will Simon nicht völlig verlieren. Wie gesagt, das ist das Angenehme am Geld. Man kann die Dinge so belassen, wie sie waren.«

»Eigentlich nicht wirklich.«

Wieder sah sie ihn lange an, diesmal war ihr Blick voller Mitgefühl. »Der Tod weilt immer unter uns, Mr. Jury. Immer.« Sie lächelte. »›Der Bursche im weißen Nachthemd‹, so nannte ihn W.C. Fields einmal. Mir gefällt dieses Bild sehr, obwohl ich ihm nicht zustimme. Es ist kein helles, leuchtendes Gewand. Der Tod kommt in den gleichen alten Kleidern, sie sind nicht neu, nicht anders als die, die wir gewohnt sind zu sehen. Und wir sehen ihn tatsächlich, die ganze Zeit, und wissen es und versuchen ihm auszuweichen. Ich finde es tröstlich, dass der Tod keine Überraschungen birgt.« Sie sah ihn gütig an. »Merken Sie sich das gut, Superintendent. In Ihrer Branche täten Sie gut daran, es sich gut zu merken.«

Ihr Gesichtsausdruck war undurchdringlich. Er verspürte unwillkürlich das Bedürfnis, ihr etwas zu erwidern.

»›Der Tod weilt immer unter uns‹ – ist das nicht ein ziemliches Klischee?« Er lächelte.

»Nein.« Sie lächelte ebenfalls.

27

Das Hausmädchen der Tynedales, Rachael, öffnete die Haustür, um Jury zusammen mit einer weißen Katze einzulassen, die ihn die ganze Zeit unverwandt gemustert hatte. Jury sagte dem Hausmädchen, er habe einen Termin mit Oliver Tynedale. Er wisse, er sei zwanzig Minuten zu früh dran. »Ich würde auch gern Miss Tynedale sprechen, wenn das möglich ist.« Jury sah hinunter. »Für die Katze kann ich allerdings nicht sprechen.« Rachael kicherte und führte ihn durch die Eingangshalle. Die Katze kam hinterher.

Sie saß an einem Schreibtisch in einem Erkerfenster und erhob sich, um ihn zu begrüßen. »Superintendent Jury.« Ihr Ton war ruhig und fest wie ihr Blick, keines von beiden war einladend. Beim Anblick der Katze entspannte sie sich ein wenig. »Wie ich sehe, haben Sie Snowball mitgebracht. Sie gehört Mrs. Riordin – ein merkwürdiges Tier.«

Wieder starrte die Katze Jury eindringlich an. »Was merkwürdige Katzen betrifft, kenne ich mich aus, glauben Sie mir. Darf ich mich setzen?« Er bemerkte ein leichtes Zögern, bevor Maisie den Arm ausstreckte und auf den Sessel neben ihm deutete. Die Katze ging wieder zur Tür.

»Hat sich noch etwas ergeben?«

»Nein.« Er ließ sich nicht weiter aus, weil er sie reden lassen wollte.

»Sie haben Kitty Riordin ganz schön durcheinander gebracht, wissen Sie.«

»Das hat die Polizei so an sich.«

»Sie wollten über den Krieg reden und was damals passiert ist.«

»Das tut die Polizei normalerweise, nicht? Über das reden, was passiert ist?«

Maisies Blick wanderte überall hin, nur nicht zu ihm. Jetzt besah sie sich offenbar eingehend irgendein Dokument, das auf ihrer Schreibtischunterlage lag. »›Was passiert ist‹«, erwiderte sie auf seine Frage, »Simon wurde ermordet. Es geht nicht um den Krieg und nicht um das Blue Last.« Sie versuchte, sich ihre Verärgerung nicht anmerken zu lassen.

Jury sah sie forschend an. »Woher wissen Sie das, Miss Tynedale?«

Sie sah auf dem Schreibtisch umher, als suchte sie etwas, könnte es aber nicht finden. »Ein *Bombenangriff* ist passiert, und das Blue Last wurde getroffen. Das war vor fünfundfünfzig Jahren, gleich nach Weihnachten, am neunundzwanzigsten Dezember. East London wurde völlig zerstört. Es war der schwerste Angriff des ganzen Krieges, ungefähr siebenhundert Bombenflieger. Meine Mutter – Alexandra – und Francis Croft kamen zu Tode. *Das* ist passiert.«

Ein halbes Jahrhundert war vergangen, und sie verspürte die emotionale Erschütterung immer noch? Jury nahm es ihr nicht ab. »Sie haben alle Einzelheiten richtig benannt. Man hat sie Ihnen wahrscheinlich immer wieder erzählt. Ich war damals ein kleines Kind und kann mich an gar nichts erinnern, zumindest nicht richtig. Und was das betrifft, dass der Tod Ihrer Mutter schon so lange zurückliegt, nun, Sie wissen sehr genau, dass ein Tod einen anderen beeinflussen kann, egal, wie viel Zeit dazwischen vergeht.«

»Nicht in diesem Fall. Nein.«

»Sie sind sich da sehr sicher. Warum?«

Sie schüttelte bloß den Kopf.

Da sie nicht darauf antworten würde, sagte er: »Sie haben das Riordin-Baby gar nicht erwähnt.«

»Ach, Erin, natürlich.« Maisie betrachtete eingehend ihre Hände. Offenbar schämte sie sich immer noch ein wenig wegen ihrer verstümmelten Finger. »Ich weiß, dass man die Knochen gefunden hat.«

»Ja.«

»Ich kann mir nicht denken, was Sie daran erkennen wollen. Ich verstehe nicht, woran Sie sehen, dass es die von meiner Mutter und Erin Riordin sind.«

»An vielem. Das Geschlecht lässt sich relativ leicht feststellen, jedenfalls bei der Erwachsenen. Bei einem so kleinen Kind ist es vielleicht nicht so einfach. Da muss man andere Faktoren heranziehen. Das Skelett des Kindes befand sich ganz dicht neben dem der Erwachsenen, und es waren offensichtlich sonst keine Kinder im Pub...« Jury zuckte die Achseln. »Man kann nach der Zusammensetzung des Erdbodens gehen, nach der Vegetation – einer ganzen Reihe von Dingen abgesehen vom Zustand der Knochen selbst. Nehmen Sie zum Beispiel die Zähne. Selbst bei Säuglingen ist das möglich. Die Zähne sind dann zwar noch nicht durchgebrochen, im Kiefer aber schon ausgebildet. Im Fall von Ihrer Mutter und Erin Riordin kommt noch die Bombardierung selbst dazu. Granatsplitter, solche Sachen. Erstaunlich, was die forensische Anthropologie alles kann. Was man mit der Rekonstruktion eines Gesichts anhand des Schädels, mit der Knochenstruktur alles machen kann.«

Sie betrachtete ihre Hände und blickte dann wieder auf dem Schreibtisch umher, als suchte sie irgendetwas. Sie suchte, dachte Jury, schlicht und einfach nach Zeit.

»Ich würde gern mehr über Mrs. Riordin erfahren. Sie sind ihr sehr zugetan.«

»Sicher. Zwar hasse ich Klischees, aber sie ist wie eine Mutter zu mir.«

Jury fragte sich, wieso Maisie nicht die andere Seite sah, die logische Schlussfolgerung. »Wie kam es, dass sie eingestellt wurde?«

Maisie überlegte. »Hm, sie war gerade aus Dublin herübergekommen – wie so viele junge Irinnen. Sie war recht jung, ein bisschen jünger als meine Mutter Alexandra. Meine Mutter ging zu einer Stellenvermittlung und fand sie. Dort hatte Kitty natürlich nicht gesagt, dass sie ein Baby hatte, weil sie wusste, dass die Vermittlung sie dann nicht in die Liste aufnehmen würde. Sie hoffte, dass die Leute, die sie zu einem Gespräch einluden, Verständnis haben würden. Sie hatte Glück, dass es Alexandra war, die – wie man mir erzählte – der verständnisvollste Mensch auf der Welt war.«

»Wie lange war sie schon bei Ihnen, bevor der Bombenangriff im Dezember passierte?« Ihm fiel auf, dass sie von »meine Mutter« und »Alexandra« sprach und nicht von »Mum« oder »Mummy«. Maisie hatte ihre Mutter zwar nie richtig gekannt, aber trotzdem…

»Etwas über ein Jahr. Ich glaube, es war direkt nachdem ich zur Welt gekommen bin.«

»Mochte Ihr Großvater sie denn?«

»O ja. Wenn Kitty nicht gewesen wäre, wäre ich tot.«

»Und sie lebte danach mehr oder weniger mit und für die Familie.«

»So ist es. Ich habe mich oft gefragt, wieso sie nicht wieder geheiratet hat. Sie hätte bestimmt wieder einen Mann finden können.«

»Sind die Familienbande so eng, dass man sich, hm, vielleicht etwas eingeengt fühlte?«

Sie ließ es sich durch den Kopf gehen. »Nicht unbedingt auf negative Art. Wir sind einander sehr verbunden, ja.«

»Das Problem ist nur – wenn man einen Strang herauszieht, trennt sich das Ganze auf.«

»Finden Sie das nicht ein wenig an den Haaren herbeigezogen? Wenn einer von uns auf die Nase fällt, muss das nicht heißen, dass es allen so ergeht.«

»Vielleicht schon. Vor allem, wenn man nicht weiß, wer sich wirklich etwas hat zuschulden kommen lassen.«

Maisie fuhr sich mit der Hand durch ihr schwarzes Haar, das sich gleich wieder ordentlich legte. Er stellte sich vor, dass es sich mit den Wirrungen der Vergangenheit ebenso verhielt: wie die friedliche Oberfläche eines Sees, die, von Wind und Regen gepeitscht, gleich wieder spiegelglatt wurde.

Er überlegte, ob Maisie womöglich deshalb nicht geheiratet hatte, weil die Vergangenheit und das Schicksal dieser beiden Familien sie nicht losgelassen hatten. Oder aus einem anderen, vielleicht etwas prosaischeren Grund. An Gelegenheiten hatte es ihr bestimmt nicht gefehlt. Dafür war sie zu attraktiv, zu intelligent und zu reich. Schon allein das Geld hätte einen Anreiz geboten.

Sie hatte sich erhoben und stand, die Füße an den Fesseln gekreuzt, mit gesenktem Gesicht an den Schreibtisch gelehnt. »Mein Vater war in der Royal Air Force, hoch dekoriert. Er hatte das Viktoriakreuz.«

Wieder fühlte sich Jury in etwas hineingezogen, das er nicht begriff. »Meiner auch. Ich meine, er war in der Royal Air Force. Er wurde über Dünkirchen abgeschossen.«

»Das tut mir Leid.«

Es überraschte Jury einigermaßen, dass sie es offenbar ernst meinte. »Das ist schon lange her.«

Sie nickte. »Das soll jetzt nicht nach Selbstmitleid klingen, aber ich fühle mich wirklich betrogen, nicht nur, weil ich meine Mutter und meinen Vater verloren habe, sondern auch, weil ich keinerlei Erinnerung an sie habe.«

»Das wäre bloß eine andere Version.«

»›Version‹?«

»Dessen, was sich wirklich zugetragen hat. Der Realität, meine ich. Wie gut können wir uns denn überhaupt an etwas erinnern? Wie gut erinnern wir uns an gestern?«

Nun lächelte sie zum ersten Mal. »Ach, das ist doch Sophisterei. Oder vielleicht tröstet es Sie tatsächlich, so zu denken.« Sie war vom Schreibtisch an das dahinter liegende Erkerfenster getreten.

»Oh, ich bin nicht zu trösten«, entgegnete er. Seltsam erschöpft stand er auf und ging ebenfalls ans Fenster hinüber. Sie standen schweigend da. Der Erdboden war vom morgendlichen Regen durchweicht, und die Buche, zwischen deren dicken Ästen das Holzbrett klemmte, schien noch regenschwer.

Jury sah zu, wie Mr. Murphy, der Gärtner, eine Hacke oder einen Rechen gegen die Gartenmauer lehnte und sich über einen kleinen Topf mit irgendeinem zarten Blümchen beugte. Als er sich wieder aufrichtete, fuhr er sich mit der Hand ans Kreuz. Arthritis vermutlich oder Rheuma. Er war zu alt, dachte Jury, sich ganz allein um den Garten zu kümmern. Er fragte sich, wo Gemma Trimm steckte. Wäre er etwas fantasiebegabter (»Fantasie« versuchte er – wie den Whisky – auf seine dienstfreien Stunden zu verweisen), dann hätte er seine Begegnung mit Gemma vielleicht für ein Hirngespinst gehalten. Sie schien so feenleicht, so gar nicht verbunden mit diesem Haus.

»Woran denken Sie gerade? Sie lächeln.«

»Erzählen Sie mir von dem kleinen Mädchen.«

Für einen kurzen Moment wirkte Maisie verblüfft. Konnte es sein, dass Gemma im Bewusstsein der Familie so wenig präsent war, dass die anderen erst kurz nachdenken mussten? Wie kam es, dass ein Kind, das dort lebte – noch dazu eines, das so interessant war wie Gemma Trimm –, derart wenig Eindruck hinterließ? Überhaupt ein Kind, das vom Patriarchen, dem Mann mit dem Geld, so geliebt wurde? Sah in dem Kind eigentlich keiner eine Bedrohung? Wie reich war Tynedale *tatsächlich*? Vielleicht so reich, dass eine Million mehr oder weniger kaum ins Gewicht fiel.

»Sie ist Großvaters Mündel.«

Interessant, wie sie sich ausdrückte. Gerade als sie es sagte, tauchte Gemma neben Mr. Murphy auf. Es war, als müsste sie körperlich in Erscheinung treten, um daran zu erinnern, dass sie existierte.

»Sie hat keine Verwandten? Gar keine?«, fragte Jury. Es klang so fatalistisch.

»Ich weiß jedenfalls von keinen. Großvater hat die Behörden verständigt und sich gut zwei oder drei Monate lang bemüht herauszufinden, wo sie hingehörte.«

»Selbst wenn er ihre Verwandten aufgespürt hätte, bin ich mir sicher, dass er es irgendwie eingerichtet hätte, sie behalten zu können.«

Sie lächelte nur matt. »Da haben Sie sicher Recht. Aber was soll dieser selbstgerechte Ton?«

»Verzeihung, wenn es sich so anhört – aber Geld lässt eben so manches Problem verschwinden. Wer behauptet, dass man Glück damit nicht kaufen kann, hat offensichtlich kein Geld.«

»Meine Güte, Superintendent, für einen Zyniker habe ich Sie bisher nicht gehalten.«

»Bin ich auch nicht.«

Mr. Murphy war ihrem Blickfeld inzwischen entschwunden, während Gemma mit ihrer Puppe am Blumenbeet wartete. Kurz darauf kam er zurück, offenbar unter größter Anstrengung einen Schubkarren schiebend.

»Der Arme«, sagte Maisie. »Für die viele Arbeit ist Angus einfach zu alt mit seinem Rheuma. Wir haben mehrere Gärtner als Hilfe ausprobiert, aber keiner schien sonderlich arbeitswillig und hat ihn bloß zu Tode geärgert. Die letzte Gärtnerin, Jenny Gessup, ließ sich einfach nicht mehr blicken. Jetzt werde ich es wohl noch mal versuchen. Die Vermittlungen schicken einem lauter Gesindel. Er braucht aber jemanden für die schwere Arbeit.«

»Wirklich?«

28

»Ich habe mich schon gefragt«, sagte Oliver Tynedale und legte sich wieder in die Kissen seines übergroßen Bettes zurück, »wann Sie endlich bei mir vorbeikommen.«

»Ich bin in einer – was? In einer halboffiziellen Eigenschaft hier?«

»Na, zum Teufel, wenn Sie's nicht wissen, ich bestimmt nicht. Keine Ahnung, wie weit man mit halben Sachen heute noch kommt.« Er fing an, wie wild auf seine Kissen einzuschlagen. »Ich für meinen Teil, ich bin die ganze Tynedale-Brauerei.«

»Ich bin hier, weil mich Mickey Haggerty um Hilfe gebeten hatte. Falls ich Ihre Geduld überstrapazieren sollte, schmeißen Sie mich einfach raus.«

Oliver Tynedale lehnte sich zurück. »Einen Superintendenten von Scotland Yard rausschmeißen? Hört sich gut an. Ich habe nichts dagegen, mich mit Ihnen zu unterhalten, und ich bin auch nicht so schwach, wie ich aussehe.«

»Sie sehen überhaupt nicht schwach aus. Ich war schon einmal hier, aber man wollte mich nicht zu Ihnen lassen.«

Das tat Oliver als Unsinn ab. »Schlappsäcke. *Wer* hat Sie abgewimmelt? Barkins? Die Pflegerin kann's nicht gewesen sein, die habe ich nämlich gleich nach einem Tag gefeuert. Die Letzte, hoffe ich, von einem ganzen Rattenschwanz. Momentan bin ich ans Bett gefesselt. Pech! Moment, ich will Ihnen was zeigen –«

Jury war ziemlich überrascht, mit welcher Schnelligkeit der Mann aus dem Bett stieg. Er war sehr groß gewachsen, bestimmt so groß wie Jury selbst, und dünn (dabei nicht gerade ausgemergelt). Er ging auch nicht gebückt oder wie unter Schmerzen in sein Bad und war gleich wieder draußen, seine Sauerstoffmaschine auf einem Edelstahlwägelchen auf Rollen hinter sich her ziehend. »Hätten Sie nicht auch gern so eins?«

»Meine Güte, ja. Den Schlafanzug hätte ich aber auch recht gern.« Der war über und über mit Mickey, Goofy und Tweetie Bird bedruckt.

Oliver, der den Rollwagen hinter Jury stehen lassen und sich auf die Bettkante gesetzt hatte, blickte an seinem Schlafanzug herunter. »Ha, kriegen Sie aber nicht, außer ich beschließe irgendwann, ich muss Sie bestechen. Ich kenne übrigens den Polizeipräsidenten. Vorsicht, Vorsicht also, mein Lieber.« Er schwang die Beine hoch und unter die Bettdecke und lehnte sich mit einem Seufzer in die Kissen zurück.

Kein Wunder, dass sein Sohn Ian so umgänglich war. Er hatte die heitere Natur und die schwungvollen Gene seines Vaters geerbt.

Doch dann veränderte sich Olivers Gesichtsausdruck, und er sah zu dem großen Fenster hinüber, das nur den trüben, austernfarbenen Himmel offenbarte und ein paar schwarze Zweige, die leicht an die Scheibe schlugen. Er war plötzlich schlaff geworden.

»Mr. Tynedale?«

Oliver blickte zu Jury hinüber. »Ja, so ist das – einen Augenblick lang vergisst man es. Man vergisst, was geschehen ist. Vielleicht ist das auch die gnädige Seite des Lebens. Simon war wirklich wie ein Sohn für mich. Das war er wirklich.«

Jury beugte sich zu ihm hin und legte dem alten Mann die Hand auf die Schulter. Die Geste schien so natürlich, dass er nicht zögerte. »Es tut mir Leid. Es tut mir aufrichtig Leid.«

Oliver seufzte und zog sich die Decke bis unters Kinn hoch wie ein Kind. Er schaute sich im Zimmer um, als ob etwas vom Wesen Simon Crofts irgendwie plötzlich Gestalt angenommen hätte und in dem Sessel dort drüben säße, am Fenster stünde und hinuntersähe oder ein Buch aus dem Regal zöge. Jury überlegte, ob die Luft wohl vor Traurigkeit dünn werden würde, so dass sie alle Sauerstoff brauchten.

»Wenn Sie mich jetzt fragen, ob mir jemand einfällt, der das getan haben könnte? Nein.«

Jury dachte einen Augenblick nach. »Wie ich hörte, schrieb Simon Croft an einem Buch. Hat er eigentlich mal darüber gesprochen?«

Oliver schien diese Wendung des Gesprächs zu verwundern. »Das Buch über den Krieg und den Angriff auf das Pub? Sein Vater Francis hatte nämlich ein Pub, wissen Sie –«

»Ja, ich weiß, das Blue Last. Ich weiß auch, dass es im Dezember 1940 bombardiert wurde. Mickey Haggerty hat es mir erzählt.«

»Ja. Mit seinem Vater war Francis sehr gut befreundet. Ich kannte Haggerty ebenfalls, wenn auch nicht so gut. Seinen Sohn kenne ich eigentlich nicht richtig, außer von dem einen Mal, als ich versuchte, ihm auszuhelfen, ich weiß aber aus berufenem Munde, dass er ein sehr guter Polizist ist. Ich glaube, Simon hat das Buch wirklich mit großem Vergnügen geschrieben – obwohl ›Vergnügen‹ vielleicht der falsche Ausdruck ist. Ich will damit sagen, er hatte das Gefühl, wenn er sich damit beschäftigte, tat er etwas Gutes für sich und für uns andere vielleicht auch. Eine Art Sühne oder Abbitte, obwohl wir keine Sünden auf uns geladen hatten. Er verarbeitete etwas. Aber wieso fragen Sie nach dem Buch?«

»Weil von ihm jede Spur fehlt. Es gibt kein Manuskript, keine Aufzeichnungen. Crofts Laptop fehlt ebenso wie die Disketten, vorausgesetzt, es waren welche da, aber ich kann mir nicht vorstellen, dass es keine gab. Nach allem, was ich gehört habe, war er ein sehr gewissenhafter Mensch. Er hätte seine Arbeit doch abgespeichert.«

»Ich weiß, dass ein Manuskript *existierte*. Er hat mir ab und zu daraus vorgelesen, wohl um zu sehen, ob er meinem Gedächtnis auf die Sprünge helfen könnte.« Oliver tippte sich an die Schläfe. »Er hoffte, wenn er mit Einzelheiten aufwartete – Sie wissen schon, eine Szene beschrieb, Einzelheiten aufführte – , würde ich mich nach und nach erinnern, so wie wenn einem –«, mit ausladender Geste deutete er über den ganzen Raum, »– die Beschrei-

234

bung eines Sessels oder Sofas dabei hilft, dass man plötzlich jemanden aus der Vergangenheit darin sitzen sieht.«

Was Jury soeben getan hatte.

»Die haben das verdammte Ding mitgenommen? Das Manuskript?«

»So viel wir wissen, ja. Ich habe mich nicht gefragt, ob es existiert, sondern ob etwas darin stand, das einem anderen schaden könnte – ich vermute, das ist oder besser gesagt war der Fall. Denken Sie mal nach, Mr. Tynedale.«

Oliver nickte und schürzte die Lippen. »Sie hätten nicht zufällig 'ne Zigarette dabei?«

Jury lachte. »Wenn's nach mir ginge schon. Aber ich habe aufgehört.«

»Ach, zum Teufel. Fiel Ihnen das Denken nicht leichter, wenn Sie dabei eine rauchen konnten?«

»Gar keine Frage.«

Oliver lehnte sich schwer zurück. Es war still. »Ich denke nach.«

Jury nickte und lächelte. Als er hinter sich ein kurzes Zischen hörte, drehte er sich um und überlegte, ob mit dem Sauerstoffbehälter vielleicht etwas nicht in Ordnung war. Es war Snowball. Wie war die Katze eigentlich hier hereingekommen? Die Tür war geschlossen.

»Das griesgrämigste Mistvieh, das mir je über den Weg gelaufen ist«, sagte Oliver. »Immer mies gelaunt. Taucht immer da auf, wo man es nicht haben will, also überall. Gehört Kitty Riordin, die sollte es mal lieber kurz anbinden.« Er kratzte sich seinen kahlen Schädel. »Ralph Herrick – ist Ihnen der Name schon untergekommen? Das war der Mann meiner Tochter Alexandra. Allerdings leider nicht sehr lange. Er war Jagdflieger bei der Royal Air Force. Sehr jung für einen Hauptmann, aber gut genug, um einen Haufen Messerschmitts 109 abzuschießen. Das war das deutsche Jagdflugzeug, das am meisten im Einsatz war. Ralph war ein blendender Flieger. Stürzte sich einfach auf sie und dann –« Mit den

Armen deutete er ein Maschinengewehr an und machte *rattatat-tat* wie ein Zehnjähriger.

Jury grinste. »Ja, das habe ich gehört. Hatte er denn etwas zu tun mit diesem Buch?«

»Nicht direkt, zumindest glaube ich, nicht direkt. Simon interessierte sich anscheinend besonders für das, was damals in Bletchley Park vor sich ging. Die Entschlüsselungsspezialisten, Sie wissen schon? Die Enigma-Maschinen. Alan Turing. Jedenfalls war Ralph darin involviert. Nachdem er verwundet und ausgemustert war, ging er nach Bletchley Park. War im Entschlüsseln offenbar genauso gut wie im Abschießen von deutschen Flugzeugen. Ich weiß nicht, was für spezielle Fähigkeiten er hatte. Hatte in Oxford Philosophie studiert. Er war kein Mathematiker, aber offenbar konnte er einen monoalphabethischen Code lesen, indem er ihn sich bloß anschaute. Ich glaube, er war bei der Gruppe in Bedfordshire, einer Abhöreinheit der Royal Air Force. Oder in Cheadle. Netter Junge, sozusagen der Stolz der Nation. Alexandra war total verschossen in ihn.« Oliver schüttelte seufzend den Kopf.

»Nein, dass er das Gefühl hätte, er sei in Gefahr, davon hat Simon mir nichts gesagt. Allerdings –«, er sah Jury kurz an, »– hätte er es mir auch nicht erzählt. Sie wollen damit andeuten, dass ihn womöglich jemand aus der Familie umgebracht hat. Ich bezweifle, dass Simon mir etwas gesagt hätte, falls er den Verdacht hatte, dass von denen jemand einen Groll gegen ihn hegte. Er fand wohl, er müsste mich vor schlechten Nachrichten verschonen. Simon wollte mich in Frieden sterben lassen, er wollte mir meine Illusionen nicht nehmen. Er hätte sich gewundert, wie wenig Illusionen ich überhaupt habe.« Tynedale lächelte Jury an. »Er war ein guter Mensch. Er wird mir fehlen.«

Seine Stimme war plötzlich schwach und abweisend, Regen im Wind. Jury wechselte das Thema, um etwas – wie er dachte – Erfreulicheres zur Sprache zu bringen. »Ich würde gern mehr über Gemma Trimm erfahren.«

Oliver wurde munter. »Ah! *Das* ist eine, mit der man zu rechnen hat! Ich nehme an, Sie haben sie schon kennen gelernt?«

»Und ob. Dass man mit ihr zu rechnen hat, da bin ich ganz Ihrer Meinung. Ich wundere mich bloß, wieso eigentlich keiner von ihr redet? Ich hatte jeweils ziemlich lange Gespräche mit Ihrem Sohn, mit Marie-France Muir und mit Ihrer Enkelin. Niemand hat Gemma erwähnt. Ich traf sie rein zufällig.«

Oliver patschte Jury herzhaft aufs Knie. »Genauso wie *ich*! Rein zufällig! Das war vor etwa drei Jahren. Ich hatte mit Simon in der City zu Mittag gegessen, in einem Lokal in Cheapside, und schlenderte dann so herum. Das mache ich in der Gegend gern. Dort springen einem die Dinge so ins Auge. Tja, und worauf ich dann stieß, war dieses kleine Mädchen, das in der Bread Street mitten auf dem Bürgersteig stand. Sie war mutterseelenallein, bis auf diese Puppe, die sie immer noch überallhin mitschleppt. Die hatte keine Kleider an, eine ganz nackte Puppe. Die Kleine weinte auch nicht, schaute nur ernst und etwas abwesend. Ich fragte sie, ob sie jemanden suchte – ihre Mutter vielleicht? Sie schüttelte den Kopf. Ich sagte, wir sollten zusammen wohin gehen, wo man herausfinden könnte, wo sie wohnte. Ich nahm sie bei der Hand – sie wehrte sich überhaupt nicht. Es war, als hätte sie darauf gewartet, dass jemand kam. So was Seltsames ist mir noch nie passiert. Na, jedenfalls brachte ich sie dann aufs Polizeirevier von Snow Hill, wo man sehr freundlich war, aber auch nicht mehr aus ihr herausbekam als ihren Namen. ›Gemma Trimm‹, sagte sie, ganz schlicht. Trommelte es einfach heraus, wie einen Hammerschlag auf Blech. Sie wusste aber nicht, wo sie wohnte. Nun ja, man holte einen Arzt, der meinte, es handle sich vermutlich um eine Art Aphasie oder Amnesie. Eine Sozialarbeiterin gab natürlich auch noch ihren Senf dazu, aber die habe ich gleich abblitzen lassen. Nachdem es mir nicht gelang, irgendwelche Verwandten oder sonst wen aufzutreiben – ich habe wirklich lange gesucht –, ernannte ich Gemma zu meinem Mündel. Und habe bis heute nicht das Geringste über sie herausgefunden.«

»Sie ist überzeugt, jemand hätte versucht sie umzubringen.«

Er nickte. »Das war diese Geschichte mit dem Schuss. Die Polizei wusste nicht, was sie davon halten sollte, aber es ist tatsächlich passiert. Es war schon dunkel, und Gemma war draußen im Treibhaus und hatte Licht gemacht, als jemand auf sie schoss. Ich habe einen Heidenschreck gekriegt, das kann ich Ihnen sagen.« Er schloss die Augen. »Jemand muss furchtbar eifersüchtig auf die Kleine sein, anders kann ich es mir nicht erklären. Ian wohl eher nicht, der schert sich nicht drum. Und was die anderen betrifft, die rechnen wahrscheinlich damit, dass ich Gemma einen Riesenanteil am Geld der Tynedale-Brauerei vererben werde.«

»Und – werden Sie das?«

»Ja, natürlich. Wissen Sie, Mr. Jury, in dieser Familie ist jeder sowieso schon reich. Ich kann mir nicht vorstellen, dass einer von denen wegen des Geldes tötet. Ich kann's einfach nicht.«

Jury schüttelte den Kopf. »Manche Leute können vom Geld nie genug kriegen. Das ist eine Sucht.« Er erhob sich. »Ich bin Ihnen für dieses Gespräch sehr dankbar, Mr. Tynedale. Ich denke, es hat mir sehr geholfen.«

»Das hoffe ich.« Oliver streckte ihm die Hand hin. »Ich hoffe auch, Sie kommen wieder.«

»Danke. Das werde ich bestimmt.«

»Und wenn Sie schon gehen –«

Jury folgte seiner Blickrichtung.

»– dann nehmen Sie die gottverdammte Katze gleich mit.«

29

Als Jury den Klubraum bei Boring's betrat, fand er Melrose Plant, den Whisky in der Hand, wie von einem Kran herabgelassen in seinen Ledersessel gesunken.

»Himmel«, sagte Jury, »sind Sie zu Fuß zurückgekommen?«

»Ha, ha, sehr witzig.« Melrose richtete sich ein wenig auf und nahm einen Schluck Whisky. »Ich bin geschafft.« Das Kaminfeuer neben seinem Sessel sprühte kurz einen Funken, um dann wie aus lauter Mitgefühl mit Melrose' Seelen- und Geisteszustand gleich wieder nur noch an heißen Kohlen empor zu züngeln. »Whisky?« Er hielt sein Glas in die Höhe.

Jury nahm es.

»Ich meine doch nicht *meins*!« Melrose nahm ihm den Drink wieder weg und hob die Hand, um dem jungen Higgins ein Zeichen zu geben.

Jury setzte sich. »Florenz soll doch eher belebend als erschöpfend wirken.« Er legte ein paar mitgebrachte Bücher auf das kleine runde Hockertischchen neben seinem Sessel.

»Dann hat Florenz aber Marshall Trueblood noch nicht kennen gelernt. Wenn etwas durch bloße Blicke dem Erdboden gleichgemacht werden kann, dann liegt die Brancacci-Kapelle jetzt in Trümmern. Ziehen Sie den Mantel aus. Wir können uns zum Abendessen an meiner Erinnerung an *tagliatelle alle noci* gütlich tun.«

»Wow«, machte Jury. »Mit Pommes als Beilage?«

Der junge Higgins war so langsam angekrochen gekommen, dass man hätte meinen können, er habe die Kreuzwegstationen absolviert.

»Zwei Whisky, bitte, Higgins.«

»Und ein härenes Hemd«, sagte Jury.

Higgins ging von dannen, ohne das Gewünschte auch nur in Frage zu stellen.

»Der bringt Ihnen womöglich eins. Wofür eigentlich? Haben Sie Ihr Leidenspensum für heute denn nicht schon hinter sich?«, fragte Melrose.

»Es ist für Sie. Das Martyrium des Hl. Hieronymus ist dagegen ein Klacks.«

Melrose rutschte in seinem Sessel nach unten. »Mein Gott, sagen Sie bloß nicht, Sie sind ein Fan von Masaccio.«

239

»Eigentlich von Sunderland.« Jury packte seinen Mantel auf den Lehnsessel, der am dichtesten beim Feuer stand, und setzte sich wieder. »Sie haben also vor, ein Weilchen hier bei Boring's zu verweilen, ja?«

»Ich bin zu müde, um nach Hause zu gehen. Ich muss sowieso auf Trueblood warten.«

»Wissen Sie, für einen, der so viel Geld und Muße hat, sind Sie eigentlich gar nicht weit gereist.«

»Ich war in Baltimore.«

»Soll das heißen, Florenz hat Ihnen nicht gefallen?«

»Oh, *gefallen* hat es mir schon. Florenz gefällt schließlich *jedem.*«

»Wäre jedenfalls zu hoffen.«

»Und man kann gar nicht anders«, fuhr Melrose fort, »als einen Ort wie San Gimignano mit seinen Türmen ins Herz zu schließen. Oder Siena, das aussieht, als hätte ein Charismatiker es in den Schlaf gewiegt, und es sei noch nicht recht wieder aufgewacht. Dort ist alles eng – die Straßen, die Häuser – und alles hat ein Echo.« Er seufzte. »Bloß hat Trueblood mich die ganze Zeit in der Gegend herumgejagt, von einem Renaissance-Experten zum nächsten – alles Masaccio-Kenner. Können Sie sich vorstellen, Ihr ganzes Leben nur einer Sache zu widmen?«

»Wenn ich mir ein paar von meinen Fällen anschaue, vermutlich schon.«

Melrose steckte sich eine Zigarette an, blies den Rauch weg von Jury in die andere Richtung und legte den Kopf schräg, um sich die Bücher anzusehen. »Was ist das?«

Jury schaute auch kurz hin. »Ein paar Bücher übers Gärtnern.«

»Na, mich laust der Affe. Wollen Sie jetzt auf Ihre alten Tage noch Erbsen züchten?«

»Ich nicht.«

Melrose nahm das größere Buch zur Hand und blätterte es flüchtig durch. »*Ein Narr und sein Garten.*« Er lächelte. »Das ist ja mal ein ganz neuer Ansatz zum Gärtnern.«

»Es ist der etwas sauertöpfische Ansatz. Ich fand, es passt besser zu Ihnen als *Goldige Gerti und ihre Gartenwicke* oder *Lottertage mit Lobelien.*«

Melrose nahm das Buch und schlug es auf. »Ich mag die kleinen Zeichnungen.« Er drehte das Buch herum, um Jury einen unglücklichen Gärtner zu zeigen, der das Petunienbeet niedertrampelte.

Der junge Higgins brachte ihnen ihre Drinks, stellte jedem ein Glas in Reichweite und nahm das alte von Melrose mit.

»Heute wird aber nicht gewettet«, sagte Melrose zu Jury. »Was haben wir denn heute zum Abendessen, Higgins?«

Sein kleines Silbertablett vor die Brust haltend und leise in eine zur Faust geballte Hand hüstelnd, sagte der junge Higgins: »Wir haben Rinds- und Nierenauflauf und Schweinebraten. Beides sehr schmackhaft.«

»Keine Portobello-Champignons?«

Der junge Higgins sah ihn verständnislos an. »Sir?«

»Schon gut. Danke, Higgins.« Als der Diener devot davongeschlichen war, fing Melrose an zu kichern. »Verstehen Sie, wieso ich hierher komme? Was will man mehr als ein Etablissement, in dem sie noch nie von Portobello-Champignons gehört haben?«

»Hier hat man doch seit dem Großen Kriege von kaum etwas gehört, oder?«

»Hoffen wir, dass es so bleibt.« Melrose nahm sich wieder *Ein Narr und sein Garten* vor. »Hören Sie mal her.« Er lachte. »›Er hat schon etwas Mörderisches an sich, wenn er dichte Hecken gnadenlos in abscheuliche Schwäne und Urnen verwandelt, wenn er zurecht stutzt und säbelt und schnippelt. Ein gar gefährlicher Geselle, der mit spitzem Pflanzenheber einfach zustechen muss.‹ Doch, das gefällt mir.« Er legte das größere Buch beiseite und nahm das kleinere zur Hand: *Die Gartenfibel.*

»Das da ist mehr oder weniger ein Grundkurs im Gartenbau.«

»Ziemlich grundlegend, was?« Er drehte es so herum, dass

Jury die Kletterrose sehen konnte. »Vielleicht sollte ich es mal mit Gemüse versuchen und bei der alljährlichen Gartenschau in Sidbury weiße Rüben einreichen. Moment mal! Sie sagten, diese Bücher wären ›für Sie‹, also für *mich*. Wieso sind diese Bücher für mich?«

Jury tat es mit einem Schulterzucken ab. »Ich dachte, sie erweisen sich vielleicht als nützlich.« Jury nahm einen Schluck Whisky. Ah, schmeckte der gut hier! Die bewahrten das Zeug bestimmt in einem Kellertresor auf. Er achtete nicht auf Melrose' Blinzeln. »Also, was haben Sie und Trueblood denn so getrieben?«

»Was wir *getrieben* haben? Habe ich Ihnen doch gerade erzählt. Wir sind überall hingefahren und haben irgendwelche Experten aufgesucht. Nennen Sie mich von nun an den führenden Renaissancekunstexperten von ganz Long Piddleton – nein, ich korrigiere – im gesamten *Landkreis* von Long Pidd – also inklusive Sidbury, Watermeadows und den Blue Parrot. Alles bis hinauf nach Northampton. Und vielleicht Northampton noch mit dazu!«

»Und was ist bei diesen ganzen Expertenbefragungen herausgekommen? Konnten die sich einigen, dass es sich bei dem Gemälde um einen echten – wie hieß er gleich noch?«

»Masaccio. Nein, konnten sie nicht. Das ist bloß ein Haufen schwankelmütiger Gesellen, alle miteinander.«

Sie saßen an Melrose' Lieblingstisch, einem etwas kleineren in der Mitte des Raumes, neben einer der eichengetäfelten Säulen. Nachdem sie ihre Artischocken mit Zitrone verdrückt hatten, fragte Jury: »Sie sagten, Sie seien Experte. Wofür denn?«

»Haben Sie nicht aufgepasst? Für Masaccio und die Kunst der Renaissance. Ich will noch einen Drink – ach, ich werde einfach eine Flasche Wein bestellen.« Er machte dem Weinkellner ein Zeichen, der herüberkam, um Melrose' Bestellung entgegenzunehmen.

»Also, weiter.« Voll trauriger Sehnsucht sah Jury zu, wie sich zwei wunderliche alte Käuze ihre Zigarren ansteckten. Er hatte zwar nie Zigarre geraucht, aber das machte keinen Unterschied. Nach der ganzen rauchfreien Zeit hätte er sich sogar ein Katzenvieh angesteckt. Ein Streichholz hätte er gern fallen lassen wollen auf den jungen Higgins, der sich mit ihrem Rinds- und Nierenauflauf auf sie zu bewegte, scheinbar losgelöst von Raum und Zeit, doch mit einer Bestimmtheit, als wolle er mit verbundenen Augen die Kreuzung am Piccadilly Circus überqueren.

Melrose redete weiter über Masaccio: »Ich habe still und leise mein Wissen über die zwanziger Jahre erweitert…« Der Weinkellner brachte den Wein zur Begutachtung, entkorkte ihn und schenkte ein.

Vom Duft des Rinds- und Nierenauflaufs umwabert, meinte Jury: »Die Zeit der Prohibition in den Vereinigten Staaten, wie ich mich zu erinnern glaube. Ah, danke«, fügte er an Higgins gewandt hinzu.

»Doch nicht die *1920er* in *New York,* ich meine die *1420er* in *Florenz.*« Zum jungen Higgins sagte er: »Sieht fabelhaft aus.« Dann sprach er weiter: »Ich weiß auch was über Masolino, Donatello und Brunelleschi. Und über perspektivische Täuschung.«

»Klingt wie ein Zaubertrick.« Jury schnitt sich ein großes Stück vom Rinds- und Nierenauflauf ab.

»Eine Erfindung von Giotto, oder zumindest hat er sie entdeckt. Perspektive kann man ja schließlich nicht erfinden, oder? Brunelleschi und Donatello weiteten den Begriff dann auf die Architektur aus. Die Perspektive in einem Gemälde. Das sagt Ihnen natürlich was. Die Kunst, einen Gegenstand dreidimensional erscheinen zu lassen. Gar kein einfaches Unterfangen, eigentlich geht es darum, die Mathematik auf den Raum anzuwenden. Wie das Tonnengewölbe bei der *Heiligen Trinität.* Die Rippen verjüngen sich in mathematischer Verkürzung.« Melrose streckte die Arme aus und führte die Fingerspitzen aneinander, *wusch, wusch.* »Die Kunst des Fluchtpunkts. Der Mittelpunkt, der Fluchtpunkt, das ist der Punkt, an dem sich in der Entfernung alle Linien treffen. Wo alles zusammenkommt, wo das Muster sich offenbart.«

»Klingt wie die Lösung zu einem meiner Fälle. Nur – bis man endlich dorthin kommt, zum Fluchtpunkt, ist er verschwunden.«

»Ja, so ist das wohl.«

»Das ist ja das Paradoxe dran.«

Melrose nickte. »Na, jedenfalls hörte Trueblood einfach nicht mehr zu, wenn das Thema von Masaccio und seinem Gemälde abschweifte. Ich konnte es sehen, er bekam dann einen ganz verschleierten Blick. So wie Sie jetzt gerade.«

»Stimmt gar nicht. Ich bin äußerst interessiert.«

»Machen Sie sich nicht lächerlich. Wer außer einem Bekloppten würde sich schon für italienische Kunst interessieren?«

Jury lächelte. »Oh, so einen Bekloppten kenne ich.«

Melrose hörte auf zu essen, sah Jury lange nachdenklich an und aß weiter. Nachdem er sich ausgiebig seinem Glas Wein gewidmet hatte, sagte er: »Sie wollen mich wieder in so eine Rolle stecken.«

»Ich weiß überhaupt nicht, wovon Sie reden.«

»Na, na, na. Erst das Gärtnern, und jetzt lassen Sie mich über die Florentiner Kunst des fünfzehnten Jahrhunderts schwadronieren –«

»Wie zum Teufel käme ich dazu? Ich wusste ja nicht mal, dass es Florentiner Kunst im fünfzehnten Jahrhundert *gab*. Nebenbei bemerkt, wusste ich nicht mal, dass man Florentiner sagt.«

»Sehr witzig.« Mit einem Seufzer legte Melrose seine Gabel hin. »Jetzt will ich Ihnen mal was sagen –« Er beugte sich zu Jury hinüber, als wollte er ihn am Schlips packen. »Wenn Sie sich einbilden, ich könnte einen führenden Experten auf dem Gebiet der italienischen Renaissancekunst mimen, dann vergessen Sie's. Ich weiß so gut wie nichts drüber.« Nachdem er geendet hatte, lehnte er sich wieder zurück und holte, ohne die geringste Spur von Erbarmen für Jury, seine Zigaretten hervor.

»Was reden Sie da eigentlich? Sie haben sich soeben eine halbe Stunde lang über die Kunst in Florenz ausgelassen.«

»Ach, hören Sie doch auf. Das war eine halbe Stunde à la Diane Demorney. Der Unterschied ist nur, dass Diane eine halbe Minute braucht, um ihr einziges winziges bisschen Wissen über weiß Gott was auf der Welt an den Mann zu bringen. Was Sie mich da gerade haben sagen hören, war e.s. – *es*. Sprich, damit erschöpft sich mein Wissen.« Er klappte sein launisches altes Zippo-Feuerzeug auf, zündete sich seine Zigarette an und ließ das Feuerzeug wieder in der Hosentasche verschwinden.

»Sie wissen viel mehr, als Sie zu wissen glauben.« Jury sah dem dünnen Rauchfaden nach, der zur Decke emporstrebte.

»Ich weiß viel *weniger*, als ich zu wissen glaube. Lassen Sie es doch Trueblood machen.«

»Der ist zu flatterhaft.« Jury nippte an seinem Wein. »Nehmen Sie das Gemälde mit. Das wäre ein plausibler Grund für einen Besuch. Ian Tynedale soll es sich mal anschauen.«

»Ian Tynedale? *Der* ist also Ihr Fachmann?«

»Ja. Er ist Tynedales Sohn, und die italienische Renaissance ist sein Steckenpferd.«

»Richard, ich könnte Trueblood das Bild niemals entwinden.«

Jury trank seinen Wein und dachte einen Augenblick nach. »Na gut, dann gehen wir eben zu Plan B über.«

»Ach ja, nachdem Plan A so toll war, kann ich's kaum erwarten. Schießen Sie los.«

Jury weihte ihn ein.

»Nein«, sagte Melrose. »Dann stehe ich da wie ein Trottel.«

»Hm, stimmt, aber hat Ihnen das schon mal was ausgemacht?«

Melrose blies ihm den Rauch ins Gesicht. Jury lachte.

Ein Essen mit Plant gehörte zu den wenigen Dingen, die die Ozonschicht zu durchdringen vermochten, von der Jury seine Fähigkeit zum klaren Denken manchmal bedeckt fand.

Er ließ es sich durch den Kopf gehen, während er zu Fuß am

Themseufer entlangging, um seine Heimfahrt hinauszuzögern. Am Charing Cross konnte er die Northern Line nehmen. Oder seinen Weg zu Fuß fortsetzen. Es war eine gute Methode, seine Gedanken zu ordnen. Manchmal tat er so, als sähe er das Problem zum ersten Mal, als wäre er unverhofft, rein zufällig darauf gestoßen und die Geschichte hörte sich plötzlich ganz neu an. Dieser Ansatz förderte zwar selten irgendwelche neuen Ideen zutage, funktionierte aber gelegentlich doch. Die paradoxe Geschichte mit dem Fluchtpunkt gefiel ihm. Man findet die Antwort, doch die Antwort verflüchtigt sich, bevor – was?

Im Fall der Tynedales fiel ihm jetzt nichts Neues ein. Er überlegte, was es mit Kitty Riordins Ehemann auf sich hatte. War er mehr oder weniger aus ihrem Gedächtnis gestrichen? Alles in ihrem Leben war auf Maisie Tynedale konzentriert… beziehungsweise auf Erin Riordin, je nachdem. Kitty mit ihrem Lächeln, diesem angedeuteten, teuflischen Lächeln. Es ließ ihn einfach nicht los.

Obwohl es nicht weit war bis zum Strand, war der Verkehrslärm fast verstummt, und es herrschte merkwürdige Stille. Die U-Bahnstation Charing Cross und Somerset House hatte er hinter sich gelassen und blieb jetzt stehen, um auf die Themse hinunterzusehen, die dunkel und reglos dalag oder jedenfalls die Illusion vermittelte, sie bewegte sich nicht. Dabei strömte das Wasser in der Mitte des Flusses unglaublich schnell dahin, hatte er gehört.

Als sich jemand dort unten eine Zigarette anzündete, konnte er kurz eine Flamme aufflackern sehen. Gedämpfte Rufe, unbestimmtes Gelächter. Eine Unterströmung aus Stimmen und Geräuschen wand sich wie der Dunst über dem Fluss nach oben. Er wusste, dass die Waterloo Bridge bei den Obdachlosen ein sehr beliebtes Quartier war, obwohl die Themse-Polizei nur einen Katzensprung von der Brücke entfernt lag. Doch sie tolerierten es, die Polizisten, und drückten ein Auge zu, vorausgesetzt dass morgens alles weggeräumt wurde. Was für ein Leben, dachte Jury, wenn man sein Nachtlager jeden Morgen zusammenpacken und es jeden Abend wieder aufschlagen muss.

Jury blieb stehen und lehnte sich ans Brückengeländer, um die über und über von Lichtern strahlende Waterloo Bridge und dahinter South Bank zu betrachten.

Er dachte an Alexandra Tynedale, die unbedarfte junge Mutter, und an Liza Haggerty, auch eine unbedarfte Mutter. Liza war eine sehr, sehr gute Polizistin gewesen. Sie konnte an einem Tatort Zeichen lesen, die anderen ein Rätsel waren wie Hieroglyphen an einer Höhlenwand. Wahrscheinlich hatte sie bereits vor Mickey gewusst, dass etwas nicht stimmte. Aber in Bezug auf ihre Männer verfügen wohl die meisten Frauen über so einen Instinkt. Um das zu wissen, brauchte man kein Tatortspezialist zu sein.

Er sollte sie wirklich einmal anrufen, sie zum Essen ausführen oder auf einen Drink einladen. Vielleicht wäre es eine Erleichterung für sie, sich mit jemandem von der Polizei auszutauschen. Sie war so wunderbar tapfer, doch was musste es sie kosten, der Tatsache ins Auge zu sehen, dass sie mit vier Kindern allein dastehen würde?

Er nahm es sich vor.

30

Mickey Haggerty lehnte an dem von Ordnern und Dokumenten überquellenden Aktenschrank. Es war am nächsten Morgen, und sie waren gerade dabei, ihre im Liberty Bounds begonnene Diskussion über Kitty Riordin fortzusetzen.

»Ich konnte bei ihr überhaupt keine Loyalität gegenüber den Tynedales erkennen; dabei hätte ich das eigentlich schon erwartet«, sagte Jury.

»Sie ist wie besessen. Sie interessiert sich nur für ein einziges

Thema, und das ist Erin Riordin alias Maisie Tynedale.« Mickey knallte die Schublade zu, in der er herumgesucht hatte, ging zurück zu seinem Stuhl und ließ sich schwer darauf plumpsen.

»Wie lange kannte Ihr Vater Francis Croft eigentlich?«, wollte Jury wissen.

Mickey kippte in seinem Schreibtischstuhl zurück und fuhr sich mit den Händen durchs Haar. »Lange, seit ich mich erinnern kann.« Sein Blick ging ins Leere. »Croft war wirklich ein guter Mensch. So wie Oliver Tynedale einer ist. Für einen Freund hätten die beiden alles getan, egal wie schwierig es wäre. Als ich klein war, fuhr meine Mutter mal in Schottland mit dem Auto von Ballantrae nach Stranraer und wollte die Fähre hinüber nach Belfast erwischen. Gerade als sie den Wagen auf die Fähre gefahren hatte, verlor sie das Bewusstsein. Man brachte sie sofort ins Krankenhaus, auf die Intensivstation. Dad war nicht zu erreichen, irgendwie war er in einem Fall unterwegs. Weil Oliver Tynedales Name in ihrem Adressbuch stand, hat die Polizei ihn verständigt. Er schickte mir sofort einen Wagen, der mich zum Betriebsflugplatz der Tynedale-Brauerei brachte, riss seinen Piloten aus dem Schlaf und flog mit mir nach Stranraer. Hätte er's nicht getan, ich hätte meine Mutter nicht mehr lebend gesehen. Er ging dann auch nicht weg, sondern blieb bei mir. Oliver konnte gut mit Kindern umgehen. Ich fand schon immer, er hätte Lehrer oder so etwas Ähnliches werden sollen. Er hat so eine Art – eine Umgangsweise, einen Ton in der Stimme –, die sofort beruhigend auf einen wirkt. Es ist eine Eigenschaft, die sich nicht sehr oft findet. Nachdem sie gestorben war –« Mickey senkte den Blick und strich über seinen Schlips, um nicht zu Jury hinübersehen zu müssen. Als er es schließlich tat, standen ihm Tränen in den Augen.

»Wenn Tynedale so ein Mensch ist, kann ich gut verstehen, dass Sie Kitty Riordin nicht ungestraft davonkommen lassen wollen«, sagte Jury. »Was haben Sie sonst noch über sie herausgefunden?«

Mickey nahm den obersten Ordner vom Stapel auf seinem Schreibtisch und klappte das Deckblatt zurück. »Nicht viel, und es war auch nicht einfach. Nach fünfzig Jahren ist das wohl so.« Er brachte ein Lächeln zustande. »Katherine – bekannt unter dem Namen Kitty – Shea. Als sie achtzehn war, heiratete sie Aiden Riordin. Er konnte in Irland keine Arbeit finden – dort war es noch schlimmer als hier im Norden – und kam hierher. Ich hatte den Eindruck, er wollte sie später nachkommen lassen, aber dann brach der Krieg aus. Aiden Riordin – das ist jetzt interessant – schloss sich der Union der Britischen Faschisten an.«

»Den Schwarzhemden.«

»Genau. Die Typen kann man wohl kaum ernst nehmen.«

»Hmm. Ich würde da nicht so überstürzt urteilen. In East London war ziemlich was los, als Mosley freigelassen wurde. Aber erzählen Sie weiter.«

»Über Kitty Riordin gibt's nicht viel zu erzählen. Sie verließ Irland und kam hierher, aber nicht um ihren Mann zu finden, glaube ich. Sie hoffte wohl, dass sie sich hier besser durchschlagen könnte als in Killarney. Und so war es auch.«

»So war es in der Tat«, sagte Jury nur.

Mickey erhob sich etwas irritiert und warf den Bleistift hin, mit dem er die ganze Zeit herumgespielt hatte. »Der Mord an Croft geht auf das Konto eines ›Insiders‹. Es sollte nur so aussehen, als hätte ihn irgendein Eindringling begangen. Mit ›Insider‹ meine ich entweder ein Familienmitglied oder sonst jemanden, der Zugang zu dem Toten hatte – Personal, irgendwelche Bekannten. Damit will ich sagen, es war kein Fremder, und das Motiv war auch nicht Raub.« Mickey legte seine Hände aneinander und sprach über die Fingerspitzen hinweg. »Wie ich schon sagte: Simon Croft glaubte, dass jemand seinen Tod wollte.«

»Stimmt. ›Hatte es auf ihn abgesehen‹, nannten Sie es. Warum?«

»Er wusste es nicht. Er wollte mich um sich haben, als eine Art Schutz.«

»Er hat nicht mal eine Vermutung geäußert?«

»Ich muss leider gestehen, dass ich nicht sonderlich darauf geachtet habe. Ich konnte es doch nicht ernst nehmen. Sehen Sie, Croft war dreiundsechzig. Er hatte zu viel Geld und zu viel Muße. Abgesehen von dem Buch, an dem er schrieb, hatte er wenig zu tun.«

»Er war Börsenmakler, noch dazu ein sehr guter, sagten Sie. Er hatte doch bestimmt noch Kunden. Ich kann mir vorstellen, dass ihn das ganz schön auf Trab hielt. Aus seinem Buch über den Krieg hat er Oliver Tynedale manchmal vorgelesen.«

Mickey trommelte kurz mit zwei Bleistiften auf die Schreibtischkante. »Er hat ein paarmal davon gesprochen. Unter anderem ging es auch um den britischen Faschismus. Um Sir Oswald Mosley – wie kam der eigentlich zu seinem Adelstitel? – und seine Anhänger. Wussten Sie, dass die Polizei 1940 deutsche Staatsangehörige zusammengetrieben hat – sämtliche Männer zwischen sechzehn und sechzig Jahren? Als ob Frauen oder Männer über sechzig keine Spione sein könnten?« Mickey lachte.

»Sie tat Aiden als Trottel ab.«

»Na, unsere Kitty hätte Croft bestimmt nicht erschossen, um die Ehre des Riordin-Clans zu retten. Wer scherte sich schon drum, ob Aiden Riordin damals im Stechschritt durch den Hyde Park marschiert ist?« Plötzlich zuckte Mickey zusammen.

»Stimmt was nicht? Brauchen Sie irgendwas?« Jury war bereits aufgesprungen.

Mickey deutete mit zitterndem Finger auf den Wasserspender neben der Tür. »Einen Becher Wasser.« Er nahm ein Röhrchen mit Tabletten aus seiner Schreibtischschublade und schüttete sich ein paar davon in die Hand.

Jury reichte ihm den Pappbecher. »Die sollten die Dinger lieber mit Whisky füllen.« Er setzte sich wieder hin, während Mickey die Tabletten hinunterspülte. Jury wollte ihn fragen, ob er Schmerzen hätte, fand die Frage aber dann geschmacklos – wie bei

Schaulustigen, die sich um ein zertrümmertes Auto scharen – und hielt sich zurück.

Mickey schmiss die Tabletten wieder in die Schublade und knallte sie, wie um Dampf abzulassen, wütend zu. Dann kam er auf das Thema mit dem Manuskript zurück. »Stimmt aber: Wenn jemand sich die Mühe macht, den Computer, die Disketten und den Papierausdruck mitzunehmen – dann steckt sicher etwas dahinter. Dann will jemand verhindern, dass bestimmte Dinge veröffentlicht werden.«

Mickey war wieder aufgestanden, um ans Fenster zu gehen. Jury fragte sich, ob Aufstehen und Hinsetzen seinen Schmerz vielleicht linderte. Als das Telefon klingelte, hob er ab. »Haggerty. Ja … Dann machen Sie das.« Er legte auf. »Nein, nicht jeder würde vermutlich sagen, ›veröffentlichen und sehen, was passiert.‹« Er runzelte die Stirn.

»Einen haben Sie bisher ziemlich außer Acht gelassen.«

»Ja? Wen denn?«

»Ralph Herrick, Alexandras Mann.« Jury beugte sich vor. »Es hätte doch sein können, dass Simon in diesem Buch etwas erwähnt, das mit ihm in Verbindung stand, mit Herrick. Ich meine, nicht unbedingt etwas über ihn persönlich – über irgendetwas, was da vorging. Oliver Tynedale sagte etwas von Bletchley Park. Die Entschlüsselungsarbeiten dort. Ganz, ganz geheime Sache.«

»Hmm. Ich erinnere mich, dass Herrick in der Royal Air Force war. Bekam sogar einen Orden. Ein echter Held. Viktoriakreuz.«

Jury nickte. »Stimmt. Er war auch äußerst geschickt im Lesen von Codes. Er brauchte sich einen Code bloß anzusehen und erkannte sofort ein Muster.«

»Liebe Güte. Ich kann ja meistens nicht mal was mit dem Alphabet anfangen. Stimmt, jetzt erinnere ich mich, Herrick war einer von den Leuten in Bletchley Park.«

Jury nickte und dachte nach. »Wenn ich mir doch das verdammte Manuskript mal ansehen könnte.«

Mickey strich sich mit der Hand übers Gesicht und sagte müde:

»Vielleicht nähern wir uns dem ganzen Fall ja von der falschen Seite. Es ist alles da, auch die Antwort, bloß unsere Perspektive stimmt nicht.«

»Wie bei einem Gemälde.« Jury lächelte. »Ein Freund von mir ist gerade aus Florenz zurückgekommen. Er sprach über die Florentiner Kunst des fünfzehnten Jahrhunderts. Über einen Architekten namens Brunelleschi. ›Perspektivische Täuschung‹, das war damals ganz revolutionär.«

»Den Kerl kenne ich nicht. Ich sollte öfter mal in die Tate Gallery gehen.«

Jury musterte Mickey eine Zeitlang und wandte sich dann ab. »Ian Tynedale interessiert sich leidenschaftlich für die Kunst der Renaissance.«

»Ja, ich weiß.« Mickey ließ sich wieder in seinen Schreibtischstuhl fallen, dass es quietschte. »Das ist einer der Gründe, weshalb ich weiß, dass Raub nicht das Motiv für diesen Mord war. Welcher Dieb hätte die Bilder an den Wänden hängen lassen? Besonders das hinter dem Schreibtisch? Laut Tynedale, der es für ihn besorgt hat, ist es eine schlappe Viertelmillion wert.«

Jury lächelte und stand auf. »Vielleicht war der Täter kein besonders guter Kunstkenner.«

31

Angus Murphy hob misstrauisch den Blick. »Für den Job hamse mir zu viel Bildung, mein ich.« Der Gärtner wischte sich das Gesicht mit einem verwaschenen blauen Taschentuch ab, das seine schieferblauen Augen noch blasser erscheinen ließ. »Na, da würd ich Sie jetzt einarbeiten, und dann hauense mir gleich wieder ab, wenn Sie was Ad-äqua-teres finden.«

Angus Murphy war ein kleiner, drahtiger, altersloser Mann, der (stellte Melrose fest) eindrucksvolle Wörter liebte. Er hatte sie immer wieder einfließen lassen, wenn es sich ergab, ohne sich recht darum zu kümmern, ob sie passten oder nicht. Er kniff ständig die Augen zusammen, so als wären die Lider locker zusammengenäht.

»– und dann zwitschernse mir ab, wie 'n geölter Blitz machense die Fliege, wie –« Er hielt inne.

»– eine gesengte Sau?«, soufflierte Melrose. Angus Murphy war ein Mensch, der eine schöne Metapher schätzte, egal, wie abgedroschen sie war. »Aber, Mr. Murphy, dass das passiert, wäre doch recht unwahrscheinlich, da ich eine gewisse *détente* –« (Melrose sprach es sorgfältig aus) »– zwischen meinen geistigen und meinen körperlichen Bedürfnissen gefunden habe. Ich will nicht leugnen, dass ich gebildet bin. Mittlerweile bin ich jedoch an einem Punkt angelangt, wo ich Befriedigung nur noch empfinde, wenn ich auf Knien in der Erde herumwühle.«

Er kniff die Augen noch mehr zusammen. »Was hamse da grade gesagt? Dä – wie heißt die Tante?«

»*Détente?*« Melrose freute sich, dass er das mit den eindrucksvollen Wörtern richtig eingeschätzt hatte.

»Genau. Was soll'n das heißen?«

»Es heißt, dass Dinge, die sich miteinander im Widerstreit befinden, eine gewisse Entspanntheit erreicht haben.«

»Aha!«, sagte Murphy weise nickend und probierte eine Weile mit dem Wort herum.

Sie standen im Garten hinter Tynedale Lodge an einem Zierteich, nachdem Melrose sein Einstellungsgespräch mit Mr. Barkins, dem Butler, hinter sich gebracht hatte. Es fiel Melrose schwer, »Mister« zu sagen und ihn nicht einfach mit »Barkins« anzureden. In weiser Voraussicht hatte er sich eine flache Mütze mitgebracht, die er in den Händen drehen und gelegentlich zusammendrücken konnte, um unterwürfig zu erscheinen. Er fand es eigentlich ziemlich ulkig, dass dieser Esel von einem Butler das Privileg haben sollte, Personal einzustellen und zu entlassen. Barkins genoss es jedoch offensichtlich sehr, jenes Quäntchen an

Macht auszuüben, das er im Hause besaß. Was den neuen Hilfsgärtner, Ambrose Plant, betraf, so *wähnte* Barkins sich bloß im Besitze von Macht. Oliver Tynedale war derjenige, der sie hatte, nachdem Jury ihn angerufen und ihm sein Anliegen erklärt hatte.

In der großen, etwas kühlen Küche war Melrose gebeten worden, sich hinzusetzen und eine Tasse Kaffee zu trinken – zweites Frühstück, eine kurze Verschnaufpause von der Schufterei, die Melrose zu Hause in Ardry End nur dergestalt kannte, dass Agatha ihn mit ihren unablässigen Besuchen verschonte. Ansonsten hatte er keine blasse Ahnung, was eine Verschnaufpause von der Schufterei war, übrigens auch nicht sein »Personal«, ein Sammelbegriff, den er ungern verwendete, da es, abgesehen von Martha, seiner Köchin, nur noch den Butler Ruthven und den Grundstücksaufseher Mr. Momaday gab. Arbeiten tat Ruthven schon, aber ohne zu schuften. Er führte seine Pflichten geschmeidig und geschickt wie ein Schlittschuhläufer aus. Momaday dagegen war eine völlige Niete. Er marschierte mit abgeknickter Schrotflinte durch die Gegend, immer nach etwas Ausschau haltend, was sich abknallen ließe.

An das alles hatte Melrose denken müssen, als er sich auf das morgendliche Einstellungsgespräch mit Ian Tynedale vorbereitet hatte, das er als weitaus freundlicher und angenehmer empfand als das mit Barkins. Er hatte sich vorgenommen, keinen Hehl daraus zu machen, dass er faul war, doch das scherte offensichtlich niemanden.

Während Barkins den Bewerber für das Amt des Hilfsgärtners in die Mangel genommen hatte, hatte am unteren Tischende in der Küche ein wunderhübsches kleines Mädchen mit mitternachtsschwarzem Haar und zarter, fast durchscheinender Haut gesessen. Sie aß gerade ein Stück Butterbrot und behielt Melrose genau im Auge. Ob sie wohl das kleine Mädchen namens Gemma Trimm war, fragte er sich. Niemand hatte sich die Mühe gemacht, es ihm zu sagen.

Barkins äußerte seine Verwunderung darüber, dass Mr. Plant

über so viel Berufserfahrung verfüge, da er laut eigener Aussage nie Chefgärtner gewesen sei. Es habe damit zu tun, hatte Mr. Plant erwidert, dass ihm an Verwaltungsarbeit nichts lag. Dies fand Barkins nun wieder eine seltsame Antwort, ging jedoch zum Telefon und rief die Nummern an, die Melrose ihm als Referenzen genannt hatte. Nach einigen Minuten war er wieder zur Stelle und sagte, beide ehemalige Arbeitgeber seien mit seiner Arbeit außerordentlich zufrieden gewesen. Es handelte sich natürlich um Marshall Trueblood und Diane Demorney.

»Sie waren in der Tat überschwänglich, Mr. Plant.«

Dann stellte ihm Barkins die üblichen langweiligen Fragen darüber, wieso Mr. Plant diese beiden zufriedenen Arbeitgeber verlassen habe. Es habe ihn eben nach London gezogen, und so weiter und so fort.

Die Kleine war mit ihrer Taxierung fertig (sie hatte ihre Schlussfolgerungen wohl weit schneller gezogen als der Butler) und mit der seltsamen Puppe im Arm hinausgegangen.

Barkins beschloss, ihn für ein bis zwei Wochen auf Probe einzustellen. Melrose hatte mit der angemessenen Unterwürfigkeit reagiert.

Und deshalb stand er nun neben dem Teich, an dessen Rändern er auf des Gärtners immer noch robuste Hakonechloa- und Rubrumgräser gedeutet hatte. Die zarten Blütendolden des Rubrum gediehen selbst jetzt im Dezember immer noch kräftig, und dort drüben weiter hinten stand mit seinen hängenden Blütenköpfchen das Neuseelandgras. Melrose ließ sich ausführlich über diese Gräserarten aus, da sie das Einzige waren, womit er sich auskannte. Den Begriff »Hakonechloa« hatte er – neben einigen anderen bruchstückhaften Weisheiten über Gartenbaukunst – von Diane Demorney gelernt.

»Weisen Sie ihn darauf hin«, hatte Diane ihm im Jack and Hammer eingeschärft, »dass Hakonechloa ein absolutes Muss für jeden dahergelaufenen Snob ist, der nichts von Gartenkunst versteht – weisen Sie also darauf hin, dass der Name schlicht und einfach in aller Munde ist.«

»Aber … was ist es denn?«

»Irgend so ein grasiges Zeug eben.«

»Hm, aber wie sieht es aus?«

»Melrose, fragen Sie doch nicht so einfältig. Woher soll ich das wissen? Wenn es eine Grasart ist, wird es wohl grün sein. Und etwa so hoch.« Ihre Hand deutete es in der Luft an. »Also: wenn Sie von einer Sache nicht die leiseste Ahnung haben, quasseln Sie einfach ein paar esoterische Infohäppchen daher, die kaum einer versteht –«

»Ha, Hakonechloea reicht also nicht. Sie sagten doch, es sei in aller Munde.«

»Aber das *wissen* die Leute doch nicht, dass es in aller Munde ist, oder? Ein, zwei Sachen, und dann lernen Sie noch den lateinischen – glaube ich jedenfalls, dass es lateinisch ist – Namen für dies und jenes und flechten den gelegentlich auch noch ein.«

»Auch wenn ich die Namen falsch ausspreche?«

Diane blickte über die Schulter zur Theke hinüber, wo Dick Scroggs stand und Zeitung las. Sie winkte ihm huldvoll zu, was bedeutete, er solle noch zwei Drinks bringen. An Melrose gerichtet, sagte sie: »Es *wird* wahrscheinlich falsch sein, aber egal, Hauptsache, es ist lateinisch.«

»Aber ein Gärtner merkt es vielleicht.«

Diane seufzte tief auf. »Und wenn schon, dann drehen Sie einfach das, was Sie grade anschauen, als etwas hin, das hier gar nicht wächst – eine Palme oder so was.«

»Diane, wie könnte ich eine Pflanze oder Blume irrtümlich mit einer Palme verwechseln?«

»Dann sagen Sie, es ist etwas, was um eine Palme herum wächst – unten am Boden herum. Der wird keinen Schimmer haben, wovon Sie reden.«

»Dann wären wir zu zweit.« Melrose musste allerdings zugeben, dass er fasziniert war von der Demorneyschen Kunst, immer eine schlagfertige Antwort parat zu haben. »Okay –« Er las von einem der Karteikärtchen ab, auf die er sich Notizen machte.

Zunächst hatte Melrose getan, was er für das Vernünftigste hielt: Er war in die kleine Bibliothek gegangen, hatte sich ein Buch aus dem Regal genommen und sich eine Weile durchgebissen, dann aber festgestellt, dass Tatsachen ohne Farbe, Unterhaltungswert und Nuancen langweilig und schwer zu merken waren. Ihm blieben nur zwei Tage bis zu seiner Rückkehr nach London, und er wusste, dass er eigentlich einen Schnellkurs machen müsste. Er brauchte jemanden, dem er bei der Gartenarbeit zusehen und ihn darüber reden hören konnte. Zu diesem Behufe hatte er schließlich Alice Broadstairs aufgesucht, die zusammen mit Lavinia Vine immer am Wettbewerb für den alljährlichen Blumenkorso in Sidbury teilnahm. Das Problem bei diesem Ansatz war – hätte Melrose eigentlich wissen müssen –, dass Miss Broadstairs eine *derart* eingefleischte Gartenenthusiastin war, dass sie ihn mit ihren Rosen und Orchideen vollquasselte und dabei so viel Terrain durchackerte (wortwörtlich und im übertragenen Sinne), dass Melrose mit Tatsachen bombardiert wurde, die er gar nicht alle aufnehmen konnte und – noch viel wichtiger – die ihm vermutlich überhaupt nichts nützen würden. Trotzdem machte er sich Notizen, denn unter diesem ganzen Blütenregen fand sich doch das eine oder andere hilfreiche Fitzelchen: eine Rose namens Midsummer Beauty, die im Dezember immer noch das Auge erfreute; die Mahonia Japonica, die er sich deswegen merken konnte, weil sie sich reimte – und eben Dianes Hakonechloa. Er kam, mit anderen Worten, zu der Erkenntnis, dass Wissen gleich Stil war: Es geht nicht darum, was man weiß, sondern darum, wie man es zur Schau trägt. Diane war dafür genau die Richtige und würde sich zum Lunch (zwei Oliven) im Jack and Hammer einfinden.

Sie hatte gesagt: »Machen Sie was mit Mistelzweigen. Weihnachten steht ja vor der Tür – leider.« Diane konnte die Feiertage nur mit einem herzhaften Frühstück bestehend aus einem Eierflip überstehen.

»›Machen Sie was‹? Ich werde den Garten doch nicht *festlich schmücken.*«

»Ich meine, schlagen Sie ein oder zwei Arten von Misteln nach und warten Sie beim Anblick eines Buschs damit auf.«

»Wachsen Misteln denn nicht auf Bäumen?«

Diane schlug ihr Rührstäbchen mit der eingelegten Olive sanft gegen den Rand ihres Glases. »Keine Ahnung. Dann finden Sie eben heraus, welche Art.«

Melrose notierte es sich auf seinem Karteikärtchen. »Was ist, wenn sie dort nicht die Art von Bäumen haben, auf denen Misteln wachsen?«

Diane verdrehte die Augen und verspeiste ihre Olive. Dann sagte sie: »Fragen Sie ihn, *wieso* sie diese Art nicht im Garten haben.« Träge steckte sie eine Zigarette in ihre schwarze Zigarettenspitze. »Sie sind doch sonst so erfinderisch. Man muss die Dinge zu seinem Vorteil wenden. Wie war Florenz?«

»Großartig, absolut großartig.« Irgendwie war aus dieser hektischen, hastigen Reise, die ihn zu Tode geärgert hatte (außer natürlich ganz am Ende), in seinem Kopf etwas ganz Wunderbares und köstlich Zartes geworden. »Mein Lieblingsort war San Gimignano.« Melrose sprach es so korrekt wie ein Muttersprachler aus. Er hatte fleißig geübt.

»Sagen Sie das noch mal.«

»San *Tschi-min-jano.*«

»Wie faszinierend. Ich liebe italienische Namen. ›San Gimignano.‹ Hmmm.«

Es wurmte Melrose, dass sie es genau richtig aussprach, ohne überhaupt üben zu müssen. In solchen Dingen war Diane irgendwie gut.

»San Gimignano (er sagte es so gern!) liegt etwa zwanzig Meilen von Florenz entfernt. Man kommt sich vor wie damals im Mittelalter. Die Stadt ist berühmt für ihre Türme. Früher gab es Hunderte davon, so viele, dass man quer über die Dächer durch die ganze Stadt laufen konnte.«

»Ich kann hier ja kaum auf den Gehwegen quer durch die Stadt laufen.«

»Ich kann mir vorstellen, dass diese Geschichte mit den ›Türmen‹ so eine Art Egotrip war. Klar, durch die Türme ließ die Stadt sich befestigen – Sie wissen schon, siedendes Öl auf den Gegner herunterschütten und so –, aber ich möchte wetten, die ganze Sache ist aus dem Ruder geraten, als jeder versuchte, einen noch höheren Turm als sein Nachbar hinzustellen, so dass sie immer noch höhere Türme bauten.«

Diane klopfte die Asche von ihrer Zigarette ab. »Klingt wie Las Vegas. Also, solche Sachen wie diesen Namen ins Gespräch einzuflechten, würde außer dem Bürgermeister von San Gimignano jedem den Wind aus den Segeln nehmen.«

»Was soll das jetzt heißen?«

»Das soll heißen, dass es den Leuten ziemlich piepegal ist, *was* Sie sagen. Es kommt darauf an, *wie* Sie es sagen. Wissen ist eine Frage der Präsentation.«

Genau. Melrose lächelte.

Angus Murphys Stimme holte ihn aus dem Jack and Hammer zurück. »Mit Ihren Gräsern kennense sich ja schon recht gut aus, muss man sagen. Kommense mal mit.«

Melrose folgte ihm zu einem Beet mit ziemlich großen, weißen winterharten Pflanzen. »Achillea is das. Robuste Pflanze.« Er musterte Melrose aus noch schmaleren Augen. »Aber das wissense ja wohl.«

Er konnte sein Glück nicht fassen! Hier war er um eine Nasenlänge voraus. Diese Spezies kannte er nur aus dem Grund, weil ihm ihr Name gefiel. »Diese weiße hat mich schon immer interessiert: *ptarmica*, Nieskraut, wenn ich mich nicht sehr irre.«

»Jawoll, so isses. Wundert mich ja, dasse die kennen –«

(Melrose auch.)

»– macht ja nich viel her.«

»Ich bevorzuge eher die *Achillea millefolium Heidi* (bloß weil die als ›in Schönheit welkend‹ beschrieben wurde), davon sehe ich aber gar keine in Ihrem Garten …«

»Kann ja nich alles reintun, oder?«, brummte Murphy unwirsch. »Und wie düngense die?« Sie waren zu einem anderen Beet mit lila Blumen gegangen, die Melrose nicht um alles in der Welt näher benennen konnte. »Sehn ja, was für'n Gestrüpp das geworden is.«

Melrose schüttelte seufzend den Kopf. »Ja, ist doch recht traurig, wenn so ein ganzes Beet der *désuétude* anheim fällt.«

Murphy zwinkerte. »Was für'n Ding?«

»*Désuétude*. Aber, wissen Sie, Mr. Murphy, man kann ja schließlich nicht überall sein!«

»Äh, und wie schreibt sich das?«

»Wie schreibt sich was?«

»Das Wort da, wo mit ›Des‹ anfängt.«

»Ach. ›*Désuétude*‹?«

Murphy reichte ihm einen Bleistiftstummel und ein leeres Samentütchen. »Schreibenses hier drauf.«

Melrose gelang es, das Wort auf den Rand zu quetschen. Dann schrieb er obendrein auch noch *détente* auf den anderen schmalen Rand. Auf dem Päckchen war ein leuchtendes Büschel Astern abgebildet. Er gab Päckchen und Bleistift mit einem Lächeln zurück. »Wissen Sie, jetzt wo in ein paar Tagen Weihnachten ist, wundere ich mich, dass Sie hier keine Mistelzweige haben.«

Murphy übte *désuétude* und passte gar nicht auf. Schließlich steckte er das Samentütchen weg und führte Melrose ins Treibhaus. »Wollte Ihnen noch 'ne Rose zeigen, mit der ich bisschen rumprobier.«

Die Welt der Rosen hatte ihre Pforten bisher vor Melrose erfolgreich verschlossen gehalten. Er hatte keinen Versuch unternommen, die hunderterlei verschiedenen Arten zu lernen, da er das Gefühl hatte, es könnte für einen ernsthaften Forscher ein ganzes Leben dauern, dieses Thema zu meistern. Rosen. Alles, was er je darüber wissen wollte, hatte er von Alice Broadstairs und Lavinia Vine erfahren, die sich ständig mit Kreuzungen, Inzucht und Mutationen beschäftigten, um neue Arten zu kreieren und sich gegenseitig beim ersten Preis des Blumenkorsos von Sidbury auszustechen. Rosen stachelten sie sozusagen an.

»Die hier isses. Was haltense davon?«

Die besagte Rose war von exquisiter golden-pfirsichgelber Farbe. »Atemberaubend«, sagte Melrose. Das war sie auch. Er wusste bloß ihren Namen nicht.

»Hätte beinah den ersten Preis beim Blumenkorso in Chelsea gekriegt, die da.«

»Na, die Rose möchte ich sehen, die *die* geschlagen hat.«

Murphy gluckste vergnügt. »Guter Witz. Na, was meinense, welche gewonnen hat? Na, los«, fügte er hinzu, als er Melrose zögern sah.

Mit einem etwas affektierten Lächeln sagte Melrose: »Wahrscheinlich eine von diesen revisionistischen Rosen, die Gertrude Jekyll und ihresgleichen sich immer ausgedacht haben. Das Sissinghurst-Syndrom. Daran erinnern Sie sich doch, nicht wahr?«

Es war offensichtlich, dass sich Murphy nicht nur nicht erinnerte, sondern – was viel wichtiger war – auch nicht wusste, wie er es sagen sollte. Er kniff die Augen noch mehr als sonst zusammen, als er die Finger in die Hosentasche grub, um seinen Bleistiftstummel und das Samentütchen herauszuholen. Schwer am Grübeln zog er gleich zwei hervor. Melrose nahm sie, während Murphy sagte: »Alle beide Wörter.«

»›Revisionistisch‹ und ›Syndrom‹?«

Murphy schnippte mit den Fingern gegen die Tütchen und bedeutete Melrose mit einem Nicken, dass er endlich loslegen sollte.

Danach ging Murphy, höchst zufrieden darüber, dass Melrose über das gesammelte Wissen von zehn Gärtnern verfügte, zum Mittagessen ins Haus, während Melrose die Einladung zugunsten eines Gartenrundgangs abschlug, bei dem er sich anhand durchfurchter Rillen und Samentütchen Hinweise erhoffte, die ihm zukünftige Munition verschaffen würden, falls er erneut in die Mangel genommen wurde.

32

Über ein Blumenbeet gebeugt, auf dem an einem Markierungsstöckchen ein Samentütchen mit der Abbildung von Glockenblumen befestigt war, hörte Melrose eine Stimme.

»Da drin sind gar keine Glockenblumen.«

Er drehte sich rasch um. Er war das kleine Mädchen, das vorhin drinnen am Küchentisch gesessen hatte. Hier saß sie nun auf einem Brett, das zwischen die kräftigen Äste einer Buche geklemmt war. »Ach, nein? Auf dem Samentütchen hier steht aber ›Glockenblume‹.«

»Ich hab das Tütchen gegen das da ausgewechselt.« Sie deutete auf ein anderes Blumenbeet.

»Warum denn das?«

Sie setzte ihre (mit einem unsäglich langen Kittel bekleidete) Puppe auf die andere Seite und meinte: »Weil ich lieber Glockenblumen drin hab als das andere Zeug. Benny hat die Tütchen für mich vertauscht.«

»Ach, ich dachte, Glockenblumen wachsen sowieso wild.«

Sie überlegte. »Hier in der Gegend aber nicht.«

Das schien alles vollkommen logisch. »Und wer ist dieser Benny, der Gartenplünderer?«

»Mein Freund. Der trägt Sachen aus für Mr. Gyp, und der ist richtig gemein. Ich esse nämlich kein Fleisch mehr. Benny bringt auch Bücher aus dem Moonraker, weil Mr. Tynedale es mag, wenn ich ihm vorlese. Ich mein, einzelne Kapitel les ich ihm vor. Häppchenweise. Grade lesen wir ein Buch über einen Mann namens Gatsby. Ich mag das große Auge. Wollen Sie sich setzen? Dann rück ich Richard ein bisschen zur Seite.«

Melrose, der sich eigentlich immer für einen Menschen mit rascher Auffassungsgabe gehalten hatte, hatte nun Schwierigkeiten, diesen Wust an Informationen zu verarbeiten. Sie dagegen schien der Meinung zu sein, es handelte sich um ganz alltägliches Zeug. »Danke, ich glaube, ich muss mich jetzt erst mal hinsetzen.« Nachdem er sich zu ihr hochgestemmt hatte, beschloss er, ihre Informationen nacheinander abzuhandeln. »Wenn du *Der große Gatsby* lesen kannst, dann musst du ja eine ausgezeichnete Vorleserin sein.«

Der Blick, den sie ihm zuwandte, war todehrlich. »Kapitel, hab ich gesagt. Kleine Abschnitte.«

»Na, die Sache mit dem Auge. An das erinnere ich mich gar nicht.«

»Das war auf dem Schild bei einem Doktor, der Brillen macht. Mr. Tynedale sagt, es ist wie das Auge Gottes. Glaub ich aber nicht.« Sie lehnte sich so weit nach hinten, dass ihr schwarzes Haar beinahe die Baumwurzeln berührte. Aus ihrer fast kopfüber geneigten Stellung fuhr sie fort: »Ist wahrscheinlich der Zyklop.«

Melrose staunte noch mehr. »Sprichst du jetzt von der *Odyssee?*«

»Die ist von Homer. Seinen Nachnamen weiß ich aber nicht. Die Geschichte ist wirklich toll.«

»Stimmt. Hast du sie in der Übersetzung gelesen oder bist du beim griechischen Original geblieben?«

Als sie die Antwort schuldig blieb, sagte Melrose: »Mr. Tynedale muss ja ein Mensch von ganz erlesenem Geschmack sein, wenn er dich all die Bücher lesen lässt, an die sich oft nicht mal Erwachsene herantrauen.«

»Ist er auch. Etwas ganz Besonderes. Sie können mir dabei helfen, ihn zu taufen.«

Einen Augenblick lang war Melrose etwas verwirrt, bevor ihm klar wurde, dass sie nun von ihrer Puppe sprach und nicht von dem vortrefflichen Mr. Tynedale. Dann stolperte er natürlich auch über das »ihn«. »Ihn?« Er musterte die Puppe. »Ich dachte, deine Puppe ist eine ›Sie‹.«

»Nein, ist er nicht. Sehen Sie?« Sie schob das lange Kleid hoch und deutete auf den Torso, die daran anschließenden Beine und das unerfindliche Geschlecht. »Es ist ganz glatt, sehen Sie. Gar nichts da.«

»Du bist nicht vielleicht zufällig mit der Familie Cripps bekannt, oder?«

»Nein.«

Er staunte über ihre ziemlich weltläufige Akzeptanz dieser sexuellen Zweideutigkeit. »Na, es könnte aber doch auch ein Mädchen sein, oder? Unserer Beweislage nach.«

»Es *könnte* ein Mädchen sein, aber ich will nicht, dass er eins ist. Er heißt Richard. Als ich dachte, er ist ein Mädchen, wollte ich ihn Rhonda nennen. Da war ich bei den *R*s. Ich hab eigentlich auf Benny gewartet, aber Sie tun's auch.«

Die Anwesenheit bei der Taufe war also keine Ehre, die einem zuteil wurde, sondern sie brauchte einen Gehilfen. »Hattest du vor, es jetzt gleich zu machen?«

»Können wir doch, wir machen ja sowieso nichts anderes.«

»Entschuldige mal, du vielleicht nicht, aber ich muss hier diese Ladung Erde«, er deutete auf eine volle Schubkarre, »zu den Beeten vorm Haus schaffen. Ich bin nämlich euer neuer Hilfsgärtner.«

Sie kratzte sich am Ohr und musterte ihn auf eine ähnliche Art, wie Angus ihn zuvor betrachtet hatte. Es war dieser taxierende Blick, der darauf zu warten schien, dass er sich irgendwie verriet. Er gab nach. »Also, gut.«

»Los, kommen Sie!« Sie hievte sich vom Brett, er – froh, herunter zu können – tat es ihr nach. Dann rannte sie zwischen Hecke und Nieskraut zum Teich hinüber, wo Melrose und Angus Murphy vorhin gestanden und die Gräser betrachtet hatten. Sie drehte sich um, lief ein Stück zurück und rief ihm zu, er solle sich beeilen.

Vor dem Teich mit den unheimlichen Goldfischen hüpfte sie von einem Fuß auf den anderen, als ob sie pinkeln müsste. Als Melrose bei ihr angelangt war, hielt sie ihm die Puppe (in ihrem allzu abgegriffenen Kittelkleid) hin.

»Ich? Moment, wieso willst du diese Aufgabe mir zuschanzen?«

»Sie sehen eher wie ein Pfarrer aus, und ich will nicht nass werden.«

»Was redest du da? Wieso sollte denn jemand nass werden?« Er streckte die Puppe weit von sich.

»Weil Sie da rein müssen, um ihn unterzutauchen.« Sie wies mit dem Kopf zum Teich.

»Ich steige doch nicht in dieses Wasser!« Zu diesen Goldfischen!, fügte er aber nicht hinzu.

»Aber irgendjemand muss doch!«

»Du brauchst bloß die Finger in den Teich zu tauchen und ihm ein Kreuz auf die Stirn zu malen. Ich war schon auf vielen Taufen (auf gar keiner war er gewesen), und so macht man das da.«

»Nein, stimmt gar nicht. Benny hat gesagt und der Pfarrer auch, dass es Leute gab, die bis zum Kinn reingegangen sind. Und dann hat ihnen der Pfarrer den Kopf vollends untergetaucht. Da mussten sie wohl die Luft anhalten. Benny sagt, es gilt nicht, wenn man nicht ganz drin ist.«

Melrose schnaubte. »Na, wenn dieser Benny so ein Fachmann ist, dann solltest du vielleicht besser auf ihn warten. Außerdem kennt er Richard – »*Richard?*« – viel besser als ich.«

Die Pose mit den in die Seiten gestützten Händen kannte er. Jedes Kind, mit dem er bisher zu tun hatte, hatte darauf zurückgegriffen. Entschlossen. Unnachgiebig. Sehr zu empfehlen, wenn man für einen Sitz im Unterhaus kandidierte, aber nichts Gutes verheißend, wenn es darum ging, dass jemand getauft werden sollte.

»Ich bin im Leben schon für viel gehalten worden, aber für

einen Pfarrer noch nie«, war seine matte Antwort auf die Hände-in-den-Hüften.

»Mit der Streiterei vertun Sie bloß Zeit.«

Melrose hob das Kleid an und inspizierte die Puppe von hinten. Kopf und Gliedmaßen waren aus hartem Kunststoff, der Oberkörper fest ausgestopft und mit glattem, fleischfarbenem Stoff bezogen, der hinten zusammengenäht war. Ein paar Fäden waren lose, und die Füllung quoll inzwischen schon fast heraus. Voller Genugtuung meinte er: »Weißt du, was mit dem Puppenjungen passiert, wenn du ihn ganz in den Teich untertauchst?«

Ihre Hände lösten sich von den Hüften, und sie schaute unsicher. »Gar nichts. Dann wird er bloß nass.«

»Nicht nur nass, er saugt sich mit Wasser voll«, sagte er verschlagen. »Siehst du die kleine Naht hier? Da kommt Wasser rein, und Richard wird für den Rest seines Lebens knatschen.« Er schüttelte die Puppe. »Oder womöglich auseinander gehen.«

Inzwischen völlig verunsichert, schüttelte sie den Kopf. »Nein, wird er nicht.«

Melrose stieß einen tiefen Seufzer aus und meinte achselzuckend: »Okay, wenn du dir da so sicher bist –« Er zog einen Schuh aus und machte sich am anderen zu schaffen, zur Vorbereitung (wie es aussah) für seinen Sprung in den Teich.

»Nein, warten Sie!« Sie schnappte sich die Puppe und kaute verlegen auf ihrer Unterlippe herum. »Ich muss es mir noch überlegen.«

»Und ich muss die Ladung Erde auf dem Beet da drüben verteilen.«

»Ich komm mit.«

Sie schien erleichtert, nicht mehr über die Taufe debattieren zu müssen.

»Na gut.« Melrose konnte sich nicht erinnern, jemals eine Schubkarre gehalten zu haben. Er packte die Haltegriffe und schob das Ding voran, während sie neben ihm hertrottete und zu ihm hochschaute, um wer weiß was in seinem Gesicht zu entdecken. Er wusste es nicht. Während er die Schubkarre zwischen den weißen Säulen und der Reihe Zedern voranrollte, sagte er: »Wofür braucht er eigentlich die ganze Erde?«

»Das ist doch Kunstdünger und keine Erde.«

Hatte er sich hier ein Kind aufgehalst, das jedes einzelne seiner Worte anfechten würde? (Taten sie das denn nicht alle?) »›Das ist doch Kunstdünger und keine Erde‹«, äffte er sie mit hoher Quietschstimme nach. »Was ist der Unterschied?«

»Es steht auf dem Sack: ›Kunstdünger.‹«

»Na, du glaubst doch wohl nicht, dass die ›Erde‹ draufschreiben, oder?«

Einen Augenblick war sie skeptisch. Zu beiden Seiten des großen Beetes vor dem Haus standen weiße Steinbänke. Auf eine legte sie sich wie auf ein Bett, setzte sich Richard auf die Brust und bewegte seinen Arm vor und zurück. »Er könnte doch Detektiv sein.«

Melrose hatte die Schubkarre abgestellt und griff nach der Schaufel. »Detektiv? Wovon redest du eigentlich?«

»Von Richard. Ich sage bloß, er *könnte* einer sein. Ich weiß nicht so recht.«

Melrose legte mit der Schaufel los. »Na, dann lass mich wissen, wenn du so weit bist.«

Während er schaufelte und sie zusah, senkte sich Stille herab. Er zweifelte, dass es an ihrem gegenseitigen Respekt für die Arbeit lag. Eine weiße Katze lief hinten um die Hausecke, ihr hinterher ein kleiner Hund, eine Art Terrier mit weißem Fell, das federnd und elastisch aussah wie Schafwolle.

»Sparky!«, rief Gemma, und der Hund ließ von der Katzenjagd ab, kam herüber und setzte sich neben das Blumenbeet.

Als Melrose sich aufrichtete, spürte er sein Kreuz. Zweifellos war die Arthritis bereits im Anmarsch. Er sah zu dem kleinen Hund hinunter, der mit dem Schwanz auf den Erdboden klopfte. »Was in drei Teufels Namen ist das denn?«

»Das ist Bennys Hund Sparky.« Der Hund kam zu ihr herübergesprungen und klopfte weiter mit dem Schwanz. Sie kraulte ihn am Hals und machte diese kindischen Töne, die manche beim Anblick von Babys ausstoßen.

»Und wo steckt Benny? Ich habe vor, ihn sofort für die Taufe zu verpflichten.«

»Manchmal kommt Sparky auch allein her. Er ist wirklich schlau. Benny sagt, er geht nachts raus und läuft überall rum bis zum Morgengrauen. Er kann sich alles merken.«

»Wenn er so schlau ist, dann lass *ihn* doch die Taufe machen.«

Sparky trottete davon. Die Katze war zwischenzeitlich in einem kleinen Cottage an der Auffahrt verschwunden. Gemma sagte: »Sehen Sie da drüben?« Sie deutete auf das Cottage neben der Toreinfahrt. »Da wohnt Mrs. Riordin. Die wohnt da schon seit Jahren. Ich darf aber nicht rein. Mittwochs geht sie immer in die Stadt zum Einkaufen. Dann geh ich rein. Können Sie auch, wenn Sie sich mal umsehen wollen.«

Hatte Jury dieses Kind hierher beordert? »Wieso um alles in der Welt sollte ich das wollen?« Auf ihr Schulterzucken fuhr er fort: »Und wieso machst du das? Du wirst noch geschnappt wegen EBD.«

»Was ist EBD?«

»Der einzige Polizeiausdruck, den ich kenne. Es bedeutet ›Einbruchdiebstahl‹. Und falls du es nicht weißt, es ist verboten.« *Plopp!*, landete wieder eine Schaufel voll Kunstdünger auf dem Beet. Hoffentlich machte er es überhaupt richtig.

»Wenn ich was nehme, behalte ich es immer bloß ein Weilchen und bring es dann wieder zurück«, informierte ihn Gemma aus ihrer liegenden Position heraus, wobei sie die EBD-Sache offenbar nicht in Angst und Schrecken versetzte.

Melrose stieß die Schaufelspitze ins weiche Erdreich. »Du solltest da erst gar nichts *wegnehmen*.« Er sah, wie sie etwas aus der Tasche ihres karierten Röckchens holte.

»Hier ist ein Ohrring.« Sie hielt ihn hoch, damit er ihn sehen konnte.

Es war ein unscheinbarer goldener Ohrring, sicher nichts, was einen Diebstahl lohnte. »Hast du bloß einen genommen?«

Sie nickte. »Ich will ihn ja nicht tragen. Ich will bloß was in der Hand haben, was jemand anderem gehört. Ich bring die Sachen immer wieder zurück, damit Sie nicht denken, ich bin eine Diebin.« Dies wurde in recht entrüstetem Ton geäußert. »Sie können reingehen, wenn Sie wollen. Wir könnten doch mal zusammen rein; hinten ist ein Fenster, das nicht richtig schließt.«

»Glaub bloß nicht, du könntest mich in deine kriminellen Machenschaften verwickeln.« Er unterbrach seine Tätigkeit, um zum Cottage hinüberzusehen. »Welches Fenster?«

33

Nachdem er sich das Fenster gut gemerkt, den EBD jedoch auf eine spätere Gelegenheit verschoben hatte, versenkte Melrose die Wurzeln eines anderen Strauchs so tief in der Erde, als wollte er eine Kassette mit Zeitdokumenten bei einer Grundsteinlegung vergraben. Er war mittlerweile seit einer Dreiviertelstunde auf den Knien, vermutlich länger als während sämtlicher Kirchgänge seiner Kindheit zusammengenommen. Hätte der Buddha auch nur eine halbe Stunde mit dem Setzen von Sträuchern verbracht, er wäre vom Lotossitz bestimmt nicht so angetan gewesen. Ach Gott, der Rücken! Der widerspenstige Rücken! Melrose stampfte gerade die Erde fest, als ihm plötzlich ein Paar Pfoten und etwas Struppig-Schnaufendes ins Blickfeld kamen.

Melrose seufzte. Für diesen Streuner Sparky war er nun wirklich nicht in Stimmung, doch der stand vor ihm, vermutlich eifrig darauf bedacht, das mit dem Pflanzensetzen im Dezember noch mal gründlich zu überdenken. »Bin ich auch dafür«, sagte Melrose und holte seine Zigaretten und sein altes Zippo-Feuerzeug hervor. »Aber wenn Murphy sagt, es gehört gemacht, dann mache ich es.« Das Zippo ratschte, wollte aber nicht angehen. »Du hättest mir nicht zufällig Feuer, oder?«

Sparky stand da und wedelte mit seinem Stummelschwanz hin und her. Wollte er, dass Melrose irgendwohin ging? Er vollführte kleine Rückwärtsbewegungen, die bei einem Puma etwa höchst beunruhigend gewesen wären.

Melrose klemmte sich die unangezündete Zigarette hinters Ohr und hockte sich auf den kalten Erdboden. »Jetzt reicht's aber! Wo steckt denn dein junger Gefährte?« Er vernahm ein Zischen, drehte sich um und sah Snowball, die Gassenmieze mit dem Gesicht, das aussah wie gegen eine Glasscheibe gequetscht. Zwischen Sparky und Snowball sitzend grübelte er darüber nach, was diese beiden Tiere eigentlich so anziehend an ihm fanden, als er plötzlich jemanden seinen Namen rufen hörte.

»Mr. Plant!«

Als er nicht gleich ausmachen konnte, aus welcher Richtung der Ruf gekommen war, rief die Stimme: »Ambrose!«, als wisse er als Angehöriger des Personals bloß mit seinem Vornamen etwas anzufangen. Er wandte sich um und sah Ian Tynedale in der offenen Terrassentür stehen. Er bedeutete Melrose herüberzukommen. »Ich würde Ihnen da gern etwas zeigen.«

»Sehr wohl, Sir.« Melrose hätte an seiner Stirnlocke gezupft, wenn er sie hätte finden können.

Er folgte Ian Tynedale in die Bibliothek, wo dieser zuvor das Einstellungsgespräch mit ihm geführt hatte. Man war rasch zum Thema Kunst abgeschweift, als Melrose ihm zu verstehen gegeben hatte, dass er ein großer Verehrer der italienischen Renaissance sei. Ursprünglich hatte Melrose sich gesträubt, doch Jury hatte es für eine gute Idee gehalten, wenn auch für einen Gärtner etwas ungewöhnlich.

»Erzählen Sie einfach, Ihre Mum war Italienerin. Eine italienische Gräfin oder so etwas.«

»Sie hören sich an wie Diane Demorney.«

Woran lag es eigentlich, dass die Tynedales sich alle so ein gutes Aussehen bewahrt hatten? Höchstwahrscheinlich an den Genen. In die meisten Leute über sechzig grub sich das Alter ein wie Draculas Zähne. Er hoffte bloß, wenn er einmal ein Fall für die Geriatrie war, auch nur halb so gut auszusehen wie Ian Tynedale. Soweit er sehen konnte, hatten die Tynedales alle möglichen schlechten Angewohnheiten – sie tranken, rauchten, ernährten sich kalorienreich (der Eindruck hatte sich ihm beim Anblick der *crème brûlée* aufgedrängt, die die Köchin zubereitet hatte) –, was ihnen aber anscheinend nichts anhaben konnte. Wie tröstlich! Tynedale holte eine Zigarre aus einem schwarzen Humidor und lehnte sich in seinem ledernen Schreibtischsessel zurück. Melrose überlegte: Hegte Ian Tynedale vielleicht den Verdacht, er sei gar nicht der, für den er sich ausgab? Nein, Melrose bezweifelte, dass der andere etwas argwöhnte. Er suchte bloß ein Publikum, dem er seine Neuerwerbungen vorführen konnte. Daraus sprach nur der Kunstbegeisterte; er hätte auch Snowball und Sparky hereingebeten, wenn die das geringste Interesse an italienischer Renaissancekunst an den Tag gelegt hätten.

Darüber ließ Ian sich nun nämlich aus, und Melrose fragte: »Ist das nicht redundant, Sir?«

Ian musterte ihn verwundert. »Inwiefern?«

»Na, italienische Renaissancekunst. Die Italiener hatten die Renaissance doch gewissermaßen *gepachtet*, nicht?« Das war womöglich alles etwas dick aufgetragen, mutmaßte Melrose, jedenfalls aus dem Munde eines Hilfsgärtners, wenn auch eines übermäßig gebildeten. Er fand sich ganz schön angeberisch und gebot sich Einhalt. »Ich meine, äh, das hab ich irgendwo gelesen.«

Ian schien sich zu freuen, dass er hier einen lesenden Menschen vor sich hatte. »Gutes Argument! Sie haben natürlich Recht. Setzen Sie sich, guter Mann, setzen Sie sich.« Er bedeutete Melrose, ihm gegenüber im Sessel Platz zu nehmen.

Melrose setzte sich hin. Wieso schöpfte Tynedale keinen Verdacht? Vermutlich, weil er sich einfach mit jemandem über Florenz und die Florentiner Kunst unterhalten wollte. *Dann sind Sie an den Richtigen geraten!*, dachte Melrose.

Ian zog einen kräftigen Bogen Papier hervor und hielt ihn Melrose zur Begutachtung hin. »Was halten Sie davon?« Ian tippte auf das Blatt.

Es war kein Gemälde, sondern eine Skizze. Melrose kaute unschlüssig auf der Lippe herum. Es sah aus wie eine Studie zur Perspektive: zwei ebene Oberflächen, eine davon vermutlich ein Spiegel, wurden einander gegenüber gehalten, die Linien überschnitten sich. Melrose' Gedanken wanderten zurück zu Di Bada und dem, was dieser über Brunelleschi gesagt hatte. Es hätte von einer Reihe von Künstlern stammen können, mit Brunelleschi lag Melrose jedoch bestimmt nicht völlig daneben, da es sich bei der Zeichnung sowieso nicht um ein Original handeln konnte. »Hmm… ich würde sagen, Brunelleschi. Äh… vielleicht.«

»Ich glaube, es ist von Giotto. Er hat doch die Perspektive wiederentdeckt, nicht wahr? Die Griechen wussten darüber schon Bescheid. Platon nannte Perspektive ja auch ›Täuschung‹.«

»Platon nannte alles Täuschung.«

Ian lachte. »Man merkt, dass Sie nicht immer Gärtner waren.«

»Hilfsgärtner«, korrigierte ihn Melrose. »Aber diese Skizze – Sie wollen doch nicht behaupten, das ist ein Original.«

»Ach, schön wär's!« Wieder lachte Ian und zog eine weitere Skizze hervor, diesmal vom Duomo. »Wie ich zu der gekommen bin, weiß ich gar nicht mehr. Die Kuppel von Santa Maria Novella. Ich habe keine Ahnung, wer der Künstler ist. Aber sie ist wunderschön.«

»Na, wenn es eine Skizze von Brunelleschi wäre, dann wäre sie sicher so viel wert wie der Inhalt der Londoner Silberschatzgewölbe.«

Den Blick immer noch auf das Blatt geheftet, rieb sich Ian den Nacken. »Hier geht es aber natürlich nicht um Geld.«

Eine im Allgemeinen vorzugsweise von Reichen geäußerte Regung, wusste Melrose. Während Ian über dem Bild sinnierte, nutzte Melrose die Gelegenheit, den Blick über die Wände schweifen zu lassen, an denen Gemälde von unschätzbarem Wert hingen. Beim Anblick der Sammlung musste er an Jurys Kommentar über Simon Crofts Sammlung denken. Er wünschte, er könnte das Gespräch in diese Richtung lenken.

Das war aber gar nicht nötig.

In seinen Sessel zurückgelehnt, die Zeichnung auf Armeslänge vor sich haltend, sagte Ian: »Ein sehr guter Freund von mir ist vor einer Woche gestorben. Sie hätten ihm gut gefallen.« Seufzend legte er das Blatt wieder zwischen die schützenden Holzbretter. »Er wurde ermordet.«

»Wie entsetzlich. Wie ist das passiert?«

»Man hat bei ihm eingebrochen – in sein Haus an der Themse –«

Melrose unterbrach ihn. »Aber das stand doch überall in der Zeitung. Er hieß, äh –« Er hielt inne, scheinbar bemüht, sich zu erinnern.

»Simon Croft. Unsere Familien standen sich sehr nahe.« Ian nahm die andere Zeichnung zur Hand, die vom Duomo. »Ein Wunderwerk der Ingenieurskunst. Ich wünschte, ich wäre damals dabei gewesen.«

»Auf dem Baugerüst oben mit einem Glas verwässertem Wein?«

Ian lachte. »Nein, auf der Piazza unten mit einem Glas Tynedale-Bier.« Er griff nach der vor sich hin glimmenden Zigarre. »Stellen Sie sich vor, in was für einer Gesellschaft wir uns befänden: Brunelleschi, Leonardo, Masaccio…« Ehrfürchtig schüttelte er den Kopf.

»Übrigens habe ich irgendwo gelesen, dass Masaccio solche Angst hatte, jemand könnte seine Arbeit stehlen, dass er keinen zu sich ließ außer seinem Gemüsehändler.«

Ian lachte. »Hört sich nach Simon an.«

»Wirklich?«

Ian wechselte das Thema. »Wie vertragen Sie sich denn mit Murphy?«

273

»Gut.«

Ian lächelte. »Ein recht jähzorniger Bursche. Die letzte Hilfe ging einfach, ohne sich abzumelden. Tauchte einfach nicht mehr auf. Na ja, sie war noch jung, das muss man ihr zugute halten. Vielleicht hat sie der Zwischenfall mit dem Schuss verschreckt. Murphy hat es Ihnen erzählt, nehme ich an.«

»Hat mir was erzählt?«

»Im Oktober hat jemand einen Schuss auf das Gewächshaus abgefeuert. Die Polizei von Southwark rechnete es zunächst dieser Reihe von Einbrüchen hier in der Gegend zu.«

»Wurde etwas gestohlen?«

»Nein, zum Glück nicht.« Ian sah zu den Wänden hinüber.

Melrose versuchte, nicht wissbegieriger zu erscheinen, als jeder neugierige Mensch es auch gewesen wäre. »Sie sagten, ›zunächst‹. Wie hat die Polizei es sich schließlich dann erklärt?«

»Irgendwelche Jugendliche, die mit einer Knarre herumrannten. Haben wir in Southwark bald Zustände wie in Miami?«

»In puncto Wetter wäre nichts dagegen einzuwenden, oder? Sagen Sie, dieses Haus ist doch von einer hohen Mauer umgeben. Wenn Sie jetzt ein Jugendlicher wären, der einfach so zum Jux irgendwie herumballern will, würden Sie sich da die Mühe machen, über eine Mauer zu klettern, nur um auf irgendwas zu schießen?«

»Jetzt, wo Sie es sagen, nein. Sie glauben, die Polizei hat sich geirrt?«

»Sie etwa nicht?«

Ian überlegte einen Augenblick. »Oliver – Dad hat den Chief Constable zwar nicht direkt in der Tasche, aber er hat schon jede Menge Macht und Einfluss. Der Polizeipräsident ist ein guter Freund von ihm. Ich glaube nicht, dass man dort die Ermittlungen so einfach einstellen würde. Gemma – das kleine Mädchen – ist sich sicher, dass der Schütze es auf sie abgesehen hatte, weil sie im Gewächshaus war. Gemma hat allerdings eine blühende Fantasie.«

»Aber Sie sagen doch, sie war im Gewächshaus, als es passierte.«

Ian schüttelte den Kopf. »Die Polizei glaubt nicht, dass sie irgendetwas damit zu tun hatte – ich meine, dass sie das Ziel war.«

»Wer einer Kugel im Weg steht, *ist* gewöhnlich das Ziel.«

»Ich weiß, was Sie sagen wollen, bloß – wieso sollte jemand Gemma etwas zuleide tun wollen? Sie ist erst neun. Das ergibt keinen Sinn.«

»Es ergibt genau so viel Sinn wie die Annahme, dass ein Junge mit einer Waffe über Ihre Gartenmauer klettert.«

Nach seiner »Teemahlzeit« (die er wohlweislich auf den Genuss selbigen Getränks beschränkt hatte) hatte er das Lodge verlassen und sich zur Hauptgeschäftsstraße begeben, wo er unbemerkt an einer Ecke ein Taxi heranwinken und zu Boring's zurückkehren konnte. Da sah er plötzlich, dass der Fleischerladen, den Gemma erwähnt hatte, noch offen war.

Fleischerei Gyp, stand in glänzenden schwarzen Schnörkelbuchstaben über der Tür eines Ladens in einem Fachwerkhaus. In einem großen Schaufenster war das von Petersilie umgebene Fleisch ausgestellt und sah eigentlich eher nach Edelsteinen aus als nach Koteletts und Bauchspeck. Melrose spähte durch die Scheibe und konnte den großen, dünnen Inhaber erkennen und reden hören. Er stellte sich unauffällig an die Tür und zündete sich eine Zigarette an.

»... sag ich dir aber. Weiß ich, dass du Feierabend hast, aber die Bestellungen sind grade reingekommen und werden heute Abend noch gebraucht. Im Geschäft tanzt nun mal nich alles nach deiner Pfeife.«

»Ein Freund von mir hat aber Geburtstag, Mr. Gyp, hab ich Ihnen doch gesagt. Sonst würde ich ja gern –«

»Ha, das mag schon sein, aber die im Lodge scheren sich doch nich um einem Geburtstag, und jetzt bisschen dalli ...«

Die Stimme verebbte, aber bestimmt nicht, weil ihr die Boshaftigkeit ausgegangen war, dachte Melrose, der wusste, wann er einen Menschenquäler vor sich hatte. Kinder waren bei solchen Leuten besonders beliebte Objekte, weil sie relativ hilflos und (nahm man jedenfalls an) schwach waren. Sie waren aber gar nicht schwach, zumindest nicht die, die für sich selbst sorgen mussten.

Das Geleier ging weiter: »Wenn du nich mal ab und zu Überstunden machen kannst, dann schau dich woanders um. Is ja nicht so, dass den Job sonst keiner will.«

Während Gyp seine ganze aufgestaute Bitterkeit entlud, hatte der Junge, offenbar ein recht helles Kerlchen (was auch für Sparky, den Hund, galt), immer wieder versucht, zu Wort zu kommen, in dem Redeschwall aber kein Schlupfloch gefunden. Der kleine Hund dagegen, dessen Hundegeduld gewaltig strapaziert wurde, knurrte leise.

Gyp fuhr zurück. »Jetzt reicht's aber mit deinem Hund, Freundchen. Sorg dafür, dass der Köter pariert, sonst –«

»Das ist doch bloß Sparky! Sie wissen, dass der noch nie einen gebissen hat –«

»Und einmal passiert's dann doch. Der Köter gehört an die Leine –«

»Der war noch nie angebunden, und sagen Sie nicht immer ›der Köter‹. Er heißt Sparky, das wissen Sie ganz genau.«

Melrose hatte den Jungen bereits ins Herz geschlossen. Sich selbst wollte er nicht verteidigen, aber seinen Hund nahm er in Schutz.

Gyps Leier ging weiter. »Also, hier sind die Koteletts fürs Lodge. Das Rinderschwanzstück und der Bauchspeck, die gehen zu den Roots. Der Speck is bisschen fett, aber wenn er sich beschwert, sagst du einfach, guter Bauchspeck is so.«

Melrose fand, dass er jetzt eigentlich hineingehen konnte, rückte seine Kappe zurecht, hakte die Finger in die kleinen Taschen seiner Jeans und trat ein.

»Abend«, sagte er und legte wie zum respektvollen Gruß zwei

Finger an den Schirm seiner Mütze. »Is das hier der Fleischer, wo ins Lodge rauf liefert?« Er deutete schwungvoll mit dem Daumen über die Schulter. »Dann müssen Sie Mr. Gyp sein?« Kaum abwartend, dass der Fleischer bejahte, redete Melrose weiter: »Von da komm ich grade, und weil ich gleich wieder rauf geh, kann ich doch den Packen mitnehmen, dann spart sich der Bursche den Weg. Hab eben mitgehört, was Sie gesagt haben.«

Bevor Gyp etwas einwenden konnte (was er zweifellos vorhatte), redete Melrose weiter. »In ganz London gibt's kein ›Fleischer wie den‹, sagt Mr. Barkins. ›Keinen, wo den Braten so hinkriegt wie der‹« – Melrose' Blick fuhr zu dem Holzbrett hinüber, auf dem die Schweinekoteletts wie Tänzerinnen im Variété in perfekter Symmetrie fächerförmig ausgebreitet lagen – »›oder wo die Koteletts so kunstvoll schneiden tut wie Mr. Gyp. Fast zu schön zum Essen, die Koteletts. Nein, Mr. Gyp is ein Prachtkerl und ein aufrechter, ehrlicher Mensch obendrein. Ehrlich abwiegen tut Gyp auch, keine Frage. Haben wir ein Glück mit userm Mr. Gyp.‹ Das hat die Köchin gesagt und wenn *die* mal wen lobt, also, das will was heißen.« Melrose hielt inne, nicht aus Mangel an weiteren Komplimenten, sondern weil er sich vorkam wie ein Pfarrer, der am Sarg eines kürzlich Verschiedenen die Trauerpredigt hielt. Gyps Miene, bemerkte er, hatte sich zusehends aufgehellt, während er mit diesen Komplimenten überschüttet worden war. Der Junge und sein Hund starrten Melrose mit wagenradgroßen Augen an und trauten ihren Ohren nicht, dass an Gyp jemand etwas Lobenswertes finden konnte. Bloß ein Idiot (dachte Benny sicher) hätte sich diesen ganzen Stuss angehört, den dieser feine Pinkel in einem grottenschlechten Nordlondoner Akzent darbot: hier ein paar verschluckte Konsonanten, dort ein paar weggelassene Vokale, mehr brachte Melrose nicht zustande.

Als Melrose sich hinunterbeugte, um Sparky zu tätscheln, klopfte der Hund heftig mit dem Schwanz auf den Boden.

Indem er sich die Hände an seiner blutverschmierten Schürze

abwischte, fragte Gyp in butterweichem Ton: »Und wer sind Sie, Sir?«

Melrose streckte die Hand aus, um die von Gyp zu schütteln (er fand sie eiskalt wie den Tod) und sagte: »Der neue Gärtner oben im Lodge. Ambrose Plant heiß ich. So was freut einen, wenn man in so'n gut geführten Laden kommt.«

Offenbar glaubte Gyp, in Melrose einen Kumpel gefunden zu haben, und hätte mit ihm vermutlich gern kurz auf ein Pint im Scurvy Ferret vorbeigeschaut. »Ah, nett, wenn man mal ein neues Gesicht sieht, und noch dazu eins, dem's nichts ausmacht, auch mal nach Feierabend was zu tun. Grade war ich dabei, unserm jungen Bernard beizubringen, wie wichtig es is, flexibel zu sein.«

»Ah, da haben Sie Recht, Mr. Gyp, da haben Sie wohl Recht.«

Benny blinzelte Melrose ungläubig an. Selbst Sparky brachte es fertig, ungläubig den Kopf schief zu legen.

»Ich bring natürlich«, fuhr Melrose fort, »unterwegs auch gern das eine oder andre Päckchen vorbei. Is doch klar.«

»Sehr nett von Ihnen, Mr. Plant, bloß die Elys, also, die sind ein bisschen komisch, wenn Fremde an die Tür kommen –«

Benny widersprach: »Stimmt doch gar nicht –«

Gyp ließ ihn jedoch gar nicht erst ausreden. »Die alte Dame, also, die is ziemlich misstrauisch.«

Benny blickte zwischen den beiden Männern hin und her, als wären jetzt beide übergeschnappt. Wären es Hunde gewesen, hätte Sparky das Gleiche getan.

»Ely? Sagten Sie Ely, Mr. Gyp? Is das womöglich… na, wie hieß er noch gleich…?«

»Brian Ely. Wohnt mit seiner alten Mutter drüben in der Mickelwhite Street.«

Melrose schlug sich die Hand vor den Kopf. »Ach, Brian, ja, klar! Und die alte Lady! Na, das is ja vielleicht 'ne Überraschung! Zehn Jahre is das jetzt her, dass Brian und meine Wenigkeit im Scurvy Ferret einen gehoben haben.« Weil Melrose wusste, dass

Gyp ihn nur deshalb nicht bei Ely ausliefern lassen wollte, damit es an Benny hängen blieb und der sich deshalb verspätete, schlug er vor: »Der Bursche hier kann mir ja den Weg zeigen.«

Dieser Plan fand Gyps volle Zustimmung. Mit seinem Totenkopfgrinsen stand er da und rieb sich die Hände.

Der arme Benny jedoch, der sich bereits gerettet gewähnt hatte, sah seine Hoffnungen – zumindest teilweise – wieder zunichte gemacht. Melrose sammelte die Päckchen ein und meinte mit aufgesetzter Leutseligkeit an Gyp gewandt, also, man sehe sich ja wieder. Dann zogen Mann, Junge und Hund von dannen.

Draußen rüttelte Melrose Benny leicht an der Schulter. »Hör zu, ich bin eigentlich gar nicht der, für den Gyp mich hält.«

»Ach ja? Sie sind auch nicht der, für den ich Sie halte.«

»Oh? Oh? Und für wen hältst *du* mich?«

»Na, jedenfalls nicht für einen, der im Umkreis von St. Mary-le-Bow wohnt, wenn Sie verstehen, was ich meine. Eher ein feiner Pinkel mit 'nem aufgesetzten Cockney-Akzent. Der ist übrigens ziemlich furchtbar, aber das wissen Sie ja wahrscheinlich.«

»Ist das der Dank dafür, dass ich dir helfe, deine Sachen auszutragen?«

»Nein, Mister. Das find ich wirklich toll von Ihnen. Bloß bin ich jetzt trotzdem nicht rechtzeitig bei meinem Freund zum Geburtstag mit der Torte.« Er hielt die weiße Schachtel hoch, die er die ganze Zeit über festgehalten hatte.

Melrose' Blick suchte die Straße nach einem Taxi ab. Er sah zwei, die aber schon besetzt waren. »Wir brauchen bloß ein Taxi zu nehmen, erst zum Lodge, dann zu den Elys.«

Als wären Taxis für ihn so unerreichbar wie Sterne, blieb Benny wie angewurzelt neben Melrose stehen. »Ein Taxi?«

»Natürlich. Hier kommt auch schon eins.«

»Ja, aber das ist doch so ein teures Mini-Cab.«

Melrose seufzte, während er den Arm heftig auf und ab bewegte. »Dann ist es eben ein Mini-Cab. Dann redet der Fahrer mit uns eben Portugiesisch. Räder hat es jedenfalls, also rein mit dir.«

Das weiße Auto kam ruckartig zum Stehen, und der Fahrer streckte den Kopf heraus und rief etwas Unverständliches. Melrose und Benny duckten sich in den Fond, und Benny nannte die Adresse. Der Wagen fuhr in demselben ruckartigen Stil los, wie er angehalten hatte.

Bennys Anweisungen nach hielt der Fahrer vor dem Lodge an. Dann verschwand der Junge durch ein Gartentor, während Sparky im Auto wartete und aufgeregt mit dem Schwanz wedelte. Nach kaum zwei Minuten war der Junge wieder zurück. Er nannte dem Fahrer die Adresse der Elys, und nach einem unverständlichen Kauderwelsch seitens des Fahrers machte das Taxi kehrt und schoss die Straße hinunter.

Das Haus der Elys lag in einer etwas heruntergekommenen kleinen Straße hinter einer der zahlreichen, dem Architekten Christopher Wren zugeschriebenen Kirchen. Hier bat Benny den Fahrer, den Motor laufen zu lassen, er sei gleich wieder da, als wäre das Taxi ein Fluchtauto. In einer Silbenkanonade, die Melrose wieder bass erstaunte, redete der Fahrer irgendetwas daher – über den Goldpreis? Die Krise im Nahen Osten? Auf den Hinterbeinen stehend, die Pfoten gegen die Scheibe gestützt, sah Sparky dem davoneilenden Benny hinterher.

Mr. Ely, wenn er es denn war, erschien als Silhouette vor dem Hintergrund eines beleuchteten Hausflurs und machte, nach kurzem Hallo und Bye-bye, die Tür wieder zu. Benny rannte zurück, kletterte in den Wagen und sagte dem Fahrer, er solle zur Waterloo Bridge fahren.

»Und wohin dann?«, fragte Melrose.

»Nirgendwohin. Ich steig einfach da aus.« Benny hielt die Torte auf dem Schoß und sah in die vorübergleitende Nacht hinaus.

Melrose musterte ihn stirnrunzelnd. »Aber deine Geburtstagsparty –?«

»Die ist dort in der Gegend.«

Sparky saß inzwischen neben Melrose auf dem Sitz. Dieser

grübelte. Es war ziemlich offensichtlich, dass Benny die Sache nicht weiter besprechen wollte, und Melrose würde es auch nicht erzwingen. »Wie lange arbeitest du denn schon für diesen Gyp?«

»Über ein Jahr. Aber nicht bloß bei dem. Ich trage auch noch für das Delphinium und für Mr. Siptick aus. Das ist der Zeitungshändler. Und beim Moonraker. Miss Penforwarden ist wirklich nett.« Er fing an zu summen.

»Und was ist mit Schule?« Gleich drauf beglückwünschte sich Melrose dazu, soeben die verabscheuungswürdigste Frage gestellt zu haben, die man einem Kind je stellen konnte: *Was ist mit Schule?*

Aber Benny hatte nichts dagegen. »Ach, darum kümmert sich meine Mum. Ich mein, sie unterrichtet mich zu Hause. Wissen Sie, ich hab's auf der Brust –« Zu Melrose' Erbauung hustete er mehrmals stark übertrieben auf. Es war das erste Mal, dass Melrose ihn hatte husten hören. Weil er sich offenbar verpflichtet fühlte, den Grund für sein Schuleschwänzen vorzuführen, hustete Benny kräftig weiter.

»Okay, du kannst aufhören. Geht mich ja sowieso nichts an.«

»Sie sind der erste Mensch, der das je gesagt hat.«

Als sie die Waterloo Bridge überquerten, ließ Melrose den Blick flussaufwärts und flussabwärts schweifen, nach Blackfriars, zur London Bridge, zur Tower Bridge, zu diesem ganzen prächtigen Panorama von Brücken, die auf ganzer Länge beleuchtet waren. Ein prächtiger Anblick, fand er. So ein Gefühl musste ein New Yorker haben, wenn er über eine Brücke nach Manhattan einfuhr. Er erinnerte sich, in einer Nachrichtensendung einmal die Silhouette von Manhattan gesehen zu haben. Die Spitzen der Wolkenkratzer waren mit bunten Lichtern besteckt gewesen, rosa und gelb und grün, surreale Farben, die hinter der Nachrichtensprecherin zu schweben schienen.

Als das Mini-Cab anhielt, um Benny in der Nähe des Themseufers abzusetzen, verspürte Melrose einen leisen Stich. Er bat den

Jungen, kurz zu warten, während er die Nummer von Boring's auf die Rückseite eines seiner alten Visitenkärtchen schrieb.

»Ruf mich einfach an, wenn du wieder mal irgendwohin fahren musst. Oder sonst was brauchst.«

»Hier steht, dass Sie ein Earl sind.« Forschend sah Benny von der Karte zu Melrose auf.

»Nicht ich. Ein Freund von mir.« Melrose hatte das Kärtchen immer für Notfälle bei sich.

Benny nickte, steckte es in die Tasche und rührte sich nicht von der Stelle. Er wartete ab, dass der Wagen wegfuhr, vermutete Melrose, um nicht zu verraten, in welche Richtung er sich wandte.

»Nach Mayfair«, wies Melrose den Fahrer an. »Zu Boring's.«

34

Jury stand im St. James Pub an einen Pfeiler gelehnt, als Liza hereinkam. Sie hatte eine Oxford-Street-Einkaufstasche bei sich, die mit geschenkverpackten Schachteln prall gefüllt war. Trotz ihres unmodernen schwarzen Mantels und des Tuchs über den Haaren sah man ihr hinterher. An der ganzen Theke entlang drehten Männer sich um, um einen zweiten Blick auf sie zu erhaschen. Innerhalb eines Jahres war Liza bestimmt wieder verheiratet, mochte er wetten, vier Kinder oder nicht. Sie würde wahrscheinlich wieder heiraten müssen, egal, wie sehr sie Mickey noch liebte. Ganz auf sich gestellt für vier Kinder sorgen zu müssen, wäre schon ein großes Problem, sie ohne Hilfe glücklich und wohlbehütet zu wissen, noch viel schwieriger.

»Hallo, Richard.« Sie küsste ihn auf die Wange; er hätte noch mehr davon vertragen.

»Hallo. Gehen wir nach oben. Hier kann man ja nirgends sitzen. Oder noch besser, Sie gehen rauf, und ich besorge Ihnen einen Drink. Bier? Gin Tonic?«

»Eigentlich hätte ich gern einen Brandy. Ich bin völlig geschafft.«

»Kriegen Sie.«

Jury holte an der Bar die Getränke und ging hinauf. Vom oberen Treppenabsatz aus sah er zu ihr hinüber; wie sehr sie ihn an ein kleines Mädchen erinnerte, dachte er, das in einem viel zu großen Mantel steckte. Die Einkaufstasche hatte sie auf einem der Stühle deponiert. Er stellte die Getränke ab, einen doppelten Brandy für sie, für sich selbst ein Bier.

»Danke. Und danke, dass Sie mich hierher eingeladen haben. Wirklich nett von Ihnen.«

Er lächelte. »War kein großes Opfer für mich. Ich musste ja bloß über die Straße.« Er deutete hinter sich in Richtung New Scotland Yard.

»Sie wissen, was ich meine. Sehen Sie, es gibt nicht viele Leute, mit denen ich reden kann – Mickey selbst geht es übrigens genauso –, denn nur wenige wissen über seinen Krebs Bescheid. Dass er es Ihnen gesagt hat, heißt wohl, dass er Ihre Hilfe wirklich braucht.«

»Wahrscheinlich. Ich helfe, so gut ich kann, Liza.«

»Ich weiß.« Sie hatte ihren Mantel nicht ausgezogen. Es war, als käme ihr inzwischen jede Begegnung so flüchtig vor, dass sie es sinnlos fand, sich darauf richtig einzulassen. Sie legte die Hand auf die Einkaufstasche. »Ich habe Geschenke eingekauft. Es fällt schwer, feiern zu wollen. Es ist verdammt schwer, in all die sorglosen Gesichter zu schauen.«

»Von wegen sorglos. Sehen Sie sich bloß die Selbstmordrate um Weihnachten an.«

»Wieso tun wir dann auf Teufel komm raus so, als wäre es eine glückliche Zeit?«

»Ist es denn wirklich vergeudete Zeit? Vielleicht gehöre ich ja zur alten Schule: ›Nehmt eine Tugend an, die ihr nicht habt.‹«

Sie lächelte. »Wer hat das gesagt? Shakespeare?«

»Hamlet wahrscheinlich.«

»Wieso nicht? Er hat ja sonst alles gesagt.« Sie lachte und nippte an ihrem Brandy. »Jetzt geht's mir schon besser. Der war wahrscheinlich nötig.«

Jury schwieg und wartete darauf, dass sie weiterredete. Dass sie reden musste, war auf schmerzliche Weise offenkundig. Es musste wie eine Strafe sein, wenn man über eine Tragödie nicht reden konnte.

Liza beugte sich dichter zu ihm und sagte: »Ich mache mir Sorgen um ihn, Richard. Vor allem darüber, dass er psychisch damit nicht fertig wird.«

»Es ist doch klar –«

Sie hob die Hand, als wollte sie allzu einfachen Trost abwehren. »Ich weiß, was Sie sagen wollen: Es ist doch wenig verwunderlich, dass er Stimmungsschwankungen hat. Aber er engagiert sich derartig in diesem Fall – am Anfang war es nicht mal ein Fall, es ging bloß darum, ein paar alte Knochen zu identifizieren. Dann kam der Mord an diesem Croft hinzu, und jetzt *ist* es ein Fall.« Sie presste sich plötzlich die Hand auf den Mund, um nicht loszuweinen, und holte tief Luft. »Es ist so, Mickey kann sich offenbar auf nichts anderes konzentrieren. Was hat es eigentlich mit diesem verdammten Fall auf sich, Richard? Klar, er ist in der City passiert, und die City ist Mickeys Revier. Mit seinen Gedanken ist er dauernd woanders, dauernd. Das ist einfach furchtbar, vor allem wenn man weiß, dass er bald überhaupt nirgends mehr sein wird. Wenn ich an eine Welt ohne Mickey denke –« Sie verstummte. Ihre Hand war über dem Mund zur Faust geballt, und sie warf den Kopf hin und her, sodass ihre Tränen nicht fielen, sondern flogen.

»Liza, hören Sie. Ich glaube, ich kann Ihre Frage beantworten. Er *braucht* diesen Fall, er muss sich darin vergraben. Er braucht etwas, was ihn von seiner Krankheit ablenkt. Es geht nicht um diesen speziellen Fall. Es hätte jeder andere sein können. Als ich in seinem Büro mit ihm sprach, suchte er geradezu nach einem kniffligen Fall, weil er nicht über sich selbst nachdenken wollte.«

»Er nimmt es aber so persönlich.«

»Sein Vater war ein guter Freund von Francis Croft. Insofern ist es persönlich.«

»Ach Gott, was macht es denn, ob diese Frau nun die ist, für die sie sich ausgibt, oder nicht? Wahrscheinlich irrt er sich sowieso.«

»Das glaube ich nicht.«

Liza schien überrascht. »Glauben Sie, die Frau ist gar nicht die Tochter dieses Mannes?«

»Enkelin. Nein, ich glaube, das ist sie nicht.«

Sie lehnte sich zurück und trank ihren Brandy aus. »Es zehrt einfach so an einem...« Ihre Stimme verebbte.

»Das tut die Krankheit auch. Vielleicht braucht er etwas, was damit nichts zu hat. Als Gegengewicht sozusagen.« Das hatte er schon einmal gesagt, mit anderen Worten. Er konnte Liza nicht überzeugen, das war offensichtlich. Es gelang ihm ja nicht einmal bei sich selbst.

35

Zum Ärger des Mini-Cab-Fahrers war Boring's in dem schmalen Sträßchen in Mayfair nur an der Hausnummer und einer alten Straßenlaterne am Fuß der Treppe zu erkennen. Im Klub war man anscheinend der Ansicht, wer nicht wusste, wo Boring's war, sollte vermutlich auch nicht hingehen.

Melrose bezahlte dem Fahrer eine Riesensumme dafür, dass er ihn auf der Suche nach dem Klub quer durchs gesamte West End gefahren hatte, und legte noch ein Riesentrinkgeld obendrauf dafür, dass er, Melrose, kein Senegalesisch konnte. Immerhin war der Fahrer, soweit Melrose es beurteilen konnte, sehr entgegenkommend gewesen.

Inzwischen war es kurz nach sieben. Sein Zimmer lag im ersten Stock, und er nahm, weil er sich nach dem Nachmittag im

Freien ziemlich jugendlich und sportlich fühlte, gleich zwei Stufen auf einmal. Während er auf der Suche nach seinen silbernen Manschettenknöpfen Schubladen auf und zu knallte, rief er sich in Erinnerung, dass der Nachmittag ja nicht nur der körperlichen Ertüchtigung gedient hatte. Es hatte auch kleine Pausen am Teich und bei der Buche gegeben.

Im Klubraum saßen mehrere ältere Männer in unterschiedlichen Stadien vorabendessensmäßiger Erwartung beim vorabendessensmäßigen Whisky oder Gin beisammen. Melrose sah Oberst Neame in seinem Stammsessel am Kaminfeuer sitzen. Die unter dem anderen Ohrensessel hervorragenden Füße gehörten zu Major Champs, Oberst Neames langjährigem altem Freund. Melrose hatte die beiden letztes Jahr um etwa diese Zeit kennen gelernt, im November war es gewesen. Sie gehörten hier gewissermaßen zum Inventar. Melrose beschlich leise Furcht bei der Frage, ob er wohl auch einmal dazu gehören würde.

Die alten Männer starrten versonnen ins lodernde Feuer, als Melrose auf sie zuging. »Oberst Neame«, lächelte er den weißhaarigen Mann mit dem rosigen Gesicht an. »Major Champs«, begrüßte er den anderen.

Die beiden schreckten auf und redeten sich langsam in Fahrt: »Ähm… öh… was… na… ähm… ähm. Na, mein Junge!«

Oberst Neame, dem gleich das Monokel aus dem Auge fiel und an einer schwarzen Schnur baumelte, brachte als Erster ein paar richtige Wörter zustande: »Na, so was – sehen Sie mal, wer hier ist, Champs! Freut mich, freut mich!«

Beide erhoben sich und bestanden darauf, dass sich Melrose zu ihnen setzte. Melrose bestand seinerseits darauf, eine Runde auszugeben. Der Vorschlag wurde mit glückseligen *Umpfs, ähms, wunderbar* quittiert. Melrose machte dem jungen Diener ein Zeichen – jung nach Boringschen Maßstäben, wo das gesamte Personal die besten Jahre bereits hinter sich hatte. Er hieß Barney und hatte leuchtendes rötlich gelbes Haar.

Melrose setzte sich in den Klubsessel auf der anderen Seite von

Major Champs, während Barney die Drinks holte. Solange sie warteten, unterhielten sie sich über die eine oder andere Nebensächlichkeit in Sachen Gesundheit und Wohlbefinden, irgendwelche belanglose Dinge. Als dann die Drinks kamen, erhob sich gleich einem Rauchsignal Zustimmung von den Sesseln. Groß nachgedacht wurde bei dem allem nicht, obwohl Melrose dies gerade tun wollte, als hinter seinem Rücken eine vertraute Stimme ertönte.

»Guten Abend, Oberst Neame, Major Champs, Lord Ardry.«

»Ah! Superintendent Jury!« Neame erhob sich und Champs, der es ihm nachtun wollte, verharrte auf halber Höhe, angestrengt schnaufend und keuchend.

Neame fuhr fort: »Sind wir aber erleichtert, dass Sie heute Abend nur zum Essen hier sind und nicht in Sachen Polizeiarbeit.«

»Meine Gegenwart erinnert Sie bestimmt an Mr. Pitt. Das tut mir Leid.«

»Ah, Sie brauchen sich nicht zu entschuldigen, Superintendent. Alles ruft Erinnerungen wach.«

»Müssen Sie wieder mit diesem ›Lord Ardry‹-Getue anfangen?«

Jury trank den Wein, den Plant bestellt hatte, eine Flasche Puligny-Montrachet, der schon entkorkt und zum Atmen bereit dastand, als sie eintraten. »Unter dem Titel kennen die beiden Sie aber doch. Sie haben sich ihnen selbst als Lord Ardry vorgestellt. Und Sie wollen den beiden doch nicht ihre Illusionen rauben, oder?«

Der junge Higgins lavierte das Tablett mit der Suppe im Zickzackkurs herüber.

»Ochsenblut.«

»Wie zu erwarten.«

Sie erörterten den Fall erst, als ihre Suppenteller leer waren, wobei Jury seinen in weniger als einer Minute ausgelöffelt hatte.

»Ich bin am Verhungern«, sagte er und sah Melrose streng an, der in seinen Taschen herumwühlte. »Sie werden doch jetzt nicht etwa rauchen, oder?« Er klang verdrossen wie eine Oberlehrerin, die auf ihrer Schultafel Graffitischmierereien entdeckt hat.

»*Nei-ein*«, entgegnete Melrose etwas säuerlich. »Man raucht nicht zwischen den Gängen. Das gehört sich nicht. Sie haben aber immer behauptet, es stört Sie nicht, wenn jemand anderes raucht.«

Jury runzelte die Stirn. »Doch, irgendwie schon.« Er war heute Abend ziemlich trübselig.

»Es ist wegen Ihres Freundes.«

»Wie bitte?«

»Wegen ihres Freundes bei der City Police, diesem Chief Inspector Haggerty. Sie denken, er raucht und hat Krebs, obwohl es nicht direkt Lungenkrebs ist.«

Jury sah Melrose schweigend an. »Sie haben Recht. Wieso bin ich nicht selbst darauf gekommen?«

»Weil er Ihr Freund ist.« Beide nahmen einen großen Schluck Wein. »Ich muss schon sagen, der Boringsche Weinkeller ist nicht von schlechten Eltern.«

Der junge Higgins kam mit ihrem Abendessen angesegelt und stellte es vor sie hin: Brathähnchen, Erbsen, Kartoffeln, Blumenkohl, das Gemüse in einer silbernen Schüssel. Sie dankten ihm erfreut.

Jury sagte: »Ich habe mich gerade mit Liza, seiner Frau, auf einen Drink getroffen. Es geht ihr gar nicht gut.«

»Wegen ihm.«

»Ja, wegen ihm. Es ist nicht nur der Krebs, auch sein psychisches Gleichgewicht. Sie sagt, er sei völlig durcheinander.«

»Würde mir wohl auch so ergehen, wenn ich wüsste, dass ich in ein paar Monaten sterbe.«

»Das habe ich ihr auch gesagt.« Jury trank seinen Wein vollends aus und stellte das Glas hin. »Ich glaube, es werden nicht einmal mehr ein ›paar‹ Monate. Ich glaube nicht, dass es noch so lange geht.«

Melrose musterte ihn. »Das ist – das tut mir Leid.«

Jury holte tief Luft. »Wie kommen Sie bis jetzt im Lodge voran?«

»Wunderbar. Habe viel Zeit mit Gemma Trimm verbracht. Sie ist offensichtlich schwer beeindruckt von Ihnen. Wie üblich.« Melrose seufzte.

Jury lachte. »Was zum Teufel soll das heißen? ›Wie üblich‹?«

»Nichts. Übrigens, die kleine Gemma hat mir verraten, wie sie ohne Schlüssel ins Cottage gelangt – Sie wissen schon, das von Kitty Riordin –, wenn unsere gute Kitty in der Oxford Street auf den Einkaufsbummel geht. Sie bot an, mich hineinzuschleusen.«

»Sie haben das Angebot hoffentlich angenommen.«

Melrose verzog das Gesicht. »Nein, nicht sofort jedenfalls.«

»Dann sind Sie aber ein schlechter Kandidat für EBD.«

Selbstgefällig meinte Melrose: »Genau das habe ich zu ihr auch gesagt.«

»Wie ich sehe, packen Sie die Sache gleich kindgerecht an. Wie üblich.«

»Was soll das heißen? ›Wie üblich‹?«

Jury lächelte. »Nichts.«

Melrose spießte eine Kartoffel auf. »Glauben Sie, dass Gemma eventuell mit ihnen verwandt ist? Ich dachte an –«

»Eine Urenkelin?« Jury lehnte sich zurück. »Oliver Tynedale ist eigentlich nicht der Typ, der es verheimlichen würde, dass dieses kleine Mädchen seine Urenkelin ist. Was auch der Grund gewesen sein mag, dass sie ausgesetzt wurde – ob sie nun unehelich war oder was auch immer –, es würde ihn nicht stören. Er würde es überall herumposaunen.«

»Er könnte es gar nicht überall herumposaunen, wenn er es selber gar nicht wüsste.«

»Sie meinen, jemand hat ihm Gemma untergejubelt?«

»Um ihn ganz am Ende zu überraschen, damit er so dankbar für diese verspätete Eröffnung ist, dass er sein Testament ändert. Kitty Riordin hat ja auch schon erfolgreich ihr Spielchen mit ihm getrieben.«

»Und jetzt kommt ein anderes Kind daher, Gemma Trimm, mit

im Grunde demselben Motiv? Ich halte es einfach für unwahrscheinlich, dass es in diesem Haus zwei Fälle von geheim gehaltener Identität geben soll. Und was Gemma betrifft, bräuchte Tynedale doch nicht im Dunkeln gelassen zu werden, damit die interessierte Seite einen Haufen Geld kassiert. Er würde es ihr sowieso vererben.«

»Was aber, *wenn* etwas Wahres dran ist, wenn Simon Croft es wusste? Wäre das nicht ein Grund, ihn aus dem Weg zu schaffen?«

»Ja, könnte sein.«

»Apropos Kinder, haben Sie Benny kennen gelernt?«

Jury lachte. »Ja, habe ich.«

»Und mit seiner Nemesis gesprochen, diesem Fleischer Gyp? Ein entsetzlicher Mensch.« Melrose erzählte ihm die Geschichte mit der Geburtstagstorte. »Der macht sich einen Spaß draus, dem jungen Benny das Leben zu vergällen.«

»Ein echter Sadist, wie es sich anhört. Ich muss ihm unbedingt mal einen Besuch abstatten.«

Melrose ließ den Blick über den Tisch schweifen. »Sie haben alles aufgegessen, sogar die Butter.«

»Ich hatte Hunger. Ich nehme vielleicht noch was.« Jury verrenkte den Hals und hielt Ausschau nach dem jungen Higgins.

»Haben Sie eigentlich zugenommen?«

Jury zuckte die Achseln. »Woher soll ich das wissen? Ich sehe mich ja selbst nicht.«

»Es gibt doch *Spiegel*.«

»Da schaue ich nicht rein. Und falls ich tatsächlich dick werde, erfahre ich es von Sie-wissen-schon-wem *tout de suite*.«

»Sie-wissen-schon-wen kenne ich nicht.«

»Sie können mir ruhig glauben. Was gibt's zum Nachtisch?«

36

Als Jury in seine Wohnung zurückkehrte, war Sie-wissen-schon-wer in seiner Küche gerade dabei, ein Bauernfrühstück zuzubereiten. In der Pfanne brutzelten Würstchen und Brotwürfel, und *Samsara*, vermischt mit dem Essensduft, verlieh der Luft auf dem Treppenabsatz im ersten Stock etwas geradezu Verführerisches.

Carol-Anne briet vor sich hin und summte dabei ein Liedchen, von dem Jury glaubte, dass er es schon einmal gehört hatte. Schwungvoll warf er seine Schlüssel in den großen gläsernen Aschenbecher, der ihm so treue Dienste geleistet hatte und nun nach Asche lechzte. Er warf einen kurzen Blick auf den Weihnachtsbaum in der Ecke, der ebenfalls lechzte, aber nach Schmuck, und hatte die Vermutung, dass diese Metaphern vom Treiben in seiner Küche inspiriert wurden.

»He, Super! Hier bin ich!«, rief Carol-Anne, als schwebte die Küche irgendwo zwischen Islington und dem Mond. »Mein Herd hat mal wieder den Geist aufgegeben.«

Dies geschah nämlich gelegentlich. Mr. Moshegiian, der Vermieter, hatte ihr zwar einen neuen Herd versprochen, doch der war noch nicht in Erscheinung getreten. Jury nahm an, dass tatsächlich echte Schwierigkeiten bestanden, da Mr. Mosh gegenüber Carol-Anne keine leeren Versprechungen abgab. Das taten nur wenige.

In der Küche waberten die vermischten Düfte von Würstchen und Parfüm. Er lehnte im Türrahmen und sagte: »Es ist fast elf. Ist das nicht ein bisschen spät für Ihr Bauernfrühstück?«

»Ich hatte Hunger. Ich war nämlich beim Tanzen.« Sie summte weiter.

»Im Nine-One-Nine? Stan Keeler spielt aber doch gar keine Tanzmusik.«

»Manchmal schon.« Sie sang ein paar Takte von dem Lied, das sie gesummt hatte. »*My baby don't care for furs and laces –*«

Es folgte ein leichter Hüftschwung.

»My baby don't care for high-toned plaaa-ces!«

Wieder ein Hüftschwung.

»Darauf lässt sich vielleicht tanzen, wenn es von U2 ist, aber nicht von Stan Keeler.« Auf Stans Musik zu tanzen wäre wie über Glasscherben zu gleiten. Er wünschte, sie würde noch ein paar Verse singen und noch ein wenig die Hüften schwingen.

Carol-Anne seufzte. »Sie sollen doch nicht immer von Sachen reden, von denen Sie keine Ahnung haben.«

Immer? »Und von was habe ich denn sonst noch keine Ahnung? Von *My baby don't care for Bauernfrühstück mit Würstchen* mal abgesehen?«

Sie ging überhaupt nicht darauf ein und senkte ihr Summen zu einer Art Flüstergesang, während sie Eier wendete – vier, wie Jury bemerkte – *»My baby don't care for rings ... da da de da da.«*

Das Bauernfrühstück war, wie er zugeben musste, ein Augenschmaus – die Würstchen saftig, das Brot knusprig und golden gebraten, die Eier glatt wie Seide. Es war sozusagen das geschmackliche Äquivalent zu Carol-Annes Aussehen. Heute Abend trug sie ein türkisblaues ärmelloses Oberteil passend zu ihrer Augenfarbe, dazu einen paillettenbesetzten, pfirsichgelben Minirock etwa in der Farbe ihres Haars. An einer anderen Frau hätte sich dieser Aufzug farblich gebissen, bei Carol-Anne schmolz er einfach nur dahin wie ein Sonnenuntergang in der Karibik.

Sie verteilte den Inhalt der Bratpfanne auf zwei Teller.

»Ich habe schon zu Abend gegessen. Ich will nichts von dieser arterienverstopfenden Mahlzeit.« Eigentlich schon – er war bereits wieder hungrig. Angesichts ihrer hochdramatischen Farbgebung war es für Carol-Anne schwer, bekümmert dreinzuschauen, doch wenn sie sich richtig bemühte, schaffte sie es. Auf dem Pfannenheber ruhte ein wunderschön gebratenes Ei. »Na gut, ein bisschen vielleicht«, sagte er.

Lächelnd ließ sie das Ei auf seinen Teller gleiten und verlagerte eines der zwei Würstchen von seinem Teller auf ihren.

»Nein, nein. Tun Sie es zurück. Zwei schaffe ich schon. Mit knapper Not.« Er liebte Würstchen.

Mit ihren beladenen Tellern gingen sie in sein Wohnzimmer und setzten sich, Carol-Anne in die Sofaecke neben dem Weihnachtsbaum. »Der Baum schreit nach Schmuck, Super. Haben Sie nicht irgendwo ein paar blaue und weiße Lichtchen? Mrs. W. hat ihren schon ganz fertig mit Schnee und Lametta über den Lichtern und einem silbernen Stern obendrauf. Wunderhübsch!« Als er schweigend sein Würstchen aß, zuckte sie die Achseln. »Das bleibt ja dann wohl an mir hängen, weil Sie nicht richtig in Weihnachtsstimmung sind, oder?«

»Immerhin war ich derjenige, der die Bäume besorgt hat!« Für Mrs. Wasserman hatte er einen großen gekauft, einen kleinen für sich und einen noch kleineren für Carol-Anne, weil sie eine Einzimmerwohnung im obersten Stock hatte und wenig Platz.

Trotzdem schien der unbehängte Zustand des Baumes sie zu betrüben. Ein bisschen schäbig sah es schon aus, dachte Jury, dieses zweitklassige Bäumchen. Er hatte so lange zugewartet, bis die formschönen Bäume bereits weg waren.

»Der braucht Lichter, der braucht Farbe.«

»Dann stellen Sie sich doch daneben.«

Sie musterte ihn skeptisch über eine geröstete Brotkante hinweg. »Ist das jetzt ein Kompliment? So genau weiß ich das bei Ihnen nie.«

Jury lachte entzückt.

»Übrigens, Mrs. W. wünscht sich was. Ach ja, und ich auch. Es soll eine Überraschung für Sie sein. Wissen Sie was?«

»Wenn Sie es mir sagen, wo bleibt dann die Überraschung?«

»Na, die haben Sie jetzt, bevor ich's Ihnen sage. Wir wollen, dass Sie mit uns in *Die Mausefalle* gehen.«

Er starrte sie sprachlos an.

»Na, Sie wissen doch. Dieses Stück von Agatha Christie, das sie hier schon ewig spielen.«

Ihre Hoffnungen zunichte machend, sagte Jury: »Habe ich

schon gesehen.« Dass es bereits so lange her war, dass er sich nicht mehr daran erinnern konnte, verschwieg er.

Carol-Anne war die einzige Frau, die er kannte, die im Sitzen resolut die Hände in die Hüften stemmen konnte. »Sie *könnten* es sich aber doch wieder ansehen.«

»Ich wusste gar nicht, dass Sie Kriminalromane mögen. Sie lesen ja sogar Agatha Christie.« Er wies mit dem Kopf auf ein Buch auf dem Beistelltisch. Bücher waren eigentlich nicht gerade Carol-Annes alleiniger Daseinszweck.

Sie nahm das Buch in die Hand und schmiss es wieder hin. »Das ist bloß, weil ich mich einlesen will, bevor wir uns das Stück anschauen.«

Sich in Agatha Christie einlesen, bevor man sie sich anschaut? Nun, man mochte Dante lesen, bevor man nach Florenz fuhr oder T.S. Eliot, bevor man Burnt Norton einen Besuch abstattete. »Ich mag keine Kriminalromane, Schätzchen. Mein Leben ist ein einziger Krimi.«

»*Leben?* Krimis haben doch nichts mit dem Leben zu tun! Die sind doch völlig lebensfern, das reine Nichtleben. Die haben überhaupt keinen Bezug zur Realität.«

Jury hatte das Gefühl, eine Lanze für dieses erbarmungswürdige Genre brechen zu müssen. »Manche aber schon, oder?«

»Nein. Wenn Sie sie deswegen nicht mögen, dann hören Sie jetzt aber sofort damit auf.«

Wie kam es, dass ihr Argument in sich total widerlegbar war, ihm aber nichts Passendes einfiel?

»Als ich dort angerufen hab, hatten sie für die Woche zwischen Weihnachten und Neujahr noch Karten?« Es klang wie eine Frage; ihr Blick war flehend.

Jury war überrascht, dass sie der Versuchung widerstanden hatte, sie zu kaufen.

»Das machen Sie aber doch, Super, ja?«

Natürlich würde er mit ihnen hingehen. Manchmal hatte er das Gefühl, sie säßen doch im Grunde alle im selben Boot, was für ein Boot es auch sein mochte. »Ich werd's mir überlegen.« Ihr Ausdruck war immer noch flehend, doch er weigerte sich, vor diesem tief türkisblauen Blick zu kapitulieren, vorab zumindest.

Carol-Anne spießte ein Stück Würstchen auf und fuhr fort: »Wir haben übrigens beschlossen, dass wir das Weihnachtsessen bei Mrs. W. machen statt hier.«

Mit »hier« meinte sie Jurys Wohnung. Er ließ den Blick über sein kleines Wohnzimmer und den runden Tisch mit dem Tischläufer schweifen, an dem eine Person bequem Platz hatte, und sagte: »Ich kann mir gar nicht denken, warum. Aber wieso gehen wir nicht wohin, wo das Mobiliar tatsächlich dafür gedacht ist, dass Leute sich hinsetzen und essen?«

Sie blickte ihn verständnislos an.

»In ein Restaurant.«

Die Frühstücksspeckschnitte und das geröstete Brot rutschten ihr beinahe vom Teller, als sie sich abrupt aufsetzte und schockiert meinte: »Am Weihnachtstag? Sie spinnen wohl.«

»Dann müssen aber eine ganze Menge Spinner herumlaufen, denn viele Leute gehen tatsächlich zum Essen aus. Man spart sich die Kocherei, das Abspülen, muss sich nicht mit Leuten unterhalten, denen man nichts zu sagen hat, et cetera, et cetera.«

»Damit meinen Sie hoffentlich nicht unsere Mrs. W.«

Dass er vielleicht Carol-Anne meinte, war völlig unvorstellbar. Er lächelte. »Natürlich nicht. Ich unterhalte mich sehr gern mit Ihnen beiden.«

Sie aß beruhigt weiter.

Er spießte ein Stück Würstchen auf die Gabel. »Ich sollte vielleicht aufhören, so viel zu essen. Ich werde allmählich fett.« Er warf ihr einen verstohlenen Seitenblick zu, um zu sehen, wie sie darauf reagierte.

»Sie? Fett. Ach, Sie spinnen ja. Wenn Sie fett werden, bin ich die Erste, die es Ihnen sagt.«

Er lächelte. »War da nicht noch ein Würstchen?«

Am nächsten Morgen schaute Jury in Mrs. Wassermans Gartenwohnung vorbei. »Garten« nur insofern, als sie sich im unteren Erdgeschoss befand und großartige Ausblicke auf die Rückseite des Hauses versprach. Allerdings blieb es – ähnlich wie bei der Sache mit dem neuen Herd – beim Versprechen. Man hätte es auch ganz einfach (und ehrlicher) »Kellerwohnung« nennen können.

Mrs. Wasserman machte ihm auf – ein ziemlich umständliches Unterfangen, da mehrere Schlösser und Riegel aufgeschlossen und beiseite geschoben werden mussten, bevor sich die Tür endlich öffnete.

»Mr. Jury!« Sie raffte ihren Chenille-Morgenmantel am Kragen zusammen. Ihr Haar war noch aufgedreht und eingewickelt – hatte man die kappenartige Kopfbedeckung, die sie da trug, früher nicht als Morgenhaube bezeichnet? »Sie müssen entschuldigen, dass ich hier im *Negligé* herumlaufe. Sagt man so?«

Man sagte in der Tat so, wenngleich Mrs. Wasserman alles andere als verführerisch angezogen war. Carol-Anne sah oft viel eher leicht bekleidet aus. Jury lächelte. »Sie laufen genau so herum, wie man um kurz nach acht Uhr morgens herumlaufen sollte.« Interessiert betrachtete er das geblümte Häubchen.

Sie folgte seinem Blick und erklärte: »Carol-Anne fand, mein Haar würde mit ein bisschen Farbe drin viel netter aussehen. Sie meinte, es würde mir ein gewisses Flair von *demi-monde* verleihen.«

Wo schnappte Carol-Anne eigentlich diese Wörter auf? Wenn sie sich in ihrer arbeitsfreien Zeit im Friseursalon von Tony & Guy herumtrieb? Amüsant daran fand er, dass es so veraltete Ausdrücke waren.

»Also, wenn Sie mich fragen, Sie brauchen kein neues Flair. Mir gefällt das alte und Ihr Haar ganz besonders.« Sie hatte wunderschönes Haar – nicht grau, nicht weiß, sondern platinblond. »Aber vielleicht finden wir ja alle unser Aussehen manchmal langweilig.«

»Kommen Sie rein, Mr. Jury, kommen Sie rein. Ich lasse Sie hier in der Kälte stehen.« Mit einer resoluten Geste, als wollte sie ihn in voller Gänze umfassen, winkte sie ihn in die Wohnung. »Ich wollte sowieso, dass Sie sich mal meinen Baum ansehen. Ich habe gerade Teewasser aufgesetzt. Sie bleiben doch auf ein Tässchen Tee.«

»Danke, sehr gern.« Er sah ihr nach, während sie in die Küche ging und wandte den Blick dann zu dem Baum hinüber. Mrs. Wasserman war schon immer gleichermaßen Christin wie Jüdin gewesen. Er erinnerte sich, wie unangenehm ihr dies schon vor Jahren gewesen war, als handelte es sich um etwas, was weder Christen noch Juden gutheißen könnten. Jury hatte den Eindruck, dass ihre Mutter gar keine Jüdin gewesen war, was beide Eltern aber nicht vor dem Konzentrationslager bewahrt hatte.

Der Baum war genau so schön, wie Carol-Anne gesagt hatte. Weiße Lichter blinkten hinter schimmerndem Lametta, Watteschneeflöckchen sahen erstaunlich wirklichkeitsgetreu aus, und ein großer silberner Stern spiegelte sich glitzernd im Licht. Unter dem Baum lagen mehrere Geschenke, eingewickelt in eine Art Papier, das er schon lange nicht mehr gesehen hatte, mit kleinen Figuren, die auf Teichen Schlittschuh liefen, ganzen Familien, die um den Weihnachtsbaum standen, Leute, die Weihnachtslieder sangen. Das Papier war in matten Rot-, Braun- und Grüntönen gehalten. Nichts glitzerte, nichts funkelte. Zwischen den mattfarbenen Päckchen stand eine kleine Krippe, und er ließ sich in die Hocke nieder, um sie näher zu betrachten. Die kleinen Holzfiguren, darunter die Heiligen Drei Könige und das Kamel, hätten fast in seiner Hand Platz gehabt. Lamm, Ziege und Hund standen so da, wie sie hingehörten.

Er fühlte sich auf einmal zurückversetzt ins Jerusalem Inn, jenes Pub in der Nähe von Durham, und zu dem kleinen Mädchen – hatte sie nicht Chrissie geheißen? Ihre Puppe hatte die Rolle des Jesuskinds spielen sollen. Weil das Chrissie nicht gepasst hatte,

hatte sie die Puppe immer wieder herausgenommen. Szenen strömten auf ihn ein – jenes Weihnachten damals in Old Hall, Helen Minton, die weite Meeres- und Strandlandschaft in Sunderland. Er wurde plötzlich überflutet von Erinnerungen, konnte wegen des scharfen, stechenden Schmerzes kaum atmen. Es war lächerlich, absurd! Er wollte lachen, bekam aber nicht genug Luft, und der Schmerz wurde durch die Anstrengung nur noch schlimmer. So durfte es aber doch nicht enden. Während er überlegte, ob ihn das Gewicht der Erinnerungen einmal umbringen würde, atmete er nur ganz flach. Atemzüge, die kaum bis ans Zwerchfell reichten. Gott, wie benommen er sich fühlte: würde er womöglich ohnmächtig werden? Er rührte sich nicht. Der Schmerz hörte ebenso plötzlich auf, wie er eingesetzt hatte.

Er zwang sich, die Augen zu öffnen, betrachtete die Krippe und wartete, bis er wieder klarer im Kopf wurde, seine Gedanken sich ordneten. Der Schmerz, dachte er, hatte so rasch und unvermittelt eingesetzt, dass es nichts Ernstes sein konnte. Er hockte immer noch vor der Krippe. Beim Gedanken an Chrissie fiel ihm Gemma ein, Gemma in der Dunkelheit draußen im Gewächshaus, das Gewächshaus selbst hell erleuchtet, Licht, das sich unter dem Fenster sammelte, Schatten, die wie Hausgespenster bedrohlich aufragten.

»Hier kommt der Tee, Mr. Jury. Ich habe meinen Weihnachtstee von Fortnum & Mason gebrüht.« Als er nicht gleich antwortete, fragte sie: »Alles in Ordnung, Mr. Jury?« Sie legte ihm behutsam die Hand auf die Schulter, während er noch in der Hocke saß.

Er richtete sich vorsichtig auf. »Schon gut, Mrs. Wasserman, ich habe bloß Ihre Krippe bewundert.« Er nahm die Tasse Tee entgegen, die sie ihm hinhielt.

»Wissen Sie, die habe ich schon seit meiner Kinderzeit. Ich weiß, es hört sich unglaublich an, dass ich sie durch alles, was damals passiert ist, gerettet habe. Im Lager habe ich sie so aufbewahrt – vorn in meinen Kleidern, Maria unter meinem Schal, die Heiligen Drei Könige in Socken und Schuhen. Es ist ein Wunder, dass sie die nie gefunden haben. Bloß ein Kamel habe ich verloren.«

Jury lächelte. »Ein Kamel. Na, damit könnte ich leben.«

Sie sah ihn an und sagte ganz sanft: »Aber das mussten Sie ja nie, Mr. Jury.«

Er wusste, dass es kein Vorwurf war, denn sie würde ihm nie etwas zum Vorwurf machen. Es war die schlichte Feststellung einer Tatsache, und dennoch spürte er, dass eine unüberbrückbare Kluft sie voneinander trennte.

Er erhob seine Teetasse. »Na dann hoch die Tassen, Mrs. Wasserman.«

»Frohe Weihnachten, Mr. Jury.«

37

»Na, dann los, Wiggins, auf nach Southwark! Ich brauche Sie für die Feinarbeit.«

Wiggins hatte soeben den Telefonhörer aufgelegt und nach einem Glas mit klebriger rosa Flüssigkeit gegriffen. »Feinarbeit, Sir?«

Inzwischen war Jury an seinem Schreibtisch und blätterte einen Stapel Papiere aus dem Betrugsdezernat durch, die über Chief Superintendent Racer an ihn weitergeleitet worden waren. Jury dachte laut nach: »Was zum Teufel will er Danny Wu denn jetzt wieder anhängen?« Danny, mochte er wetten, hatte zwar irgendwelche kleinen Nebengeschäfte laufen, aber nichts, was mit Waffen, Opium oder Nutten zu tun hatte.

Wiggins versuchte es noch einmal. »Feinarbeit, sagten Sie?«

»Hä?« Jury schnappte sich die obersten Papiere vom Stapel und stopfte die anderen in eine Aktenschublade. »Ganz genau, Wiggins. Haben die Kerls Sie etwa immer noch an den Fall in Greenwich gefesselt?«

Wiggins lächelte. »Immer noch gefesselt, Sir, aber im Moment regt sich da nichts.«

»Gut. Nach Southwark fahren wir, sobald mich Racer machen lässt, was heute auf dem Programm steht. Ich brauche jetzt Ihre wohl dosierte, fein abgestimmte Befragungsmethode.«

»O, danke, aber wenn es um Zeugenbefragung geht, gibt's keinen Besseren als Sie, und das meine ich ernst.«

»Falsch, Wiggins, der sind Sie.« Jury warf ihm ein strahlendes Lächeln zu und ging aus dem Büro.

»Wieder zwei Morde in Limehouse.« Racer schäumte. »Offensichtlich Bandenkrieg, und Sie ruhen sich hier auf Ihren Lorbeeren von dieser Schießerei in Brixton aus. Seit wann tragen Sie eigentlich eine Waffe, Jury?«

»Seit dem Erlass des stellvertretenden Polizeipräsidenten.«

»Führen Sie momentan eine mit?«

»Selbstverständlich nicht.«

»Schade. Sonst hätten Sie diesem Kater eine Kugel reinjagen können. Der ist hier, irgendwo. Ich kann ihn riechen.« Racer schwafelte weiter über Brixton und Limehouse, während Jurys eingehender Blick den Raum absuchte.

Ein neues Möbelstück war angeliefert worden und hatte einen Platz in der Nähe des Bücherschranks bekommen, hinter dessen unteren Türen Racer seinen Whiskyvorrat aufbewahrte. Der Schrankinhalt war so fest hinter Schloss und Riegel verwahrt wie sonst nur noch die Millwall-Fangemeinde bei einem Fußballspiel. Dies jedoch nicht, um Menschen fernzuhalten, sondern den Kater Cyril.

Jury hätte Cyril liebend gern bei sich aufgenommen, doch ihn aus diesen Büroräumen zu entfernen, hieße Cyrils Aktivitäten so ernstlich einschränken, dass es grausam gewesen wäre. Racer hatte auf jede erdenkliche Weise versucht, sich des Katers zu entledigen – durch Vergiften, Fallenstellen, Tod durch Stromschlag. Das mit geladenen Stromkabeln versehene Milchschälchen auf dem Fußboden hatte – überraschend! – ebenfalls nicht funktioniert.

Die Türen des Sekretärs standen offen und offenbarten eine Reihe kleiner Schubfächer. Dahinter war nur ein Hohlraum. Dies wusste Jury ziemlich genau, der sich an ein ähnliches Möbelstück in Truebloods Antiquitätenladen erinnerte, welches allerdings eine Leiche beherbergt hatte. Die Schubfächer waren zweifellos dafür gedacht, kleine Schreibutensilien wie Federkiele, Siegelwachs oder Tinte zu beherbergen. Jury sah ein Katzenauge hinter einem Schubfach hervorspähen. Das Auge schaute ihn an und verlagerte sich dann zu einem anderen Loch. Jury lächelte.

(Aber nicht lange.) »Jury!«

Jury zuckte zusammen. »Sir!«

»Auf Ihren verdammten Sarkasmus kann ich heute gut verzichten. Sie ermitteln in diesem Mordfall in der City, der uns überhaupt nichts angeht –«

»Ich bitte um Verzeihung, Sir, aber er geht uns jetzt doch etwas an, die City Police hat uns nämlich um Hilfe gebeten.« *Na, mich zumindest.*

»Die brauchen unsere Hilfe nicht. Die haben dort ihr eigenes kleines Feudalreich.«

Jury kritzelte eine Nummer auf ein Blatt, riss es aus seinem Notizbuch und reichte es über den Schreibtisch. »Rufen Sie DCI Haggerty an, der bestätigt es Ihnen.«

»Wieso zum Teufel geht so was nicht über mich?«

»Ein Versehen, nehme ich an.«

»Sie unternehmen ja überhaupt nichts in dieser Sache mit Danny Wu. Außer dass Sie gratis in seinem Restaurant essen.«

»In seinem Restaurant ist er nun mal fast die ganze Zeit.«

»Ja, das heißt aber nicht, dass Sie sich mit Frühlingsrollen und Juwelengeschmückter Ente voll stopfen müssen, bloß um mit ihm zu reden.«

»Wie ich sehe, waren Sie auch schon dort.«

Racer winkte ungehalten ab. »Ich will, dass Sie in der Sache enger mit der Polizei in Limehouse zusammenarbeiten.«

»Um es wie gehabt auszudrücken: Die brauchen unsere Hilfe nicht.«

»O doch, und ob.« Racer stand auf und schlüpfte in seinen Mantel aus schwarzer Vigognewolle. »Sie fahren hin und schauen, ob es was Neues gibt – ich bin spät dran!« Er sah auf die Uhr und stürmte in Richtung Tür.

»Weihnachtseinkäufe, Sir?«

Racer war bereits durchs Vorzimmer und knallte die Tür hinter sich zu.

Jury ging zum Sekretär hinüber, klopfte zweimal auf den losen Deckel und sagte: »Die Luft ist rein.«

Er unterhielt sich gerade mit Fiona, die mit einer Generalüberholung ihres Gesichts beschäftigt war – grüner Lidschatten, Rouge, Wimperntusche –, als Cyril lässig hereingetrottet kam und aussah, als führte er eine königliche Parade an, als handelte es sich bei seinem glänzenden kupferfarbenen Fell um eine Amtsrobe.

»Warst du wieder im Schreibtisch drin?«, sagte Fiona zu dem Kater. »Erwarte hier aber bloß kein Mitleid, wenn er dich erwischt.« Sie klappte ihr Puderdöschen zu.

Cyril gähnte. Er saß da, den Schwanz um die Beine geschmiegt und blinzelte Jury und Fiona träge an. Er saß in einem Flecken Sonnenlicht, und wenn die Sonne sich etwas verschob, funkelte er. Wieso sollte er sich um geladene Stromkabel scheren, wo er doch selber eins war?

»Hatten Sie schon mal einen Herzinfarkt, Wiggins?«

Sie fuhren gerade über die Southwark Bridge, und Jury schaute auf die graue, windgepeitschte Themse hinaus.

»Ich? Einen Herzinfarkt? Liebe Güte, nein. Wieso?«

»Ich dachte, ich hätte heute früh vielleicht einen gehabt. Ich meine, *bevor* ich in Racers Büro ging.«

»Was für ein Schmerz war es denn? So ein beklemmender?«

»Nein. Stechend. Einfach sehr stechend. Das Atmen tat weh. Es dauerte nicht länger als eine Minute, vielleicht nicht einmal das.«

»Hört sich nach Sodbrennen an, nach Verdauungsbeschwerden. Oder nach einer Panikattacke.«

»Wieso sollte ich eine Panikattacke haben?«

»Keine Ahnung. Haben Sie vielleicht zu viel um die Ohren?«

»Nein, glaube ich nicht.«

Sie schwiegen eine Weile, dann lachte Wiggins kurz bellend auf. »Wenn ich einen Herzinfarkt gehabt hätte, glauben Sie mir, dann hätten Sie aber davon gehört.«

Jury lächelte. Und bekam eine Menge zu hören.

38

Barkins machte die Tür auf, sichtlich wenig erfreut über den Anblick von Polizisten. Jury sagte, er wünsche Maisie Tynedale zu sprechen. Der Butler seufzte. Zu jeder Tages- und Nachtzeit kommt ihr Leute daher. Von Rücksicht hält Scotland Yard wohl nichts. Wie eine Dampfwalze rollt ihr rücksichtslos über alle hinweg. Dies mussten seine Gedanken gewesen sein. Doch in seinem verächtlichsten Ton gab Barkins nur zurück: »Nichts darf einer polizeilichen Ermittlung im Wege stehen.«

»Schön von Ihnen, dass Sie das so sehen. Die meisten Menschen sind nicht so entgegenkommend«, sagte Wiggins und wickelte seinen endlosen schwarzen Wollschal ab.

Barkins sah aus, als würde er gleich ersticken, und Jury fragte sich, ob Wiggins hier womöglich einen seltenen Vorstoß ins Reich der Ironie wagte. »Danke«, sagte er, »ich behalte ihn.« Damit bezog sich Jury auf seinen Mantel; Barkins hatte gar keine Anstalten gemacht, ihn ihm abzunehmen.

»Wenn Sie hier warten wollen, Sir, ich will sehen, ob sie zu

sprechen ist.« Barkins rauschte nach rechts ab in Richtung Flü-
geltür, klopfte an und trat ein. Im Handumdrehen war er wieder
zurück, um ihnen mitzuteilen, Miss Tynedale würde sie empfangen.

»Nur mich«, sagte Jury. »Sergeant Wiggins wird mit Ihnen in
die Küche gehen, wo er dem Personal ein paar Fragen stellen
wird.«

Barkins wurde noch unnahbarer und teilte mit, Mrs. MacLeish
sei äußerst beschäftigt mit all den Weihnachtsvorbereitungen.

Wiggins zog sein Notizbuch hervor und wedelte vor Barkins'
Nase ein paarmal damit herum.

Barkins stieß einen tiefen Seufzer aus und meinte: »Nun gut.«
An Jury gewandt, sagte er: »Ich bringe Sie dann hinein –«

»Schon gut, ich finde mich schon allein zurecht.«

»Superintendent Jury.«

»Miss Tynedale. Wie geht es Ihnen?«

»Ganz gut.« Sie deutete auf einen Sessel, in dem Jury Platz
nahm. Wie beim letzten Mal setzte sie sich an den Schreibtisch in
der Fensternische. Durchs Fenster konnte Jury den kühlen, aus-
gezehrten winterlichen Garten sehen – Sackleinen bedeckte die
etwas empfindlicheren Pflanzen, Blumenbeete waren mit Torf
aufgeschüttet, Rosen und Rhododendren zurückgeschnitten und
Flechtmatten hingen über den Kletterpflanzen an der Gartenmauer. Es hätte ein ganz trostloser Anblick sein können, war es
aber nicht, jedenfalls nicht für Jury. Die Kolonnade, der weiße
Laubengang, das schwache Sonnenlicht wirkten recht romantisch,
fand er.

»Sie sagten, es hätte Sie nicht überrascht, dass Mrs. Riordin
nicht wieder geheiratet hat.« Jury überlegte, ob ihr Blick plötzlich argwöhnisch wurde oder ob er es sich bloß einbildete. Sie zog
ein Feuerzeug hervor, bevor er das Streichholzbriefchen zücken
konnte, das er aus alter Gewohnheit immer bei sich hatte.

Maisie runzelte die Stirn. »Ihr Ehemann hat sie verlassen.«

Jury fand das eine ziemlich abwegige Antwort. »Wollen Sie damit andeuten, dass sie keinem Mann mehr trauen konnte, weil ihr Ehemann sie so behandelt hat?«

»Schon möglich.« Etwas ungehalten schob sie ihren Stuhl zurück. »Ich verstehe nicht, was Kittys Heirat oder Nichtheirat mit dem Mord an Simon zu tun hat.«

»Ich auch nicht. Allerdings glaube ich, dass es etwas mit Mrs. Riordins Hingabe an die Familie Tynedale zu tun hat. Sie werden ja wohl kaum bestreiten, dass sie an Ihnen allen *sehr* hängt.«

»Ich würde sagen, es lag an der außergewöhnlich guten Stellung. Ich sagte Ihnen ja bereits: Großvater war so dankbar, dass ich am Leben war, er hätte ihr fast alles gegeben. Sie können sich gar nicht vorstellen, was der Verlust meiner Mutter für ihn bedeutet hat.«

»Ich glaube schon.« Jury zögerte. »Ich will noch ein wenig über Gemma Trimm sprechen. Was hat es mit all diesen angeblichen Anschlägen gegen sie auf sich?«

Maisie lachte. »Gemma hat eine überbordende Fantasie.«

»Umso besser, schließlich ist sie ganz auf sich gestellt. Eine Kugel, die die Scheibe im Gewächshaus zerschmettert, lässt sich aber nicht nur mit Fantasie erklären, oder was meinen Sie?«

Sie zögerte. »Die Polizei dachte, die Kugel sei vielleicht bloß irrtümlich hier abgefeuert worden –«

»Sie wollen sagen, jemand hat in Southwark Jagd auf das königliche Wild gemacht?«

Maisie lächelte Jury etwas gequält an. »Der Polizeibeamte sagte etwas von ›irgendeinem jungen Kerl, der sich die Waffe seines Vaters geschnappt hat‹. Das waren seine Worte. Aber dann schwor Gemma, eines Nachts hätte jemand versucht, sie zu ersticken, und dann wollte jemand sie auch noch vergiften. Wieso sollte denn *überhaupt* jemand versuchen, dieses Kind umzubringen?«

Jury antwortete nicht.

»Und wieso müssen Sie das alles im Zusammenhang mit Simons Ermordung wissen?«

»Es ist Familiengeschichte. Familiengeschichte könnte hilfreich sein. Sie haben einen neuen Gärtner eingestellt, nicht wahr?« Jury deutete mit dem Kopf zum Fenster. Melrose Plant ging gerade vorbei, in jeder Hand einen Eimer.

»Was?« Sie drehte sich um. »Ach, er. Ja. Den hat Ian kürzlich eingestellt. Ich weiß auch nicht, woher der wusste, dass ich einen suchte. Er kam einfach daher und bewarb sich. Unser Hauptgärtner findet ihn ziemlich gut, wenn auch etwas übermäßig gebildet.« Ihr kurzes Lachen wirkte nervös. »Sie schaffen es, dem Gespräch immer wieder eine andere Wendung zu geben.«

»Das ist kein Gespräch.« Jury zog ein Notizbuch aus der Brusttasche. »Er ist also der Ersatz für die andere Gärtnerin – eine gewisse Jenny Gessup?« Er klappte das Notizbuch wieder zu. »Ich würde gern mit Miss Gessup sprechen.«

Maisie setzte sich wieder. »Warum?«

»Hat sie gekündigt? Oder haben Sie sie gefeuert?«

Sie zuckte zusammen. »Weder noch. Sie ist eines Tages einfach nicht mehr zur Arbeit erschienen.«

»Wann war das?«

»Im Oktober.«

»Wie lange hat sie hier gearbeitet?«

»Ein halbes Jahr vielleicht. Sie können Angus Murphy fragen, der hat die genauen Zeiten besser im Kopf. Er wird auch noch wissen, wo sie gewohnt hat. Sie war übrigens nicht besonders gut.«

»Was heißt das?«

»Sie war nicht richtig bei der Sache. Sie war nachlässig und ziemlich faul, obwohl sie manchmal dablieb, bis es dunkel wurde. Manchmal war sie bis spät abends im Gewächshaus, bloß als Ausrede, um nach Einbruch der Dunkelheit noch auf dem Gelände bleiben zu können. Ich glaube, sie kam auch ins Haus und, äh, suchte in Sachen herum, in Papieren und so. Allerdings hat sie wohl nie etwas entwendet, zumindest habe ich nie etwas vermisst. Sie war übrigens auch ganz schön kokett.«

»Wem gegenüber?«

»Na, Ian zum Beispiel. Ich weiß, für einen Flirt mit einer wie Jenny Gessup ist er viel zu alt. Er sieht aber viel jünger aus, als er ist, und bei manchen Frauen spielt das Alter ja keine Rolle.«

»Würde es aber, wenn sie sein Interesse erwecken könnte. Er ist ein wohlhabender Mann.«

»Aber das ist doch lächerlich. Für einen Mann wie Ian –« Sie machte eine wegwerfende Handbewegung. »Und mit Archie hat sie auch dauernd angebandelt und ihn von der Arbeit abgehalten. Archie Milbank, der ist hier sozusagen das Faktotum. Kümmert sich um Reparaturen und solche Sachen.«

Als sie sich abwandte, sah Jury, wie sich ihr Profil im blassen, goldenen Licht abzeichnete. Ihr dunkles Haar war wie mit einem Netz überzogen. Außerdem sah sie viel jünger aus, als sie war; das taten sie übrigens alle. Manchen Leuten sah man das Alter nicht an. Einem jungen Menschen kam fünfzig schon uralt vor. Wenn die Jungen nur wüssten, wie schnell es bei ihnen auch so weit war.

Jury sagte: »Simon Crofts Schwester Emily. Sie lebte doch hier bei Ihnen, zumindest eine Zeitlang?« Als sie daraufhin nur nickte, sprach er weiter. »Sie lebt nun in einer Einrichtung für betreutes Wohnen in Brighton?« Den Euphemismus fand Jury einfach köstlich.

»Emily? Ja, das stimmt.«

»Warum? Sie könnten sich doch häusliche Pflege leisten, wenn das nötig wäre.«

Sie wandte sich mit verschränkten Armen zu ihm herüber. »Das lässt sich nicht so leicht erklären. Selbstverständlich könnten wir uns eine Hauspflege leisten. Emily hat ein Herzleiden, das sich zusehends verschlimmert, aber nicht ständig überwacht werden muss, wenigstens vorerst noch nicht. Ihr Arzt wollte, dass immer jemand bei ihr ist, für alle Fälle. Weil sie sich weigerte, jemanden in ihre Wohnung zu nehmen, wollten wir sie zu uns holen. Sie kehrt gelegentlich in ihre Wohnung zurück, aber immer nur für kurze Zeit.«

»Sie haben Recht, das erklärt es nicht.«

Maisie seufzte und spielte mit der Vorhangquaste herum. »Emily und Kitty haben sich einfach nicht verstanden.«

Jury wartete in der Annahme, dass noch etwas kommen würde. Als nichts kam, sagte er: »Nun gehört Mrs. Riordin ja zum Hauspersonal. Und statt jemanden von den Bediensteten wegzuschicken, würden Sie eher eine Frau wegschicken, die ja im Grunde genommen zur Familie gehört?«

Sie errötete. Wie um sich zu verteidigen, fuhr sie fort, über die »Einrichtung« zu reden. »Eigentlich ist es dort sehr nett. Sie hat ihre eigene Wohnung, ist also wirklich unabhängig.«

Jury konnte dieses Herumrationalisieren nicht leiden. »Ich verstehe nicht, wie, wo sie doch betreut werden muss.«

»Ja. Nun ja. Es heißt St. Andrew's Hall.«

»Ich weiß. Ich war bereits dort.«

Maisie war verblüfft. »Sie waren dort? Dann haben Sie also schon mit Emily gesprochen. Ich bin sicher, sie hat Ihnen von ihrem Leiden erzählt. Wieso stellen Sie mir dann diese Fragen?«

»Das tun wir bei der Polizei eben.« Sein Lächeln war eisig.

»Großvater wollte nichts davon hören, dass Kitty gehen sollte. Ich habe Ihnen ja gesagt, wie sehr er an ihr hängt.«

Das klang nicht nach dem Oliver Tynedale, den Jury kennen gelernt hatte. Er hätte nie zugelassen, dass eine von den Crofts abgewiesen wurde, nur weil Kitty Riordin sie nicht leiden konnte. »War er denn informiert?«

»Wie bitte?«

»Kannte Ihr Großvater den Grund für Emily Crofts Weggang?«

»Nein.«

Es herrschte Schweigen, während sie sich wahrscheinlich vorstellte, wie es gewesen wäre, wenn sie diese Frau kaltherzig weggeschickt hätten, die wohl so etwas wie eine Ersatztante für sie gewesen war. Im Übrigen staunte er, welch starken Einfluss Kitty Riordin auf die Familie hatte.

»In St. Andrew's Hall ist es wirklich recht nett. Es liegt direkt am Meer. Ich fand das Meer schon immer eine Art Balsam für die Seele.«

Jury stand auf. »Das fand Virginia Woolf auch. Eine Zeitlang jedenfalls.«

Der frisch gefallene Schnee war in kleinen Ablagerungen zwischen die weißen Säulen der Kolonnade geweht und haftete an den Zypressen, die den Gartenweg gegenüber säumten. Von einem der dick bepackten Äste fiel ein Eiszapfen leise auf den laubbedeckten Erdboden.

Gemma saß auf derselben Bank, die sie vor zwei Tagen mit Jury geteilt hatte. Es war die Bank, die auf zwei Seiten von Spaliergitter umgeben war. Die Bank hier und der Sitz in der Buche waren offenbar ihre Lieblingsplätzchen. Sie saß zusammen mit ihrer Puppe da, die diesmal mit einer viel zu großen Hose und Hemd bekleidet war und als Halstüchlein einen roten Stoffstreifen trug.

»Hallo, Gemma. Kennst du mich noch?«

»Ja. Sie sind der Polizist.«

»Richtig. Richard Jury.«

Mit gewichtiger Miene sagte sie und hob dabei die Puppe hoch: »Er heißt auch Richard. Sie können sich hinsetzen, wenn Sie wollen.«

»Danke.« Jury setzte sich. Er hob die Puppe auf, wo Gemma sie hingelegt hatte, und musterte sie ziemlich lange.

»Sieht er okay aus?«, wollte Gemma wissen. »Ich weiß, seine Hose ist viel zu groß.«

Sie schien besorgt über die Umwandlung der Puppe von einem vermeintlich weiblichen zu einem vermeintlich männlichen Wesen. »O ja, er ist in Ordnung. Ich dachte nur gerade –«

Gemmas erschrockene, dunkle Augen schienen ihn anzuflehen, doch nicht allzu viel über die Puppe nachzudenken.

»– dachte gerade, wie schön es doch sein muss, eine Puppe zu sein.«

Ihr Gesicht drückte jetzt nur noch Neugier aus. »Warum?«

»Na, da kann einer doch so ziemlich alles sein, was er will.«

Die Neugier verwandelte sich in Zweifel. »Nein, kann er nicht. Nicht, wenn ich es nicht will.«

Jury erwiderte nichts darauf. Das machte sie aber nur noch besorgter, und sie rückte näher zu ihm hin. »Irgendwie stimmt das ja«, sagte er, »aber denk dran: du weißt nicht alles über ihn. Nur ein paar Sachen.«

Dass der Puppe dadurch ein Eigenleben verpasst wurde, kam bei ihr nicht gut an. Sie runzelte heftig die Stirn, als sie der Puppe ganz dicht bei Jurys Fingern die Hand auf die Brust legte.

»Weißt du noch, als du dachtest, die Puppe wäre ein Mädchen?«

»Er kann doch *beides* sein«, beeilte sich Gemma zu sagen.

»Ja, aber das wusstest du damals ja eigentlich noch nicht.«

Sie legte sich alle möglichen Antworten auf diese Behauptung zurecht, brachte aber nichts heraus.

»Ich meine, vielleicht hättest du für deinen Richard gern eine Art Ausweis.« Jury holte seinen hervor und zeigte ihn ihr. »So einen wie den hier.«

Der Gedanke schien sie in Erstaunen zu versetzen. »Sie meinen, Richard ist ein *Polizist*?«

»Könnte sein, ist aber bloß eine Vermutung. In Zivil natürlich. Mehr wie ein Detektiv.«

Ganz erfüllt von dieser Vorstellung, besonders weil sie auch schon daran gedacht hatte, betrachtete Gemma Jurys Dienstausweis. »Wie kann er einen kriegen?«

»Ich könnte ihm vielleicht bei Scotland Yard einen besorgen.«

Gemma war vollkommen überwältigt. Sie nahm Richard, die Puppe, wieder an sich und musterte ihn eingehend, um zu sehen, ob seine Detektiverscheinung auch wirklich makellos war.

»Natürlich«, fuhr Jury fort, »wird er dir Fragen stellen wollen.«

»Was denn?« Sie blickte Jury scharf an.

»Keine Ahnung«, meinte er achselzuckend.

Eine Zeitlang war es still, während Gemma grübelnd in die Ferne schaute. »Ich wette, er will wissen, wie das war, als ich im Gewächshaus war und jemand auf mich geschossen hat. Die haben mich verfehlt.«

»Ja, ich erinnere mich, dass du mir davon erzählt hast. Das muss ja schrecklich gewesen sein.«

»War es auch. Ich hab immer noch Angst deswegen, das war nämlich nicht alles!«

Es war still, während Gemma die Puppe betrachtete. Schließlich flüsterte sie Jury zu: »Will er mich denn nicht fragen, was sonst noch war?«

»Ich glaube, das hat er schon. Du hast ihn nur nicht gehört.«

»Ach so. Also, der Rest geht so: Jemand kam in mein Zimmer und wollte mich ersticken!«

Wieder war es still.

Sie sagte: »Der ist aber kein guter Detektiv.«

»Er ist eben noch nicht so lange dabei.«

»Na, er sollte mich fragen, ob ich geschlafen hab, als es passiert ist.«

Jury hielt sich die Puppe ans Ohr und nickte. »Das fragt er gerade.« Dann blickte Jury angelegentlich zum Spaliergitter, zur Buche und zu Melrose Plant hinüber, der am anderen Ende des Gartens mit Angus Murphy eimerweise irgendwelches Zeug aufs Erdreich kippte. »Richard muss nämlich ganz leise sprechen, weil man ja nie wissen kann, wer mithört. Schau mal da drüben.« Jury wies mit dem Kopf in die Richtung der beiden Gärtner.

»Ach, das ist bloß Ambrose. Der ist okay. Er ist der neue Gärtner«, sagte Gemma mit leiser Stimme. »Der ist eigentlich ganz nett, aber der streitet zu viel. Seine Augen sind total grün.«

Ambrose? »Hmm. Bist du dir sicher, dass es nicht bloß grüne Kontaktlinsen sind? Es könnte doch eine Verkleidung sein.«

Gemmas Mund kräuselte sich wie bei einer alten Dame, die eine besonders delikate Klatschgeschichte zum Besten gibt. »Dachte ich mir gleich, dass mit dem was nicht stimmt, als er Richard nicht taufen wollte.«

Jury machte ein Geräusch, als wollte er die Sachkenntnis des Gärtners als unerheblich abtun. Dann sagte er: »Also, du hast geschlafen –«

»Ich bin davon aufgewacht! Würden Sie denn nicht aufwachen, wenn Ihnen jemand den Hals zudrückt?«

»Sofort.«

Sie ließ Richard fallen (den Jury schnell genug auffing) und verdrehte die Hände so, dass sie sich um den Hals greifen konnte, streckte die Zunge heraus und gab erstickte Laute von sich.

»Schrecklich!«, sagte Jury. »Ich frage mich ja, wie du die Hände wieder weggekriegt hast.«

Gemma war kurz unschlüssig, dann sagte sie: »Ach, die waren auf einmal nicht mehr da.«

»Was ist, solltest du denn nicht erstickt werden?«

Sie erinnerte sich plötzlich an dieses wichtige Detail. »Stimmt, dann waren die Hände wieder da und nahmen ein Kissen und wollten mich ersticken. Ich konnte das Kissen gerade noch wegstoßen.«

»Gott sei Dank. Du musst ja ganz schön stark sein.«

Uninteressiert an ihrer Stärke und am Thema Ersticken, meinte sie abfällig: »Kann sein.«

Wieder herrschte Schweigen, das sie unterbrach, indem sie mit säuselnder Stimme fragte: »Na und, will Richard denn nicht fragen?«

Jury kratzte sich am Ohr und sah Richard an (der höchst unbeteiligt dreinblickte). Während er nachdachte, fing Gemma plötzlich an herumzuhüpfen, als könnte sie es kaum erwarten, den Rest ihrer Geschichte zu erzählen. »Du meinst, was als Nächstes passierte?«

»Ja!« Sie nahm ihm Richard aus den Händen und betrachtete ihn ernst. »Ich wurde beinahe vergiftet.«

»Daran erinnere ich mich. Und die Köchin hätte um ein Haar gekündigt.«

»Benny hat mir von einer Familie in Italien erzählt, wo sie sich andauernd gegenseitig vergiftet haben. Die Medizins. Die hatten überall Gift aufbewahrt, zum Beispiel in einem Ring. Und wenn das Opfer trinken wollte, klappten sie den Ring auf und schütteten das Gift ins Trinken. So ist das passiert.«

»Dir etwa?« Als sie nickte, fragte Jury: »War das Gift in einem Ring, den jemand trug?«

Gemma nickte nachdrücklich.

»Du weißt aber nicht, wer?«

Diesmal schüttelte sie ebenso nachdrücklich den Kopf, was ihr Haar schwingen ließ wie Blätter im Wind. Sie war fertig mit ihrer Geschichte und rückte Richard jetzt das Halstüchlein zurecht.

»Na, das ist ja eine Geschichte.« Jury zog sein kleines Notizbuch und den Bleistiftstummel hervor, den er eigentlich schon längst hatte wegwerfen wollen. »Hier.«

Sie sah ihn verständnislos an. »Für was ist das?«

»Für deine Aussage. So nennt man das nämlich, eine Aussage. Und jetzt schreibst du auf, was tatsächlich passiert ist. Hat Richard dir das denn nicht gesagt?«

Sie sperrte den Mund auf. »*Nein!*«

»Dann ist er aber sehr nachlässig. Zeugen müssen ihre Geschichte immer aufschreiben und ihre Aussage machen.«

»Aber ich hab doch schon *ausgesagt!*«

»Ja, bei mir. Wenn das tatsächlich passiert ist, muss es aber aufgeschrieben werden.«

Gemma guckte ganz entsetzt. »Das dauert aber doch *Tage*, es aufzuschreiben. Monate! Ich bin nicht so gut im Schreiben.«

»Ach, mach dir da keine Sorgen. Scotland Yard kriegt alles mögliche Geschreibsel zu sehen.«

Gemma schlug Richard hart gegen das Gitter. »Das hat mir aber nie einer gesagt von den Polizisten, die da waren, das hat mir keiner gesagt.«

Jury seufzte. »Schade, die hätten deine Aussage aufnehmen sollen.«

Sie war offensichtlich verärgert über Richard und gab ihn Jury zurück. Mit verschränkten Armen stand sie da, den Blick auf das Notizbuch, das Jury in der Hand hatte, und den Bleistift geheftet. »Sie haben gesagt, ›was tatsächlich passiert ist‹.«

»Stimmt. Eine Aussage über das, was *nicht* passiert ist, brauchen wir ja wohl kaum.«

Gemma kratzte sich am Ellbogen. »Äh, manches davon ist vielleicht nicht passiert. Manches hätte auch – äh – ein schlimmer Traum sein können. Zum Beispiel das mit dem Erwürgen. Davon aufgewacht *bin* ich aber, äh, glaub ich jedenfalls, aber vielleicht hab ich alles bloß geträumt und es durcheinander gebracht.«

»Hmm.« Jury wurde wieder nachdenklich. »Das ist durchaus möglich.«

»Und das mit dem Ersticken auch. Es war, wie wenn es passiert wäre. Es fühlte sich echt an.«

»Wenn es ein Traum war, bräuchtest du es natürlich nicht in die Aussage aufzunehmen.«

Die Hände zur Unterstützung auf seinen Knien, wippte sie ruckartig erst auf dem einem, dann auf dem anderen Bein und stieß die Füße nach hinten weg.

»Und was ist mit dem Gift? Hättest du das auch träumen können?«

Sie schüttelte den Kopf. Dunkle Blätter wirbelten auf, als sie von einem Fuß auf den anderen hüpfte. »Ich hab… bloß… so viel… über das nachgedacht, was Benny mir… gesagt hat, dass ich… vielleicht gemeint hab,… es wär wirklich… passiert.«

»Ah ja, das kann ich mir vorstellen.«

Sie hielt inne und machte ein nüchternes Gesicht. »Aber das mit dem Schuss ist wirklich passiert.«

»Ja, dafür gibt es Beweise. Du sagtest, du wärst ins Gewächshaus gegangen. Sag mal, war Jenny Gessup eigentlich mal da draußen?«

»Manchmal schon, aber die ist ja gegangen.« Und daher kaum noch der Rede wert.

»War Richard im Gewächshaus dabei?« Jury versetzte der Puppe einen leichten Klaps.

»Ja, bloß war er da noch nicht Richard. Er war – Ruth oder Rebecca oder Rachael oder Rhonda ...« Sie zuckte die Achseln.

Richards irdische Existenz als Mädchen bereitete Gemma immer noch Probleme. Jury war froh, dass die Litanei von Namen ein Ende hatte.

»Wenn es Richard gewesen wäre«, sagte sie, »dann hätte er den aber geschnappt, der es getan hat.«

»Stimmt. Hast du Licht gemacht, als du hineingegangen bist?« Sie drückte sich Richard an die Brust. »Ich musste doch was *sehen*, oder? Ich hab bloß eins angemacht.«

»Und was geschah dann?«

»Ich hörte so ein Knacken, dann zerbrach ein Fenster und überall war Glas verstreut. Dann schwirrte was wie eine Stechmücke an mir vorbei. Ich duckte mich runter.«

»Das war schlau.«

Ihre Mundwinkel verzogen sich nach unten, als wollten sie ihrer Verärgerung darüber Ausdruck geben, dass sie schon wieder einem Verhör unterzogen wurde. »Ich muss wahrscheinlich aufschreiben, dass man auf mich geschossen hat.«

Jury sah in den Garten hinaus, wo Melrose wieder einen Eimer ins Blumenbeet ausleerte. Torf vielleicht. »Weißt du was? Erzähl es doch – wie heißt euer neuer Gärtner?«

»Ambrose.« Sie blinzelte in die gleiche Richtung.

»Erzähl es doch Ambrose, dann kann er es aufschreiben. Natürlich erst, wenn er mit seiner Gartenarbeit fertig ist.«

Obwohl ihr dieses Arrangement besser gefiel, als es selbst zu schreiben, hatte sie noch Vorbehalte. »Der streitet aber wegen jeder Kleinigkeit rum.«

»Kann er gar nicht. Er war schließlich nicht dabei. Er hat es nicht mit eigenen Augen gesehen.«

»Er wird trotzdem sagen, ich hätte es falsch rum gesehen.«

Jury wusste nicht, was er von diesem rätselhaften Geplänkel halten sollte. »Ich werde ihm sagen, er soll bloß das aufschreiben, was du sagst, und nicht rumstreiten.«

Gemma murmelte: »Da hört er nicht drauf.«

»Wenn Sie glauben, ich schleppe hier Eimer, bis Sie alles ausklamüsert haben, dann –«

Sie standen in der Nähe des Gewächshauses. »Sie machen das wirklich toll, man könnte meinen, Sie sind ein Natur – *autsch*!«

Melrose hatte soeben einen Eimer Kunstdünger auf Jurys Fuß fallen lassen. »Ach, das tut mir aber Leid.«

Jury rieb sich den Knöchel. »Klar. Also, was hatte Angus Murphy über diese Jenny Gessup zu sagen?«

»Unzuverlässig, unnütz, uninteressiert, oder – wie er es ausdrückte – der *désuétude* anheimgefallen.«

»Komisches Wort in dem Zusammenhang.«

»Nicht wahr? Er meint, sie hätte nicht die Kraft gehabt für manche Arbeiten, beispielsweise stundenlang Eimer zu schleppen. Das«, Melrose deutete auf den Eimer zu seinen Füßen, »muss heute der zwölfte sein.«

»Was ist da drin?«

»Ist doch piepegal! Kunstdünger, nehme ich an.«

»Hören Sie, ich will, dass Sie den Bericht über die Schießerei aufschreiben, den Gemma Ihnen abgeben wird.«

»Was? *Was*? Das wäre eine Tat von wahrhaft herkulischen Ausmaßen, wie Sie sich ja wohl denken können. Und wenn Sie es Ihnen schon erzählt hat, wieso –«

»Weil manche Einzelheiten erst durch die Wiederholung ans Licht kommen. Das wissen Sie doch. Vielleicht erwähnt sie etwas, das sie mir gegenüber weggelassen hat.«

Melrose runzelte die Stirn. »Und was ist mit dem Vergiften und Erwürgen?«

»Das hat gar nicht stattgefunden. Habe ich mir schon gedacht.

Der Schuss dagegen schon. Weil man auf sie geschossen hat, bekam sie böse Träume, mehr hatte es mit dem Erwürgen und Ersticken nicht auf sich. Ein Traum. Das mit dem Vergiften ist auch nicht passiert, sondern hatte damit zu tun, dass jemand ganz allgemein übers Vergiften geredet hat.«

»Es stellt sich aber doch die Frage: Wieso sollte jemand auf sie schießen?«

»Nein, die stellt sich nicht, jedenfalls wenn es bei dem einzigen Versuch geblieben ist.«

»Verzeihung, ich kann nicht ganz folgen.«

»Gemma war vielleicht gar nicht das Ziel. Man nahm an, sie wäre es, wegen dieser anderen beiden erfundenen Anschläge. Wenn die nicht gewesen wären, hätte die Polizei vielleicht die andere Möglichkeit in Betracht gezogen: Es ging gar nicht um Gemma.«

»Also … wer dann und warum?«

»Eins von zwei Dingen hätte passiert sein können: Es hätte ein vorher vereinbartes Treffen zwischen dem Schützen oder der Schützin und seinem, beziehungsweise ihrem Ziel sein können – vermutlich bloß um die Person aus dem Haus zu locken. Oder der Schütze sah jemanden im Gewächshaus, nahm an, es handelte sich um sein Ziel, nutzte die Gelegenheit und schnappte sich eine Waffe. Aus einem Impuls heraus. Wie gesagt, das sind bloß Möglichkeiten. Es war aber nicht unbedingt Gemma, auf die es der Schütze abgesehen hatte.«

»Gütiger Himmel, wollen Sie damit etwa andeuten, auf den alten Angus Murphy?«

»Nein. Der ist ja ein paar Monate später immer noch da. Wäre es Murphy gewesen, dann wäre er inzwischen höchstwahrscheinlich tot. Ich tippe auf Jenny Gessup, der ich einen Besuch abstatten werde, sobald ich Wiggins loseisen kann.«

Melrose beugte sich fluchend hinunter, um den Eimer hochzuheben. »Den Antiquitätengutachter mimen, war ein Pappenstiel gegen das hier.«

»Mit so einer Einstellung schaffen Sie es nie in die Endrunde beim Blumenkorso in Chelsea.« Jury wandte sich zum Gehen. »Und vergessen Sie nicht, die Aussage aufzunehmen.«

Melrose rief dem rasch entschwindenden Jury hinterher: »Die streitet doch die ganze Zeit bloß rum.«

Jury lächelte. *Der Kreis hatte sich geschlossen.*

In der Küche war anscheinend eine flotte Teegesellschaft zugange, mit Sergeant Wiggins als Mittelpunkt. Mit um den Tisch saßen eine ältere, aber kräftig aussehende Frau, wohl die Köchin, zwei jüngere Frauen, vermutlich die Hausmädchen, und ein dünner, pickelnarbiger Jüngling, der, hätte es Pferde gegeben, wohl der Stallknecht gewesen wäre. Diesen Beruf ausschließend, nahm Jury an, dass es sich um Archie Milbank handelte, der unter dem bohrenden Blick von Barkins, der hier am Tisch fehlte, Gelegenheitsarbeiten ausführte.

Die Küche war so richtig bodenständig und sehr behaglich, was zum Teil an dem in der Kaminecke lodernden Feuer lag, das so gewaltig prasselte, als wäre es der Anfang der Großen Londoner Feuersbrunst. Flankiert war es von einem großen, für Profiküchen gedachten Aga-Kochherd und einer modernen Küchenzeile, in der ein Mikrowellenherd und ein Backofen untergebracht waren. Über einen Mangel an modernen Gerätschaften konnte sich die Köchin nicht beklagen.

Als Jury eintrat, erhob sich Wiggins, und die anderen musterten Jury mit schierem Entzücken, als wäre er einer der Heiligen Drei Könige, der mit einem Eimer Weihrauch daherkam. Wiggins stellte ihn reihum vor: Mrs. MacLeish, Köchin; Rachael Brown, Hausmädchen; Clara Mount, Küchenhilfe, und Archie Milbank, »Haustechnik«.

Jury bedankte sich bei Mrs. MacLeish für den Henkelbecher mit Tee, den sie ihm in die Hand drückte, und erkundigte sich, ob er sie kurz sprechen könne. Natürlich, natürlich. Sie gingen in Barkins' kleinen Aufenthaltsraum hinüber.

»Zunächst einmal«, sagte Jury, »das mit Mr. Croft tut mir schrecklich Leid. Sie kannten ihn seit seiner Kindheit, nicht wahr?«

In ihren Augen glänzten plötzlich Tränen, gegen die sie ein Taschentuch aus der Schürzentasche einsetzte. »Ja, das stimmt. Mr. Simon war ein liebenswürdiger Mensch, einfach liebenswürdig. Wie der Rest der Familie, kaum einmal ein böses Wort.«

»Man hat mir zu verstehen gegeben, er hätte vor etwas oder jemandem Angst gehabt. Hatten Sie auch diesen Eindruck?«

Sie sah ihn verwundert an. »Er wollte offenbar keinen sehen, gewisse Leute jedenfalls nicht. Ich glaube, es lag an dem Buch, das er schrieb. Damit verbrachte er wirklich seine ganze Zeit. Ich sah ihn natürlich nicht so oft, weil ich nur ein- oder zweimal in der Woche zum Kochen dort war. Mr. Croft hatte es nicht so mit dem Selberkochen. Manchmal ließ er sich auch etwas von Partridge's kommen. Allerdings weiß ich, dass dieser Polizist – ein Freund der Familie – auf seinen Wunsch ab und zu vorbeischaute. Es kann also sein, dass er vor irgendetwas Angst gehabt hat, nicht wahr? Vielleicht um diese wertvollen Gemälde und all die Sachen?«

»Ja, möglicherweise.«

Jury dankte ihr und stand auf.

Sie saßen im Wagen und Wiggins blätterte seine Notizen durch, die wie immer höchst umfangreich waren. »Laut Mrs. MacLeish, die für Simon Croft kochte, hatten als Einzige der Lebensmittelhändler und Ihr DCI Michael Haggerty Zutritt zum Croftschen Haus. Als Maisie Tynedale einmal vorbeikam, wollte Croft sie nicht sehen und wies Mrs. MacLeish an, zu sagen, er sei mit einer Arbeit beschäftigt, die nicht unterbrochen werden könne. So verhielt er sich seit einigen Wochen.«

»Ist das die Paranoia, von der wir gehört haben?«

»Ja. Sie sagt, der Polizist – also DCI Haggerty – hätte in der Küche mit ihr immer eine Tasse Tee getrunken, wenn er da war, ebenso der Lebensmittelhändler, ein gewisser Mr. Smith. Na, jedenfalls tranken sie Tee –«

»Berufsrisiko.«

»Was?«

»Nichts. Weiter.«

»– tranken sie Tee und schwatzten ein bisschen.«

»Worüber?«

»Ach, über den neuen Millennium Dome. Ich habe Ihnen doch erzählt –«

»Ja, ja.« Es hätte Jury gerade noch gefehlt, dass Wiggins sich daran festbiss.

»Sieht ganz so aus, als hätte Simon Croft gegenüber jedem in dieser Familie einen gewissen Argwohn empfunden.«

»Gar nicht so abwegig. Geht mir genauso. Wissen Sie, eins begreife ich nicht: Croft hat doch genug Geld, um sich von Partridge's oder Fortnum & Mason beliefern zu lassen. Wieso lässt er sich dann von Mrs. MacLeish bekochen?«

Wiggins nickte bloß schlau und sagte dann gewichtig: »Ich glaube, das kann ich Ihnen beantworten, Sir. Mrs. MacLeish kocht schon seit Jahrzehnten für die Tynedales und die Crofts. Simon Croft war seit jeher auf sie angewiesen und wollte das nicht aufgeben, nicht für Geld und gute Worte. Er war verwöhnt. So wie ich das beurteilen kann, sind die alle verwöhnt. Sie wollen, dass alles bleibt wie früher.«

»Klingt fast inzestuös. Das ist das Problem bei solchen miteinander verbandelten Familien. Sie wissen nicht, wann zum Teufel ein Punkt gemacht werden muss.«

39

Dulwich versetzte Jury immer wieder in Staunen. Es war noch ein echtes Dorf in der weiteren Umgebung von London und Heimat des Dulwich College sowie einer der besten Gemäldegalerien des Landes.

Das Haus, in dem Jenny Gessup wohnte, war ein kleiner, recht ansehnlicher, gelb gestrichener Backsteinbau, dessen Vorgarten winterlicher Auszehrung anheim gefallen war: die Hecken waren unregelmäßig ausgewachsen, das Erdreich steinhart, die Blumen wohl schon vor einiger Zeit verschwunden.

Jury hob den Messingtürklopfer in Gestalt eines Delfins und klopfte ein paarmal. Eine junge Frau öffnete ihnen schließlich. Sie war klein, ziemlich durchtrainiert und hatte ein fein geschnittenes Gesicht. Sie wirkte nicht wie jemand, die mit Schubkarren und Eimern umzugehen wusste, doch dieser Schein trog, denn über ihre mangelnden Fähigkeiten hatte Angus Murphy sich nicht beklagt, nur über ihre Faulheit. Ihr Haar hatte die aschbraune Farbe von Borken. Sie schien nicht besonders erfreut darüber, zwei Fremde auf ihrer Türschwelle vorzufinden.

»Miss Gessup?«

»Mit hartem G wie ›gestern‹, nicht wie ›Jazz‹.«

Jury merkte, dass sie sich freute, einen gleich zurechtweisen zu können. Er lächelte. »Ich heiße Richard Jury mit J. Spricht sich wie ›Jazz‹.« Er zeigte ihr seinen Dienstausweis.

Jenny Gessups Gesicht wurde rot. »Sie als Staatsbedienstete sollten nicht so unverschämt sein zu den Leuten, die für Ihr Gehalt aufkommen.« Sie riss die Tür weit auf, marschierte in ihr Wohnzimmer und überließ es den beiden, ihren Weg der Nase nach selber zu finden. Was sie auch taten.

Jury machte es sich auf einem kleinen Sofa mit lavendelfarbenem Leinenbezug bequem. Wände und Holzverkleidungen waren in einem blassen, pfirsichgelben Ton gehalten. Die Stühle waren in kräftigeren Gartenfarben bezogen: Rittersspornblau und Narzissengelb. Es war, als hätte sich der Sommer hier herein zurückgezogen, nachdem er seinen kurzen Kampf mit dem Winter draußen verloren und hier seinen letzten Verteidigungsposten gefunden hatte.

»Miss Gessup, Sie haben im Tynedale Lodge gearbeitet.« Sie schrak zurück und wurde etwas argwöhnisch, fand Jury.

»Das kann man wohl sagen.«

Jury lächelte. »Lange waren Sie aber nicht dort, oder?«

Ihre Stimme wurde im Trotz etwas lauter. »Ich hab den Job sowieso bloß zum Spaß angenommen.«

»Laut Miss Tynedale sind Sie dann einfach nicht mehr gekommen.«

Jenny tat es mit einer wegwerfenden Handbewegung ab. »Ach, *die*! Die führt sich auf wie die Dame des Hauses.«

»Ist sie auch. Wieso mögen Sie sie nicht?« Jury konnte fast sehen, wie bei ihr die Klappe runterging. Schulterzuckend betrachtete sie ihre abgekauten Fingernägel. »Warum sind Sie denn weggegangen?«

»Hab ich doch gesagt. Mir war's nicht so ernst mit dem Job.«

»Wieso haben Sie ihn dann überhaupt angenommen?«

»Na, um ein bisschen was dazuzuverdienen. Ich spar nämlich auf ein Auto.«

»Und arbeiten Sie im Moment?«

Sie schüttelte den Kopf.

»Haben Sie seit Ihrem Weggang vom Lodge gearbeitet?«

»Ich find nichts, was mir passt.«

Wie unlogisch diese Antwort in Anbetracht der Tatsache war, dass sie den Job als Gärtnerin angenommen hatte, obwohl der ihr ebenfalls nicht gepasst hatte, wollte Jury nicht weiter erörtern. Bei ihr war schnell der Punkt erreicht, an dem die Antworten entweder nichtssagend oder aber Lügen waren.

»Erinnern Sie sich an Gemma Trimm?«

»Gemma?« Jennys Miene hellte sich ein wenig auf. »Ja, natürlich. Wir waren so was wie Freunde. Ich konnte Gemma gut leiden, aber sonst hat sie keiner sonderlich beachtet. Traurig.« Ihre Stimme klang versonnen. »Dann fiel dieser Schuss. Die Polizei von Southwark meinte erst, es wären Einbrecher gewesen, und dann hieß es, ein paar Jungs hätten rumgeballert. Hm, Gemma dachte, jemand wollte sie umbringen. Ist doch verrückt.«

»Und wenn der Schuss nicht versehentlich abgefeuert wurde? Wenn der Schütze hinter jemand anderem her war?«

Ihre schmalen braunen Augenbrauen zogen sich verwundert zusammen.

»Wäre es möglich, dass der Killer dachte, im Gewächshaus wären *Sie* gewesen?«

Ihre Augen weiteten sich erschrocken. »Ach, das ist doch lächerlich.« Ohne ihn anzublicken, zupfte sie an einem Stückchen Haut an ihrem Fingernagel herum.

Jury beließ es dabei. Er schwieg.

»Na, jedenfalls«, fuhr sie fort, »wenn die auf jemand anders schießen wollten als auf Gemma, dann kommt ja auch Angus Murphy in Frage, nicht? Der war viel öfter im Gewächshaus als ich.«

»Zu groß und kräftig. Den könnte man nicht mit Ihnen verwechseln.«

»Wenn Sie etwas wissen, was Sie für jemanden anderen gefährlich machen könnte«, sagte Wiggins, »dann rücken Sie besser raus damit.«

In dem Moment erschien eine Frau mit ein paar belaubten Zweigen im Arm, wie man sie zum Kränzewinden sammelt. Stechpalmen vielleicht. Sie stand in der Terrassentür und lächelte.

Jury und Wiggins erhoben sich. Jenny blieb auf dem Sofa sitzen. »Meine Tante Mary.«

Die Tante legte die Stechpalmenzweige auf einen Tisch neben der Tür und streckte die Hand aus. »Mary Gessup.« Sie sprach es mit einem weichen »Tsch« aus.

Jury erwiderte ihr Lächeln und stellte sich und Wiggins vor. Er zeigte noch einmal seinen Ausweis vor.

»Liebe Güte.« Ihr Blick wanderte von ihnen zu ihrer Nichte. »Was geht hier vor?«

Jenny sagte: »Die wollen bloß wissen, was im Lodge passiert ist. Du weißt doch, wo sie geschossen haben.«

»Aber das ist doch schon über zwei Monate her.«

»Wir ermitteln im Fall Simon Croft. Er stand der Familie Tynedale sehr nahe.«

»Croft. Ja, ich habe darüber gelesen, dass er tot ist. Er hatte etwas mit Finanzen in der City zu tun.«

»Es besteht vielleicht eine Verbindung zu dem Schuss im Gewächshaus. Wir versuchen einfach, etwas Licht in die Sache zu bringen.«

»Bitte, setzen Sie sich doch. Hätten Sie gern einen Tee?« Bevor Jury sagen konnte, nein, sie hätten gerade einen getrunken, redete sie weiter: »Jenny, geh doch und mach uns einen, ja?«

Jenny stand verdrossen auf und ging hinaus. Ihre Tante sah ihr nach und meinte dann: »Ich dachte, Sie möchten vielleicht reden, ohne dass Jenny dabei ist. Es geht doch um mehr als um die Tatsache, dass Jenny im Lodge gearbeitet hat.«

»Stimmt. Derjenige, der auf das Gewächshaus geschossen hat, hatte es vielleicht auf Ihre Nichte abgesehen.«

Mary Gessup starrte ihn ungläubig an. »Auf Jenny? Aber *wieso* denn –?«

»Das wollen wir ja herausfinden. Ich könnte mich allerdings auch völlig irren.«

»Ich weiß. Sie hatte Angst, sagte sie, was ja verständlich ist. Aber ging es da nicht um einen Einbruch?«

Jury hakte nach. »War sie denn schon einmal in Schwierigkeiten?«

Mary Gessup zögerte. »Ja, aber nicht ernstlich.«

»Was heißt ›nicht ernstlich‹?«

»Nun … als sie bei einer alten Frau im Dorf arbeitete, hat man sie erwischt, wie sie in ihren Sachen herumstöberte. Ich weiß nicht, was Jenny dazu treibt, so etwas zu machen. Genommen hat sie nichts. Die Frau verzichtete auf eine Anzeige.«

»Ist das zwanghaft bei ihr?«

Mary sah ihn fragend an.

»Zwanghaftes Verhalten?«

Mary stand neben dem Kamin. »Ja, könnte sein.«

»Das ist vielleicht etwas Ernstes, es könnte höchst gefährlich sein. Selbst wenn sie nichts genommen hat. Ich habe den Eindruck, sie ist nicht sehr stabil.«

»›Stabil‹?«

»Sie wissen schon – zuverlässig.«

Mary nickte. »Sie ist so sprunghaft, sie kann sich nicht lange auf etwas konzentrieren. Noch weniger als die meisten Mädchen.«

»Vielleicht ist sie im Lodge in etwas hineingestolpert, ohne es zu wissen.«

Mary Gessup machte ein gequältes Gesicht und schüttelte den Kopf, nicht um zu verneinen, eher als wollte sie ihn frei kriegen. »Das ist natürlich möglich, Superintendent –«

»Ich will damit nur sagen, *falls* sie ungewollt etwas herausgefunden hat, wäre es wirklich in ihrem Interesse, es uns zu sagen. Das ist alles.«

Jenny kam, inzwischen offenbar besser gelaunt, mit dem Teetablett herein. Aufmunternd, diese Aussicht auf Tee, dachte Jury. Keiner wusste das besser als Wiggins, für den es mittlerweile die vierte oder fünfte Tasse wäre. Jury selbst lehnte dankend ab.

Er wandte sich an Jenny. »Sie konnten Miss Tynedale nicht besonders leiden. Und ihren Großvater, Oliver?«

Ihr Gesicht hellte sich sofort auf. Sie hielt die Teekanne in die Höhe und sagte: »O doch. Wissen Sie, was er sagte, als ich ihn kennen lernte?«

Sie verneinten.

»Ein Gedicht. ›Beim ersten Treffen küsst' mich Jenny, / Sprang auf vom Stuhl, auf dem sie saß …‹ Den Rest weiß ich nicht mehr. Aber war das nicht nett von ihm?«

Wiggins stellte seine Tasse hin und rezitierte:

> »*Sagt doch, ich bin trüb und traurig.*
> *Sagt, was bin ich krank und arm.*
> *Sagt, was bin ich alt geworden, aber sagt auch*
> *Jenny küsst' mich.*

Alle blickten Wiggins verwundert an, am meisten Jury. Er hatte seinen Sergeanten noch nie Lyrik zitieren hören. »Das ist ja wunderschön.« An Jenny gewandt, sagte er: »Kein Wunder, dass Sie ihn mochten.«

»Für mich und Gemma war er der Größte.«

Jury kam ein Gedanke, der ihn auch traurig machte, dass sich Jenny nämlich offenbar in eine Kategorie mit Gemma Trimm stellte. Sie seien so was wie Freunde, hatte Jenny gesagt, als spräche sie von einer Altersgenossin. Vielleicht war das kennzeichnend für Jenny Gessup: sie wirkte wie ein kleines Mädchen.

Nachdem die anderen größtenteils schweigend ihren Tee getrunken hatten, bedankte sich Jury und stand auf. »Sie haben uns sehr geholfen. Ich hoffe, wir können die Sache aufklären.«

»Wohin, Sir?« Wiggins hatte den Wagen bereits angelassen.

»In die Innenstadt. Ich würde gern noch ein paar Worte mit dem vertrauenswürdigen Gemüsehändler und den beiden Floristen wechseln, die Simon Croft beliefert haben.« Nachdem sie ein paar Minuten gefahren waren, meinte Jury: »Das hat mich ja ziemlich beeindruckt, dass Sie das Gedicht kannten. Verfasst von –«, Jury schnalzte mit den Fingern, »– von einem dieser Dichter mit endlos langen Namen.«

»Sir? James Henry Leigh Hunt.«

»Ach. Na, jedenfalls ist es nicht gerade das bekannteste Gedicht. Wie kommt es, dass Sie es kennen?«

»Jenny war der Name meiner Schwester.«

Wieder versetzte er Jury in Staunen. »Ich wusste gar nicht, dass Sie zwei Schwestern haben. Ich habe Sie nur von einer sprechen hören, der in Manchester.«

»Die andere habe ich nicht mehr. Sie ist gestorben.«

Noch nie war eine Todesnachricht mit solcher Zurückhaltung ausgesprochen worden. »Das tut mir Leid, Wiggins, wirklich.« Er spürte, wie unzulänglich so eine Floskel war. »Das ist aber schon eine Weile her, nicht wahr?«

»Zweiundzwanzig Jahre. Jetzt an Weihnachten.«

Jury kam sich doppelt unzulänglich vor. »Sie starb am Weihnachtstag?«

»Ja, Sir. Wir saßen alle im Wohnzimmer um den Baum und packten unsere Geschenke aus, als Jenny sagte, ihr sei schlecht, und nach oben ging, um sich hinzulegen. Mum ging mit ihr hinauf und kam dann wieder herunter und sagte, sie hätte hohes Fieber. Sie können sich ja denken, wie begeistert ein Arzt war, am Weihnachtstag auch noch einen Hausbesuch machen zu müssen. Einer kam aber. Es war Hirnhautentzündung, und um Mitternacht ist sie gestorben.«

»Mein Gott, Wiggins, wie furchtbar! War sie jünger als Sie?«

Wiggins nickte. Sonst sagte er nichts.

40

»Das ist der Laden, gleich hier drüben.«

Als sie vorgefahren kamen, war Mr. Smith gerade dabei, für eine Kundin Kartoffeln abzuwiegen, eine große Frau mit Augen wie Granatsplitter, die sie wie gebannt auf die Waage geheftet hielt. Jury fragte sich, ob schon einmal ein Ladenbesitzer ungeschoren davongekommen war, der ihr schlecht abgewogen hatte. Der Gemüsehändler zwirbelte den braunen Sack schwungvoll zu und tauschte Kartoffeln gegen Wechselgeld. Die Frau machte sich davon, nicht ohne Jury und Wiggins mit argwöhnischen Blicken zu bedenken.

»Mr. Smith?« Jury zeigte seinen Ausweis vor.

»Ach, du liebe Güte! Scotland Yard. Oje, oje.« Es war ihm nicht unangenehm. »Es geht bestimmt um Mr. Croft. Erst gestern war die City Police bei mir. O je, o je. Da fragt man sich, wer eigentlich zuständig ist für diesen Fall.«

»Genau genommen, die City Police. In der City wohnte – und

starb – das Opfer ja auch. Die Sache hat dann allerdings weitere Kreise gezogen –« Jury blieb die Erklärung schuldig. »Könnten wir kurz mit Ihnen sprechen, Mr. Smith?«

»Selbstverständlich, selbstverständlich. Ich rufe nur schnell mein Mädel herunter, damit sie auf den Laden aufpasst. Kommen Sie.«

Die drei gingen hinein, und der Gemüsehändler machte eine Treppentür auf und rief hinauf, »Pru« solle herunterkommen. »Aber mach mal fix, Mädel!«

Pru, ein untersetztes, verdrossen dreinblickendes Mädchen in Hausschlappen, war offensichtlich ebenso wenig in der Lage, sich zu beeilen, wie sie hätte auf den Mond fliegen können. *Schlapp, schlapp*, machten die Hausschuhe auf den Stufen. Als Pru endlich aus dem Treppenhaus trat und Jury sah, hellte sich ihre Miene etwas auf. Sie fuhr sich mit der einen Hand ans Haar, mit der anderen ans Bündchen ihres rostroten Pullovers, und rückte beides etwas ansprechender zurecht.

»Tag«, war alles, was sie zwischen den von der Zunge befeuchteten Lippen hervorbrachte, doch es war offenkundig, dass sie gern mit einem Haufen schlagfertiger Antworten aufgewartet hätte. An Wiggins perlte ihr Blick ab wie Wasser von einem Stein und suchte sich wieder den Weg zu Jury.

»Kümmer du dich um die Kunden«, befahl ihr Vater, »solange ich mit den Detektiven rede.«

Prus Haut lief unter einem rundlichen Gesicht voller Sommersprossen rosa an. »Was'n los, Dad? Hast was gemacht, wo du nich hättst sollen?« Selbst ihr Lächeln wirkte pummelig.

»Das geht dich gar nichts an.«

Wie ein Diener, der seine Besucher zu einer Audienz bei Hofe geleitet, streckte Mr. Smith seinen Arm aus und machte eine knappe Verbeugung. »Hier herüber, meine Herrn, in mein Büro.«

Das Büro bestand aus einem Schreibtisch und vier Stühlen aus altem schwarzem Kunstleder mit Armlehnen und Beinen aus Aluminium. Es roch ziemlich streng nach Kohl und modrigem Holz.

Mr. Smith zog zwei Stühle her. Er nahm erst hinter seinem Schreibtisch Platz, dann fragte er: »Also, meine Herrn, was kann ich für Sie tun?«

»Ich will nicht so viel von Ihrer kostbaren Zeit stehlen (*beziehungsweise von meiner*, dachte Jury), sage Ihnen also, was ich soweit erfahren habe. Auch nachdem Simon Croft seinen Wohnsitz auf die andere Seite des Flusses verlegt hatte, lieferten Sie ihm weiterhin Lebensmittel aus. Ziemlich viel Umstände für ein Pfund Kartoffeln.«

Während Jury noch redete, machte Mr. Smith bereits genervt über die Begriffsstutzigkeit von Scotland Yard die Augen zu. Ein überhebliches Lächeln spielte um seine Lippen. »Sie haben ja keine Ahnung von Mr. Croft, Superintendent – oder überhaupt von dem ganzen Clan!«

»Na, dann klären Sie mich auf.«

Dies tat Mr. Smith mit Vergnügen. Er beugte sich vertraulich vor. »Mr. Croft gehörte zu den Leuten, die Veränderung hassen. Sogar, wenn es darum geht, wo er seine Lebensmittel einkauft. Er hat selber darüber gelacht. ›Man sollte meinen, ich wäre inzwischen erwachsen geworden, was, Mr. Smith?‹ Er hatte sogar zweimal die Woche die Köchin vom Lodge da, die für ihn kochte. Mrs. MacLeish heißt sie. Die hat ihm immer gleich für 'n paar Tage vorgekocht. So sehr hat er am Lodge gehangen.«

»Wieso hat er dann eine eigene Bleibe bezogen?«, fragte Wiggins, der sein Notizbuch gezückt hatte und auf Teufel komm raus die Stirn runzelte. »Wieso ist er aus Tynedale Lodge ausgezogen?«

»Er wollte näher bei der City sein. Sagte er jedenfalls zu Mrs. MacLeish. Dort hat er gearbeitet.«

Unzufrieden mit dieser Antwort, schrieb Wiggins sie trotzdem nieder.

Jury fragte: »Wie oft haben Sie denn dorthin geliefert, Mr. Smith?«

»Einmal die Woche, pünktlich wie die Uhr. Und zwischendurch

auch noch, falls er mehr brauchte für Gäste oder Stehempfänge, ich glaube aber nicht, dass er viele hatte. Von Partridge's hat er sich ja auch beliefern lassen.«

»Mrs. MacLeish muss doch mit Ihnen über ihn gesprochen haben.«

»Mrs. Mac war nie eine von denen, die über ihre Arbeitgeber klatschen, was ich sehr bewundere.«

»Ich auch«, bemerkte Jury mit einem etwas gequälten Lächeln, »aber das hilft uns jetzt nicht weiter. Trotzdem muss Ihnen beiden doch das eine oder andere aufgefallen sein.« Er wollte dem Mann keine Worte in den Mund legen.

Mr. Smith hatte das Kinn in die Hand geschmiegt, sein Ellbogen ruhte auf dem Schreibtisch. Eingehend musterte er Jury, als wollte er seine Vertrauenswürdigkeit einschätzen. »Ich erinnere mich, ich saß mit Mrs. Mac in der Küche, als sie an die Haustür musste, um Maisie Tynedale zu sagen, Mr. Croft könne sie nicht empfangen, er fühle sich nicht wohl, aber das stimmte gar nicht, er saß nämlich in seiner Bibliothek und arbeitete.«

Mr. Smith erinnerte sich noch weiter. »Das muss Ende Oktober gewesen sein – nein, Moment mal, Anfang November, genau, ich weiß nämlich noch, wir haben über Guy Fawkes gesprochen und die Feuerwerke und ob man sie am Fluss entlang sehen würde. Etwa um diese Zeit hat im Lodge oben einer geschossen. Na ja, das war ja Stadtgespräch, nicht wahr? Schlimm, wie sich die Jugend heutzutage aufführt, manche. Es war in aller Munde, die Blumenknaben konnten sich gar nicht wieder einkriegen.«

»Blumenknaben?«

»Na, die Lustknaben, die Blumenknaben, die zwei, denen der Blumenladen gegenüber gehört. Haben Sie mit denen schon geredet?«

»Ja, kurz.«

»Von denen hat Mr. Croft ja seine Blumen bezogen, bis ans Ende seiner Tage – Verzeihung, das sagt man eben so. Also, mit seinen Blumen, da war er schon sehr eigen.«

»Mr. Peake und Mr. Rice?«

»Ja, ja, die beiden. Die können Ihnen vielleicht was sagen, was ich nicht weiß.« An seinem Gesichtsausdruck ließ sich recht deutlich ablesen, dass Mr. Smith dies nicht im Entferntesten für möglich hielt. Er streckte sich in seinem Stuhl aus und strich sich ein paarmal flink über die Glatze. »Jetzt fällt mir wieder ein, die Blumenknaben haben ja geliefert, kurz bevor der Gute ermordet wurde.« Lächelnd wartete er auf die nächste Frage.

»Sie haben uns sehr geholfen, Mr. Smith.« Jury erhob sich, Wiggins verstaute sein Notizbuch in der Innentasche seines Mantels und stand ebenfalls auf.

Mr. Smith blieb jedoch sitzen, offenbar bereit, sich nicht vom Fleck zu rühren und bis in alle Ewigkeit Fragen zu beantworten.

»Mr. Smith?« Sanft holte Jury ihn zurück in seine Gemüsehändlerexistenz.

»Hä? Oh, Verzeihung. Ja, ich begleite Sie hinaus.«

Pru schien die beiden ebenso ungern ziehen lassen zu wollen wie ihr Vater.

Draußen sagte Wiggins: »Man könnte schon misstrauisch werden, wenn einer so bereitwillig Fragen beantwortet.«

»Warum so zynisch?«, fragte Jury, der unbedingt bei Rot über die Straße wollte und nach einer Lücke zwischen einem herandonnernden Möbelwagen und zwei aus verschiedenen Richtungen kommenden Volvos Ausschau hielt. »Es gibt immer noch Leute, die es als willkommene Gelegenheit zum Klatschen sehen und denen es egal ist, ob die Polizei oder die Königinmutter ihnen zuhört. Los jetzt –« Sie machten einen Satz auf den gegenüberliegenden Bürgersteig.

Der DELPHINIUM-Blumenladen war außen ebenso farbenfroh wie innen. Das Schild, das sich über eine Seite des Gebäudes hinzog, war mit Blumen, Pilzen und kleinen grünen Männchen bemalt, die Jury für Waldkobolde oder Außerirdische hielt.

Drinnen duftete es einfach himmlisch, hier mischten sich die

Wohlgerüche von Lavendel, Jasmin und Rosen. Odysseus hätte es bei den Lotophagen nicht besser ergehen können. Auf dem Boden standen große Krüge und hohe Blumenbehälter, und um in den rückwärtigen Teil des Ladens zu gelangen, mussten sich die beiden behutsam einen Weg durch einen von Kamelienstöcken gesäumten Gang bahnen. Tommy Peake und Basil Rice, zwei gut gekleidete Männer von eigentlich undefinierbarem Alter, waren gerade dabei, Rosen und Hyazinthen in einer Bleikristallvase hübsch zurechtzustecken sowie in einer anderen aus schlichtem Kristall, die bis auf ein amethystblaues Band, das sich kletterpflanzenartig darum rankte, durchsichtig war.

»Mr. Peake, Mr. Rice, Sie erinnern sich vielleicht, ich war vor ein paar Tagen schon einmal hier?« Jury stellte ihnen Sergeant Wiggins vor. Der eine Blumenhändler schob sich eine helle Haarsträhne hinters Ohr, der andere bemühte sich um Sitzgelegenheiten für die beiden Detektive. Beide waren ziemlich aus dem Häuschen. Nur keine Umstände, meinte Jury, sie hätten überhaupt nichts dagegen, zu stehen, und würden wahrscheinlich sowieso von den köstlichen Düften hier drinnen in Ohnmacht fallen.

»Ich wollte mit Ihnen über Simon Croft sprechen.«

Basil schlug sich mit der Hand gegen die Stirn.

Jury schätzte ihn als den theatralischeren der beiden ein. »Sie haben ziemlich regelmäßig an Mr. Croft in der City geliefert.«

»Wir können uns schon denken«, sagte Peake, »wer Ihnen *das* erzählt hat. Diese alte Klatschbase Smith –« Er wies mit dem Kopf zum Laden des Obst- und Gemüsehändlers hinüber.

Basil legte etwas mehr Mitgefühl für das Opfer an den Tag. »Der Ärmste. Was für eine schreckliche Geschichte!«

Tommy Peake meinte scharfsinnig: »Sie sind aber doch von New Scotland Yard. Wieso ermitteln Sie in dem Fall?«

»Natürlich sind die Kollegen von der City Police zuständig. Die Sache, die mich angeht, ist etwas kompliziert.«

Basil fragte, ob er vielleicht inzwischen weiter die Blumen arrangieren dürfe, denn »Miss Bosley will das hier *tout de suite*, und Sie wissen ja, wie sie ist!«

Jury lächelte und sagte, nein, das wisse er eigentlich nicht. Basil, dachte er, lebte in einer Welt, in der jeder jeden kannte. Mit einer lässigen Handbewegung wischte Basil polizeiliche Ignoranz einfach hinweg, als hätten die Bosleys schon des öfteren die Flure von Scotland Yard durchstreift und als wäre es lediglich eine Frage der Zeit, bis man Miss Bosley einmal dort begegnete.

»Interessant, dass Mr. Croft Ihre Dienste auch weiterhin in Anspruch nahm, obwohl es auf der anderen Flussseite jede Menge Floristen gibt. Er wohnte nicht weit von Covent Garden.«

»Wir sind allerdings *sehr gut*«, meinte Basil.

Tommy schüttelte den Kopf. »Ach ja, gut sind wir, aber das ist nicht der Grund. Simon gehörte zu den Menschen, die Veränderung hassen.«

Salbungsvoll bemerkte Wiggins: »Wir müssen uns aber alle damit abfinden, nicht wahr?«

Tommy sah Wiggins erstaunt an. »Sie sprechen von Alter und Gebrechlichkeit. Vom Tod. Es gibt aber auch Dinge, die man selbst bestimmen kann. Zum Beispiel, wo man seine verdammten Blumensträuße herkriegt.« Sein Lächeln war etwas schmierig, fand Jury.

»Hatte Simon Croft einen Dauerauftrag bei Ihnen?«

Tommy nickte. »Es kam auch vor, dass er mal was ganz Bestimmtes wollte. Ansonsten waren wir angewiesen, eben das zusammenzustellen, was wir gut fanden, und ihm das zu bringen. Manchmal verlangte er aber auch sehnsüchtig nach einer ganz bestimmten Blume, wissen Sie?«

Jury konnte sich nicht erinnern, wann er das letzte Mal einen Blumenstrauß gesehen hatte, geschweige denn sehnsüchtig nach einem verlangt hatte. »Wann haben Sie das letzte Mal dorthin geliefert?«

Tommy schürzte die Lippen und überlegte. »Das war genau in

der Woche, bevor er erschossen wurde.« Er erschauderte leicht. »Bis an die Haustür durften wir. Die Köchin – die im Lodge arbeitet und wohl auch bei Simon kochte –, die nahm uns die Blumen ab.«

Nicht nur er, alle beide wirkten verstimmt. »Normalerweise bat er Sie herein?«, fragte Jury.

»Aber natürlich!«, sagte Basil. »Sonst machte er immer ein *Riesengetue* drum. Stimmt's, Tommy?«

Wiggins sagte: »Sie kannten Simon Croft also ziemlich gut?«

Basil ruderte zurück. »So gut auch wieder nicht, nein.«

»Sie redeten sich gegenseitig mit Vornamen an?«

»Ach, wir reden uns *alle* gegenseitig mit Vornamen an.«

»Uns aber nicht«, erwiderte Wiggins. »Sir?«

Jury verkniff sich mit Mühe ein Lächeln. »Ich glaube, das wäre vorerst alles.«

Während sie auf die Tür zusteuerten, sagte Jury: »Volltreffer, Wiggins.« Er blieb stehen und drehte sich um. »Liefern Sie auch nach Islington, Mr. Peake?«

»Können wir schon.«

Jury machte kehrt und ging zum Ladentisch zurück. Er betrachtete die Kristallvase mit dem amethystfarbenen Band. »Dafür wird mein Polizistensalär nicht reichen, fürchte ich.« Er tippte an die Kristallvase.

»Die –? Ach, du liebe Güte, Superintendent, denken Sie bloß nicht, dass wir solche Vasen liefern. Nein, die sind von Kunden, die sie jedes Mal für ein Arrangement herbringen. Da sind sie ganz heikel. Wir liefern gewöhnlich in einer schlichten Glasvase oder können auch ein hübsches, mit Zwirn gebundenes Arrangement machen. Oder natürlich das Ganze in einer Schachtel verpacken. An was für Blumen hatten Sie denn gedacht?«

Jury kratzte sich am Hals und sah in die Kälte jenseits der Glastüren hinaus. »Die eine ist eine ältere Frau –«

»Lavendel«, sagte Tommy mit einem Blick zu Basil hinüber.

»Und Heidekraut. Und vielleicht diese beiden Rosen –« Er deutete auf Rosen in einem exquisiten Lavendelton. »Das passt schön für sie, glauben Sie mir. Perfekt.«

»Okay. Die andere ist eine junge Dame –«

Beide nahmen, über die Ladentheke gelehnt, Nachdenkstellung ein.

»Hmm, was hat sie für Farben?«, wollte Basil wissen.

»Sie? Ach so. Haare irgendwie feuerrot, Augen in dieser Farbe –« Er berührte das gläserne Band, das sich um die Vase wand.

»Aha!« Basil richtete sich auf, zog aus einem Becher voller Buntstifte einen heraus und fuhr damit quer über den Zeichenblock. Das Gleiche tat mit einem anderen Stift. »Welche Farben hat sie denn gern?«

»Smaragdgrün, Pink, Lapislazuli –«

»Gütiger Himmel«, sagte Tommy augenzwinkernd, »da hat sie aber Glück, dass es jemand sieht und sich merkt. Einen Ehemann kann man so was nicht fragen, der hätte keinen blassen Schimmer.«

Jury sah Basil zu, der wieder mit einem anderen Buntstift hantierte. Er drehte den Block herum, damit Jury es sehen konnte, und sagte: »Die Zusammenstellung mag Ihnen merkwürdig erscheinen, aber glauben Sie mir, sie wird darauf fliegen.«

Jury staunte, dass Basil mit ein paar Strichen in kurzer Zeit ein komplettes Blumenarrangement gezeichnet hatte.

»Die Shannon-Glockenblumen haben wir da, und Iris können wir ja besorgen – nicht, Tommy?«

»Absolut.«

»Und diese kupferfarbenen Rosen, die wären doch perfekt.«

Jury schüttelte staunend den Kopf. »Kein Wunder, dass Simon Croft nicht auf Ihre Dienste verzichten wollte.«

»Das verstehe ich nicht, Wiggins. Wieso den Gemüsehändler, aber nicht die Floristen? Wieso hatte Croft Smith hereinlassen und die beiden nicht?«

Sie ließen zwei Lastwagen und einen Morris passieren.

»Sie nehmen an, es hätte etwas zu bedeuten, wen er empfing und wen nicht. Vielleicht hatte er an dem Tag einfach keine Lust, mit den beiden herumzuschwafeln.«

Jury lachte. »Natürlich, das könnte gut sein.«

»Oder vielleicht fand Simon sie ein bisschen Na-Sie-wissen-schon?«

Nun überquerten sie die Straße. »Wiggins, seit er sie kennt, sind die beiden doch ›Na-Sie-wissen-schon‹.« Jury warf einen Blick über die Straße. »Dort ist der Fleischer. Mit dem will ich ein Wörtchen reden. Kommen Sie.«

Gyp zog gerade das Rollgitter vor seinem Schaufenster herunter und wollte dichtmachen. Jury fand ihn drahtig und eckig, sein Kinn war scharf, die Nase spitz und die Schulterblätter so dünn und hervorstechend wie Haifischflossen. Er erkannte gleich, dass Gyp ein ganz fieser Typ war. Die blutige Schürze, die er umhatte, milderte das Bild auch nicht gerade ab. Selbst seine Stimme war schrill und abgehackt und ohne Klang.

»Tut mir Leid, meine Herrn, aber für heute is Feierabend. Einmal muss auch für Gyp Schluss sein mit der Plackerei.« Sein Lachen klang eher nach Gekicher.

»Dann verschieben Sie mal den Schluss, Mr. Gyp.« Jury zeigte seinen Ausweis. »Und führen uns hinein.«

Gyp gehörte zu den Leuten, die, wenn sie einem Polizisten auf der Straße begegnen, mit Wegrennen reagierten. All die kleinen Gemeinheiten, die fiesen Tricks und Schwindelmanöver, die er für seine Mitmenschen ausheckte, kamen ihm dann in den Sinn. Jury konnte es in seinen schwarzen, verlogenen Augen sehen. Ganz zu schweigen vom Schicksal der verdutzten Tiere, die unter sein Hackbeil gerieten. Eins von ihnen lag im Schaufenster, ein Spanferkel, mit Orangenscheiben garniert und mit Gewürz-nelken gespickt. Falls Gyp eine Katze hielt, dann nur, damit sie ihm die Mäuse fing. Nun hatte Jury zugegebenermaßen sowieso eine Abneigung gegen Fleischer. Ihre groben Gesichter hatten ihm von Zeitschriftenseiten entgegengelächelt, rosig und selbstzufrieden, als hätten sie Rubine gefressen und erstickten daran.

»Ich sag doch, bei mir is Feierabend. Es is halb sechs –«

»Umso besser, dann werden wir nicht gestört. Na, los!«

Unwillig brummend ging Gyp voraus.

Zwischen Ladentisch und Wand standen mehrere Stühle aufgereiht; Gyp setzte sich, während Jury und Wiggins stehen blieben, um einschüchternder zu wirken.

Gyp sagte mit beklommener, erstickter Stimme: »Es geht um den Burschen, stimmt's? Benny? Ich wusste ja, ich hätte melden sollen, dass er nich zur Schule geht.«

Jury sagte nichts. Sollte der Kerl ruhig plappern. Er redete weiter von Benny, der Schule und »dem Köter da« und der »Klauerei«, die im Laden vor sich ging. »Und nich bloß Schule, auch wo der Junge wohnt, und mit wem. Der landet noch mal in der Besserungsanstalt, wenn er nich schon mal drin war.«

»Scotland Yard«, sagte Wiggins, »ist nicht hier, um Schulschwänzer aufzuspüren.«

Jury sagte: »Wir ermitteln im Todesfall Simon Croft.«

»Croft?« Auf Gyps talgiger Haut bildeten sich tiefe Furchen. »Der aus dem Lodge? Der is doch in die City gezogen. Was fragen Sie *mich* nach Simon Croft?«

»Sie kannten ihn.«

»Den kannte jeder. Aber glauben Sie, der käm und würd ein Pfund Hackfleisch verlangen? O nein, der nich. Mit unsereinem geben sich die feinen Herrschaften vom Lodge nich ab.« Er hielt den gekrümmten Daumen vor die Brust. »Viel zu hochnäsig.«

»Wie lange kannten Sie Mr. Croft?«

»Hab ich nicht grade gesagt, ich kannte ihn kaum?«

»Wie lange kannten Sie ihn dann kaum?« Jury juckte es in den Fingern, diesem Kerl eins auf die Fresse zu geben.

»So lang wie ich den Laden hier schon hab. Und das sind, äh, so etwa zwanzig Jahre.« Mit seinen langen Fingern strich er sich über die eingefallene Wange.

»Er konnte Sie nicht leiden, stimmt's?«

»Ich bin so beschäftigt, dass ich mich nich auch noch drum kümmern kann, wer mich leiden kann und wer nich.«

»Nun, Mr. Gyp, ich bin aber nicht zu beschäftigt.« Jury trat an den Stuhl, streckte die Hand aus und drehte dem Fleischer das Hemd am kragenlosen Halsausschnitt so eng zusammen, dass es den Kerl aus dem Sitz hob. Dies tat er ganz langsam, damit es noch bedrohlicher wirkte. »Jetzt hören Sie mir mal gut zu, Gyp. Wenn Benny Keegan oder seinem Hund – *oder* seinem Hund – irgendwas zustößt –«

»Sie bringen mich um! Ich ersticke!«, verkündete er mit unterdrückter Stimme.

»– dann komme ich wieder, strengen Sie sich also an, dass die beiden gesund und munter bleiben und es keine Scherereien gibt.« Als Jury plötzlich los ließ, plumpste Gyp nach hinten gegen die Wand. Jury nickte Wiggins zu, und sie gingen in Richtung Tür.

Hinter ihnen rief Gyp: »Ich zeige Sie an. Verlassen Sie sich drauf!«

Jury holte seinen kleinen Vorrat an Visitenkarten hervor und schnippte Gyp eine hin. »Für den Fall, dass Sie vergessen, wie ich heiße.«

Jury mochte die muffige Luft im Moonraker-Buchladen, den leicht säuerlichen Geruch von Tinte, den Gedanken an brüchiges altes Papier, das wie Erinnerungen zerbröselte. Staub, schummrige Beleuchtung, Nostalgie, dies war die Atmosphäre, die er mit Orten wie dem Moonraker verband. Oder vielleicht war es auch bloß seine verklärte Vorstellung von einem Buchladen; ein großes Bücherkaufhaus wie Waterstone's jedenfalls passte weiß Gott nicht in dieses Bild. Ihm gefiel das Holzschild über der Treppe, die zur »Garten«-Etage hinunterführte. MOONRAKER-BUCHHANDLUNG, INH.: S. PENFORWARDEN.

»Er interessierte sich sehr für den Krieg«, sagte Sybil Penforwarden über Simon Croft. »Interessierte sich ungeheuerlich dafür. Ich habe bestimmt ein Dutzend Bücher für ihn bestellt. Die letzten waren –« Sie hielt inne und überlegte. »*Fourteen Days*, das war eins, und *Solemn December* – ein etwas missglückter Titel, finden Sie nicht? Na, jedenfalls schätzte Simon alle beide sehr. In *Solemn December* geht es natürlich um das Jahr 1940. Wir sprachen über den Krieg, wir sprachen ziemlich viel darüber. Wir waren damals beide noch Kinder, sieben oder acht war ich damals wohl, er vermutlich ein bisschen älter, und wir hatten beide Erinnerungen, die wir irgendwie einordnen wollten.« Sie nahm einen Schluck Tee. Jury und Wiggins waren freundlicherweise eingeladen worden, ihr beim Tee Gesellschaft zu leisten. »Ich trinke immer etwa um fünf Uhr Tee und habe gerade einen Mohnkuchen gebacken.«

Von dem Jury inzwischen das zweite Stück verdrückte, Wiggins ebenfalls. Irgendwo am anderen Ende des Gangs zwischen den Regalen tickte eine Standuhr, ansonsten war es im Raum totenstill. Hätte dort hinten ein Kunde beim Lesen gesessen, man hätte hören können, wie er die Seiten umblätterte.

Jury rutschte etwas tiefer in seinen Sessel mit Schonbezug, wohl bedacht, den Kopf nicht anzulehnen, um nicht einzunicken, und fühlte sich zum ersten Mal an diesem Tag behaglich und hungrig und durstig. Er schob seine Tasse in Richtung Teekanne, Miss Penforwarden schenkte ein und gab etwas Milch dazu.

»Crofts Interesse galt also nicht bloß der Geschichte. Es war auch persönlicher Natur.«

»O ja, sehr.« Sie verharrte mit der Kanne in der Luft und machte Sergeant Wiggins ein Zeichen, der natürlich nachgeschenkt haben wollte. »Wissen Sie, Francis Croft, sein Vater, besaß ein Pub namens The Blue Last. In der City. Es wurde während des Londoner Blitzkriegs zerstört. Das war am –« Sie schloss die Augen und rechnete nach.

Jury half nach. »Am 29. Dezember 1940.«

Miss Penforwarden staunte. »Sie kennen sich aber gut aus in Geschichte.«

Jury lächelte. »Eigentlich nicht. Man hat mir vom Blue Last erzählt.«

»Natürlich. In einem Zeitungsartikel stand ja, es sei das letzte Ruinengrundstück Londons gewesen. Und dass ein Bauunternehmer es aufgekauft hatte und man bei den Aushebungsarbeiten Knochen entdeckt hätte. Die hätten aber ja von irgendwem sein können, nicht?«

Jury ignorierte die Frage. »Dieses Buch, an dem Mr. Croft schrieb. Sie sagen ja auch, sein Interesse war persönlich. Hat er mit Ihnen je über Einzelheiten geredet?«

Sybil Penforwarden lehnte sich mit ihrer Tasse zurück, die auf der Untertasse kaum merklich bebte. Sie dachte nach. »Das ist aber eine äußerst scharfsinnige Frage, Superintendent –. ›Eine Familiensache‹, sagte er, wie ich mich erinnere. So allmählich kommen mir die Bruchstücke wieder in den Sinn. Ich serviere sie Ihnen einfach so, wie ich mich erinnere, ja?«

»Absolut.«

Wiggins holte sein Notizbuch von dem Beistelltischchen, auf dem er es deponiert hatte, als Tee und Kuchen gekommen waren.

»Also, ich weiß noch«, fuhr sie fort, »dass er über Oswald Mosley sprach – Sie wissen schon, das war dieser entsetzliche Faschist. Simon interessierte sich für ihn, nachdem er herausgefunden hatte, dass Mrs. Riordins Mann – sie lebt übrigens im Lodge – ein Anhänger von Mosley war. Er sagte mir, viele Leute hätten Mosley für eine überzeichnete Witzfigur gehalten, aber Simon sagte, ›der Mann war gefährlich, äußerst gefährlich. Das haben die Leute vergessen‹. Er fragte sich, wieso Riordin seine Frau verlassen hatte, um sich mit diesem ›Schurken‹ zusammenzutun – so nannte er Mosley. Simon konnte in seiner Wortwahl ganz schön altmodisch sein.« Miss Penforwarden lächelte.

Jury fragte sich, wie gut sie Simon Croft eigentlich kannte. »Aber Katherine Riordin selbst hat er nicht gefragt?«

»Das weiß ich nicht.«

»Hätte es sein können, dass ihn Dinge aufregten oder erzürnten, die wir fast als selbstverständlich hinnehmen? Abtreibung, Scheidung, unverheiratete Paare, Homosexualität. Dinge, die heute in der Öffentlichkeit – ob nun gerechtfertigterweise oder nicht – eher akzeptiert werden?«

»Ja, in der Beziehung war er sehr altmodisch. Aber nicht scheinheilig oder salbadernd, verstehen Sie mich recht. Es war nur so, er glaubte ganz leidenschaftlich an – Bindungen, an Zugehörigkeit.«

»An Loyalität zum Beispiel?«

»Ja, absolut.«

»Gegenüber Königreich und König?« Jury lächelte.

»Sie werden lachen, aber –«

»Ich lache nicht, Miss Penforwarden.«

»Er hing sehr an Ralph Herrick, Alexandras Mann. Ralph war in der Royal Air Force. Simon selbst war noch recht jung, und Ralph war sein großes Vorbild. Ralph Herrick war ja tatsächlich ein Held. Er hatte das Viktoriakreuz für Tapferkeit verliehen bekommen. Was genau er getan hat, weiß ich nicht mehr. Simon meinte, er sei ein tollkühner Pilot gewesen.«

Jury überlegte einen Augenblick und sah Wiggins gedankenverloren an, der treu und brav Notizen machte. Ein Inbild von Loyalität, wie er da saß mit seiner dritten Tasse Tee (die er sich selbst nachgeschenkt hatte), das Notizbuch auf den Knien. Jury musste lächeln. Er wusste genau, wie ihm zumute wäre, wenn Wiggins erschossen würde. Er würde sich den Dreckskerl greifen, der es getan hatte. Aber man konnte sich natürlich nicht die gesamte deutsche Luftwaffe greifen.

»Simon sprach von Betrügern, von Schwindlern«, sagte Miss Penforwarden.

»Was?«

»Sie wissen schon, wenn der Feind sich als jemand anderes ausgibt, diese lächerliche Vorstellung, dass überall in England plötzlich verkleidete Deutsche auftauchen würden. Da kam zum Beispiel dieses Gerücht von den deutschen Fallschirmjägern auf – und dass sie als Nonnen verkleidet hier landen würden. Das und dann die Geschichte mit der fünften Kolonne. Dass Verräter in ihren Gärten stehen und den deutschen Flugzeugen mit elektrischen Taschenlampen Signale geben. Dummes Zeug! Aber wenn so eine Vorstellung sich erst einmal festsetzt, sagte Simon, ist es sehr schwer, sich geistig davon zu befreien.«

»Ja. Die Vorstellung von Verrat hätte ihm bestimmt nicht behagt.«

Wiggins schaltete sich ein: »Ihnen denn, Sir? Würde sie einem von uns denn behagen?«

Miss Penforwarden schürzte die Lippen und stellte ihre Tasse auf die Untertasse zurück. Der Tee war sowieso kalt. »Wissen Sie, manchmal hatte ich das Gefühl, es gab noch etwas anderes als den Krieg, was ihn dazu drängte, diese Nachforschungen anzustellen.«

»Aber er sagte nicht, was es war.«

»So ganz direkt? Nein.«

»Sie sagen, Sie hätten ihn vor zwei Wochen gesehen. Ist Ihnen eine Veränderung an seinem Verhalten aufgefallen?«

Sie wirkte etwas verwirrt. »Nein. Er war so wie immer. Er redete über die vierziger Jahre, das Ausmaß der Zerstörung. *Jede Nacht* schickte Hitler über fünfhundert Flugzeuge herüber. Simon führte Tagebuch oder machte sich Notizen, und solche Sachen erzählte er mir. Als ich ihn fragte, wie er sich denn das alles merken könnte, hielt er das Tagebuch hoch, das er immer bei sich hatte. ›Nie ohne das hier‹, sagte er.«

»Manche Leute scheinen zu glauben, er sei während der letzten Wochen seines Lebens ein wenig paranoid geworden. Das ging anscheinend so weit, dass er keine Familienmitglieder mehr in sein Haus lassen wollte. Und die Besitzer des Blumenladens wurden auch nicht eingelassen, wenn sie ihm die bestellten Blumen brachten.«

»Aber woher wussten sie das, diese Leute, die weggeschickt wurden?«

»Woher wussten sie was?«

»Dass er sich verändert hatte, dass er ein wenig paranoid geworden war.«

»Vielleicht weil er sie nicht empfangen wollte. Er schien Angst zu haben.«

Daran hatte sie offensichtlich Zweifel. »Ich kann nur sagen, mir kam er vor wie immer.«

»Nun, das liegt vielleicht daran, dass er sich in Ihrer Gegenwart entspannter fühlte als bei den anderen.«

Sie tat ihren Anteil wegwerfend ab. »Das kann ich mir eigentlich nicht vorstellen.«

»Ich schon.« Jury stand auf und nahm seinen Mantel. »Wir gehen dann wohl jetzt. Sie haben uns wirklich sehr geholfen, Miss Penforwarden. Sind Sie bereit, Wiggins?«

»Sir«, ließ Wiggins sich knapp vernehmen.

Gerade eben hatte er noch ziemlich verschlafen ausgesehen. Während sie sich unter dem niedrigen Türsturz bückten, sagte Jury: »Das richten drei Tassen Tee und drei Stückchen Kuchen bei einem Menschen also an, Sergeant.«

»Das war es aber doch wert, nicht?« Sie gingen zum Wagen. »Jetzt haben wir ein anderes Bild von Simon Croft.«

»Die ganze Kuchenesserei war also ein Martyrium, das sich ausgezahlt hat?«

»Das kann man wohl sagen. Ich bin ziemlich satt. Wohin jetzt?«

Jury zwängte sich auf den engen Sitz und dachte, im Kofferraum wäre es eigentlich genauso bequem. »Setzen Sie mich an Crofts Haus ab.«

»Was wollen Sie denn da noch finden? Die Kollegen von der Spurensicherung haben doch schon alles ganz genau untersucht –«

»Schon. Aber manchmal hilft es, sich die Dinge ganz allein anzusehen.«

41

Privathäuser an der Themse waren selten, besonders in der City. Die Bank von England, Mincing Lane, Lloyd's waren hier. Doch der Trend, alte Gebäude in Wohnhäuser umzuwandeln wie schon seit Jahren in den Docklands und weiter in Gegenden wie Whitechapel, Limehouse und Wapham, machte auch in der City nicht Halt. Sentimentale Menschen hätten die heruntergekommenen Docks zwar lieber als Denkmäler an Londons Vergangenheit stehen gelassen. Aber was an Romantik verloren war, hatte man an ansprechendem, behaglichem Wohnraum wieder wett gemacht. Planer und Bauunternehmer hatten zur Abwechslung einmal Recht behalten. Die Verbesserung erwies sich tatsächlich als Aufwertung, außer in den Augen derjenigen sentimentalen Gemüter, die die Vergangenheit für unantastbar hielten und sich gegen jede Art von Veränderungen sträubten.

Jury wusste, dass er zu diesen Gemütern gehörte. Simon Croft hatte ebenfalls dazu gehört. Diese unsinnige Sehnsucht nach der guten alten Zeit war Jurys Arbeit nicht zuträglich, obwohl er sie meistens ausklammern konnte. Es sei denn, es kam ein Fall wie dieser, der es eben verlangte, dass man einen Blick zurück warf.

Simon Crofts Haus war nicht das Ergebnis einer solchen Umwandlung. Im King-George-Stil gebaut, war es von der Architektur her nicht sonderlich interessant, wenngleich das graue Steingebäude unter anderem wegen seines Alters recht eindrucksvoll war. Es hatte die typische flache Fassade mit den hohen Fenstern im Erdgeschoss sowie im ersten Stock, in den beiden darüber liegenden Stockwerken dagegen kleinere Schiebefenster. Davor befand sich ein kleiner Vorplatz, auf dem fünf oder sechs Autos Platz hatten. Momentan stand dort lediglich Crofts eigener Mercedes.

Als Jury in der Mordnacht hier gewesen war, war ihm aufgefallen, dass das Haus voll mit fantastischen Antiquitäten war, ein wahres Vermögen an antiken Möbeln. Jetzt stand er in einem großen, fast leeren Salon oder Empfangszimmer. An einer Wand befand sich ein Büfett, vermutlich aus dem siebzehnten Jahrhundert, dessen Tür und Seitenteile mit welkenden Blumen in Rosa und Grün bemalt waren. Die einzigen anderen Möbelstücke standen fast im Mittelpunkt des Raumes: eine unauffällige, mit tiefblauem Samt bezogene Couch und ein Chippendale-Armsessel mit silbriggrünem Damastsitzpolster.

Das gleiche Gefühl von Leere, dem Jury draußen nachgehangen war, ergriff ihn nun wieder. Es war die Art von Leere, die man mit Häusern in Verbindung bringt, deren Bewohner Hals über Kopf die Sachen gepackt und die Flucht ergriffen haben. Er fühlte sich an seinen ersten Besuch in Watermeadows erinnert, das wunderschöne Haus mit Gartenanlage im italienischen Stil, das an Ardry End angrenzte, obwohl beide Grundstücke sich über eine Viertelmeile erstreckten, bevor sie aneinander stießen. Er schloss die Augen und dachte an Hannah Lean. *Stell dir nicht vor, wie es dort ausgesehen hatte,* sagte er sich. Doch sobald man daran denkt, ist es natürlich schon zu spät. Der Raum in Watermeadows war noch größer gewesen als dieser hier, leerer, fast ohne ein Möbelstück – Sofa oder Sessel – , wodurch dieses verwirrte Gefühl entstanden war, dass die Eigentümer überstürzt weggegangen waren und, wie im Krieg, wie bei feindlicher Belagerung, irgendwelche Habseligkeiten zusammengerafft hatten und verschwunden waren. Er ging aus dem Zimmer.

Dann durchquerte er die ganz in schwarzweißem Marmor gehaltene Eingangshalle, die von einer breiten Mahagoniholztreppe in zwei Hälften geteilt wurde. Er ging weiter bis zur Bibliothek, wo Mrs. MacLeish Simon Croft entdeckt hatte. Dieser Raum war wieder völlig anders, vollgestellt mit Sesseln, Tischen und Büchern. Jury machte die Schreibtischlampe an, ein kunstvoll gefertigtes Stück mit einem Messingelefanten als Sockel. Er sah die Sachen durch, die die Polizei nicht in Plastikbeuteln als Beweismittel mitgenommen hatte: ein Tintenfässchen aus getriebenem

Silber, mehrere Montblanc-Füllfederhalter, ein Tintenlöscher und ein von einem massiven gläsernen Briefbeschwerer gehaltener Stapel Druckerpapier, dazu auf einem kleinen Tisch in der Fensternische der Drucker. Ein hübsches Möbelstück aus Rosenholz, das aussah wie ein kleiner Schreibsekretär, entpuppte sich als Aktenschrank. Die Sessel waren breit und behäbig, dick gepolstert und mit Leinenstoff oder Leder bezogen. Jury konnte fast fühlen, wie der Raum ihn liebevoll umfing.

Vom Fußboden bis zur Decke waren in Regalen an drei Wänden, von denen zwei durch schmale Bleiglasfenster geteilt waren, Bücher untergebracht. Interessant erschien ihm, dass der Mörder zwar alles mitgenommen hatte, was mit dem Buch, an dem Simon Croft geschrieben hatte, zu tun hatte – Manuskript, Festplatte, Disketten –, die Bücher in den Regalen aber hatte er keiner genaueren Begutachtung unterzogen. Vielleicht hatte er keine Zeit dafür gehabt und einfach gehofft, niemand käme auf die Idee, Crofts Bücherregale durchzusehen.

Irgendwo hier musste er gewesen sein, der Grund für den Mord an Simon Croft, und vielleicht war er immer noch dort. Es gab nicht die leiseste Spur von den Aufzeichnungen, die er doch sicher gemacht hatte. Auch keine Spur von dem kleinen Notizbuch, das Miss Penforwarden erwähnt hatte (»*Er hatte es immer bei sich.* ›*Nie ohne das hier*‹, *sagte er.*«) Und keine Spur vom diesjährigen Tagebuch, das er bestimmt geführt hatte, denn die Tagebücher der letzten fünfzehn Jahre standen so ordentlich nebeneinander im Regal, dass eine Lücke das Fehlen von zumindest einem verriet, dem diesen Jahres.

Jury konnte sich vorstellen, dass die Bücher, die Croft am häufigsten konsultiert hatte, nebeneinander standen und nicht etwa nach Thema, Verfasser oder alphabetisch sortiert waren. Er zog sein Notizbuch hervor, um die Titel wieder zu lesen, die Miss Penforwarden ihm genannt hatte, und hielt nach diesen beiden Büchern Ausschau. Wie er sich gedacht hatte, standen sie in einer Regalecke dicht neben dem Ledersessel nebeneinander. Der Sessel hätte gut zu denen bei Boring's gepasst. Er war ziemlich abgenutzt, und Jury nahm an, dass er Simons Lieblingssessel war. Er setzte sich hin, um die beim Moonraker gekauften Bücher zu begutachten. Beim Durchblättern fielen ihm zahlreiche Markierungen und Randbemerkungen auf.

Solemn December war, obwohl erst kürzlich erstanden, bereits ziemlich zerlesen. Zwischen zahlreichen Seiten steckten kleine Papierstreifen und gelbe Haftnotizen. *Großbritannien im Jahre 1940,* lautete der Untertitel des Buches. Wie Miss Penforwarden gesagt hatte, ging es in dem Buch genau um sein Thema. Ein gutes Drittel bestand aus Fotografien, und der Text selbst handelte vom harten Schicksal und dem Mut der Briten – Luftschutzhelfern, Freiwilligen, Ladenbesitzern und ganz gewöhnlichen Bürgern. Es war nostalgisch, ein Buch über nationalen Stolz und Hoffnung. Als solches, konnte Jury sich denken, war es für Croft jedoch von begrenztem Textwert und nicht dicht genug. Das Bild, das er sich mittlerweile von Simon Croft machte, war das eines komplexen Menschen, von jemandem, der großen Wert auf Familie und Vergangenheit legte, sich allerdings nicht hinters Licht führen lassen würde. Wovon genau er sich nicht »hinters Licht führen lassen würde«, konnte Jury nicht sagen. Maisie Tynedales Identität kam dafür jedenfalls in Frage.

Wieder überlegte er: Wenn jemand Crofts Computer, Tagebuch, Terminkalender, Aufzeichnungen und Festplatte entwendet hatte, um eventuelle Erkenntnisse zu vernichten, die Croft zufällig gewonnen hatte, wieso waren diese Bücher hier dann nicht ebenfalls weggeschafft worden? Das nächste, *Fourteen Days,* war mit ausführlichen Notizen und Randbemerkungen versehen. Ein oft benutztes Buch, das im Gegensatz zu dem anderen mit wichtigen Materialien gespickt schien.

Jury musste mit dem anfangen, was er über ein mögliches Motiv für diesen Mord wusste, war sich bisher aber lediglich über das mutmaßliche Motiv von Kitty Riordin und ihrer Tochter Erin im Klaren. Dass Croft den Schwindel mit der falschen Identität aufgedeckt hatte (»*Simon sprach von Betrügern, von Schwindlern*«) und die Riordin deswegen zur Rede gestellt hatte, hätte ihr als Motiv ausgereicht, ihn umzubringen.

Ein weiterer Punkt war der mutmaßliche Versuch, jemanden im Gewächshaus zu erschießen. Bestand jedoch überhaupt ein Zusammenhang zwischen den beiden Schießereien? Vielleicht nicht, doch Jury hasste Zufälle.

Eine mit Perlmutt eingelegte Zigarettendose stand auf dem Tisch neben seinem Sessel. Er stand auf und ging im Zimmer umher, um sich geistig in Simon Croft hineinzuversetzen. Obwohl es ihm widerstrebte, die Dinge miteinander zu vermischen, weil sich der Kreis der Möglichkeiten dadurch erweiterte, war Jury klar, dass er die Wahrscheinlichkeit in Betracht ziehen musste, dass Crofts Ermordung eher mit seiner Arbeit als Börsenmakler als mit seiner Familie oder Vergangenheit zu tun hatte, wie Plant gemeint hatte. Vielleicht hatte er für einen seiner Kunden Verluste gemacht, vielleicht war Betrug im Spiel. Vielleicht. Jury bezweifelte es. Croft schien ihm einfach nicht der Typ dafür. Mehr noch, Crofts Verhalten während seines letzten Besuchs bei Miss Penforwarden hörte sich nicht nach dem eines Verzweifelten an, der mit den Fingern in der Ladenkasse erwischt worden war. Nein. Allerdings hatte Miss Penforwarden Crofts seelische Verfassung ganz anders beurteilt als Mrs. MacLeish, Haggerty, der Gemüsehändler Smith oder die Knaben vom Delphinium. Das war interessant.

Jury hatte zweimal die Runde gedreht, sich hier und da hingestellt und blieb nun vor dem Aktenschränkchen aus Rosenholz stehen. Gepriesen sei dieser Mensch für seinen Ordnungssinn! Jury zog eine Mappe mit der Aufschrift »Korrespondenz« hervor. Die Briefe waren vermutlich nach Datum geordnet, die vordersten wären in Anbetracht von Crofts gewissenhafter Anordnung von Papieren also die neuesten. Jury sah sie durch und war von dem Ganzen tief enttäuscht. Es waren Dankesschreiben von zufriedenen Kunden, die sich lobend über die gute Arbeit äußerten, die Simon für ihre Aktienkonten geleistet hatte, ein Brief, in dem er auf ein Wochenende nach Inverness eingeladen wurde sowie ein paar Briefe von seinen Anwälten bezüglich einiger »unwesentlicher« Änderungen bei der Formulierung seines Testaments, die wohl kaum einen Wechsel der Begünstigten darstellten, dachte Jury. Das war so ziemlich alles. Es konnte natürlich sein, dass Briefe entfernt worden waren.

Er ging wieder zu seinem Sessel zurück, setzte sich und nahm *Fourteen Days* zur Hand, dessen Titel sich fast nach einem Thriller anhörte. Er las über den vernichtenden Schlag, den East London und ein Teil der City in den Nächten des 19. und 20. Dezember erlitten hatten. Überrascht las er dann, dass Hitler einige Zeit vor dem Blitzkrieg völlig überzeugt davon gewesen war, Großbritannien würde zur Vernunft kommen und einfach kapitulieren. In Anbetracht der deutschen Erfolge war es auch ein Wunder, dass Großbritannien das nicht tat. Es war ein Segen, dass sich sein Land überhaupt nicht bewusst gewesen war, welches Desaster die Expeditionsstreitkräfte erlitten hatten. Frankreich war ein Desaster gewesen. Deutschland hatte auch Holland und Brüssel eingenommen und, das war das Schlimmste, war bis an den Ärmelkanal vorgerückt.

Dass es eine Reihe von Randnotizen gab, war nicht überraschend, wenn man bedachte, wie gewissenhaft Croft Notizen machte. Einmal stand RALPH (?) an den Rand der Seite geschrieben. In Unkenntnis von Herricks Kriegsmanövern sah Jury natürlich nicht die Verbindung zwischen Ralph Herrick und dem Bericht über die Bombenangriffe, die die deutsche Luftwaffe tagsüber auf die Flugplätze im Südosten Englands flog. Die Bomber wurden von Kampfpiloten der Royal Air Force zum Umkehren gezwungen oder abgeschossen. Zwei Seiten später war am Rand wieder RALPH (???) vermerkt. Es folgte ein mehrseitiger Bericht über Görings fast gelungene Erfolge bei der Zerstörung der Flugfelder der Royal Air Force, was im Grunde die Zerstörung der britischen Luftwaffe bedeutet hätte. Mit anderen Worten, den Sieg im Luftkrieg. Oder überhaupt den Sieg!

Die drei Fragezeichen fand Jury irgendwie beunruhigend. Das einzelne Fragezeichen auf der vorigen Seite hätte vielleicht einfach Neugier bedeuten können. Hier jedoch deuteten die Satzzeichen auf das echte Bedürfnis, es zu erfahren. Was erfahren? Dieser Eintrag war außerdem mit einem Querverweis versehen: (vgl. S. 208, F.H.).

»F.H.« Vielleicht ein Buchtitel? Ein Verfasser? Er ging wieder ans Bücherregal und fuhr mit dem Finger über die Rücken der Bücher, die Croft offenbar am häufigsten zur Recherche herangezogen hatte, bis er auf den Titel *Finest Hours* stieß (ein von Churchill entlehnter Titel). Er blätterte bis auf Seite 208 und las einen Bericht über die deutschen Bomber über der Isle of Wight. An den Rand geschrieben stand »R?«. Was wollte Simon da nachfragen? Ob Ralph an dieser bestimmten Schlacht teilgenommen hatte? Oder ob Ralph darüber irgendwie gesprochen hatte? Worauf könnte Simon sonst anspielen? Jury konsultierte die drei anderen Seiten, die in der Randnotiz vermerkt waren, doch die Details des Kampfes sagten ihm nur wenig.

Außer natürlich in seiner eigenen, persönlichen Welt, wo sie ihm eine ganze Menge sagten. Jury hatte seinen Vater nur als das Gesicht auf den Fotos seiner Mutter gekannt und als das, was er sich selbst über seinen Vater ausgedacht hatte; es war eine lange, ausführliche Liste, die er sich vor dem Einschlafen immer und immer wieder vorsagte. Sicher gut aussehend, ganz bestimmt wagemutig.

Er dachte an Fotos. Croft besaß doch vermutlich ein Album. Ein Mensch, der so genau und gut organisiert war, der seine Erinnerungen so sorgfältig hütete, hatte bestimmt Bilder, Schnappschüsse und so weiter. Und das Buch selbst, enthielt es wie viele derartige Studien nicht auch Fotos? Er ließ den Blick über die Regale gleiten, auf denen die Tagebücher und Kalender standen, konnte jedoch nichts entdecken.

Frustriert kehrte er zu seinem Sessel zurück und nahm wieder *Finest Hours* zur Hand. Woran hatte Croft bei der Randnotiz gedacht? Jury ging die Seiten rasch durch und blieb bei weiteren Eintragungen stehen. Diesmal handelte es sich um verschiedene Daten:

24.5.41 (BISMARCK)
8 & 9-'40 (ANGRIFFE, FLUGPLÄTZE)
10.40 COV.

Jury überflog die Seite, an deren Rand diese Daten säuberlich aufgereiht standen. Weder im Text auf dieser Seite noch auf den vorhergehenden oder folgenden Seiten gab es korrespondierende Daten. Er besah sich jede Seite, auf die Simon sich Randnotizen gemacht hatte. Da im Text keinerlei solche Daten auftauchten, hatte Croft offenbar andere Quellen herangezogen. Jury konnte jedoch keine Verweise darauf finden. Wie konnte er den Daten also die Ereignisse zuordnen? Wie konnte er den gemeinsamen Nenner finden? Gab es einen, und war es Ralph? Bisher hatte keiner viel über ihn gesprochen, allerdings war er damals auch so selten in Erscheinung getreten, dass die Familie ihn nicht wirklich gut gekannt hatte. Simon und Ian hatten Ralph vergöttert; das hieß aber nicht, dass sie ihn kannten. Die Kriegsehe mit Alexandra war kurz gewesen. Was alle wussten und auch erwähnt hatten, war die Tatsache, dass der junge Flieger das Viktoriakreuz verliehen bekommen hatte.

Auf die letzte Buchseite hatte Simon ganz unten hingeschrieben:

COVENTRY
ULTRA
CHICK. BED.
HATSTON
ENIGMA B. P.
– MEIN GOTT, ICH GLAUB'S EINFACH NICHT.

»*Enigma*.« Jury runzelte die Stirn.

Er blieb sitzen und dachte eine Zeitlang nach. Dann ging er zum Telefon hinüber und zog sein kleines Notizbuch hervor. Er rief Marie-France Muir an.

Danach wählte er die Nummer von Boring's.

42

Marie-France Muir wohnte in der Chapel Street. Das Haus war nicht sehr geräumig, musste es in Anbetracht der Quadratmeterpreise in Belgravia auch nicht sein, um seine Besitzerin als wohlhabend auszuweisen. An der Einrichtung ließ sich dies ebenfalls erkennen. An eine Wand gerückt stand ein Schreibtisch in Walnussholz mit einer Einbuchtung für die Knie, flankiert von einem reich verzierten Pfeilerspiegel und einem außergewöhnlich schönen Gemälde von einem Wald mit Schafen und Schneewehen, die von innen zu leuchten schienen. In einer Nische neben dem Kamin stand eine üppig patinierte Aufsatzkommode in Walnussholz. Die Kamineinfassung war aus reich gemasertem grünem Marmor, die Feuerstelle geschützt durch einen fein gearbeiteten, mit Vögeln und Schmetterlingen bemalten Kaminschirm. Bei der Glasvitrine mit Rosenholztäfelung, in der feines Porzellan untergebracht war und die Jury ganz allgemein als Etagere bezeichnet hätte, handelte es sich zweifelsohne um etwas anderes, um ein selteneres Stück. Sie war über einsachtzig hoch, fast so groß wie er selbst. Durch die Tür ins, vermutete er, Speisezimmer konnte er geschnitzte Walnussholzstühle und die Ecke eines dunklen Esstischs erkennen.

Was im Wohnzimmer jedoch dominierte, war nicht das Mobiliar, sondern die Kunst. Vornehmlich Gemälde der französischen Impressionisten und Postimpressionisten hingen in vergoldeten Rokokorahmen übereinander, so dass man sich vorkam wie in einer Galerie. Wie viele davon wohl Originale waren, fragte er sich. Ob es wohl *alles* Originale waren?

Das Sofa und die Sessel waren von bescheidenerer Herkunft und etwas behaglicher, mit einem schlichten grauen Leinenstoff bezogen. »Wirklich ein schönes Zimmer«, sagte Jury und lehnte sich mit dem Kaffee, den Marie-France in weiser Voraussicht bereitet hatte, in den weichen Sessel zurück. Er zögerte fast, die hauchdünne Tasse zu heben, die aussah, als würde sie zerbrechen, wenn er bloß darauf blies.

»Danke.« Sie blickte um sich, als wollte sie im Lichte seines Kommentars alles neu bewerten. »Viele von den Kunstwerken hat Ian besorgt. Das ist sein Fachgebiet, Malerei. Ein paar Stücke stammen aus Simons Haus –« Das zarte Tässchen erzitterte auf der Untertasse, und sie stellte es auf dem Tisch neben ihrem Sessel ab. Eine Zeitlang schwiegen beide. In dieses vom Kummer hervorgerufene Schweigen schaltete Jury sich niemals ein. Nur wenn die andere Person deutlich machte, dass er etwas beitragen konnte, tat er das.

»Es ist einfach so anders«, sagte sie. »Simon und ich sahen uns eigentlich gar nicht so oft, aber das muss ja auch nicht sein, oder? Um zu wissen, dass der andere da ist. Wir waren ja ziemlich unabhängig, und obwohl der Eindruck entstehen könnte, wir wären eng miteinander verbunden, waren und sind wir es eigentlich nicht. Da schließe ich uns alle ein, auch die Tynedales. Ich glaube, seine Unabhängigkeit war vielleicht der Grund, weshalb Ian nie geheiratet hat, oder jedenfalls einer der Gründe.« Sie lächelte. »Er hätte es sich weiß Gott aussuchen können. Eigentlich schade, dass keiner von uns Kinder hatte. Ich wollte unbedingt welche und mein Mann auch.« Sie zuckte fast entschuldigend die Achseln.

»Dann hätten Sie aber nicht –« Jury drückte es anders aus: »Wie oft haben Sie Ihren Bruder in den letzten zwei Monaten gesehen?«

Marie-France überlegte. »Einmal bei ihm und einmal hier. Das letzte Mal war, ach, schon Anfang November.«

»Kam er Ihnen irgendwie verändert vor?«

Sie sah ihn erstaunt an. »Nein. Wir bleiben uns eigentlich alle immer ziemlich treu. Langweilig, aber zuverlässig.«

»Einige Leute, mit denen ich gesprochen habe, hatten den Eindruck, er hätte vor irgendetwas oder irgendjemandem Angst. Das ging fast bis zum Verfolgungswahn.«

Das Lächeln, mit dem sie Jury bedachte, hätte sogar die goldenen Schmetterlinge vom Kaminschirm weghexen können. »Mr. Jury, so etwas Lächerliches habe ich noch nie gehört.«

Sein Lächeln stand ihrem in nichts nach. »Vielleicht. Aber vergessen Sie nicht, Sie haben ihn nur zweimal gesehen, das letzte Mal vor über einem Monat.«

»Meine Meinung basiert nicht darauf, ob ich ihn gesehen habe, sondern darauf, dass ich Simon gut kenne. Er war der unbefangenste Mensch, den ich kannte, der gelassenste. Simon und Verfolgungswahn, das passt einfach nicht zusammen. Wer hat denn behauptet, er hätte Angst gehabt und warum?«

»Er bat DCI Haggerty, sooft wie möglich bei ihm vorbeizuschauen. Ihr Bruder schien sich vor jemandem zu fürchten. Er ließ keine Geschäftsleute ins Haus, auch keine Familienmitglieder. Maisie Tynedale, zum Beispiel.«

»Aber er hat nicht gesagt, wovor er sich fürchtete?«

Jury schüttelte den Kopf.

Sie seufzte. »Was Geschäftsleute betrifft, also, für den Fleischer und den Bäcker lege ich auch nicht den roten Teppich aus. Und Maisie –« Sie wandte den Blick ab und machte eine abwehrende Geste. »Die konnte Simon noch nie leiden.«

»Warum nicht?«

»Er fand sie einerseits aufdringlich, andererseits kriecherisch. Und wahrscheinlich noch einiges dazwischen.« Sie nahm die silberne Kaffeekanne und schenkte Jury nach. Aus einer Silberkanne und feinem Porzellan schmeckte der Kaffee besser, keine Frage.

»Und Sie? Ist das auch Ihre Meinung?«

»Über Maisie? Ja, ich finde sie sehr kühl.«

»Und ihr Großvater? Wie steht er zu ihr?«

»Bei Oliver weiß ich nicht recht. Maisie ist nicht nur Alexandras Tochter, sondern auch noch das *einzige* Enkelkind. Zwei Gründe für ihn sie anzubeten.« Sie runzelte die Stirn. »Das tut er aber eigentlich gar nicht. Sie anbeten, meine ich. Jedenfalls nicht so wie dieses kleine Mädchen, Gemma. Die ist allerdings auch erst acht oder neun. Als Maisie neun war, empfand Oliver vielleicht das Gleiche…« Sie zuckte die Schultern. »Die Einzige, die anscheinend mit Maisie auskommt, ist diese Riordin. Ich kann sie überhaupt nicht leiden. Sie hat beinahe etwas, hm, Unheimliches an sich. Als ganz junge Frau hat sie schon beschlossen, ihr ganzes Leben im Lodge zu bleiben. Ich finde das höchst seltsam.«

»Sicher glaubt sie, dass dabei etwas für sie herausspringt. Ich kann mir denken, sie rechnet damit, wenigstens einen Teil von Mr. Tynedales Vermögen zu erben. Sie nicht?«

»Ja, zu erben gibt es bestimmt etwas, aber wohl nicht so viel, dass man dafür sein Leben verpfänden sollte.« Sie seufzte und nippte an ihrem Kaffee.

Jury beugte sich vor. »Ist Ihnen schon einmal die Idee gekommen, dass vielleicht mehr dahinter steckt?«

»Wie meinen Sie das?« Sie sah zum Fenster hinüber, als wäre dort eine neue Sichtweise zu finden. »Du liebe Güte, wollen Sie damit andeuten, die beiden hatten ein Verhältnis?«

Jury lachte. »Darauf wäre ich nicht gekommen. Sollte ich vielleicht.«

Mit einem Seitenblick auf Jury sagte sie: »Nein, sollten Sie nicht. Ich frage mich, wie ich darauf komme. Oliver ist einfach nicht – ach, ich weiß nicht, wie ich es sagen soll. So einer ist er jedenfalls nicht, das können Sie mir glauben. Was meinten Sie denn damit?«

In Anbetracht der Tatsache, dass Ian Tynedale und Marie-France sowohl Maisie als auch Kitty Riordin nicht mochten, dabei aber offenkundig intelligente Menschen waren, überraschte es ihn, dass sie sich über Maisies Herkunft gar keine Gedanken machten. Allerdings waren sie auch ziemlich weltfremd; vielleicht konnten sie schlicht und einfach nicht begreifen, dass etwas so Ungeheuerliches wie dieser Schwindel mit der falschen Identität mehr als ein halbes Jahrhundert durchgehen konnte. »Ich weiß auch nicht. Ich fische noch herum.«

»Dann brauchen Sie aber ein paar bessere Köder, Superintendent.« Der Kommentar wurde von ihrem unglaublich charmanten Lächeln begleitet. »Wir anderen kommen mit Kitty leidlich aus, Emily ausgenommen. Emily hat sich noch nie mit ihr vertragen, sie hält Kitty für eine falsche Schlange.«

»Inwiefern?«

»Kitty hielt sich zugute – nein, das trifft es nicht ganz – ihr wurde etwas zugute gehalten, was sie nicht getan hat: Sie hat Maisie nämlich gar nicht das Leben gerettet. Es war Zufall, reiner Zufall. Aber mit der Zeit redete Kitty sich ein, sie hätte dem Baby das Leben gerettet.«

Jury nickte. »Eines frage ich mich dabei aber doch: Wieso ist sie während des Blitzkriegs überhaupt mit einem Baby rausgegangen? Die deutsche Luftwaffe hat doch ganz wüst bombardiert.«

»Wüst, aber ziel- und regellos. Darüber hat Simon oft gesprochen. Kaum überraschend, dass er zu diesem Buch angeregt wurde, denn Francis, unser Vater, war im Blitzkrieg umgekommen. Simon war der Ansicht, dass es sich bei dem, was viele Leute fälschlicherweise für strategisch durchdachte Bombardierungen hielten, einfach um Flächenbombardierungen handelte. Göring stand auf verlorenem Posten. Der Versuch, unsere Luftwaffe durch das Bombardement zu zerstören und die Flugplätze auszuschalten, war nämlich bereits fehlgeschlagen.

Für uns Junge war die ganze Sache höchst aufregend – denken Sie an die Ruinen, die Trümmerhaufen, die wir nach Schätzen durchsuchen konnten. Es war eigentlich wie in einem Film. Sie sehen, ich versuche Ihre Fragen zu beantworten. Diese Art von

Illusion beschränkte sich nicht auf Kinder. Auch Erwachsene verspürten sie.«

»Was ich damit sagen will«, fuhr Marie-France fort, »es gab manchmal Zeiten, in denen wir das Ganze für ein Märchen hielten. Das klingt jetzt ungeheuerlich, ich weiß, aber so sah man es damals nun mal allgemein. Dazu kommt noch, dass Kitty Riordin ein ziemlich halsstarriges Ding war, und wenn sie fand, ein Baby brauchte frische Luft, dann glaube ich nicht, dass sie sich im Blue Last verschanzt und gewartet hätte, bis der Angriff vorüber war.«

»Und Alexandra?«

»Alex war vernünftiger, realistischer.«

»Wieso hat sie dann zugelassen, dass man mit *ihrem* Baby spazieren ging?«

»Das ist eine gute Frage. Eine Antwort darauf habe ich nicht. Aber wir sitzen jetzt hier und nehmen das auseinander, was vor fünfundfünfzig Jahren geschehen ist.«

Jury lächelte. »Damit verbringe ich einen Großteil meines Lebens.«

»Das kann ich mir denken.«

Jury stellte seine Tasse hin. »Dieses Buch, an dem Ihr Bruder geschrieben hat. Anscheinend kam Ralph Herrick darin vor.«

Das überraschte sie. »Ralph?« Verwundert wiederholte sie den Namen mehrmals wie eine magische Beschwörung. »Ralph. Ich kann mich nicht erinnern, dass Simon ihn im Zusammenhang mit seinem Buch erwähnt hätte, obwohl wir damals als Kinder Ralph faszinierend fanden. Er war ein Held, sah gut aus, war mit Alexandra verheiratet. Simon und Ian vergötterten ihn. Sie fanden es toll, dass er eine Spitfire flog.«

»Haben Sie an Herrick noch eine andere Erinnerung als die an ein Idol?«

Marie-France nippte an ihrem Kaffee und überlegte einen Augenblick. »Das ist gut ausgedrückt, Superintendent. Ich glaube, genauso sahen wir ihn nämlich. Er verkörperte etwas am Krieg, das edel und gut war. Aber ob wir ihn richtig kannten –

nun, Ralph war nicht oft da. Er war selten zu Hause, auch nachdem er Alex geheiratet hatte. Als sie umkam, waren sie gerade mal ein gutes Jahr verheiratet gewesen. Und dann...?« Sie hielt inne, versuchte sich zu erinnern. »Ich bin mir nicht sicher, was aus ihm wurde.«

»Herrick schloss sich der Gruppe in Bletchley Park an. Sie wissen doch, Mathematikern wie Turing, die an Hitlers Enigma-Maschinen arbeiteten.«

Sie betrachtete Jury mit hochgezogenen Augenbrauen. »Wirklich? Nein, davon habe ich eigentlich nie gehört. Ich kann mir allerdings denken, dass Simon Bescheid wusste.« Sie blickte aus dem Fenster, wo ein Streifen Sonnenlicht einer Vase mit Rosen einen tieferen Roséton verlieh. Die kleine vergoldete Uhr auf dem Kaminsims schlug sieben.

»Ich muss gehen. Ich danke Ihnen wirklich sehr für dieses Gespräch.« Jury erhob sich.

»Das habe ich doch gern getan, Superintendent.« Als sie aufstand, um ihn hinauszubegleiten, musste sie plötzlich lachen. »Ich kann es einfach nicht fassen, dass jemand gesagt hat, Simon leide unter Verfolgungswahn. Wenn ich mir überhaupt bei einem Menschen nicht vorstellen kann, dass er Feinde hat, dann bei Simon.«

Jury sah sie an. »Dann irren Sie sich, fürchte ich.«

43

»Ich hab meinen Mantel an und Geld dabei«, sagte Gemma. Aus der Manteltasche zog sie einen kleinen, glänzend blauen Geldbeutel mit Reißverschluss hervor, den eine leuchtend pinkrosafarbene Plastikblume zierte. Sie saß mit Benny auf der Holzplanke in der Buche.

»Ich kann dich aber nicht mit zum Piccadilly nehmen«, sagte

er voller Schuldgefühle. »Ich bin zu – beschäftigt.« Er war zu jung, wollte er sagen. Nicht, was ihn selbst betraf – er hätte zehnmal zum Piccadilly Circus und zurück fahren können. Er war zu jung, um für Gemma die Verantwortung zu übernehmen, meinte er damit. Man würde es ihm nie erlauben. Er musste lachen. Zu jung, um die meisten Dinge zu tun, die er in Wirklichkeit *tat*. Die Sache war nun aber die, dass Benny die Schaufenster bei Fortnum & Mason auch sehen wollte. »Es sollen wirklich die besten Weihnachtsfenster sein, die es gibt, hab ich gehört.« Trotzdem war er besorgt, es könnte ihr etwas zustoßen.

»Ich weiß. Willst du sie denn nicht sehen?«

Er zuckte die Achseln. »Ich hätte nichts dagegen.«

»Also, dann los.«

Er seufzte. »Gemma, die würden dich nie mit mir weglassen, auch wenn wir hin und zurück ein Taxi nehmen.« Er hatte gesehen, dass sie in dem Geldbeutelchen eine Menge Geld hatte. Bestimmt genug für Taxis, dachte er sich.

»Dann frag eben nicht.«

Benny seufzte wieder. Er hatte Sparky dabei beobachtet, wie er übers Gelände stromerte, an Pflanzenstrünken und Hecken stehen blieb und schnüffelte, als wäre er noch nie in diesem Garten gewesen. Jetzt ging er gerade ins Gewächshaus. Er hatte um die Blumenbeete herum noch nie gegraben; in der Beziehung war er sehr brav, aber manchmal musste man ihn im Auge behalten. Mr. Murphy konnte Hunde sowieso nicht besonders leiden.

»Es sind bloß noch drei Tage bis Weihnachten.«

Sie zupfte an einer Naht an Richards blauen Hosen herum. Ein Stück von dem überschüssigen Stoff hatte sie abgeschnitten und die Hosenbeine hochgenäht, die nun fächerförmig abstanden und immer noch zu weit waren. Ihre Nähkünste waren nicht sehr berühmt. »Das hab ich genäht. Gefällt's dir?« Sie drehte Richard langsam herum, damit seine Ausstattung von vorn bis hinten besichtigt werden konnte.

»Viel besser als das alte Nachthemd. Aber hättest du nicht blauen Faden nehmen können statt weißen?«

Gemma sah ihn skeptisch an. »Vielleicht.« Dann fügte sie hinzu: »Ich hab aber keinen gefunden.« Sie hatte überhaupt nicht gesucht.

»Sieht nett aus.«

»Er braucht neue Kleider für Weihnachten. Einen Regenmantel.«

»Ähä.«

Gem zupfte immer noch an dem Faden herum. »Denkst du an deine Mutter?« Sie sprach mit gedämpfter Stimme.

Benny war überrascht. »Manchmal.«

Sie hob den Blick von den Hosen und sah ihm in die Augen.

Schrecklich, wenn jemand merkt, dass man lügt, dachte Benny. »Okay, ganz oft.« Jetzt hörte sich seine eigene Stimme seltsam an; sie klang hohl.

»Würd ich auch, wenn ich mich an sie erinnern könnte. Ich weiß nicht mal mehr, wie sie aussah.«

Benny dachte einen Augenblick nach. »Wie du. Denk an dich, bloß älter. Weißt du, wem du ähnlich siehst? Maisies Mutter. Erinnerst du dich, wie du mir mal ein Foto von ihr gezeigt hast?«

Gemma runzelte die Stirn. »Dann seh ich ja aus wie *Maisie.* Will ich aber nicht.«

Benny wollte es auch nicht. Er schüttelte den Kopf. »Nein, nein. Wie ihre *Mutter.* Wie Mr. Tynedales Tochter siehst du aus. Maisie sieht eigentlich gar nicht aus wie sie, obwohl sie die dunklen Haare hat und so. Aber ihr Gesicht hat nicht die gleiche Form. Das Gesicht von Maisies Mutter ist herzförmig. Und deins auch. Es ist wie ein kleines Herz.«

Gemma legte Richard hin und befühlte ihr Gesicht. »Das glaub ich aber nicht.«

»Gem, herzförmig kann man nicht *fühlen.* Schau einfach in den Spiegel.«

»Okay«, sagte sie. Sie guckte ein Weilchen in Richards Gesicht und sagte dann: »Ich glaub nicht mehr an den Weihnachtsmann. Früher natürlich schon.«

Das ärgerte Benny. »Also, wie lang her ist ›früher‹? Ich mein, sehr lang kann's nicht her sein, du bist schließlich erst neun.«

»Fast zehn. Ich bin jetzt so gut wie zehn.«

»Wie lang ist es dann her? Dass du an den Weihnachtsmann geglaubt hast?«

»Lang. Als ich fünf war.«

Das ärgerte Benny aber wirklich gewaltig. Er glaubte zwar auch nicht mehr an den Weihnachtsmann, war aber so viel älter als sie. Er hatte sich darauf gefreut, ihr von ihm zu erzählen – davon, was er so alles machte, von den Wichteln und dem allem. Eigentlich hatte er sich darauf gefreut, sich überlegen fühlen zu können. Das war doch das Schöne am Umgang mit kleinen Kindern: Man konnte sich ihnen überlegen fühlen. »Dann hast du aber nicht lang dran geglaubt. Du hast ja erst so richtig über den Weihnachtsmann nachgedacht, als du vier warst. Wenn du also mit fünf aufgehört hast – dann hat sich's doch kaum gelohnt. Dann hättest du auch von vornherein nicht an ihn glauben können.« Benny wusste nicht recht, was dieses verworrene Bedürfnis nach Genauigkeit eigentlich sollte. Lag es daran, dass sie auf seine Mutter gekommen waren und ihm, wenn er über sie sprach, vor Aufregung ganz kalt wurde? Und doch war das Bedürfnis, über sie zu sprechen, so stark wie die Angst davor.

Er fand die Art, wie sie gelebt hatte und gestorben war, mutig, für jemand anderen war sie aber vielleicht verachtenswert. So sahen die anderen ja auch die Leute unter der Waterloo Bridge. Benny hatte seine Mutter an den meisten Tagen begleitet. Eines Tages, als sie kaum genug für Sparkys Hundefutter zusammenbekommen hatten, hatte sich Benny an seine Mutter gelehnt und geweint. »*Wir haben nichts, nichts, nichts.*« Und sie hatte geantwortet: »*Gott auch nicht.*« Darauf hatte er gesagt: »*Aber Er hat ja auch keinen Hund.*« Da hatte seine Mum gelacht.

Aber so war sie immer gewesen, nicht voller Hoffnung, dass

sich etwas ändern würde, denn sie wusste, dass das nicht eintreten würde, doch sie schien sich nicht so viel draus zu machen. Er erinnerte sich, wie einmal eine Einkaufstüte von Selfridges an ihnen vorbeigekommen war (sie saßen vor dem großen Kaufhaus auf dem Gehweg). Drei weiße Schachteln waren darin, wie Benny über den Rand sehen konnte. Seine Mutter sagte: »*Sie hat sich gerade drei Paar neue Schuhe gekauft. Das sind nämlich Schuhschachteln. Und weißt du, was mit denen geschieht? Die werden in ihrem Schrank landen, sie wird sie ein paarmal anziehen, und dann stellt sie sie zu den anderen und kauft sich neue.*«

Es störte sie anscheinend nicht zu betteln. Der Gedanke machte ihn wütend, denn sie hatte es so viel besser verdient, und in Dublin *hatten* sie es auch so viel besser gehabt.

»Was ist los?«, fragte Gem besorgt. »Du guckst so sauer.«

»Bin ich aber nicht.« War er aber doch. Er wandte sich zu ihr und fragte: »Macht es dir was aus, dass du nichts hast?«

Sie sah ihn verständnislos an. »Was meinst du damit?«

Mit einer ausladenden Geste beschrieb Benny das Haus und das ganze Anwesen. »Ich mein das alles hier, was den Tynedales gehört. Stört es dich, dass nichts davon deins ist? Nicht einmal ein ganz kleines bisschen?«

Zu seinem Entsetzen begann Gem das Gesicht zu verziehen.

»Entschuldige, Gem. Das klang jetzt gemein, ich hab's nicht so gemeint.«

Gem heulte laut und presste sich Richard gegen die Brust.

Benny legte den Arm um sie, ehrlich zerknirscht darüber, dass sie nichts haben sollte, bloß weil er nichts hatte, dabei begriff er überhaupt nicht, was hier vor sich ging. »Ach, Mensch, tut mir Leid.«

Sie heulte unvermindert weiter.

»Hör auf.«

Sie hörte auf, und zwar so unvermittelt, als hätte sie nie angefangen und besah sich wieder eingehend Richards Hosen.

Jetzt war Benny wirklich irritiert. »Wie machst du das bloß?«
Mit ihrem Geheul hatte sie durchaus ein überzeugendes Beispiel
ihrer Untröstlichkeit geboten.

»Was denn?« Jetzt summte sie und wischte an der Stelle von
Richards Hemd herum, wo sie hineingeweint hatte.

»Du hast doch gerade geheult wie ein Schlosshund.«

»*Weiß* ich. Ich war traurig.«

»Schon, aber –« *Ach, was soll's?*, dachte Benny genervt.

Eingehend betrachtete Melrose den Busch.

Wieso Murphy dem nicht einfach seine Ruhe ließ, war ihm
schleierhaft. Der Busch sah seiner Meinung nach ganz ordentlich
aus, in seinem Pflanzenkasten in der Eibenhecke. Hier war eine
ganze Reihe von Büschen in Hecken gepflanzt, Kastenbeet nannte
man das wohl. Zwar war der besagte Busch etwas struppig und
musste – wie Polly Praeds Kriminalromane – ein wenig in Form
gebracht werden, präsentierte sich der Welt jedoch ziemlich in
einer Reihe mit den anderen.

»*Dem Busch da*«, hatte Murphy gesagt, »*dem steht désuétude
förmlich ins Gesicht geschrieben.*« Melrose war froh, dass Murphy für heute schon Feierabend gemacht hatte.

Er hörte einen Motor aufheulen, und als er sich umdrehte, sah
er Kitty Riordin in ihrem kleinen VW auf der Kiesauffahrt wenden. Sie kurbelte das Fenster herunter und rief ihm zu: »Ambrose! Wenn Sie hier fertig sind, könnten Sie dann in meinem
Garten ein bisschen jäten? Danke!« Sie warf den Arm schwungvoll zum Gruß hoch und rollte davon. Es war ihr Einkaufstag in
der Oxford Street und am Piccadilly.

Kitty Riordin gehörte zu den Leuten, bei denen alles nach
einem strikten Zeitplan ablief. Alle ihre Termine, Verabredungen
und Vergnügungen waren säuberlich auf ihrem Kalender vermerkt, so akkurat wie die Büsche in ihren Beetquadraten, die er
nun zwecks oberflächlicher Stutzung inspizierte.

Melrose beäugte den kugelförmigen Busch. Dann beschloss er,

sich eine Zigarette zu genehmigen, und schaute dabei zum Cottage hinüber.

44

Keeper's Cottage stand knapp hundert Meter vom Lodge entfernt und hatte früher vermutlich als Häuschen des Hausmeisters gedient. Durch mehrere Tulpenbäume und eine prächtige Lärche war es vor Blicken geschützt. Vor dem kleinen Cottage befand sich ein Fleckchen Garten, das offenkundig nicht von Angus Murphy gepflegt wurde und auch nicht von Melrose gepflegt werden würde. Jetzt im Winter war es ein Zufluchtsort für kältestarre Strünke, brüchig wirkende Stiele und durchweichtes Laub.

Er ging hinten ums Haus und probierte das Fenster, von dem Gemma ihm erzählt hatte. Er bekam es ganz leicht auf und ließ sich in die Küche gleiten. Weil er nichts Interessantes fand, ging er ins Wohnzimmer hinüber. Es war anheimelnd und im typischen englischen Cottagestil gehalten mit Cretonne, warmem Gebälk, Behaglichkeit und Katze. Snowball saß da und starrte Melrose an. Er fragte sich, wie es kam, dass er diese Wirkung auf Tiere ausübte.

Er betrachtete die Fotos auf einem runden Tisch am Fenster (das ein hübscher Vorhang mit Blumen- und Schmetterlingsmuster zierte). Auf einer Reihe von gerahmten Aufnahmen, hauptsächlich von der Sorte Schnappschuss-am-Meer, war eine etwas jüngere Kitty Riordin mit einer jüngeren Maisie Tynedale zu sehen. Zumindest sah das Kind, hier vermutlich zehn oder zwölf, wie Maisie aus. Es gab auch eines von (vermutlich) Maisie als Baby. Über einer Ecke des Silberrahmens hing ein silbernes Armbändchen mit einem Herzen, in das der Buchstabe *M* eingraviert war. Auf dem Foto schmückte das Armbändchen ihr winziges Handgelenk, und beim genaueren Anblick der Hand, die an

Kittys Brust lag, konnte er die Verstümmelung an den winzigen Fingern ausmachen. Es verwunderte ihn allerdings, dass es mit dem Vermögen der Tynedales anscheinend nicht gelungen war, einen Chirurgen aufzutreiben, der das verunstaltete Händchen wieder herrichten konnte.

Er stieg das niedliche Treppchen hinauf in ein Schlafzimmer, das die gleiche Größe hatte wie der darunter liegende Raum. Das Bad befand sich über der Küche. Es war definitiv ein Haus für eine Person, wirkte aber recht wohnlich, und dazu kam ja noch die Annehmlichkeit, die Mahlzeiten im Lodge einnehmen zu können.

Snowball war hinter ihm ins Zimmer gekommen und bedachte ihn mit einem Blick, der gewöhnlich für Busfahrer reserviert ist. Melrose sagte zu der Katze, sie solle verschwinden, ein Befehl, auf den ein Busfahrer ähnlich positiv reagiert hätte.

Melrose überlegte, ob Kitty Riordin sich wohl die Mühe machen würde, belastendes Beweismaterial zu verstecken. Oder vertraute sie darauf, dass nach so langer Zeit niemand mehr ihre Räumlichkeiten durchsuchen würde? An der vorderen Wand zwischen den beiden Fenstern stand ein Schreibtisch mit kleinen Fächern und Schreibutensilien, darüber waren hinter zwei Glastüren Bücherregale angebracht. Melrose stand da und sah sich in aller Ruhe um, was er für die bessere polizeiliche Vorgehensweise hielt, als gleich im Raum herumzuwerkeln und eifrig überall zu stöbern. Nachdem er sich erfolglos umgesehen hatte, machte er sich eifrig daran, in den kleinen Fächern und Schubladen zu kramen. Nichts. Er durchsuchte Kittys Schreibtischschubladen. Sehr ordentlich, aber auch da nichts.

Die Katze, die die ganze Zeit schnüffelnd herumgeschlichen war, als sei sie noch nie in dem Zimmer gewesen, sprang mit einem Satz auf das Bett, auf dem Melrose inzwischen saß, und stieß bei einem weiteren Satz auf den Nachttisch ein Foto um. Als nichts mehr umzureißen und wegzuhauen war, gab Snowball den Versuch auf, noch irgendetwas entfernt Interessantes aufzutreiben, und tappte nach unten. *Weg mit Schaden!*

Melrose nahm das Bild von Kitty und einem anderen Baby zur Hand, an dem über eine Ecke des Rahmens (wie bei dem im Zimmer unten) ein kleines Armband hing. Hier war der Buchstabe E in das Herzchen eingraviert. Melrose saß mit dem kleinen Armband da und sah zum Fenster hinüber, wo ein dünner Zweig des Tulpenbaums im Wind hin und her schlug. Es war kaum verwunderlich, dass Kitty Riordin dieses Erinnerungsstück aus der Babyzeit aufbewahrte, jedenfalls wo es sich um das Armbändchen handelte, das ihr eigenes Baby Erin getragen hatte, aber auch bei dem von Maisie, obwohl sie das Maisie oder sogar Oliver hätte überlassen können. Aber das war Haarspalterei. Bloß…

… einmal angenommen, das Kind, das sie an jenem Abend vom Spaziergang zurückbrachte, war tatsächlich Maisie gewesen, wie war Kitty dann zu Erins Armband gekommen? Hätte sie es beim aufgeregten Wühlen in den Trümmern des Blue Last finden können? Bestimmt nicht. Er hielt es hoch, schwang es am Finger herum. Verdammt unwahrscheinlich, obwohl er einräumen musste, dass es möglich war. Dann stellte sich aber die Frage, wieso? Wieso sollte sie danach suchen? Welchem Zweck sollte es dienen, außer als Erinnerungsstück? Das Armband mit dem *M* unten im Zimmer würde zwar darauf *hindeuten*, dass das Baby Maisie war – es aber nicht *beweisen*, da sich ein Armband leicht von einem kleinen Handgelenk ans andere vertauschen ließ.

Wieder betrachtete er das Foto. Das Baby hatte beide Hände auf Kittys Unterarm. Er konnte die einzelnen Finger deutlich erkennen. Beim Anblick des Bildes musste Melrose unwillkürlich an Masaccios *Madonna mit dem Kinde* in den Uffizien denken. Er konnte sich entsinnen, dass die Hände des Jesuskindes auf dem Arm seiner Mutter lagen, so wie hier bei Erin. Die runden Händchen waren perfekt und ohne Makel. Das Foto war vor jener Schreckensnacht gemacht worden, der letzten Nacht des Blue Last, als Arm und Hand der kleinen Maisie von herumfliegenden Trümmern getroffen worden waren.

Oder waren es Erins?

Melrose' Blick wanderte von dem Foto über das Armband zum klopfenden Zweig des Tulpenbaumes draußen. Er glaubte inzwischen fast, Kitty Riordin wusste, dass das Pub bombardiert werden würde. Aber nicht einmal Kitty Riordin hatte die Macht, über die Himmel zu gebieten.

Hoffte er jedenfalls.

45

Düstere Gedanken. Es wäre jedoch nicht das erste Mal, dass eine Mutter so etwas getan hatte.

Und es war ja schließlich auch zu Erins Bestem gewesen.

Melrose saß in seinem Zimmer bei Boring's und versuchte sich zu entscheiden, was er zum Abendessen anziehen sollte. Du liebe Güte, sagte er sich (barsch), du hast bloß sechs Kleidungsstücke zur Auswahl – zwei Jacketts, eins aus schwarzem Kaschmir und ein grünliches in Wolle-Seide-Gemisch; zwei Paar Hosen, eines davon die neuen schwarzen Jeans, die er für die Gartenarbeit im Army-Navy Store erworben hatte, das andere aus schwarzer Wollqualität; ein weißes Hemd und einen schwarzen Rollkragenpullover. Trotzdem fühlte er sich genauso unschlüssig wie ein Teenager, der sich nicht entscheiden kann, was er zum Tanzen anzieht.

Er sah seine Garderobe noch einmal durch. Schwarz. *Das* war doch eine interessante Idee! Wie würde es wirken, überlegte er, wenn er in die schwarzen Jeans schlüpfte –

(Er tat es.)

Und den schwarzen Rollkragenpulli anzog.

(Er tat es.)

Und das schwarze Kaschmirjackett vom Bügel zerrte und es anzog.

Das tat er ebenfalls, trat dann einen Schritt vom großen Spiegel zurück, zog einen Kamm hervor und fuhr sich cool wie John Travolta kurz durchs golden schimmernde Haar. Er ließ den Anblick lächelnd auf sich wirken und krümmte Daumen und Zeigefinger zu einer Waffe, *peng.*

Na, du toller Hecht.

Im Klubraum winkte Melrose zu Major Champs und Oberst Neame hinüber, setzte sich aber auf die andere Seite, nachdem er sich vom Zeitungsständer neben dem Empfangstresen eines der etwa zwanzig Blätter genommen hatte, die Boring's anbot. Dass *Le Monde* hier hing, leuchtete Melrose ein, aber wer sprach hier Arabisch oder Suaheli? Die Zigarette im Mundwinkel, schnippte er sein Zippo an und senkte das Gesicht, um in Schatten und Feuer zu tauchen. Leider konnte er nicht sehen, wie der Anblick wirkte, glaubte aber, dass es zu seiner schwarz gekleideten Gestalt gut aussah.

»Cool.«

Er wirbelte herum und hätte fast das Feuerzeug fallen lassen. »Polly!«

Polly Praed lächelte, während Melrose vor Staunen die Kinnlade herunterklappte und er verblüfft aufsprang. Die Zigarette fing er gerade noch auf.

Polly musterte ihn eingehend von Kopf bis Fuß und ließ den Blick dann wieder an ihm hinaufwandern. »*Voll* cool.« Sie plumpste in einen Ledersessel, der zu seinem passte, und sagte: »Da werde ich ja wohl meine Meinung revidieren müssen.«

»Was zum Teufel machen Sie hier bei *Boring's?*«

»Ach, Melrose, Sie alter Reaktionär. Diese Etablissements lassen doch heutzutage jeden und jede rein. Feuer?«

Er zündete die Zigarette an, mit der sie im Mund herumwackelte. Sie hatte sich im Lauf der letzten paar Jahre überhaupt nicht verändert. Sie hatte immer noch die einzigen amethystblauen Augen auf der ganzen Welt, von Elizabeth Taylor einmal abgesehen.

»Aber woher wussten Sie, dass ich hier sein würde?«

Polly stellte ihr mitgebrachtes, in braunes Packpapier einge-
schlagenes Päckchen zwischen sich und die Sessellehne.

»Sind Sie hier, um mich zu besuchen, oder was ist?«

»Um meinen Lektor zu besuchen.«

Melrose blickte im Raum umher. »Ist er hier?«

»Ach, *nein.* Ich meine, ich bin in London, um ihn zu sehen.«

»Woher wussten Sie, dass *ich* hier sein würde?«

»Das war wirklich schwer, ungefähr so schwer, wie dem Scha-
kal auf die Spur zu kommen. Ich habe bei Ihnen zu Hause angerufen.« Sie blies Rauch in seine Richtung. »In Ardry End«, fügte
sie hinzu, für den Fall, dass er es vielleicht vergessen hatte.

»Wir haben uns über zwei Jahre nicht gesehen. Das letzte Mal,
als ich nach Littlebourne kam –«

»Auf der Suche nach Jenny Kennington.«

Noch mehr Rauch. »Ich habe sie nicht *für mich* gesucht.« War
sie etwa eifersüchtig?

»Für wen haben Sie sie denn gesucht?«

»Für J –« Er fing sich gerade noch rechtzeitig, bevor er *Jury*
sagte. »Jenny wurde von der Polizei von Shakespeare gesucht.«

»Der was?«

»Der Polizei von Stratford-upon-Avon.«

»Was wollten die denn von Jenny Kennington?«

»Sie war die Hauptverdächtige in einem Mordfall – haben Sie
das nicht in der Zeitung gelesen?«

»Und – wurde sie verurteilt?« Sie beugte sich freudig gespannt
nach vorn.

Welch schändliche Hoffnung er da in ihren amethystblauen
Augen erblickte! »Nein. Sie war es nicht.«

»Ach.« Ihre Hoffnung wurde enttäuscht, sie fiel in ihren Sessel zurück.

»Polly!«

Beide drehten sich um und erkannten Jury. Pollys Gesichtsausdruck verwandelte sich umgehend von boshaft-hämisch in

andächtig-devot. O ja, *ihn,* Melrose, konnte sie völlig links liegen lassen, aber wenn es um Jury ging, der bei ihr den Stellenwert von totaler Sonnen- oder Mondfinsternis hatte (wobei Sonne und Mond an zweiter und dritter Stelle kamen) – nun, dann sah die Sache natürlich ganz anders aus. Ihre Augen weiteten sich, ihre schwarzen Locken erbebten, als würden sie gleich in den Weltraum abheben.

Melrose sagte: »Ich wusste gar nicht, dass Sie kommen. Haben Sie hier eine Nachricht hinterlassen?«

»Nein. Ich bin eigentlich auch gar nicht hier, um Sie zu treffen.« Er drehte sich um und deutete einen militärischen Gruß in Richtung Neame und Champs an. »Sondern, um mich ein bisschen mit unserem Oberst Neame zu unterhalten.«

Melrose runzelte die Stirn. »Wirklich?«

Jury nickte und wandte sich wieder Polly zu, die ihm deutlich zu verstehen gab, dass sie seine Aufmerksamkeit gar nicht wollte, denn sie schaute überall hin, nur nicht zu Jury, der sich jetzt auf ihrer Sessellehne niederließ. »Wie haben Sie es geschafft, diese Bastion männlichen Unternehmergeistes zu stürmen, Polly?«

Sie rieb sich mit dem Daumen über die zerfurchte Stirn und murmelte: »Ach, wissen Sie …«

»Sie ist heute in London, um ihren Lektor zu treffen«, sprang Melrose helfend ein. »Und fand schlauerweise meinen Aufenthaltsort heraus. Gute Detektivarbeit, Polly.«

Polly lehnte sich genervt zurück und verdrehte die Augen. »Meine Güte! Wieso halten einen eigentlich alle für Sam Spade, bloß weil man Kriminalromane schreibt?«

»*Sie* würde doch niemand für Sam Spade halten, Polly«, sagte Jury. Seine Nähe auf ihrer Sessellehne würde vermutlich gleich einen Anfall herbeiführen. »Haben Sie gerade ein neues Buch in Arbeit?«

»Hmm, hmm.«

»Haben Sie Ihrem Freund ein Manuskript zum Lesen mitgebracht?« Er wies mit dem Kopf zu Melrose hinüber.

»Hmm, hmm.«

Melrose horchte auf. War das ein »ä-*hmm*« oder ein »*nä*-hmm«? Er hoffte, es war ein *nä*-hmm, denn er war wirklich nicht in der Stimmung für Pollys Prosa. Allerdings klemmte da dieses in Packpapier eingewickelte Päckchen zwischen ihr und der Sessellehne. Vielleicht, wenn niemand es erwähnte, würde es langsam zwischen die Polster rutschen ... *Rutsch durch*, betete Melrose.

»Ist es das?« Jury zog es schwungvoll hervor.

Sie nickte etwas belämmert. »Ä-*hmm*.«

Jury empfahl sich mit einem Lächeln. Da sehe er ja Oberst Neame; er sei später wieder da. Zum Abendessen vielleicht?

» Ä-*hmm* «, sagte Melrose.

»Bletchley Park, 1939. Ja, das war nach meinem Abschluss in Oxford, bevor ich zum Militär ging. Royal Air Force, ich sagte es Ihnen ja schon, glaube ich. Das waren Zeiten! Bletchley. Verrückt«, sagte Oberst Neame.

»Was hat Sie dorthin geführt, Oberst?«

»Ach, bitte, nennen Sie mich doch Joss. Was mich dorthin führte – ich wurde rekrutiert. Die brauchten dort noch jede Menge Leute ... Danke, Higgins.«

Jury hatte eine Runde Whisky bestellt, und Major Champs erhob sich, nachdem er seinen serviert bekommen hatte. »Da Sie beide was zu bereden haben, setze ich mich da hinüber und lese meine Zeitung.«

Jury lud ihn ein, doch zu bleiben, doch er winkte ab – macht ihr nur! – und ließ sich woanders auf einem Sofa nieder.

Neame nippte an seinem Whisky. »Also, um einen so komplizierten Code wie Enigma zu knacken, brauchte man eine merkwürdige Mischung aus Künstlernaturen und Buchhaltertypen. Schwer zu finden. Man hatte es nämlich nicht bloß auf Mathematiker abgesehen. Es brauchte eine ganz andere Art von Intelligenz. Sie können sich vorstellen, was für eine Schufterei es war, sich durch die ganze Palette potentieller Kombinationen zu arbeiten –«

»Wie funktionierte der eigentlich? Der Enigma-Code?«

»*Die* Codes, Superintendent. Verschiedene Codes und verschiedene Maschinen. Um zu erklären, wie das verdammte Ding funktionierte, bräuchten wir sicher mehr Zeit, als Sie haben. Die Polen haben ihn in den dreißiger Jahren entschlüsselt. Hat ihnen aber nicht viel genützt, den armen Teufeln. Damals benutzten die Deutschen einen monoalphabetischen Code – also die einfachere Sorte. Allerdings arbeiteten sie mit einem Dutzend *verschiedener* Monos, es war also nicht gerade einfach. Als wir uns dann zu den polyalphabetischen Schlüsseln vorgearbeitet hatten, wurde es noch schwerer.

Die Maschine bestand aus Rotoren – Walzen. Man hatte es also mit Walzen, Schaltringen und Steckkontakten zu tun. An der Maschine befand sich ein Steckerbrett, das die Zuordnung der Buchstaben mischte. Das alles war an sich schon schwierig genug, zu allem Übel änderten die Deutschen aber auch noch jeden Tag die Einstellungen. Es wäre unmöglich gewesen, durch pure Plackerei den Code zu knacken. An einem gewissen Punkt war Intuition gefragt, die Fähigkeit, tatsächlich *irrational* zu denken. Es brauchte ein Genie wie Turing und noch ein paar andere. Sie konnten den Geist hinter dem Durcheinander an Buchstaben erkennen, wenn Sie verstehen, was ich meine. Sprache vollkommen unkenntlich zu machen, ist unmöglich. Eine gewisse Andeutung der ursprünglichen Bedeutung bleibt immer bestehen, und wenn man gut ist, kann man diese Andeutung sehen, dann erkennt man das Muster. So wie ich es hier erkläre, werde ich der ganzen Sache nicht gerecht, denn es war höllisch kompliziert, dieses Enigma-Zeug. Teuflisch.« Er kippte sich den Rest seines Whiskys hinter die Binde. »Wissen Sie, was für eine Sorte Mensch einen guten Kryptoanalytiker abgibt? Ein Paranoiker.«

Jury war verblüfft. »Wieso denn das? Ich verstehe nicht, wieso einer, der meint, die anderen sind hinter ihm her, dadurch gleich ein guter Entschlüssler sein soll.«

»Nein, nein.« Oberst Neame schüttelte ungehalten den Kopf. »Sie benutzen nur eine Definition des Wortes. Ich meine ›paranoid‹ im Sinne von, irrational denken können. Die Fähigkeit, etwas zu sehen, was sonst niemand sehen kann. *Das* ist ›paranoid‹. Man sieht etwas, was sonst niemand sieht. Wie Sie das Wort benutzt haben und wie es übrigens meistens benutzt wird, heißt es, nur man selbst sieht die Gefahr und bildet sie sich deshalb wohl ein. Damit wird der Begriff ›paranoid‹ aber verwässert.«

»Haben Sie schon einmal von einem jungen Kerl namens Ralph Herrick gehört? War ebenfalls in der Royal Air Force. Und hat sogar das Viktoriakreuz verliehen bekommen. Wie Sie, nicht wahr?«

»Ich habe aber später gedient. Ralph Herrick?« Er sprach den Namen anders aus: *Reyf.* »Absolut! Sie dürfen nicht vergessen, ich war damals auch jung, allerdings etwas jünger als Herrick. Ralph hat auch in Oxford studiert, wir sind uns allerdings dort nicht begegnet. Meine Güte, ja, ich weiß noch gut. Er war im Crib-Raum, also bei den Übersetzungshilfen, wenn ich mich recht erinnere. Er hatte den Dreh heraus, unglaublich. Was die Cribs betraf, war er einfach brillant – seine Vermutungen stützten sich nämlich auf eine gewisse Sachkenntnis. Man rät ein paar Wörter und schaut dann, ob sich diese Buchstaben in andere entschlüsseln lassen. Ralph besaß diese unheimliche Fähigkeit. Sie schickten ihn nach Chicksands; das war die Abhörstation der Royal Air Force. Ich selbst war in Baracke drei. Ich arbeitete am Schlüsselkreis ›Red‹ – also deutsche Luftwaffe.«

»Schlüsselkreis ›Red‹?«

»Ja. Die Schlüsselkreise hatten Farben, jeder Waffengattung war eine andere Farbe zugeteilt. ›Red‹ war die Luftwaffe. ›Green‹ das Heer.«

Inzwischen hatte Jury Simon Crofts Buch aus der Tasche gezogen und schlug es bei einer der Randbemerkungen auf. »Was hat es mit diesen Daten im September 1940 auf sich?«

»Hmm. Also, ich erinnere mich noch gut, mit den Angriffen auf unsere Flugplätze hätte die deutsche Luftwaffe im August und September dieses Jahres die Royal Air Force fast kampfunfähig gemacht. Hätte Göring die Isle of Wight weiter bombardiert – das war übrigens die Ventron-Station, Radar – , dann habe ich keinen Zweifel, dass sie den Luftkrieg gewonnen hätten. Das Merkwürdige an diesen beiden Männern, Göring und Hitler, war aber, dass sie keine Geduld hatten. Sie rechneten mit einem schnellen Sieg. Ich frage mich, ob es vielleicht typisch für einen Größenwahnsinnigen ist, zu meinen, dass das, was er will, rasch und reibungslos geschieht. Es soll so geschehen, wie er will, und wenn es nicht so kommt und sich nicht sofort ein Ergebnis einstellt, zieht er sich zurück. Eins kann ich Ihnen allerdings sagen: *den* Fehler hat Churchill nie gemacht. Der Bursche war zäh, der hat sich an einer Sache festgebissen wie ein Pitbull.«

Jury drehte das Buch herum, damit Neame Simon Crofts Randbemerkungen lesen konnte.

Was er auch umgehend tat, nachdem er sein Monokel im Auge zurechtgerückt hatte.

»Ist das der Ort, den Sie gerade erwähnten, Chicksands? Hier steht es abgekürzt.«

»Ja, stimmt. Liegt in Bedfordshire.« Neames Blick fiel auf die anderen Abkürzungen auf der Liste. »*Cov.* Coventry. Ach, ja! Über Coventry wissen Sie ja Bescheid. Nein, Sie waren damals wohl noch nicht geboren.«

»Oh, auf der Welt war ich schon, das dürfen Sie mir glauben. Allerdings habe ich keine Erinnerungen daran.«

»Coventry. Schreckliche Zerstörung! Einfach furchtbar. Wir hatten zwar gehört, dass es einen Angriff geben sollte, aber nicht, dass Coventry das Ziel war. London, Manchester, vielleicht Reading. Industriestädte eben. Aber niemals Coventry. Denken Sie dran, um so einen Code zu knacken, muss man sich natürlich einige Mühe geben, damit es nicht herauskommt, dass man ihn geknackt hat. Deshalb wurde Churchill ja furchtbar angegriffen, man warf ihm vor, er hätte vorher gewusst, dass Coventry das Ziel war, und nichts unternommen, damit die Deutschen nicht erfuhren, dass wir den Code geknackt hatten. Das ist Quatsch! Eine Gemeinheit! Churchill mochte seine schmutzigen kleinen Geheimnisse gehabt haben, aber Coventry gehörte nicht dazu. Wir hatten nicht die richtige Entschlüsselung, das ist alles. Die Einheit in Chicksands war nicht sehr erfahren, und man braucht bloß –«

»Die Entschlüsselung kam aus Chicksands?«

»Soviel ich weiß, ja.«

»Sie sagten doch, Ralph Herrick sei dort eingesetzt gewesen.«

Stirnrunzelnd nahm Neame wieder einen Schluck Whisky. »Schon, aber wissen Sie, ich glaube, Ralph hatte quasi überall ungehinderten Zugang. Er konnte zwischen den Baracken in Bletchley Park hin und her gehen, er war einer der wenigen, die diese Art von Clearance hatten.« Neame hatte das Buch noch in der Hand und besah sich die restlichen Notizen auf Crofts Liste. »Was ist das eigentlich? Wem gehört das?«

Jury erzählte ihm von Crofts Beziehung zu Herrick und dem Bericht über den Krieg, an dem Croft geschrieben hatte.

Oberst Neame gab Jury das Buch zurück, das Monokel fiel ihm aus dem Auge. »Hmm.« Neame musterte sein fast leeres Glas. »Sie bräuchten jetzt jemanden, der im GC und CS war –«

»Ist das ›Code and Cypher‹?«

»Government Code and Cypher School, richtig, der Entschlüsselungsdienst der Regierung. Ich überlege gerade, wen es da gibt, der noch am – Ach ja! Maples. Zumindest war er vor ein paar Jahren noch am Leben. Da war sein Foto in der Zeitung. Hat für seine Arbeit in Bletchley den Orden des Britischen Empire verliehen bekommen und auch das Georgskreuz. Sir Oswald Maples. Der wird nicht schwer zu finden sein, denke ich.«

Jury lächelte. »Sie waren ja ein hochdekorierter Klub.« Er stand auf, und als Oberst Neame sich auch erheben wollte, bedeutete ihm Jury sitzen zu bleiben. »Bitte, bleiben Sie sitzen. Sie waren mir wirklich eine große Hilfe, Oberst.«

»Und habe Ihnen anscheinend mehr Fragen als Antworten aufgegeben.«

Jury lächelte. »Vielleicht ist es ja gerade das, was mir nützt.«

»Was ist aus Polly geworden?«, erkundigte sich Jury, als er zu Melrose' Sessel zurückkehrte. »Bleibt sie denn nicht zum Abendessen?«

»Die ist weg. Wir treffen uns morgen zum Frühstück. Sie übernachtet in Bloomsbury. Wohl in der Hoffnung, die literarische Hautevolee würde auf sie abfärben.« Melrose kippte seinen Whisky in einem Schluck hinunter. »Was ist mit Ihnen? Sind Sie wieder bereit für die Ochsenblutsuppe?«

»Jederzeit.«

Nachdem er den Wein gebracht hatte, schwebte der junge Higgins wie Wiesenschaumkraut davon. Bei dem Wein handelte es sich um einen Bâtard-Montrachet, »den feinsten Weißwein«, hatte Melrose behauptet, »der ganzen Welt«. Sie erhoben das Glas und tranken.

»Was um alles in der Welt haben Sie mit Oberst Neame beredet?«

»Bletchley Park. Den Enigma-Code. *Die* Codes.« Jury lächelte. »Neame sitzt bei Boring's nämlich nicht bloß herum und hält Maulaffen feil.«

»Habe ich das behauptet? Er ist ein netter alter Kauz.«

»Das ist es ja genau – wir neigen dazu, alte Kerls wie ihn herablassend zu behandeln.«

»Was ist jetzt mit Bletchley Park?«

Jury zog Crofts Buch aus der Tasche. »Das Buch über den Krieg, an dem Croft geschrieben hat. Ich konnte kein Manuskript, keinen Laptop, keine Notizen finden, also schaute ich mir ein paar von seinen Büchern an, vermutlich die, mit denen er sein Thema recherchierte. Er hatte sich Notizen gemacht –« Jury suchte die Liste auf der letzten Seite und hielt das Buch hoch, damit Melrose es sehen konnte.

Der runzelte die Stirn.

»Darüber habe ich mit Oberst Neame gesprochen.« Er teilte Melrose mit, was Neame ihm gesagt hatte.

Melrose blickte ihn gespannt an. »Was halten Sie davon?«

»Ich bin mir nicht sicher.« Jury griff nach seinem Weinglas und schwenkte den Inhalt hin und her. »Es könnte vielleicht tatsächlich der beste Weißwein der Welt sein.«

»Ist es auch.«

»Was ist mit Kitty Riordin?«

Melrose erzählte ihm, was er im Keeper's Cottage gefunden hatte. »Ich glaube, er hat Recht, Ihr Freund Haggerty.«

»Was das Armband betrifft, stimme ich mit Ihnen überein. Ziemlich unwahrscheinlich, dass sie es in den Trümmern finden würde.«

»Sie hätte ja auch danach ein neues gravieren lassen können. Der einzige Unterschied ist der Buchstabe in dem Herzchen. Die Dinger gibt es bei Links zu kaufen. Ich habe nachgesehen.«

»1940 existierte Links noch gar nicht.«

»Nein. Damit meine ich bloß, dass derartiger Silberschmuck für Babys nicht schwer zu finden ist. Sie hätte das *M* leicht auf das Armband eingravieren lassen können, das Sie gesehen haben, damit es so aussieht, als ob die kleine Maisie es getragen hätte. Ich meine, sie hätte ganz einfach ein neues Armband kaufen können. Sie brauchte es nicht aus den Trümmern auszugraben.«

»Sie hätte es eigentlich überhaupt nicht haben müssen.«

»Na ja, das *Fehlen* des Bändchens hätte nichts bewiesen, sein *Vorhandensein* deutet allerdings darauf hin, dass es sich bei dem Baby wirklich um Maisie handelte.«

Jury nickte. »Ich verstehe, was Haggerty meint. Kitty brauchte bloß Erins Hand zu zerschmettern. Sie ist ja ziemlich clever. Ich würde sagen, sie hat in der Situation blitzschnell reagiert und in dem ganzen Krach, der Angst und dem Durcheinander die kleine Erin irgendwohin gebracht und *wumm!* –« Jury ließ die Faust krachend auf den Tisch niedersausen, so dass das Geschirr hüpfte und die übrigen Essensgäste aufschreckten. Das Lächeln auf Kitty Riordins Gesicht kam ihm wieder in den Sinn. »Kaltblütig genug ist sie.«

»Nichts von alledem lässt sich beweisen, außer wir machen den Juwelier ausfindig, der das Armband graviert hat, in der Hoffnung, dass er noch lebt und das Gedächtnis eines Elefanten besitzt. Ziemlich unwahrscheinlich.«

Schweigend beendeten sie ihr Abendessen und schlossen eine Wette über das Dessert ab. Melrose setzte auf Trifle, Jury auf Pudding. Der junge Higgins brachte ihnen schließlich Queen of Puddings, und Jury holte sich von Melrose seinen Fünfer.

»Immer gewinnen Sie.«

»Habe ich mir auch verdient.«

Sie aßen schweigend, bis Jury den Blick hob und sagte: »Wieso war sie dort?«

Melrose sah ihn fragend an. »Wer? Die Riordin?«

»Nein, Alexandra. Wieso war sie im Blue Last?«

Melrose zuckte die Achseln. »Sagten Sie nicht, sie und das Baby seien dort oft zu Besuch gewesen?«

Jury verschränkte die Hände und stützte das Kinn auf die Daumen. Über den Fingern waren nur seine Augen zu sehen. »Aber sehen Sie doch: Warum sollte sie Tynedale Lodge verlassen, um in einem Pub zu übernachten und dabei auch noch das Baby mitschleppen? Der Blitzkrieg war schließlich kein Sonntagsspaziergang.«

»Die beiden Familien sind völlig voneinander abhängig. Waren sie damals wenigstens.«

»Ich weiß. Was also auch auf Alexandra Tynedale Herrick und Francis Croft zutrifft.«

Melrose stellte sein Weinglas hin und ließ den Löffel auf den Teller fallen. »Wollen Sie damit etwa andeuten –«

Jury nickte.

»Moment. Sie wollen doch nicht behaupten, die kleine *Maisie* war von *Croft?*«

»Nein, das nicht. Alexandra bekam ein uneheliches Kind, als sie, glaube ich, neunzehn war. Sie verreiste irgendwohin, und der Mantel des Schweigens wurde darüber gebreitet, was wohl kaum verwunderlich ist, denn so etwas war in den vierziger Jahren nicht gerade angesagt.«

»Geld aber schon. Geld ist immer angesagt, und Oliver Tynedale hat so viel davon, dass er alles zum Verschwinden bringen kann. Er hätte alle Möglichkeiten gehabt, einen Skandal unauffällig aus der Welt zu schaffen.«

»Oliver hatte keine Ahnung«, sagte Jury.

»Wie zum Teufel wollen Sie *das* wissen?«

»Weil das Baby zur Adoption freigegeben wurde. Sein Enkelkind? Nicht um alles in der Welt. Tynedale hätte auf die Konvention gepfiffen. Er gibt sowieso nichts drauf, was die Leute sagen. Was natürlich leichter ist, wenn man Geld hat, und Geld ist, wie Sie sagen, immer angesagt. Ich vermute, dass Alexandra es ihm verschwieg, weil sie Angst hatte, Oliver würde erfahren, wer der Vater war.«

»Und ihn fast zu Tode prügeln, meinen Sie?«

»He, aufwachen!« Jury schnalzte mit den Fingern. »Sie sind von dem Château-Sowieso ja schon ganz benebelt.«

Melrose starrte ihn an. »Soll das etwa heißen –«

»Dass Alexandra nicht zulassen konnte, dass ihr Vater herausfand, dass Francis Croft der Vater war.«

Melrose lehnte sich zurück. »Das ist reine Spekulation.«

»Na, wenigstens ist sie rein.« Jury lächelte. »Ich halte Tynedale für einen sehr versöhnlichen Menschen. Aber nicht in diesem Fall. In diesem Fall müsste er ein verdammter Heiliger sein, um Croft zu verzeihen. Seinem besten Freund! Die beiden waren ein *Leben* lang befreundet. So ein Treuebruch hätte alles ruiniert. *Verdammt,* ist das ärgerlich, dass das alles schon vor einem halben Jahrhundert passiert ist! Ich werde Wiggins aber trotzdem ins Standesamt von Somerset House schicken und die Register durchsehen lassen.«

»Und ich behaupte, es steht auf viel zu schwachen Füßen.«

»Schwache Füße sind das Einzige, was ich habe.«

Sie saßen wieder im Klubraum, der junge Higgins hatte Kaffee eingeschenkt und die Caffetière auf den Tisch gestellt sowie Jurys Mantel, um den dieser gebeten hatte, auf der Sessellehne deponiert.

»Meine Kenntnis über den Zweiten Weltkrieg ist beschämend schwach.«

»Meine auch. Abgesehen davon, dass ich mich an Dünkirchen erinnere und an die Evakuierung der Expeditionsstreitkräfte. Und das hauptsächlich deswegen, weil dort das Flugzeug meines Vaters abgestürzt ist.«

Melrose wusste nicht recht, ob er darauf eingehen sollte oder nicht. »Was flog er denn?«

»Eine Hurricane. Das waren gute Flugzeuge. Bloß dass ihre Motoren nicht per Einspritzpumpe, sondern per Vergaser betrieben wurden. Wenn sie zum Sturzflug gezwungen waren, gab der Motor den Geist auf. So ist es passiert.« Jury wandte den Blick ab und konnte ein Stückchen des Boringschen Weihnachtsbaums sehen, die Zweigspitzen auf einer Seite. An einem Zweiglein baumelte ein Silberengel. »Die Royal Air Force hat der Luftwaffe über Dünkirchen ganz schön mitgespielt.«

Eine Zeitlang saßen sie schweigend da. Oberst Neame und Major Champs waren nach oben gegangen. Außer ihnen beiden war niemand mehr im Klubraum.

Melrose sagte: »Hören Sie, morgen ist Heiligabend. Kommen Sie doch über Weihnachten nach Ardry End.«

»Das wäre nett. Ich muss aber Weihnachten unbedingt in Islington verbringen. Sie wissen schon.«

»Ja. Na, dann kommen Sie doch morgen Abend zum Essen. An

Heiligabend. Sie können über Nacht dableiben und am nächsten Morgen nach London zurückfahren. Es ist keine lange Fahrt. Aber das wissen Sie ja, Sie sind die Strecke oft genug gefahren.«

Jury nickte. »Hört sich gut an.« Dann meinte er: »Ihr neuer Look gefällt mir.«

»Was für ein Look?«

»Die schwarzen Sachen.«

Melrose blickte an sich herunter, als nähme er sich selbst überrascht wahr. »Ach so.« Er zuckte die Achseln. »Ich habe einfach das übergeworfen, was greifbar war. Hatte ja nicht viel Auswahl.«

Jury schüttelte den Kopf. »Na, na. Dieser Look ist sorgfältig zusammengestellt.«

Melrose ärgerte sich, dass er mit seiner Garderobe durchschaut worden war. Durfte man denn überhaupt kein Geheimnis mehr haben? Wusste eigentlich jeder, was in seinem Kopf vorging? »Polly fand es cool. ›*Voll* cool‹, so drückte sie sich aus, glaube ich.«

»Oh, voll cool ist es tatsächlich. Ganz anders als wie Sie sonst daherkommen.«

Daherkommen? »Was soll das heißen? Das hört sich ja an, als würde ich mich extra in Positur werfen!«

»Nein, nein. Konservativ eben. Selbstverständlich teuer – Michel Axel, Coveri, Ferré, Zegna, Cerruti – aber nichtsdestotrotz konservativ.«

»Wer sind diese Leute? Designer? Und wenn ja, wie kommt es, dass Sie mit denen so vertraut sind?«

Jury lachte. »In Sachen Kleidung bin ich auch nicht gerade von vorgestern. Obwohl man das an meinem Aufzug vielleicht nicht sieht.«

»Die Leute schauen Sie an, die sehen Ihre Kleidung gar nicht. Sie sehen einen Meter neunzig und ein Lächeln. Und natürlich Ihren Dienstausweis. Aber wahrscheinlich haben Sie Recht; ich sehe wohl tatsächlich so aus, als wollte ich etwas Besonderes zum Ausdruck bringen.«

»›Die Angst trägt Schwarz.‹«

»Was?« Melrose lachte kurz auf.

»Das ist die wahre Bedeutung von ›cool‹. ›Die Angst trägt Schwarz.‹ Leuchtet doch ein, wenn man an die ursprüngliche Bedeutung von ›cool‹ denkt, bevor sie verfälscht wurde und jetzt alles bedeutet, was jeder gut findet. ›Cool bleiben‹ – das heißt doch, die Nerven behalten, keine Angst oder Furcht *zeigen*. Und hier nun Sie – der superlässige Typ. Und was ist eisiger als Schwarz?«

»›Die Angst trägt Schwarz.‹ Das gefällt mir.«

»Dachte ich mir doch.«

46

»Ich nehme an, Sie wissen, dass übermorgen Weihnachten ist«, sagte Polly Praed.

Es klang, als wollte sie Melrose für die unmittelbare zeitliche Nähe des Festes verantwortlich machen. Sie saßen gerade beim Frühstück in einem Restaurant gegenüber von Pollys Hotel in Bloomsbury. Dass es in Bloomsbury lag, machte das Hotel noch nicht »trendy«. Dann hieß es auch noch Rummage's, also etwa Ramschladen, keine besonders glückliche Namenswahl. Obwohl Melrose nicht so weit gehen würde, es als Bruchbude zu bezeichnen, konnte man lange noch nicht von einem von Connaisseuren frequentierten Etablissement sprechen.

Das Frühstück war im Zimmerpreis inbegriffen – allerdings nicht das Frühstück, das sie momentan gemeinsam verzehrten, sondern das Rummage-Frühstück, das in der Werbebroschüre des Hotels (die Melrose während des Wartens auf Polly gelesen hatte) als »warmes Frühstück« angepriesen wurde. Melrose vermutete, dass es nicht auf Bestellung zubereitet wurde, sondern alles schon fertig war, bevor der erste geschwächte Reisende in die Tiefen des Speiseraums in der »Gartenetage« herabgestiegen kam. Mit anderen Worten: in den Keller.

Auf Pollys Kommentar, das Hotel würde einem Eier ganz nach Wunsch kochen, sagte Melrose, die kochten sie nur auf eine Art, nämlich »à la über Nacht«.

Polly schmollte und meinte, er mäkele dauernd bloß herum, worauf Melrose erwiderte, ja, am Rummage's würde er immer herummäkeln und es niedermachen, wenn er es je wiedersähe, und sie könnten doch in dem netten kleinen Café im Pseudo-Rive-Gauche-Stil frühstücken, wo sie nun saßen.

Oder bisher gesessen hatten. Melrose sagte, er müsse bald gehen, vor der Rückkehr nach Long Piddleton müsse er noch Weihnachtseinkäufe erledigen, wenn sie wollte, hätten sie aber Zeit für einen weiteren Cappuccino.

»Machen Sie das wirklich, Melrose?«

Melrose blies kleine Wellen in seinen Cappuccinoschaum. »Was? Was soll ich machen?«

»Ihre eigenen Weihnachtseinkäufe.«

Es schien eine ehrlich gemeinte Frage zu sein. War Polly erst ganz kürzlich vom Planeten Uranus hier auf Erden gelandet? »Wovon reden Sie eigentlich? Natürlich mache ich die.«

»Werden Sie doch nicht gleich sauer. Ich dachte, vielleicht bezahlen Sie jemanden dafür, dass er sie für Sie erledigt. Oder Ihr Diener Ruthven macht sie. Oder sonst jemand.«

»Ach, du meine Güte, Polly. Was glauben Sie eigentlich, was für ein Leben ich führe?«

Sie schien zu überlegen. »Hmm, das Leben eines reichen Müßiggängers auf jeden Fall. Ich kann mir einfach nicht vorstellen, dass Sie bei Harrods am Wühltisch nach Socken stöbern.«

»Ich auch nicht, das liegt aber daran, dass ich mich weigere, zu Harrods zu gehen. Das überwältigt mich, saugt mich auf. Bei einem Besuch bei Harrods muss man sich an jeder Ecke auf Treibsand gefasst machen. Haben Sie mal die *Menschenmassen* bei Harrods gesehen?«

»Ja, es ist aber doch für Menschen gedacht. Darum existiert es ja.«

383

»Unglückseligerweise. Nein, ich ziehe Fortnum & Mason vor. In der Lebensmittelabteilung herrscht zwar Gedränge, aber die oberen Etagen sind eine Wohltat. Jede Menge Sauerstoff. Nein, bei Fortnum bin ich richtig. Dort bekomme ich alles, was ich will, im Handumdrehen.«

»Für Geschenkkörbe ist es aber jetzt zu spät, Sie werden enttäuscht sein.«

Melrose bestellte bei dem Kellner per Handzeichen noch eine Runde Cappuccino. »Polly, wissen Sie, dass Sie sich manchmal anhören wie meine Tante Agatha, die mir immer sagt, wie es mir ergehen wird?«

Polly war nicht beleidigt. Das lag daran, dass sie redete, wie ihr der Schnabel gewachsen war, und Melrose' Äußerungen nicht viel Aufmerksamkeit schenkte. Jetzt legte sie den Löffel hin, mit dem sie ihre Weetabix gegessen hatte (Melrose hatte noch nie erlebt, dass jemand in einem Restaurant tatsächlich Weetabix *bestellt* hatte), und fragte: »Woran arbeiten Sie und Richard Jury eigentlich gerade?«

»Woher wissen Sie, dass wir an etwas arbeiten?«

»Ich weiß es. Sie können es nicht verhehlen.«

»Kann ich nicht sagen. Sorry.«

Polly hüpfte ungeduldig auf ihrem Stuhl auf und ab. »Ach, kommen Sie schon, Melrose. Mir können Sie doch ein bisschen davon verraten, oder?«

»Okay.« Er erzählte ihr von dem Mord an Simon Croft. »Es stand in der Zeitung. Vielleicht haben Sie darüber gelesen.«

Sie schüttelte den Kopf. »Woran noch?«

»An sonst nichts.« Melrose hatte zu viel von Divisional Commander Macalvies Philosophie aufgesogen: nichts sagen.

Trotzdem fühlte er sich bemüßigt, ihr von Gemma und der Schießerei zu erzählen.

»Mein Gott, Melrose! Wer würde denn ein neunjähriges Kind ermorden?«

»Kommt doch vor, oder nicht? Ein entführtes, geschlagenes,

verstümmeltes, vergewaltigtes, als Geisel genommenes Kind. Ich kenne jemanden, dem es passiert ist.«

»Wen?«

Melrose zuckte die Achseln und bereute, es zur Sprache gebracht zu haben. Wieder dachte er an Brian Macalvie. »Sie kennen ihn sowieso nicht.«

»Aber in solchen Verhältnissen? Mit so einem Zuhause, einer solchen Familie?«

Der Kellner stellte ihnen mit schwungvoller Geste zwei frische Tassen hin, und Melrose bat um die Rechnung.

»Jedenfalls hält Jury es für möglich, dass jemand anderes das Ziel war. Ein Mädchen, das als Hilfsgärtnerin arbeitete und oft ins Gewächshaus ging.«

»Hat sie ihm das gesagt?«

»Nein.«

»Woher weiß er es dann?«

Melrose ließ den schaumbehäuften Löffel auf dem Weg zu seinem Mund verharren. »Was wollen Sie damit sagen?«

»Wie kommen Sie drauf, dass diese Hilfsgärtnerin und nicht die Neunjährige das Ziel war?«

»Es scheint – einleuchtender. Das junge Mädchen arbeitete oft noch nach Einbruch der Dunkelheit im Gewächshaus. Außerdem hörte sie unmittelbar nach der Schießerei auf, dort zu arbeiten.«

»Würde ich aber auch. Und doch war *nicht sie* im Gewächshaus, sondern das kleine Mädchen. Vielleicht war der Schütze ja auch blind.«

»Die Hilfsgärtnerin ist ziemlich klein. Im Gewächshaus ist es schattig und düster. Der Killer rechnete damit, dass das junge Mädchen dort war. So gesehen ist es schon möglich.«

»Möglich ja, aber wahrscheinlich? Sie machen ganz schöne Verrenkungen, um die Tatsachen so hinzudrehen, dass sie zu Ihren Vermutungen passen.« Sie seufzte. »Rätsel, Rätsel, Rätsel, Rätsel.« Ihr Kopf wackelte von einer Seite zur anderen, als wollte sie sich Wasser aus den Ohren schütteln oder hätte gerade Vorsprechen für eine Filmrolle in der nächsten Folge von *Der Exorzist*. »Allmählich fange ich an, Kriminalgeschichten zu hassen, inklusive meine eigenen. Vielleicht vor allem meine eigenen.«

Melrose war erleichtert, vom Thema um Gemma abzukommen. Sollte Polly etwa schlauer sein als er und Jury? »Gütiger Himmel, Polly, das ist ja schrecklich. Sie schreiben aber doch andere Bücher.«

»Ich hätte *Auf der Suche nach der verlorenen Zeit* oder wer weiß was schreiben können, und man hätte mich trotzdem weiter der Schundliteratur zugeordnet.«

»Aber ich mag Ihren Inspector Guermantes. Von der Sûreté.« Noch lieber hätte er ihn gemocht, wenn Polly sich für ihre Namen nicht bei Proust bedient hätte.

»Ich auch, das heißt aber nicht, dass ich jeden Tanz mit ihm tanzen muss. Bloß wenn ich das nicht tue, ende ich wahrscheinlich wieder als Mauerblümchen.«

»So weit wird es nie kommen.« Melrose stieß sich vom Tisch ab und machte dem Kellner ein Zeichen, der mit zwei Kollegen hinten in der Ecke lauerte. »Ich muss gehen, Polly.«

Polly betrachtete ihr leeres Weetabix-Schüsselchen. »Ja, ich eigentlich auch.«

»Polly, wann kommen Sie mich denn endlich mal besuchen? Ich habe Sie schon mehrmals eingeladen.«

»Würde ich ja gern.« Sie raffte den Mantel enger um sich. Er hatte eine von Pollys typischen, wenig schmeichelhaften Farben, ein Rostrot, das tatsächlich rostig aussah. »Ich wäre bestimmt total überwältigt. Von Ihrem Haus und Ihren stinkvornehmen Freunden.«

»Eins ist sicher – für Mrs. Withersby sind Sie keine Konkurrenz.« Melrose war das Warten auf die Rechnung Leid und häufte das Geld auf den Tisch, dazu ein stattliches Trinkgeld.

»Wer ist das denn?«

»Eine von meinen stinkvornehmen Freundinnen.«

Zuerst machte Melrose bei Hamley's in der Regent Street Halt. In Anbetracht der Tatsache, dass es nur noch zwei Tage bis Weihnachten waren, hatte er sich bezüglich der Menschenmassen nicht getäuscht. Der Laden war rappelvoll, natürlich mit Kindern.

Als er unbesonnenerweise stehen blieb, um sich das trendigste Spielzeug dieses Jahres zu betrachten – eine mit Roboterpersonal bemannte Art Mondstation –, fand er sich plötzlich von lauter Kleinen umringt, von denen eine mit ihren klebrigen Fingern an seine schwarzen Jeans geriet und ihn ansah, als wäre er eine Leiter, die sie nun gleich auf der Suche nach einem Logenplatz erklimmen wollte. Sie machte ein so betrübtes Gesichtchen, dass er sie seufzend hochhob und sich auf die Schultern setzte. Jetzt steckte sie ihre Finger in sein Haar, und er lauschte den plappernden, staunend nach Luft schnappenden Kindern, die sehnsüchtig auf dieses Spielzeug starrten. Der ganze Laden brummte und wogte in weihnachtlicher Vorfreude.

Die Eltern dieser Kinder standen lässig herum und scherten sich offensichtlich keinen Deut darum, dass ihre kleinen Lieblinge sich womöglich in den Klauen des Schlächters von der Regent Street befanden. Als er genug davon hatte, sich die Haare zerrupfen zu lassen, stellte Melrose die Kleine wieder ab, woraufhin sie prompt anfing zu heulen, verlangte, wieder aufgenommen zu werden, und ihm mitleiderregend die Ärmchen entgegenstreckte. Er tätschelte ihr den Kopf und bahnte sich mit Brachialgewalt einen Weg durch die zuckersirupzähe Menschenmenge. Eine etwas abgekämpfte Verkäuferin wies ihn in die richtige Richtung.

Er suchte auf den Verkaufstischen herum, ohne jedoch zu finden, was er suchte. Er wollte sich schon abwenden, als sein Blick auf einen Artikel fiel, der womöglich genau das Richtige war, denn er war schön elastisch. Er zupfte ihn von dem langen Wandhaken und pflügte sich durch das kunterbunte Gewoge von Kindern zur Kasse durch.

Auf dem Gehsteig draußen blieb er stehen und überlegte. Die

Leute wichen ihm gewandt aus, als wäre er nicht mehr als ein störender Felsbrocken inmitten eines reißenden Flusses. Er ging das kurze Stück zu Fuß zu Liberty's, wo er die Schreibwarenabteilung aufsuchte. Dort erstand er einen Schreibblock, begab sich hinunter in den Coffee Shop und holte sich einen Espresso. Dann setzte er sich mit dem Block hin und fertigte eine sorgfältige Zeichnung an.

Danach suchte er in der Oxford Street ein Münztelefon, das noch funktionierte, und rief Mr. Beaton an. Melrose erklärte ihm, was er wollte, und entschuldigte sich, dass er ihn so kurzfristig damit überfiel.

Sodann fuhr er mit dem Taxi in die Old Brompton Road.

Mr. Beaton, dessen Räume sich über einem Süßwarengeschäft befanden, war hoch erfreut, ihn nach – wie lange war es her? – drei Jahren wiederzusehen.

»Mylord«, sagte Mr. Beaton, eine Verbeugung andeutend.

Melrose hatte es nie übers Herz gebracht, Mr. Beaton zu gestehen, dass er seine Titel schon vor Jahren abgelegt hatte. Mr. Beaton würde es bestenfalls Melrose' Nachlässigkeit, schlimmstenfalls seiner Schludrigkeit zuschreiben. Mr. Beaton blieb sich immer gleich: immer im Cut, immer mit dem Maßband um den Hals.

Mr. Beatons Lehrling – diesmal war es ein hoch gewachsener Jüngling mit eckigen Bewegungen und rötlich blondem Haarschopf – ahmte die knappe Verbeugung nach.

»Nun, wenn Sie Ihre Zeichnung mitgebracht haben, will ich sehen, was ich tun kann.«

Melrose holte das Bild hervor, dass er im Coffee Shop bei Liberty's gezeichnet hatte. »Wegen der Größe bin ich mir ziemlich sicher, Mr. Beaton. Für solche Dinge habe ich ein gutes Gedächtnis.« Ach, wirklich?

Mr. Beaton wies seinen Lehrling an, bestimmte Stoffballen zu bringen. Der junge Mann schlüpfte in den hinteren Teil des Etablissements und war ein paar Sekunden später mit den Stoffballen wieder da.

»Fühlen Sie einmal, Lord Ardry.« Zärtlich hielt ihm der Schneider einige Zentimeter Stoff von einem der Ballen entgegen.

In Gegenwart von Mr. Beaton verspürte Melrose immer eine gewisse Demut, denn die Haltung, die dieser alte Mann dem Stoff gegenüber an den Tag legte, war die eines Priesters gegenüber dem Abendmahlskelch. In dem Moment drang wie durch eine glückliche Fügung Sonnenlicht durch die kleinen Scheiben und warf ein Gittermuster auf den Stoff. Melrose befühlte die Wolle und seufzte. Gewobene Luft, gesponnenes Sonnenlicht. Nie hatte Melrose etwas so Weiches und Federleichtes gespürt.

»Es ist Seidenkammgarn, eine ganz feine Qualität. Ginge das?«

»Es geht wunderbar, Mr. Beaton.«

Nachdenklich am Ohrläppchen zupfend, betrachtete der Schneider Melrose' Skizze. »Eine hübsche Herausforderung. Ich habe so etwas noch nie gemacht. Bis wann bräuchten Sie es denn, Lord Ardry?«

Melrose errötete. »Hmm, ich bitte Sie höchst ungern – hm, weil doch Weihnachten ist und – aber wissen Sie, ich fahre heute Abend zurück nach Northamptonshire und... es ist etwas, was ich eigentlich vorher gern noch abgeben würde – wenn es möglich ist?«

»Mit anderen Worten, sofort.«

»Ginge das denn?«

Aus einem wahrhaftigen Taschenuhrtäschchen zog Mr. Beaton seine Taschenuhr hervor und sagte: »Es ist gleich drei... Sagen wir bis sechs? Oder Sie rufen mich um fünf an, um zu sehen, wie ich zurecht komme.«

»Großartig! Dann komme ich wieder. Übrigens, keine Sorge, es muss nicht perfekt sein.«

Mr. Beaton zog die Augenbrauen hoch. »Verzeihung?«

Der Lehrling zwinkerte kurz und heftig. Selbst ihm war diese unelegante Bemerkung nicht entgangen.

Und so schlich Melrose die schmale Treppe hinunter und fühlte sich taktlos und ungehobelt und ohne den rechten Sinn für ästhetisch Ansprechendes.

Wenn Mr. Beaton Schere und Faden zückte, gab es so etwas wie »weniger als perfekt« einfach nicht.

Melrose fuhr mit dem Taxi zurück zu Boring's, wo er nervös herummachte, packte und Nägel kaute, eine kindische Angewohnheit, die er nie hatte ablegen können. Er schien nur Nägel zu kauen, wenn er ganz in etwas vertieft war – wirklich vertieft, was selten vorkam, nur wenn er Henry James oder Proust las oder an einem von Jurys Fällen arbeitete. (Ob Jury sich dadurch geschmeichelt fühlen würde? Immerhin war Proust keine Flasche.) Und in diesen Fall war er in der Tat sehr vertieft. Er lag auf dem Bett und dachte nach. Es gab da etwas, was keiner von ihnen gesehen hatte, und zwar etwas ganz Offensichtliches. Es kam ihm jedenfalls plötzlich ganz offensichtlich vor. Wenig später schon stolperte er mit seiner einen Reisetasche nach unten.

Es war fünf Uhr vorbei, und Melrose beschloss, nicht anzurufen, sondern gleich zu Mr. Beaton zu fahren. Er genehmigte sich einen Whisky, während er auf den Pagen wartete, der sich um Schlüssel und Autos kümmerte und letztere zum Parken an einen mysteriösen Ort fuhr (in eine Garage? auf ein Häuserdach?), über den nur er Bescheid wusste, um sie schließlich wieder zurückzufahren, so dass sie wie von Zauberhand draußen vor der Tür von Boring's auftauchten.

Melrose gab dem Burschen ein stattliches Trinkgeld und meinte, er habe wahrscheinlich den wichtigsten Job in ganz London, denn die Leute würden bestimmt alles darum geben, sich von einem den Wagen parken zu lassen. Dann stieg er ein, hob in der hereinbrechenden Dunkelheit den Blick himmelwärts und dankte Gott, dass er Geld hatte.

Als er die Old Brompton Road erreichte, stellte er den Wagen (da ihm nichts anderes übrig blieb) im Parkverbot ab und lief, zwei Stufen auf einmal nehmend, die Treppe hinauf zu Mr. Beatons Räumlichkeiten.

»Absolut perfekt, Mr. Beaton. Sie sind ein Prachtstück!« Staunend hielt Melrose die Kleidungsstücke in die Höhe. »Sie hätten nicht vielleicht eine Schachtel –«

Unverzüglich ging der Lehrling nach hinten und kehrte mit einer kleinen, für die Kleidungsstücke perfekt geeigneten Schachtel zurück. »Ist es ein Geschenk, Sir? Das dachte ich mir eigentlich schon. Hier dieses Silberpapier, falls Sie es brauchen –? Ich könnte es Ihnen einwickeln.«

Melrose dankte ihm überschwänglich. »Sehr freundlich, das wäre mir eine große Hilfe.« Er wandte sich an Mr. Beaton. »Mr. Beaton, ich würde ja gern gleich bezahlen, wenn –«

Mit ergeben geschlossenen Augen schüttelte Mr. Beaton den Kopf. »Aber ich bitte Sie, ich bitte Sie. Ich setze es auf Ihre Rechnung, Mylord. Es ist mir ein Vergnügen.«

Nachdem er sein Päckchen in Empfang genommen hatte, bedankte sich Melrose noch einmal und lief zu seinem Wagen hinunter.

Sir Oswald Maples lebte allein in einer kremfarben gestrichenen ehemaligen Remise in der Nähe des Cadogan Square. Er lebte ganz für sich trotz der Tatsache, dass er zwei Krückstöcke brauchte, um auf Jurys Klingeln hin an die Haustür zu gelangen.

Indem er einen der Stöcke hoch hielt, als wollte er Jury die Hand schütteln, sagte er: »Ist nicht so schlimm, wie es aussieht. Ich brauche die Dinger nicht immer, nur wenn die Knie es mal wieder nicht packen. Kommen Sie herein.« Mit dem Stock winkte er Jury ins Wohnzimmer.

Jury dankte ihm und zog den Mantel aus, den er auf Sir Oswalds Geheiß hin über das Treppengeländer warf. Der deutete – wiederum mit dem Krückstock – auf einen Polstersessel gegenüber von dem Sofa, auf dem er selbst gesessen hatte. Obwohl er bestimmt über achtzig war, schwang er die Stöcke mit dem aus-

gelassenen Temperament eines Jünglings. Während Jury beobachtete, wie er sie schwungvoll gegen die Sofalehne stellte, fragte
er sich, ob Maples die Dinger vielleicht als Spielzeuge betrachtete.
Hätte es einen Diener gegeben und einen Klingelknopf, um ihn
herbeizuzitieren, hätte Maples bestimmt mit der Stockspitze den
Knopf betätigt.

»Es ist rheumatische Arthritis, die Schmerzen kommen und
gehen. Wie wär's mit einem Drink, Superintendent?« Er deutete
auf das Stumpenglas neben sich, in dem noch ein Fingerbreit
Whisky war. »Oder ist es dafür noch ein bisschen früh am Tag für
Sie?«

Es war noch nicht einmal Mittag, und doch fühlte sich Jury
plötzlich von einer Traurigkeit überwältigt, deren Herkunft er
sich nicht erklären konnte – oder vielleicht doch. Ihm war, als
könnte er doch einen Drink vertragen. Klar! *Einen Drink vertragen können*, das war der erste Schritt. Oder vielleicht der letzte.
Andererseits wollte er Maples ungern allein trinken lassen…
Nein. Das ginge trotzdem nicht. »Nein, danke. Ich habe gerade eimerweise Kaffee getrunken.«

Maples nickte und lehnte sich in dem kleinen Zweiersofa zurück. »Sie wollten ein paar Auskünfte über Ralph Herrick einho-
len, sagten Sie am Telefon.«

»Ja. Ich hatte ja erwähnt, dass mir Oberst Joss Neame Ihren
Namen nannte, als es darum ging, wer sich möglicherweise noch
an Herrick erinnern könnte. Sie kannten ihn.«

Der Ältere nickte. »Ja, stimmt.«

»Sie waren bei der Codierungs- und Entschlüsselungsabtei-
lung des Geheimdienstes?«

»Ach ja. GC und CS.«

»Ich ermittle in einem Mordfall. Ein Mann namens Simon
Croft wurde erschossen. Sie haben vielleicht darüber gelesen.«

»O ja. Ich habe das Haus an der Themse gesehen. Habe mich
oft gefragt, wer dort wohnt.«

»Simon Croft. Ganz allein. Er schrieb an einem Buch über eine ganz bestimmte Zeit während des Zweiten Weltkriegs. Croft kannte Ralph Herrick. Croft war zwar noch ein Junge, hat den anderen aber richtiggehend vergöttert. Ein Kampfpilot, ein Held. Wundert einen eigentlich nicht.«

»In der Tat. Nein, Herrick war unbestritten ein Held. Sein Mut war fast – tollkühn.«

Jury lächelte. »Das ist etwas seltsam ausgedrückt.«

»Ich weiß. Fast verführerisch, dieser Mut, und er warf sich förmlich hinein. Ich meine, nicht dass er prahlte, nichts lag ihm ferner als das. Ich meine – bei ihm war Mut fast etwas, was sich so nebenbei ergab. Mut hatte er aber, weiß Gott. Über Driffield in Yorkshire hat er fast im Alleingang vier Junkers abgeschossen. Die Bomber hatten keinen Begleitjäger dabei; schließlich merkten sie, dass sie die Bomber nicht ohne begleitende Messerschmitts losschicken konnten, aber die 109er hatten nicht die Reichweite für den ganzen Weg von Norwegen herüber.« Er wurde nachdenklich. »Herrick befehligte ein Spitfire-Geschwader, um die deutschen Bomber abzufangen, die eine von den Chain Home Radarstationen in die Mangel genommen hatten. Kritische Situation! Herricks Geschwader holte bis auf einen alle herunter. Nein, sein Mut steht außer Zweifel, Superintendent.«

Jury überlegte einen Augenblick. »Seine Familie – beziehungsweise die, in die er einheiratete – sprach über ihn wie über ein, äh, ein Idol. Praktisch alle Familienmitglieder idealisierten ihn. Nur eine bestritt diesen Eindruck. Sie sagte, sie fand ihn viel zu ›leicht durchschaubar… einer von diesen glatten Gaunertypen, die man aus alten amerikanischen Filmen kennt‹. So lautete ihre Beschreibung.«

Maples warf den Kopf in den Nacken und lachte lautlos. »Das ist sehr gut, wirklich. Ich will Ihnen mal was sagen über Herrick: Dieser Mut, den er zur Schau trug, das war zum großen Teil Waghalsigkeit, Draufgängertum. Es kam wohl daher, dass ihm eigentlich so ziemlich alles scheißegal war. Irgendwie hielt er den ganzen

Krieg für ein Kartenspiel, bei dem er einen Trumpf in der Hand hatte.«

Jury lächelte. »Hat er ihn ausgespielt?«

Maples griff nach der Karaffe, die er auf einen Tisch neben sich gestellt hatte, schenkte sich noch einen Drink ein und hielt die Karaffe mit einem fragenden Blick Jury hin, der erneut ablehnte. »Ach, ich bin mir ziemlich sicher, dass er ihn ausspielte. Aber das Wichtige war ihm das Spiel selbst.«

Jury reichte ihm das Buch, das auf der Seite mit Simons Datenliste aufgeschlagen war. »Dieses Buch gehört Simon Croft, Sir Oswald. Joss Neame hat mir geholfen, einige dieser Randbemerkungen zu entziffern. Er dachte, Sie könnten mir vielleicht weiterhelfen.«

Maples nahm das Buch, setzte seine randlose Brille auf und beugte sich darüber.

»Und die letzte Seite, diese Liste von Wörtern, die ich markiert habe.«

Maples blätterte zu der Seite um und las die Liste vor. »›Enigma‹… Gott, ich glaub's einfach nicht.« Sir Oswald nickte. »Schien sehr beunruhigt über die Sache, meinen Sie nicht? Ralph Herricks Arbeit an den Enigma-Geheimcodes, darüber habe ich mir auch schon Gedanken gemacht. Hat dieser Croft wohl auch.« Maples setzte die Brille ab und musterte Jury über die aneinander gelegten Fingerspitzen hinweg. »Aus einigen Entschlüsselungen – und von einem Kriegsgefangenen – erfuhren wir von einer Operation, die in einer Vollmondnacht Mitte November stattfinden sollte – am dreizehnten, vierzehnten, fünfzehnten. Das Unternehmen sollte in drei Stufen ablaufen: Codename ›Mondscheinsonate‹ – weil eine Sonate ja aus drei Teilen besteht. Diese Anmerkung hier«, er deutete auf Jurys Buch, »bezieht sich also auf diesen Angriffsplan.«

»War das der Angriff auf Coventry? Da gab es keine Vorwarnung?«

Maples schien das Tapetenmuster hinter Jury zu betrachten.

»Stimmt nicht ganz, obwohl viele Leute das denken. Wir wussten, Coventry und Birmingham waren potentielle Ziele, aber eine verschlüsselte Landkarte zeigte, dass es um London und die angrenzenden Grafschaften ging. Ich vereinfache die Code-Geschichte jetzt ein wenig: die Karte hat uns irregeführt. Die Entschlüsselung war falsch. Es war übrigens nicht das einzige Mal, dass ich mir so meine Gedanken machte«, sagte Maples versonnen. »Beziehungsweise, damals machte ich mir keine Gedanken, sonst hätte ich ja etwas unternommen. Gedanken machte ich mir, als es nicht mehr viel nützte.«

Jury runzelte die Stirn. »Hatten Sie einen Grund anzunehmen, Herrick habe etwas mit der falschen Entschlüsselung zu tun gehabt?«

»Oh, da bin ich mir ziemlich sicher. Die Karte ging ja durch seine Hände. Das heißt, er führte die endgültige Entschlüsselung durch.«

»Ein ehrlicher Irrtum?«

»Hätte sein können, ja. Aber die ›ehrlichen Irrtümer‹ häuften sich. Und dann die Geschichte mit der *Bismarck*.« Maples deutete mit zwei Fingern auf Jurys Aufzeichnungen. »Dieses Datum hier: 24. Mai 1941. Das war der Tag des Angriffs auf die *Bismarck*. Mit dem Marine-Enigma hatten wir verdammt große Schwierigkeiten. Es dauerte ziemlich lange, bis wir es endlich knackten.« Nachdenklich kratzte sich Maples unter dem Kragen am Hals. »Das größte Problem war, dass wir den Code nicht lange genug im Voraus lesen konnten, um zu agieren.«

»Hätte jemand denn an beiden Schlüsseln arbeiten können? Die Royal Air Force und die Admiralität?«

»Gute Frage. Eigentlich nicht. Ralph hatte aber Clearance und konnte unbehelligt hin und her. In Bletchley wurde in verschiedenen Baracken an den Schlüsseln gearbeitet. Sicherheitsmaßnahmen waren also schwer aufrechtzuerhalten. Es konnte leicht sein, dass einmal etwas nach außen gelangte. Es waren ja auch so viele Leute daran beteiligt. Erst nachdem Herrick auf die Orkneys gegangen war, begann ich mir ernstlich Gedanken zu machen. Hatston, das war unser Luftflottenstützpunkt. Wir hatten auch eine unserer Satellitenabhörabteilungen dort stationiert.«

»Wie ich erfahren habe, ist Herrick dort gestorben.«

»Hmm. Mit jemandem vom militärischen Geheimdienst haben Sie noch nicht gesprochen, nehme ich an? Vom MI5, MI6?«

Jury schüttelte den Kopf.

»Ich erwähne das deshalb, weil ich glaube, dass die über Herrick Bescheid wussten und ihn dorthin abordneten, als zeitweilige Maßnahme. Oder – wir vom Geheimdienst waren schon immer rechte Dreckskerle – sie schickten ihn für immer dorthin. Ein paar Monate später wurde er nämlich ermordet. Man sorgte natürlich dafür, dass es wie ein Unfall aussah: Tod durch Ertrinken. Sehr praktisch, finde ich.« Sir Oswald blies die Backen auf und beugte sich vor, um Jury mit stahlgrauen Augen zu mustern. »Und dann war da noch ›Julia‹.«

»Julia? Wer was das?«

Maples lächelte. »Die tauchte in der deutschen Luftwaffenkommunikation auf. Wir hatten großen Erfolg gehabt speziell mit dieser Kommunikation, bis ›Julia‹ auftauchte. Dieses Wort kam in Entschlüsselungen immer wieder vor, und wir konnten es nie festmachen. Darüber hat lange ein ziemliches Durcheinander geherrscht, das kann ich Ihnen sagen. Das ist übrigens der Hauptgrund dafür, dass ich weiß, dass Herrick einer von ihnen war. Es würde mich auch überhaupt nicht überraschen, zu erfahren, dass er Doppelagent war. Es hätte zu seiner Spielernatur gepasst. Kurz vor dem Ende, das er wohl kommen sah, schrieb er mir jedenfalls einen kurzen Brief.« Maples deutete mit einem der Stöcke auf das Bücherregal hinter Jurys Sessel. »Bringen Sie mir doch den großen Band dort auf dem untersten Regal ganz außen, ja?«

Jury stand auf und zog ein dickes, abgegriffenes Buch hervor. Er brachte es zum Sofa hinüber.

Maples rückte seine Brille zurecht und schlug das Buch an

einer Stelle auf, wo die Seite mit einem Zettel markiert war. »Das ist ziemlich berühmt. Hören Sie mal zu:

> *Wenn meine Julia in Seide geht*
> *Dann, ach (denk ich) wie lieblich weht*
> *Sanft fließend ihr Gewand.*

Es gibt mindestens ein Dutzend Gedichte, die alle an Julia gerichtet sind, nicht bloß dieses eine. Das ist aber jedenfalls das bekannteste. Es liegt wohl an diesem wunderbaren Ausdruck ›sanft fließend ihr Gewand‹, dass man es sich merkt.«

Sir Oswald verstummte. Jury half ihm nach: »Und –?«

»Na, das ist doch dieser Dichter, Superintendent! Robert Herrick.«

Während der ziemlich langen Pause, die nun entstand, musterten sie einander schweigend. Dann sagte Jury: »Es war tatsächlich ein Spiel für Herrick, nicht?«

Sir Oswald nickte. »Ja, das war es.« Er nahm den Zettel zur Hand und entfaltete ihn. Dann rückte er seine Brille zurecht und las vor: »›Wundert mich ja, Ozzie, dass Sie Julia nie herausgekriegt haben. Sie, ein großer Liebhaber der Lyrik des siebzehnten Jahrhunderts.‹ Unterschrieben ist es einfach mit ›Ralph‹.«

»Dieser Dreckskerl!«

Maples nickte erneut. »Genau. Und besonders –« an dieser Stelle klappte er das Buch ruckartig zu – »weil er mich Ozzie nennt.«

TEIL IV

DIE ANGST TRÄGT SCHWARZ

47

Es schneite, sanft, gemächlich, in großen Flocken trieb der Schnee am Fenster des Salons in Ardry End vorbei, wo Melrose saß und grübelte. Es war Heiligabend, oder besser gesagt, später Vormittag an Heiligabend. Er wartete auf Jury.

Melrose malte sich aus, was für ein behaglicher Anblick sich einem erschöpften Besucher bot, der draußen stehen blieb und hereinspähte, sich womöglich in seine Kindheit zurückversetzt fühlte, in ein gemütliches Haus, mit einem Hund wie Sparky und einem Kater wie Cyril, am Kaminfeuer sitzend. Melrose konnte es fast vor sich sehen, das bleiche Gesicht am Fenster, das bettelte, *lass-mich-ein, lass-mich-ein, lass-mich-ein.*

Armes, irregeleitetes Geschöpf!

»Hast du schon alle Geschenke besorgt, Melrose, oder hast du bloß deine Zeit verplempert in London?« Agatha machte sich daran, einen Klacks Marmelade auf ihr Scone zu geben.

Das wievielte Scone war das eigentlich? Das elfte? »Du meinst, nachdem Marshall und ich unsere Zeit damit verplempert haben, in Florenz herumzurennen?«

»Na, also *das* wäre doch ein Ort, an dem man nur allzu gerne seine Weihnachtseinkäufe erledigen würde!«

»Wie du meinst.« Melrose sah auf seine Armbanduhr. Halb elf. Das Jack and Hammer hatte noch geschlossen.

Agatha war so verblüfft über diese Antwort, dass sie fast vergaß, extra viel Sahne auf die Marmelade zu häufen. »Tatsächlich?« Sie lachte affektiert und klatschte die Sahne drauf. »Siehst du, ich habe ja schon immer gesagt, du kannst ganz vernünftig sein, wenn du nur willst.«

»Nur schade, dass ich so selten will, nicht wahr?«

»Zu dumm, dass du Trueblood dabei hattest. Der mit seinem lächerlichen Bild.«

»Deswegen sind wir doch überhaupt nach Italien gefahren, Agatha. Falls es sich bei dem lächerlichen Bild tatsächlich um einen Masaccio handelt, ist es ein Vermögen wert.« Darum ging es zwar gar nicht, aber Geld war eines der wenigen Dinge, die bei Agatha als Beweggrund zum Handeln gelten konnten.

»Das bezweifle ich aber doch sehr.« Sie verdrückte das Scone. »In Swinton Barrow habe ich ein ganz ähnliches gesehen.« Sie blickte auf den kobaltblauen Teller. »Gibt's denn keine Scones mehr?«

Melrose starrte sie verdattert an. »Wie bitte?«

»Noch Scones.«

»Nein, ich meine was für ein Bild?«

»So eins wie das von Trueblood, in einem Geschäft in Swinton Barrow. Na ja, nicht direkt *genau* so, aber mit demselben Thema.«

»Wo in Swinton Barrow?«

»In einem von diesen Antiquitätenläden, du weißt doch, in Swinton Barrow gibt es davon jede Menge. Trueblood meint, er hätte mit dem Bild eine großartige Trouvaille gemacht. Na, warte, bis er das erfährt!«

»Hieß das Geschäft vielleicht Jasperson's?«

»Den Namen weiß ich nicht mehr. Es lag am Dorfplatz… ja, und direkt gegenüber von einem Pub. The Owl heißt es, glaube ich. Das Pub wirst du ja wohl finden.« Wieder dieses affektierte Gelächter. »Ich habe Theo davon erzählt. Der hat sich köstlich amüsiert. Wir alle beide.«

Der Gedanke, das Schicksal des Gemäldes – beziehungsweise Truebloods Schicksal – läge in den Händen von Agatha und Theo Wrenn Browne, dieser Schlange, war unerträglich. Melrose saß mit seiner unangezündeten Zigarette da, drehte das Feuerzeug zwischen den Fingern hin und her und überlegte angestrengt, was er tun sollte: *Erkaufe ihr Schweigen, jag ihr eine Höllenangst ein, bring sie jetzt gleich auf der Stelle um.* Letztere Möglichkeit bevorzugte er eigentlich (da es die einzige todsichere Methode war, ihr Einhalt zu gebieten). Das Problem war, dass Agatha niemals ihr Wort hielt, er es also nicht erkaufen konnte. Sie würde den Geldsack aufhalten, ihn erpressen und um Geld anhauen, wann es ihr passte. Die einzige Methode, die ihm auch nur die geringste Chance böte, sie zum Schweigen zu bringen, wäre die, sie davon zu überzeugen, dass dieses neue Gemälde, das sie entdeckt hatte, niemanden einen Deut interessierte. »Ach ja, jetzt erinnere ich mich. *Das* Gemälde! Damit brauchst du Trueblood gar nicht zu kommen, er hat es schon gesehen und interessiert sich nicht dafür.«

Sie schien geknickt, weil der Gelegenheit beraubt, die schlechte Nachricht an den Mann zu bringen. »Ach, wirklich?«

»Er war drüben in Swineton –«

»Swinton.«

»Gestern Nachmittag. Er will es jedenfalls nicht.«

Agatha fühlte sich wirklich auf den Schlips getreten. Marshall Trueblood war es nämlich gewesen, der sie und Theo Wrenn Browne beim Prozess um die inzwischen als Nachttopf-Affäre bekannte Geschichte lächerlich gemacht hatte. Schon beim Gedanken daran musste Melrose lächeln. Was für ein Coup!

»Und nicht nur das«, fuhr Melrose fort, »aus einer Kapelle in – wo, weiß ich nicht mehr – ist vierzehnhundert und noch was ein Triptychon verschwunden, von dem es womöglich hätte sein können. Oder eins davon, ich meine eins der Tafelbilder – wäre das nicht ein kapitaler Fund?« Sodann packte Melrose noch jedes Fitzelchen an Information drauf, das er über den »täppischen Einfaltspinsel« parat hatte (wie Masaccio von seinen Freunden genannt wurde), und freute sich, dass er sich so viel gemerkt hatte. »*Petrus, Kranke durch seinen Schatten heilend* gehört zu den großartigsten Fresken in der Brancacci-Kapelle. Solltest du dir wirklich ansehen, Agatha, es ist einfach prächtig.« Dann beschrieb er in aller Ausführlichkeit den *Zinsgroschen*, »nach der schrecklichen Feuersbrunst um 1770 wieder restauriert, du kannst dir ja vorstellen, was für eine Arbeit das war!« Denn in der Hinsicht konnte selbst Agathas heimtückische Fantasie mithalten.

Tat sie aber nicht, denn Agathas Augenlider flatterten, während sie sanft auf dem Sofa hin und her schwankte und die Augen geschlossen hielt vor Masolinos und Masaccios Freundschaft und der Tatsache, dass die beiden gemeinsam viele von diesen Fresken gemalt hatten. Melrose redete weiter, bis er ihr mit Schluckauf durchsetztes Schnarchen vernahm.

Er trat ans Sofa und rief: »Agatha!« Sie aus dem Schlaf aufzuschrecken, war immer ein Riesenspaß.

Sie klappte die Augen auf. »Ach, ich muss ja los. Meine Güte, Melrose, wie lange hast du mich denn wieder aufgehalten mit deinem Gequassel?« Sie raffte Handtäschchen und Einkaufstasche zusammen (es hatte sich keine Gelegenheit ergeben, diese mit dem köstlichen Konfekt seiner Köchin Martha vollzustopfen), stand auf und rückte ihren Hüfthalter zurecht.

»Gehst du?« Gott sei Dank!

»Ich muss los!«

Ach, du Schande!, dachte er, kaum dass sie fort war. »Meine Autoschlüssel, Ruthven!«

Swinton Barrow lag fünfundzwanzig Meilen südwestlich von Long Piddleton und war diesem recht ähnlich, aber im größeren Maßstab. Swinton hatte von allem eben einfach mehr – einen größeren Dorfplatz, mehr Antiquitätengeschäfte und Buchläden.

Augenblicklich besah sich Melrose die Antiquitätengeschäfte. Den Wagen hatte er vor dem Owl auf der anderen Seite des Dorfplatzes geparkt. Er spähte über die von Kastenhecken umgebene Rasenfläche mit den Bänken, auf denen der Schnee liegen geblieben war. Wie Rüschen lag der Schnee auf den Rückenlehnen der Bänke. Es war eine freundliche Winterszene. Jasperson's lag, wie Agatha (in einem seltenen Moment wahrheitsgetreuer Berichterstattung) gesagt hatte, dem Pub direkt gegenüber.

Eine Glocke ertönte, als er die Tür zu einem großen Raum öffnete, in dem es nach Holzpolitur und Geld roch. Trueblood könnte hier gut und gern eine Woche zubringen. C. Jasperson kannte sich auf seinem Gebiet aus. In der Mitte des Ladens stand ein großer Tisch mit grüner Marmorplatte auf einem vergoldeten, mit Putten verzierten Sockel. Ein anderer hätte das Stück wohl recht prächtig gefunden, Melrose konnte Verzierungen mit Engelchen aber nicht ausstehen und musste mächtig an sich halten, ihnen keinen Fußtritt zu versetzen. Zu seiner Rechten befand sich ein hinterspiegelter Bücherschrank aus der Zeit von Queen Anne, den er eigentlich recht gern in Ardry End hätte stehen sehen. Auf dem mit Intarsien versehenen Schreibtisch in Walnussholz stand eine kostbar vergoldete Teedose. Melrose, dem es gefiel, wenn er in Dingen andere Dinge fand, stellte entzückt fest, dass in der großen Dose noch drei kleine Teedosen versteckt waren. Lächelnd machte er den Deckel wieder zu. Nicht weit davon stand ein Arbeitstisch, auf dessen Innenklappe ein Spiegel angebracht war. Der hätte Vivian gefallen. Melrose machte im Geiste noch einmal Weihnachtseinkäufe. Während er von einem Stück zum nächsten ging, wanderte sein Blick über die Wände, auf der Suche nach dem Gemälde – oder Tafelbild –, vom dem Agatha behauptet hatte, es sähe aus wie das von Trueblood. Er erblickte es erst, als er sich einer kleinen Wandnische zu seiner Linken näherte. Dort hing es. Ausnahmsweise hatte Agatha einmal Recht gehabt. Das Gemälde stellte entweder einen Heiligen oder einen Mönch dar und hätte das Pendant zu Truebloods Stück sein können. Dass dieses Gemälde ebenfalls Teil eines Altarbilds von Masaccio sein könnte, war allerdings lachhaft.

»Hallo.«

Beim Klang der weichen Stimme fuhr er zusammen. Er drehte sich um und sah sich dem fleischgewordenen Inbegriff einer Großmutter gegenüber. Es war dieses rosiggesichtige, himmelblauäugige, mit hinreißend korallenrotem Lippenstiftmund gesegnete Wesen, das jeder zur Großmutter haben wollte, aber nie bekam. Sie lächelte ihn an und sah richtig weihnachtlich-fröhlich aus. »Kann ich Ihnen helfen?«

Melrose deutete eine Verbeugung an. »Ich interessiere mich hierfür. Ein Freund von mir sagte nämlich, er hätte ein ganz ähnliches in Swinton entdeckt. Sind Sie Miss Eccleston?«

»Ja, ganz recht. Amy Eccleston. Ach ja, er war kürzlich erst hier, vor etwa zwei Wochen muss das gewesen sein. Er war ziemlich beeindruckt von dem Tafelbild. Ich glaube, dass es sich bei den beiden *möglicherweise* um die Seitentafeln eines Triptychons oder Polyptychons handeln könnte. Entschuldigen Sie mich einen Moment.« Das Telefon klingelte, und sie huschte in einen anderen Raum. Er verbrachte die paar Minuten mit der genauen Betrachtung des mutmaßlichen Masaccio (als den sie es noch nicht bezeichnet hatte) und versuchte sich zu erinnern, was Di Bada ihnen über Vasaris Beschreibung des Polyptychons in dieser Kirche in Pisa erzählt hatte. Stellte es den Hl. Hieronymus dar? Den Hl. Julian? Oder den Hl. Nikolaus?

Sie war wieder da. »Entschuldigen Sie. Heute ist recht viel los.«

»Mr. Trueblood ist der Ansicht, dass es sich bei seinem um einen echten Masaccio handelt. Haben Sie ihm das gesagt?«

»Liebe Güte, *nein*.« Ihr leises Lachen vibrierte. »Es besteht aber die *Möglichkeit*, dass es einer ist. Mr. Jasperson hat sich schon bemüht, die Echtheit feststellen zu lassen. Kennen Sie sich mit Masaccio aus? Ein italienischer Renaissancemaler des fünfzehnten Jahrhunderts –«

»Und hatte Mr. Jasperson in der Sache schon Erfolg? Wie steht es um die Herkunft?«

Sie schüttelte den Kopf. »Das wissen wir nicht. Ich habe die beiden Stücke in einem alten Kirchlein in der Toskana entdeckt. Damals konnte ich ihren Wert natürlich nicht einschätzen, aber als ich sie ins Geschäft brachte, war Mr. Jasperson, nun ja, gelinde gesagt, erstaunt.«

»Weil sie so wertvoll waren?«

»Weil sie so *göttlich* waren.«

Sich dem Tafelbild zuwendend, atmeten sie ein wenig von dessen Göttlichkeit ein.

»Ich will Ihnen sagen, was vielleicht sein kann«, sagte sie. »Möglicherweise erwähnte ihr Freund, dass es sich bei seinem um die *Kopie* eines Tafelbilds von Masaccio handeln könnte. Andererseits könnten es Tafeln aus dem Polyptychon sein, das sich ursprünglich in einer Kirche in Pisa befand. In der Santa Maria del Carmine. Ein Altarbild, das größtenteils wiedergefunden wurde. Ein Teil davon fehlt allerdings immer noch.«

Dieses Informationsfitzelchen kam sanft wie der morgendliche Schnee heruntergeschwebt, ruhig und unaufdringlich wie eine Schneeflocke.

»Dann ist das hier«, sagte Melrose mit Unschuldsmiene, »möglicherweise ein Original.«

»Bei dem Gedanken wird mir ganz anders.« Ihre blauen Augen weiteten sich.

Melrose lachte. »Das glaube ich Ihnen gern. Obwohl – wenn Sie das glaubten, dann wäre das Tafelbild nicht für –« Melrose spielte mit dem weißen Schildchen herum – »zweitausend Pfund zu haben.« Er ließ das Schildchen los und musterte sie.

»Nein, natürlich nicht.«

»Wie viel würde es bei einer Auktion einbringen?«

»Ach, du lieber Himmel, es wäre unbezahlbar.«

Vor seinem geistigen Auge sah Melrose, wie Trueblood sein Bild an sich gedrückt und so in der ganzen Toskana herumgeschleppt hatte. Er lächelte. »O ja, unbezahlbar.«

Schweigend betrachteten sie das Bild.

Melrose sagte: »Nun, Miss Eccleston, die Sache ist so: Dieser Freund von mir glaubt, er besitzt etwas absolut Einzigartiges. Er war bereits in Florenz und hat versucht, sich die Echtheit bestätigen zu lassen. Es überrascht mich nicht, dass der Inhaber dieses Geschäfts bisher kein Glück dabei hatte. Es wollte sich ja auch niemand eindeutig festlegen. Die Sache ist nur –« Melrose wies mit dem Kopf zu dem zweiten Hl. Wer-immer-er-sein-mochte hinüber »– wenn weitere Teile auftauchen sollten, wird Mr. Trueblood schrecklich enttäuscht sein, denn Sie stimmen mir doch sicher zu, dass bei weiteren Tafeln Zweifel an der Originalität entstünden, nicht wahr? Unter den von Ihnen beschriebenen Umständen auch nur eine weitere zu finden, erscheint nahezu unmöglich. Und mehr noch … nun …« Er zuckte die Achseln.

Sie nickte mehrmals.

»Mein Vorschlag ist nun folgender: *ich* kaufe das hier, wodurch sich vermeiden ließe, dass er es sieht, *und*, Miss Eccleston, falls Mr. Jasperson – oder Sie – noch *weitere* dieser Art entdecken sollten, informieren Sie mich bitte unverzüglich. Einverstanden?«

Oh, jetzt war sie aber glücklich! »Aber ja, natürlich. Ja.«

Melrose zückte sein Scheckheft, klappte es auf dem Schreibtisch auf, schob die Teedose beiseite und sagte: »Die nehme ich auch.«

»Oh«, machte sie, als hätte er sie gerade gezwickt. »Aber sicher. Die kommt auf dreihundert.«

Melrose stellte einen Scheck über zweitausenddreihundert Pfund aus und riss ihn ab. »Bitte sehr. Ich möchte, dass Sie das Tafelbild hier behalten, bis ich vorbeikomme und es abholen kann. Ich treffe Mr. Trueblood nämlich jetzt und möchte nicht, dass er fragt, was in dem Paket ist.«

»Aber mit dem größten Vergnügen. Ich behalte es für Sie hier. Ich stelle es einfach nach hinten.«

»Die Teedose nehme ich so mit. Sie brauchen sie nicht einzupacken.«

Sie trug das Bild von dannen.

Auf dem Weg zur Tür holte Melrose aus und versetzte den Putten einen Tritt.

Dann fuhr er zurück nach Long Piddleton. Agatha hatte er zum Schweigen gebracht, jetzt musste er nur noch Theo Wrenn Browne das Maul stopfen.

Die Glocke über der Ladentür von Wrenns Büchernest ließ einen unangenehmen Missklang vernehmen, als würde ein Nerv eingeklemmt, als spiegelte alles, was in den Gesichtskreis des Besitzers geriet, auch dessen Temperament wider.

Melrose wartete, während er mit den Fingern auf den Ladentisch klopfte und durch das Erkerfenster des Ladens zum Jack and Hammer auf der anderen Straßenseite hinübersah. Dort waren seine Freunde versammelt und amüsierten sich offenbar köstlich. Trueblood ganz besonders. Theo Wrenn Browne würde gleich hinübersausen, wenn er sie dort am Fensterplatz sitzen sah, und ihnen brühwarm ungefragt alle Informationen mitteilen, die er über Truebloods Gemälde parat hatte.

»Ach, Mr. Plant. Was für eine angenehme Überraschung!«

Lügner!

»Was führt *Sie* hierher?«

»Stellen Sie sich vor – Bücher. Wo sind Ihre Bücher über Kunstgeschichte?«

»Kunst? Geschichte?« Eine fein geschwungene Augenbraue wurde hochgezogen.

»Wenn Sie jetzt diese beiden Wörter zusammensetzen, Mr. Browne, dann haben Sie schon fast das, weswegen ich hier bin.« Er sollte vielleicht etwas nachsichtiger sein, aber Browne war nun mal so ein gottverdammter Trottel.

Theo Wrenn Browne neigte den Kopf in Richtung einiger Bücherregale. »Dort drüben.«

Melrose folgte ihm. Die Ausbeute war mager, was Melrose nicht weiter störte, da er nicht beabsichtigte, irgendetwas zu erbeuten. Er wollte ganz genau erfahren, was Browne über das andere Tafelbild in Jasperson's Geschäft wusste. Sicher wäre Browne entzückt über jede Gelegenheit, Truebloods kleinen Ballon zum Platzen zu bringen.

»Na, hier ist doch was Schönes.« Browne versuchte, ihm Andy Warhol anzudrehen.

»Nein.« Melrose zog eine etwas glanzlose Studie über flämische Kunst aus dem Regal und stellte sie gleich wieder hin. Es bezog sich überhaupt nur ein Buch auf das Thema – oder war geeignet, das Thema zur Sprache zu bringen: *Kunst der Frührenaissance*. Er begann die Seiten aus festem Glanzpapier durchzublättern. »Ah. Brunelleschi… Donatello… Masolino…«, las er mit Flüsterstimme.

»Was suchen Sie denn, Mr. Plant?«

»Italienische Renaissancemalerei.« Und in ehrfürchtigem Ton fuhr er fort: »Giotto… Masaccio…«

»Ach ja!«, sagte Theo, froh, einen Namen erkannt zu haben, und noch froher, mit einer schlechten Nachricht aufwarten zu können. »Mr. Truebloods sogenanntes Gemälde.«

»›Sogenanntes‹?« Melrose brachte einen verwirrten Blick zustande. »Ich weiß gar nicht, wieso Sie das sagen. Wir kommen gerade aus Florenz zurück.« Er wandte sich wieder dem Buch zu und murmelte: »Die Chiesa San Giovenale in Carcia –«

»Und…?«, half ihm Theo auf die Sprünge.

»Und was?«

»Sie sagten, Sie wären gerade aus Florenz zurückgekommen.«

»Ganz recht.« Melrose führte sein geflüstertes Zwiegespräch mit dem Buch fort. »San Gimignano… Monteriggioni…« Die Seiten raschelten. Melrose hatte nicht den blassesten Schimmer, worauf er hier eigentlich hinauswollte, jedoch eine leise Ahnung, dass es ihm schon noch einfallen würde.

»Sie sagten, Sie wären gerade aus *Florenz* zurückgekommen«, insistierte Theo verärgert.

»Hmm, hmm.«

»Sie sagten es aber so, als ob das was *erklären* würde.«

»Florenz –« Melrose machte eine Kunstpause. »Florenz erklärt *alles*!« Er schlang einen Arm fest um Brownes Schultern, eine Geste, die Theo völlig überrumpelte. Als er zurückweichen wollte, hatte Melrose ihn bereits fest im Griff.

»Die Brancacci-Kapelle!« Nun warf Melrose den anderen Arm hoch, deutete zwischen Daumen und Zeigefinger ein Spruchband in der Luft an und rief, indem er so tat, als würde er das dort Geschriebene lesen, schallend aus: »Die Brancacci-Kapelle! Sie haben sie natürlich gesehen, nicht?«

»Ich? Äh, nein, nein. Aber jetzt lassen Sie mich doch…«

Melrose' Arm schloss sich fester um ihn, und er zog ihn mit herüber an das große Erkerfenster des Ladens. »Stellen Sie sich vor!«, rief er aus. Auf der anderen Straßenseite waren seine Freunde an ihrem gemeinsamen Lieblingstisch versammelt – Trueblood, Diane Demorney, Joanna die Wahnsinnige, Vivian Rivington. »Stellen Sie sich vor, wir sind in dieser prächtigen Kapelle, Auge in Auge mit den Fresken. Schließen Sie nur die Augen –«

Theo wollte nicht.

»Und stellen Sie sich vor, Sie sehen Adam und Eva und die Vertreibung aus dem Paradies.« Trueblood hatte ganz ähnlich wie die Gestalt des Adam den Kopf in die Hände gestützt, und Joanna, die bei einem Lachkrampf den Kopf in den Nacken geworfen hatte, besaß eine verblüffende Ähnlichkeit mit der klagenden Eva. Melrose machte diese Inszenierung ziemlichen Spaß. »Und dann haben wir noch den *Zinsgroschen* –« Dick Scroggs war am Fenster ins Blickfeld getreten. »Und als nächstes *Petrus, Kranke mit seinem Schatten heilend.*« Melrose vollführte mit der Hand eine wischende Geste, als tauchten die Szenen auf und verschwänden wieder, als betrachteten sie eine Pantomimenvorführung. Nun schob sich Mrs. Withersby ins Blickfeld, veritables Vorbild für das arme, erbärmliche Geschöpf, das Petrus um Hilfe anbettelte. Im Fall der Withersby handelte es sich dabei ums Schnorren von Zigaretten und allem, was das Leben sonst noch bot.

»Äh, Mr. Plant, ich glaube, was da klingelt, das ist mein Telefon!«

Melrose zog ihn noch fester an sich. »Lassen Sie es klingeln, lassen Sie es klingeln. Lassen Sie mich von San Gimignano erzählen –« Und Melrose tat es, erzählte ihm in nervtötender Ausführlichkeit von San Gimignano und Siena; dabei hielt er den Buchhändler die ganze Zeit in seinem eisernen Griff gepackt.

411

Schließlich ließ er ihn los und sagte: »Ich muss jetzt gehen. Sie kommen doch noch rüber ins Pub, nicht?«

»Äh, nein. Nein, ich glaube nicht. Heute Abend nicht.« Er wich ein paar Schritte zurück.

»Schade. Na, dann Guten Abend.« Melrose zwitscherte ab.

»Gütiger Himmel, Melrose! Wo waren Sie denn? Wir dinieren heute Abend alle in Ardry End. Es ist Heiligabend.« Diane Demorney machte diese Ankündigungen, als wären sie ihr gerade unversehens eingefallen, ungebeten durch äußere Notwendigkeit. »Verteilen wir heute Abend eigentlich Geschenke? Sollten wir denn für jeden etwas besorgen? Das wären ja dann –«, sie zählte reihum ab, indem sie tatsächlich mit dem Finger auf die Umsitzenden deutete. »Wenn Agatha auch kommt, dann sind es, Moment mal, *sechs*. Wenn jeder dem anderen ein Geschenk überreichen soll, dann sind es –« Weil sie nicht genügend Finger hatte, kniff sie die Augen zu und hielt die Hand an die Stirn.

»Mich brauchen Sie nicht mitzuzählen, Diane«, sagte Joanna. »Ich muss heute Nachmittag noch nach Devon. Habe versprochen, dass ich morgen zum Weihnachtsessen dabei bin.«

»Wohin in Devon?«, wollte Diane wissen, die nicht sehr erfreut darüber war, dass ein Problem, das sie noch nicht gelöst hatte, zusätzlich verkompliziert würde.

»Nach Exmoor.«

Dianes Martiniglas verharrte auf dem Weg zu ihrem Mund in der Luft. »Nach *Exmoor*? Aber dort *wohnt* man doch nicht, oder? Das ist doch ein *Moor*.«

»Haargenau, Diane, Sie sagen es.«

Alle warteten geduldig auf Dianes Geschenkabzählerei. Schließlich meinte Vivian: »Diane, wenn es sechs Leute sind, und alle sechs einander ein Geschenk überreichen, dann –« Vivian stieß ein aufmunterndes »Na?« aus.

»Sie haben leicht reden, Vivian, Sie haben ja Ihre schon *besorgt*.«

»Das spielt doch keine Rolle, es geht um die Anzahl.«

Melrose wünschte sich sehnlichst zurück in die Brancacci-Kapelle. »Eigentlich werden es sieben sein, nicht sechs.«

Diane fixierte ihn, als hätte er ihr nun endgültig Sand ins Ge-
triebe geworfen. »Wer denn noch?«

»Ich habe Mr. Steptoe eingeladen.«

Verblüffte Blicke allerseits.

»Unseren neuen Obst- und Gemüsehändler.«

Immer noch sahen alle verdutzt drein. Schließlich meinte Vivian: »Das ist aber süß von Ihnen, Melrose. Dann lernt er ein paar
Leute kennen.«

»Ja, das dachte ich mir auch.«

Vom Tresen, wo er gerade das Sidbury-Lokalblättchen las, rief
Dick Scroggs herüber: »Ich sehe heute Ihre Horoskopspalte gar
nicht, Miss Demorney.«

»Die Sterne machen Urlaub, Dick.«

»Und keine Geschenke«, sagte Melrose. »Das müssen Sie
schon selber machen, gehen Sie von mir aus reihum von Haus zu
Haus, oder was weiß ich.«

Diane stieß einen Seufzer der Erleichterung aus, tippte mit
dem roten Fingernagel an ihr leeres Martiniglas und winkte Dick
Scroggs nonchalant zu. »Haben Sie schon festgelegt, um welche
Zeit, Melrose? Ich meine, gibt es denn davor noch ein Schlückchen?«

»Das Schlückchen davor genehmigen wir uns doch gerade.« Er
lächelte. »Aber sicher, natürlich werden heute Abend noch ein
paar Schlückchen kredenzt. Kommen Sie um sieben.«

48

Richard Jùry griff zu dem Eiskübel hinüber, den Ruthven ihm auf seinen Wunsch dagelassen hatte, holte einen Eiswürfel heraus und ließ ihn in seinen Whisky fallen. In letzter Zeit neigte er dazu, es sich so bitterkalt wie nur möglich zu machen – kalte Spaziergänge, kalte Drinks, kalte Räume, bittere, betäubende Kälte. Er wusste eigentlich auch nicht, warum, nur dass er sich auf diese Art gegen das Schreckgespenst vergangener, gegenwärtiger und vermutlich künftiger Weihnachtsfeste wappnen wollte. Er mochte Weihnachten nicht; er fühlte sich davon ausgezehrt, entkräftet.

»Das ist übrigens ein dreißigjähriger Single Malt, den Sie da verwässern«, sagte Melrose Plant. Sie saßen in bequemen Sesseln am Kaminfeuer.

»Bevor das Eis schmilzt, ist der weg. Und jetzt noch mal zum Hl. Hieronymus.«

»Ich glaube, es ist Johannes, der Hl. Johannes.«

»Sie haben nicht gesehen, was von diesem Polyptychon in der Kirche in Pisa noch übrig ist?«

»Es ist überhaupt nicht mehr dort. Das ist es ja gerade. Teile davon sind auf irgendeine Art und Weise in verschiedenen europäischen Kirchen und Museen gelandet. Und einige der Tafelbilder sind verschwunden.«

Jury nickte und trank seinen Whisky. »Wie heißt der Händler?«

»Jasperson. Die Frau, die sie verkauft, ist eine gewisse Amy Eccleston.«

Jury beugte sich hinüber, um sein leeres Glas auf dem Tisch abzustellen. »Ich würde gern kurz mit Jasperson sprechen. Haben Sie seine Nummer?«

»Hier.« Melrose reichte ihm ein Kärtchen aus seiner Brusttasche.

»Wo ist das Telefon?« Jury stand auf.

Melrose bedeutete ihm, sitzen zu bleiben. »Nein, lassen Sie. Ruthven kann es bringen.« Melrose drückte auf den Emailleknopf unter dem Tisch neben seinem Sessel.

Ruthven erschien, wurde mit dem Auftrag weggeschickt und kam mit dem Telefonapparat wieder. Jury bedankte sich.

»Ich hätte doch auch zu dem Telefon gehen können, statt dass das Telefon zu mir kommt.«

»Kommt nicht in die Tüte. Ich will hören, was Sie sagen.«

Jury wählte die Nummer, während Melrose ihnen nachschenkte und in Jurys Glas noch einen Eiswürfel warf. Jury lehnte sich abwartend zurück. Dann sagte er zu Melrose: »Würde mich ja wundern, wenn an Heiligabend jemand dranginge ... Hallo! Mr. Jasperson, bitte. Hier spricht –? Mr. Jasperson, hier ist Superintendent Richard Jury von Scotland Yard ... Nein, alles in Ordnung ...« Jury fragte ihn nach den beiden Bildern und ob er sich deren Echtheit hatte bestätigen lassen und woher sie stammten. »Es ist so, Mr. Jasperson, mir wurde der Eindruck vermittelt, dass Sie da eventuell eine Tafel aus einem Altarbild von Masaccio haben –«

Jaspersons Reaktion am anderen Ende der Leitung musste recht heftig ausgefallen sein – denn Jury hielt den Hörer vom Ohr entfernt, sah Plant schulterzuckend an und hielt sich den Hörer wieder ans Ohr, während Jasperson noch etwas sagte, was Jury zum Lachen brachte. »Vermutlich nicht. Hätte sonst noch jemand, der mit Ihrem Geschäft in Verbindung steht, vielleicht eine Ahnung ...? Nein ... Miss Eccleston, verstehe. Nun gut, dann komme ich gleich für ein paar Minuten vorbei, um zu sehen, was ... Ja. O nein, Sie brauchen nicht hinzukommen. Schlimm genug, wenn man überhaupt an Weihnachten gestört wird .... Ja. Danke. Moment noch. Sagen Sie mir, falls sich herausstellen sollte, dass eins dieser Tafelbilder von Masaccio stammt, wie viel würde es bei einer Auktion denn einbringen? ... Was Sie nicht sagen. Danke.«

Jury legte auf. »Hat die Tafelbilder nie gesehen.«

Melrose richtete sich erschrocken auf.

»Ich finde, wir sollten uns ein bisschen mit Amy Eccleston unterhalten, was meinen Sie?«

Melrose fuhr wie von der Tarantel gestochen hoch. »Na, dann los.«

Als sie schon im Mantel waren und in Richtung Haustür gingen, fragte Melrose: »Was hat er denn gesagt, wie viel der Masaccio einbringen würde?«

»An die fünfundzwanzig, dreißig Millionen Pfund.«

»Mein Gott! Aber wieso verkauft sie ihn dann für mickrige zweitausend?«

»Vielleicht kennt sie keinen, der dreißig Millionen hat.«

Es waren noch zwei Kundinnen im Laden, als Jury bei C. Jasperson's eintrat. Amerikanerinnen, so wie es sich anhörte, zwei Frauen mittleren Alters in Pullover und Hosen, die in aller Ruhe herumstöberten und sich offenbar keinen Pfifferling um den Feiertag scherten. Die Einstellung gefiel ihm.

Amy Eccleston, die sie beraten hatte, entschuldigte sich und schlängelte sich zwischen Tischen und Stühlen und Kunstgegenständen hindurch nach vorn zu Jury. Ihr Lächeln schwächte sich beim Anblick seines Ausweises etwas ab. »Oh«, machte sie. Dann klingelte das Telefon und sie ging, zweifellos dankbar für die kurze Pause.

Jury betrachtete den Tisch in der Mitte des Raumes und musterte stirnrunzelnd die dicklichen, vergoldeten Engelchen, die die Tischbeine umschlangen. Wozu brauchte man so ein Stück eigentlich, noch dazu zu diesem schwindelerregend hohen Preis? Er ließ das Preisschild baumeln.

Die Amerikanerinnen mittleren Alters lächelten ihn beim Hinausgehen an, und er erwiderte ihr Lächeln. Daraufhin lächelten sie erneut zurück, wohl in der Annahme, diesen Menschen in Sachen Lächeln nicht ausreichend bedacht zu haben. Als sie hinausgingen, schrillte die Türglocke nervös.

Melrose, der inzwischen draußen noch etwas gewartet hatte, begegnete ihnen am Eingang. Er hatte sich mit Jury darüber geeinigt, dass sie besser getrennt eintraten, damit Amy Eccleston keinen Verdacht schöpfte, wenigstens nicht sofort.

Als Miss Eccleston von ihrem Telefonanruf wieder herüberkam und Melrose sah, stieß sie einen entzückten Aufschrei aus. Sie würde ihm sein Bild gleich holen, vertröstete sie ihn. An Jury gewandt, sagte sie: »Also, was wollten Sie, Inspector?«

»Superintendent, bitte. Soviel ich weiß, haben Sie in letzter Zeit zwei Gemälde verkauft, die dem italienischen Maler Masaccio zugeschrieben werden?«

Mit selbstgerechter Miene korrigierte sie ihn. »O nein, das habe ich *nicht*! Ich habe nicht behauptet, sie wären von Masaccio. Ich habe nur gesagt, es besteht die *Möglichkeit*.«

»Sie sind selbst darauf gestoßen, nicht wahr?«

»Ja. In Italien. Ich entdeckte sie in einer kleinen Kirche in San Giovanni Valdarno. Sie erschienen mir ungewöhnlich und sehr beeindruckend. Dass sie von Masaccio gemalt sein könnten, kam mir damals natürlich nicht in den Sinn.«

»Obwohl«, schaltete Melrose sich ein und trat auf die beiden zu, »San Giovanni Valdarno sein Geburtsort war?«

Sie blickte zwischen ihnen hin und her, offenkundig verwirrt darüber, dass sie jetzt anscheinend zusammengehörten. »Daran dachte ich überhaupt nicht. Superintendent, was ist hier eigentlich los? Es kommt mir so vor, als wollten Sie mir etwas ankreiden.«

Jury hatte sich unterdessen in sein Büchlein Notizen gemacht. »Was das Ganze so verdächtig macht, ist die Tatsache, dass Mr. Jasperson absolut nichts von diesen beiden Gemälden weiß. Und doch hängen sie – oder hingen – hier in seinem Geschäft.«

»Mr. *Jasperson*?« Sie wurde kreidebleich.

Jury musterte sie schweigend.

»Ich bin jetzt seit drei Jahren bei Mr. Jasperson. Er ist immer –«

»Pech für Sie, dass Sie nicht noch drei weitere bei ihm sein werden, Miss Eccleston. Mir kommt es ganz so vor, als ob Sie das

hier schon eine ganze Weile treiben. Jeden Freitag und gelegentlich an den Feiertagen sind Sie allein hier. Und an diesen Freita-
gen hängen Sie Ihre Neuerwerbungen hin. Vielleicht findet sich
ein Käufer, vielleicht nicht. Wenn nicht, dann warten Sie eben bis
zum nächsten Freitag. In jedem Fall ist dieses elegante Geschäft
der oberen Preisklasse ein wunderbarer Ausstellungsort für teure
Gemälde. Und Sie sacken hundert Prozent des Verkaufspreises
ein. Nicht schlecht! Diese Woche sind viertausend Pfund hereingekommen, ohne Mehrwertsteuer. Das ist eine hübsche Rendite.
Im Übrigen ist es äußerst gewagt. Was ist, wenn einer Ihrer Käufer etwas zurückbringt, was Sie verkauft haben, und Mr. Jasperson hier ist?«

»Das ist doch lächerlich. Ich muss mich hier doch nicht –« Sie
wollte sich schon abwenden.

Jury zitierte sie zurück. »O doch, Sie müssen. Von hier weggehen, das müssen Sie. Das Dorf verlassen. Sie werden kein Wort –
kein Wort – über diese beiden Gemälde verlauten lassen. Versuchen Sie unter keinen Umständen, Mr. Trueblood zu kontaktieren.
Sie werden Mr. Plant einen Brief schreiben, in dem Sie auf jegliche
Ansprüche auf diese Gemälde verzichten. Danach haben Sie acht-
undvierzig Stunden, um von hier zu verschwinden.«

»Aber was ist mit Mr. Jasperson? Ich kann doch nicht einfach
so weggehen.«

»Was Sie Mr. Jasperson erzählen, ist Ihre Sache.« Er machte
eine Pause. »Sie kommen hier ziemlich billig weg, Miss Eccleston.
Danken Sie dem Himmel, dass es Menschen gibt, für die Kunst
mehr bedeutet als Geld.«

Sie war totenbleich.

Jury lächelte. »Nehmen Sie sich Ihr Bild, Mr. Plant.«

Melrose machte sich nicht die Mühe, es einzupacken.

»Frohe Weihnachten«, sagte Jury.

»Gütiger Himmel«, sagte Melrose, als sie den Wagen rückwärts
aus der Parklücke fuhren. »Was könnten Sie ihr denn anhaben?«

»Nichts. Das weiß sie aber nicht. Jasperson könnte sie natürlich wegen allem Möglichen belangen.«

Melrose hatte sein Bild auf dem Vordersitz bei sich. Er lehnte es an, um es zu betrachten. »Jetzt wissen wir es aber immer noch nicht.«

»Ob es echt ist?«

»Kann ich mir eigentlich nicht vorstellen. Wie könnte so etwas den Experten auf diesem Gebiet denn all die Jahre entgangen sein. Ich meine, wie konnte es einfach in irgendeiner kleinen Kirche herumgehangen haben – ohne dass irgendein Fan der italienischen Renaissance es spitz gekriegt hat?« Melrose machte eine Pause. »Aber wie Tomas Prada – einer der Experten – bemerkte: Wovon konnten diese Tafelbilder abkopiert worden sein, nachdem die Originalgemälde ja verschwunden sind?«

»Hmm. Das ist auf jeden Fall ein guter Einwand. Können Sie damit nicht einfach leben?«

»Es nicht zu wissen?«

»Ja.«

»Das hat Prada Trueblood auch gefragt.«

»Und was war Truebloods Antwort?«

Melrose lächelte. »Er sagte: ›Könnte ich, würde ich aber lieber nicht.‹«

Jury lachte. »Klingt ganz nach Trueblood.«

49

»Also, der Broccoli«, begann Mr. Steptoe, der Ire sein mochte, vielleicht aber auch Engländer. »Also, beim Broccoli, das Beste am Broccoli ist das Dunkle, so dunkel, dass es schon violett ist. Da sind nämlich doppelt so viele Nährstoffe drin wie in der helleren, grünen Sorte. Und alles, was gelb ist, das lassen Sie mal schön weg. Gelb bedeutet, er ist hinüber, da sind überhaupt keine Nährstoffe mehr drin.« Und er verzehrte den Broccolistrunk, über den er soeben sein Urteil abgegeben hatte.

Mr. Steptoe, der neue Obst- und Gemüsehändler von Long Piddleton, saß zwischen Agatha und Diane. Sie hatten bei Tisch eine Frau zuwenig, was bedeutete, dass zwei Männer nebeneinander sitzen mussten. Melrose hatte Agatha zwischen sich und Mr. Steptoe platziert, was sofort zu einem gewisperten Wortwechsel geführt hatte, bei dem Agatha nachdrücklich verlangte, nicht neben einem Gemüsehändler sitzen zu müssen, mit dem man sich ja über nichts unterhalten könne. »*Aber ich werde doch links von dir sitzen, liebe Tante, und du weißt ja, mit mir kann man sich über alles Mögliche unterhalten.*« Darüber ärgerte sie sich umso mehr, was Melrose sich schon gedacht hatte.

Wie sich dann aber herausstellte, verfügte Mr. Steptoe über endlosen Gesprächsstoff, obwohl es dabei ausschließlich um Gemüse ging. Rote Bete, Spargel, Pastinaken und Kartoffeln hatte er bereits abgehandelt und sich alsbald den Gerichten zugewandt, die Ruthven und der etwas schmalbrüstige junge Bursche auftrugen, den Ruthven als Servierhilfe aufgetrieben hatte. Jedem dieser Gemüse hatte Mr. Steptoe ganz ausgezeichnete Qualität bescheinigt, was Melrose zu der Bemerkung veranlasste, dies müsse auch so sein, schließlich habe man sie ja bei Steptoe gekauft! Darüber hatte sich Mr. Steptoe köstlich amüsiert und war dem Vorwurf der Prahlerei damit zuvorgekommen, dass er sagte, das habe er ehrlich überhaupt nicht im Sinn gehabt.

»Die passende Gemüsesorte, fachgerecht gekocht, macht nun einmal den Unterschied zwischen einer schlechten Mahlzeit und einer guten aus.«

»Erinnern Sie sich«, sagte Trueblood, an Melrose gewandt, »an die ausgezeichneten Flageolettbohnen in der Villa San Michele?«

Mr. Steptoe jauchzte leise auf. »Ah, Flageolettböhnchen! Die besten gibt es natürlich in Frankreich.«

Melrose dachte, seine Gäste hätten genau so gut im Le Manoir aux Quatre Saisons sitzen und Raymond Blanc lauschen können.

Mr. Steptoe fuhr fort: »Ja, in Paris hatte ich einmal ein sehr schmackhaftes Flageolettbohnengericht mit gekochten Aprikosen.«

»Das Grundnahrungsmittel der Hunza«, sagte Diane.

Alle Blicke schwenkten zu Diane hinüber, die diese rätselhafte Bemerkung vom Stapel gelassen hatte.

»Aprikosen«, sagte sie. »Das ist bei denen ein Grundnahrungsmittel.«

»Diane«, sagte Melrose, »wer zum Teufel sind die Hunza?«

Diane wischte die Frage mit rubinrot lackierten Nägeln beiseite. »Ach, irgend so ein Indianerstamm. Sind wir fertig mit Essen? Sitze ich im Raucherbereich? Ich bin ja hier unten ganz am Ende der Tafel, total abgehängt.«

»Sie haben doch mich, Diane«, meinte Jury und nahm ihr Feuerzeug, um ihr die Zigarette anzuzünden.

»Ach, *schön wär's!*«

»Komisch«, sagte Melrose, »ich erinnere mich ganz deutlich an die Villa San Michele – die prächtigen Deckengewölbe, die verblassten Fresken an den Wänden in der Lobby, den diskreten Service im Speisezimmer und diese spektakuläre Aussicht vom Balkon aus auf Florenz. An die Flageolettböhnchen kann ich mich allerdings gar nicht mehr erinnern.«

»Da können Sie Gift drauf nehmen«, sagte Agatha, »dass Melrose mit genussvollen Dingen nichts anzufangen weiß.« Dann fuhr sie fort, ein Broccoliröschen auf ihrem Teller herumzuschieben.

»Nicht unbedingt, Agatha. Bei Masaccio war es bestimmt nicht so. Es kam so weit, dass ich das Gefühl hatte, ihn zu kennen. Stimmt's, Marshall? Sie, ich und Masaccio: wir drei, wir beglücktes Häuflein Brüder.«

Gedankenverloren blies Diane ein Rauchwölkchen aus. »Das kommt mir bekannt vor. Ich stimme Melrose übrigens zu.« Da Diane auf der Reise nicht dabei gewesen war, konnte sie sich auf jede beliebige Seite schlagen. »Irgendein Schriftsteller sagte übrigens, Florenz würde gefühlsmäßig absolut *überfließen*. Es war

Henry... Henry... Ach, Sie wissen schon, dieser Schriftsteller, der so vernarrt war in Italien.«

»Henry James?«, sagte Vivian.

»Ja, genau der.« Diane blies wieder einen kunstvoll gebildeten Rauchfaden aus. »Wissen Sie was, Superintendent, Florenz würde Ihnen gefallen. Dort gibt es alle möglichen Arten von Verbrechen, wirklich interessante Verbrechen, Morde in der feinen Gesellschaft, so in der Art. Wie hieß noch gleich dieser Graf? Ja, der Conte di Rabilant wurde dort ermordet, glaube ich. Und Sie würden in der Uniform der *carabinieri* sicher stattlich aussehen. Sehr chic.« Diane schenkte ihm ihr schwül-sinnliches Lächeln. »Woran arbeiten Sie denn gerade?«

»An einer Schießerei.«

Das interessierte Diane. »Erzählen Sie uns doch davon, von dieser Schießerei. Vielleicht können wir ja helfen, vielleicht können wir die eine oder andere gute Idee beisteuern. Wovon Sie sich ja bereits –« Diane breitete ihren mit schwarzem Samt bedeckten Arm aus »– überzeugen konnten!«

»Das konnte er in der Tat«, bemerkte Melrose.

Trueblood stieß einen zwischen Schluckauf und Gelächter angesiedelten Laut aus. »Träumen Sie ruhig weiter, Diane.«

»Man kann aber doch nie wissen, wie die Einzelheiten auf jemanden wirken, der mit dem Fall absolut nicht vertraut ist. Meinen Sie nicht auch, Superintendent? Wenn man etwas zu lange anschaut, wird es einem so vertraut, dass es einem vorkommt, als sei es schon immer so gewesen.«

»Wovon reden Sie eigentlich?«, wollte Trueblood wissen.

»Ich fand das recht treffend ausgedrückt«, sagte Jury. »Nur, sehen Sie, heute ist doch Weihnachten. Können wir denn nicht einmal Urlaub machen vom Verbrechen?«

Nachdem Ruthven und sein junger Gehilfe die Speiseteller abgeräumt hatten, erschien der alte Butler mit dem Weihnachtspudding, den er vor Melrose hinstellte. »Möchten Sie, dass ich es mache, Sir?«

»Nein. Das ist doch mein größtes Vergnügen. Darauf freue ich mich das ganze Jahr. Reichen Sie mir das Feuerzeug.«

Ruthven gab ihm ein Feuerzeug, wie man es zum Anzünden von Zigarren verwendete. Dann wickelte er eine Serviette um eine Flasche Champagner und schenkte reihum ein.

Melrose klickte das Feuerzeug an und hielt es an den unteren Rand der Süßspeise. Unter freudigem Gemurmel schossen Flammen empor. Alle klatschten. Melrose stand auf und wartete, bis Ruthven alle Gläser gefüllt hatte, bevor er seines erhob. »Ein Toast! Auf ›uns wen'ge, uns beglücktes Häuflein Brüder‹.« Er blickte in die Tischrunde. »Und Schwestern.«

Während alle miteinander anstießen, sagte Diane: »Da ist es wieder. Ich *weiß* doch, dass ich das schon mal irgendwo gehört habe.«

»Heinrich der Vierte«, sagte Melrose.

»Ach, *natürlich*. Der alle die Ehefrauen geköpft hat.«

»Von mir aus«, versetzte Melrose.

In jener Nacht fand Melrose sich in seinen Träumen in der Brancacci-Kapelle wieder, wo er einige Maler bei der Arbeit beobachtete, von denen einer Trueblood war. Bloß schien Melrose ihn hier nicht besser zu kennen als die anderen. Er hatte schon eine schrecklich lange Zeit zugesehen – Tage, Woche, Monate? Woher sollte er das wissen? Er war fast am Verhungern. Als er sich umsah, bemerkte er plötzlich, dass jeder Arbeiter ein Lunchpaket dabei hatte, nur er selber nicht. Als er eins von den Lunchpäckchen offen daliegen sah und bemerkte, dass es einen Apfel enthielt, nahm er ihn und begann ihn zu verspeisen, während einer der Maler sorgfältig Evas Gesicht zeichnete.

»Los, los!«, schrie Melrose zu ihm hinüber. »Ich habe einen Tisch in der Villa San Michele reserviert, erinnern Sie sich?«

Geschmeidig sprang der jüngste Maler vom Gerüst und vollführte einen doppelten Purzelbaum.

»Angeber«, sagte Melrose.

Der Angeber riss Melrose den Apfelrest aus der Hand und biss davon ab. »Ein schönes Gericht mit Flageolettböhnchen, und ich bin glücklich«, sagte Masaccio.

50

Na, die mussten ja wütend sein!

Gemma hatte schon die Hand gehoben und wollte gerade beim Keeper's Cottage an die Tür klopfen, als sie ihre erhobenen Stimmen hörte und die Hand daraufhin wieder fallen ließ und einen Schritt zurücktrat. Sie war gekommen, um von Mrs. MacLeish wegen des Weihnachtsessens etwas auszurichten. Als sie die Stimmen hörte, wich sie jedoch erschrocken zurück.

Kitty Riordin und Maisie stritten sich. Gemma konnte ein paar Wörter ausmachen: Ohrringe... Bei dem Streit ging es um einen Ohrring. Gemma fragte sich, ob Kitty wohl entdeckt hatte, dass der goldene fehlte. Dachte sie, Maisie hätte ihn genommen?

Die Stimmen klangen wütend, man bekam richtig Angst davon. Gemma packte Richard fest, als fürchtete sie, die geballte Wut könnte ihn ihr aus den Händen schlagen. Er trug die neuen Sachen, die Ambrose ihm zu Weihnachten geschenkt hatte. Das Ensemble war schwarz: schwarzes Jackett, Hosen und Pullover. Der Anzug war so weich, dass sie sich Richard genüsslich über die Wange rieb, um es zu fühlen. »*Schwarz ist cool*«, hatte Ambrose in seinem Briefchen geschrieben. Gemma konnte nur noch staunen. In seinen neuen Kleidern sah Richard toll aus. Clever und gefährlich sah er aus, Eigenschaften, die er zwar schon immer gehabt hatte, die unter dem langen alten Kleid jedoch verborgen gewesen waren.

Ohrring? Nein, das war es nicht. Es ging um »*wohin* gehen« und »erledigen«. Gemma glaubte zu hören: »...wohin du gehen musst, um das zu erledigen.«

Das Fenster stand ein Stück weit offen. Wegen der alten, von einer Mittelstrebe unterteilten Fensterscheiben konnte sie die Leute dort drinnen nicht deutlich sehen. Sie waren nur als verzerrte Formen zu erkennen, verschwommen, zerrissen, als sähe sie sie vom Grund eines Wasserbeckens aus.

Plötzlich hörte das Streiten auf. Stille. Die Tür flog auf, bevor Gemma wegrennen konnte. »Gemma! Was machst du denn hier? Wie lange stehst du schon da?«

Gemmas Hals fühlte sich wie erstickt an von lauter Tönen, die sie einfach nicht herausbrachte. Maisie Tynedale drehte sich um und rief nach Kitty Riordin.

Als sie Gemma auf der Türschwelle stehen sah, holte Kitty vernehmlich Luft und wiederholte die Frage: »Wie lange stehst du denn schon da?«

Gemma schüttelte den Kopf und schluckte. Ihre Füße waren wie festgeklebt. Dann gelang es ihr, einen Fuß anzuheben, doch bevor sie sich rühren konnte, packte Maisie Tynedale sie am Arm und zog sie ins Cottage. Dann knallte sie die Tür zu.

Kitty war im Bademantel und hatte ihr Haar aus dem glatten, geschlungenen Knoten gelöst. Ohne Schminke sah sie viel älter aus. Sie war bestimmt hundert.

»Gemma«, sagte sie, »Liebes, komm doch rein.«

Angst durchströmte Gemmas Körper, während sie Richard fester an sich drückte. Dieses »Liebes« machte sie misstrauisch. So hatte Kitty sie noch nie genannt. Sie machte einen Satz in Richtung Tür, aber dort stand Maisie und krallte ihre Finger wie eine Beißzange in Gemmas Arm.

»Meine Güte, Kindchen, du möchtest doch bestimmt gern einen Kakao«, sagte Kitty. »Komm herüber in die Küche, ich habe gerade welchen gekocht.«

Gemmas hielt den Blick starr auf sie gerichtet. Kitty Riordin, der Gemma nach Möglichkeit immer aus dem Weg ging, war ihr noch nie so gefährlich vorgekommen wie jetzt, wo sie nett erscheinen wollte.

In der Küche war nichts Ungewöhnliches – Herd, Kühlschrank, vor der blassgelben Wand ein Tisch mit drei Stühlen, eine mit einem roten Gockelhahn verzierte Wanduhr. Der einzige Farbtupfer im Raum war dieser Gockelhahn.

Gemma machte den Reißverschluss an ihrem Daunenmantel auf und steckte Richard vorsorglich hinein für den Fall, dass jemand nach ihm greifen wollte. Dann machte sie den Reißverschluss wieder zu.

Sie hatten sie auf einen der Stühle gesetzt, und jetzt stellte ihr Kitty einen Henkelbecher mit Kakao hin und meinte, der würde sie aufwärmen. Auf der Anrichte standen noch zwei Henkelbecher, die sie aber nicht füllte. Stattdessen sah sie zu, ob Gemma aus ihrem trank. Maisie war ins Wohnzimmer gegangen und mit einer Flasche wieder gekommen, aus der sie Whisky in zwei kleine Gläser füllte.

Gemma wollte diesen Kakao nicht trinken, obwohl er sehr gut und stark aussah. Sie wollte nicht, wusste aber, dass es vielleicht noch schlimmer kommen würde, falls sie es nicht tat. Während Kitty vor ihr stand und Maisie sie genau beobachtete, trank sie aus. Keine sagte etwas. Sie schienen abzuwarten. Gemma lehnte den Kopf gegen die Wand und versuchte, an etwas Schönes zu denken, denn zu überlegen, wie sie von hier wegkommen könnte, war müßig, also tat sie es gar nicht erst.

Sie dachte darüber nach, was dies doch für ein seltsames Weihnachten war. Wie die übliche gespannte Aufregung fehlte (was sich in der letzten halben Stunde allerdings ganz schön geändert hatte!). Dass Heiligabend war, hatte sie erst *gespürt*, als sie nach dem Abendessen noch ein wenig nach draußen gegangen war und – zu ihrer größten Verwunderung und Überraschung – auf ihrem Sitz in der Buche ein Päckchen entdeckt hatte. Es war in Silberpapier eingewickelt und mit weißem Band verschnürt, und in dem Briefchen stand: »*Frohe Weihnachten, Richard!*« Sie war einfach platt gewesen: dass jemand für Richard ein Geschenk kaufte! Wie sich dann herausgestellt hatte, waren es Richards neue schwarze Kleider. Und es war von Ambrose.

Zuvor hatten ihr Benny und Sparky ihre Weihnachtsgeschenke gebracht. Sparky hatte einen Strauß Glockenblumen im Maul, den er ihr zu Füßen legte, dann trat er niesend beiseite und wartete auf ein Lob. Gemma bedankte sich und gab ihm den Knochen, den sie für ihn besorgt hatte. Ihr Geschenk für Benny (das sie in ganz viel Papier eingepackt hatte, um die Buchform zu kaschieren) war die Ausgabe von *David Copperfield*, in der, wie ihr Miss Penforwarden verraten hatte, Benny immer las. Sie hatte Miss Penforwarden gefragt, ob sie vielleicht eine Idee für ein Geschenk hätte, und das war es.

Benny hatte gesagt, sie solle sein Geschenk erst am Weihnachtsmorgen aufmachen, und sie hatte es ihm versprochen. Kaum war er aber weg, packte sie es natürlich gleich aus. Und hüpfte vor Freude: ein Fläschchen Penhaligon's Glockenblumen-Parfüm! Sie schraubte es sofort auf und tupfte sich ein bisschen davon auf.

Das alles hatte sich an diesem sanften Nachmittag und Abend gleichsam wie im Traum abgespielt.

Und jetzt, dachte sie, kam wahrscheinlich der Alptraum, der dem Ganzen ein Ende setzte. Sie hatte das Gefühl, als würde sie wegrutschen, als würde sie sich verflüssigen. Das Letzte, was ihre Ohren von dem Gerede der beiden noch ausmachen konnten, war irgendetwas über »Wasser und Brot«. Nun würde sie also ins Gefängnis kommen, dachte sie und schlief ein.

Wasser und Brot. Das war das Erste, was sie sah, als sie aufwachte. Der Kopf tat ihr weh, und sie wäre am liebsten gleich wieder eingeschlafen. Stattdessen tastete sie rasch in ihrer Jacke, ob Richard da war, und er war da. Sie zog den Reißverschluss an ihrem Mantel auf und holte ihn heraus.

Neben Wasser und Brot lag ein Kanten Käse auf einer kleinen Anrichte, auf der auch Teller, ein paar Töpfe und ein Mikrowellenöfchen standen. Der Raum war vollgestellt und düster, und bis auf

427

eine Wandleuchte über einem der beiden schmalen Betten brannte kein Licht. Es war eng, aber eigentlich recht nett. Warm und gemütlich. Über den Betten waren kleine Fenster; neben dem hier stand ein Tisch mit einer Schublade, die sie nun herauszog. Sie war voller Krimskrams, es gab aber auch einige Rollen mit Münzen und ein paar Schlüssel. Wo die Schlüssel wohl passen mochten, fragte sie sich.

Um aus dem Fenster sehen zu können, musste sie sich auf das Bett stellen. In dem Moment erscholl ein furchtbares Dröhnen, der Raum fing an zu schaukeln, und sie fiel herunter. Der Inhalt der Schublade ergoss sich auf den Boden, die Münzen rollten unters Bett. Als alles wieder ruhig und an seinem Platz war, kletterte sie noch einmal auf das Bett und schaute aus dem Fenster.

»Richard! Das ist ja ein *Boot*! Wir sind auf einem Boot auf dem *Fluss*!«

51

Sparky fand immer den Weg hin und zurück, sogar wenn es stockfinster war. Diese Seite des Ufers war allerdings stets hell erleuchtet, und gegenüber am anderen Ufer leuchteten Tausende von Glühlämpchen. Massige schwarze Haufen – ebenfalls erleuchtet – spannten sich über beide Seiten des Flusses und dienten anscheinend nur dem Zweck, Autos hin und her fließen zu lassen und natürlich dem Jungen und seinen Freunden Obdach zu gewähren. Dies war die wichtigste Funktion des nächstgelegenen schwarzen Haufens.

Manchmal hob Sparky den Kopf und sah die Vorübergehenden an, die sich wie Roboter bewegten, stur geradeaus blickten und nur auf das hörten, was in ihren Köpfen und Ohren war. *Runter, guckt runter, guckt doch runter, kommt runter, mit eurer Nase dicht am Boden und schnüffelt!* Ihr verpasst hier unten nämlich eine ganze Schnüffelwelt. Das höchste der Gefühle war, wenn einmal jemand, und es waren wenige, die Hand zu ihm hinunterstreckte, um ihn zu streicheln, aber lange hielten sie sich damit nicht auf.

Den schmalen betonierten Gehweg entlangschnüffelnd verbrachte er oft Stunden damit, Abfall und Lumpen zu durchstöbern. Er war bloß froh, dass er in diesem Zeug nicht mehr nach etwas Fressbarem suchen musste. Das war schlimm gewesen, als er noch jung war, bis ihn der Junge gefunden und ihm zu fressen gegeben und ihn von da an gefüttert hatte. Ja, er hatte den Jungen genau so lieb wie das Herumschnüffeln.

Er konnte die ganze Nacht aufbleiben, umherstreifen und tagsüber schlafen, wenn er wollte (na ja, außer natürlich, wenn etwas ausgeliefert werden musste). Er hatte auch einen Namen bekommen – Barky? Sparky? Perky? – ach, egal. Der Name war wegen dem Jungen wichtig. Bernie? Benny? Bunny? Na ja.

Sparky machte seinen Kontrollgang am Flussufer und dort, wo die schmalen, dunklen Straßen zusammenflossen, in denen einst nur Lagerhäuser gestanden hatten, wo heute jedoch Menschen wohnten und schicke Autos durch den Regen zischten.

Hier lag so ein Lumpenbündel. Sparkys feine Sinne wurden von dem Geruch so geschockt, dass er unwillkürlich zurückwich, als die Stimme plötzlich rief: »Hau ab, du Scheißköter!«

Sparky trottete weiter und kam sich dämlich vor, denn es passierte ihm nicht zum ersten Mal, und inzwischen müsste er eigentlich wissen, was ein Lumpenbündel war und was nicht. Der Mann sah sich schon nach etwas um, was er werfen konnte, als Sparky losrannte. Er sollte sich vor diesen erbärmlichen Geschöpfen besser in Acht nehmen. Einmal, als er so einen beschnüffelt hatte, packte ihn der unselige Kerl, warf ihm ein Seil um den Hals und nahm ihn mit zum Betteln an die große, belebte Geschäftsstraße. Es war immer nützlich, wenn man einen Hund dabei hatte, das wusste Sparky. Er wusste auch, dass er wieder abhauen konnte. Solche Leute konnten sich nämlich auf nichts konzentrieren. Als man ihm zwei Pfundmünzen in den alten Hut warf, wurde der Kerl so aufgeregt und wollte die Münzen schnell einsacken, dass er das Seil losließ und Sparky davonsauste, vom Strand zum Themseufer rannte und in null Komma nichts wieder bei dem Jungen war. Der war überglücklich, ihn zu sehen. Der arme Barney (Bernie?) hatte sich offenbar zu Tode geängstigt, und Sparky hätte ihm gern irgendwie klar gemacht, dass er ein spektakuläres Talent hatte, immer wieder irgendwo zurückzufinden, und ihn sein Geruchsinn nie im Stich ließ. Manchmal dachte er, er hätte vielleicht Weinverkoster statt Botenhund werden sollen. Oder Florist, wie die beiden in dem Laden mit den blauen Blumen.

Man hörte doch immer wieder diese unglaublichen Geschichten, erinnerte er sich, über Hunde wie ihn selbst, die es geschafft hatten, zu ihrem Herrchen zurückzufinden. Etwa von dem, der auf der Suche nach seinem frisch verzogenen Besitzer den ganzen Weg von Bognor Regis nach Bath zurückgelegt hatte. *Ach ja, wer's glaubt, wird selig*, dachte Sparky.

Wo war er eigentlich gerade? In der Stink Street. Er nannte sie so, weil einem hier mehr Gerüche begegneten als an irgendeinem anderen Ort, den er kannte, abgesehen von Marktplätzen. Die Stink Street hätte ihn fast umgehauen; sie lag zwischen all diesen alten Lagerhäusern, in die sich jede Menge junger Snobs mit guten Jobs und Geld einquartiert hatten. Hier konnte er den üppigen Duft von Pelzen schnuppern, der Geruch der Tiere, denen sie abgezogen worden waren, haftete ihnen noch an. Neue Reifen, Autos, Leder, der süßliche Geruch von Haschisch. Parfüm. Das Gemisch von parfümierten Gerüchen war so stark, dass es einen fast umgerissen hätte.

In der Stink Street fühlte man sich wie berauscht. An solchen Orten musste er aufpassen, sonst wurde er süchtig danach, dann würden sie ihn nicht mehr loslassen. Sparky lief weiter in Richtung Fluss.

Die Tür oberhalb der Treppenleiter, die sie an eine Dachbodenluke erinnerte, war seltsamerweise nicht abgeschlossen. Gemma schob sie an einer Seite hoch und sah plötzlich den nächtlichen Sternenhimmel und den weißen Mond, der hinter einer dunstigen Wolke schwebte. Mit Richard, den sie wieder in ihren Mantel gestopft hatte, kletterte sie nun ans Deck des Bootes und sah sich um. Sie machte den Reißverschluss auf und holte Richard heraus, damit er auch etwas sehen konnte. Das Boot war ziemlich groß. Sie hatte es vorher noch nie gesehen und konnte sich nicht denken, weshalb man sie hierher gebracht hatte.

»*Damit du nicht abhauen konntest*«, hörte sie Richard sagen.

»Okay, und was soll ich jetzt tun?«

»*Abhauen natürlich.*«

Manchmal ärgerte sie sich fast schwarz über seine Lösungsvorschläge. Seit er die neuen schwarzen Sachen hatte, kommandierte er sie unglaublich herum.

»*Es ist nicht unmög–*«

Gemma schob ihn wieder in ihren Mantel, damit er den Mund hielt. Dann orientierte sie sich erst einmal: das Boot befand sich näher beim einen Ufer als beim anderen, näher bei Big Ben als bei der Kathedrale von Southwark. Ziemlich in der Nähe lag eine Brücke, deren Namen sie aber nicht wusste. Benny hatte ihr einmal Fotos von der nächsten weiter unten gezeigt, daher wusste sie, dass das die Waterloo Bridge war. Hinter der Flussbiegung lag Big Ben. Sie hatte also ungefähr eine Vorstellung, wo sie war.

Zum Glück hielt das Boot ganz still, oder besser, der Fluss, und sie ging überall auf dem Deck herum, was nicht lange dauerte. Zu beiden Seiten eingebaut waren Sitzbänke mit Plastikkissen. Das Ding, von wo aus man das Boot steuerte, war weiter vorn. Um das Rad herum war Glas wie bei einer Windschutzscheibe, durch die der Kapitän gucken konnte, um zu wissen, wohin er fuhr. Sie würde sicher nie ausknobeln können, wie man das Boot fuhr. Außerdem lag es ja sowieso vor Anker. Etwas weiter drüben konnte sie etwas erkennen, das wie ein Bootssteg aussah. Und hinter dem Steg lag ein großes, gedrungenes Haus. Das Boot gehörte also wahrscheinlich zu dem Haus, und der Steg war für das Boot gedacht. Vielleicht war es so groß, dass es nicht bis ganz vorfahren konnte, also lag es hier vor Anker.

Richard würde sie bestimmt gleich auffordern, dort hinzuschwimmen, also kam sie ihm zuvor. »Ich kann nicht schwimmen!«

»*Jammer hier nicht rum, sonst wirst du nie –*«, drang es gedämpft von innen hervor.

»Ich jammer doch gar nicht!« Gemma schloss die Augen und hoffte, wenn sie sich nichts Neues anschaute, könnte sich ihr Kopf besser auf ihr Problem konzentrieren. Moment mal! Sie schlug die Augen auf. Es musste doch eine Möglichkeit geben, vom Ufer – vom Steg – zum Boot zu gelangen. Das Boot gehörte jemandem, und wenn derjenige hingelangen konnte, dann musste es doch eine Möglichkeit geben.

»*Gut, gut, gut, gut!*«, rief Richard.

Wenn es aber das einzige Boot war …? Gemma ging noch einmal langsam auf dem Deck herum und spähte über die Seite. Ein kleineres Boot, es sah aus wie ein Ruderboot, war seitlich an dem großen Boot festgebunden. Sie fragte sich, ob es fahrtüchtig war, ob es vielleicht irgendwo ein Leck hatte. Aber wenn, dann wäre es ja schon gesunken, oder nicht?

Sie wich zurück. Ich kann aber nicht hinunter –

»*Doch, kannst du, das ist doch keine Entfernung. Such dir ein Tau, auf jedem Boot gibt es Taue. Steh nicht bloß rum.*«

»Ich bin doch erst neun. Wie kann ich –?«

»*Ach, du meine Güte! Lass mich raus hier, dann such ich ein Tau!*«

Gemma holte Richard aus dem Mantel und hielt ihn vor sich hin. Während sie umherging, drehte sie ihn in verschiedene Richtungen, damit er das Deck inspizieren konnte. Langsam gingen sie auf dem Deck umher.

»*Da drüben!*«

Es war nicht bloß ein aufgerolltes Tauende, sondern schien auch noch ganz fest an einen kurzen Pfahl gebunden zu sein. Sie stopfte sich Richard wieder in den Mantel (während er immer noch lautstark Befehle erteilte), nahm das Tau und zog es an Deck bis zu der Stelle, an der das Ruderboot unten im Wasser lag. Es war lang genug. Sie hängte das Ende herunter und ließ das Tau bis zum Ruderboot aus. Dann lehnte sie sich mit dem ganzen Gewicht darauf und zerrte kräftig, um zu sehen, ob das Tau drüben am Pfahl hielt. Ja! Nur – wie sollte sie die Ruder betätigen? Mit allen beiden zu hantieren, auf jeder Seite eins, schaffte sie nicht.

»*Klar schaffst du es.*«

»Sei still, Richard! Du weißt nämlich *auch nicht* alles!«

»*Aber so ziemlich. Such dir was als Ruder.*«

In dem Moment schaltete sich in Gemma etwas aus und etwas anderes an. Es ging nicht mehr um die Frage, ob sie in der Themse ertrinken würde, sondern ob sie schlauer war als die beiden Frauen, die sie hierher geschafft hatten. Sie rannte zu der Falltür und stolperte die Treppe hinunter. In der kleinen Küche riss sie Schubladen auf und schleuderte Sachen heraus – nutzloses Besteck, Scheren, Plastiksachen – in den Schubladen war alles Mögliche: Messer, Flaschenverschlüsse, Bindfaden. Schließlich entdeckte sie einen großen Pfannenheber, bei dessen Anblick sie daran denken musste, wie Mrs. MacLeish Omelett machte: Sie hob die schon gebackene Eimasse mit dem Pfannenheber leicht an, dass das Ungebackene außen herum verlief. Wie Wasser um ein Ruder. Na ja, besser als gar nichts. Unter den übrigen Utensilien fand sie einen großen Suppenschöpfer. Damit müsste es gehen.

Sie hielt inne, setzte sich auf eines der Betten und kaute nachdenklich innen auf der Backe herum. Dann fielen ihr die Rollen mit Münzen ein, die unter das Bett gerollt waren, und sie bückte sich und versuchte, sie hervorzuholen, reichte aber nicht ganz hin. Mit der anderen Hand tastete sie auf dem Bett nach dem Suppenschöpfer, mit dem sie die beiden Rollen schließlich hervorbekam. Dann betrachtete sie die Utensilien, die auf dem Fußboden gelandet waren, und griff nach einem Schälmesser.

Sie richtete sich auf und holte Richard heraus. »Tut mir furchtbar Leid…«

»*Was? Was? Nicht mit dem Messer!*«

»Es tut bestimmt nicht weh. Sei still.« Sie zog ihm die Kleider aus, drehte ihn um und trennte mit dem Messer behutsam die Stiche an der Rückennaht auf. Ach, wie er protestierte! Dann entfernte sie die Hälfte der Füllung und ersetzte sie durch die beiden Rollen mit Münzen. Weil sie nichts hatte, womit sie ihn wieder hätte zunähen können, band sie ihn mit dem Bindfaden fest zu. Dann überprüfte sie die Naht noch einmal und vergewisserte sich, dass der Bindfaden hielt. In die eine Manteltasche steckte sie seine Kleider, in die andere die Füllung. Dann nahm sie den Pfannenheber und den Suppenschöpfer und lief hurtig die Treppe hinauf.

Sparky nieste. Es war wie eine Explosion, sodass er sich gleich rücklings hinsetzen musste. Er nieste wieder und schüttelte den Kopf, als wollte er ihm dadurch das Niesen austreiben. Dann trottete er an die Stelle im Hof, wo im Frühling Tulpen wuchsen. Was auch immer dort gewesen war, war jetzt steinhart und eiskalt. Dann inspizierte er einen Pflanzkübel, der gewöhnlich mit Primeln gefüllt war. Jetzt allerdings nicht. Er schaute um sich, sah aber sonst nichts.

Sparky kam gern hierher, der Vorplatz gefiel ihm. Es war angenehm, dort herumzuschnüffeln. In der Ferne schlug Big Ben die Stunde. Bis vier konnte Sparky zählen. Wieso er das konnte, war ihm ein Rätsel, aber irgendwie hatte der Junge ihm diesen Trick einmal beigebracht; er hatte etwas mit der Straße zu tun und damit, dass einem der Hut mit Münzen gefüllt wurde. Man hätte meinen sollen, er könnte sich den Namen des Jungen merken, der ihn vor einem Leben zwischen Mülltonnen errettet hatte, aber welche Rolle spielten schon Namen? Wenn man durch Blicke und Gesten begriff, dass man gerufen wurde, wozu war

434

dann ein Name noch wichtig? Er war sich nicht einmal sicher, wie der Junge hieß. Big Benny. Das gefiel Sparky.

An die Frau konnte er sich gut erinnern, sogar an ihren Namen. Das war ungewöhnlich für ihn, aber sie war ja auch ungewöhnlich gewesen. Wo war sie jetzt eigentlich? Er ließ die Ohren hängen; der Gedanke machte ihn traurig.

Dann nieste er.

Das Tau hatte gehalten, Gemma saß im schwankenden Boot. Es erschien ihr weniger stabil als vorher, als sie es von oben betrachtet hatte. Sie klopfte auf ihren Mantel, um sich zu vergewissern, dass Richard noch da war, obwohl sie es an dem zusätzlichen Gewicht ja merkte. Vorsichtig drehte sich Gemma langsam im Boot um. Sie sah direkt auf die Stelle am Ufer, auf die sie zusteuern wollte, und senkte den Pfannenheber ins Wasser. Dann versuchte sie, den Suppenschöpfer hineinzulassen und merkte, dass beides nicht ging, weil ihre Arme nicht lang genug waren. Es hätte aber auch so nicht funktioniert, denn die Dinger waren zu klein und konnten nicht genug Wasser wegschieben, um das Boot in Bewegung zu setzen. »Ich bin vielleicht blöd!«, sagte sie laut.

»*Ganz meiner Mei –*«

»Sei still!«

Sie drehte das Ruder aus der Halterung, schob das eine Ende gegen das Boot und stieß das Ruderboot ab. Mit einem Ruder ging es, wenn sie beide Hände nahm. Mit beiden zu rudern, hätte sie nie geschafft. Als sie es versuchte und dabei feststellte, dass das Boot mit nur einem nicht geradeaus fuhr, ruderte sie abwechselnd nacheinander auf jeder Seite. Das Boot bewegte sich vorwärts, und obwohl sie nicht besonders schnell vorankam, konnte sie sehen, wie das Haus und der Bootssteg sich langsam näherten.

Wenn sie die Hände frei gehabt hätte, hätte Gemma geklatscht. So verkündete sie an Richard gewandt bloß: »Du bist nicht der Einzige, der hier schlau ist.«

Seine Antwort klang zwar gedämpft, aber nicht schmeichelhaft.

Glockenblumen.

Das war es, was ihm in die Nase kam, was ihn zum Niesen brachte. Es verstärkte sich, als er schnüffelnd ums Haus streifte. Er war verblüfft: dieser Geruch sollte eigentlich gar nicht hier sein, sondern dort, wo das Mädchen wohnte, dem er die Glockenblumen gebracht hatte. (Jimmy? Janie? Jemima?) War sie etwa hier? War sie hier gewesen?

Er schnüffelte den Bootssteg entlang. Er hasste es, so nah am Wasser zu sein. Sein Kopf fuhr hoch, denn er spürte etwas. Als er ganz am Ende des Bootsstegs auf den Fluss hinausblickte, sah er ein kleines Ruderboot näherkommen. Er lief aufgeregt hin und her, hin und her.

Dann sah er sie und fing an zu bellen.

Gemma konnte es kaum glauben, als sie einen Hund hörte. Wieso rannte dort auf dem Bootssteg ein Hund auf und ab und bellte sich die Seele aus dem Leib –?

»Sparky!«

Das Boot stieß gegen den Steg und drehte sich. Sparky schaute über die Kante. Der Steg war so hoch, dass das Mädchen (Jimmy? Jeanna?) nicht heraufreichte. Plötzlich landete ein Tau, das irgendwo angebunden war, auf dem Steg. War das etwa diese verdammte Puppe? Die war an das Tau gebunden. Er schnappte die Puppe mit den Zähnen, und das Tau hing erst ziemlich durch, doch er packte kräftig zu und zog es auf den Steg.

Gemma überlegte: Woher sollte Sparky wissen, was er mit dem Tau anstellen musste? Liebe Güte, er war schließlich bloß ein Hund. Ja, das schon, aber ein sehr schlauer. Sie wollte, dass er das Tau um etwas herumschlang, um irgendetwas, wo es Halt fand. Einer der Poller ginge doch. Sie brauchte bloß etwas, wo sie sich ein bisschen abstützen konnte, um hinaufklettern zu können. Der Abstand war nicht so groß. Als sie zu den Pollern hinaufsah, bemerkte sie ein zweites Ruderboot, das unter den Bootssteg und wieder weg trieb, bloß dass dieses einen Motor hatte. Es war auch nicht besonders fest vertäut. Maisie Tynedale musste es sehr eilig gehabt haben wegzukommen, dachte sich Gemma.

Als das Tau schon ganz straff war, hielt Sparky die Puppe (die ziemlich schwer war) immer noch fest im Maul und blickte um sich. Er zog die Puppe und das Tau zu einem Poller hinüber und hatte gerade noch genug Platz, um das Tau ein paarmal herumzuschlingen. Nachdem Gemma daran gezogen hatte und es hielt, begann sie hinaufzuklettern.

Sparky hüpfte aufgeregt herum, als es Gemma gelang, sich eine Hand über der anderen auf den Bootssteg hoch zu hieven.

»Sparky!« Gemma packte ihn und drückte ihn an die Brust, bis er *fast* keine Luft mehr kriegte. Darauf war er eigentlich nicht so scharf.

Dann band sie Richard los. Erstaunlicherweise war er immer noch derselbe; er war nicht einmal nass geworden. Sie vergewisserte sich gerade, dass die Schnur noch hielt, als sie den Wagen hörte.

Alle beide hörten den Wagen.

Er fuhr in den Hof, der Wagenschlag wurde zugeknallt, der Motor lief noch und die Scheinwerfer blieben eingeschaltet. Gemma wusste, dass sie es waren, oder jedenfalls eine von ihnen, entweder Kitty oder Maisie. Eine von ihnen hatte sie hierher gebracht. Sie hatte damit gerechnet, hatte aber immer noch Angst. Selbst wenn sie wieder ins Boot hätte springen können, blieb dafür jetzt keine Zeit mehr.

Ins gleißende Licht der Scheinwerfer getaucht, kam die Frau auf sie zu. Als sie den Bootssteg erreicht hatte, blieb sie jedoch unvermittelt stehen. Es war Maisie. Sie starrte Gemma mit riesengroßen Augen an. »Mein Gott! Wie um alles in der Welt –?«

Gemma ließ sich zu Sparky nieder. »Sparky, fass!«

Sparky sprang los. Er hatte vorher noch nie diesen Befehl erhalten und sah jetzt seine Chance gekommen. Er stürzte sich auf Maisie, packte sie am Fußgelenk und ließ sich wild hin und her schütteln, wurde angeschrieen, *weg da, weg da*. Verflucht.

Gemma hielt Richard fest umklammert und sah zu. »Schmeiß sie um, Sparky, den Kopf nach unten!« Gemma kam näher.

Sparky ließ das Fußgelenk los und sprang an Maisies Unterarm hoch. Um den Hund abzuschütteln, musste diese sich hinunterbeugen, den Kopf senken –

Gemma sprang auf sie los wie zuvor Sparky, holte mit dem Arm aus und haute ihr Richard mit all ihrer noch verbliebenen Kraft auf den Kopf. Mit einem dumpfen Schlag fiel Maisie auf die Planken nieder.

»*Lass mich noch mal draufhauen! Hau noch mal drauf!*«

Das war Richard. Gemma fand, dass er es sich verdient hatte, holte aus und schlug Maisie noch einmal die Puppe auf den Kopf. Dann versetzte sie ihr für alle Fälle noch einen Schlag. Gemma hätte gute Lust gehabt, sie umzubringen, sie vom Bootssteg zu rollen und ertrinken zu lassen.

Das tat sie aber nicht. Sie ließen sie einfach dort liegen.

52

Sparky ging voran, Gemma folgte. Sie wusste nur, dass dieser Weg an der Themse entlang führte, hatte aber überhaupt keine Ahnung, wo die Swan Lane lag, deren Straßenschild sie gerade passiert hatten. Er schien genau zu wissen, wo er hin musste und blieb ab und zu stehen, um sich zu vergewissern, dass sie direkt hinter ihm war.

Einmal hielt ein Wagen neben ihnen an, fuhr an den Randstein, und der Fahrer beugte sich so weit herüber, wie er konnte, und sagte: »Willst du mitfahren, Kleine? Ich bin gerade auf dem Weg nach –«

Wohin, erfuhr Gemma erst gar nicht, denn Sparky warf sich gegen die Wagentür, knapp vor der Nase desjenigen, der das Angebot gemacht hatte.

»Verdammter Mist!«, schrie der Mann und wich erschrocken vom Fenster zurück. Als er Gas geben wollte, starb ihm auch noch der Motor ab, und Sparky, der wahrhaftige Stabhochspringer, warf sich knurrend und Zähne fletschend gegen den Wagen. Da musste Gemma lachen. Der Mann raste schließlich davon, als wäre der Leibhaftige hinter ihm her.

Gemma hüpfte vergnügt auf dem Gehweg umher, als wären sie auf einem Spaziergang in Kensington Gardens. Ihr war lange nicht nach Hüpfen zumute gewesen, aber jetzt hatte sie Lust dazu. Wie gern würde sie sich wie Sparky auf etwas werfen, das dann Angst kriegte und wegrannte. Aber dazu müsste sie ja auch bellen und beißen können wie Sparky.

Mittlerweile hatten sie das Victoria Embankment fast erreicht, und die Waterloo Bridge lag gar nicht mehr weit entfernt breit und schwarz vor ihnen. Gemma gefielen die Lichter auf der anderen Seite der Themse, es war, als ob ein wahres Meer aus lauter kleinen Lichtern über ganz London lag. Als Sparky ein paar Stufen hinunterging, machten seine Krallen auf dem kalten Beton *klick, klick*. Gemma fragte sich, wohin sie eigentlich gingen, hatte aber nichts dagegen, weit zu laufen, denn sie war immer noch ein wenig benommen und froh, dem Schrecklichen entflohen zu sein, das die beiden Frauen für sie ausgeheckt hatten. Sie wusste nicht, ob sie Maisie *tatsächlich* umgebracht hatte, und tröstete sich mit dem Gedanken, dass sie die Schuld daran ja Richard in die Schuhe schieben könnte.

»*He, he!*«

»Ach, sei still, Richard!« Sie schüttelte ihn ein bisschen. Er trug wieder sein schwarzes Ensemble. Sparky hatte vorhin geduldig abgewartet, während sie sich auf die Stufen vor einem Gebäude gesetzt hatte, um ihn anzuziehen und die Füllung hineinzustecken. Sie würde ihn später zunähen, wenn sie Nadel und Faden hatte.

Sie hatten die breite Straße überquert und dabei neugierige Blicke von Leuten in Autos geerntet – woher kam plötzlich dieser ganze Verkehr? – , aber keiner war neugierig genug gewesen anzuhalten. Sie waren direkt an der Waterloo Bridge. Staunend betrachtete Gemma all die schlafenden Gestalten. Unter der Brücke waren ja lauter Leute! Sie kam sich vor wie in einem Märchen. Dann überlegte sie, ob es vielleicht die »Obdachlosen« waren, von denen sie schon gehört hatte. Von denen hatte sie immer eine recht vage Vorstellung gehabt: Männer und Frauen, die im Dämmerzustand herumwanderten, auf der Suche nach ihren Häusern, den Orten, die sie fast vergessen hatten oder von denen sie vergessen worden waren.

Gemma war nämlich, seit sie damals zum ersten Mal den Fuß ins Tynedale Lodge gesetzt hatte, kaum in der großen weiten Welt gewesen. Und der einzige Mensch, der mit ihr in Parks oder Läden oder ins Kino gegangen wäre, war jetzt zu krank dafür. Die anderen schienen meistens gar nicht zu merken, dass sie da war. Bis auf das Personal. Mr. Barkins konnte Gemma nicht leiden, aber Rachael, das Hausmädchen, nahm sie mit und machte mit ihr Weihnachtseinkäufe, was Gemma sehr gefiel. Bei der Gelegenheit hatte sie für Benny auch *David Copperfield* erstanden. Miss Penforwarden war genauso nett, wie Benny erzählt hatte. Sie lud Rachael und Gemma ein, sich zu ihr zu setzen und bot ihnen Tee und kleine Kuchen an. Dann unterhielt sie sich mit Rachael, während Gemma im Laden umherging und die vielen Bücher bestaunte. Mr. Tynedale hatte zwar auch eine Bibliothek, aber nicht mit so vielen Regalen, die von vorne bis hinten mit Büchern bestückt waren.

Weihnachten! Inzwischen war es bestimmt schon nach Mitternacht, also Weihnachtstag! Sparky schnüffelte bei einem der Schläfer herum, und als der sich aufsetzte, stellte Gemma erstaunt fest, dass es Benny war. Fast hätte sie Richard fallen lassen. Nahm es mit den erstaunlichen Dingen in dieser Nacht denn gar kein Ende? Sollte weiter eins nach dem anderen kommen, abwechselnd schrecklich und wunderbar? »Benny!«

Seine Stimme klang verschlafen. »Gemma?« Er schüttelte den Kopf, sein Blick wanderte von Sparky zu Gemma und wieder zurück.

Und dann, beim Anblick eines Menschen, der ihr endlich wirklich helfen konnte, fühlte Gemma, wie sich eine Schleuse öffnete und ein Tränenstrom aus ihr hervorbrach. »Jemand wollte mich *umbringen!*«

Dass Gemmas Auftauchen mitten in der Nacht unter der Waterloo Bridge höchst seltsam war, vergaß Benny und meinte bloß: »Nicht schon wieder!«, bevor er gleich wieder auf seine Schlafmatte zurücksank.

53

Das Klopfen an der Tür holte Jury unsanft aus einem Schlaf, der so tief und weich war wie das Plumeau, das ihn bedeckte, und die italienischen Laken, zwischen denen er ruhte. Gefolgt wurde das Klopfen von Ruthven, der in Morgenmantel und Hausschuhen erschien, um den Superintendenten wissen zu lassen, er habe einen Anruf für ihn, und ihm das Telefon neben das Bett stellte.

Gestern Abend hatte ihm Ruthven auf einem Silbertablett einen Schlummertrunk gebracht und gefragt, ob er sonst noch etwas wünsche. Jury hatte sich im Zimmer umgeblickt und erwidert: »Nur meinen Lebensabend in diesem Zimmer beschließen zu dürfen.«

Ruthven hatte etwas gekünstelt gelacht und sich die Bemerkung erlaubt, der Superintendent zeige doch aber noch gar keine sichtbaren Spuren eines herannahenden Lebensabends.

Das Zimmer, dachte Jury, während er sich so umblickte, war das absolute Gegengift zu einem Leben mit durchgelegenen Matratzen, fadenscheinigen Teppichen und ausgeleierten Sofas. Eine Wand nahmen Bücherregale ein, zwischen denen in regelmäßi-

gen Abständen kleine Messinglampen angebracht waren. Vor
dem Bücherregal standen ein Ledersessel in einem so tiefen Rot,
dass es in den Ecken fast schwarz wirkte, und ein Tischchen, auf
dem man seine Teetasse oder sein Whiskyglas abstellen konnte.
Das Arrangement forderte den Bewohner des Raumes geradezu
auf, ein Buch hervorzuholen und sich hinzusetzen. An der gegenüberliegenden Wand befanden sich zahlreiche Fenster mit Samt-
vorhängen. Jury hatte auf eine weiße, etwas brüchige Statue hin-
untergesehen, die neben einem von Trauerweiden gesäumten
kleinen Teich im rückwärtigen Teil des Gartens stand. Es war alles
in allem das romantischste Zimmer, das Jury je gesehen hatte, so
vollkommen und still, so friedlich und besänftigend. Ein ganzes
Jahr lang könnte er schlafen, hatte er sich gedacht, als er nachts
zuvor in das wohlig weiche Bett gestiegen war.

Stattdessen kam um halb vier Uhr morgens nun dieser Telefonapparat mit einem Anruf von der City Police. Es war Mickey,
der Jury darüber informierte, was geschehen war – so weit er es
jedenfalls wusste – und wem. »Sie will es aber keinem genau erzählen, außer Ihnen oder Ambrose. Wer ist denn dieser Ambrose?«, fragte Mickey.

»Ein Freund. Dass sie das überhaupt geschafft hat! Liebe Güte,
sie ist schließlich erst neun.«

»Vergessen Sie nicht den Hund, der ist sicher erst zwei oder
drei.«

Inzwischen stand Jury aufrecht da. »Ich bin sofort bei Ihnen«,
sagte er.

»Die Kinder sind hier bei Croft. Offenbar kennen Sie die Kinder, jedenfalls kennen die Sie. Ich bekäme gern mehr aus dem
Mädchen heraus als einsilbige Antworten.«

»Fragen Sie den Hund.«

»Sehr witzig. Miss Tynedale, alias Riordin, hat man ins Krankenhaus gebracht. Ein paar Beulen am Kopf, nichts Ernstes. Sie ist
wach, macht aber den Mund nicht auf. Ich will mir unbedingt noch
die Mutter vorknöpfen. Was soll ich mit den Kindern machen?«

»Fürs Erste meine ich, sie sollten nach Hause gehen, einen Malzkaffee trinken und dann ab ins Bett. Der armen Kleinen muss ja furchtbar zumute sein.«

Mickey wandte sich vom Hörer ab, und Jury konnte Gemmas Stimme recht deutlich hören, die offenbar protestierte. »Sie hasst Malzkaffee, will eine Tasse schwarzen Kaffee. Und sie wollen hier bleiben, bis Sie kommen.«

»Okay, aber sagen Sie ihnen, sie müssen sich irgendwo hinlegen und ein bisschen schlafen.«

Mickey lachte. »Man merkt, dass Sie keine Kinder haben, Richard.«

Die Bemerkung versetzte Jury einen seltsamen Stich. Er gab jedoch nicht zurück: *Und doch bin ich es, mit dem sie sprechen wollen, Mickey*, sondern verabschiedete sich nur.

Als Jury nach unten kam, war Melrose Plant nicht nur wach, sondern angezogen und erwartete ihn mit einer Kanne Kaffee. »Ruthven sagte mir, es war die Polizei.«

»Haggerty. Danke.« Jury stürzte den Kaffee in einem Schluck hinunter. »Gemma Trimm wurde entführt –«

Melrose wäre fast vom Stuhl aufgesprungen.

»– aber jetzt ist alles völlig in Ordnung. Sie will uns sehen, Sie und mich.«

Melrose nahm Wagenschlüssel und Mantel. »Also, dann los.« Er fuhr mit den Armen in die Ärmel seines schwarzen Kaschmirmantels.

Jury sagte: »Sie tragen wieder Ihre schwarzen Sachen.«

»Ah! Diesmal sind es aber andere schwarze Sachen.«

»Cool. Dann los, Sie toller Typ.«

Sie traten in den frostigen, noch dunklen Morgen hinaus.

Vom Haus aus wurde der Fluss mit Lichtern überflutet, und eine starke Polizeipräsenz in Gestalt von einem guten Dutzend Männern und Frauen in Uniform oder Zivil stand neben dem Haus und auf dem Bootssteg unten.

»Wo ist DCI Haggerty?«, fragte Jury.

»Zum Tynedale Lodge gefahren, um die Riordin zu holen«, sagte ein gewisser Sergeant Knobbs, der Jury nicht leiden konnte. Oder dem jedenfalls die Anwesenheit von New Scotland Yard nicht passte.

Jury überlegte – allerdings nicht laut –, ob es nicht etwas verfrüht war, Kitty Riordin zu holen.

»Die Kinder sind in der Bibliothek. Hier, ich zeige Ihnen –«

»Nicht nötig, Detective. Ich war schon einmal hier. Danke.«

Knobbs unterzog Melrose Plant einer genauen Musterung. Jury sparte sich, die beiden miteinander bekannt zu machen. »Der gehört zu mir.«

»Als was?«, wollte Melrose wissen, während sie in Richtung Bibliothek davongingen.

Gemma und Benny waren sofort hellwach. Gemma warf Jury finstere Blicke zu, Melrose wurde mit süßen Blicken bedacht.

Benny fing gleich an: »So was hab ich noch nie gehört, Mr. Jury. Wie unsere Gemma von dem Boot runtergekommen ist –«

Jury kniete sich hin und legte ihr die Hände auf die Arme. »Was ist denn passiert, Liebes?«

Fuchsteufelswild funkelte Gemma ihn an. »Umbringen wollten die mich. Die hatten mich gefangen bei Wasser und Brot.«

»Und Käse, hast du gesagt«, meinte Benny.

»*Benny*, lass mich doch erzählen. Es war bloß ein *bisschen* Käse. Ich war auf dem Boot da draußen«, sie deutete hin, »und wenn Richard nicht gewesen wär, wär ich wahrscheinlich gestorben.«

Jury lächelte. »Ich freue mich natürlich, dass ich dir helfen konnte, obwohl ich nicht ganz verstehe –«

»*Sie*? Sie haben ja *gar nichts getan*! Sie hätten mich ja einfach umbringen lassen. Ich meine *den* Richard hier.« Sie hielt Jury die Puppe ins Gesicht, überlegte es sich dann aber anders und begann auf Jury einzuschlagen, haute ihm ein paarmal gegen die Brust und schrie: »Sie haben doch gewusst, dass mir was Schlimmes pas-

444

sieren könnte, und sind einfach abgehauen, einfach abgehauen!«
Sie schlug wild um sich, trat Jury gegen die Beine und trommelte
auf seinen Brustkorb. Weinte, dass die Tränen stoben. »Sie sind
zu nichts nutze. Ambrose, der hat mir viel mehr geholfen. Sogar
Sparky hat geholfen, mich zu retten!«

Als er seinen Namen hörte, kam Sparky herübergerannt und
bellte Jury an.

Jury zog Gemma an sich, legte die Arme um sie und tätschelte
ihr den Rücken. Dabei sagte er, sie hätte ganz Recht, wenn sie
sauer auf ihn war, und es täte ihm Leid. Es täte ihm ganz furchtbar Leid, dass er nicht hier gewesen sei, und es stimmte, er hätte
auf sie aufpassen sollen. Schließlich beruhigte sie sich, und er gab
ihr sein frisches Taschentuch.

Melrose sagte: »Ich war auch nicht hier, Gemma. Wie habe ich
denn geholfen?«

Um Erfolg oder Wahnsinn der Situation zu bezeugen, schob sie
Richard, die Puppe, wieder vor. »Sie haben ihm neue Kleider besorgt.«

»Schwarze«, sagte Jury.

»Und das hat geholfen?«

»Ja, klar. Vorher hatte er bloß das scheußliche alte Nachthemd
anzuziehen. Aber mit seinen neuen schwarzen Sachen konnte er
denken.«

»Cool«, sagte Jury und lächelte.

»*Voll* cool«, sagte Melrose.

Und dann setzten sie sich alle hin (Sparky inbegriffen), und
Jury und Melrose bekamen eine Menge Seemannsgarn zu hören.

54

Mickey hatte sie zur Polizeistation Snow Hill gebracht. Als Jury dort eintraf, saßen die beiden in einem mit Tisch und zwei Stahlrohrstühlen möblierten Raum. Wände und Decke waren weiß gestrichen, was eine etwas verwirrende Wirkung hervorrief: eine helle, weiße, spärlich möblierte Welt, bar aller Wärme, Farbe und menschlichen Nähe. Ein Leerraum.

Jury stand mit verschränkten Armen an die Wand gelehnt. Kitty Riordin hob den Blick und sah ihn mit rätselhaftem Ausdruck an.

Mickey schob ihr sein Päckchen Silk Cut hin und sprach gleichzeitig in den Kassettenrecorder, soeben sei Jury eingetreten. Dann fragte er: »Wann haben Sie es ihr gesagt? Wie lange ist das her?«

»Habe ich gar nicht, sie hatte Verdacht geschöpft – nennen Sie es Intuition, eine Ahnung, angeregt durch alte Fotos und – vielleicht noch wichtiger – den Verdacht, dass Oliver Tynedale sie nicht besonders mochte. Dass er sein eigenes Enkelkind nicht mochte, wäre schlichtweg unmöglich. Egal, was er oder sie täte. So war er eben.«

Sie sprach mit dem beschwingt-anmutigen Rhythmus der jungen Irin und dabei doch der Selbstsicherheit einer Person, die an Wohlstand und Privilegien gewöhnt ist. Es hatte auf sie abgefärbt, diese Art Autorität, die durch Geld und Macht gewährleistet wird. Oliver Tynedales Einstellung Geld und Macht gegenüber war dies ironischerweise überhaupt nicht.

»Er mochte Erin nicht?«

»Er mochte sie nicht *besonders*. Nicht so, wie er diese kleine Gemma vergöttert, die er von der Straße aufgelesen hatte.«

»Haben Sie deshalb auf sie geschossen? Weil sie befürchteten, sie könnte Maisie – ich meine, Erin – als Haupterbin Ihres *Arbeitgebers* ausstechen?«

Jury lächelte. *Gut getroffen, Mickey.* Allerdings glaubte er nicht, dass es allein um das Erbe ging. Kitty wollte Gemma nicht nur wegen des Tynedale-Vermögens loswerden, sondern auch weil Oliver das Mädchen besser leiden konnte als Maisie. Sie hatte ungeheuer viel auf sich genommen – das Risiko, die beiden Babies zu vertauschen, die ständige Furcht vor möglicher Entdeckung. Sie hatte ihre Tochter Erin in Maisie Tynedale verwandelt und war in die Tynedale-Dynastie eingebrochen. Mit aller Macht wollte sie damit sich selbst beweisen, dass sie, Kitty Riordin, kein »irischer Bauerntrampel« war. Woher haben wir eigentlich diese Vorstellung davon, wer wir sind?, fragte sich Jury.

»Ja«, sagte Kitty als Antwort auf Mickeys Frage. »Oliver Tynedale wollte unbedingt eine Enkelin.«

»Und dann tauchte Gemma Trimm plötzlich wie aus dem Nichts auf –«

Kitty lächelte gequält. »Was soll das alles jetzt noch? Gemma, sollten Sie inzwischen wissen, ist viel mehr eine Tynedale, als meine Erin je hätte sein können. Gemma ist zäh. Ich meine, wirklich zäh. Es bräuchte schon eine Naturgewalt, eine Flutwelle oder einen Tornado, um diesem Kind beizukommen.«

»Und deshalb haben Sie heute Abend erneut versucht, sie aus dem Weg zu schaffen?«

»Sie hörte, wie ich mit Erin sprach. Sie hörte den Namen. Ich musste doch dafür sorgen, dass Gemma keinem etwas sagte, oder? Erin ist zu weich. Sie war absolut dagegen, das Kind auf dem Boot dort zu lassen. Sie hätte sich vergewissern sollen, dass das Ruderboot losgebunden war und davontreiben konnte. Das hätte sie tun sollen. Stattdessen behauptet sie, Gemma hätte es unmöglich bedienen können.«

Mickey musterte sie schweigend. Die Stille dehnte sich aus. Auf seine Art konnte Mickey ganz schön nerven.

»Und Simon Croft?«, fragte er schließlich

»Was ist mit dem?«

Jurys Antennen fuhren aus. Er stieß sich von der Wand ab.

447

Mickey sagte: »Er fand es heraus, stimmt's?«

»Nicht dass ich wüsste.«

»Wieso haben Sie dann –?«

»Habe ich was?«

»Wieso haben Sie ihn dann erschossen?«

»Habe ich gar nicht.«

Mickey war wie elektrisiert, fast wäre er aufgesprungen.

Kitty schien tatsächlich amüsiert. »Tut mir Leid, dass ich Sie enttäuschen muss. Vielleicht hat Simon ja etwas herausgefunden, aber das war es nicht.« Ungerührt wischte sie sich ein wenig Asche vom Ärmel. »Dann müssen Sie eben noch mal von vorn anfangen, die Sache zu lösen.«

Mickey und Jury sahen einander an.

»Sie sagten, Simon Croft hatte vielleicht etwas herausgefunden –?«

»Schon möglich. Etwas über Alexandras Mann.«

»Ralph Herrick. Sie kannten ihn.«

»Flüchtig. Er war ja kaum zu Hause.«

Als sie schwieg, meinte Jury: »Würden Sie das näher ausführen?« Er wunderte sich, dass Kitty nicht schon längst nach einem Anwalt verlangt hatte.

»Kann ich nicht. Einmal hörte ich Simon mit Oliver sprechen, es hatte irgendetwas mit Ralph und diesem Buch zu tun, an dem Simon schrieb.«

»Es hätte also alles Mögliche sein können?«, sagte Mickey und stand auf, um im Raum umherzustreifen.

»Hat Alexandra Ihnen gegenüber je ihr anderes Kind erwähnt?«, fragte Jury.

Mickey blieb abrupt stehen und sah Jury überrascht an.

Kitty schien ebenfalls überrascht. »Ja. Das Baby wurde adoptiert.«

»Was sagte sie sonst noch darüber?«

»Sie sagte, es war eine einzige Katastrophe. Das Allerschlimmste, was ihr je widerfahren ist.«

»Sagte sie auch, warum?«

Mickey schaltete sich ein: »Vielleicht, weil ein uneheliches Kind damals weniger akzeptiert worden wäre als heute.«

»Ja«, sagte Jury. »Aber ›das Allerschlimmste‹? Eine ›Katastrophe‹? Das sind ziemlich starke Worte für jemanden in Alexandras Situation. Ihr Vater hätte doch alles irgendwie geregelt. Und wenn ich mich nicht sehr in ihm täusche, hätte Tynedale gern ein Enkelkind gehabt.«

»Ich weiß bloß, dass sie sagte, sie sei ein paar Monate weggefahren und habe Oliver gesagt, sie wolle mit einer Freundin durch Frankreich reisen. Das Baby wurde am Guy-Fawkes-Tag geboren, also Anfang November. Sie tat immer so, als würde das ganze Feuerwerk ihretwegen veranstaltet. Ich hatte das Gefühl, dass es ihr sehr schwer gefallen ist, das Baby herzugeben.«

Eine Zeitlang schwiegen sie, bis Mickey sagte: »Sie haben Tynedale nie von diesem Baby erzählt. Warum nicht?«

»Wieso sollte ich? Es wäre doch kaum in meinem Interesse, oder in Erins.«

Jury vermutete, dass sie alles nach diesem Kriterium bemaß.

»Also, habe ich Ihnen eigentlich nicht schon genug geholfen?« Sie blickte zwischen Mickey und Jury hin und her. »Vor allem, wenn man bedenkt, weshalb ich eigentlich hier bin.«

Mickey ging zur Tür hinüber und sah auf den Flur hinaus.

Jury sagte: »Eine Frage noch. Wusste sonst noch jemand darüber Bescheid? Francis Croft zum Beispiel?« Emily Croft wusste es, aber das erwähnte er nicht.

»Keine Ahnung. Das bezweifle ich.«

Jury stellte immer noch Fragen, als eine Wachtmeisterin hereinkam, um Kitty wegzubringen. »Wie ging die Adoption vonstatten?«

Sie antwortete nicht mehr, sondern wurde von der Wachtmeisterin abgeführt.

Während sie mit Kitty Riordin gesprochen hatten, war es bereits hell geworden. Jury sagte: »Vom Vater des unehelichen Kindes war nicht die Rede. Ist Ihnen je der Gedanke gekommen, es könnte ja Francis Croft sein?«

Überrascht drehte sich Mickey von der Tür her, durch die Kitty Riordin hinausgegangen war. »*Was?* Ach, jetzt hören Sie aber auf, Rich!«

»Es leuchtet doch ein, nicht? Wieso sollte sie diese Schwangerschaft verheimlichen? Der einzige Grund, den ich mir denken kann, ist der, dass Crofts Vaterschaft für Oliver Tynedale ein solcher Schock gewesen wäre, so total inakzeptabel, dass Alexandra es ihm einfach nicht sagen konnte.«

Mickey rieb sich mit den Händen übers Gesicht. Er sah erschöpft aus. »Irgendwie leuchtet es schon ein.« Er lächelte schwach. »Ach, es ist Weihnachten und wir sind jetzt schon fast die ganze Nacht auf.« Er seufzte. »Verdammt, sieht so aus, als könnten wir bei Simon Croft wieder ganz von vorn anfangen. Außer wir glauben ihr nicht.«

»Doch, ich glaube ihr. Wir müssen nicht von vorn anfangen. Und Sie haben noch nicht mit Erin Riordin gesprochen.« Jury musterte Mickey besorgt. »Sie haben herausgefunden, was Sie wissen wollten. Sie hatten Recht.«

»Ich habe verdammt viel *mehr* herausgefunden, als ich wissen wollte.« Mickey kicherte.

»Wie Sie sagten, es ist Weihnachten. Also, gehen Sie jetzt nach Hause zu Liza und den Kindern. Gehen Sie nur. Ich kann hier weitermachen.«

»In Ordnung. Was machen Sie denn jetzt?«

»Herauskriegen, wohin das Neugeborene gebracht wurde. Ich glaube einfach nicht, dass es in ein ganz gewöhnliches Waisenhaus kam. Alexandra hatte Geld, sie hätte bestimmt etwas Besseres ausgesucht.«

»Geld, ja. Aber den Kopf dafür, solche Informationen zu ordnen? Ich meine, ohne dass ihr jemand dabei hilft –?«

»Oh, ich glaube, sie hatte Hilfe. Sie hatte Francis Croft.«

Weil die City Police die Kinder nicht länger dabehalten wollte als unbedingt nötig, war Gemma bestimmt schon wieder im Tynedale Lodge. Wo Benny sich aufhielt, konnte er nicht sicher sagen. Jury wusste, dass er sich einen Wagen mit Chauffeur kommen lassen konnte, doch er wollte nachdenken. Ein Auto war momentan aber nicht das geeignete Mittel zum Nachdenken. Also nahm er die U-Bahn bis Charing Cross. Die Leute im Zug sahen sogar noch abgewrackter aus als er selbst: ein unrasierter Mann, er konnte alt oder jung sein, so genau ließ es sich nicht sagen, der Selbstgespräche führte; eine Frau mit einem Hut, auf dessen Krempe ein Vogel hockte und auf und ab wippte; ein Teenager, der so tief in seinem Sitz hinuntergerutscht war, dass er mit der Wirbelsäule fast den Boden berührte. Jury musste an Erin Riordin denken. Da sie nicht die Tochter von Ralph Herrick war, wäre das Erscheinen von Simon Crofts Buch für sie (oder Kitty) eigentlich kein richtiger Schock. Für Maisie wiederum schon, denn sie wäre ja die Tochter eines Landesverräters. Ja, es war immer noch ein starkes Motiv für den Mord, da Erin die Absicht hatte, weiterhin als Maisie Tynedale aufzutreten.

Er verließ die Bahnstation Charing Cross und ging über die Villiers Street bis zum Themseufer. Als er sich der Waterloo Bridge näherte, blieb er stehen und überlegte: Es war ganz schön arrogant von ihm, zu meinen, dieser Junge, der sich seit Jahren mit seinen Freunden unter der Brücke durchschlug, wäre darauf angewiesen, dass er, Jury, sich seiner annahm. Jury war vermutlich mehr um seiner selbst willen als wegen des Jungen hierher gekommen. Er überquerte die regennasse Straße, ging den Bürgersteig entlang und dann die paar Stufen hinunter bis zu der Stelle unter der Brücke, wo die Obdachlosen nächtigten. Momentan hielten sich dort nur zwei Leute auf, eine ältere Frau, die in eine Decke gehüllt war und einen Hut trug, der dem von vorhin in der U-Bahn nicht unähnlich war, sowie ein Mann im langen Mantel. Sie unterhielten sich, hörten aber damit auf, als er auf sie zutrat.

451

»Ich suche einen jungen Burschen namens Benny Keegan. Kennen Sie den vielleicht?«

»Und wer sind Sie?«

Aus diesen beiden würde Jury bestimmt nichts herausbekommen. Die wussten, dass er ein Bulle war. »Bloß ein Freund.«

Der Mann machte keinen Hehl daraus, dass er ihm das nicht abnahm und prustete los. »Ach, ja klar, und ich bin für den Scheiß-Booker-Preis nominiert.« Er zog ein schmales Buch aus der Tasche und schwenkte es vor Jury hin und her. »Wir kennen keinen Benny. Nie gehört. Stimmt's, Mags?«

»Stimmt«, sagte Mags.

»Stimmt«, sagte Jury und ging davon.

Er hätte wissen sollen, dass Benny heute Nacht nicht hier sein würde; er hätte die Polizei schließlich nicht zu dem Schlafplatz unter der Brücke geführt. Vermutlich war er mit Gemma ins Lodge gegangen; und wenn nicht, gab es ja noch den Moonraker. Miss Penforwarden freute sich immer, wenn Benny sie besuchte.

Er stieg die Stufen zur Waterloo Bridge wieder hinauf und ging ein Stück weiter, dann blieb er stehen. Er blickte zur South Bank hinüber und musste wieder an die letzte Szene in dem Film denken, an Robert Taylor – Roy – und dessen verschlagenes leichtes Lächeln. Jury seufzte. Er dachte an Alexandra Tynedale und Erin Riordin, an Gemma Trimm, die wie Alexandra aussah: schwarzes Haar, herzförmiges Gesicht –

Meine Güte, Mann, genau wie jede x-beliebige dunkelhaarige Frau, die an dir vorbeiläuft. Das ist ja direkt eine Manie. Hör verdammt noch mal auf damit, alles zu romantisieren.

Weil es noch so früh gewesen war, als er diesen Weihnachtstag angefangen hatte, konnte er kaum glauben, dass es noch nicht einmal Mittag war. Die Sonne hing dumpf am Himmel und warf ein breites Band aus Licht und Dunst über die Parlamentsgebäude. London! London hatte zwar nicht das Flair von Paris oder die verzehrende Energie von New York, war aber trotzdem eine tolle Stadt, dieses London.

55

»Wenn eine Tynedale die Geburt eines Kindes geheim zu halten wünscht –?« Wiggins' Schulterzucken war der stumme Kommentar zu dem sinnlos anmutenden Unterfangen, dem er und Jury sich hier widmeten. Und dabei musste er in einer Stunde nach Manchester zum Weihnachtsessen bei seiner Schwester und ihrer »Brut«, wie er es nannte.

»Wir haben es auf ein paar Stunden eingegrenzt, Wiggins. So viele Babys können doch 1939 in der Guy-Fawkes-Nacht gar nicht geboren sein.« Jury hatte einen Jahrhundertkalender gefunden, der ihm verriet, um welche Uhrzeit es an jenem Novemberabend dunkel geworden war.

Wiggins besah sich das letzte Dokument, das er auf seinem Stapel hatte, und legte es beiseite. Das darunter liegende nahm er ebenfalls weg. Zu früh. Die Dunkelheit war etwa um fünf Uhr eingebrochen.

Sie sahen sich die Dokumente im Standesamt von Somerset House durch. Davon gab es offenbar tonnenweise, wenn man die Kisten über Kisten auf einem Regal nach dem anderen betrachtete. Der Bedienstete, den sie ausfindig gemacht und hierher geschleppt hatten, damit er ihnen aufsperrte, war nicht sonderlich erfreut gewesen. »*Schließlich ist heute Weihnachten.*«

»Ja, Sir«, sagte Wiggins zu Jury. »Ich könnte aber trotzdem etwas heißen –« Er hob seinen Pappbecher mit dem kalt gewordenen Tee hoch.

Jury nickte. »Na, dann los.« Wiggins ging zu dem Kiosk, das direkt vor Somerset House stand und dessen Besitzer selbst am Weihnachtsmorgen mit einer großen Auswahl an Speisen und Getränken aufwartete. »Manche«, hatte er gesagt, als Wiggins sein Erstaunen über dieses Angebot geäußert hatte, »müssen eben immer noch ranklotzen, na, ihr Leute zum Beispiel.«

»Ranklotzen? Bei dem sind in seiner Teeküche wohl zu viele

amerikanische Wirtschaftsbosse herumgestanden«, sagte Jury und legte wieder eine Urkunde auf den Stapel vor ihm. Drei Dutzend mussten es hier schon sein. Einige sortierte er aus, weil sie für das Feuerwerk zu früh am Tag geboren waren. Erstaunlich, wie viele Kinder anscheinend andauernd geboren wurden. Dabei zog er nur die Babys in Betracht, die nach fünf Uhr nachmittags geboren worden waren. Wirklich überwältigend.

»Hier ist etwas, Sir. Ein Mädchen, Olivia –« Wiggins hielt überrascht inne.

»Was?«

»Der Name des Babys ist hier mit Olivia Croft angegeben.«

Jury riss Wiggins das Papier aus der Hand. »Ein Volltreffer! Croft.« Er las weiter: »Geboren am 5. November 1939 um acht Uhr abends. In Chewley Hill. Das ist in der Nähe von Princes Risborough in den Chilterns. Rufen Sie gleich dort an! Sagen Sie, ich bin schon unterwegs. Sagen Sie, um wen es geht. Und wenn die sagen, ›*Heute ist aber doch Weihnachten!*‹, dann tun Sie einfach so, als wäre Ihnen das neu.«

»Heute *ist* aber Weihnachten, Sir!«

Jury fuhr in seine Mantelärmel. »Was Sie nicht sagen! Also, los, Wiggins, und dann hauen Sie ab und fahren in Ihr verdammtes Manchester.« Schon aus der Tür, kam Jury noch einmal zurück. »Übrigens danke, Wiggins. Frohe Weihnachten.«

»Für Sie auch, Sir.«

Chewley Hill, sowohl Haus wie gleichnamiger Hügel, lag am Rande der Chilterns im Winterlicht, das der Umgebung eine verträumte Stimmung verlieh. Eingetaucht in dieses Licht waren die umliegenden Felder und der Glockenturm der Kirche unten im Ort zu erkennen, und es war, als ob nichts allzu Helles, allzu Harsches die heitere – und, nach Jurys Eindruck, hart erarbeitete – Atmosphäre des Hauses stören dürfte.

Er stand in einer Eingangshalle, um die eine Galerie verlief, sah zu der anmutig geschwungenen Treppe auf beiden Seiten hinauf und dachte dabei, dass sich eine junge Frau, die die Mittel besaß, hierher zu kommen, glücklich schätzen konnte – obwohl sie das natürlich nicht täte. Zwei hochschwangere junge Damen (eigentlich Mädchen) standen mit zusammengesteckten Köpfen neben der Treppe und schauten kichernd zu ihm hinüber. Er lächelte. Die hatten doch bis auf Weiteres genug geflirtet, oder nicht?

Dass die Frau, die 1939 dieses geschmackvoll eingerichtete Haus geleitet hatte, diesem immer noch vorstand, fand Jury mehr als erstaunlich. Das fand Miss Judy Heron ebenfalls und ergötzte sich an seinem Erstaunen. »Fünfundfünfzig Jahre, Superintendent. Damals war ich vierundzwanzig, jetzt bin ich neunundsiebzig. Ich habe großes Glück, und – wie ich meine – Chewley auch, dass es diese Kontinuität gibt. Nein, man kann schon sagen, einen häufigen Wechsel an Hilfskräften gibt es hier nicht.« Sie lächelte.

Jury ebenfalls. »Ich verstehe auch warum, Miss Heron.« Heron – er fand, dass ihr Name zu ihr passte, denn sie kam ihm wie ein großer, schmaler, anmutig dahinschreitender Reiher vor, der sich langsam und zierlich bewegte. Ihre gemächlichen Bewegungen waren kein Zeichen fortgeschrittenen Alters, sondern eher ihres Temperaments. Er konnte sich vorstellen, dass sie sich auch mit vierundzwanzig auf die gleiche Art, wie unter Wasser, bewegt hatte. Sie hatte so etwas Ruhiges, Beruhigendes an sich. Wie dieser Raum, mit dem Sammelsurium an behaglichen Sesseln und antiker Sitzgruppe, der Bücherwand, den hellgrauen Wänden und dem wärmenden Kaminfeuer. Sogar die Zeit verging hier mühelos, beim leisen Ticken der Standuhr neben dem Fenster.

»Manchmal bedaure ich es, dass diese Mädchen danach nie mehr auf Besuch kommen. Aber es ist ja wohl keine Erfahrung, an die man gern erinnert werden möchte. Eine ungewollte Schwangerschaft ist etwas sehr Trauriges. War es damals und ist es heute immer noch. Trotz all der neuen Freiheiten, die Frauen heute genießen, gibt es immer noch großes Leid, das sich nie ändert, nie.«

»Sehen Sie das wirklich so?«

»Natürlich.«

»Ich weiß nicht, Miss Heron. Die beiden Frauen, die ich draußen sah, kamen mir vor, als gingen sie mit ihrer Schwangerschaft sozusagen spielend um.«

»Das freut mich. Das gibt sich aber noch. Es wird damit enden, dass ihre Babys geboren werden und sie sie weggeben müssen. Das bringt keine Frau leicht übers Herz. Ehrlich gesagt, befürworte ich Abtreibung.«

Jury versuchte vergeblich, seine Erschrockenheit zu kaschieren. »Sie? Aber –«

Sie lächelte. »Sie hätten genau das Gegenteil angenommen, weil ich dieses Haus leite? Das ist ziemlich scheinheilig von Ihnen, Superintendent. Beim Thema Abtreibung muss man die allgemein gültigen Moralvorstellungen hinter sich lassen, glaube ich. Oh, ein allgemeiner Kodex muss natürlich sein, ist aber eine Abstraktion. Wenn Sie immer wieder sähen, was es für eine junge Frau bedeutet, ihr Kind weggeben zu müssen, dann würden Sie mir vielleicht zustimmen.« Traurig blickte sie in ihrem Büro umher, das eher wie ein Wohnzimmer mit Schreibtisch aussah. Hinter diesem saß sie, umgeben von ordentlich aufgeschichteten Papierstapeln und einer Mappe, die unter ihren Händen auf der Schreibtischunterlage lag. »Entschuldigen Sie, dass ich mich so darüber auslasse. Womit kann ich Ihnen helfen? Sie sagten – beziehungsweise Ihr Sergeant –, dass Sie an einem Fall arbeiten, der mit der Familie Tynedale zu tun hätte. Mit Alexandras Familie.«

»Ganz recht. Es geht um einen Mord. An einem Mann namens Simon Croft.« Er wartete darauf, dass sie auf den Namen reagierte.

»Croft.« Sie sah ihn an. »Und ich dachte, sie hätte sich den Namen einfach willkürlich ausgesucht. Demnach also nicht. Olivia, so hieß das Baby mit Vornamen. Das Ehepaar, das die Kleine adoptierte, änderte vermutlich sowohl ihren Vornamen wie ihren Nachnamen. Das tun die meisten. Wohl, weil sie sich dann eher wie die richtigen Eltern fühlen.«

456

Jury wartete ab.

Sie schwieg eine Weile, dann sagte sie: »Superintendent, Sie werden verstehen, dass ich das Vertrauen dieser jungen Frauen nicht missbrauchen will –«

»Enttäuscht hat diese Frauen schon vor langer Zeit etwas ganz anderes, Miss Heron. Nämlich der Krieg. Alexandra kam im Londoner Blitzkrieg ums Leben.«

»Ich weiß, ja, ich weiß.«

Jury konnte sich denken, dass eine ganze Latte von Anwälten zu ihrer Unterstützung bereitstand, die aber vermutlich nicht weit kommen würden, wenn der Vertraulichkeitsaspekt die Ermittlungen in einem Mordfall behinderte. Das ging ihr wohl gerade durch den Kopf, dachte er sich.

Er sah sie einen Augenblick schweigend an und deutete dann mit dem Kinn auf die Mappe, über der ihre verschränkten Arme lagen. »Ist das Alexandras Akte?«

»Ja.«

Sie musterten einander, während die Uhr leise tickte. Jury fiel auf, dass sie wirklich intelligente Augen hatte, und er musste an Emily Croft denken. Die beiden waren sich ziemlich ähnlich. Jury legte den Kopf schräg. »Haben Sie schon mit den Eltern gesprochen?«

»Olivias Adoptiveltern sind tot. Es gibt da aber eine Tante. Ich fand, ich sollte sie darüber informieren, dass Sie sie eventuell aufsuchen. Hoffentlich habe ich New Scotland Yard damit nicht die Schau gestohlen?«

Jury lachte. »Eine Schau ist dort Mangelware, glauben Sie mir.«

Sie lächelte und reichte ihm die Mappe. »Der Name der Eltern und auch der Tante ist Woburn, Elizabeth Woburn. Sie wohnt in Chipping Camden. Die Woburns, Alice und Samuel, wohnten ebenfalls dort. Darüber hinaus kann ich Ihnen wirklich nicht viel sagen.« Sie überreichte ihm die Akte. »Ich kann mir aber denken, dass Sie von Elizabeth Woburn viel mehr erfahren. Sie erwartet Ihren Anruf.«

»Danke.« Jury schlug die Akte auf und sah auf die eine Seite.

Judy Heron nickte. »Das können Sie behalten, Superintendent. Nachdem Ihr Sergeant angerufen hatte, habe ich es für Sie kopiert.«

Er grinste. »Meine Güte, Sie denken aber wirklich voraus, Miss Heron.«

»Ich weiß. Das ist eine Fähigkeit, die ich im Lauf der Jahre entwickelt habe. Ich habe größtenteils mit emotional überreizten Menschen zu tun. Sie können sich ja denken, dass diese jungen Frauen nicht gerade vor Freude überschäumen, wenn sie hierher kommen. Es ist so schade, Mutter zu sein und sich nicht darüber freuen zu können.« Sie musterte Jury. »Könnten Sie denn nicht darauf verzichten, zu erfahren, wie es ausgegangen ist, Superintendent?«

Er musste plötzlich an die Frage denken, die der italienische Kunstexperte Trueblood gestellt hatte. *Können Sie ohne die Antwort leben?*

»Nein, kann ich nicht.«

Er bedankte sich bei Judy Heron, stand auf und ging.

TEIL V

DER FLUCHTPUNKT

56

Als er davon aufwachte, dass etwas ihm jäh ins Hirn schoss, richtete sich Melrose abrupt im Bett auf und blickte verwirrt um sich.

»Der Gemüsehändler!«, sagte er vor sich hin. »Mein Gott, der *Gemüsehändler!*«

Er griff nach dem Telefonhörer, merkte, dass er die Nummer nicht hatte, wollte schon Ruthven klingeln, überlegte es sich dann aber anders und rannte, angetrieben gleichermaßen von immenser Wut und Furcht, in die Bibliothek hinunter zu dem Telefon und seinem Telefonbüchlein. Er fand die Nummer und riss den Hörer von der Gabel. Obwohl Jury vermutlich nicht da sein würde, wählte er und hörte das Telefon in der Wohnung in Islington läuten. Er lauschte dem wiederholten *brr-brr*, dann schaltete sich ein Anrufbeantworter ein. Gott sei Dank, wenigstens gab es die Möglichkeit, ihm eine Nachricht zu übermitteln. Nachdem Jurys Stimme sich meldete und dem Anrufer sagte, er könne nach dem Signalton eine Nachricht hinterlassen, wartete Melrose. Es folgte eine Reihe von Klickgeräuschen und dann der Signalton, der überhaupt kein Ende mehr nahm. Wer zum Teufel rief Jury an? Das Ensemble der Royal Shakespeare Company? Das Bolschoi-Ballett? Der »Signalton« war gar kein Ton, sondern überlagerte sämtliche anderen Klangfetzen. Melrose knallte den Hörer auf, um woanders anzurufen – wo? Bei New Scotland Yard? Dort wäre Jury aber bestimmt nicht. Hatte er nicht gesagt, er hätte vor, das Weihnachtsessen gemeinsam mit Carol-Anne… Nachname? Wie war der *Nachname?* Und Mrs., Mrs. Mrs. – verdammt! Wie konnte er deren Nummer herauskriegen, wenn er ihre Nachnamen nicht wusste. Zimmerman, Zinneman, Walterson… Verdammt!

Ich muss ganz schnell weg. Er war froh, dass er im vollständig bekleideten Zustand eingeschlafen war.

Als er zu Bibliothekstür hinauswollte, stand Ruthven da. »Kann ich etwas für Sie tun, Mylord?«

»Und ob. Bringen Sie mir Tee und die Autoschlüssel. Ich fahre wieder nach London zurück.«

Ruthven guckte skeptisch. »Sie fahren wieder *zurück*, Mylord? Sie sind aber doch erst vor zwei Stunden wiedergekommen.«

Melrose war schon an ihm vorbei und rannte zwei Stufen auf einmal nehmend die Treppe hinauf. »Ganz recht.«

»Welchen Wagen?«, rief Ruthven die Treppe hoch.

»Das Batmobil.«

Die drei saßen gelöst beieinander, tranken Whisky, Bier und Sherry und redeten von den gemeinsamen alten Zeiten – den diversen Bierchen im Angel, dem Rockkonzert im Odeon in Hammersmith, all den potentiellen Mietern für die Wohnung im Obergeschoss, die Carol-Anne weggeschickt hatte… Bis dann – *voilà!*, Stan Keeler aufgetaucht war.

Etwas gouvernantenhaft sagte Carol-Anne: »Er hat eben am besten gepasst. Ich konnte gleich sehen, dass Stan ein verantwortungsbewusster, zuverlässiger Mensch war.«

»Aber klar«, sagte Jury.

»Ach ja, die guten alten Zeiten«, sagte Mrs. Wasserman, die immer noch in der Wolke von Nostalgie festsaß, in die wir bisweilen alle unsere Köpfe stecken. Und warum auch nicht?

»So alt können die Zeiten aber gar nicht sein, Mrs. Wasserman«, sagte Jury. »Carol-Anne ist erst fünfzehn.«

Carol-Anne, von allen dreien noch am nüchternsten, schnappte sich ein Exemplar von *The Lady* vom Beistelltischchen und briet Jury damit ein paar über. Sie trug ein Kleid aus einem Glitzerstoff, der je nach Licht von Violett bis Türkis changierte. Jury wehrte die Schläge mit dem Unterarm ab.

Mitten in einem Schlag mit der Zeitschrift hielt Carol-Anne

inne und blickte an die Zimmerdecke. »Ist das Ihr Telefon, Super?« Sie wurden plötzlich totenstill, wie man immer wird, wenn man ein Geräusch ausmachen will, das sich verflüchtigt, während man darauf horcht. Schulterzuckend meinte Carol-Anne: »Und wenn, dann zeichnet Ihr Anrufbeantworter es ja auf. Sind Sie nicht froh, dass ich Ihnen einen besorgt habe?«

»Nein, weil er nämlich nie richtig funktioniert.« Jury gähnte. Er hatte sich den Bauch vollgeschlagen mit dem besten Truthahn mit Füllung, den er seiner Erinnerung nach je gekostet hatte. Ein Abendessen, das alles in allem ebenso gut war wie das in Ardry End, wenn auch auf eine andere Art.

»Tut er schon. Bei mir jedenfalls. Ich glaube, Sie gehören zu den Leuten, gegen die manche Maschinen irgendwie etwas haben. Wundert mich ja, dass Ihre Armbanduhr richtig geht bei den vielen negativen Strömungen, die Sie aussenden. Als Nächstes brauchen Sie ein Handy. So einen Anruf wie den gerade eben«, sie blickte wieder zur Decke, »den hätten Sie nämlich nicht verpasst, wenn Sie ein Handy gehabt hätten.«

»Dann bin ich aber froh, dass ich keins hatte. Wollen Sie etwa, dass beim Weihnachtsessen ein Handy klingelt? Die ganze Welt ist heutzutage eine einzige verdammte Telefonzelle.«

»Schon gut. Ich finde es skandalös, dass Scotland Yard Sie nicht mit Handys ausrüstet. Skandalös!«

»Sie haben wahrscheinlich Recht, bloß würde ich darüber doch die gleichen Strömungen aussenden.«

»Es ist eine Schande, Mr. Jury«, sagte Mrs. Wasserman. »Bei dem Leben, das Sie führen müssen. Ja, Carol-Anne hat schon Recht.« Sie ging in die Küche hinüber, um die nächste Runde von dickmachenden Speisen auf den Weg zu bringen. Als Nachtisch waren Weihnachtspudding *und* Trifle vorgesehen. Sie wankte fast unmerklich und drehte sich um, um Carol-Anne scherzhaft mit dem Finger zu drohen. »Aber nennen Sie ihn nicht negativ, Carol-Anne. Sie sollten sich schämen, nach allem, was er für Sie getan hat!« Sie ging in die Küche und rief zu

463

Carol-Anne heraus, sie solle kommen und ihr beim Nachtisch helfen.

Carol-Anne kam mit ihrem Bier hinterher und sagte: »Nach allem, was ich für *ihn* getan hab, würde ich mal sagen!«

Jury lächelte zur Decke hinauf und überlegte, ob es *tatsächlich* sein Telefon gewesen war und ob er vielleicht den Anrufbeantworter überprüfen sollte, um zu sehen, ob der zur Abwechslung einmal funktionierte.

Er hatte Elizabeth Woburn angerufen und sie vermutlich beim Weihnachtsessen gestört. Sie war aber trotzdem ganz höflich gewesen und hatte gesagt, er könne ruhig vorbeikommen, wenn auch natürlich nicht am Weihnachtstag. Ob er vielleicht am zweiten Feiertag oder am Tag darauf kommen könne? Er musste Mickey unbedingt darüber berichten, was sich in Chewley Hill zugetragen hatte.

Er rief zu Mrs. Wasserman hinüber, er wolle nur für ein paar Minuten in seine Wohnung hinaufgehen und käme gleich wieder. Sie konnte ihn natürlich nicht hören, weil Carol-Anne bei ihr drinnen war und ihr die Ohren vollquatschte.

Oben sah Jury auf dem Anrufbeantworter nach, fand aber nichts darauf, nur das verdammte Klicken, und fragte sich, auf welchem Anrufbeantworterfriedhof der Anruf gelandet war, vorausgesetzt, es war sein Telefon gewesen, das vorhin geklingelt hatte. Er wählte Haggertys Nummer.

»Mickey«, sagte Jury, »ich habe etwas, was vielleicht nützlich ist, vielleicht auch nicht, aber –«

»Moment, hier erstickt gerade jemand an einem Truthahnknochen. Raushusten musst du ihn – *Ruhe jetzt*, Menschenskind.«

Es entstand eine ganz kurze Pause, während der Mickey sich erneut herwandte, um den Gesprächsfaden wiederaufzunehmen, dann jedoch brach der Krach im Hintergrund umso lauter los, verstärkt von vielstimmigem Gekicher. Weihnachten war unzweifelhaft Kicherzeit. Er war erleichtert, dass Mickey und seine

Familie anscheinend wirklich viel Spaß hatten. Es war vielleicht der letzte Spaß.

»Verzeihung, Richie, Sie sagten gerade –?«

»Ich habe die Leute gefunden, die Alexandra Tynedales Baby adoptiert haben. Es war ein Mädchen; sie nannte es Olivia Croft.«

»*Was?* Wieso denn das, um Gottes willen? Da will sie die Geburt verheimlichen und nennt das Baby *Croft*. Warum?«

»Um sich zu dem Kind zu bekennen, würde ich vermuten. Die Frau, die das Heim leitet, sagt, es ist für eine Frau die schmerzlichste Erfahrung, ihr Kind weggeben zu müssen. Alexandra sagte zu Kitty, es sei das Allerschlimmste gewesen, was ihr je passiert sei. Ach, und natürlich würden die Adoptiveltern dann den Namen ändern, aber wenigstens wäre das Kind für Alexandra bis dahin eine Croft. Die Eheleute selbst, sie hießen Woburn, sind inzwischen beide tot, aber die Tante lebt noch und wohnt in Chipping Camden. Sie heißt Elizabeth Woburn. Ich treffe sie morgen um die Mittagszeit. Die kleine Olivia war ein Einzelkind, und Elizabeth Woburn schien wirklich sehr an ihr zu hängen.«

»Na, Menschenskind! Okay, gut gemacht, ich tippe aber immer noch auf Kitty oder Erin.«

»Vielleicht.« Jury hatte einen Schuh ausgezogen, den Unterschenkel auf das andere Knie gelegt, und versuchte, einen Kieselstein oder sonst etwas aus seiner Socke zu puhlen. Vielleicht, aber Jury glaubte es eher nicht. Er glaubte nicht, dass Kitty Riordin Simon Croft erschossen hatte. Erin? Schon möglich. Zugegeben, so etwas würde unter der Überschrift »unbestimmte Ahnung« firmieren. »Was ist mit Maisie? Beziehungsweise Erin? Was hat sie gesagt?«

»Null, niente – nichts, bis ihr Anwalt auftaucht. Was? Nein, ich hab dir doch gesagt –« Mickey hatte sich vom Hörer abgewandt – »ach, hör auf mit deinem ›Aber, Daddy‹. Geh und frag deine Mutter.« Mickey lachte, wandte sich wieder zu Jury. »Das ist Disziplin, was? ›Frag deine Mutter‹!« Wieder erhoben sich Stimmen im Hintergrund. »Hören Sie: ich bin vorhin bei Croft vorbei und –«

Wieder wurde er vom fordernden Geschrei eines Kindes unterbrochen. »Rich, das ist hier ein verdammtes Irrenhaus. Ich will mit Ihnen reden, ich will Ihnen in Crofts Haus etwas zeigen. Sobald Sie Ihre Superfete hinter sich haben, könnten Sie mich vielleicht dort treffen?«

»Hier sind wir soweit fertig, bis auf den Nachtisch, den ich vermutlich sowieso nicht essen könnte. Klar, ich könnte Sie dort treffen. Jetzt gleich, wenn Sie möchten.«

»Sagen wir, so in einer halben, dreiviertel Stunde?«

»Gut.« Jury legte auf und warf noch einmal einen prüfenden Blick auf den Anrufbeantworter, den er mit Freuden aus dem Fenster geschmissen hätte, bloß dass Carol-Anne ihm dann ordentlich den Marsch blasen würde.

Melrose saß wie hingemalt in einem der weichen Ledersessel bei Boring's. Es war weniger so, dass seine Hand das Whiskyglas hielt, als dass sie damit unverrückbar verbunden war. Er hatte gehofft, der Drink würde seinen Kopf frei machen, doch er schien nichts zu nützen.

Snow Hill! Genau! So hieß doch DCI Haggertys Polizeistation. Polizeirevier Snow Hill. Das Telefon stand in Reichweite auf einem Tisch, und er ließ seinen Anruf durchstellen. Er erkundigte sich, ob Superintendent Jury zufällig dort sei oder ob sie wüssten, wo er sich befinde. Jury sei seit dem Vormittag nicht mehr dort gewesen, teilte ihm der Sergeant mit, und nein, DCI Haggerty sei zu Hause. Schließlich sei heute Weihnachten. Melrose wünschte, die Leute würden aufhören, das dauernd zu erwähnen. Seine Bitte um Haggertys Privatnummer wurde abgeschlagen. Melrose protestierte aufgebracht dagegen, bekräftigte, es sei ein Notfall, worauf der Sergeant erwiderte, ja, Sir, das ist es immer.

Verdammt! Er beschloss, es noch einmal bei Jury zu probieren. Er bekam wieder diesen ohrenbetäubenden Krach zu hören, der weiter und weiter ging und – plötzlich aufhörte! Endlich wurde es ihm gestattet, eine Nachricht zu hinterlassen. Das erste Stückchen, das er sagen wollte, konnte er noch los werden, dann machte es *klick, klick, klick, klick.* Der verdammte Apparat hatte ihn unterbrochen. Er wählte die Nummer erneut und hörte den endlosen Ton.

Melrose knallte den Hörer auf. Selbst wenn Jury nicht die leiseste Ahnung hatte, was die verstümmelte Nachricht bedeutete, wüsste er zumindest, dass Melrose versuchte, ihn zu kontaktieren, und das war wichtig. Vielleicht würde er in Ardry End anrufen. Ja, vermutlich würde er das. Ruthven könnte ihm sagen – Moment! Ruthven wusste ja gar nicht, dass er bei Boring's war. Melrose wählte wieder, und als Ruthven sich meldete (Gott sei Dank war am anderen Ende der Leitung ein *Mensch*), teilte ihm Melrose mit, er sei bei Boring's, und falls Superintendent Jury anrufe, solle er ihm sagen, er dürfe mit niemandem sprechen, solange Melrose ihn nicht erreicht hatte.

So! Nicht viel, aber besser als nichts. Als er den jungen Higgins auf sich aufmerksam gemacht hatte, fuhr Melrose zum Zeichen, er solle nachschenken, mit dem Finger im Kreis über den Rand seines Glases. Dann dachte er weiter nach. Was für gemeinsame Bekannte hatten er und Jury noch – wen, wen, *wen?* Die Familie Cripps. Nicht sehr wahrscheinlich, dass Jury bei denen vorbeischauen würde. Melrose hielt sich das kalte Glas gegen die Stirn, froh über den Eiswürfel, wenngleich der die Wirkung des Whiskys (leicht) abmilderte, und rutschte tiefer in seinen Sessel. Er hatte das Gefühl, er sollte aktiv nach Jury *suchen* –

Keeler! War der gerade in der Stadt? Konnte es sein, dass dieser Klub am Weihnachtstag geöffnet hatte? Melrose machte Higgins ein Zeichen herüberzukommen, was der alte Diener, wenn auch langsam, tat. »Higgins, würden Sie bitte die Nummer von einem Klub namens Nine-One-Nine herauskriegen, dort anrufen und sich erkundigen, ob sie geöffnet haben, und fragen, ob ein Mr. Keeler dort seinen Gig hat? Danke.«

Der junge Higgins sah ihn ratlos an. »Gig, Sir?«

»Ach… schon gut, Higgins, fragen Sie einfach, ob der Klub heute Abend geöffnet ist.«

Der alte Diener schlurfte davon, während Melrose nervös mit den Fingern auf die Armlehne seines Sessels trommelte. In Rekordzeit war der junge Higgins wieder da und teilte Melrose mit, ja, der Klub sei geöffnet.

»Dann besorgen Sie mir ein Taxi, *sofort*!«

Er hätte das Nine-One-Nine nie gefunden, wenn er sich nicht genau erinnert hätte, wo das Lokal war: ein paar Treppenstufen hinunter und abgesehen von der Hausnummer ohne weitere Kennzeichnung. Vor Jahren war er einmal dort gewesen, nach jenem denkwürdigen Rockkonzert und kurz bevor er Vivian zum *Orient Express* gebracht hatte.

Rauch und eine gewisse einschläfernde Melancholie lagen über dem Klub, der Melrose an die Klubs im Berlin der dreißiger Jahre vor dem Krieg erinnerte, die nur in Filmen und in der Fantasie existieren. Er stand an der Theke und bestellte sich noch einen Whisky (seinen vierten oder fünften heute Abend?). Als er sich unter den anderen Gästen kurz umsah, glaubte er ein paar anerkennende Blicke erhaschen zu können, was er auf die schwarzen Sachen zurückführte, die er noch immer trug.

Als die Band (wie hieß sie eigentlich?) eine Pause machte, drängte Melrose sich sofort nach vorn zu der kleinen Bühne und schob sich vor die beiden Mädchen, die an Stans Lederjacke und jedem seiner Worte hingen. »Mr. Keeler? Sie werden sich nicht mehr an mich erinnern, aber –«

»He! Euer Lordschaft, klar erinner ich mich. Was gibt's?«

»Ich muss unbedingt Richard Jury finden, dabei weiß ich nicht einmal seine Adresse. Aber weil Sie doch im selben Haus wohnen…«

»Ich hab ihn heute noch gar nicht gesehen, aber ich weiß, dass er zum Weihnachtsessen mit Carol-Anne und Mrs. Wasserman zusammen ist.«

(Wasserman, natürlich!)

»Was ist los? Stimmt was nicht?… Später«, vertröstete er ein Mädchen mit einem Helm aus glattem, schwarzem Haar, das seine Aufmerksamkeit zu erhaschen suchte.

»Telefonisch kann ich ihn nicht erreichen.«

»Das kommt wahrscheinlich daher, dass Carol-Anne wieder mit dem Anrufbeantworter rumgefummelt hat. Haben Sie ein Auto? Ich würd Sie ja hinfahren, Mann, aber ich kann hier erst in ein paar Stunden weg.« Stan schrieb die Adresse auf eine Papierserviette. »Hier.«

»Danke.«

»Kommen Sie aber unbedingt wieder her und sagen es, wenn was nicht stimmt. Bitte.« Stan wirkte besorgt.

Für ein Idol, dachte Melrose, war er *voll* cool. Melrose deutete einen kurzen Gruß an und ging.

Auf dem Weg zu seinem Wagen hatte Jury noch einmal kurz bei Mrs. Wasserman vorbeigeschaut, um sich für das Abendessen zu bedanken, als er das Telefon klingeln hörte. Wieder dachte er, es sei seines, wusste aber, dass es aufhören würde, bevor er oben war, um abzuheben. Sollte der Anrufbeantworter doch zur Abwechslung einmal seine verdammte Pflicht tun.

»Das lasse ich mir später schmecken«, sagte er zu Mrs. Wasserman, indem er mit dem Kinn auf den Nachtisch deutete.

Sie hielt einen grünen Glasteller mit einer Portion Pudding in der Hand. »Ich hebe es für Sie auf, und wenn Sie wieder da sind –« Plötzlich hielt sie inne, als wäre ihr das Wort im Hals stecken geblieben.

»Mrs. Wasserman?« Jury legte ihr die Hände auf die Schultern. »Mrs. *Wasserman?*« Er neigte den Kopf, um ihr ins Gesicht sehen zu können. Es war über den Teller mit Pudding gebeugt. Als sie aufsah, war ihr Blick so sorgenvoll, dass Jury richtig erschrak. »Was haben Sie denn?«

»Nichts, nichts. Es war nur, einen Augenblick hatte ich dieses –«

»Ja?«, munterte Jury sie auf. Als sie nicht weitersprach, sagte er: »Sie sehen furchtbar besorgt aus.«

»Es war –« Sie schüttelte den Kopf. »Wohin gehen Sie?«

Jury stutzte, überrascht über ihre Frage. Mrs. Wasserman stellte sonst nie Fragen, die man als naseweis interpretieren könnte. Sie war so rücksichtsvoll, so diskret, dass sie eine Frage wie diese für aufdringlich halten würde.

Er erwiderte: »Ich muss nur jemanden treffen. Es geht um den Fall, mit dem wir gerade beschäftigt sind.«

Sie blickte ihn immer noch durchdringend an, als plötzlich oben ein Fenster aufgerissen wurde und Carol-Anne sich herauslehnte. Es war Jurys Fenster, nicht das von Carol-Anne. »Super! Da ist eine Nachricht auf Ihrem Beantworter!« Sie schien stolz, dass der Apparat funktionierte.

»Von wem?« Das Licht in der Wohnung hinter ihr durchströmte ihr Haar und brachte ihr Kleid zum Schimmern. Was für ein Anblick!

»Äh, weiß ich auch nicht! Seinen Namen hat er nicht gesagt. Ich glaub, mitten in seiner Rede ist es abgebrochen. Es war sowieso eine komische Nachricht.«

Jury blickte abwartend nach oben. Carol-Anne schien zu überlegen, falls man das von hier unten auf dem Bürgersteig erkennen konnte. »Was hat er gesagt?«

»Es klang wie, Sie können bloß Ihrem Gemüsehändler trauen. Nein, trauen Sie Ihrem Gemüsehändler *nicht*. Irgend so was in der Art.«

Weil er wusste, dass Carol-Anne einen Hang dazu hatte, Nachrichten durcheinander zu bringen, hätte Jury gewettet, es war »irgend so was in der Art«. Einen Augenblick konnte er seltsamerweise nur an Mr. Steptoe denken. Zu Mrs. Wasserman sagte Jury, er ginge in seine Wohnung zurück und sie solle sich keine Sorgen machen. »Es ist zu kalt hier draußen ohne Mantel. Gehen Sie hinein, wir sehen uns später.« Ihm war klar, dass er unglaublich herablassend klang, was ihm zuwider war.

Die silberbestäubten Fingernägel auf der schimmernden, türkisblauen Hüfte drückte Carol-Anne die Wiedergabetaste. Melrose Plants überraschend untonbandmäßig klingende Stimme sagte: »Trauen Sie Ihrem Gemüsehändler nicht wie Masaccio, und lassen Sie nicht –« Ende der Nachricht.

»Er wurde unterbrochen«, sagte Carol-Anne vorwurfsvoll. »Irgendwas stimmt nicht mit dem Apparat.«

Jury suchte die Nummer von Ardry End her und wählte. Carol-Anne sah so verstört drein, dass er ihr zuzwinkerte, dann sagte er: »Ruthven, hier Richard Jury. Ist Mr. Plant da?«

»Nein, Sir. Ich soll Ihnen aber ausrichten –«

(Jury hoffte, dass es nicht das mit dem Gemüsehändler war.)

»– er sei in seinem Klub, und Sie sollten ihn dort anrufen. Und Sie sollten mit niemandem sprechen, bevor Sie mit ihm gesprochen haben. Auf diesen Punkt hat er ausdrücklich bestanden, Sir.«

Jury runzelte die Stirn. »Aber was macht er denn bei Boring's? Ich dachte, er wäre heute früh nach Northamptonshire zurückgefahren.«

»Ist er auch, Sir. Heute Nachmittag machte er aber gleich wieder kehrt und fuhr nach London zurück. Ich möchte hinzufügen, dass er dies in äußerster Eile und in einem Zustand höchster Erregung tat.«

Jury schmunzelte. Er überlegte, ob er Melrose Plant je in einem »Zustand höchster Erregung« gesehen hatte. Er legte auf. Als er sah, dass Carol-Anne ebenfalls ziemlich erregt aussah, legte er ihr den Arm um die Schultern. Dann blätterte er mit dem Daumen sein kleines Telefonverzeichnis durch und fand die Nummer von Boring's. Carol-Anne schien es sich, den Kopf an seiner Schulter, behaglich zu machen. Heute Abend benahmen sich alle ein wenig seltsam, er selbst vermutlich auch. Als der Diener sich meldete (nicht der junge Higgins, sondern der rötlichblonde Bursche), verlangte Jury nach Mr. Plant. Nachdem er ein wenig herumgefragt hatte, kam der junge Diener zurück und sagte, Mr. Plant sei gerade gegangen.

»Vor kaum fünf Minuten, Sir. Möchten Sie eine Nachricht hinterlassen?«

Der Abend schien aus nichts anderem zu bestehen als aus Nachrichten. »Sagen Sie ihm nur, Superintendent Jury hat angerufen, ja?«

Den Arm immer noch um Carol-Anne gelegt, fragte er sich stirnrunzelnd, was eigentlich vor sich ging. Offensichtlich wusste Plant etwas oder ihm war etwas eingefallen, aber... Masaccios Gemüsehändler? Was zum Teufel hatte das zu bedeuten?

»Super?«

»Hmm?«

»Was ist los? Und wo wollen Sie hin?«

Er blickte zu ihr hinunter. »Ich muss bloß jemanden treffen. Einen anderen Cop.«

»Aber es ist doch Weihnachten.«

»Richtig. Und wir haben uns noch keinen Weihnachtskuss gegeben.«

Tiefes Luftholen ihrerseits. »Was für einen Weihnachts...?«

»Den hier.« Er küsste sie.

Der Kuss war nicht besonders lang oder besonders innig. Es hat auf dieser Welt schon längere, innigere Küsse gegeben, doch er war vielleicht länger und inniger, als er sein musste.

Carol-Anne war völlig von den Socken. »Super!« Sie taumelte rückwärts, um ihn eingehend zu mustern, mit einem Blick, wie wahrscheinlich Aschenputtel die Kutsche und die Lakaien angesehen hatte. Dann zupfte sie (völlig unnötig) einen Ärmel und eine Locke zurecht und sagte: »Ich bin übrigens an Neujahr auch noch hier, falls Sie das vergessen haben sollten.«

Jury lachte.

Sie ging nach oben, und er ging hinunter.

57

Weil er inzwischen spät dran war und Mickey in Crofts Haus vermutlich schon auf ihn wartete, sollte er vielleicht besser nicht an der Brücke vorbeischauen, tat es aber doch. Er wollte nach Benny sehen. Er stellte seinen Wagen an der Uferstraße ab und ging die Stufen hinunter.

Ein Grüppchen von Leuten hatte sich dort versammelt, die sich an einem kleinen Ofen wärmten.

»Ist Benny da?«, fragte Jury.

»War'n Sie nich schon mal da, Mann?«

Jury erkannte den Mann im langen Mantel. Heute Abend trug er eine olivgrüne Soldatenmütze. »Ja, war ich. Ich bin ein Freund von ihm.«

Der Soldat schnaubte verächtlich. »Mann, 'ne Bullensau sind Sie.«

Die Frau namens Mags, eingewickelt in Pullover und Schals, war auch wieder hier. »Benny kommt gleich. Der geht Sparky holen. Seinen Hund. Woll'n Sie 'ne Nachricht hinterlassen?«

Jury lächelte. Die Nacht der verpassten Treffen und Nachrichten. »Nein, sagen Sie ihm bloß Frohe Weihnachten von mir.«

»Is gut. Und wer is ›von mir‹?«

»Die Bullensau.«

Sie gluckste vor Vergnügen.

Bevor er in seinen Wagen stieg, blickte er über die Schulter auf die Waterloo Bridge. Früher war die alte Brücke aus Granit gewesen, mit Säulen und Bögen, schmiedeeisernen Geländern und schwarzen Lampen. Romantisch hatte es ausgesehen – die schwarze Themse, die Nacht, der Nebel. Selbst zu Kriegszeiten. Er stellte sich vor, wie Vivien Leigh ins dunkle Wasser schaute. Und Robert Taylor mit diesem angedeuteten Lächeln um die Lippen, eine Zigarette rauchend. Myra und Roy. Alles gelogen!

Als er auf den Vorplatz fuhr, war Mickey plötzlich im Licht der Scheinwerfer gefangen und sah verletzlich und schutzlos aus. Er stand auf dem Bootssteg draußen und rauchte. Bestimmt *war* Mickey ja auch verletzlich und schutzlos. Jury fragte sich, wie er selbst wohl die Mitteilung aufnehmen würde, dass er sterben musste. Nicht gut. Wer würde das schon? »Mickey!«, rief er ihm zu und ging über den Vorplatz auf den Steg hinaus.

Mickey nahm die Zigarette aus dem Mund und schnippte sie ins Wasser. »Das mache ich immer furchtbar gern, Rich. Die Kippen wegschnippen, zusehen, wie sie im Bogen fliegen und fallen.« Er vergrub die Hände tiefer in den Taschen seines Mantels.

Jury lächelte. »Sie sind ja schlimmer als ich, wenn Sie Zigaretten in so einem romantisch verklärten Licht sehen. Wie war Weihnachten, Mickey?«

»Prima. Ich bin erschöpft.« Er lachte ein wenig.

Dass Mickey erschöpft war, war offensichtlich. »Tut mir Leid, dass ich spät dran bin. Ich habe an der Waterloo Bridge kurz angehalten, um nach Benny zu sehen.«

»Da verkriecht der sich, was? Das ist ein Kerl. Meine Güte!«

»Stimmt. Ich glaube aber, der schafft es.« Jury machte eine Pause. »Sie sehen ziemlich müde aus.«

»Ja, bin ich auch.« Er wies mit dem Kopf auf das Boot weiter draußen. »Ich habe gerade zu dem Boot hinausgeschaut und an Gemma Trimm gedacht.« Er lächelte. »Zwei tolle Kids.«

Jury nickte. »Ihre aber auch.«

»Wem sagen Sie das? Was mich aber am meisten fertig macht – sie werden wahrscheinlich nie die Gelegenheit haben, das herauszufinden.«

»Aber doch.«

Mickey schüttelte den Kopf. »Nicht ohne die richtigen Schulen. Nicht ohne Oxford.«

»Na, na, Mickey. Haben Sie mich deswegen von meinem Weihnachtsessen weggezerrt?«

»Sorry. Nein, natürlich nicht. Waterloo Bridge.« Mickey

seufzte, als übermannte ihn die gleiche Nostalgie, die auch Jury übermannt hatte. »Ich war mir sicher, Sie hätten es an dem Abend im Liberty Bounds kapiert.«

»›Kapiert‹?« Jury sah ihn ratlos an, wollte gerade etwas sagen, tat es aber nicht, weil er nicht wusste, worauf der andere anspielte. Dann fiel es ihm ein. »Sie wissen, wer Simon Croft umgebracht hat.«

Mickey blickte ins Wasser und nickte. »Ich.«

Jury wich zurück. Plants Nachricht traf ihn wie ein Schuss mitten zwischen die Augen. Der Gemüsehändler! Der einzige Mensch, dem Masaccio trauen konnte! Mickey war der Mensch, von dem er wusste, dass er ihm trauen konnte. Im nächsten Augenblick, während er so dastand und Mickey anstarrte, spürte Jury, wie etwas von ihm abfiel. Es hätte Mut sein können, es hätte Vernunft sein können, oder Denkfähigkeit oder Zurechnungsfähigkeit, es hätte Glauben sein können. Er glaubte, es war nichts davon. Er glaubte, es war Hoffnung. Und die war für immer verschwunden. Wenn er am Leben blieb, würde etwas, das so aussah, zurückkommen: ein müder Abklatsch, ein bloßer Schatten, aber nicht das Echte, Wahre. Das alles ging ihm in genau drei Sekunden durch den Kopf.

Und wieso sollte er nicht am Leben bleiben?

Mickey trat ein paar Schritte von Jury zurück. Er hatte sich schon immer so geschmeidig bewegt, dass Jury die Waffe erst sah, als Mickey sie in der Hand hielt.

»Was zum Teufel machen Sie da, Mickey?«

»Tut mir wirklich Leid, Rich. Hört sich sinnlos an, aber ich meine es ehrlich.«

»Um Himmels willen, Sie zielen ja auf *mich*!« Jury machte drei wütende Schritte auf Mickey zu. Der Schuss wirbelte ihn herum, hatte aber bloß seine Schulter gestreift. Seine andere Hand fuhr an die Stelle. Blut, aber nicht viel. Mickey war einer der besten Schützen bei der City Police. Er hatte nicht versucht, ihn zu töten. Diesmal. »Was … *Warum*?«

»Weil Sie es herauskriegen würden, Rich. Sie hätten es herausgekriegt. Wundert mich ja, dass Sie's noch nicht kapiert haben. Aber das liegt bloß daran, dass Sie mein Freund sind.«

Das sagte er in einem Ton von so teuflischer Unschuld, dass Jury am liebsten weinen wollte. »Mickey, schauen Sie –« Wenn sich plötzlich alles zusammenfügt, gibt es keine geordnete Abfolge von Tatsachen – erst kommt dies, dann führt das zu dem, dann das… Es war eher wie bei einem Kaleidoskop, fand Jury, an das er sich aus seiner Kinderzeit erinnerte: all die kleinen bunten Glas- oder Plastikstückchen, die sich zu einem Muster fügen. Der Fluchtpunkt. Wenn man ihn sieht, ist es zu spät, dann ist er weg.

Mickey sagte: »Sie brauchten bloß noch den einen Schritt zu machen, Sie standen kurz davor. Elizabeth Woburn. Sie haben sie nach der Tante genannt.«

Liza, dachte Jury. Mein Gott, Liza. *Wir waren alle Waisen…*

Ohne es zu merken, hatte er es laut ausgesprochen. Mickey sagte: »Als Sie mit dem ganzen Zeug aus dem Film anfingen – Waterloo Bridge, meine ich –, da war ich mir sicher, dass Sie es wussten. Myra und Roy. Wie sehr Alexandra doch Vivien Leigh ähnelte, und wie sehr Liza ihr ähnelte. Da dachte ich, Sie wollten mich warnen. Wovor, weiß ich nicht –« Mickey zuckte fast geistesabwesend die Schultern.

Das Wasser der Themse schlug kleine Wellen, als ein Schnellboot vorbeibrauste. Der Steg schwankte.

»Können Sie einen Moment vernünftig denken, Mickey? Wenn ich herausgefunden hätte, dass Liza Tynedales Enkelin wäre, was würde das denn schaden? Wenn ich es Tynedale erzählen würde, wäre er außer sich vor Freude!«

»Oh, deshalb habe ich ja auch Sie mit dem Fall betraut. Ich weiß nicht, wie viel Zeit mir noch bleibt; ich brauchte Sie, Sie mussten für mich weitermachen. Wenn es von Ihnen käme, wäre es sogar noch überzeugender. Bloß haben Sie ein bisschen zu viel herausgekriegt. Wenn Tynedale herausbekäme, dass Francis Croft der Vater war, nein, dann wäre er nicht außer sich vor Freude. Das wissen Sie. Glauben Sie wirklich, er würde Liza in die Familie aufnehmen, wenn er das wüsste? Es wäre der schlimmste Verrat, den es für ihn gibt.«

»Das glaube ich nicht. Tynedale ist ein ungewöhnlicher Mensch. Ich glaube nicht, dass er besonders rachsüchtig ist.«

»Konnte ich denn das Risiko eingehen? Liza wird Millionen erben.«

»Weiß sie das?«

»Natürlich nicht.« Mickey lachte. »Aber sie wird es erfahren. Ich habe bei unserem Anwalt Dokumente hinterlegt.«

»Simon Croft wusste es.«

Mickey nickte. »Ich musste den Laptop mitnehmen, das Manuskript –«

»Damit es so aussah, als wäre er wegen des Buches umgebracht worden. Croft war überhaupt nicht paranoid.« Jury fühlte sich schwindlig. Er blutete immer noch, konnte das klebrige Blut unter seiner Hand spüren. »Sie sorgten dafür, dass es so aussah, wie ein Amateur es nach einem Einbruch aussehen lassen wollte. Das war sehr clever, sehr gekonnt. Damit kommen Sie nie davon, Mickey. Denken Sie mal nach.«

»Seit einem halben Jahr tue ich nichts anderes als nachzudenken. Ich komme schon davon.«

Der zweite Schuss knallte Jury in die Seite, als wäre ein Zug direkt auf ihn aufgeprallt, und er sank auf die Knie. Der Aufprall stieß ihn zurück, schob alles weg, was ihm im Weg stand, Fleisch, Knochen, Gewebe. Er riss ihn seitwärts, schlug ihn gegen die Poller, schnitt ihm in den Kopf. Der dritte Schuss warf ihn zurück, als würde der Zug, der gerade auf ihn geprallt war, immer noch weiterfahren. Er sah sein eigenes Blut zum zweiten Mal hochspritzen und wie Regen herunterfallen. Noch mehr Blut in einem See von Blut. Der vierte Schuss war nicht auf ihn gerichtet, war nicht für ihn gedacht. Er hörte den dumpfen Aufprall, fühlte den Bootssteg erzittern. Er konnte nichts sehen, weil er sich nicht aufrichten konnte.

Kurze Zeit verstrich. Er wartete. Worauf?

War jemand gekommen? Hier war wieder die Hoffnung im billigen, neuen Gewand. Gott, dachte er, was sind wir Menschen doch schwach! Wir klammern uns an irgendwelche alten Lügen, bloß um irgendwie weiterleben zu können. Wieso sagte derjenige, der gekommen war, denn nichts? Er fühlte, wie er vom Bootssteg leicht hochgehoben wurde, wahrscheinlich hatten sie ihn auf eine Tragbahre gelegt. Er konnte spüren, wie etwas – ein Laken? Eine Decke? – auf ihn herabgesenkt wurde. Er hielt die Augen geschlossen, weil ihm das Blut von einer Schnittwunde an der Stirn hineintropfte. Er war froh, dass er auf der Tragbahre unter einer Decke lag, auch wenn die so dünn war, dass er sie kaum fühlen konnte. So dünn wie Luft war sie. Dann dachte er: nein, es waren doch zwei Leute nötig, um die Tragbahre zu transportieren. Weil sich seine Stirn nicht mehr nass vom Blut anfühlte, konnte er die Augen ja aufmachen. Seltsam, dass der Nachthimmel noch genauso aussah wie vorhin. Die Stille war unversöhnlich, abweisend. Er konnte nicht einmal das Wasser gegen die Poller schwappen hören. Er fragte sich, wie viel Blut er verloren hatte. Der Schmerz hatte sich etwas gelegt oder war zumindest weniger spürbar, so als ob er sich verflüssigt hätte.

Er war unbarmherzig müde, musste aber wach bleiben. Schließlich könnte es eine Gehirnerschütterung sein. Die Polizei brauchte aber lang. Wer sie wohl verständigt hatte? Bestimmt Mickey. Mickey hätte ihn ja am Ende hier nicht einfach sterben lassen. Nein. Mickey war tot.

Er hörte eine Stimme.

Mr. Jury, Mr. Jury!

»Benny?« Wo war er? »Benny?«

Dann ein Klicken, Krallen klackten auf dem Bootssteg. Sparky?

Doch was so nah gewesen war, die Stimme, die klackenden Krallen, wich nun in unbestimmte Ferne zurück. Es war gar niemand in der Nähe; niemand war da gewesen. *Der Tod hält keine Überraschungen bereit. Merken Sie sich das gut, Superintendent.*

Eine Sternschnuppe. Er dachte an Stratford-upon-Avon und den kleinen Park neben der Kirche, wo Shakespeare begraben war. Sie waren eine ganze Gruppe gewesen, Schulkinder, die in der Dunkelheit eines kleinen, säulenbestandenen Gebäudes geraucht hatten, ihre Worte in die Nacht geschleudert hatten wie die leuchtenden verkohlten Enden ihrer Zigaretten.

Mein Gott. Er wollte laut auflachen. Da verblutete er nun und dachte ans Rauchen. Allerdings waren Zigaretten schon immer mehr als bloß das gewesen, nicht wahr? Er erinnerte sich an das Schulmädchen, das ihre in die Dunkelheit geschnippt hatte – (*das hab ich immer furchtbar gern gemacht, Rich ... zusehen, wie die Kippe in die Luft fliegt und runterfällt*) – und an den Bogen, den sie beschrieben hatte, funkensprühend wie ein Sternenschauer. Die Dinge dieser Welt, dachte er. In der Ferne, durch die frostige Weihnachtsluft, hörte er einen Hund bellen.

Sparky.